Zie mij

Nicholas Sparks bij Boekerij:

The Notebook (Het dagboek)
Message in a Bottle (De brief)
Safe Haven (Veilige haven)
The Best of Me (Het beste van mij)
The Longest Ride (De lange tocht)
The Choice (De keuze)
Zie mij
De ontmoeting
De bruiloft
Wij twee
Je bent nooit alleen
Op het eerste gezicht
Een liefde om nooit te vergeten
Met hart en ziel
De redding
Leven voor de liefde

Nicholas Sparks

Zie mij

Als Colin en Maria elkaar ontmoeten, veranderen hun levens voorgoed. Maar een duister verleden dreigt ze in te halen…

BOEKERIJ

Eerste druk 2016
Derde druk 2018

ISBN 978-90-225-8508-5
ISBN 978-94-023-0730-6 (e-book)
NUR 302

Oorspronkelijke titel: *See Me*
Oorspronkelijke uitgever: Grand Central Publishing
Vertaling: Marike Groot en Sander Brink, GrootenBrink Vertalingen
Omslagontwerp: Duncan Spilling, LBBG en DPS Design & Prepress Studio, Amsterdam
Omslagbeeld: Arcangel Images en Shutterstock.com
Zetwerk: ZetSpiegel, Best

Voor Jeannie Armentrout

Proloog

Hij was nog geen dag in Wilmington of hij wist al dat het het soort stad was waar hij zich nooit voorgoed zou vestigen. Het was er te toeristisch en het leek wel of de hele stad willekeurig was gegroeid, zonder enige planning. In het historische hart had je nog wel het soort huizen met veranda's aan de voorkant die hij had verwacht, met zuilen en een gedetailleerde betimmering, en enorme magnolia's in de tuinen, maar die liefelijke wijken maakten geleidelijk plaats voor een handelsgebied met winkelpromenades, supermarkten, ketenrestaurants en autodealers. Het verkeer slingerde zich in eindeloze rijen door het district en werd in de zomer nog ondraaglijker.

Maar het terrein van de University of North Carolina in Wilmington was een aangename verrassing geweest. Op de een of andere manier had hij zich een campus voorgesteld die volgebouwd was met de lelijke architectuur van de jaren zestig en zeventig. Er waren wel een paar van zulke gebouwen, vooral aan de randen van de campus, maar de centrale binnenplaats was een soort oase gebleken; beschaduwde wandelpaden en prachtig verzorgde gazons, terwijl de georgiaanse zuilen en bakstenen gevels van Hoggard Hall en Kenan Hall straalden in het zonlicht van de namiddag.

Hij was ook vol bewondering voor de binnenplaats. Er stond een klokkentoren, en toen hij er voor het eerst aankwam, had hij staan staren naar het beeld dat weerspiegeld werd in de vijver erachter, waarbij de tijd zelf gespiegeld en tegelijkertijd onleesbaar was. Zolang hij een open tekstboek op zijn schoot had, kon hij blijven zitten en kijken naar wat er gebeurde, bijna onzichtbaar voor de studenten die rondliepen in hun in zichzelf verdiepte trance.

Het was warm voor eind september, en de studenten slenterden rond in korte broeken en hemdjes, zodat er overal huid zichtbaar was. Hij vroeg zich af of ze in de klas net zulke kleren droegen. Net als zij was hij naar de campus gekomen om te leren. Hij was er binnen drie dagen drie keer naartoe gegaan, maar er waren nog steeds te veel mensen; te veel mogelijke herinneringen, en hij wilde niet dat iemand zich hem zou herinneren. Hij overlegde bij zichzelf of hij naar een ander gebied moest verkassen, maar besloot uiteindelijk dat daar geen reden toe was. Voor zover hij kon zien, kon het niemand iets schelen dat hij hier was.

Hij was dichtbij, zo ontzettend dichtbij, maar voorlopig was het belangrijk dat hij zijn geduld bewaarde. Hij nam een lange ademteug en hield die vast, totdat hij hem uiteindelijk liet ontsnappen. Op de looppaden zag hij een paar studenten naar hun klas lopen, met rugzakken om hun schouders, maar op dit tijdstip waren ze in de minderheid ten opzichte van de klasgenoten die alvast aan het weekend waren begonnen. Hier en daar stonden studenten in groepjes van drie of vier te praten en slokjes uit waterflessen te nemen waarvan hij vermoedde dat ze met alcohol waren gevuld, en een paar studenten die eruitzagen als modellen voor Abercrombie waren een frisbee aan het overgooien terwijl hun vriendinnen aan de zijkant zaten te kletsen. Hij zag een jonge man en vrouw ruziemaken, waarbij het gezicht van de vrouw rood aangelopen was. Ze gaf haar vriendje een duw om ruimte tussen hen te creëren. Hij moest daar om glimlachen, omdat hij respect had voor haar boosheid en het feit dat ze zich, anders dan hij, niet verplicht voelde om te verbergen hoe ze zich voelde. Achter het paartje was een andere groep studenten een potje touch football aan het spelen met de zorgeloze uitbundigheid die alleen mensen zonder echte verantwoordelijkheid hebben.

Hij nam aan dat veel van de studenten die hij zag van plan waren vanavond of morgenavond uit te gaan. Studentensociëteiten. Bars.

Clubs. Voor velen van hen zou het weekend vanavond beginnen, want veel lessen werden niet eens gegeven op vrijdag. Hij was verbaasd geweest toen hij dat voor het eerst hoorde; een studie was zo duur dat hij zou hebben gedacht dat studenten meer tijd in de klas met hun professoren zouden hebben geëist, en geen weekends van drie dagen. Aan de andere kant zou het rooster zowel de studenten als de professoren waarschijnlijk goed bevallen. Wilde niet iedereen tegenwoordig dat alles gemakkelijk ging? Zo weinig mogelijk inspanning leveren? De kortste weg nemen?

Ja, dacht hij. Dat is precies wat de studenten hier leren. Ze leerden dat je geen moeilijke beslissingen hoefde te nemen, dat het niet belangrijk was om de juiste keuze te maken, vooral niet als je daar extra moeite voor moest doen. Waarom zou je op een vrijdagmiddag gaan studeren of proberen de wereld te veranderen als je buiten kon zijn en van de zon genieten?

Van links naar rechts kijkend vroeg hij zich af hoeveel van deze studenten wel eens nadachten over het leven dat ze zouden krijgen. Cassie had dat wel gedaan, herinnerde hij zich. Zij had de hele tijd nagedacht over de toekomst. Ze had plannen. Ze had op haar zeventiende haar hele toekomst uitgestippeld, maar hij kon zich herinneren dat hij het idee had gehad dat er iets voorzichtigs was aan de manier waarop ze erover praatte, en hij had het gevoel gehad dat ze niet echt geloofde in zichzelf of in het imago dat ze aan de wereld liet zien. Waarom zou ze anders de besluiten hebben genomen die ze had genomen?

Hij had geprobeerd haar te helpen. Hij had het gedaan zoals het hoorde, had zich aan de wet gehouden, aangifte gedaan bij de politie, zelfs met de assistent van de officier van justitie gepraat. En tot dat moment had hij geloofd in de regels van de samenleving. Hij had het naïeve idee gehad dat het goede het kwade zou overwinnen, dat het gevaar kon worden ingedamd, dat gebeurtenissen beheerst konden worden. De regels waren er om ervoor te zorgen dat je veilig was en dat je niets kon gebeuren. Cassie had dat ook geloofd; was dat tenslotte niet wat kinderen werd geleerd als ze jong waren? Waarom zouden ouders die dingen anders zeggen? Kijk eerst naar links en dan naar rechts voor je de straat oversteekt. Stap niet bij een vreemde in de auto. Poets je tanden. Eet je groenten. Doe je gordel om. De lijst ging maar door, regels om ons te beschermen en te redden.

Maar regels konden ook gevaarlijk zijn, had hij gemerkt. Bij regels ging het om gemiddelden, niet om specifieke gevallen, en aangezien mensen vanaf hun jeugd werden geconditioneerd om regels te accepteren, was het gemakkelijk om ze blind te volgen. Om te vertrouwen op het systeem. Het was gemakkelijker om je geen zorgen te maken over willekeurige dingen die konden gebeuren. Het betekende dat mensen niet over potentiële gevolgen hoefden na te denken, en als op vrijdagmiddag de zon scheen, konden ze frisbeeën zonder zich ook maar ergens zorgen over te maken.

Ondervinding was de pijnlijkste van alle leermeesters. Bijna twee jaar lang waren de lessen die hij had geleerd het enige waar hij aan kon denken. Ze hadden hem bijna verteerd, maar langzamerhand was er een helderheid uit naar boven gekomen. Ze had geweten wat het gevaar was. Hij had haar gewaarschuwd voor wat er zou gebeuren. En uiteindelijk had ze alleen maar de regels willen volgen, omdat dat wel zo makkelijk was.

Hij keek op zijn horloge en zag dat het eindelijk tijd was om te gaan. Hij deed het leerboek dicht en stond op van waar hij zat, waarna hij even bleef staan om te kijken of zijn beweging ervoor had gezorgd dat anderen hem hadden opgemerkt. Dat was niet het geval. Toen ging hij op weg, de binnenplaats overstekend, met het leerboek onder zijn arm. In zijn zak zat een brief die hij had geschreven, en hij veranderde van koers richting de brievenbus vlak voor het natuurkundegebouw. Hij liet de envelop door de gleuf vallen en wachtte; een paar minuten later zag hij Serena de deuren uit komen, precies op tijd.

Hij wist al veel over haar. Tegenwoordig leek het wel of alle jongeren Facebook, Twitter, Instagram en Snapchat hadden, waar ze hun leven in de etalage zetten voor iedereen die maar de tijd wilde nemen om de stukjes aan elkaar te plakken. Waar ze van hielden, wie hun vrienden waren, waar ze hun tijd doorbrachten. Hij wist al van een post op Facebook dat ze deze zondag met haar zus zou gaan brunchen bij haar ouders thuis, en zoals ze voor hem uit liep, met haar donkerbruine haar dat tot over haar schouders viel, viel het hem weer op hoe mooi ze was. Ze had een natuurlijke elegantie, en ze ontlokte waarderende glimlachjes aan de jongens om haar heen, hoewel ze die, verdiept in gesprek als ze was, niet leek op te merken. Ze liep samen met een kleine, dikke blondine, een vriendin uit haar klas. Ze hadden samen deelgenomen aan een pedagogieseminar; hij wist dat ze onderwijzeres wilde worden op een lagere school. Plannen makend, net als Cassie altijd had gedaan.

Hij bewaarde afstand, gestimuleerd door de kracht die hij bij haar aanwezigheid voelde. De kracht die hij de afgelopen twee jaar had opgespaard. Ze had geen idee hoe dichtbij hij was of wat hij kon doen. Ze keek niet één keer zelfs maar heel even over haar schouder, maar waarom zou ze ook? Hij betekende niets voor haar, was gewoon het zoveelste gezicht in de menigte...

Hij vroeg zich af of ze de blondine over haar plannen voor het weekend aan het vertellen was, de plekken opsommend waar ze naartoe wilde gaan of de mensen die ze van plan was op te zoeken. Hij van zijn kant was van plan om zondag ook naar de brunch bij haar ouders te gaan, zij het niet als gast. In plaats daarvan zou hij hen observeren vanuit een huis vlakbij, gesitueerd in een buurt die heel burgerlijk was. Het huis stond al een maand leeg, nadat de eigenaren het via een executie waren kwijtgeraakt, maar het stond nog niet te koop. Hoewel er stevige sloten op de deuren zaten, had hij zich zonder veel moeite toegang tot het huis weten te verschaffen via een raam aan de zijkant. Hij wist al dat hij vanuit de grote slaapkamer hun veranda aan de achterzijde kon zien en in hun keuken kon kijken. Zondag zou hij toekijken hoe het hechte gezin zat te lachen en grapjes maakte aan de tafel op de veranda.

Hij wist iets over ieder van hen. Felix Sanchez was het toonbeeld van het klassieke immigrantensuccesverhaal; het krantenartikel dat met trots geplastificeerd tentoongesteld was in hun restaurant verhaalde hoe hij als tiener illegaal in het land was aangekomen zonder een woord Engels te spreken, en was begonnen te werken als bordenwasser in een restaurant in de buurt. Vijftien jaar later, nadat hij Amerikaans staatsburger was geworden, had hij genoeg gespaard om in een winkelpromenade zijn eigen restaurant te openen – La Cocina de la Familia – waar hij de recepten van zijn vrouw Carmen opdiende. Terwijl zij kookte, deed hij alle andere dingen, vooral in de eerste jaren van het bedrijf. Beetje bij beetje had hun restaurant zich uitgebreid, en nu werd het gezien als een van de beste Mexicaanse restaurants in de stad. Hoewel er meer dan vijftien mensen werkten, waren de meesten van hen familieleden, waardoor het familiekarakter van het restaurant behouden bleef. Beide ouders werkten er nog altijd, en Serena werkte er drie keer per week als serveerster, net als haar oudere zus, Maria, ooit had gedaan. Felix was lid van zowel de Kamer van Koophandel als de Rotary Club, en hij en zijn vrouw woonden elke zondag om zeven uur 's ochtends de mis in St. Mary's bij, waar hij ook dienstdeed als diaken. Carmen was iets meer een mysterie; hij wist alleen dat ze nog altijd liever Spaans sprak dan Engels en dat ze, net als haar echtgenoot, trots was op het feit dat Maria de eerste afgestudeerde van de familie was.

Over Maria gesproken...

Hij had haar nog niet gezien in Wilmington. Ze was de afgelopen paar dagen niet in de stad geweest omdat ze een juridische conferentie bezocht, maar haar kende hij het best van allemaal. In het verleden, toen ze nog in Charlotte woonde, had hij haar heel vaak gezien. Hij had met haar gepraat. Hij had geprobeerd haar te laten inzien dat ze het bij het verkeerde eind had. En ten slotte had ze hem laten lijden zoals niemand ooit zou moeten hoeven lijden, en hij haatte haar om wat ze had gedaan.

Toen Serena gedag zwaaide naar haar vriendin en in de richting van de parkeerplaats liep, bleef hij rechtdoor lopen. Er was geen reden om haar te volgen, en hij was er tevreden mee te weten dat hij het kleine maar gelukkige gezin zondag zou zien. Vooral Maria. Maria was misschien nog wel mooier dan haar zus, hoewel ze eerlijk gezegd allebei winnaressen waren in de genetische loterij, met hun donkere ogen en vrijwel perfecte botstructuur. Hij probeerde zich voor te stellen hoe ze vlak naast elkaar aan de tafel zaten; ondanks het verschil in leeftijd van zeven jaar zouden mensen kunnen denken dat ze een tweeling waren. En toch waren ze verschillend.

Waar Serena buitengewoon extravert was, was Maria altijd rustiger en gedrevener geweest, de meest serieuze en ijverige van de twee. Evengoed waren ze heel hecht, niet alleen zussen maar ook goede vriendinnen. Hij mijmerde dat Serena misschien wel trekjes in haar zus zag die ze zou willen navolgen, en vice versa. Hij voelde een huivering van opwinding bij de gedachte aan het weekend, omdat hij wist dat het een van de laatste keren zou kunnen zijn dat het hele gezin bij elkaar was met enige schijn van normaliteit. Hij wilde zien hoe ze zich zouden gedragen voordat de spanning hun lieve, gelukkige gezinnetje begon te infecteren... voordat de angst hen in zijn greep kreeg. Voordat hun leven langzaam – en daarna op woeste wijze – in het verderf werd gestort.

Hij was hier tenslotte met een doel gekomen, en dat doel had een naam.

Het heette wraak.

1

Colin

Colin Hancock stond bij de wastafel in de toiletten van het wegrestaurant, zijn overhemd opgetild om de blauwe plek op zijn ribben beter te kunnen bekijken. Hij vermoedde dat die dieppaars zou zijn tegen de tijd dat hij morgen wakker werd. Zelfs als hij de blauwe plek heel voorzichtig aanraakte, kromp hij al ineen, en hoewel hij uit ervaring wist dat hij de pijn wel een tijdje kon verbijten, vroeg hij zich af of het hem morgenochtend zou hinderen bij het ademen.

Maar zijn gezicht…

Dat zou nog wel eens een probleem kunnen worden; niet zozeer voor hem, maar voor anderen. Zijn klasgenoten zouden ongetwijfeld met grote, bange ogen naar hem staren en achter zijn rug over hem fluisteren, hoewel hij betwijfelde of er iemand zou zijn die hem daadwerkelijk zou vragen wat er was gebeurd. Tijdens de eerste paar weken op de universiteit hadden de meesten van zijn klasgenoten best aardig geleken, maar het was duidelijk dat niemand van hen wist wat ze van hem moesten vinden, en ook had niemand geprobeerd met hem te praten. Niet dat hem dat kon schelen. Ten eerste waren ze bijna allemaal zes of zeven jaar jonger dan hij, het waren allemaal vrouwen en hij vermoedde dat wat recente levenservaring betrof ze weinig met hem gemeen hadden. Na verloop van tijd zouden ze, net als iedereen, uiteindelijk hun eigen conclusies over hem trekken. Eerlijk gezegd was het het niet waard zich er druk over te maken.

Toch moest hij toegeven dat hij er op dit moment wel bijzonder afschuwwekkend uitzag. Zijn linkeroog was opgezwollen en het wit van zijn rechteroog was bloederig rood. Er zat een jaap midden op zijn voorhoofd die weer aan elkaar was gelijmd, en de loodkleurige kneuzing op zijn rechterjukbeen leek wel een wijnvlek. Zijn gescheurde, gezwollen lippen maakten het plaatje compleet. Wat hij eigenlijk nodig had, was zo snel mogelijk een ijskompres op zijn gezicht leggen als hij wilde dat de vrouwen in zijn klas zich überhaupt nog konden concentreren. Maar alles op z'n tijd; op dit moment was hij uitgehongerd en had hij brandstof nodig. Hij had de afgelopen twee dagen niet veel gegeten, en hij wilde iets snels, iets gemakkelijks, en – zo mogelijk – iets wat niet heel erg ongezond was. Helaas waren op dit uur van de nacht de meeste zaken al dicht, dus was hij terechtgekomen bij een aftands restaurantje langs de snelweg, met tralies voor de ramen, vochtplekken op de muren, gescheurd linoleum op de vloer en zitjes die met ducttape bij elkaar werden gehouden. Maar als de zaak één pluspunt had, was het dat het geen van de andere klanten kon schelen hoe hij eruitzag toen hij naar het tafeltje liep. Mensen die laat op de avond naar tenten als deze kwamen, konden zich heel goed met hun eigen zaken bemoeien. Voor zover hij kon zien was de helft van de mensen hier om weer nuchter te worden na een avond stevig drinken, terwijl de andere helft – degenen die die avond moesten rijden, ongetwijfeld – ook nuchter probeerde te worden, slechts een fractie minder beschonken.

Het was het soort tent waar het gemakkelijk zou zijn geweest om in moeilijkheden te raken, en nadat hij het grind van de parkeerplaats was opgereden met Evan, die hem volgde in zijn Toyota Prius, had hij half verwacht dat Evan door zou rijden. Maar Evan had waarschijnlijk hetzelfde idee gehad over mogelijke moeilijkheden. Het was de enige reden dat hij ooit voet zou zetten in een zaak als deze, en al helemaal op dit tijdstip van de nacht. Evan paste niet echt bij de nachtbrakers hier, met zijn roze overhemd, geruite wollen sokken, leren instappers en rossig blonde haar in een keurige scheiding. In feite zou zijn Prius net zo goed een neonreclamebord kunnen zijn waarop stond dat hij van plan was in elkaar geslagen te worden door de toffe jongens in pick-ups, die net het grootste deel van de avond hadden doorgebracht met stomdronken worden.

Colin draaide de kraan open en maakte zijn handen nat, waarna hij ze naar zijn gezicht bracht. Het water was koud, precies wat hij wilde. Zijn huid voelde alsof die in brand stond. De marinier met wie hij had gevochten had veel harder geslagen dan hij had verwacht – en dan had hij de verboden stoten nog niet meegeteld – maar wie had dat kunnen weten als je naar hem keek? Lang en dun, gemillimeterd haar, malle wenkbrauwen... Hij had die kerel niet moeten onderschatten, en hij zei tegen zichzelf dat hij dat niet weer zou laten gebeuren. Anders zou hij zijn klasgenoten het hele jaar de stuipen op het lijf jagen, wat hun studentenleventje flink zou verpesten. *Er zit een supergriezelige vent bij me in de klas met overal blauwe plekken op zijn gezicht en van die maffe tattoos, mam!* kon hij hen door de telefoon horen zeggen. *En ik moet naast hem zitten!*

Hij schudde het water van zijn handen. Toen hij het toilet uit liep, zag hij Evan in het zitje bij de hoek. In tegenstelling tot hem zou Evan helemaal niet opvallen op de universiteit. Hij had nog een babyface, en terwijl hij dichterbij kwam, vroeg Colin zich af hoe vaak in de week hij zich hoefde te scheren.

'Dat duurde lang, zeg,' zei Evan terwijl Colin zich in het zitje liet glijden. 'Ik vroeg me al af of je verdwaald was.'

Colin hing uitgezakt tegen het kussen van vinyl. 'Ik hoop dat je niet te zenuwachtig was omdat je hier helemaal in je eentje was.'

'Ha, ha.'

'Ik heb een vraag voor je.'

'Zeg het maar.'

'Hoe vaak per week scheer je je?'

Evan knipperde met zijn ogen. 'Je was tien minuten in het toilet en je zat dáárover na te denken?'

'Ik vroeg het me af terwijl ik naar het tafeltje liep.'

Evan staarde hem aan. 'Ik scheer me elke ochtend.'

'Waarom?'

'Wat bedoel je, waarom? Om dezelfde reden als jij dat doet.'

'Ik scheer me niet elke ochtend.'

'Waarom hebben we het hier eigenlijk over?'

'Omdat ik het me afvroeg en het aan je vroeg en jij vervolgens antwoord gaf,' zei Colin. Hij negeerde Evans gezichtsuitdrukking en knikte naar de menu's. 'Heb je je bedacht en besloten iets te bestellen?'

Evan schudde zijn hoofd. 'Ik kijk wel mooi uit.'

'Ga je niet iets eten?'

'Nee.'

'Brandend maagzuur?'

'Eigenlijk heeft het meer te maken met mijn vermoeden dat de keuken voor het laatst is geïnspecteerd toen Reagan nog president was.'

'Zo erg is het niet.'

'Heb je de kok gezien?'

Colin keek naar de grill achter de toonbank; de kok leek wel een typetje uit een film, met een vettig schort dat strak om zijn aanzienlijke buik was gespannen, en onderarmen die grotendeels waren bedekt met tatoeages.

'Mooie tattoos.'

'Tjonge, wat verrassend.'

'Het is waar.'

'Weet ik. Jij vertelt altijd de waarheid. Dat is nou juist jouw probleem.'

'Waarom is dat een probleem?'

'Omdat mensen niet altijd de waarheid willen horen. Zoals als je vriendinnetje vraagt of een bepaald kledingstuk haar er dik uit laat zien, je tegen haar moet zeggen dat ze er mooi uitziet.'

'Ik heb geen vriendinnetje.'

'Dat komt waarschijnlijk doordat je de laatste hebt verteld dat ze er dik uitzag zonder dat van het mooie eraan toe te voegen.'

'Dat is niet wat er is gebeurd.'

'Maar je begrijpt wel wat ik bedoel. Soms moet je... de waarheid een beetje oprekken om met mensen te kunnen opschieten.'

'Waarom?'

'Omdat normale mensen dat zo doen. Zo zit de maatschappij in elkaar. Je kunt niet zomaar tegen mensen zeggen wat er in je opkomt. Dan voelen ze zich ongemakkelijk of je kwetst ze. En het is maar dat je het weet, maar werkgevers hebben er een hekel aan.'

'Oké.'

'Geloof je me niet?'

'Ik geloof je wel.'

'Maar het kan je niet schelen.'

'Nee.'

'Omdat je liever de waarheid vertelt.'

'Ja.'

'Waarom?'

'Omdat ik heb gemerkt dat dat het beste werkt voor mij.'

Evan bleef even stil. 'Soms zou ik willen dat ik meer zo kon zijn. Gewoon mijn baas vertellen wat ik echt van hem vind zonder me druk te maken over de gevolgen.'

'Dat kun je best. Je kiest ervoor om het niet te doen.'

'Ik heb het salaris nodig.'

'Dat is een smoes.'

'Misschien.' Evan haalde zijn schouders op. 'Maar ik heb gemerkt dat dat voor mij beter werkt. Soms is liegen noodzakelijk. Als ik je bijvoorbeeld vertelde dat ik een paar kakkerlakken onder tafel had gezien terwijl jij op de wc was, zou je misschien hetzelfde idee hebben over hier eten als ik.'

'Je weet toch dat je hier niet hoeft te blijven, hè? Ik red me wel.'

'Dat zeg jij.'

'Maak je maar druk om jezelf, niet om mij. En bovendien is het al laat. Ga je morgen niet naar Raleigh met Lily?'

'Morgenochtend vroeg. We gaan om elf uur met mijn ouders naar de kerk en meteen daarna gaan we brunchen. Maar anders dan jij zal ik geen moeite hebben om morgenochtend uit bed te komen. Je ziet er trouwens vreselijk uit.'

'Dank je wel.'

'Vooral je oog.'

'Morgen zal het niet meer zo gezwollen zijn.'

'Het andere. Ik denk dat er een paar aders zijn gesprongen. Het is of dat of je bent eigenlijk een vampier.'

'Dat heb ik gezien, ja.'

Evan leunde naar achteren en spreidde zijn armen een beetje. 'Doe me een lol, oké? Laat je morgen niet aan de buren zien. Ik zou het vervelend vinden als ze dachten dat ik je stevig heb moeten aanpakken omdat je de huur te laat had betaald of zoiets. Ik wil geen slechte reputatie als huurbaas krijgen.'

Colin glimlachte. Hij was zeker vijftien kilo zwaarder dan Evan en hij maakte graag de grap dat als Evan al ooit een stap in een sportschool had gezet, het waarschijnlijk was om de boeken te controleren.

'Ik beloof je dat ik uit het zicht blijf,' zei Colin welwillend.

'Mooi. Vanwege mijn reputatie en zo.'

Net op dat moment kwam de serveerster langs, en ze zette een bord volgeladen met roerei van eiwitten met ham, samen met een kom glibberige havermout neer. Terwijl Colin de kom naar zich toe trok, keek hij naar Evans mok.

'Wat ben je aan het drinken?'

'Heet water met citroen.'

'Echt waar?'

'Het is na middernacht. Als ik koffie zou drinken, zou ik de hele nacht wakker blijven.'

Colin bracht een lepel havermout naar zijn mond en slikte het door. 'Oké.'

'Wat? Geen schampere opmerking?'

'Ik ben alleen maar verbaasd dat ze hier citroen hebben.'

'En ik ben verbaasd dat ze roerei van eiwitten maken. Je bent waarschijnlijk de eerste persoon in de geschiedenis die ooit heeft geprobeerd hier een gezonde maaltijd te eten.' Hij pakte zijn kop water. 'Wat bén je trouwens van plan te doen morgen?'

'Ik moet de ontstekingsschakelaar in mijn auto vervangen. Hij start niet zoals hij zou moeten. Daarna doe ik het gazon en dan ga ik naar de sportschool.'

'Wil je met ons mee?'

'Brunchen is niet echt mijn ding.'

'Ik nodig je niet uit voor de brunch. Ik betwijfel of ze je zelfs de countryclub zouden binnenlaten zoals je eruitziet. Maar je zou je ouders in Raleigh kunnen opzoeken. Of je zussen. Het is op weg naar Chapel Hill.'

'Nee.'

'Ik dacht, ik vraag het maar.'

Colin nam nog een hap havermout. 'Doe maar niet.'

Evan leunde achterover op zijn zitplaats. 'Er waren trouwens een paar geweldige gevechten vanavond. Die na die van jou was super.'

'O ja?'

'Een vent die Johnny Reese heette won al in de eerste ronde. Werkte z'n tegenstander tegen de grond alsof het niets was, manoeuvreerde hem in een verwurgingsgreep, en toen was het afgelopen. Die kerel beweegt zo soepel als een kat.'

'En wat wil je daarmee zeggen?'

'Hij is veel beter dan jij.'

'Oké.'

Evan trommelde met zijn vingers op de tafel. 'Dus eh... ben je tevreden met hoe je gevecht vanavond ging?'

'Het is voorbij.'

Evan wachtte. 'Ja, en?'

'Dat is alles.'

'Vind je het nog steeds een goed idee wat je doet? Ik bedoel... je weet wel.'

Colin schepte wat ei op zijn vork. 'Ik ben nog steeds hier bij jou, toch?'

Een half uur later zat Colin weer op de snelweg. De wolken die de afgelopen paar uur met onweer hadden gedreigd deden eindelijk hun ding en zorgden voor een uitbarsting van wind en regen, afgewisseld met donder en bliksem. Evan was een paar minuten eerder vertrokken dan Colin, en toen Colin achter het stuur ging zitten van de Chevrolet Camaro die hij de afgelopen paar jaar had gerestaureerd, merkte hij dat zijn gedachten afdwaalden naar zijn vriend.

Hij kende Evan al zo lang als hij zich kon herinneren. Toen Colin jong was, bracht zijn familie altijd de zomers door in een strandhuisje in Wrightsville Beach, en de familie van Evan woonde er vlak naast. Ze hadden lange, zonovergoten dagen doorgebracht met langs het strand lopen, vangbal spelen, vissen en surfen of bodyboarden. Ze hadden heel vaak bij elkaar gelogeerd, tot de familie van Evan naar Chapel Hill verhuisde en Colins leven volledig uit de hand liep.

De feiten waren vrij duidelijk: hij was het derde kind en de enige zoon van welgestelde ouders die een voorliefde hadden voor kindermeisjes en absoluut geen verlangen naar een derde kind. Als baby had hij vaak darmkrampjes gehad en daarna werd hij een druk kind met een ernstig geval van ADHD, het soort kind dat geregeld driftbuien kreeg, zich niet kon concentreren en onmogelijk stil kon zitten. Hij maakte zijn ouders thuis gek, joeg het ene kindermeisje na het andere weg en deed het ontzettend slecht op school. In de derde klas had hij een geweldige onderwijzer door wie het een tijdje beter ging, maar in de vierde begon het weer bergafwaarts met hem te gaan. Op het speelplein raakte hij bij het ene na het andere gevecht betrokken en hij moest bijna blijven zitten. Rond die tijd begon men hem te beschouwen als iemand die 'ernstige problemen' had, en uiteindelijk, omdat ze niet wisten wat ze anders moesten doen, stuurden zijn ouders hem naar de militaire academie, in de hoop dat de structuur hem goed zou doen. Dat eerste jaar was afschuwelijk, en halverwege het voorjaarssemester werd hij van school gestuurd.

Vervolgens werd hij naar een andere militaire school in een andere staat gestuurd, en in de jaren daarna besteedde hij zijn energie aan vechtsporten: worstelen, boksen en judo. Hij reageerde zijn agressie op anderen af, soms met te veel enthousiasme, vaak gewoon omdat hij het wilde. Hij gaf niets om cijfers of straf. Nog eens vijf schorsingen en vijf verschillende militaire scholen later haalde hij op het nippertje zijn eindexamen, als een wrokkige en gewelddadige jongeman zonder plannen voor zijn leven en zonder belangstelling om ze te maken. Hij verhuisde terug naar zijn ouders en daarna volgden zeven slechte jaren. Hij zag zijn moeder huilen en hoorde zijn vader hem smeken om te veranderen, maar hij negeerde ze. Op aandringen van zijn ouders ging hij aan de slag met een therapeut, maar hij zette zijn neerwaartse spiraal voort, waarbij onbewuste zelfvernietiging zijn belangrijkste doel was. Dat waren de woorden van de therapeut, niet die van hem, hoewel hij het er nu wel mee eens was. Telkens wanneer zijn ouders hem in Raleigh uit huis zetten, ging hij slapen in het strandhuisje van het gezin, wachtend tot hij weer naar huis kon gaan, waar de cyclus dan opnieuw begon. Toen Colin vijfentwintig was, kreeg hij nog één laatste kans om zijn leven te beteren. Verrassend genoeg was dat precies wat hij deed. En dus zat hij nu hier op de universiteit, met het plan om de volgende decennia in de klas door te brengen en met de hoop een mentor voor kinderen te worden, iets waar de meeste mensen helemaal niets van zouden begrijpen.

Colin wist dat het ironisch was dat hij de rest van zijn leven op school wilde doorbrengen – een oord waar hij altijd een hekel aan had gehad – maar zo was het. Hij stond niet stil bij de ironie en in het algemeen stond hij niet stil bij het verleden. Hij zou helemaal niet aan al die dingen hebben gedacht als Evan niet die opmerking had gemaakt dat hij morgen zijn ouders zou kunnen bezoeken. Wat Evan nog steeds niet begreep, was dat het zowel voor Colin als voor zijn ouders stressvol was om alleen al met elkaar in dezelfde kamer te zijn; vooral als zijn bezoek niet ruim van tevoren werd gepland. Als hij onverwacht zou komen opdagen, wist hij dat ze ongemakkelijk in de woonkamer zouden zitten om te proberen over koetjes en kalfjes te praten terwijl herinneringen uit het verleden als een gifgas de lucht tussen hen vulde. Dan voelde hij golven van teleurstelling en veroordeling van hen af stromen, wat je kon opmaken uit de dingen die ze zeiden of niet zeiden, en wie had daar behoefte aan? Hij niet, en zij ook niet. De afgelopen drie jaar had hij geprobeerd zijn onregelmatige bezoekjes tot ongeveer een uur te beperken, bijna altijd in de vakanties, een regeling die iedereen goed leek uit te komen.

Zijn oudere zussen, Rebecca en Andrea, hadden geprobeerd hem over te halen om het bij te leggen met zijn ouders, maar hij had die gesprekken afgekapt, net zoals hij bij Evan had gedaan. Hun leven met hun ouders was tenslotte anders geweest dan dat van hem. Zij waren allebei gewenst geweest, terwijl hij zeven jaar later een grote, dikke *oeps* was geweest. Hij wist dat ze het goed bedoelden, maar hij had niet veel met hen gemeen. Ze waren allebei afgestudeerd, getrouwd, en hadden kinderen. Ze woonden in dezelfde gegoede buurt als hun ouders en speelden in het weekend tennis. Hoe ouder ze werden, hoe meer hij was gaan erkennen dat de keuzes die zij in hun eigen leven hadden gemaakt veel verstandiger waren geweest dan die van hem. Maar ja, zij hadden dan ook geen 'ernstige problemen'.

Hij wist dat zijn ouders, net als zijn zussen, in wezen goede mensen waren. Het had hem jaren in therapie gekost om het feit te accepteren dat hij degene was geweest die problemen had, niet zij. Hij gaf zijn vader en moeder niet meer de schuld van de dingen die hem waren overkomen en verweet hun de dingen niet die ze hadden gedaan of juist hadden gelaten; hij beschouwde zichzelf zelfs als een gelukkige zoon van twee ongelooflijk geduldige ouders. En wat dan nog als hij was opgevoed door kindermeisjes? Wat dan nog als zijn ouders uiteindelijk de handdoek in de ring hadden gegooid en hem naar de militaire academie hadden gestuurd? Toen hij hen echt nodig had, op het punt waarop andere ouders het waarschijnlijk hadden opgegeven, hadden zij nooit de hoop verloren dat hij zijn leven kon veranderen.

En ze hadden jarenlang zijn toestanden verdragen. Ernstige toestanden. Ze hadden het drinken, het blowen en de veel te harde muziek op alle uren van de dag genegeerd; ze hadden de feestjes getolereerd die hij telkens als ze de stad uit waren organiseerde, waardoor het huis een puinhoop werd. Ze hadden de vechtpartijen in cafés en de veelvuldige arrestaties door de vingers gezien. Ze hadden nooit de politie gebeld toen hij inbrak in het strandhuis, ook al had hij ook aan die plek ernstige schade aangericht. Ze hadden vaker borg voor hem betaald dan hij zich kon herinneren en zijn juridische bijstand betaald, en drie jaar geleden – toen Colin een lange gevangenisstraf boven het hoofd hing na een vechtpartij in een bar in Wilmington – had zijn vader wat connecties aangesproken om tot een akkoord te komen waarbij zijn strafblad helemaal werd schoongeveegd. Op voorwaarde, uiteraard, dat Colin het niet verpestte. Als onderdeel van zijn voorwaardelijke straf moest Colin vier maanden in een instituut voor woede- en agressietherapie in Arizona doorbrengen. Toen hij terugkwam was hij, omdat zijn ouders hem niet bij hen thuis wilden laten logeren, weer in het strandhuis gaan slapen, dat tegen die tijd te koop stond. Ook moest hij regelmatig afspreken met rechercheur Pete Margolis van het politiebureau van Wilmington. De man die in de bar door Colin was geslagen was al heel lang een geheime informant van Margolis en als gevolg van de vechtpartij was een belangrijke zaak waar Margolis mee bezig was geweest plotseling de mist in gegaan. Daarom had Margolis een pesthekel aan Colin gekregen. Nadat hij in het begin al fel tegen de regeling was geweest, had hij er vervolgens op gestaan dat hij Colin geregeld en op onverwachte momenten zou controleren, als een provisorische reclasseringsambtenaar. Ten slotte was er in de overeenkomst vastgelegd dat als Colin weer werd gearresteerd, voor wát dan ook, zijn hele oorspronkelijke strafblad zou worden teruggedraaid en hij automatisch bijna tien jaar de gevangenis in zou gaan.

Ondanks de eisen, ondanks het feit dat hij met Margolis te maken had, die duidelijk stond te springen om hem in de handboeien te sluiten, was het een fantastisch akkoord. Een ongelóóflijk akkoord, en dat was allemaal aan zijn vader te danken… ook al hadden hij en Colin tegenwoordig moeite om met elkaar te praten. Officieel was het Colin verboden ooit nog voet in het huis te zetten, hoewel zijn vader de laatste tijd milder was geworden op dat gebied. Omdat hij voorgoed het huis uit was gezet nadat hij uit Arizona was teruggekomen en daarna vanaf de straat had moeten toekijken terwijl nieuwe eigenaren bezit namen van het strandhuisje, was Colin gedwongen geweest zijn leven te heroverwegen. Hij was uiteindelijk bij vrienden in Raleigh gaan logeren, zwervend van de ene bank naar de andere. Stukje bij beetje was hij tot de conclusie gekomen dat als hij zijn leven niet veranderde, hij zichzelf helemaal te gronde zou richten. De omgeving daar was niet goed voor hem, en zijn vriendenkring was al net zo losgeslagen als hijzelf. Omdat hij geen andere plek had om naartoe te gaan, was hij teruggereden naar Wilmington en had hij tot zijn eigen verbazing bij Evan aangeklopt. Evan was daar gaan wonen sinds hij was afgestudeerd van North Carolina State University en was net zo verrast om zijn oude vriend weer te zien. Ook op zijn hoede en een beetje zenuwachtig, maar Evan was Evan, en hij had er geen probleem mee dat Colin een tijdje bij hem thuis verbleef.

Het duurde even voordat hij Evans vertrouwen weer won. Intussen hadden hun levens heel verschillende wendingen genomen. Evan leek veel meer op Rebecca en Andrea, een verantwoordelijke burger van wie de enige ervaring met de gevangenis was wat hij op televisie had gezien. Hij werkte als accountant en financieel planner, en in overeenstemming met de fiscaal verstandige idealen van zijn beroep had hij ook een huis gekocht met een appartement op de begane grond met een aparte opgang, om te helpen zijn hypotheeklasten te verlagen, en dat appartement stond toevallig leeg toen Colin kwam opdagen. Colin was niet van plan geweest lang te blijven, maar van het een kwam het ander en toen hij een baantje als barkeeper kreeg, was hij voor vast beneden ingetrokken. Drie jaar later betaalde hij nog steeds huur aan de beste vriend die hij in de wereld had.

Tot nu toe werkte het goed. Hij maaide het gazon, knipte de heg en betaalde in ruil daarvoor een redelijke huur. Hij had zijn eigen woonruimte met zijn eigen opgang, maar Evan was ook in de buurt, en Evan was precies wat Colin op dit moment in zijn leven nodig had. Evan droeg een pak en een stropdas naar zijn werk, hij hield zijn smaakvol ingerichte woning smetteloos, en hij dronk nooit meer dan twee biertjes als hij uitging. Hij was ook zo ongeveer de aardigste vent ter wereld, en hij accepteerde Colin, met al diens tekortkomingen. En – God weet waarom – hij geloofde in hem, zelfs al wist Colin dat hij dat niet altijd verdiende.

Lily, Evans verloofde, was grotendeels van hetzelfde laken een pak. Hoewel ze in de reclamebranche zat en haar eigen appartement bij het strand had – dat hadden haar ouders voor haar gekocht – bracht ze genoeg tijd bij Evan thuis door om een belangrijk onderdeel van Colins leven te zijn geworden. Het had een tijdje geduurd voordat ze warmliep voor hem; toen ze elkaar voor het eerst ontmoetten, had Colin een blonde hanenkam en piercings in beide oren, en hun eerste gesprek was gegaan over een vechtpartij in een café in Raleigh waarbij de andere man in het ziekenhuis was beland. Een hele tijd kon ze gewoon niet begrijpen hoe Evan ooit vrienden met hem kon zijn. Als rijkeluisdochter uit Charleston die aan Meredith College had gestudeerd was Lily netjes en beleefd, en de uitdrukkingen die ze gebruikte, leken uit een vervlogen tijdperk te komen. Ze was ook zo'n beetje het mooiste meisje dat Colin ooit had gezien, en het was geen wonder dat Evan als was in haar handen was. Met haar blonde haar en blauwe ogen, en een accent zo zoet als honing, zelfs als ze kwaad was, leek ze wel de laatste persoon op aarde die Colin een kans zou geven. En toch had ze dat gedaan. En net als Evan was ze uiteindelijk in hem gaan geloven. Het was Lily geweest die hem twee jaar geleden had aangeraden om te gaan studeren en het was Lily geweest die hem 's avonds bijles had gegeven. En bij twee afzonderlijke gelegenheden waren het Lily en Evan geweest die Colin ervan hadden weerhouden de impulsieve misstap te maken die hem in de gevangenis had kunnen doen belanden. Om al die redenen hield hij van haar, net als hij van de relatie tussen haar en Evan hield. Hij had lang geleden al besloten dat als iemand hen beiden ooit op welke manier dan ook bedreigde, hij daar iets aan zou doen, wat de gevolgen ook zouden zijn, zelfs als het betekende dat hij de rest van zijn leven achter de tralies moest doorbrengen.

Maar aan alle goede dingen komt een eind. Was dat niet wat mensen zeiden? Het leven dat hij gedurende de afgelopen drie jaar had geleid ging veranderen, al was het alleen maar omdat Evan en Lily verloofd waren, met plannen om in het voorjaar te gaan trouwen. Hoewel ze allebei volhielden dat Colin in het appartement beneden kon blijven wonen nadat ze waren getrouwd, wist hij ook dat ze het weekend daarvoor hadden doorgebracht met modelhuizen bekijken in een vastgoedproject dichter bij Wrightsville Beach, met huizen die het soort dubbele veranda's hadden die gebruikelijk waren in Charleston. Ze wilden allebei kinderen, ze wilden allebei het huisje-boompje-beestje-gebeuren, en Colin twijfelde er niet aan dat Evans huidige huis binnen een jaar te koop zou staan. Daarna zou Colin weer in zijn eentje zijn, en hoewel hij wist dat hij niet Evan en Lily's verantwoordelijkheid was, vroeg hij zich soms af of ze zich er wel van bewust waren hoe belangrijk ze in de afgelopen paar jaar voor hem waren geworden.

Zoals vanavond, bijvoorbeeld. Hij had Evan niet gevraagd naar het gevecht te komen; dat was Evans idee geweest. Ook had hij Evan niet gevraagd bij hem te gaan zitten terwijl hij at. Maar Evan vermoedde waarschijnlijk dat als hij die dingen niet had gedaan, Colin misschien in een café was beland in plaats van in het wegrestaurant, en zijn spanning had afgereageerd met shots in plaats van met een middernachtelijk ontbijt. En hoewel Colin als barkeeper werkte, pakte het tegenwoordig niet echt goed uit voor hem als hij aan de andere kant van de bar stond.

Toen Colin eindelijk van de snelweg af ging, reed hij een bochtige plattelandsweg op, waar aan weerskanten pijnbomen en eiken door elkaar stonden, en de ranken van de kudzu geen onderscheid maakten tussen de twee. Het was niet zozeer een snellere weg, maar eerder een poging een eindeloze reeks stoplichten te vermijden. Het bleef bliksemen, zodat de wolken zilverkleurig werden en de omgeving werd verlicht met een buitenaards stroboscoopeffect. Het ging steeds harder regenen en waaien, de ruitenwissers konden de voorruit maar nauwelijks schoonvegen, maar hij kende deze weg goed. Hij reed soepel een van de vele blinde bochten in, tot hij plotseling instinctief op de rem trapte.

Verderop stond een auto met een imperiaal op het dak schuin in de berm, met zijn alarmlichten aan. De kofferbak stond open, blootgesteld aan de elementen. Toen de Camaro langzamer ging rijden, voelde Colin de achterkant een beetje slingeren voordat de banden weer grip kregen. Hij week uit naar de tegemoetkomende baan om de andere auto flink de ruimte te geven, en hij bedacht dat die vent geen slechtere tijd en plaats had kunnen uitzoeken om panne te krijgen. Niet alleen werd het zicht beperkt door het onweer, maar dronkaards zoals die in het wegrestaurant zouden ongeveer nu naar huis gaan, en hij zag al voor zich dat een van hen de bocht te snel zou nemen en zich in de achterkant van de auto zou boren.

Niet goed, dacht hij. Het was absoluut vragen om een ongeluk, maar tegelijkertijd was het zijn zaak niet. Het was niet aan hem om vreemden te redden, en hij zou waarschijnlijk niet veel kunnen doen. Hij had verstand van de motor van zijn eigen auto, maar alleen omdat de Camaro ouder was dan hijzelf; moderne motors hadden meer gemeen met computers. Bovendien had de bestuurder ongetwijfeld al om hulp gevraagd.

Terwijl hij langzaam langs de stilstaande auto reed, zag hij echter dat de achterband lek was en dat er achter de kofferbak een vrouw – totaal doorweekt in spijkerbroek en een blouse met korte mouwen – veel moeite aan het doen was om het reservewiel uit zijn compartiment te halen. De bliksem flitste, en een lange reeks flikkerende stroboscooplichten als van een fototoestel legde haar met mascara besmeurde stress vast. Op dat ogenblik besefte hij dat haar donkere haar en ver uit elkaar staande ogen hem deden denken aan een van de meisjes met wie hij soms les had, en zijn schouders zakten.

Een jonge vrouw? Waarom moest het nou een vrouw zijn die hier in moeilijkheden was? Wie weet wás het wel het meisje uit zijn klas, en hij kon toch moeilijk net doen alsof hij niet had gezien dat ze hulp nodig had. Hij kon dit nu echt niet gebruiken, maar wat voor keuze had hij?

Zuchtend zette hij de auto aan de kant van de weg, wat ruimte overlatend tussen haar auto en die van hem. Hij zette zijn alarmlichten aan en pakte zijn jas van de achterbank. Intussen kwam de regen in vlagen omlaag, waardoor hij onmiddellijk doorweekt was toen hij uitstapte, als door de schuine stralen van een buitendouche. Hij haalde een hand door zijn haar, haalde diep adem en liep toen naar haar auto, al uitrekenend hoe snel hij het wiel kon verwisselen en weer verder kon.

'Hulp nodig?' riep hij.

Tot zijn verrassing zei ze niets. In plaats daarvan staarde ze naar hem met verschrikte ogen, liet het wiel uit haar handen vallen en begon langzaam achteruit te lopen.

2

Maria

In het verleden, toen ze nog bij het parket van Mecklenburg County werkte, had Maria Sanchez in de rechtszaal gestaan met talloze criminelen, van wie sommige het soort gewelddadige misdaden ten laste was gelegd dat haar 's nachts wakker hield. Over verschillende zaken had ze nachtmerries gehad en ze was bedreigd door een sociopaat, maar toch was ze destijds nooit zo bang geweest als ze zich nu op dit verlaten stuk weg voelde toen díé auto, bestuurd door díé man, plotseling langs de kant van de weg stopte.

Het maakte niet uit dat ze achtentwintig was, of dat ze summa cum laude was afgestudeerd van de University of North Carolina in Chapel Hill, of dat ze een vervolgstudie rechten had gedaan aan Duke University. Het maakte niet uit dat haar ster rijzende was geweest bij het parket voordat ze ander werk had gevonden bij een van de beste advocatenkantoren in Wilmington, of dat ze tot op dit moment haar emoties altijd vrij goed in bedwang had gehad. Zodra hij uit de auto stapte, konden al die waarheden de prullenbak in en kon ze alleen maar denken aan het feit dat ze een jonge vrouw helemaal alleen in een verlaten niemandsland was. Toen hij naar haar toe begon te lopen, werd ze overmand door paniek. *Ik ga hier dood*, besefte ze plotseling, *en niemand zal ooit mijn lichaam vinden*.

Een paar tellen eerder, toen zijn auto langzaam langs die van haar was gegleden, had ze hem naar haar zien kijken – bijna verlekkerd, alsof hij haar schattend opnam – en was haar eerste gedachte geweest dat hij een masker droeg, wat op zich al heel angstwekkend was, maar veel minder angstaanjagend dan het plotse besef dat ze in werkelijkheid zijn gezícht had gezien. Het was aan beide kanten bont en blauw; één oog was zo opgezwollen dat het dichtzat en het andere was helderrood en bloederig. Ze was er vrij zeker van dat er nog meer bloed langs zijn voorhoofd droop, en ze had zich nog net weten in te houden om te gaan gillen. Maar om de een of andere reden ontsnapte haar geen enkel geluid. In godsnaam, herinnerde ze zich dat ze gedacht had zodra hij voorbij was, rij alsjeblieft door. Wat je ook doet, stop alsjeblieft niet.

Maar God had blijkbaar niet geluisterd. Waarom zou God tussenbeide komen om te voorkomen dat ze dood in een greppel ergens in niemandsland zou eindigen? Dat zou Hij niet doen. In plaats daarvan had Hij besloten de vent te laten stoppen, en nu sloop er een man met een gehavend gezicht naar haar toe als iets uit een lowbudgethorrorfilm. Of uit de gevangenis, waar hij zojuist uit ontsnapt was, want hij was ontzettend gespierd, en was dat niet wat gevangenen deden? De hele tijd trainen met gewichten? Zijn haar was kortgeknipt, bijna in militaire stijl; het kenmerk van een van de gangs in de gevangenis waar ze over had gehoord? Het haveloze zwarte T-shirt van een rockband hielp ook niet erg, en zijn gescheurde spijkerbroek ook niet, en de manier waarop hij zijn jas vasthield, maakte haar bang. Waarom had hij die niet aan in dit noodweer? Misschien gebruikte hij het om iets te verbergen…

Een mes.

Of, God verhoede, een pistool…

Een piepend geluidje ontsnapte aan haar keel, en haar gedachten begonnen koortsachtig haar mogelijkheden af te gaan in een poging te bedenken wat ze moest doen. Het wiel naar hem toe gooien? Ze kreeg het geval niet eens uit de achterbak. Om hulp schreeuwen? Er was niemand in de buurt, er was geen enkele auto voorbijgekomen in de afgelopen tien minuten, en ze had haar mobieltje God mag weten waar gelaten, anders zou ze ook niet aan het proberen zijn geweest om het wiel zelf te vervangen. Wegrennen? Misschien, maar aan het vloeiende gemak waarmee hij zich bewoog, zag ze dat hij haar moeiteloos zou inhalen. Het enige wat ze kon doen was weer terug de auto in gaan en de deuren op slot doen, maar hij was nu al vlakbij, en ze kon met geen mogelijkheid langs hem…

'Hulp nodig?'

Het geluid van zijn stem bracht haar met een schok uit haar trance. Ze liet het wiel los en begon achteruit te lopen, er alleen maar op gefocust om afstand tussen hen te scheppen. De bliksem flitste opnieuw en ze merkte dat hij een lege blik had, bijna alsof er iets elementairs aan zijn persoonlijkheid ontbrak, het deel dat het seintje gaf dat het niet oké was om vrouwen te verkrachten en te vermoorden.

'Wat wil je van me?' wist ze eindelijk met verstikte stem uit te brengen.

'Ik wil helemaal niets,' antwoordde hij.

'Wat doe je hier dan?'

'Ik dacht dat je misschien hulp nodig had om je wiel te verwisselen.'

'Dat hoeft niet. Ik kan het zelf wel af.'

Hij keek van haar naar de lekke band en toen weer terug naar haar. 'Oké. Fijne avond,' zei hij. Zich omdraaiend begon hij terug te lopen naar zijn auto, en zijn gestalte werd plotseling kleiner. Zijn reactie was zo onverwacht dat ze een ogenblik als verlamd was. Ging hij weg? Waarom ging hij weg? Ze was er blij om – sterker, ze was er dolblij om – maar toch, maar toch…

'Ik krijg het wiel niet uit de kofferbak!' zei ze, de paniek in haar eigen stem horend.

Hij draaide zich om toen hij bij zijn auto was. 'Daar lijkt het inderdaad op.' Hij stak zijn hand uit naar zijn portier en trok het open, klaar om in te stappen…

'Wacht!' riep ze plotseling.

Hij tuurde met samengeknepen ogen naar haar door de stromende regen. 'Waarom?' riep hij terug.

Waarom? Ze wist niet zeker of ze hem goed had verstaan. Maar aan de andere kant had ze tegen hem gezegd dat ze geen hulp nodig had. En dat was ook zo, behalve dat ze die wel nodig had, maar ze kon nou eenmaal niet bepaald iemand bellen, en terwijl haar gedachten wanordelijk door haar hoofd raasden, flapten de volgende woorden er onwillekeurig uit.

'Heb je een telefoon?' riep ze.

Hij kwam iets dichterbij en bleef staan toen hij te horen was zonder te hoeven schreeuwen, maar hij kwam niet te dichtbij. Goddank. 'Ja,' antwoordde hij.

Ze hupte van de ene voet op de andere, denkend: en nu? 'Ik ben mijn telefoon verloren,' zei ze. 'Ik bedoel, ik ben hem niet echt verlóren.' Ze wist dat ze raaskalde, maar de manier waarop hij haar aanstaarde maakte het haar onmogelijk om ermee op te houden. 'Hij ligt óf op kantoor óf ik heb hem bij mijn ouders laten liggen, maar dat weet ik pas zeker als ik bij mijn MacBook kan.'

'Oké.' Hij voegde er niets aan toe; in plaats daarvan stond hij onbeweeglijk, met zijn ogen kalm op die van haar gericht.

'Ik gebruik dat Zoek mijn iPhone-ding. De app, bedoel ik. Ik kan mijn telefoon opsporen, omdat hij gesynct is met mijn computer.'

'Oké.'

'Nou?'

'Nou wat?'

'Kan ik die van jou even lenen? Ik wil mijn zus bellen.'

'Tuurlijk,' antwoordde hij. Hij stopte de telefoon in de plooien van zijn jas, en toen hij naar haar toe begon te lopen, zette ze automatisch een stap achteruit. Hij legde de jas op de motorkap van haar auto en gebaarde ernaar.

Ze aarzelde. Hij was absoluut raar, maar ze waardeerde het feit dat hij een stap bij haar vandaan had gezet. Ze haastte zich naar het bundeltje en vond zijn iPhone die erin gestopt was, hetzelfde model als dat van haar. Toen ze op het knopje drukte, lichtte het scherm op en ja hoor, hij had bereik. Maar daar had ze niets aan tenzij...

'Vijf-zes-acht-één,' zei hij.

'Geef je me je pincode?'

'Je kan de telefoon niet gebruiken zonder dat je die hebt,' merkte hij op.

'Vind je het niet gevaarlijk om hem aan een vreemde te geven?'

'Ga je mijn telefoon stelen?'

Ze knipperde met haar ogen. 'Nee. Natuurlijk niet.'

'Dan maak ik me er geen zorgen over.'

Ze wist niet goed wat ze daarop moest zeggen, maar laat ook maar. Ze typte met trillende vingers de pincode in en belde haar zus. Bij de derde keer overgaan wist ze dat ze Serena's voicemail zou krijgen. Maria deed haar best om haar frustratie in bedwang te houden terwijl ze een boodschap achterliet waarin ze uitlegde wat er met de auto was gebeurd en haar zus vroeg om haar op te komen halen. Ze stopte de telefoon weer terug in de jas op de motorkap en stapte er toen bij vandaan, naar hem kijkend.

'Geen antwoord?'

'Ze komt eraan.'

'Oké.' Toen de bliksem weer flitste, gebaarde hij naar de achterkant van haar auto. 'Wil je, terwijl je op haar wacht, dat ik intussen je wiel verwissel?'

Ze deed haar mond open om opnieuw zijn aanbod af te slaan, maar wie weet wanneer Serena haar boodschap zou ontvangen, áls ze dat al deed? En dan was het ook nog zo dat ze eigenlijk nog nooit van haar leven een wiel had verwisseld. In plaats van te antwoorden, liet ze haar adem ontsnappen, in een poging het trillen van haar stem tegen te gaan. 'Mag ik je iets vragen?'

'Ja.'

'Wat... wat is er met je gezicht gebeurd?'

'Ik heb gevochten.'

Ze wachtte een paar tellen voor ze uiteindelijk besefte dat hij er niets aan toe ging voegen. *Dat is het? Geen verdere uitleg?* Zijn manier van doen was zo uiterst vreemd dat ze niet wist wat ze ervan moest denken. Terwijl hij bleef staan waar hij stond, blijkbaar wachtend op het antwoord op zijn eerdere vraag, keek ze naar de kofferbak en wenste ze dat ze wel wist hoe ze een wiel moest verwisselen.

'Ja,' zei ze uiteindelijk. 'Als je het niet erg vindt, zou ik graag wat hulp krijgen bij het verwisselen van het wiel.'

'Oké.' Hij knikte. Ze keek naar hem terwijl hij zijn hand uitstak naar de bundel op de motorkap en zijn telefoon terug in zijn zak stopte, waarna hij zijn jas aantrok. 'Je bent bang voor me.'

'Wat?'

'Je bent bang dat ik je iets aan zal doen.' Toen ze niets zei, ging hij verder. 'Dat zal ik niet, maar of je dat gelooft of niet is aan jou.'

'Waarom vertel je me dit?'

'Omdat als ik je wiel ga verwisselen, ik naar de kofferbak zal moeten lopen. Wat betekent dat ik ook naar jou toe zal lopen.'

'Ik ben niet bang voor je,' loog ze.

'Oké.'

'Echt niet.'

'Oké,' zei hij weer, en hij begon naar haar toe te lopen. Ze voelde haar hart samenknijpen toen hij op minder dan een armlengte van haar passeerde, en ze voelde zich een beetje dom toen hij gewoon doorliep zonder in te houden. Hij schroefde iets los, tilde het reservewiel uit de kofferbak en zette het opzij, waarna hij weer achter de kofferbak verdween, ongetwijfeld om de krik te pakken.

'Een van ons moet je auto op de weg zetten,' zei hij. 'Hij moet vlak staan voor ik begin met krikken, anders kan hij wegglijden.'

'Maar ik heb een lekke band.'

Hij keek om de zijkant heen, met de krik in zijn hand. 'De auto gaat er niet stuk van. Gewoon langzaam rijden.'

'Maar dan blokkeert hij bijna de hele rijbaan.'

'Hij blokkeert nu ook al de helft van de rijbaan.'

Daar had hij wel een punt... maar...

Maar stel nou dat dat allemaal deel uitmaakte van zijn plan? Om haar op de een of andere manier af te leiden? Om ervoor te zorgen dat ze met haar rug naar hem toe zou komen te staan?

Een plan waarbij hij me ook zijn telefoon laat gebruiken? En het wiel uit de kofferbak haalt?

Opgejaagd en zich ontzettend bewust van zichzelf stapte ze in de auto en startte de motor, waarna ze hem langzaam maar zeker terug de weg op reed en hem op de handrem zette. Tegen de tijd dat ze het portier opendeed, was hij al bezig het reservewiel naar het achterwiel te rollen, met een kruissleutel in de hand.

'Je kunt in de auto blijven als je wilt,' zei hij. 'Dit duurt waarschijnlijk niet lang.'

Ze beraadslaagde even bij zichzelf, deed het portier dicht en bleef toen een paar minuten in de zijspiegel zitten kijken terwijl hij doorging met losdraaien van de moeren, waarna hij de krik op zijn plaats schoof. Even later kon ze de auto lichtjes opgetild voelen worden, langzaam met sprongetjes omhooggaand en toen stoppend. Ze keek hoe hij de moeren het laatste stukje losdraaide, waarna hij het wiel eraf liet glijden, net toen het onweer nog in hevigheid begon toe te nemen, zodat de regen in vlagen neerstroomde. Het reservewiel zat er snel op, samen met de moeren, en toen plotseling werd de auto weer naar beneden gelaten. Hij legde het wiel met de lekke band in haar kofferbak samen met de krik en de kruissleutel, en ze voelde dat hij de kofferbak voorzichtig dichtdrukte. En toen was het plotseling allemaal voorbij. Toch schrok ze een beetje toen hij op haar raampje tikte. Ze deed het raampje naar beneden en de regen begon door de opening te spetteren. Met zijn gezicht nog in de schaduw was het bijna mogelijk om de blauwe plekken, de zwelling en het bloederige oog te negeren. Bijna, maar niet helemaal.

'Je kunt weer rijden,' riep hij boven de windvlagen uit, 'maar je kunt de band maar het beste zo snel mogelijk laten maken of vervangen. Je reservewiel is er niet voor bedoeld om permanent te gebruiken.'

Ze knikte, maar voordat ze hem kon bedanken, had hij zich al omgedraaid en liep hij op een drafje naar zijn auto. Hij rukte zijn portier open en liet zich achter het stuur glijden. Ze hoorde het gebrul van zijn motor en toen – voor ze het wist – was ze weer alleen op de weg, zij het nu in een auto waarmee ze thuis kon komen.

'Ik hoorde de telefoon overgaan, maar ik herkende het nummer niet, dus liet ik hem naar de voicemail gaan,' zei Serena tussen slokjes van haar jus d'orange door. Naast haar aan de tafel op de veranda aan de achterkant omklemde Maria een kop koffie. Het ochtendzonlicht verwarmde de lucht al. 'Sorry.'

'Nou, volgende keer gewoon opnemen, oké?'

'Dat kan ik niet doen.' Serena glimlachte. 'Stel nou dat het een of andere gek was die me probeerde te bereiken?'

'Dat was juist het probleem! Ik wás met een gek en ik wilde dat jij me kwam redden.'

'Zo klinkt het anders niet. Hij klinkt als een aardige vent.'

Maria keek haar kwaad aan over de rand van haar koffiekop. 'Jij hebt hem niet gezien. Geloof me. Ik heb al heel wat enge mensen gezien, maar hij was erger dan eng.'

'Hij zei toch tegen je dat hij had gevochten...'

'En dat is nou juist het hele punt. Hij is duidelijk gewelddadig.'

'Maar hij was absoluut niet gewelddadig tegen jou; je zei dat hij in het begin niet eens bij je in de buurt kwam. En toen liet hij je zijn telefoon lenen. En daarna verwisselde hij je wiel, stapte toen in zijn auto en reed weg.'

'Je begrijpt niet helemaal waar het om draait.'

'Waar draait het dan om? Dat je niet op uiterlijkheden af moet gaan?'

'Ik probeer een serieus gesprek te voeren!'

Serena begon te lachen. 'Wauw, er is hier iemand nogal lichtgeraakt, zeg. En je weet best dat ik je alleen maar zit te plagen. Als ik daar in die situatie had gezeten, had ik waarschijnlijk in mijn broek geplast. Kapotte auto, verlaten weg, geen telefoon, bloed op het gezicht van een of andere vreemde vent... de nachtmerrie van iedere vrouw.'

'Precies.'

'Heb je je telefoon ooit nog teruggevonden?'

'Hij ligt op kantoor. Waarschijnlijk nog steeds op mijn bureau.'

'Je bedoelt dat hij daar al ligt sinds vrijdag? En je had zaterdagavond pas in de gaten dat je hem niet bij je had?'

'Ja, en?'

'Je wordt zeker niet zo heel vaak gebeld, of wel?'

'Ha, ha.'

Serena schudde haar hoofd en pakte toen haar telefoon. 'Ik kan niet zonder die van mij, het is maar dat je het weet.' Ze nam snel een foto van Maria.

'Waar is die voor?'

'Instagram.'

'Echt waar?'

Serena zat al lustig te tikken. 'Maak je geen zorgen. Hij wordt grappig,' zei ze, waarna ze het beeld en het onderschrift liet zien. *Maria, nadat ze Nightmare on Dark Street heeft overleefd.* 'Die ga je toch niet posten, hè?'

'Heb ik al gedaan.' Serena knipoogde.

'Je moet ophouden met dingen over mij posten. Ik meen het. Stel dat een van mijn cliënten het vindt?'

'Dan geef je mij toch de schuld?' Ze haalde haar schouders op. 'Waar is papa trouwens?'

'Hij is nog steeds Copo aan het uitlaten,' zei ze. Copo was een bijna helemaal wit shih tzu-teefje. Nadat Serena was verhuisd naar de studentenflat, waren zij en Maria op een keer thuisgekomen met Kerstmis en hadden ze ontdekt dat hun ouders een hond hadden gekocht. Nu ging Copo vrijwel overal mee naartoe: naar het restaurant – waar ze haar eigen bedje in het kantoor had – naar de supermarkt, zelfs naar de accountant. Copo werd veel meer verwend dan de meisjes ooit waren geweest.

'Ik kan er nog steeds niet over uit,' mopperde Serena. 'Ze zijn helemaal weg van die hond.'

'Denk je?'

'Heb je die halsband met kristallen gezien die mama heeft gekocht? Ik ging bijna over mijn nek.'

'Doe eens een beetje aardig.'

'Ik doe aardig!' zei Serena. 'Ik had gewoon niet verwacht dat ze ooit een hond zouden hebben. Wij hadden er nooit een toen we klein waren, en ik heb er jaren om gesmeekt. Ik beloofde zelfs dat ik ervoor zou zorgen.'

'Dat komt doordat ze wisten dat je dat toch niet zou doen.'

'Ik heb dan misschien geen klas overgeslagen en ben niet op mijn zeventiende al gaan studeren zoals jij, maar ik ben er vrij zeker van dat ik een hond wel aan had gekund. En ik ben toevallig wel in de running voor de Charles Alexander-beurs volgend jaar, als je dat maar weet.'

'Mm, jaja.' Maria trok sceptisch een wenkbrauw op.

'Ik meen het. Het is voor studenten die een opleiding volgen tot onderwijzer aan tweetalige leerlingen. Ik heb het aanvraagformulier ingevuld, een essay geschreven, aanbevelingsbrieven gekregen van twee van mijn professoren en alles. Het wordt gesponsord door een privéstichting, en ik heb aanstaande zaterdag een gesprek met de voorzitter. Dus.' Ze sloeg haar armen over elkaar.

'Wauw. Dat is geweldig.'

'Maar niet aan papa vertellen, hoor. Ik wil dat het een verrassing is.'

'Hij zou het fantastisch vinden als je won.'

'Ja, hè? Moet je nagaan hoeveel halsbanden ze zouden kunnen kopen voor Copo als hij geen collegegeld hoefde te betalen.'

Maria begon te lachen. Binnen konden ze hun moeder horen neuriën in de keuken, en de geur van *huevos rancheros* kwam door het open raam naar buiten.

'Maar goed,' ging Serena verder, 'we hadden het over gisteravond. Waarom was je zo laat nog van huis? Dat is ver na je gebruikelijke bedtijd.'

Maria keek haar zus nors aan en bedacht vervolgens dat ze het net zo goed maar achter de rug kon hebben. 'Ik was met iemand uit, toevallig.'

'Nee, dat geloof ik niet!'

'Waarom doe je alsof het zoiets bijzonders is?'

'Gewoon. Ik dacht dat je had besloten om celibatair te blijven.'

'Waarom zeg je dat?'

'Hallo? Ben je vergeten tegen wie ik het heb?'

'Ik ga wel eens uit, hoor.'

'Je gaat misschien wel eens suppen, maar 's avonds ga je niet uit. In plaats daarvan werk jij. Je leest. Je kijkt naar slechte televisie. Je gaat niet eens meer dansen tegenwoordig, en daar was je altijd zo dol op. En ik heb je toen een keer geprobeerd over te halen om met me mee te gaan naar dat pakhuis, weet je nog? Met het salsadansen op zaterdagavond?'

'Voor zover ik me herinner, zei je dat er daar een heleboel enge kerels waren.'

'Maar ik heb ook heel veel lol gehad. En anders dan jij kan ik voor geen meter dansen.'

'We zijn niet allemaal student, hoor, met lessen die pas om twaalf uur 's middags beginnen en op vrijdag vrij. Sommigen van ons hebben verantwoordelijkheden.'

'Jaja, die heb ik eerder gehoord,' zei Serena, het wegwuivend. 'Ik begrijp dat je niet hebt gescoord?'

Maria gluurde over haar schouder naar het deels openstaande raam om zich ervan te verzekeren dat haar moeder niet luisterde.

Serena rolde met haar ogen. 'Je bent volwassen, hoor. Je hoeft je sociale leven niet meer verborgen te houden voor papa en mama.'

'Ja, nou, wat dat betreft zijn we altijd nogal verschillend geweest.'

'Wat? Denk je dat ik ze alles vertel?'

'Ik hoop het niet.'

Serena onderdrukte een giechel. 'Jammer dat je afspraakje geen succes was.'

'Hoe weet je dat? Misschien was het wel een succes.'

'Ik denk het niet,' zei Serena hoofdschuddend. 'Anders zou je niet alleen op weg naar huis zijn geweest.'

Oeps, dacht Maria. Serena was altijd al vlug van begrip geweest, maar bovendien was ze gezegend met een nuchterheid die Maria soms ontbeerde.

'Hallo?' ging Serena verder. 'Is er iemand thuis? Ik vroeg naar je afspraakje.'

'Ik denk niet dat hij me nog zal bellen.'

Serena deed alsof ze met haar meevoelde, al was haar geamuseerde cynisme overduidelijk. 'Waarom niet? Had je je computer bij je en heb je de hele tijd zitten werken?'

'Nee. En het lag niet aan mij. Het was gewoon... slecht.'

'Voor de draad ermee, grote zus van me. Ik wil er alles over weten.'

Maria keek uit over de achtertuin, peinzend over het feit dat Serena de enige in de wereld was met wie ze echt kon praten. 'Er valt eigenlijk niet zo veel te vertellen. Ten eerste was ik sowieso helemaal niet van plan om uit te gaan...'

'Nee! Jij?'

'Wil je dit horen of niet?'

'Mijn fout.' Serena grijnsde. 'Ga verder.'

'Je herinnert je Jill nog wel, toch? Mijn vriendin van mijn werk?'

'Superintelligent, tegen de veertig en popelend om te gaan trouwen, ontzettend grappig? Degene die bij ons kwam brunchen, Copo oppakte en papa bijna een hartaanval bezorgde?'

'Ja.'

'Nee, haar herinner ik me niet.'

'Hoe dan ook,' zei Maria, 'een paar dagen geleden waren we samen aan het lunchen en toen haalde ze me over om samen met haar en haar vriend, Paul, uit eten te gaan, nadat ik terug zou zijn van de conferentie. Maar zonder dat ik het wist, bleek dat ze ook een van Pauls vrienden van zijn werk hadden uitgenodigd om mee te eten, en...'

'Wacht, even terug. Was hij aantrekkelijk?'

'Hij was absoluut knap. Maar het probleem was dat hij dat zelf ook wist. Hij was bot en arrogant en hij zat de hele avond met de serveerster te flirten. Ik geloof dat hij zelfs haar telefoonnummer van haar heeft losgekregen terwijl ik naast hem zat.'

'Chic, hoor.'

'Jill schaamde zich al net zo erg als ik, maar het gekke was dat ik het idee had dat Paul het niet eens merkte. Misschien was het de wijn of wat dan ook, maar hij bleef maar zeggen dat we daarna met zijn vieren naar een club moesten gaan en dat hij zo blij was dat we met elkaar op konden schieten, dat hij gewoon wist dat we perfect bij elkaar zouden passen. Wat vreemd is, want gewoonlijk is hij helemaal niet zo. Meestal is hij stil en laat hij het praten over aan Jill en mij.'

'Misschien mag hij zijn vriend gewoon graag. Of misschien dacht hij dat jij en zijn vriend mooie baby's zouden krijgen en dat jullie er een naar hem zouden vernoemen.'

Onwillekeurig begon Maria te lachen. 'Misschien. Hoe dan ook, ik geloof niet dat ik zijn type ben. Ik ben er vrij zeker van dat hij zich beter op zijn gemak zou voelen bij iemand die wat...'

Toen Maria's stem wegstierf, maakte Serena het voor haar af. 'Dommer was?'

'Ik zat te denken aan blonder, zoals de serveerster.'

'Ja, nou, het is maar dat je het weet, maar dat is altijd jouw probleem geweest wat mannen betreft. Je bent te intelligent. En voor mannen is dat een beetje intimiderend.'

'Niet voor alle mannen. Luis en ik zijn meer dan twee jaar samen geweest.'

'Samen gewéést,' zei Serena. 'Dat zijn de woorden waar het om gaat. En misschien wist je het nog niet: hij was dan misschien supersexy, maar Luis was een ontzettende loser.'

'Zo erg was hij niet.'

'Ga nou niet helemaal nostalgisch zitten doen over wat er goed was aan hem. Het was nou niet bepaald zo dat je ooit een toekomst met hem hebt gehad, en dat weet je best.'

Maria knikte. Ze wist dat Serena gelijk had, maar toch gaf ze zich heel even over aan een beetje nostalgie voor ze het de kop indrukte. 'Ach ja, het leven is een leerschool.'

'Ik ben alleen maar blij dat je weer hebt besloten om te daten.'

'Dat heb ik niet. Jill en Paul hebben het voor mij besloten.'

'Ook goed. Je moet eens wat meer...'

Terwijl Serena naar de juiste woorden zocht, opperde Maria: 'Zoals jij worden?'

'Waarom niet? Uitgaan, van het leven genieten, vrienden maken? Beter dan de hele tijd werken.'

'Hoe weet jij dat nou? Jij werkt maar een paar diensten per week.'

'Goed punt. Het is maar een aanname, gebaseerd op jouw gebrek aan een sociaal leven.'

'Geloof het of niet, ik vind werken gewoon leuk.'

'Ik zal eraan denken om dat op je grafsteen te zetten,' zei Serena. 'Hoe is het op je werk, trouwens?'

Maria verschoof op haar stoel, zich afvragend hoeveel ze moest vertellen. 'Gaat wel.'

'Je zei net nog dat je het leuk vond.'

'Vind ik ook, maar...'

'Laat me raden... de conferentie, of niet? Die waar je met je baas naartoe ging?' Toen Maria knikte, ging Serena verder. 'Was het net zo vreselijk als je had gedacht?'

'Niet echt vreselijk, maar...'

'Heeft hij geprobeerd je te versieren?'

'Soort van,' gaf Maria toe. 'Maar niets wat ik niet aankon.'

'We hebben het over die vent die getrouwd is, toch? Met drie kinderen?'

'Die, ja.'

'Je moet tegen hem zeggen dat hij ermee moet kappen. Dreigen dat je een klacht zal indienen wegens ongewenste intimiteiten, of wat dan ook.'

'Het ligt wel wat ingewikkelder. Voorlopig is het waarschijnlijk beter als ik het gewoon probeer te negeren.' Toen er een spottend lachje om Serena's lippen begon te spelen, ging Maria verder. 'Wat nou?'

'Ik zat net te denken dat je echt goed met mannen overweg kan. Je vroegere vriendje ging vreemd, je meest recente date flirt met andere meisjes en intussen houdt je baas maar niet op met proberen je te versieren.'

'Welkom in mijn wereld.'

'Het is natuurlijk niet alleen maar slecht. Je hebt gisteravond een leuke vent ontmoet. Het soort vent dat een vrouw helpt in tijden van nood, ondanks een hevige onweersbui...'

Toen Maria haar vuil aankeek, lachte Serena en ging verder. 'Ik had echt graag je gezicht willen zien.'

'Dat zag er niet best uit.'

'En toch zit je hier, veilig en wel,' bracht Serena haar in herinnering. 'En daar ben ik blij om, al was het alleen maar omdat je toegang blijft hebben tot mijn wijsheid.'

'Je moet echt eens werken aan je problemen met je gevoel voor eigenwaarde,' zei Maria zuur.

'Nou, hè? Nee, even serieus, ik ben blij dat je weer naar de stad terug bent verhuisd. Die brunches zouden dodelijk zijn als jij er niet bij was. Als jij er bent, hebben mama en papa tenminste iemand anders om zich zorgen over te maken.'

'Ik ben blij dat ik je van dienst kan zijn.'

'En ik waardeer het. En bovendien hebben we de kans gehad om elkaar beter te leren kennen.'

'We kennen elkaar al heel lang.'

'Jij ging studeren toen ik tien was.'

'En ik kwam bijna elk weekend thuis, en bracht elke vakantie hier door.'

'Dat is waar. Je was wel een beetje een doetje wat dat betreft. De eerste paar jaar had je zo'n heimwee dat je elk weekend zat te huilen.'

'Het was zwaar om zo ver van huis te zijn.'

'Waarom denk je dat ik hier op de universiteit zit? Wat dat betreft ben ik bijna net zo slim als jij.'

'Je bent ook slim. Je krijgt misschien wel een beurs, weet je nog wel?'

'Ik ben niet zo slim als jij. Maar dat geeft niet. Dat maakt het uiteindelijk veel gemakkelijker om een man te vinden – niet dat ik interesse heb in iets serieus. Maar luister eens, als je wilt, hou ik graag een oogje in het zeil voor je. Ik ontmoet aan de lopende band mannen.'

'Studenten?'

'Sommige vallen misschien op oudere vrouwen.'

'Je bent gestoord.'

'Ik weet het niet. Ik heb over het algemeen een vrij goede smaak.'

'Doel je soms op Steve?'

'We gaan alleen maar met elkaar uit. Het is nog niet serieus. Maar hij lijkt een leuke jongen te zijn. Hij werkt zelfs als vrijwilliger bij de Dierenbescherming, en op zondag doet hij herplaatsingen van huisdieren.'

'Vind je hem leuk?'

'Je bedoelt... léúk leuk? Of gewoon leuk?'

'Wat is dit? Zitten we nu plotseling weer op de basisschool of zo?'

Serena begon te lachen. 'Ik weet nog niet wat ik ervan vind. Maar hij is leuk, en dat geeft me meer tijd om erachter te komen.'

'Wanneer mag ik hem ontmoeten?'

'Nou... laten we eerst maar eens kijken hoe het loopt. Want als jij hem ontmoet, zullen papa en mama hem ook willen ontmoeten, en dan verlies ik de controle over de hele situatie. Wat er daarna ook gebeurt, hij zal denken dat ik het idee heb dat het serieus is, en anders dan jij ben ik te jong om al te settelen.'

'Ik wil ook nog niet settelen.'

'Misschien niet. Maar je hebt echt behoefte aan een afspraakje.'

'Hou je nou eens op?'

'Oké, prima. Je hebt geen behoefte aan een afspraakje. Wat jij nodig hebt is dat je een keer scoort.'

Toen Maria niet de moeite nam om te antwoorden, begon Serena te giechelen. 'Een gevoelig plekje geraakt?' vroeg ze vrolijk. 'Oké, laat maar zitten. Wat staat er op je agenda voor vandaag? Als we hier weg zijn? Ga je weer suppen?'

'Ik zat er wel over te denken.'

'In je eentje?'

'Tenzij jij het weer wil proberen.'

'Echt niet. Ik snap nog steeds niet wat je er zo leuk aan vindt. Het lijkt helemaal niet op dansen. Het is saai.'

'Het is een goede manier van lichaamsbeweging. En het is rustig.'

'Dat zei ik toch net?' vroeg Serena.

Maria glimlachte. 'En jij? Wat zijn jouw plannen?'

'Ik ga lekker lang een dutje doen. En dan, daarna, merk ik wel hoe het loopt.'

'Ik hoop dat je iets vindt om te doen. Ik zou het vreselijk vinden als je een wilde zondagavond in de soos zou mislopen.'

'Zeg, zeg… jaloezie is een heel nare eigenschap, hoor,' zei Serena. Ze wees met haar duim over haar schouder naar de ramen. 'Papa is eindelijk terug en ik sterf van de honger. Laten we gaan eten.'

Later die middag, terwijl Serena ongetwijfeld vast lag te slapen, stond Maria op haar supboard op de Masonboro Sound, dat al lang geleden haar favoriete plek was geworden om een middag in het weekend door te brengen. Masonboro Island was het langste barrière-eiland langs de zuidelijke kust van de staat, en hoewel ze soms naar de kant van het eiland voer dat aan de Atlantische Oceaan lag, gaf ze meestal de voorkeur aan de spiegelende wateren van het moeras. Zoals altijd was het dierenleven spectaculair. In het eerste uur dat ze op het water was, had ze al visarenden, pelikanen en zilverreigers gezien en een paar foto's gemaakt die volgens haar behoorlijk goed waren. In juni had ze zichzelf voor haar verjaardag een goede, waterbestendige camera cadeau gedaan, en hoewel het een rib uit haar lijf was geweest en ze nog steeds bezig was de creditcardrekening af te betalen, had ze er nog geen spijt van gehad. Ze zouden dan wel niet in de *National Geographic* terechtkomen, maar een paar van haar foto's waren wel goed genoeg geweest om aan de muren van haar appartement te hangen, wat een verstandige manier was om het appartement aan te kleden aangezien ze zich het appartement zelf ook nauwelijks kon veroorloven.

Maar hier in de vrije natuur was het gemakkelijk om die dingen te overdenken zonder dat ze er per se over begon te piekeren. Hoewel ze pas met suppen was begonnen sinds ze was terugverhuisd naar Wilmington, had het dezelfde uitwerking op haar als dansen vroeger had gehad. Ze had het punt bereikt waarop ze moeiteloos haar evenwicht bewaarde en het gestage ritme van het peddelen de stress als sneeuw voor de zon deed verdwijnen. Gewoonlijk kreeg ze al na een paar minuten op het water het gevoel dat alles oké was in de wereld. Het was een warme, ontspannende gloed die begon in haar nek en schouders, waarna hij zich door de rest van haar lichaam verspreidde, en tegen de tijd dat ze onder de douche stond nadat ze weer thuis was gekomen, had ze het gevoel dat ze weer een week op kantoor aankon. Serena had het bij het verkeerde eind wat suppen betrof. Het was niet saai; het was tegenwoordig onmisbaar voor haar geestelijke gezondheid, en ze moest toegeven dat het ook niet slecht was voor haar figuur. In het afgelopen jaar was ze gespierd geworden op plekken waarvan ze niet eens had geweten dat ze er gespierd kon zijn, en ze had haar pakken moeten laten vermaken omdat ze te ruim waren geworden om haar middel en haar kont.

Niet dat het zou uitmaken. Serena had het dan misschien bij het verkeerde eind gehad wat suppen betrof, ze had gelijk gehad over het feit dat ze nu al een tijd niet veel geluk had in de liefde, te beginnen met Luis. Hij was de eerste met wie ze ooit iets serieus had gehad, de eerste man van wie ze echt had gehouden. Ze waren eerst bijna een jaar vrienden geweest voordat ze iets met elkaar kregen, en oppervlakkig gezien hadden ze veel met elkaar gemeen. Net als zij was hij een kind van Mexicaanse immigranten en was hij van plan advocaat te worden; net als zij hield hij van dansen, en nadat ze een paar jaar een relatie hadden gehad, kon ze zich gemakkelijk een toekomst met hem voorstellen. Luis daarentegen had duidelijk gemaakt dat hij er tevreden mee was om een relatie te hebben – en met haar naar bed te gaan – zolang ze nooit iets meer verwachtte dan dat. Als ze het onderwerp trouwen alleen maar ter sprake bracht, ging hij al uit zijn dak, en hoewel ze in het begin had geprobeerd zichzelf wijs te maken dat het er niet echt toe deed, had ze diep vanbinnen geweten dat het dat wel deed.

Toch was het ten slotte als een verrassing gekomen dat het uit was; hij had haar gewoonweg op een avond gebeld en gezegd dat het over was. Uiteindelijk had ze geprobeerd zichzelf te troosten met het feit dat ze andere dingen wilden in het leven en dat Luis gewoon nog niet klaar was voor het soort commitment waarvan ze wist dat zij ernaar verlangde. Maar daarna? Iets meer dan een jaar later, vlak nadat ze haar advocatuurexamen had afgelegd, had ze ontdekt dat hij verloofd was. Ze was zes weken lang totaal van slag geweest en had geprobeerd erachter te komen waarom dat andere meisje goed genoeg was geweest om mee te trouwen, terwijl hij met haar niet eens in staat was geweest het onderwerp te bespreken. Wat had ze verkeerd gedaan? Had ze hem te veel gepusht? Was ze te saai geweest? Of te... iets anders? Terugkijkend had ze geen idee. Natuurlijk zou de hele ervaring een stuk gemakkelijker zijn geweest als ze iemand anders had ontmoet na Luis, maar met elk jaar dat voorbijging, merkte ze dat ze zich steeds meer afvroeg waar alle leuke mannen waren gebleven. Of er eigenlijk nog wel zoiets bestond als een leuke man. Waar waren de mannen die niet verwachtten dat je met ze naar bed ging na pas twee keer met ze uit te zijn geweest? Of mannen die vonden dat het wel zo chic was om de rekening te betalen tijdens het eerste afspraakje? Of zelfs een man met een enigszins fatsoenlijke baan en plannen voor de toekomst? God, ze had er echt wel moeite voor gedaan nadat het uit was gegaan tussen haar en Luis. Ondanks de vele uren die ze had besteed aan haar rechtenstudie en daarna aan haar werk in Charlotte was ze regelmatig in het weekend uitgegaan met vriendinnen, maar had er ook maar één een beetje fatsoenlijke man haar mee uit gevraagd?

Ze hield even op met peddelen en liet het board glijden terwijl ze rechter ging staan en haar rug strekte. Nou, eigenlijk wel, waarschijnlijk, dacht ze. Maar in die tijd had ze de neiging gehad om zich eerst te focussen op hun uiterlijk, en ze kon zich herinneren dat ze tegen een aantal jongens nee had gezegd omdat ze er niet leuk genoeg uitzagen. En misschien was dat wel het probleem geweest. Misschien had ze de ideale man wel afgewezen omdat hij niet lang genoeg was geweest of wat dan ook, en was hij nu – hij was tenslotte niet voor niets de ideale man – al niet meer in de markt. Het leek tegenwoordig wel of de ideale mannen binnen een mum van tijd uitverkocht waren, misschien omdat ze zo zeldzaam waren als sneeuw met Pinksteren.

Meestal zat ze er niet mee. Ze was anders dan haar moeder, die geloofde dat de relationele status van een vrouw bepaalde wie ze was. Ze had haar eigen leven, ze kon komen en gaan wanneer ze maar wilde, en hoewel ze niemand had die voor haar zorgde, hoefde ze ook niet voor iemand anders te zorgen. Maar toch waren er in de afgelopen paar jaar – nu ze de dertig begon te naderen – momenten geweest dat ze dacht dat het wel leuk zou zijn om iemand te hebben om mee te gaan dansen, of die met haar mee ging suppen, of zelfs iemand die bereid was te luisteren naar haar geklaag na een rotdag op haar werk. Als ze een brede vriendenkring had gehad, zoals Serena, had dat die leegte misschien opgevuld, maar de meeste vrienden van Maria woonden ofwel in de omgeving van Raleigh ofwel in die van Charlotte, en als ze met hen wilde afspreken betekende dat bijna altijd een autorit en bij iemand op de bank blijven slapen. Afgezien van haar vader, moeder en zus, haar familieleden, Jill en nog een paar collega's – en, ja, zelfs Paul, ondanks die ene avond laatst – waren de enige mensen die ze hier kende de mensen met wie ze op de middelbare school had gezeten, en omdat ze jaren weg was geweest, waren ze uit elkaar gegroeid. Ze zou het contact waarschijnlijk wel weer kunnen herstellen, maar tegen de tijd dat ze klaar was met werken wilde ze zich gewoonlijk alleen maar lekker ontspannen in bad met een glas wijn en een goed boek. Of, als ze veel energie had, misschien het water op gaan op haar supboard. Zelfs vriendschappen vergden energie, en de laatste tijd had ze daar niet genoeg van. Hoewel dat betekende dat haar leven niet al te opwindend was, was het ook het soort rustige voorspelbaarheid dat ze nodig had. Haar laatste jaar in Charlotte was traumatisch geweest, en...

Ze schudde haar hoofd en duwde de herinnering aan dat laatste jaar weg. Ze nam een kalmerende ademteug en zei tegen zichzelf dat ze stevig moest focussen op het positieve, zoals ze zichzelf had aangeleerd. Er waren een heleboel goede dingen in haar leven. Ze had haar familie, haar eigen huis, en een baan die ze leuk vond...

Weet je dat wel zeker? vroeg het kleine stemmetje vanbinnen plotseling. *Want je weet dat dat niet helemaal waar is.*

Het begin was goed geweest, maar was dat niet altijd zo? Martenson, Hertzberg & Holdman was een middelgrote firma, en ze werkte hoofdzakelijk voor de eerste strafpleiter, Barney Holdman, bij wie ze verzekeringsrecht deed. Barney was begin zestig en degene die de meeste opdrachten binnensleepte voor de firma, een juridisch genie dat pakken van seersucker droeg en sprak met een langzaam, zwaar zuidelijk accent dat zo uit de bergen van North Carolina kwam. Op zowel cliënten als jury's kwam hij over als het type vriendelijke grootvader, maar onder de oppervlakte was hij ambitieus, op alles voorbereid en veeleisend voor zijn compagnons. Door voor hem te werken, had ze het voorrecht dat ze de tijd, de expertise en het geld had om haar zaken voor te bereiden, wat bij haar werk als aanklager heel anders was geweest.

Jill was een bonus. Als de enige vrouwen op kantoor afgezien van secretaresses en paralegals, die hun eigen kliekjes hadden, hadden Jill en Maria het meteen goed met elkaar kunnen vinden, ook al werkten ze op verschillende afdelingen. Ze lunchten drie of vier keer per week met elkaar, en Jill kwam vaak even langs in Maria's kantoor voor een kort bezoekje. Ze was gevat en maakte Maria aan het lachen, maar ze had een vlijmscherp juridisch verstand en was een van de voornaamste troeven van de firma. Waarom ze nog geen partner was gemaakt was een raadsel. Maria vroeg zich soms af of Jill nog lang bij de firma zou blijven, hoewel ze er niets rechtstreeks over had gezegd.

Het echte probleem was Ken Martenson, de partner die algemeen directeur van de firma was, en die paralegals leek aan te nemen op basis van hun aantrekkelijkheid in plaats van hun kwalificaties en die veel te vaak rond hun bureaus rondhing. Dat aspect kon Maria niet per se iets schelen, en het kon haar ook niet schelen als ze Ken vriendschappelijk zag omgaan met de ene of de andere paralegal op een manier die soms niet helemaal professioneel leek. Jill had Maria tijdens haar eerste week bij het bedrijf al op de hoogte gebracht van Kens reputatie, vooral zijn belangstelling voor aantrekkelijke paralegals, maar daar had Maria haar schouders over opgehaald. Tenminste, totdat Ken zijn vizier op haar begon te richten. Dat was geen goede ontwikkeling, en de afgelopen tijd werd de situatie nog ingewikkelder. Het was nog te doen om te proberen Ken te ontwijken op kantoor, waar er altijd mensen in de buurt waren, maar de conferentie in Winston-Salem die ze vorige week hadden bezocht had haar angst vergroot dat het wel eens erger zou kunnen worden. Hoewel Ken niet zo ver was gegaan dat hij met haar mee was gelopen naar de deur van haar hotelkamer – God zij gedankt voor de kleine meevallertjes – had hij haar op beide avonden wel onder druk gezet om met hem te dineren. En toen? Hij had het hele riedeltje van 'mijn vrouw waardeert me gewoon niet' voor haar afgedraaid terwijl hij de hele tijd bleef vragen of ze nog een glas wijn wilde, hoewel ze het eerste glas nog nauwelijks had aangeraakt. Hij had gepraat over zijn huis aan het strand en hoe rustig en ontspannend het daar was en meer dan eens opgemerkt dat het meestal leeg was. Als ze het een keer wilde gebruiken, hoefde ze het alleen maar te vragen. En had hij al gezegd hoe zeldzaam het was om te werken met iemand die én intelligent én mooi was?

Had de man het er nog dikker bovenop kunnen leggen? Niettemin had ze toen hij zinspeelde op wat hij wilde gedaan of ze het niet begreep en het gesprek weer teruggestuurd naar de kwesties die op de conferentie besproken waren. En het had grotendeels gewerkt, al had ze niet gelogen tegen Serena toen ze zei dat het ingewikkeld lag. Soms wenste ze dat iemand haar voor ze zich inschreef voor een rechtenstudie had verteld dat het feit dat ze advocaat was helemaal geen garantie op een baan betekende. De afgelopen jaren hadden firma's van allerlei groottes bezuinigd, de salarissen gingen omlaag, en op dit moment waren er te veel advocaten die aasden op te weinig baantjes. Nadat ze was weggegaan bij het parket had het haar vijf maanden gekost om deze baan in de wacht te slepen, en voor zover ze wist, nam geen van de andere firma's in de stad op dit moment mensen aan. Als ze zelfs maar de woorden 'ongewenste intimiteiten' zou mompelen of er vaag op zou zinspelen dat ze een rechtszaak zou aanspannen, zou ze waarschijnlijk in de hele staat geen andere baan meer vinden. Advocaten hadden aan niemand zo'n hekel als aan andere advocaten die hun een proces zouden kunnen aandoen.

Voorlopig zat ze klem. Ze had de conferentie overleefd, maar ze zwoer dat ze zichzelf niet nog eens in zo'n situatie zou brengen. Ze zou de koffieruimte vermijden en iets voorzichtiger zijn met tot laat doorwerken, vooral als ze wist dat Ken er ook zou zijn. Voorlopig was dat het enige wat ze kon doen, naast bidden dat hij zijn pijlen weer op een van de paralegals zou richten.

Het was nog maar weer een voorbeeld van hoe het leven moeilijker was gebleken dan ze zich had voorgesteld. Toen ze met haar eerste baantje begon, was ze idealistisch geweest; het leven had meer een avontuur geleken. Ze was er volledig van overtuigd geweest dat ze een rol van betekenis zou kunnen spelen in het veilig houden van de straten en dat ze ervoor zou zorgen dat slachtoffers gerechtigheid en schadevergoeding kregen. Maar in de loop van de tijd was ze ontmoedigd geraakt door het hele proces. Het was duidelijk geworden dat zelfs gevaarlijke misdadigers vaak vrijuit gingen, dat de stroef draaiende raderen van het systeem ongelooflijk traag bewogen, en dat haar cliëntenlast oneindig was. Nu woonde ze weer in de stad waar ze was opgegroeid en oefende ze een rechtsvorm uit die heel anders was dan wat ze had gekend als assistent van de officier van justitie. Hoewel ze ervan overtuigd was geweest dat het beter zou worden als ze eenmaal gewend was, was ze langzaam gaan beseffen dat werkstress gewoon verschillende smaken kende, en deze smaakte niet beter dan de stress die ze hiervoor had gehad.

Dat had haar verrast, maar aan de andere kant was ze door vrijwel alles verrast geweest in de afgelopen zeven jaar. De wereld zag haar dan misschien als een jonge, hoogopgeleide vrouw met een eigen huis, maar er waren momenten dat ze het gevoel had dat ze de hele boel voor de gek aan het houden was. Een deel ervan was financieel – nadat ze aan het einde van de maand haar rekeningen had betaald, had ze minder geld te besteden dan ze als tiener had gehad – maar het andere deel was dat de meeste van haar studievrienden al getrouwd waren, en sommigen van hen hadden al kinderen. Als ze met hen praatte, wekten de meesten de indruk dat ze volkomen tevreden waren, alsof hun leven zich precies volgens plan ontvouwde, terwijl zij aan de andere kant een seksverslaafde baas had, een appartement dat ze zich nauwelijks kon veroorloven en een jongere zus die tegelijkertijd wijzer en zorgelozer leek dan Maria. Als dit de volwassen wereld was, vroeg ze zich nu wel af waarom ze eigenlijk zo'n haast had gehad volwassen te worden.

Het volgende uur trok ze gestaag aan de peddel en gleed het board naar voren terwijl ze haar best deed om van de omgeving te genieten. Ze merkte de langzaam wegdrijvende wolken op en de bomen die werden weerspiegeld in het water. Ze concentreerde zich op de zoutig frisse geur van het briesje en koesterde zich in de warmte van de zon op haar armen en schouders. Zo nu en dan nam ze een foto, waaronder een mooie van een visarend die een vis in zijn klauwen had terwijl hij van het water opvloog. Hij was te donker in de zoeker en iets te ver weg, maar met wat fotoshoppen zou het wel iets kunnen worden wat het bewaren waard was.

Toen ze eindelijk weer thuis was, ging ze onder de douche en schonk ze een glas wijn voor zichzelf in, en ging toen in een schommelstoel zitten die op haar kleine veranda aan de achterzijde stond. Ze keek naar de mensen die over Market Street liepen, zich vluchtig afvragend hoe hun levens eruitzagen. Ze vond het leuk om verhalen over hen te verzinnen: *Die daar is waarschijnlijk op be-*

zoek uit New York, of *Ik wil wedden dat mama een ijsje gaat halen met haar kinderen*. Het was een onschuldige, ontspannende bekroning van een weekend dat zijn hoogte- en dieptepunten had gekend.

Zoals de klapband. Wat haar eraan herinnerde dat ze er morgen opuit moest om hem te laten vervangen. Maar wanneer? Ze wist dat Barney toen zij niet op kantoor was omdat ze op de conferentie was, haar postvak had gevuld met werk. Ze hadden ook twee belangrijke vergaderingen 's middags, wat het er ook niet gemakkelijker op maakte. En bovendien had ze geen idee wat Kens volgende zet zou zijn.

Het gevoel van onbehagen werd de volgende ochtend nog sterker, toen ze Barney in zijn kantoor zag praten met Ken terwijl zij zat te kletsen met Lynn, de voluptueuze, zij het niet al te efficiënte paralegal die aan Barneys team was toegewezen. Ken en Barney spraken elkaar vaak even voor de vergadering op maandagochtend, maar wat ongebruikelijk was, was dat toen Ken Barneys kantoor verliet, hij alleen maar naar haar knikte zonder te glimlachen voordat hij wegliep door de gang. Ergens was ze opgelucht dat hun ontmoeting zo kort duurde, maar tegelijkertijd veroorzaakte de plotselinge koele beroepsmatigheid een naar gevoel in haar maag, omdat het ongetwijfeld betekende dat hij boos op haar was.

Een paar minuten later stak Jill haar hoofd om de deur om zich te verontschuldigen voor de blind date, zich duidelijk doodschamend. Ze praatten een paar minuten – Jill zou de rest van de week buiten de stad zijn om getuigenverklaringen af te nemen – en Maria herhaalde tegen Jill het verhaal dat ze aan Serena had verteld over haar lekke band en de onbekende man die haar had gered, waardoor Jill zich alleen nog maar vervelender ging voelen.

Zodra Jill weg was, begon Maria garages te bellen om te proberen een plek in de buurt te vinden waar ze haar band kon laten verwisselen na haar werk, maar ze kwam er al snel achter dat ze allemaal gesloten zouden zijn tegen de tijd dat ze aankwam. Haar enige optie was te proberen het tijdens haar lunchpauze gedaan te krijgen. Het kostte zes pogingen om eindelijk een afspraak te bemachtigen om half een; dat betekende dat het krap zou worden voor de eerste ontmoeting met een cliënt die om half twee was. Ze waarschuwde Barney dat ze een paar minuutjes later terug zou kunnen zijn. Hij fronste maar zei tegen haar dat ze haar best moest doen, benadrukkend dat haar aanwezigheid belangrijk was. Ze ging om kwart voor twaalf weg van kantoor, in de hoop dat de monteurs eerder zouden kunnen beginnen.

Maar ze begonnen niet eerder. Ze begonnen niet eens op tijd. Uiteindelijk bracht ze het volgende uur door met wachten, heen en weer geslingerd tussen paniek en langzaam groter wordende woede, telefoontjes plegend met Barneys secretaresse en de paralegal, en naar Barneys mobiele telefoon. Pas na tweeën kon ze eindelijk haar auto ophalen en zich terug haasten naar kantoor. Tegen de tijd dat ze bij de vergaderruimte aankwam, was de bespreking al vijfenveertig minuten aan de gang. Met een ijzige blik gaf Barney blijk van zijn ongenoegen, in tegenspraak met de lijzige, ontspannen stem waarmee hij haar in de vergaderruimte verwelkomde.

Na de vergadering putte ze zich uit in verontschuldigingen aan Barney. Hij was duidelijk ziedend; verdwenen was elk spoor van de vriendelijke grootvader die de cliënten gewend waren. De rest van de middag bleef de situatie gespannen tussen hen. De volgende dag was het niet beter, en door zich op de verschillende taken die voor haar lagen te storten haalde Maria de zaken in waar ze tijdens de conferentie geen aandacht aan had kunnen besteden, plus dat ze de documenten voorbereidde waarvan ze wist dat Barney die nodig had voor een rechtszaak de week daarop. Ze zwoegde door tot na middernacht op zowel maandag als dinsdag, en nu Jill niet op kantoor was, werkte ze de hele week door tijdens haar lunchpauze en at ze afhaalmaaltijden aan haar bureau terwijl ze zich uitsloofde op verschillende verweerschriften. Barney had het schijnbaar niet in de gaten of het kon hem niet schelen, en pas donderdag begon zijn ijzige manier van doen een beetje te ontdooien.

Later die middag echter – terwijl ze een gesprek met Barney in zijn kantoor aan het afronden was over een verzekeringsclaim waarvan ze beiden het sterke vermoeden hadden dat hij frauduleus was – hoorde ze een stem achter zich. Toen ze opkeek, zag ze Ken in de deuropening staan.

'Pardon,' zei hij, hen allebei aansprekend maar zich hoofdzakelijk op Barney richtend. 'Vind je het goed als ik even met Maria praat?'

'Natuurlijk,' zei Barney lijzig. Hij knikte naar Maria. 'Geef ze een belletje en laat ze weten dat we voor morgen een conference-call moeten organiseren.'

'Komt voor elkaar. Ik laat je weten wat ze hebben gezegd,' antwoordde Maria. Ze voelde dat Ken naar haar stond te staren, voelde de gespannenheid in haar borst toen ze zich naar hem omdraaide. Intussen had Ken zich al omgedraaid en was weggelopen, en zonder een woord te zeggen liep ze achter hem aan door de gang en door de receptieruimte. Ze begon langzamer te lopen toen ze in de gaten kreeg dat ze op weg waren naar zijn kantoor. Toen ze dichterbij kwamen, wendde zijn secretaresse haar blik af.

Ken hield de deur voor haar open en deed hem toen achter haar dicht. Een en al zakelijkheid nu, liep hij om zijn bureau heen en gebaarde naar haar dat ze in de stoel tegenover hem moest gaan zitten. Hij keek uit het raam voor hij zich eindelijk naar haar toe draaide.

'Barney vertelde me dat je een belangrijke vergadering met een cliënt bent misgelopen op maandag.'

'Ik ben hem niet misgelopen. Ik was te laat...'

'Ik heb je niet bij me geroepen om over details te kibbelen,' zei hij, haar onderbrekend. 'Zou je willen uitleggen wat er gebeurd is?'

Een beetje overdonderd begon Maria een, toegegeven, bedroevend verhaal over haar pogingen om een geschikte garage te vinden en wat er daarna allemaal was gebeurd.

Toen ze uitgesproken was, zei hij eerst een tijdje niets. 'Je begrijpt wat we hier doen, toch? En waarom je aangenomen bent? Onze cliënten verwachten een bepaalde mate van professionaliteit.'

'Ja, natuurlijk begrijp ik dat. En ik weet dat onze cliënten belangrijk zijn.'

'Wist je dat Barney erover zat te denken om jou de kans te geven op te treden als de leidinggevende advocaat in deze zaak? En dat je die kans om zeep hebt geholpen omdat je plotseling heel dringend en wanhopig je band wilde laten vervangen tijdens werkuren?'

Maria bloosde, en haar hoofd tolde van deze nieuwe onthulling.

‘Nee, dat heeft hij niet verteld,’ stamelde ze. ‘En zoals ik al zei, ik wilde het na het werk laten doen, maar dan zou elke garage al dicht zijn geweest. Ik dacht echt dat ik op tijd terug zou zijn. Ik wist dat er een risico was, maar...’

‘Een risico dat je blijkbaar maar al te graag wilde nemen,’ merkte hij op, haar opnieuw onderbrekend.

Ze deed haar mond open om te reageren, maar intussen wist ze al dat ze niets kon zeggen om hem tevreden te stellen. In de stilte vormde zich een knoop in Maria’s maag toen Ken eindelijk achter zijn bureau ging zitten.

‘Ik moet zeggen dat ik erg teleurgesteld ben over je beslissing,’ zei hij, beheerst klinkend. ‘We hebben het risico genomen je aan te nemen omdat ik, onder anderen, me sterk heb gemaakt voor je. Je werk bij het parket was nauwelijks relevant voor onze praktijk hier, zoals je wel weet. Maar ik dacht dat je potentieel had. Nu weet ik niet meer wat ik moet denken en of ik niet de verkeerde beslissing heb genomen.’

‘Het spijt me heel erg. Het zal niet meer gebeuren.’

‘Ik hoop het. Voor jou, niet voor mij.’

De knoop in haar maag werd nog groter. ‘Wat kan ik doen om het weer goed te maken?’

‘Voorlopig niets. Ik zal met Barney gaan praten en kijken wat hij ervan vindt en dan laten we je wel weten wat we hebben besloten.’

‘Zal ik de cliënten bellen? Misschien proberen me te verontschuldigen?’

‘Ik denk dat je voorlopig maar even niets moet doen. Ik zei dat Barney en ik erover zullen praten. Maar als er ooit nog eens zoiets gebeurt...’ Hij leunde naar voren en deed zijn bureaulamp aan.

‘Dat zal het niet,’ fluisterde ze, nog steeds proberend haar positie te bepalen. Barney zat erover te denken om haar leidinggevende advocaat te maken? Waarom had hij dat niet tegen haar gezegd? Op dat moment ging de telefoon op het bureau en Ken nam op. Na zijn naam te hebben gezegd knikte hij, waarna hij zijn hand over het mondstuk legde.

‘Ik moet dit gesprek aannemen. We zullen ons gesprek een andere keer afmaken.’

De manier waarop hij het zei liet er geen twijfel over bestaan dat ze nog wel 'met elkaar zouden praten', en Maria kwam overeind van haar stoel, vernederd en paniekerig. Helemaal in de war stommelde ze Kens kantoor uit. Toen ze langs zijn secretaresse kwam, was ze er dankbaar voor dat de vrouw haar negeerde. Bij haar kantoor aangekomen deed ze de deur dicht en liep het gesprek nog eens na in haar hoofd. Onwillekeurig vroeg ze zich af hoe lang ze hier nog zou kunnen blijven werken. En of haar überhaupt de keuze geboden zou worden.

3

Colin

Op de maandag na zijn gevecht stapte Colin uit zijn appartement en liep hij naar de oude Camaro toen hij plotseling rechercheur Pete Margolis opmerkte. De agent had zijn sedan op straat bij de voordeur neergezet en leunde tegen de motorkap, met een meeneembeker koffie in zijn hand en een tandenstoker in zijn mond. In tegenstelling tot de meeste agenten met wie Colin in het verleden te maken had gehad, bracht Margolis bijna net zo veel tijd door in de sportschool als Colin. Zijn mouwen waren opgerold en de stof ervan stond strak over zijn biceps gespannen. Hij was achter in de dertig, zijn donkere haar achterovergekamd en ingevet met de hemel mag weten wat. Eén en soms twee keer per maand kwam hij onaangekondigd opdagen om Colin te controleren als onderdeel van diens door het hof opgelegde deal. Margolis genoot duidelijk van de macht die hij over hem had.

'Je ziet er vreselijk uit, Hancock,' zei hij terwijl Colin dichterbij kwam. 'Heb je iets gedaan waar ik iets van af zou moeten weten?'

'Nee,' antwoordde Colin.

'Weet je dat zeker?'

Colin keek Margolis aan in plaats van hem antwoord te geven. Hij wist dat de man uiteindelijk wel zou gaan zeggen wat hij te zeggen had.

Margolis bewoog zijn tandenstoker van de ene kant van zijn mond naar de andere. 'Er was een vechtpartij op de parkeerplaats van de Crazy Horse even na middernacht. Een stel kerels die flessen naar elkaar zwaaiden; een paar auto's op het parkeerterrein hebben deuken opgelopen en er is een man bewusteloos geslagen. Getuigen zeiden dat hij tegen zijn hoofd was geschopt nadat hij op de grond was gevallen. Hij ligt nu in het ziekenhuis met een schedelfractuur. Dat is een aanval met een dodelijk wapen, weet je, en zodra ik erover hoorde, bedacht ik hoe bekend dat klonk. Heb ik jou hier in Wilmington niet voor net zoiets gearresteerd? Nog maar een paar jaar geleden? En ben je sinds die tijd niet een paar keer in vechtpartijen verzeild geraakt?'

Margolis kende de antwoorden al, maar Colin antwoordde evengoed. 'Ja op de eerste, nee op de tweede vraag.'

'O ja, dat is ook zo. Omdat je vrienden ingrepen. Die slome jongen en dat sexy blonde grietje, hè?'

Colin zei niets. Margolis staarde hem aan. Colin bleef wachten tot Margolis eindelijk verderging.

'Dat is de reden waarom ik hier ben, trouwens.'

'Oké.'

'Alleen maar oké?'

Colin zei niets. Hij had geleerd zo weinig mogelijk te zeggen waar de politie bij was.

'Bekijk het eens van mijn kant,' ging Margolis uiteindelijk verder. 'Weet je wat het is: vrijwel iedereen maakte zich uit de voeten zodra de sirenes in de buurt begonnen te komen. Een paar getuigen bleven hangen en ik heb met ze gepraat, maar ik kwam erachter dat ik alleen maar mijn tijd aan het verdoen was. Het is veel gemakkelijker om rechtstreeks naar de bron te gaan, vind je niet?'

Colin hees zijn rugzak wat hoger op zijn schouder. 'Zijn we klaar?'

'Nog niet helemaal. Ik geloof dat je niet begrijpt wat er aan de hand is.'

'Ik begrijp het wel. Maar dit heeft niets met mij te maken. Ik was er niet bij.'

'Kun je dat bewijzen?'

'Kun jij bewijzen dat het wel zo was?'

Margolis nam een slokje koffie en viste toen een verse tandenstoker uit zijn zak. Hij nam de tijd om hem in zijn mond te plaatsen. 'Dat klinkt bijna alsof je iets probeert te verbergen.'

'Het was gewoon een vraag,' zei Colin.

'Goed dan. Laten we naar de vragen gaan. Waar was je zaterdagavond?'

'In Jacksonville.'

'O ja. Het gevecht. Van die mixed martial arts, hè? Daar heb je me over verteld. Heb je gewonnen?'

Het kon Margolis niet schelen en dat wist Colin.

De rechercheur nam nog een slok koffie. 'Waar het hier om gaat, is dat we een paar beschrijvingen konden krijgen van de getuigen, en daaruit kwam dat de man die aan het schoppen was halverwege de twintig was, gespierd, met tatoeages op zijn armen en kort bruin haar, bijna gemillimeterd. En wat denk je? Het bleek dat die kerel al aardig onder de blauwe plekken zat vóórdat het gevecht begon. Mensen hadden hem binnen gezien. En omdat ik wist dat je net in Jacksonville had gevochten... Nou ja, je hoeft geen genie te zijn om te bedenken wat er is gebeurd.'

Colin vroeg zich af hoeveel er waar was van Margolis' verhaal, als er al iets van waar was. 'Heb je nog andere vragen voor me?'

Margolis verplaatste de tandenstoker weer terwijl hij zijn koffie op de motorkap zette. 'Was je zaterdagavond in de Crazy Horse?'

'Nee.'

'Ben je zelfs niet even langsgegaan? Een paar minuutjes?'

'Nee.'

'En als ik een getuige heb die zegt dat hij je daar heeft gezien?'

'Dan liegt hij.'

'Maar jij niet.'

Opnieuw gaf Colin geen antwoord. Daar was geen reden voor. En ergens vermoedde hij dat zelfs Margolis dat wist, omdat hij na enige tijd zijn armen over elkaar sloeg, zijn spieren bijna onwillekeurig – maar niet helemaal – aanspannend. Als de rechercheur echt iets had gehad, wist Colin dat hij al gearresteerd zou zijn.

'Goed dan,' zei Margolis. 'Geef hier dan eens antwoord op: waar was je tussen middernacht en één uur 's nachts op zondag?'

Colin doorzocht zijn geheugen. 'Ik heb niet op de klok gekeken.

Maar ik stond of op het punt om Trey's Diner op Highway 17 te verlaten, of om naar huis te rijden, of om het wiel te verwisselen van een of andere dame tijdens het onweer. Ik was rond half twee thuis.'

'Trey's Diner? Waarom zou je daar in godsnaam gaan eten?'

'Ik had honger.'

'Hoe laat ging je weg uit Jacksonville?'

'Dat was na middernacht. Misschien vijf of tien minuten daarna, maar dat weet ik niet zeker.'

'Getuigen?'

'Tientallen.'

'En ik neem aan dat je in je eentje bij Trey's at?'

'Ik was er met mijn huisbaas.'

Margolis snoof. 'Evan? De ene helft van het dynamische duo? Komt dat even goed uit.'

Colin spande zijn kaak aan en negeerde de hatelijke opmerking. 'Ik weet zeker dat de serveerster zich ons tweeën wel kan herinneren.'

'Omdat je eruitzag alsof je je gezicht door een gehaktmolen had laten halen?'

'Nee. Omdat Evan nogal opviel in zo'n tent.'

Margolis grijnsde, maar zaken waren zaken. 'Dus toen ging je weg uit het restaurant.'

'Ja.'

'In je eentje?'

'Ja. Evan ging een paar minuten vóór mij weg. Hij was met zijn eigen auto.'

'Dus er is niemand die kan zeggen waar je daarna naartoe ging?'

'Ik heb je al verteld wat er daarna is gebeurd.'

'O ja, dat is ook zo. Je hebt voor een dame een wiel verwisseld.'

'Ja.'

'Tijdens het onweer?'

'Ja.'

'Kende je haar?'

'Nee.'

'Waarom stopte je dan?'

'Omdat ik dacht dat ze mijn hulp misschien kon gebruiken.'

Margolis dacht na over Colins antwoord, ongetwijfeld denkend dat hij Colin op een vergissing had betrapt. 'Hoe kon je weten dat ze misschien hulp nodig had tenzij je al was gestopt?'

'Ik zag dat ze hulp nodig had om het wiel eruit te krijgen. Ik stopte en kwam de auto uit. Ik bood mijn hulp aan. Ze zei eerst nee. Ze vroeg of ze mijn telefoon mocht lenen om haar zus te bellen. Ik liet haar mijn telefoon gebruiken en ze belde haar zus. En daarna vroeg ze me om hulp bij het verwisselen van haar wiel. Ik verwisselde hem. Daarna ging ik weer in mijn auto zitten en reed ik rechtstreeks naar huis.'

'Hoe laat was dat?'

'Dat weet ik niet. Maar er is gebeld met mijn telefoon door de vrouw naar haar zus. Als je wilt, laat ik je mijn belgeschiedenis wel zien.'

'Heel graag.'

Colin stak zijn hand in zijn achterzak en haalde zijn telefoon eruit; een paar tikken en de belgeschiedenis was te zien, die zijn alibi bevestigde. Hij liet hem aan Margolis zien.

Margolis haalde zijn notitieblok tevoorschijn en pende met opzet langzaam het nummer neer. Ongetwijfeld was het precies rond de tijd van het gevecht, want zijn biceps spande zich weer. 'Hoe weet ik dat dat het nummer is van de zus van die dame?'

'Dat weet je niet.'

'Maar je vindt het niet erg als ik bel om het te controleren.'

'Ga je gang maar. Het is jouw tijd die je verdoet.'

Margolis kneep zijn ogen een beetje dicht. 'Je denkt dat je slim bent, hè?'

'Nee.'

'O ja, dat denk je wel. Maar weet je? Dat ben je niet.'

Colin gaf geen antwoord, en ze bleven elkaar een hele tijd aanstaren. Margolis pakte zijn koffie weer en liep om de auto heen terug naar de deur aan de bestuurderskant. 'Ik ga dit controleren, weet je. Want jij en ik weten allebei dat je niet op straat thuishoort. Een kerel als jij? Hoeveel mensen heb je de afgelopen jaren al het ziekenhuis in gewerkt? Je bent gewelddadig en je denkt wel dat je dat voorgoed onder controle kunt houden, maar dat kun je niet. En als dat gebeurt, zal ik erbij zijn. En dan zal ik de eerste zijn die zegt: "Zie je wel."'

Even later trok de sedan op en Colin bleef kijken tot hij uiteindelijk de hoek om verdween.

'Waar ging dat over?'

Colin draaide zich om en zag Evan op de veranda staan. Zijn vriend was al aangekleed om naar zijn werk te gaan en hij stapte naar beneden en begon over het pad te lopen.

'Waar het altijd over gaat.'

'Wat was het deze keer?'

'Vechtpartij bij de Crazy Horse.'

'Wanneer?'

'Toen ik bij jou was. Of aan het autorijden of een wiel aan het verwisselen.'

'Ben ik dan misschien je alibi deze keer?'

'Ik betwijfel het. Hij weet dat ik het niet was of anders zou hij me hebben gearresteerd en me op het bureau hebben ondervraagd.'

'Waarom maakt hij dan zo'n heisa?'

Colin haalde zijn schouders op. Het was een retorische vraag, omdat ze allebei het antwoord al wisten. Colin gebaarde naar zijn vriend.

'Is dat niet de das die Lily je voor je verjaardag heeft gegeven?'

Evan keek omlaag om hem te onderzoeken. Het was een paisleymotief, een caleidoscoop aan kleuren. 'Ja, dat klopt. Goed geheugen. Wat vind je? Te erg?'

'Het maakt niet uit wat ik vind.'

'Maar je vindt het niks.'

'Ik vind dat als jij hem wil dragen, je hem moet dragen.'

Evan leek heel even besluiteloos. 'Waarom doe je dat?'

'Waarom doe ik wat?'

'Een simpele vraag weigeren te beantwoorden.'

'Omdat mijn mening er niet toe doet. Je moet dragen wat je wilt dragen.'

'Zeg het nou gewoon, oké?'

'Ik vind je das niet mooi.'
'Echt? Waarom niet?'
'Omdat-ie lelijk is.'
'Hij is niet lelijk.'
Colin knikte. 'Oké.'
'Je weet niet waar je het over hebt.'
'Waarschijnlijk niet.'
'Je draagt niet eens dassen.'
'Daar heb je gelijk in.'
'Waarom kan het me dan wat schelen wat jij vindt?'
'Dat weet ik niet.'
Evan fronste. 'Praten met jou is soms om razend van te worden, weet je dat?'
'Dat weet ik. Dat heb je al eens eerder gezegd.'
'Natuurlijk heb ik dat al eens eerder gezegd! Omdat het waar is! Hebben we het daar laatst juist niet over gehad? Je hoeft niet alles te zeggen wat er in je hoofd opkomt.'
'Maar je vroeg ernaar.'
'Doe nou... Ach, vergeet het ook maar.' Hij draaide zich om en begon weer naar huis te lopen. 'Ik spreek je later wel, oké?'
'Waar ga je heen?'
Evan liep een paar stappen verder voordat hij antwoord gaf, zonder zich om te draaien. 'Mijn das verwisselen. En bovendien had Margolis gelijk. Je gezicht ziet er nog steeds uit alsof het door een gehaktmolen is gehaald.'
Colin glimlachte. 'Hé, Evan!'
Evan bleef staan en draaide zich om. 'Wat?'
'Dank je.'
'Waarvoor?'
'Voor alles.'
'Jaja. Je hebt geluk dat ik niet aan Lily zal vertellen wat je hebt gezegd.'
'Dat mag je best doen als je dat wilt. Ik heb het al tegen haar gezegd.'
Evan staarde naar hem. 'Uiteraard.'

In de klas zat Colin op de derde rij. Hij maakte aantekeningen en probeerde zich te concentreren op wat de docent zei. De les ging over de ontwikkeling van taal en geletterdheid, en in de eerste paar weken van school had hij er gemengde gevoelens over gehad: ten eerste vond hij het grootste deel van wat de professor vertelde voor de hand liggend, wat hem zich deed afvragen wat hij eraan had om daar te zijn; en ten tweede dat er misschien een tot nog toe onbekend voordeel kon zijn aan het kwantificeren van iets wat voor de hand lag tot de een of andere samenhangende lesstrategie, zodat hij in staat zou zijn formele lesplannen samen te stellen. Het enige probleem was dat de professor – een neurotische vrouw van middelbare leeftijd met een zangerige stem – de neiging had van het ene onderwerp op het andere over te springen, wat het een beetje moeilijk maakte om de aandacht erbij te houden.

Hij zat in zijn derde studiejaar, maar het was zijn eerste semester op UNC Wilmington. Zijn eerste twee jaar had hij doorgebracht aan het Cape Fear Community College, waar hij met een perfect cijfergemiddelde was afgestudeerd. Tot nu toe kon hij niet uitmaken of de lessen hier moeilijker waren of daar; uiteindelijk zou dat afhangen van de moeilijkheidsgraad van de examens en de kwaliteit die van zijn scripties werd verwacht. Hij maakte zich er niet al te druk over: hij deed zijn best om zo mogelijk vooruit te lezen en hij wist dat Lily hem zou helpen met studeren, hem zou overhoren als hij dat nodig had en hem daarnaast nog eens zou helpen zijn scripties te redigeren. Over het algemeen vond hij het prettig om er ten minste vijfentwintig uur studie per week in te stoppen, naast de tijd in de les; zodra hij op de campus een pauze had, liep hij naar de bibliotheek, en tot nu toe leek dat zich uit te betalen. In tegenstelling tot veel van de studenten die hier waren voor zowel een opleiding als een sociaal leven, was hij hier alleen om zo veel als hij kon te leren en de hoogst mogelijke cijfers te halen. Hij had al genoeg wilde streken uitgehaald in zijn leven en was zijn wilde haren nu wel kwijt; hij had zelfs alles op alles gezet om eraan te ontkomen.

Toch voelde hij zich vrij goed over het feit dat hij het zo ver geschopt had. Hij had Evan en Lily; hij had zijn vechtsporttraining en een eigen woonruimte. Hij was niet echt dol op zijn werk – het restaurant waar hij achter de bar stond was te toeristisch naar zijn smaak – maar het was niet het soort tent waar hij in allerlei soorten moeilijkheden zou raken. De meeste mensen kwamen er om te eten, onder wie veel gezinnen met kinderen, en degenen die aan de bar zaten, zaten daar meestal op een tafel te wachten of te eten. Het was absoluut heel iets anders dan het soort café waar hij vroeger vaak kwam. Tijdens zijn wilde jaren had hij een voorkeur gehad voor zogenaamde pro-bars – bars voor professionele alcoholisten – die duistere, groezelige kroegen in achterafstraatjes met of zonder harde muziek op de achtergrond. Al bijna zodra hij de deur in liep, verwachtte hij dan problemen, en de wereld had hem zijn zin gegeven. Tegenwoordig vermeed hij zulke plekken uit alle macht. Hij kende zijn triggers en zijn beperkingen, en hoewel hij al een heel eind op weg was met het onder controle houden van zijn woede, was er altijd de mogelijkheid dat hij in een situatie terecht zou komen die snel uit de hand liep. En hij twijfelde er niet aan dat zelfs als hij betrokken was bij een incident in een andere staat, Margolis erachter zou komen en hij de komende tien jaar in een cel zou wonen, omgeven door mensen die hetzelfde soort agressieproblemen hadden als hij.

Toen hij besefte dat hij aan het afdwalen was, dwong hij zichzelf zich weer op het college te richten. De professor was aan het vertellen dat sommige docenten het nuttig vonden om passages uit boeken te lezen die op de leeftijd waren afgestemd, in tegenstelling tot boeken die gericht waren op oudere of jongere studenten. Hij vroeg zich af of hij daar een aantekening van zou maken – moest hij zichzelf daar in de toekomst echt aan herinneren? – voordat hij besloot: o, wat maakt het ook uit. Als zij vond dat het belangrijk genoeg was om te zeggen, maakte hij er wel een aantekening van.

Het was echter ongeveer rond dat moment dat hij merkte dat er een donkerharig meisje over haar schouder naar hem zat te kijken. Hoewel hij de verwachte blikken had getrokken toen hij de klas binnenkwam – zelfs de professor had nog een keer goed naar hem gekeken en was midden in een zin gestopt – was het gestaar inmiddels weer naar de voorkant van de zaal gericht.

Behalve bij dit meisje. Ze keek absoluut naar hem, bijna onderzoekend. Hij kreeg niet het idee dat ze aan het flirten was; het was eerder bijna alsof ze probeerde hem te doorgronden. Niet dat het hem uitmaakte. Of ze nou wel of niet staarde; dat moest ze zelf weten.

Toen de les een paar minuten later was afgelopen, deed Colin zijn notitieblok dicht en stopte het in zijn rugzak. Hij zwaaide zijn rugzak over zijn schouder en kromp ineen toen die tegen zijn gekneusde ribben sloeg. Na de lessen was hij van plan geweest naar de sportschool te gaan om te trainen, maar hij was nog niet echt aan contact toe. Niet aan sparren of worstelen; alleen gewichten, borst- en buikspieroefeningen en een half uur touwtjespringen. Hij zou even een pauze nemen, dan zijn oortjes indoen en een kilometer of acht hardlopen terwijl hij luisterde naar het soort muziek waar zijn ouders altijd een hekel aan hadden gehad, en daarna zou hij gaan douchen en zich klaarmaken om naar zijn werk te gaan. Hij vroeg zich af hoe zijn baas zou reageren als ze hem zag; hij vermoedde dat ze niet blij zou zijn. Zijn gezicht zou niet echt opgaan in de toeristische atmosfeer, maar wat kon hij eraan doen?

Met nog een uur te gaan tot zijn volgende les begon hij naar de bibliotheek te lopen. Hij moest een scriptie schrijven, en hoewel hij er vorige week al een begin mee had gemaakt, wilde hij de komende paar dagen de eerste kladversie afmaken, wat niet eenvoudig zou zijn. Met zijn training en zijn werk moest hij zijn beperkte vrije tijd efficiënt gebruiken.

Omdat hij nog beurs was van het gevecht, liep hij langzaam en merkte hij de reacties op van de meisjes die langsliepen. Die waren bijna altijd hetzelfde: ze zagen hem, keken hem snel nog eens aan, reageerden geschokt en angstig, en deden vervolgens net alsof ze hem helemaal niet hadden gezien. Hij vond het wel amusant: hij hoefde maar 'Boe!' te zeggen en ze zouden waarschijnlijk al de andere kant op vluchten.

Toen hij een ander pad in liep, werd er achter hem geroepen. 'Hé, wacht eens! Hé, jij daar!' Omdat hij ervan overtuigd was dat het niet voor hem was bedoeld, negeerde hij het.

'Hé, jij daar, met dat gehavende gezicht! Ik zei: wacht eens!'

Colin had een seconde nodig om er zeker van te zijn dat hij het goed had gehoord, maar toen hij stilstond en zich omdraaide, zag hij het donkerharige meisje uit zijn college staan zwaaien. Hij keek over zijn schouder; niemand anders schonk er aandacht aan. Toen ze eindelijk dichterbij kwam, herkende hij haar als het meisje dat naar hem had zitten kijken.

'Heb je het tegen mij?'

'Wat denk je zelf?' vroeg ze, terwijl ze een paar meter van hem af tot stilstand kwam. 'Wie heeft er nog meer een gehavend gezicht hier?'

Hij wist niet zeker of hij beledigd moest zijn of moest lachen, maar de manier waarop ze het zei, maakte het onmogelijk om er aanstoot aan te nemen.

'Ken ik jou?'

'We zitten in dezelfde klas.'

'Dat weet ik. Ik zag je naar me staren. Maar ik ken je evengoed niet.'

'Je hebt gelijk,' zei ze. 'We zijn vreemden voor elkaar. Maar mag ik je een vraag stellen?'

Hij wist precies wat er kwam – het hele gewonde-gezicht-ding was de hint – en hij sjorde zijn rugzak omhoog.

'Ik heb gevochten.'

'Dat zie ik óók wel. Maar dat is niet wat ik je wilde vragen. Ik wilde je vragen hoe oud je bent.'

Hij knipperde verbaasd met zijn ogen. 'Ik ben achtentwintig. Hoezo?'

'Dat is perfect,' zei ze, zijn vraag niet beantwoordend. 'Waar ga je naartoe?'

'Naar de bibliotheek.'

'Mooi zo. Ik ook. Mag ik bij je komen zitten? Ik denk dat we even moeten praten.'

'Waarom?'

Ze glimlachte en dat deed hem vaag aan iemand anders denken. 'Als we gaan praten, kom je er wel achter.'

4

Maria

'Waar gaan we ook alweer heen?' vroeg Maria van achter het stuur. Ze had Serena een half uur eerder opgehaald op South Front Street, die parallel liep aan de Cape Fear-rivier. Serena had op een kruispunt gestaan in een wijk vol oudere kantoorgebouwen en hier en daar groepjes keten en boothuizen aan de oever van de rivier, zich totaal niet bewust van de bouwvakkers aan de overkant van de straat die duidelijk verlekkerd naar haar aan het kijken waren. Langzaam maar zeker werd het gebied opgeknapt, zoals overal langs de oever van de rivier, maar voorlopig was het nog een werk in uitvoering. 'En waarom moest ik je op komen halen?'

'Dat heb ik je al verteld. We gaan naar een restaurânt,' antwoordde Serena. 'En je hebt me opgehaald omdat ik niet van plan ben vanavond te rijden, aangezien ik misschien wel een paar drankjes ga drinken.' Ze gooide een lok haar over haar schouder. 'Het gesprek ging trouwens goed. Charles zei dat hij mijn antwoorden heel diepzínnig vond. Leuk dat je het vraagt.'

Maria rolde met haar ogen. 'Hoe ben je daar gekomen?'

'Steve heeft me afgezet. Volgens mij vindt hij me echt leuk. Ik heb later hier met hem afgesproken.'

'Hij moet je wel leuk vinden als hij bereid is dit verkeer te trotseren.' Hoewel september al half voorbij was, deed de hitte eerder denken aan begin augustus, en de kust was afgeladen. Maria was al twee keer een hoek om gereden op zoek naar een parkeerplek.

'Wat maakt het uit? We zijn op het strand.'

'In de binnenstad zijn betere plekken om te eten.'

'Hoe weet jij dat nou? Ben je ooit wel eens naar Wrightsville Beach geweest sinds je bent terugverhuisd?'

'Nee.'

'Dat bedoel ik. Je woont in Wilmington. Je moet af en toe eens naar het strand.'

'Ik sup, weet je nog wel? Ik zie het strand heel wat vaker dan jij.'

'Ik bedoel ergens waar echte mensen zijn, niet alleen maar vogels en schildpadden en af en toe een opspringende vis. Je moet ergens heen waar het leuk is, met een fantastisch uitzicht en veel sfeer.'

'Crabby Pete's?'

'Het is een begrip in de wijde omgeving.'

'Het is zo'n plek waar ze toeristen geld aftroggelen.'

'En wat dan nog? Ik ben er nog nooit geweest en ik wil weten wat er nou zo speciaal aan is.'

Maria drukte haar lippen op elkaar. 'Waarom krijg ik het gevoel dat er meer achter zit dan je zegt?'

'Omdat je een advocaat bent. Jij wantrouwt alles.'

'Misschien. Of zou het gewoon zo kunnen zijn dat je een plannetje hebt?'

'Hoe kom je daar nou bij?'

'Omdat het zaterdagavond is. We gaan nóóít uit op zaterdagavond. Je wílde nooit met me uit op zaterdagavond.'

'Daarom gaan we ook vroeg uit eten,' antwoordde Serena. 'Dit weekend spelen er een heleboel bandjes in de kroegen hier, en Steve en ik en een paar vrienden gaan naar wat muziek luisteren voor we naar de feestjes gaan. Die beginnen toch pas om een uur of tien of elf, dus we hebben ruim de tijd.'

Maria wist dat Serena iets verborgen hield, maar ze kon er niet precies de vinger op leggen. 'Ik hoop dat je niet verwacht dat ik meega.'

'Vergeet het maar,' snoof Serena. 'Daar ben je veel te oud voor. Dan zou het net zijn alsof we met onze ouders uitgingen.'

'Goh, bedankt.'

'Je moet mij niet de schuld geven. Jij bent degene die zei dat je te oud was voor jongens van mijn leeftijd. Hoezo? Ben je van gedachten veranderd?'

'Nee.'

'En daarom gaan we alleen maar uit eten.'

Maria zag plotseling een andere auto die van een plekje wegreed en ze keerde en reed ernaartoe. Het was nog altijd een paar straten van het restaurant vandaan, maar ze betwijfelde of ze dichterbij zou kunnen komen. Terwijl ze parkeerde, kon ze het gevoel niet van zich afschudden dat Serena veel te geheimzinnig was, en Serena leek het zich ook te realiseren.

'Hou eens op met je zo druk te maken. Je verpest de stemming. Wat is er mis mee om een beetje tijd met je zus door te brengen?'

Maria aarzelde. 'Prima, maar gewoon even voor de duidelijkheid... als je van plan bent om een of andere vent bij ons aan tafel uit te nodigen of zoiets geks, daar word ik niet vrolijk van.'

'Ik ben Jill en Paul niet, oké? Ik zou je niet opzadelen met een of andere vreselijke blind date zonder het zelfs maar aan je te vragen. Maar als ik je daarmee geruststel: ik kan je garanderen dat er geen vent bij ons zal komen zitten. Sterker nog, we gaan gewoon aan de bar eten. Het uitzicht schijnt daar trouwens toch beter te zijn. Deal?'

Maria twijfelde nog even, maar ten slotte zette ze de motor af. 'Deal.'

Crabby Pete's, dat gesitueerd was naast een van de pieren op Wrightsville Beach, bestond al bijna veertig jaar. Het bouwwerk, dat de ene orkaan na de andere had overleefd, zou zijn afgekeurd als er in de loop der jaren niet talloze herstelwerkzaamheden van wisselende kwaliteit aan waren uitgevoerd. Het had afbladderende verflagen, een scheefhangend dak, en er was een flink aantal rolluiken kapot of verdwenen.

Ondanks het uiterlijk zat het restaurant vol en moesten Maria en Serena zich door de menigte mensen die op een tafeltje wachtten heen worstelen op weg naar de trap die naar de bar op het dak leidde. Achter haar zus aan lopend merkte Maria de houten tafels, niet bij elkaar passende stoelen en de graffiti op de muren op. Aan het plafond hingen voorwerpen die de oorspronkelijke Pete – die jaren geleden was overleden – in zijn netten zou hebben gevonden tijdens het vissen: wieldoppen en tennisschoenen, leeggelopen basketballen, een beha, speelgoed en ettelijke nummerborden uit meer dan tien verschillende staten.

'Best cool, hè?' riep Serena over haar schouder.

'Het is hier in elk geval wel druk.'

'Het is een belevenis. Kom op!'

Ze klommen de krakende trap op naar het dak. Toen ze naar buiten stapte in de zon, kneep Maria onder een wolkeloze hemel haar ogen dicht. Anders dan in het restaurant beneden waren de tafels hier bezet door volwassenen die relaxten met open flesjes bier of mixdrankjes voor zich. Drie serveersters in korte broek en een zwart hemdje repten zich tussen de klanten door, op efficiënte wijze lege flesjes oppikkend en drankjes afleverend. Op de helft van de tafels stonden blikken emmers met krabbenpoten, en de eters braken de schalen open om bij het vlees te komen.

'We hebben geluk,' zei Serena. 'Er zijn twee plaatsen vrij aan de bar.'

De bar was aan de andere kant, deels bedekt met een roestende luifel van golfplaat en met tien krukken ervoor. Maria liep achter Serena aan, zigzaggend tussen de tafels door in de felle zon. In de schaduw van de luifel van de bar was het echter koeler, en toen ze gingen zitten tilde het zoutige briesje haar lange haar uit haar nek. Over Serena's schouder heen kon Maria de golven zien breken op de kust, blauw dat plotseling veranderde in wit en weer terug. Ook al was het bijna etenstijd, er waren nog honderden strandgangers plezier aan het maken in het water of aan het luieren op handdoeken. De pier was stampvol met mensen die over de reling hingen met hun hengels, wachtend tot er iets zou bijten. Serena nam het uitzicht in zich op voor ze terugdraaide naar Maria.

'Geef toe,' daagde Serena haar uit. 'Dit is precies wat je nodig had. Zeg maar dat ik gelijk had.'

'Best. Je had gelijk.'

'Ik vind het zo heerlijk als je dat zegt,' kraaide ze. 'En laten we nu iets te drinken nemen. Waar heb je zin in?'

‘Gewoon een glas wijn.’

‘Nee, nee, nee,’ verklaarde Serena, plotseling met haar hoofd schuddend. ‘Je gaat hier geen glas wijn drinken. Dit is geen tent voor een glas wijn. We hebben iets... strandachtigs nodig, alsof we op vakantie zijn. Een pina colada of een margarita of zoiets.’

‘Serieus?’

‘Je moet echt leren om een beetje te leven.’ Serena leunde over de bar. ‘Hé, Colin. Kunnen we een paar drankjes krijgen?’

Maria had de barkeeper niet opgemerkt en haar blik volgde die van Serena. Gekleed in een verbleekte spijkerbroek en een wit overhemd waarvan de mouwen waren opgerold tot de elleboog, was hij bezig een bestelling af te maken voor een serveerster aan de andere kant. Maria merkte automatisch op dat hij buitengewoon gespierd was, met duidelijk afgetekende schouders die taps toeliepen naar smalle heupen. Hij had heel kort haar, bijna gemillimeterd, waardoor er een ingewikkelde tatoeage van klimop zichtbaar werd die om zijn nek slingerde. Hoewel hij met zijn rug naar haar toe stond, was Maria ervan onder de indruk hoe efficiënt hij zich bewoog terwijl hij de cocktails klaarmaakte. Ze leunde naar haar zus toe.

‘Ik dacht dat je zei dat je hier nog nooit was geweest.’

‘Ben ik ook niet.’

‘Hoe weet je dan hoe de barkeeper heet?’

‘Een vriend van me werkt hier.’

Bij Serena’s antwoord draaide de barkeeper zich om. Met zijn gezicht half in de schaduw waren zijn gelaatstrekken niet meteen zichtbaar, en pas toen hij dichterbij stapte, merkte Maria de vervagende blauwe plek op zijn wang op, en plotseling viel alles op zijn plaats. De barkeeper verstijfde ook even, ongetwijfeld haar eigen gedachten weerspiegelend: *Dit kan toch niet waar zijn.* In de ongemakkelijke seconde die volgde, had Maria de indruk dat hij dan misschien niet stond te juichen over Serena’s verrassing, maar er ook niet per se door geïrriteerd was. Hij begon weer dichterbij te komen, tot hij vlak voor hen stond. Naar voren leunend legde hij zijn hand op de bar, waardoor de prachtig gevormde, met een kleurige tattoo bedekte spieren van zijn onderarm zichtbaar werden.

'Hé, Serena,' zei hij. Zijn ongehaaste, zelfverzekerde stem was precies zoals Maria hem zich herinnerde. 'Je hebt besloten om langs te komen.'

Serena deed net alsof ze het hele scenario niet had georkestreerd. 'Ik dacht: waarom niet? Het is een prachtige dag!' Ze deed haar armen wijd. 'Wat een geweldige plek! Je had gelijk over het uitzicht vanaf hier. Het is ongelooflijk. Is het druk geweest vandaag?'

'Ik ben totaal onder de voet gelopen.'

'Geen wonder. Wie zou er niet willen komen op een dag als vandaag? O trouwens, dit is mijn zus, Maria.'

Colins blik ontmoette die van haar, onleesbaar afgezien van een spoortje geamuseerdheid ergens diep vanbinnen. Van dichtbij zag hij er heel anders uit dan de nacht dat hij haar wiel had verwisseld; met zijn hoge jukbeenderen, blauwgrijze ogen en lange wimpers was het niet moeilijk voor te stellen dat hij bijna elke vrouw die hij wilde, kon versieren. 'Hoi, Maria,' zei hij, zijn hand over de bar naar haar uitstekend. 'Ik ben Colin.'

Ze nam zijn hand in die van haar en voelde een ingehouden kracht in zijn greep. Toen ze hem losliet, zag ze zijn blik van haar naar Serena flitsen en weer terug.

'Wat kan ik voor jullie inschenken?' vroeg hij.

Serena bekeek hen allebei voor ze uiteindelijk haar ellebogen op de bar zette. 'Wat dacht je van twee pina colada's?'

'Komen eraan,' zei hij nonchalant. Zich omdraaiend pakte hij de blender en boog voorover om iets in de koelkast te pakken, waarbij zijn spijkerbroek zich om zijn dijen spande. Maria keek naar hem terwijl hij de ingrediënten toevoegde, waarna ze met samengeknepen ogen naar Serena keek.

'Werkelijk?' zei Maria, meer als een opmerking dan een vraag.

'Wat?' vroeg Serena, die erg tevreden met zichzelf klonk.

'Is dit waarom we hier zijn? Omdat je wilde dat we elkaar zouden ontmoeten?'

'Jij bent degene die zei dat je nooit de kans had gekregen om hem te bedanken. Nu heb je de kans.'

Maria schudde haar hoofd in verwondering. 'Hoe wist je...?'

'Colin zit bij me in de klas.' Ze stak haar hand uit naar een emmertje pinda's op de bar en brak er een open. 'Eigenlijk zit hij bij twee vakken bij me in de klas, maar we hebben elkaar deze week pas echt ontmoet. Terwijl we elkaar wat beter leerden kennen, vertelde hij dat hij hier werkte en dat hij vanmiddag dienst had. Het leek me wel leuk als we langskwamen om even gedag te zeggen.'

'Ja, vast.'

'Waarom maak je er nou zo'n punt van? We zijn hier zo weer weg en dan kun je terug naar huis gaan en een nieuwe hobby beginnen, wanten voor katten breien of wat dan ook. Maak er nou niet meer van dan het is.'

'Waarom zou ik? Dat heb jij al gedaan.'

'Praat met hem of praat niet met hem,' zei Serena, terwijl ze nog een pinda pakte, 'mij maakt het niet uit. Het is jouw leven, niet dat van mij. En trouwens, we zijn er nu toch, dus laten we er gewoon van genieten, oké?'

'Ik vind het echt heel vervelend dat je...'

'Ik weet niet of het je interesseert,' onderbrak Serena haar, 'maar Colin is in feite een heel aardige vent. Intelligent ook. En je moet toegeven, hij is best wel lekker voor een barkeeper.' Ze liet haar stem dalen tot ze fluisterde. 'Ik vind zijn tattoos eigenlijk wel sexy,' zei ze, met haar hoofd in zijn richting gebarend. 'Ik wil wedden dat hij er nog wel meer heeft, die je niet kan zien.'

Maria had moeite om uit haar woorden te komen. 'Ik vind...' stamelde ze. Ze probeerde wijs te worden uit alles wat er gebeurde en ervoer weer dezelfde verwarring als op de eerste avond dat ze Colin had ontmoet. 'Kunnen we alsjeblieft gewoon onze drankjes drinken en vertrekken?'

Serena trok een teleurgesteld gezicht. 'Maar ik heb trek.'

Colin kwam terug met hun drankjes en zette de schuimende glazen voor hen neer. 'Nog iets anders?' vroeg hij.

Voor Maria kon weigeren, verhief Serena haar stem boven het geluid van de menigte uit. 'Mogen we een menukaart?'

Serena negeerde Maria's overduidelijke ongemak uitdrukkelijk de hele tijd dat ze aten.

Toch moest Maria toegeven dat het niet zo ongemakkelijk was als ze had gevreesd, vooral omdat Colin het te druk had om hen op wat voor manier dan ook anders te behandelen dan als gewone klanten. Hij zei niets over het verwisselen van Maria's wiel of over de lessen die hij samen met Serena had; door de drukte aan de bar had hij nauwelijks genoeg tijd om de bestellingen bij te houden. Hij haastte zich voortdurend van de ene kant van de bar naar de andere, nam bestellingen op en maakte drankjes, inde rekeningen en gaf de serveersters wat ze nodig hadden. In het uur daarop werd het dakterras alleen nog maar drukker, en hoewel er een paar minuten nadat ze waren aangekomen een tweede barkeeper werd toegevoegd – een knappe blondine die misschien een jaar ouder was dan Serena – bleef de wachttijd voor drankjes toenemen. Als er al enige aanwijzing was dat Colin Serena kende, dan was het dat hun etensbestelling meteen werd opgenomen en afgeleverd, evenals hun tweede ronde drankjes. Hij haalde de borden een paar tellen nadat ze klaar waren weg en kwam met de rekening, die hij ook meteen vereffende toen Maria haar creditcard neerlegde. Intussen bleef Serena vrolijk doorkletsen.

Er waren zelfs momenten dat Maria Colin helemaal vergat, hoewel ze van tijd tot tijd merkte dat haar blik zijn kant op flitste. Serena had niets meer over hem gezegd, maar het leek Maria dat hij te oud was om student te zijn. Ze zou Serena er waarschijnlijk naar kunnen vragen, maar ze wilde haar de genoegdoening niet geven, aangezien ze Maria onder valse voorwendselen hiernaartoe had gesleept.

Tegen wil en dank moest Maria toegeven dat Serena gelijk had over het feit dat Colin – als hij niet vol blauwe plekken en bloed zat, doorweekt was en op een verlaten stuk weg stond – er echt heel goed uitzag. Hij zag er vreemd genoeg goed verzorgd uit ondanks zijn tattoos en zijn krachtige bouw, en hij had een levendige, bijna ironische grijns, en voor zover ze kon zien hadden alle drie de serveersters een oogje op hem. Dat gold ook voor de groep vrouwen aan het andere uiteinde van de bar die twintig minuten geleden daar waren gaan zitten. Ze zag het aan de manier waarop ze naar hem glimlachten terwijl hij hun drankjes maakte en naar hem keken als hij zich had omgedraaid. Hetzelfde was het geval met de andere barkeeper; hoewel ze het net zo druk had als Colin, leek ze merkbaar afgeleid te worden elke keer dat hij achter haar reikte om een glas of een fles drank te pakken.

Aantrekkelijke barkeepers waren zo gewoon dat het een cliché was, net als het gebruik om met hen te flirten, maar Colins reactie op de subtiele en minder subtiele signalen verraste haar. Hoewel hij tegen iedereen vriendelijk deed, leek hij zich verder in het geheel niet bewust te zijn van de aandacht van zijn bewonderaars. Of hij deed tenminste alsóf hij zich er niet van bewust was. Terwijl ze zijn motief probeerde te ontcijferen, kwam er een andere, oudere mannelijke barkeeper achter de bar, die haar uitzicht op Colin deels blokkeerde. Naast haar had Serena haar telefoon tevoorschijn gehaald en zat te sms'en.

'Ik laat Steve en Melissa weten dat we hier zo'n beetje klaar zijn,' zei Serena, met dansende vingers.

'Zijn ze hier?'

'Ze komen nu hiernaartoe gelopen.' Toen Maria alleen maar knikte, ging Serena verder. 'Hij is achtentwintig, weet je dat?'

'Steve?'

'Nee,' antwoordde Serena. 'Steve is van mijn leeftijd. Colin is achtentwintig.'

'Ja, en?'

'Jij bent ook achtentwintig.'

'Ja, dat weet ik.'

Serena dronk haar glas leeg. 'Ik dacht dat ik het net zo goed kon zeggen, want je zit al de hele avond steelse blikken op hem te werpen.'

'Nee, helemaal niet.'

'Daar leek het anders wel op.'

Maria pakte haar eigen drankje, een beetje licht in het hoofd van de alcohol. 'Oké,' gaf ze toe, 'misschien heb ik hem een of twee keer bekeken. Maar is achtentwintig niet een beetje te oud om nog te studeren?'

'Hangt ervan af.'

'Waarvan?'

'Van wanneer hij is begonnen. Colin is pas een paar jaar geleden begonnen, dus hij ligt precies op schema. Hij wil onderwijzer worden op een basisschool, net als ik. En misschien wil je wel weten dat zijn cijfers waarschijnlijk beter zijn dan die van mij. Hij neemt zijn lessen heel serieus. Hij zit vooraan in de klas en schrijft belachelijk veel op.'

'Waarom vertel je me dit allemaal?'

'Omdat het duidelijk is dat je geïnteresseerd bent in hem.'

'Ik ben niet in hem geïnteresseerd.'

'Dat heb je al de hele avond duidelijk gemaakt,' beaamde Serena, onschuld veinzend. 'Hij is absoluut niet het type met wie je ooit zou willen dansen. Een vent die zo knap is? Alsjeblieft, zeg.'

Maria deed haar mond open om te reageren maar deed hem weer dicht, wetend dat als ze nog meer zei, dat haar zus alleen maar nog meer zou aanmoedigen. In de stilte pingde Serena's telefoon en ze tuurde ernaar omlaag.

'Steve is beneden. Ben je klaar om te gaan? Of wil je liever hier nog een beetje wachten?'

'Waarom? Omdat je wilt dat ik Colin probeer te versieren?'

'Hij is er niet.'

Maria keek op; en inderdaad, Colin was weg.

'Hij had middagdienst, dus hij heeft nu waarschijnlijk vrij,' voegde Serena eraan toe terwijl ze zich van haar kruk liet glijden. Ze hing haar tasje over haar schouder. 'Bedankt voor het eten, trouwens. Wil je met me mee naar beneden lopen?'

Maria pakte haar tasje. 'Ik dacht dat je niet wilde dat ik Steve zou ontmoeten.'

'Ik maakte een grapje. Hij wil trouwens advocaat worden. Misschien kan jij het hem uit zijn hoofd praten.'

'Waarom zou ik dat doen?'

'Moet ik daar echt antwoord op geven na alles wat je hebt doorstaan?'

Maria zei niets. Serena wist, net als haar ouders, hoe zwaar de afgelopen jaren waren geweest.

'Toch,' zei Serena, 'is het jammer.'

'Wat is jammer?'

'Ik weet dat Colin het druk had vanavond, maar je hebt hem helemaal niet bedankt dat hij je wiel heeft verwisseld. Je wilt dan misschien niet met hem praten, maar het was wél aardig van hem dat hij dat deed die nacht, en dat had je hem best kunnen vertellen.'

Opnieuw zei Maria niets, maar terwijl ze achter Serena aan liep, bedacht ze dat haar zus, zoals gewoonlijk, gelijk had.

Steve was leuk, zij het een beetje een kakker, met zijn geruite korte broek en de lichtblauwe polo die paste bij zijn bootschoenen. Hij leek best aardig, al was het binnen een paar minuten duidelijk dat hij heel wat meer geïnteresseerd was in Serena dan zij in hem, want ze was het grootste deel van de tijd aan het praten met Melissa. Hoewel Maria zichzelf erom vermaande toen ze in de richting van haar auto begon te lopen, merkte ze dat ze jaloers was op het gemak waarmee haar jongere zus door alle facetten van haar leven laveerde.

Aan de andere kant: hoe moeilijk was het leven nou eigenlijk voor een eenentwintigjarige studente? De universiteit was een cocon die de rest van de wereld op afstand hield. Er was een overvloed aan vrije tijd, vrienden die óf bij je in huis woonden óf om de hoek woonden, en een overweldigend gevoel van optimisme over de toekomst, zelfs al had je geen idee wat dat precies betekende. Op de universiteit ging iedereen ervan uit dat hun leven zich precies zo zou ontwikkelen als gepland, en dat hield hen drijvende van de ene goede herinnering naar de volgende, in een stortvloed van zorgeloze driedaagse weekends.

Ze aarzelde en bedacht zich. Nou ja, voor mensen als Serena gold dat tenminste. Maria's eigen ervaring was anders geweest doordat ze haar opleiding serieuzer had genomen dan de meesten; ze kon zich herinneren dat ze veel te vaak veel te gestrest was. Terugkijkend besefte ze dat ze waarschijnlijk te veel tijd had besteed aan studeren en aan zich zorgen maken over de tentamens. Ze herinnerde zich hoe ze tot in de kleine uurtjes aan werkstukken had zitten werken, ze steeds maar weer herschrijvend tot elk woord precies goed was. Op dat moment had het de belangrijkste zaak van de wereld geleken, maar de laatste jaren was ze begonnen zich af te vragen waarom ze het allemaal zo serieus had genomen. Bill Gates, Steve Jobs, Michael Dell en Mark Zuckerberg waren allemaal gestopt met hun studie, en zij hadden het niet slecht voor elkaar, toch? Ze begrepen instinctief dat de wereld niet gaf om cijfers of zelfs of je wel of niet was afgestudeerd, niet op de lange duur tenminste, vooral in vergelijking met eigenschappen als creativiteit of doorzettingsvermogen. Tuurlijk, haar cijfers hadden haar waarschijnlijk geholpen haar eerste baantje bij het parket te bemachtigen, maar had ook maar iemand er sindsdien om gemaald? Toen ze aangenomen werd door het advocatenkantoor, waren ze alleen maar geïnteresseerd geweest in haar werkervaring, en leken ze de eerste vierentwintig jaar van haar leven als onbelangrijk te beschouwen. Tegenwoordig concentreerden Barneys gesprekken zich op haar lopende werkproject, en Kens belangstelling was al helemaal van een andere aard.

Nu ze eraan terugdacht, had ze spijt dat ze niet een jaar vrij had genomen nadat ze was afgestudeerd en was gaan backpacken door Europa, of als vrijwilligster voor Teach for America was gaan werken of wat dan ook. Eerlijk gezegd deed het er niet toe wat ze deed, zolang het maar iets interessants was, maar ze had zo'n haast gehad om volwassen te worden dat die gedachten nooit zelfs maar bij haar opgekomen waren. Ze had alleen niet altijd het gevoel dat ze echt lééfde, en soms merkte ze dat ze spijt had van de keuzes die ze had gemaakt. En wat dat betrof: was ze trouwens niet te jong om zulk soort spijtgevoelens te hebben? Hoorden die niet pas op middelbare leeftijd te beginnen? Haar vader en moeder leken ze in elk geval helemaal niet te hebben en die wáren van middelbare leeftijd. Intussen gedroeg Serena zich ook al alsof ze geen zorgen kende – dus wat had Maria verkeerd gedaan?

Ze gaf de schuld van haar melancholieke gedachten aan de pina colada's, waarvan ze het effect nog steeds een beetje voelde. Ze besloot zichzelf nog iets meer tijd te geven voor ze achter het stuur stapte, tuurde naar de pier en dacht: waarom niet? Het begon al te schemeren, maar ze had nog wel een uur of daaromtrent voor het donker zou zijn.

Ze draaide zich om en begon erheen te lopen, kijkend naar de chaotische bedrijvigheid van gezinnen die massaal het strand begonnen te verlaten. Door de zon verbrande kinderen, oververmoeid en zanikend, sleepten zich achter hun al even door de zon verbrande, oververmoeide ouders aan, die met boogieboards, koelboxen, parasols en handdoeken sleepten.

Op het strand bleef ze staan om haar sandalen uit te doen, en ze vroeg zich af of ze iemand van de middelbare school zou herkennen en of ze haar zouden herkennen, maar ze zag niemand die haar bekend voorkwam. Ze ploeterde door het zand en toen ze bij de pier kwam, beklom ze de trap naar boven, juist toen de zon aan zijn langzame afdaling begon. Tussen de planken onder haar voeten door zag ze het zand plaatsmaken voor ondiep water, en toen uiteindelijk voor golven die richting de kust snelden. Naar beide richtingen waren surfers nog steeds bezig te proberen een goede golf te pakken. Terwijl ze hun sierlijke bewegingen bewonderde, passeerde ze mensen die aan het vissen waren; mannen en vrouwen, jong en oud, allemaal verzonken in hun eigen wereld. Ze herinnerde zich dat toen ze een tiener was, een jongen die ze leuk vond haar had overgehaald om het eens te proberen. Het was die dag bloedheet geweest en het inwerpen was moeilijker dan ze had gedacht. Ze verlieten de pier uiteindelijk met lege handen, en ze realiseerde zich later dat ze de jongen een stuk leuker vond dan vissen.

Hoe verder ze kwam, hoe minder druk het werd, en tegen de tijd dat ze bij het einde van de pier kwam, zag ze nog maar één visser, met zijn rug naar haar toe. Hij was gekleed in een verbleekte spijkerbroek en had een honkbalpetje op, maar uit haar vluchtige blik maakte ze op dat hij heel goed gebouwd was. De gedachte van zich afschuddend wendde ze haar blik naar de horizon, waar ze de maan uit zee zag opkomen. In de verte gleed een catamaran over het oppervlak, en ze vroeg zich terloops af of Serena zich zou laten overhalen om een keer een weekend met haar mee te gaan zeilen.

'Ben je me aan het volgen?' De stem kwam van de hoek van de pier.

Toen ze zich omdraaide, duurde het een paar seconden voor het tot haar doordrong dat het Colin was. De visser met het honkbalpetje, besefte ze plotseling. Ze voelde haar wangen warm worden. Had Serena dit ook beraamd? Nee, het was haar eigen idee geweest om hiernaartoe te gaan. Toch? Serena had het niet over Colin of over de pier gehad… wat betekende dat dit toeval moest zijn, net zoals de nacht dat hij was gestopt en haar wiel had verwisseld. Hoe groot was de kans dat ze hem hier weer tegen zou komen? Te klein om aannemelijk te zijn, en toch… was hij hier en was zij hier, en ze merkte dat hij op antwoord wachtte.

'Nee,' stamelde ze. 'Ik ben je niet aan het volgen. Ik kwam hier alleen maar om van het uitzicht te genieten.'

Hij leek haar antwoord te overwegen. 'En?'

'En wat?'

'Het uitzicht. Hoe vind je het?'

Van de wijs gebracht moest ze zijn vraag even verwerken voor ze antwoord kon geven. 'Het is prachtig,' zei ze uiteindelijk.

'Beter dan vanuit het restaurant?'

'Anders. Vrediger.'

'Vind ik ook. Daarom ben ik hier.'

'Maar je bent toch aan het vissen…?'

'Niet echt,' zei hij. 'Net als jij ben ik hier voornamelijk om te genieten van de omgeving.' Hij glimlachte voor hij over de reling leunde. 'Ik wilde je niet storen,' verzekerde hij haar. 'Geniet van de zonsondergang, Maria.'

Op de een of andere manier voelde het, nu ze hem haar naam hierbuiten hoorde zeggen, intiemer dan het in de bar had gevoeld, en ze keek afwezig toe terwijl hij zijn lijn begon in te halen. Hij wierp opnieuw uit, waarbij de lijn afrolde tot in de verte, en ze vroeg zich af of ze moest blijven of moest gaan. Hij leek er tevreden mee om haar ruimte te geven, net zoals hij de eerste keer dat ze elkaar hadden ontmoet had gedaan. Wat haar eraan deed denken…

'Hé, Colin?'

Hij draaide zijn hoofd om. 'Ja?'

'Ik had je moeten bedanken dat je mijn wiel laatst hebt verwisseld. Je hebt me echt gered.'

'Niets te danken. Ik was blij dat ik kon helpen.' Hij glimlachte. 'En ik ben ook blij dat je vanavond naar het restaurant bent gekomen.'

'Dat was Serena's idee.'
'Dat zag ik wel. Je leek helemaal niet zo blij om me te zien.'
'Dat was het niet. Ik was gewoon... verrast.'
'Ik ook.'

Maria voelde zijn blik op haar rusten voor hij uiteindelijk wegkeek. Ze wist niet goed hoe ze moest reageren, en een tijdje stonden ze daar maar gewoon zonder iets te zeggen. Colin leek helemaal ontspannen en op zijn gemak, terwijl Maria weer probeerde op te gaan in het uitzicht. Een garnalenboot was aan het vissen in het donkerder water in de verte, en achter haar schouder flikkerden de lampen aan in Crabby Pete's. Vage flarden classic rock begonnen uit een van de restaurants te stromen, het begin van de avondfestiviteiten markerend.

Ze bekeek Colin vanuit een ooghoek, in een poging erachter te komen waarom hij zo anders leek dan andere mannen. Haar ervaring was dat mannen van haar leeftijd over het algemeen in vijf categorieën in te delen waren: arrogante types die van zichzelf geloofden dat ze een van de lievelingsschepsels van God waren; aardige kerels die blijvertjes zouden kunnen worden afgezien van het feit dat ze vaak niet in relaties geïnteresseerd waren; verlegen kerels die nauwelijks een woord wisten uit te brengen; mannen die om wat voor reden dan ook helemaal niet in haar geïnteresseerd waren; en de heel goeien – echte blijvers – die bijna altijd al bezet waren, voor zover zij had meegemaakt. Colin leek niet op de eerste soort, en te oordelen naar wat ze aan de bar had gezien, leek hij ook niet op de tweede en derde soort. Wat uiteraard betekende dat hij óf de vierde, óf de vijfde soort was. Hij was niet in haar geïnteresseerd... en toch vermoedde ze diep vanbinnen dat ze dat wel eens mis zou kunnen hebben, al wist ze niet goed waarom. Wat de mogelijkheid overliet dat hij de vijfde categorie was, maar helaas had ze even daarvoor wel zo'n beetje een einde aan het gesprek gemaakt, dus misschien was zijn zwijgen een reactie op haar klaarblijkelijke gereserveerdheid.

Nadat hij haar wiel voor haar had verwisseld. Nadat hij zo vriendelijk en efficiënt was geweest aan de bar. Nadat Serena haar had verzekerd dat hij een aardige vent was. En nadat hij zonet een gesprek was begonnen. Ze voelde haar schouders omlaag zakken. Geen wonder dat ze haar weekends in haar eentje doorbracht.

'Hé, Colin?' probeerde ze opnieuw.

Hij stond nog steeds over de reling geleund, en toen hij zich even later omdraaide, bespeurde ze hetzelfde vleugje geamuseerdheid dat ze in de bar had opgemerkt. 'Ja?'

'Mag ik je een vraag stellen?'

'Ja.' Zijn blauwgrijze ogen gloeiden als zeeglas.

'Wat vind je leuk aan vissen?'

Hij stak zijn hand omhoog en duwde zijn pet een beetje achterover. 'Ik geloof dat ik het eigenlijk helemaal niet zo leuk vind. En ik ben er ook niet erg goed in. Ik vang bijna nooit iets.'

Ze merkte dat hij een zachte, precieze manier van spreken had. 'Waarom doe je het dan?'

'Het is een goede manier om me te ontspannen na het werk, vooral als het druk is... Het is gewoon fijn om een paar minuten voor mezelf te hebben, weet je wel? Ik kom hier en dan is het rustig en alles gaat voor even wat trager. Ik begon een hengel mee te nemen omdat ik dan wat te doen had, in plaats van alleen maar hier te staan en naar de horizon te staren.'

'Zoals ik aan het doen was?'

'Precies. Wil je mijn hengel lenen?' Toen ze geluidloos lachte, ging hij verder. 'Bovendien geloof ik dat ik mensen nerveus maakte als ik hier alleen maar peinzend voor me uit stond te staren, alsof ik kwaad in de zin had. En eerder deze week, met mijn blauwe plekken, zou ik ze waarschijnlijk ook nog bang hebben gemaakt.'

'Ik zou eerder zeggen dat je overkwam als een bedachtzaam iemand.'

'Dat betwijfel ik. Jij daarentegen komt over als het type dat heel vaak dingen overpeinst. Het leven. Doelen. Dromen.'

Ze bloosde en wist niet wat ze daarop moest zeggen. Tegen wil en dank moest ze toegeven dat Serena gelijk had: Colin was ontzettend... aantrékkelijk. Ze schudde de gedachte van zich af. Daar wilde ze niet eens aan denken.

'Mag ik?' vroeg hij, gebarend naar waar zij stond, waarna hij zich bukte en zijn viskoffer oppakte. 'Ik heb hier niet veel geluk.'

Zijn opmerking overrompelde haar een beetje. 'Eh, ja... tuurlijk. Maar als je niet zo goed bent in vissen, kan ik niet beloven dat deze plek beter zal zijn.'

'Dat is hij waarschijnlijk ook niet,' gaf hij toe, dichterbij komend. Hij zette de viskoffer naast zich op de pier, waarbij hij een royale afstand tussen hen openhield. 'Maar dan hoef ik niet zo hard te praten.'

Ze keek toe hoe hij zijn lijn inhaalde en weer uitwierp op een nieuwe plek. Hij leunde voorover, lichte rukjes gevend aan de hengel.

'Je zus is me nogal een figuur,' zei hij na een tijdje.

'Waarom zeg je dat?'

'Ze maakte kennis met me met onder andere deze woorden: "Hé jij daar, met dat gehavende gezicht."'

Maria grijnsde. Dat klonk inderdaad precies als Serena. 'Ze is me er eentje, dat is zeker.'

'Maar ze is meer een vriendin dan een zus, zeker?'

'Zei ze dat?'

'Nee. Ik zag het toen ik jullie twee bediende. Het is niet moeilijk om te zien dat jullie behoorlijk close zijn.'

'Dat zijn we ook,' beaamde Maria. 'Heb jij broers of zussen?'

'Twee oudere zussen.'

'Zijn jullie close?'

'Niet zoals jij en Serena,' gaf hij toe terwijl hij zijn vislijn bijstelde. 'Ik hou van ze en geef om ze, maar we zijn zeg maar verschillende richtingen op gegaan in het leven.'

'En dat betekent?'

'We praten niet echt vaak. Misschien eens in de zo veel maanden of zo. De laatste tijd wordt het beter, maar het is een geleidelijk proces.'

'Dat is jammer.'

'Het is niet anders.'

Uit zijn antwoord leidde ze af dat hij het er eigenlijk verder niet over wilde hebben. 'Serena zei dat jullie bij elkaar in de klas zaten?' vroeg ze, zich op veiliger terrein begevend.

Hij knikte. 'Ze sprak me aan op weg naar de bibliotheek. Je hebt haar waarschijnlijk verteld hoe ik er die nacht uitzag, en zij heeft de link gelegd. Wat niet al te moeilijk was, met dat gehavende gezicht en alles.'

'Zo erg was het niet. Ik dacht er helemaal niet zo veel bij na.' Toen hij een wenkbrauw optrok, haalde ze haar schouders op. 'Oké, misschien was ik een kléín beetje bang toen je aan kwam lopen.'

'Logisch. Het was laat en je was op een verlaten plek. Dat was een van de redenen waarom ik stopte.'

'Wat was de andere reden?'

'Je was een meisje.'

'En jij denkt dat alle meisjes hulp nodig hebben om een wiel te verwisselen?'

'Niet alle meisjes. Maar mijn zussen en mijn moeder zouden hulp nodig hebben gehad. En ik kreeg niet het gevoel dat je het erg naar je zin had.'

Ze knikte. 'Nogmaals bedankt.'

'Dat heb je al gezegd.'

'Weet ik. Maar het mocht nog wel een keer gezegd worden.'

'Oké.'

'Alleen maar "oké"?' Haar mondhoeken krulden omhoog.

'Dat zeg ik altijd als iemand een opmerking maakt in plaats van een vraag te stellen.'

Ze fronste haar voorhoofd. 'Dat klinkt eigenlijk wel logisch.'

'Oké,' zei hij, en onwillekeurig begon ze te lachen. Ze begon zich eindelijk een beetje te ontspannen.

'Vind je het leuk om barkeeper te zijn?' vroeg ze.

'Het is oké,' antwoordde hij. 'Ik kan er mijn rekeningen van betalen terwijl ik studeer, ik kan redelijk mijn eigen tijd indelen, en de fooien zijn goed. Maar ik hoop dat ik niet gedwongen zal zijn er een carrière van te maken. Ik wil nog meer doen met mijn leven.'

'Serena zei dat je onderwijzer wilde worden.'

'Dat klopt,' beaamde hij. 'Waar is ze naartoe, trouwens?'

'Ze had met een paar vrienden afgesproken. Ze gaan eerst een tijdje de kroegen af en muziek luisteren, en daarna gaan ze waarschijnlijk naar een feestje of zoiets.'

'Waarom ben je niet meegegaan?'

‘Ik ben een beetje oud voor studentenfeestjes, vind je niet?’

‘Ik weet het niet. Hoe oud ben je?’

‘Achtentwintig.’

‘Ik ben ook achtentwintig en ik studeer nog.’

Ja, dacht ze. Dat weet ik. ‘En ga je naar studentenfeestjes?’

‘Nee,’ gaf hij toe, ‘maar niet omdat ik mezelf te oud vind. Ik ga gewoon niet naar feestjes. Kroegen ook niet.’

‘Maar je werkt in een bar.’

‘Dat is iets anders.’

‘Waarom?’

‘Omdat ik daar werk. En zelfs al werkte ik er niet, het is niet het soort bar waar ik in de problemen zou komen, want het is eigenlijk meer een restaurant.’

‘Kom je in de problemen in kroegen?’

‘Vroeger. Nu niet meer.’

‘Maar je zei net dat je er gewoon niet naartoe gaat.’

‘En daardoor kom ik niet in de problemen.’

‘En clubs dan?’

Hij haalde zijn schouders op. ‘Hangt van de club af en van met wie ik ben. Gewoonlijk, nee. Zo af en toe, ja.’

‘Omdat je daar ook problemen krijgt?’

‘In het verleden wel.’

Ze dacht diep na over zijn antwoord voordat ze zich weer naar de horizon omdraaide. De maan scheen tegen de achtergrond van een hemel die langzaam overging van grijs naar zwart. Colin volgde haar blik, en geen van beiden zei een tijdlang iets.

‘Wat voor problemen?’ vroeg ze uiteindelijk.

Hij tilde de voorkant van zijn molen op en trok aan de lijn voordat hij antwoord gaf. ‘Vechtpartijen.’

Even was ze er niet zeker van of ze hem goed had verstaan. ‘Vroeger vocht je in kroegen?’

‘Tot een paar jaar geleden vocht ik de hele tijd in kroegen.’

‘Waarom raakte je in gevechten verzeild?’

‘Jongens gaan gewoonlijk naar kroegen om vier redenen: om dronken te worden, om met vrienden te zijn, om meisjes te versieren, of om te vechten. Ik kwam voor alle vier.’

'Je wílde vechten?'
'Meestal wel.'
'Hoe vaak?'
'Ik weet niet zeker of ik de vraag heb begrepen.'
'Hoe vaak ben je in een gevecht verzeild geraakt?'
'Ik kan het me niet precies herinneren. Waarschijnlijk meer dan honderd keer.'
Ze knipperde met haar ogen. 'Je hebt meer dan honderd keer gevochten in een kroeg?'
'Ja.'
Ze wist niet goed wat ze moest zeggen. 'Waarom vertel je me dit?'
'Omdat je ernaar vroeg.'
'En je geeft antwoord op alles wat mensen aan je vragen?'
'Niet op alles.'
'Maar je vindt het oké om me zoiets als dit te vertellen?'
'Ja.'
'Waarom?'
'Je bent zeker advocate, of niet?'
Ze zoog haar adem in, van haar stuk gebracht door de plotselinge verandering van onderwerp. 'Heeft Serena je dat verteld?'
'Nee.'
'Hoe wist je dan dat ik een advocate was?'
'Dat wist ik niet. Ik dacht dat het mogelijk was, omdat je een heleboel vragen stelt. Dat doen de meeste advocaten.'
'En gezien die vechtpartijen heb je waarschijnlijk veel ervaring gehad met advocaten?'
'Ja.'
'Ik vind het nog steeds ongelooflijk dat je me dit vertelt.'
'Waarom zou ik het je niet vertellen?'
'Omdat toegeven dat je vroeger altijd in kroegen vocht niet iets is wat mensen normaal gesproken doen als ze elkaar leren kennen.'
'Oké. Maar zoals ik al zei: ik doe dat tegenwoordig niet meer.'
'En laatst die keer dan?'
'Dat was een MMA-wedstrijd. Mixed martial arts, gemengde gevechtskunsten. Het is iets volkomen anders dan wat ik vroeger deed.'

'Het is toch nog steeds vechten?'

'Het is een sport; zoals boksen of taekwondo.'

Ze kneep haar ogen tot spleetjes. 'Is MMA dat in zo'n kooi? Waar alles mag?'

'Ja op de eerste vraag, nee op de tweede,' zei hij. 'Er zijn regels. In feite zijn er een heleboel regels, ook al kan het wel gewelddadig worden.'

'En jij geniet van het gewelddadige ervan?'

'Het is goed voor me.'

'Waarom? Omdat het je helpt uit de problemen te blijven?'

'Onder andere.' Hij glimlachte, en voor het eerst in heel, heel lange tijd wist ze geen woord uit te brengen.

5

Colin

Colin had wel eens eerder reacties als die van Maria gezien, en hij wist dat ze aan het overwegen was of ze zou blijven. Mensen reageerden over het algemeen negatief op zijn verleden. Hoewel hij zich niet meer voor z'n kop sloeg om zijn misstappen, was hij er ook niet trots op. Zo was hij nu eenmaal; hij had zijn tekortkomingen en dat accepteerde hij. Het was nu haar beurt om een beslissing te nemen.

Hij wist dat Evan zijn hoofd zou hebben geschud over de manier waarop Colin haar vragen had beantwoord, maar nog afgezien van Colins wens om eerlijk te zijn, begreep Evan niet dat het zinloos was te proberen de waarheid over zijn verleden te verbergen, als hij het al verborgen wílde houden. Mensen waren zowel nieuwsgierig als voorzichtig, en hij wist dat een snelle zoektocht op internet naar zijn naam een handjevol krantenartikelen over hem zou opleveren, geen van alle gunstig. En als hij het niet vanaf het begin had uitgelegd? Óf Maria óf Serena had hem misschien al wel gegoogeld, net als Victoria had gedaan.

Victoria had hij een paar jaar geleden in de sportschool ontmoet, en nadat hij een paar maanden zo nu en dan een praatje met haar had gemaakt, waren ze af en toe samen gaan trainen. Hij vond dat ze het goed met elkaar konden vinden en beschouwde haar als een goede trainingspartner, totdat ze hem plotseling was gaan ontwijken. Ze beantwoordde zijn sms'jes of telefoontjes niet meer en begon 's ochtends te trainen in plaats van 's avonds. Toen het hem eindelijk lukte om het er met haar over te hebben, had ze onthuld wat ze over hem te weten was gekomen en had ze erop aangedrongen dat hij geen contact meer met haar probeerde te leggen. Ze wilde geen excuses en Colin had ze haar ook niet aangeboden, maar hij vroeg zich wel af waarom ze eigenlijk op internet naar hem had gezocht. Het was niet zo dat ze een relatie hadden; hij wist niet eens zeker of ze het stadium van vriendschap al hadden bereikt. Een maand later kwam ze helemaal niet meer naar de sportschool, en sindsdien had hij haar nooit meer gezien.

Ze was niet de enige geweest die was teruggedeinsd nadat ze de waarheid over Colin te weten was gekomen, en hoewel Evan dan misschien de grap maakte dat Colin iedereen die erom vroeg onmiddellijk uit vrije wil zijn hele verleden vertelde, was dat toch niet zo. Over het algemeen ging het niemand wat aan, en zo liet hij het ook, tenzij iemand op de een of andere manier deel van zijn leven uitmaakte of dat zou gaan doen. Hoewel het nog veel te vroeg was om te beoordelen of Maria in die categorie zou vallen, was Serena een klasgenote, en als zij één keer tegen hem had gepraat, zou ze dat best nog een keer kunnen doen. Hij gaf echter toe dat er iets was aan Maria wat zijn belangstelling wekte. Dat kwam deels door hoe ze eruitzag, natuurlijk – ze was een rijpere, aantrekkelijker versie van Serena, met hetzelfde donkere haar en dezelfde donkere ogen – maar aan de bar had hij gemerkt dat ze niet ijdel was. Hoewel ze op het dakterras de aandacht had getrokken van een flink aantal mannen, was ze zich daar niet bewust van geweest, wat extreem zeldzaam was. Maar zijn eerste indrukken gingen dieper dan dat. Serena was uitbundig, praatgraag en niet echt zijn type; Maria was stiller, nadenkender en duidelijk intelligent.

En nu? Hij keek naar Maria terwijl die erachter probeerde te komen of ze zou blijven of vertrekken, door wilde gaan met het gesprek of gedag zeggen. Hij zei niets en gaf haar de ruimte om zelf een beslissing te nemen. In plaats daarvan concentreerde hij zich op hoe de bries voelde en op het geluid van de golven. Hij staarde over de pier en merkte dat het grootste deel van de mensen die aan het vissen waren geweest was vertrokken; degenen die nog over waren, waren hun spullen aan het inpakken of hun vangst aan het schoonmaken.

Maria leunde wat verder over de reling. De donker wordende lucht wierp een schaduw over haar gezicht, waardoor ze mysterieus, onkenbaar overkwam. Hij zag haar diep ademhalen.

'Wat voor andere dingen?' vroeg ze uiteindelijk. Colin moest vanbinnen glimlachen.

'Hoe fijn ik het ook vind om te trainen, er zijn momenten waarop ik gewoon niet in de stemming ben. Maar als ik weet dat er een wedstrijd zit aan te komen en dat ik daarvoor moet trainen, kom ik van de bank en ga ik naar de sportschool.'

'Elke dag?'

Hij knikte. 'Meestal twee of drie sessies. Daar gaat een hoop tijd in zitten.'

'Wat doe je dan?'

'Bijna alles,' zei hij schouderophalend. 'Een groot deel van mijn training draait om stoten en *grappling*, maar daarna probeer ik het zo veel mogelijk door elkaar te doen. Ik doe aan gewichtheffen, ook olympisch, maar ik doe ook aan spinninglessen, yoga, kajakken, circuittraining, hardlopen, touwklimmen, trappenlopen, plyometrische training, oefeningen met eigen lichaamsgewicht, van alles en nog wat. Zolang ik maar flink kan zweten, ben ik blij.'

'Dus je doet yoga?'

'Het is niet alleen goed voor de flexibiliteit en de balans, maar ook mentaal is het geweldig voor me. Het is net mediteren.' Hij knikte naar het water, dat rood-goud schitterde in de laatste zonnestralen. 'Het lijkt wel een beetje op hier komen na een dienst.'

Ze kneep haar ogen een beetje dicht naar hem. 'Je ziet er niet uit als een man die aan yoga doet. Mannen die aan yoga doen...'

Hij maakte haar zin voor haar af. 'Zijn mager? Hebben een baard? Houden van dingen als wierook en kralenkettingen?'

Ze lachte. 'Ik ging zeggen dat ze meestal niet van geweld houden.'

'Ik ook niet. Niet meer. Natuurlijk kunnen er verwondingen optreden tijdens een van mijn gevechten, maar ik ben er niet opuit om iemand pijn te doen. Ik wil alleen maar winnen.'

'Gaan die twee dingen dan niet samen?'

'Soms, maar niet altijd. Als je je tegenstander in de juiste overgavegreep krijgt, geeft hij het op en komt hij er ongeschonden van af.'

Ze draaide aan de armband om haar pols. 'Is het eng om die kooi binnen te lopen?'

'Als je bang bent, moet je waarschijnlijk sowieso niet die ring in gaan. Voor mij is het eerder een goed gevoel dat de adrenaline laat stromen. Het draait erom dat je de adrenaline onder controle houdt.'

Hij begon zijn lijn binnen te halen.

'Ik neem aan dat je er vrij goed in bent.'

'Voor een amateur ben ik best goed, maar als ik bij de profs mee zou doen, zou ik het moeilijk krijgen. Sommige van die kerels waren topworstelaars van de National Collegiate Athletic Association of olympische boksers en dat is voor mij te hoog gegrepen. Maar dat vind ik niet erg. Het is niet mijn droom om beroeps te worden; het is gewoon iets om te doen tot ik afstudeer. Als het zover is, ben ik er klaar voor om ermee op te houden.'

In plaats van opnieuw uit te werpen, maakte hij de haak en het aas vast aan de hengel en trok toen de lijn strak. 'En bovendien gaan onderwijzen en kooigevechten niet echt samen. Ik zou die kleine kinderen vast bang maken, net zoals ik jou bang maakte.'

'Kleine kinderen?'

'Ik wil gaan lesgeven in de derde klas,' zei hij. Hij boog zich voorover en pakte zijn viskoffer. 'Het begint donker te worden,' voegde hij eraan toe. 'Wil je alweer teruggaan? Of wil je hier nog wat langer blijven?'

'We kunnen wel gaan,' zei ze. Terwijl Colin de hengel op zijn schouder zette, zag ze de restaurants die vanbinnen verlicht werden, rijen mensen die zich al bij de deuren vormden, de vage flarden muziek die de lucht vulden. 'Het begint hier druk te worden.'

'Daarom heb ik gevraagd of ik de dagdienst mocht draaien. Het zal vanavond een beestenboel zijn op het dakterras.'

'Goed voor de fooien, niet?'

'Niet genoeg om op te wegen tegen de ergernis. Te veel studenten.'

Ze lachte en het klonk warm en melodieus. Ze begonnen dezelfde weg terug te lopen als hoe ze waren gekomen, allebei zonder de behoefte zich te haasten. In het afnemende licht was ze aanlokkelijk, en haar bescheiden glimlach deed hem zich afvragen waar ze aan dacht. 'Heb je hier altijd gewoond?' vroeg hij, waarmee hij de vredige stilte verbrak.

'Ik ben hier opgegroeid en ben hier afgelopen december weer naartoe terugverhuisd,' antwoordde ze. 'Vanwege de universiteit, de rechtenstudie en mijn werk in Charlotte ben ik ongeveer tien jaar weg geweest. Maar jij komt hier niet vandaan, hè?'

'Ik kom uit Raleigh,' zei hij. 'Bracht hier de zomers door toen ik klein was, en na de middelbare school woonde ik hier een paar jaar zo nu en dan gedurende een maand of twee. Sinds de afgelopen drie jaar woon ik hier permanent.'

'We zijn waarschijnlijk zo nu en dan buren geweest en wisten dat niet eens van elkaar. Ik zat op UNC en Duke University.'

'Buren of niet, ik betwijfel of we ons in dezelfde sociale kringen bevonden.'

Ze glimlachte. 'Dus eh... ben je hierheen gekomen om naar de universiteit te gaan?'

'In eerste instantie niet. De universiteit kwam een tijdje daarna. Ik ben hier gekomen omdat mijn ouders me uit huis hebben gezet en ik niet zeker wist waar ik anders heen moest. Mijn vriend Evan woonde hier en ik ben uiteindelijk een kamer van hem gaan huren.'

'Hebben je ouders je eruit gezet?'

Hij knikte. 'Ik had een schop onder m'n kont nodig. Die hebben ze me gegeven.'

'O.' Ze probeerde haar stem neutraal te houden.

'Ik kan het ze niet kwalijk nemen,' zei hij. 'Ik verdiende het. Ik zou mezelf er ook uit hebben getrapt.'

'Vanwege de vechtpartijen?'

'Er was meer aan de hand dan alleen dat, maar de vechtpartijen waren er onderdeel van. Ik was min of meer een probleemkind. En toen, na de middelbare school, was ik een tijdje een probleemvolwassene.' Hij keek naar haar. 'En jij? Woon jij bij je ouders?'

Ze schudde haar hoofd. 'Ik heb een appartement in Market Street. Hoeveel ik ook van ze hou, ik zou absoluut niet meer bij mijn ouders kunnen wonen.'

'Wat doen ze?'

'Ze zijn eigenaar van La Cocina de la Familia. Dat is een restaurant hier in de stad.'

'Ik heb erover gehoord, maar ik ben er nog niet geweest.'

'Je moet er eens heen. Het eten is echt authentiek – mijn moeder kookt nog heel veel ervan zelf – en het is er altijd hartstikke druk.'

'Als ik jouw naam noem, krijg ik dan korting?'

'Heb je dan korting nodig?'

'Niet echt. Ik vroeg me gewoon af hoe ver we al zijn.'

'Ik zal zien wat ik kan doen. Ik weet zeker dat ik wel iets voor je kan regelen.'

Tegen die tijd waren ze het zand overgestoken en liepen ze op de trap af. Hij volgde terwijl ze sierlijk de trap af dartelde.

'Wil je dat ik met je meeloop naar je auto?' vroeg hij, haar aankijkend.

'Dat hoeft niet,' wierp ze tegen. 'Het is niet ver.'

Hij verplaatste de hengel van de ene schouder naar de andere. Hij wilde niet dat de avond al zou eindigen.

'Als Serena met haar vrienden uitgaat, wat waren dan jouw plannen voor de rest van de avond?'

'Niets, eigenlijk. Hoezo?'

'Wil je wat naar muziek gaan luisteren? Aangezien we toch al hier zijn? Het is nog niet zo laat.'

Zijn vraag leek haar te verrassen, en heel even dacht hij dat ze nee zou zeggen. Ze verschoof de band van haar handtas, en frummelde met de sluiting ervan. Terwijl hij wachtte, bedacht hij opnieuw dat ze mooi was, en dat haar lange, donkere wimpers haar gedachten verborgen hielden.

'Ik dacht dat je niet naar kroegen ging.'

'Dat doe ik ook niet. Maar we zouden een beetje langs het strand kunnen lopen, luisteren of we iets goeds horen en ervan genieten vanaf de plek waar we zijn.'

'Zitten er ook goeie bandjes bij?'

'Ik heb geen idee.'

De onzekerheid straalde van haar gezicht, totdat hij zag dat ze eindelijk een beetje losliet. 'Goed dan. Maar ik wil niet lang blijven. Misschien alleen een wandelingetje langs het strand, oké? Ik wil niet hier zijn als de menigte toestroomt.'

Hij glimlachte, voelde iets binnen in zich ontspannen en tilde de viskoffer op. 'Ik ga even dit wegzetten, goed? Ik sjouw het liever niet de hele tijd met me mee.'

Ze liepen terug naar het restaurant en zodra hij zijn spullen in de afdeling voor personeel had gezet, liepen ze weer terug het zand op. De sterren begonnen tevoorschijn te komen, schitterende speldenprikken aan de fluweelachtige hemel. De golven bleven gestaag doorrollen en de warme bries was als een rustige uitademing. Terwijl ze slenterden, was hij zich bewust van het feit dat ze dichtbij genoeg was om aan te raken, maar hij zette het besef van zich af.

'Wat voor soort recht beoefen je?'

'Voornamelijk verzekeringsrecht. Onderzoek en getuigenverklaringen, onderhandelingen en als laatste toevlucht procederen.'

'En jij doet de verdediging van verzekeringsmaatschappijen?'

'Grotendeels. Zo nu en dan staan we aan de kant van de claimer, maar dat komt niet veel voor.'

'Heb je het er druk mee?'

'Heel erg.' Ze knikte. 'Er is overal een polis voor, en hoezeer de polis ook op elke mogelijkheid probeert in te spelen, er zijn altijd grijze gebieden. Stel bijvoorbeeld dat iemand uitglijdt in je winkel en hij spant een rechtszaak aan, of een personeelslid spant een rechtszaak aan nadat hij is ontslagen, of misschien geef je een verjaarspartijtje voor je zoon en een van zijn vriendjes raakt gewond in je zwembad. De verzekeringsmaatschappij is verantwoordelijk voor het betalen van de claim, maar soms besluiten ze de claim aan te vechten. Dan worden wij erbij gehaald. Omdat de andere kant altijd advocaten heeft.'

'Kom je ooit in de rechtszaal?'

'Dat heb ik nog niet meegemaakt. Bij deze baan niet, in elk geval. Ik ben nog steeds aan het leren. De partner voor wie ik het grootste deel van mijn werk doe, gaat vrij vaak naar de rechtbank, maar in feite wordt het grootste deel van onze zaken geschikt voordat ze naar de rechtbank gaan. Uiteindelijk is het goedkoper en veel minder gedoe voor alle betrokkenen.'

'Ik wil wedden dat je heel veel advocatengrappen hoort.'

'Niet zo veel. Hoezo? Ken jij er een?'

Hij liep een paar stappen verder. 'Wat is het verschil tussen een goede en een slechte advocaat?' Toen ze haar schouders ophaalde, zei hij: 'Een slechte advocaat kan een zaak jaren laten aanslepen. Een goede advocaat zelfs nog een stuk langer.'

'Ha, ha.'

'Ik maak maar een grapje. Ik zal de eerste zijn die een goede advocaat weet te waarderen. Ik heb een paar hele goeie gehad.'

'En had je ze ook nodig?'

'Ja,' antwoordde hij. Hij wist dat dat nog meer vragen zou oproepen, maar hij ging verder, en gebaarde met zijn hoofd naar de oceaan. 'Ik vind het heerlijk om 's avonds op het strand te lopen.'

'Waarom?'

'Het is anders dan overdag, vooral als de maan op is... Ik hou van het mysterie dat je denkt dat er daar van alles net onder het oppervlak zou kunnen zwemmen.'

'Dat is een griezelige gedachte.'

'Daarom zijn we ook hier en niet daar.'

Ze glimlachte om wat hij zei, verrassend op haar gemak terwijl ze over het strand slenterden. Geen van tweeën had er behoefte aan iets te zeggen. Colin richtte zich op de gewaarwording dat zijn voeten in het zand wegzakten en de warme bries op zijn gezicht. Toen hij naar Maria's haar keek dat in de wind golfde, besefte hij dat hij meer van de wandeling genoot dan hij had gedacht. Hij herinnerde zichzelf eraan dat ze vreemden voor elkaar waren, maar om de een of andere reden voelde dat niet zo.

'Ik wil je wat vragen, maar ik weet niet of het te persoonlijk is,' zei ze uiteindelijk.

'Zeg het maar,' antwoordde hij, al wetend wat er kwam.

'Je zei dat je een probleemvolwassene was en dat je in een hoop vechtpartijen in cafés verwikkeld bent geraakt. En dat je een aantal geweldige advocaten hebt gehad.'

'Ja.'

'Was dat omdat je werd gearresteerd?'

Hij verschoof zijn pet. 'Ja.'

'Vaker dan één keer?'

'Een aantal keren,' gaf hij toe. 'Een tijdje lang mocht ik een flink aantal agenten in Raleigh en Wilmington bij hun voornaam noemen.'

'Ben je ooit veroordeeld?'

'Een paar keer,' zei hij.

'En heb je in de gevangenis gezeten?'

'Nee. Ik heb waarschijnlijk in totaal een jaar in hechtenis gezeten. Niet aan één stuk, maar een maand hier, dan weer twee maanden daar. Het is nooit zover gekomen dat ik naar de gevangenis ben gegaan. Dat was wel de bedoeling – de laatste vechtpartij was namelijk vrij ernstig – maar ik heb veel geluk gehad en dus ben ik hier.'

Ze bracht haar kin een beetje omlaag, ongetwijfeld haar beslissing om met hem te wandelen in twijfel trekkend.

'Wat bedoelde je toen je zei dat je veel geluk had gehad?'

Hij zette een paar stappen voordat hij antwoord gaf. 'Ik heb de afgelopen drie jaar in mijn proeftijd gezeten, en ik heb nog twee jaar te gaan. Het is onderdeel van de deal van vijf jaar die ik heb gekregen. Waar het op neerkomt is dat als ik de komende twee jaar niet meer in de problemen kom, ze mijn strafblad helemaal schoonvegen. Dat betekent dat ik mag lesgeven in de klas, en dat is belangrijk voor me. Mensen willen niet dat misdadigers hun kinderen lesgeven. Maar als ik het verpest, is de deal afgelopen, en ga ik meteen de gevangenis in.'

'Hoe is dat mogelijk? Je strafblad helemaal schoonvegen?'

'Ik werd gediagnosticeerd met een woedestoornis en een PTSS, die invloed had op mijn *mens rea*. Je weet wel wat dat is, hè?'

'Met andere woorden: je zegt dat je er niets aan kon doen,' zei ze.

Hij haalde zijn schouders op. 'Dat zeg *ík* niet. Dat zeiden mijn psychiaters, en gelukkig had ik de gegevens om het te bewijzen. Ik ben bijna vijftien jaar in therapie geweest, ik ben geregeld met medicijnen behandeld en als onderdeel van mijn deal moest ik een paar maanden doorbrengen in een instituut in Arizona dat gespecialiseerd was in woedestoornissen.'

'En… toen je terugkwam in Raleigh hebben je ouders je het huis uit gezet?'

'Ja,' zei hij. 'Maar alles bij elkaar – de vechtpartij en de potentiële gevangenisveroordeling, de deal, mijn tijd in het instituut en plotseling gedwongen worden om op mezelf te zijn – heeft me ertoe aangezet om nu eens ernstig bij mezelf te rade te gaan, en ik besefte dat ik het leven dat ik leidde moe was. Ik was het beu om mij te zijn. Ik wilde niet de kerel zijn die erom bekendstond dat hij tegen iemands hoofd schopte als hij al op de grond lag, ik wilde erom bekendstaan dat ik… een vriend was, een man op wie je kon bouwen. Of tenminste een man met iets van een toekomst voor zich. Dus hield ik op met feesten en beesten, en richtte ik in plaats daarvan al mijn energie op trainen, naar school gaan en werken.'

'Zomaar ineens?'

'Het was niet zo gemakkelijk als het klinkt, maar… ja, zomaar ineens.'

'Mensen veranderen gewoonlijk niet.'

'Ik had geen keus.'

'Ja, maar toch…'

'Begrijp me niet verkeerd. Ik probeer geen smoesjes aan te voeren voor wat ik heb gedaan. Afgezien van wat de dokters hebben gezegd over of ik mijn gedrag wel of niet zelf in de hand kon houden, wist ik wel dat ik niet goed bezig was, en het kon me geen zier schelen of ik beter werd. In plaats daarvan blowde ik, dronk ik, vernielde ik het huis van mijn ouders, reed ik auto's in de prak en werd ik steeds maar weer gearresteerd vanwege vechtpartijen. Heel lang kon helemaal niets me schelen, behalve feesten op de manier die ik wilde.'

'En nu kan het je wel schelen?'

'Heel veel. En ik ben niet van plan terug te gaan naar mijn oude leven.'

Hij voelde haar ogen op zich, en voelde dat ze probeerde het verleden dat hij had beschreven te verenigen met de man die ze zag. 'Die woedestoornis begrijp ik wel, maar een PTSS?'

'Ja.'

'Wat is er dan gebeurd?'

'Wil je dat echt horen? Het is nogal een lang verhaal.' Toen ze knikte, ging hij verder. 'Zoals ik je heb verteld was ik nogal een probleemkind, en tegen de tijd dat ik elf was, was ik vrijwel niet meer te hanteren. Uiteindelijk stuurden mijn ouders me naar een militaire academie, en de eerste waar ik op kwam, was gewoon een afschuwelijke plek. Er heerste een maf soort *Lord of the Flies*-mentaliteit onder de studenten die in het laatste jaar zaten: van dat typische ontgroeningsgedoe, zoals mijn melk of toetje afpakken in de kantine, of me hun schoenen laten poetsen of hun bedden laten opmaken terwijl een andere jongen een bende van mijn kamer maakte, die ik dan moest opruimen vóór de inspectie. Het was niet erg; iedere nieuweling gaat door dat soort dingen heen. Maar sommige van die jongens waren anders... gewoon sadistisch. Dan sloegen ze me met natte handdoeken nadat ik had gedoucht, of ze slopen van achteren op me af als ik aan het studeren was en gooiden een deken over me heen en begonnen me zomaar af te rossen. Na een tijdje begonnen ze dat 's nachts te doen, als ik sliep. In die tijd was ik nogal klein voor mijn leeftijd en ik maakte de fout dat ik veel huilde, waardoor ze alleen maar feller tekeergingen. Het is net alsof ik hun speciale project werd. Dan kwamen ze me twee of drie nachten per week opzoeken, altijd met die deken, altijd met dat gestomp, en sloegen ze me zomaar in elkaar terwijl ze tegen me zeiden dat ik dood zou zijn voordat het jaar om was. Ik was helemaal overstuur en voortdurend op mijn hoede. Dan probeerde ik wakker te blijven en schrok ik op van het minste geluid, maar ik kon gewoon niet vermijden dat ik in slaap viel. Ze waren geduldig en wachtten tot ik onder zeil was. Dat soort gedoe ging maanden aan één stuk door. Ik heb er nog steeds nachtmerries van.'

'Heb je het aan iemand verteld?'

'Natuurlijk heb ik dat gedaan. Ik heb het aan zo veel mogelijk mensen verteld. Ik heb het aan de commandant verteld, aan mijn leraren, de decaan, zelfs aan mijn ouders. Niemand geloofde me.

Ze bleven tegen me zeggen dat ik moest ophouden met liegen en zeuren, en me gewoon moest vermannen.'

'Wat afschuwelijk…'

'Absoluut. Ik was maar een jongetje, maar na een tijdje bedacht ik dat ik daar weg moest, of ze zouden op een dag te ver gaan, dus nam ik het heft in eigen hand. Ik smokkelde wat spuitbusverf binnen en leefde me uit in het gebouw van de staf. Daarom werd ik van school gestuurd, en dat was precies wat ik wilde.' Hij haalde diep adem. 'Hoe dan ook, een paar jaar later hebben ze de school gesloten nadat de plaatselijke krant een onthullend artikel over de plek had gepubliceerd. Er was een jongen doodgegaan. Een jongen van mijn leeftijd. Ik was niet een van de leerlingen die in de uiteenzetting werd genoemd, maar een tijdje was het landelijk nieuws. Straf- en civiele rechtszaken, alles. Er zijn mensen voor in de gevangenis beland. En daarna voelden mijn ouders zich afschuwelijk omdat ze me niet hadden geloofd. Ik denk dat dat de reden is waarom ze me nog zo lang hebben geduld nadat ik eindexamen had gedaan. Omdat ze zich nog steeds schuldig voelden.'

'Dus nadat je van school was gestuurd…'

'Ging ik naar een andere militaire school en zwoer ik bij mezelf dat ik me nooit meer in elkaar zou laten slaan. In de toekomst zou ík degene zijn die de eerste slag toebracht. Dus leerde ik vechten. Ik bestudeerde het en oefende het. En daarna, als iemand me ooit greep, dan… ging ik gewoon door het lint. Dan was het weer alsof ik een klein kind was. Ik werd steeds maar weer van school gestuurd, heb het op het nippertje gehaald, en toen ik eindexamen deed, kwam er daarna een soort sneeuwbaleffect op gang. Zoals ik al zei was ik vroeger nogal gestoord.' Hij zette een aantal stappen in stilte. 'Hoe dan ook, dat kwam allemaal aan bod tijdens de rechtszaak.'

'Hoe is de relatie met je ouders nu?'

'Net als bij mijn zussen is het een werk in uitvoering. Op dit moment hebben ze een omgangsverbod tegen me in werking.'

Er kwam een verbijsterde uitdrukking op haar gezicht en hij ging verder met zijn verhaal.

'Ik was ruzie aan het maken met mijn ouders de avond voordat ik naar Arizona ging en op een gegeven moment drukte ik mijn vader tegen de muur. Ik was niet van plan hem pijn te doen en dat bleef ik hem ook vertellen – ik wilde gewoon dat ze naar me luisterden – maar mijn ouders werden er doodsbenauwd van. Ze hebben geen aanklacht tegen me ingediend – anders zou ik hier niet zijn – maar ze hebben wel een gerechtelijk bevel gekregen waarin staat dat ik niet in de buurt van hun huis mag komen. Ze houden me er nu niet per se aan, maar het is nog steeds van kracht, waarschijnlijk om ervoor te zorgen dat ik niet ga denken dat ik ooit weer bij ze kan komen wonen.'

Ze bekeek hem aandachtig. 'Ik begrijp nog steeds niet hoe je gewoon maar kunt... veranderen. Ik bedoel, wat gebeurt er als je je weer kwaad maakt?'

'Ik word nog steeds wel eens kwaad. Dat wordt iedereen. Maar ik heb andere manieren geleerd om ermee om te gaan. Zoals niet naar de kroeg gaan of drugs nemen, en ik neem nooit meer dan een paar biertjes als ik met mijn vrienden ben. En echt elke dag heel lichamelijk bezig zijn – hard trainen en veel van mezelf vragen – helpt om mijn stemmingen onder controle te houden. Ook heb ik in het instituut een hoop bruikbare dingen geleerd, verschillende manieren om ermee om te gaan. De hele ervaring was uiteindelijk een van de beste dingen die ik ooit heb gedaan.'

'Wat heb je daar geleerd?'

'Diep ademhalen, van een situatie weglopen, gedachten afbuigen, of proberen de juiste beschrijving voor een emotie te vinden als die toeslaat, in de hoop de kracht ervan te verminderen... het is niet eenvoudig, maar na een tijdje wordt het een gewoonte. Er is veel inspanning en veel bewust denkwerk voor nodig, maar als ik al die dingen niet deed, zou ik waarschijnlijk weer aan het lithium moeten, en ik heb een pesthekel aan die troep. Voor veel mensen is het een goed middel en het werkt wel, maar ik voelde me gewoon niet mezelf als ik het nam. Het was net alsof een deel van me niet helemaal meer leefde. En ik had altijd ontzettend veel trek, wat ik ook at. Uiteindelijk kwam ik aan, werd ik dik. Ik ga liever een paar uur per dag trainen, yoga doen, mediteren en plekken vermijden waar ik misschien in de problemen kom.'

'Werkt dat?'

'Tot nu toe,' antwoordde hij. 'Ik bekijk het gewoon per dag.'

Naarmate ze verder over het strand liepen, stierf de muziek geleidelijk weg onder het geluid van de golven die het strand op rolden. Achter de duinen hadden de bedrijven plaatsgemaakt voor huizen, waar achter de ramen lampen brandden. De maan stond hoger en baadde de wereld in een etherische gloed. Spookkrabben vluchtten van de ene plek naar de andere zodra ze langzaam dichterbij kwamen.

'Je bent hier allemaal erg open over,' observeerde Maria.

'Ik geef gewoon antwoord op je vragen.'

'Maak je je geen zorgen over wat ik er misschien van vind?'

'Niet echt.'

'Maakt het je niet uit wat andere mensen van je denken?'

'Tot op zekere hoogte wel. Dat doet iedereen. Maar als je een oordeel over me velt, moet je wel eerst weten wie ik echt ben, niet alleen dat deel dat ik je besluit te vertellen. Ik zou liever eerlijk over alles zijn en jou laten beslissen over of je wel of niet met me wilt blijven praten.'

'Ben je altijd al zo geweest?' Ze tuurde naar hem met oprechte nieuwsgierigheid.

'Wat bedoel je?'

'Zo eerlijk? Over... alles?'

'Nee,' zei hij. 'Dat is pas gekomen nadat ik was teruggekomen uit het instituut. Samen met alle andere veranderingen die ik in mijn leven besloot door te voeren.'

'Hoe reageren mensen erop?'

'De meesten weten niet wat ze ermee aan moeten. Vooral in het begin niet. Evan weet het nog steeds niet. En ik denk dat jij het ook nog niet weet. Maar het is evengoed belangrijk voor me om de waarheid te vertellen. In het bijzonder aan vrienden of aan iemand van wie ik denk dat ik die misschien nog een keer zal zien.'

'Is dat waarom je het me hebt verteld? Omdat je denkt dat je me misschien nog een keer zult zien?'

'Ja,' antwoordde hij.

Een paar seconden wist ze niet zeker wat ze daarvan moest maken.

'Je bent een interessante man, Colin,' zei ze.

'Het is een interessant leven geweest,' gaf hij toe. 'Maar jij bent ook interessant.'

'Geloof me maar, vergeleken met jou ben ik allerminst interessant.'

'Misschien. Misschien ook niet. Maar je bent nog niet weggerend.'

'Dat doe ik misschien alsnog. Je bent een beetje eng.'

'Nee, dat ben ik niet, hoor.'

'Voor een vrouw als ik? Geloof me, je bent een beetje eng. Dit is waarschijnlijk de eerste keer dat ik ooit een avond heb doorgebracht met een vent die praat over stampen op hoofden van mensen in vechtpartijen in bars of zijn vader tegen de muur drukken.'

'Of die gearresteerd is. Of in een psychiatrische inrichting heeft gezeten...'

'Die dingen ook.'

'En?'

Ze streek een paar door de wind verwaaide lokken weg. 'Ik weet het nog steeds niet. Op dit moment heb ik geen idee wat ik moet denken van alles wat je hebt gezegd. Maar als ik er plotseling als een speer vandoor ga, probeer me dan niet te pakken, oké?'

'Nou, goed dan.'

'Heb je iets hiervan aan Serena verteld?'

'Nee,' zei hij. 'Anders dan jij vroeg ze er niet naar.'

'Maar zou je het hebben gedaan?'

'Waarschijnlijk wel.'

'Uiteraard.'

'Wat vind je ervan als we het in plaats daarvan over jou hebben? Zou dat je een beter gevoel geven?'

Ze glimlachte even spottend. 'Er valt niet veel te vertellen. Ik heb je al een beetje over mijn familie verteld; je weet dat ik hier ben opgegroeid en naar de UNC en Duke University ben geweest, en dat ik als juriste werk. Mijn verleden is niet zo... kleurrijk als dat van jou.'

'Des te beter,' zei hij. Op de een of andere manier zaten ze al op dezelfde golflengte, want ze draaiden zich tegelijkertijd om en begonnen terug te lopen.

'Oké,' zei ze, en toen hij lachte bleef ze heel even staan, opeens ineenkrimpend. Ze stak haar hand uit naar zijn arm om steviger te staan en tilde één voet op uit het zand. 'Wacht even, hoor. Mijn sandalen doen zo'n pijn.'

Hij keek toe terwijl ze ze uitdeed. Toen ze uiteindelijk zijn arm losliet, voelde hij hem nog nagloeien van waar ze hem had aangeraakt. 'Beter,' zei ze. 'Dank je.'

Ze begonnen weer te lopen, langzamer deze keer. Op het dakterras bij Crabby Pete's was de mensenmassa aan het toenemen, en hij vermoedde dat andere bars ook steeds voller werden. Boven hen waren de meeste sterren verbleekt door het maanlicht. In de ontspannen stilte bewonderde hij onwillekeurig haar gezicht: haar jukbeenderen en haar volle lippen, het strijken van haar wimpers tegen haar gave huid.

'Je bent erg stil,' observeerde hij.

'Ik ben gewoon aan het proberen alles te verwerken wat je me hebt verteld. Het is nogal wat.'

'Absoluut,' zei hij instemmend.

'Ik moet wel zeggen dat je anders bent.'

'In welk opzicht?'

'Voordat ik hier een baan nam, was ik assistent van de officier van justitie in Charlotte.'

'Dat meen je niet.'

'Iets meer dan drie jaar. Het was mijn eerste baan nadat ik was afgestudeerd in de rechten.'

'Dus je was eerder gewend om mannen als ik te vervolgen dan met ze te daten?'

Ze knikte half instemmend, maar ging verder. 'Het is meer dan dat. De meeste mensen zijn selectief in hoe ze hun verhaal vertellen. Er komt altijd een positieve vooringenomenheid bij kijken, en op die manier plaatsen ze een verhaal in een bepaald kader, maar jij... Jij bent zo objectief, het is net alsof je iemand anders beschrijft.'

'Zo voelt het voor mij soms ook.'

'Ik weet niet of ik dat zou kunnen.' Fronsend ging ze verder. 'Eigenlijk weet ik niet of ik dat wel wil, zo ver als jij het doet, tenminste.'

'Je klinkt net als Evan.' Hij glimlachte. 'Hoe vond je het om bij het parket te werken?'

'In het begin was het oké. En het was een enorm leerzame ervaring. Maar na een tijdje besefte ik dat het niet was wat ik dacht dat het zou zijn.'

'Net als een wandeling maken met mij?'

'Zo'n beetje...' zei ze. 'Toen ik rechten studeerde, dacht ik dat in een rechtszaal zijn meer zou zijn zoals wat je op televisie ziet. Ik bedoel, ik wist dat het anders zou zijn, maar ik was er niet op voorbereid hoe anders het daadwerkelijk was. Het leek wel alsof ik steeds maar weer achter dezelfde persoon aan ging, met dezelfde achtergrond. De officier van justitie nam de prestigieuzere zaken, maar de verdachten met wie ik te maken had waren net lopende clichés; ze waren meestal arm en werkloos met een beperkte opleiding, en meestal waren er drugs en alcohol bij betrokken. En het was gewoon... Het hield maar niet op. Er waren zo veel zaken. Ik vond het altijd vreselijk om op maandagochtend op mijn werk te komen, omdat ik wist wat er op mijn bureau op me lag te wachten. Gewoon puur door de hoeveelheid werd ik in de positie geplaatst dat ik zaken moest afhandelen op volgorde van prioriteit en voortdurend moest onderhandelen over strafvermindering. We weten allemaal dat moord en poging tot moord of misdrijven met vuurwapens ernstig zijn, maar hoe stel je de prioriteit van de rest ervan vast? Is een man die een auto steelt erger dan een man die in iemands huis heeft ingebroken en wat sieraden heeft gestolen? En hoe vergelijk je die twee met een secretaresse die geld van haar bedrijf verduistert? Maar er is maar beperkt ruimte op de agenda van de rechtbank; er is maar beperkt ruimte beschikbaar in de gevangenissen. Zelfs in het zeldzame geval dat een zaak wel voorkomt, gaat het niet om wat je weet dat er is gebeurd, maar wat je wettig en overtuigend kan bewijzen, en daar wordt het zelfs nog linker. Het publiek is ervan overtuigd dat we onbeperkte middelen hebben om te vervolgen, met vergevorderde forensische capaciteiten en expertgetuigen die klaarstaan, maar zo werkt het gewoon niet. Het matchen van DNA kan maanden duren, tenzij het een misdrijf met veel publiciteit is. Getuigen zijn berucht om hun inconsequentheid. Bewijs is dubbelzinnig. En nogmaals, er zijn gewoon te veel zaken... Zelfs als ik me echt wilde verdiepen in een specifiek misdrijf, dan moest ik al die andere dossiers die op mijn bureau lagen te wachten verwaarlozen. Dus vaker wel dan niet was het het meest praktisch om gewoon tot een akkoord te komen met de verdediging van de tegenpartij, waarbij de verdachte schuld bekende aan een minder zware misdaad.'

Ze schopte tegen het zand en haar voetstappen werden trager. 'Ik werd voortdurend in situaties geplaatst waar mensen resultaten verwachtten die ik niet kon leveren, en dan was ik uiteindelijk de kwaaie pier. In hun ogen hadden de verdachten een misdrijf gepleegd en zouden ze daarvoor moeten boeten, wat voor de slachtoffers bijna altijd gevangenisstraf of een of andere schadeloosstelling betekende, maar dat was gewoon niet mogelijk. Na afloop waren de politieagenten die de arrestatie hadden verricht niet tevreden, de slachtoffers waren niet tevreden, en ik had het gevoel dat ik ze in de steek liet. En in een bepaald opzicht deed ik dat ook. Uiteindelijk besefte ik dat ik gewoon een radertje in het wiel van die enorme kapotte machine was.'

Ze vertraagde en trok haar trui dichter om zich heen. 'Er is gewoon zo veel... kwaadaardigheid. Je zou niet geloven wat er allemaal aan zaken ons kantoor bereikte. Een moeder die haar zesjarige dochter prostitueert om aan drugs te komen, of een man die een negentigjarige vrouw verkracht. Het is genoeg om je je vertrouwen in de mensheid te laten verliezen. En omdat er zo'n enorme last op je schouders ligt om de echt afschuwelijke verdachten hard aan te pakken, krijgen andere plegers niet de straf die ze verdienen en mogen ze weer de straat op. En soms...' Ze schudde haar hoofd. 'Hoe dan ook, aan het eind van mijn tijd daar sliep ik nauwelijks nog en begon ik heel rare paniekaanvallen te krijgen als ik aan het werk was. Op een ochtend kwam ik binnen en wist ik dat ik het gewoon niet meer aankon. Dus toen ben ik naar het kantoor van mijn baas gegaan en heb ik mijn ontslag aangeboden. Ik had niet eens een andere baan achter de hand.'

'Dat klinkt alsof je baan je op veel manieren leegzoog.'

'Dat klopt.' Ze glimlachte grimmig terwijl er zich een scala aan om voorrang strijdende emoties op haar gezicht afspeelde.

‘En?’

‘En wat?’

‘Wil je het erover hebben?’

‘Waarover hebben?’

‘De echte reden waarom je ontslag hebt genomen? Het deel waar je paniekaanvallen van kreeg?’

Geschrokken richtte ze zich op hem. ‘Hoe weet jij dat nou?’

‘Dat weet ik niet,’ zei hij. ‘Maar als je daar al een tijdje werkte, moet er iets specifieks zijn gebeurd. Iets ergs. En ik vermoed dat het om een zaak ging, heb ik gelijk?’

Ze hield op met lopen en draaide zich om naar het water. De door de maan verlichte schaduwen accentueerden haar uitdrukking: een mengeling van bedroefdheid en schuldgevoel die een vluchtige pijn met zich meebracht die hij niet had verwacht.

‘Je bent heel intuïtief.’ Ze deed haar ogen dicht en hield ze zo een tijdje. ‘Niet te geloven dat ik op het punt sta je dit te vertellen.’

Colin zei niets. Intussen hadden ze bijna de plek bereikt waar ze het strand op waren gegaan, waar nu een kakofonie van muziek te horen was boven het geluid van de golven uit. Ze gebaarde naar het duin. ‘Vind je het erg om even te gaan zitten?’

‘Nee hoor, helemaal niet.’

Ze liet haar handtas van haar schouder glijden, zette haar sandalen naast zich en liet zich op het zand zakken. Colin ging er goed voor zitten naast haar.

‘Cassie Manning,’ begon Maria. ‘Dat was haar naam... Ik heb het vrijwel nooit over haar. Het is niet iets waar ik nog graag aan terugdenk.’

Haar stem was gespannen en beheerst. ‘Ik kreeg de zaak misschien drie of vier maanden nadat ik voor het parket was begonnen te werken. Op papier kwam het me voor als een vrij reguliere zaak. Cassie heeft een relatie met een man en ze krijgen ruzie, die escaleert, en de man wordt gewelddadig. Cassie belandt in het ziekenhuis met een blauw oog en een gescheurde lip, kneuzingen en een gescheurd jukbeen. Met andere woorden: het was niet alleen maar een dreun, het was een aframmeling. Zijn naam was Gerald Laws.’

‘Laws?’

'Ik heb geprobeerd er de ironie van in te zien, maar dat is me nooit gelukt. En er bleek uiteindelijk helemaal niets reguliers te zijn aan de zaak. Het bleek dat ze een maand of zes een relatie hadden gehad, en aan het begin van de relatie vond Cassie Laws uiterst charmant. Hij luisterde goed, hield deuren voor haar open – een echte heer – maar na een tijdje begon ze aspecten van zijn persoonlijkheid op te merken waarover ze zich zorgen maakte. Hoe langer ze een relatie hadden, hoe jaloerser en bezitteriger hij begon te worden. Cassie vertelde me dat hij kwaad begon te worden als ze niet meteen opnam als hij haar belde; hij begon langs te komen bij haar kantoor als ze klaar was met werken – ze was verpleegkundige bij een kinderartsenpraktijk – en op een keer, toen ze aan het lunchen was met haar broer, zag ze Laws aan de andere kant van het restaurant zitten, helemaal in zijn eentje, terwijl hij alleen maar naar haar zat te kijken. Ze wist dat hij haar daarheen had gevolgd en het zat haar dwars.

'De volgende keer dat hij belde, zei Cassie tegen hem dat ze wilde dat ze elkaar een tijdje niet zouden zien. Daarmee stemde hij in, maar al snel daarna besefte ze dat hij haar aan het stalken was. Ze zag hem bij het postkantoor of als ze de praktijk van de arts verliet of als ze aan het joggen was, en ze kreeg van die telefoontjes waarbij er niemand sprak aan de andere kant van de lijn. Toen belde Laws op een avond bij haar aan om te zeggen dat hij zijn verontschuldigingen wilde aanbieden, en tegen beter weten in liet ze hem binnen. Zodra hij binnen was, probeerde hij haar over te halen om het weer met hem aan te maken. Toen ze nee zei, greep hij haar arm en ze begon terug te vechten, en uiteindelijk sloeg ze hem met een vaas. Daarna gooide hij haar op de vloer en... ging gewoon door het lint. Toevallig was er een politieagent in de straat ernaast, en nadat de oproep binnen was gekomen bij de alarmcentrale – de buren hadden gegil gehoord – was hij binnen enkele minuten in het huis. Laws hield haar tegen de vloer gedrukt en was op haar aan het inbeuken en er was overal bloed. Later bleek dat het zijn bloed was van een snee boven zijn oor waar ze hem met de vaas had geslagen. De agent moest een taser op hem gebruiken. Toen ze zijn auto doorzochten, vonden ze ducttape, touw, wat messen en videocamera-apparatuur. Griezelige spullen. Toen ik met Cassie praatte, vertelde ze me dat de man gestoord was en dat ze vreesde voor haar leven. En haar familie ook. Haar vader en moeder en haar jongere broer hamerden erop dat Laws zo lang mogelijk werd opgeborgen.'

Ze begroef haar tenen in het zand. 'Daar was ik het mee eens. Ik had geen twijfel dat de man opgesloten moest worden. Het was ook een vrij voor de hand liggende zaak. In North Carolina had Laws kunnen worden aangeklaagd met hetzij een misdrijf in de klasse C, wat betekent dat hij de opzet had om haar te doden, of een misdrijf klasse E, waarbij hij niet de opzet had om haar te doden. De familie, vooral de vader, wilde dat hij werd aangeklaagd voor een misdrijf klasse C, waardoor hij tussen de drie en zeven jaar achter de tralies kon worden gezet. De agent die de arrestatie had verricht was er ook van overtuigd dat Laws gevaarlijk was. Maar helaas vond de officier van justitie niet dat we opzet konden bewijzen, omdat er geen bewijs was dat de spullen in de auto ook echt iets met haar te maken hadden. Ook waren haar verwondingen niet echt levensbedreigend. Bovendien had Cassie een beetje een geloofwaardigheidsprobleem… terwijl het grootste deel van wat ze had gezegd dat Laws in het verleden had gedaan waar was, had ze ook gezegd dat hij dingen had gedaan die hij duidelijk niet had gedaan. En dan had je Laws zelf nog: hij zag eruit als de ideale schoonzoon, hij werkte als leningsadviseur bij een bank en had geen strafblad. In de beklaagdenbank zou hij de nachtmerrie van iedere aanklager zijn geweest. Dus kwamen we er uiteindelijk op uit dat Laws schuldig mocht pleiten aan mishandeling, met een jaar in de gevangenis, en daar heb ik een fout gemaakt. Want Laws was extreem gevaarlijk.'

Ze bleef even stil en dwong zichzelf om het verhaal te blijven vertellen. 'Laws zat uiteindelijk negen maanden in de gevangenis, omdat hij al drie maanden in voorarrest had gezeten. Hij schreef Cassie om de dag brieven waarin hij zijn verontschuldigingen aanbood voor wat hij had gedaan en haar smeekte om nog een kans. Ze heeft ze nooit beantwoord; na een tijdje maakte ze ze niet eens meer open, maar ze heeft ze allemaal bewaard, omdat ze nog steeds bang voor hem was. Naderhand, toen we ze wat beter bestudeerden, merkten we de verandering in toon na verloop van tijd op. Laws werd steeds kwader dat ze niet wilde antwoorden. Als ze ze daadwerkelijk had gelezen en naar de officier van justitie had gebracht...'

Ze staarde naar het zand. 'Zodra hij vrijkwam, stond Laws bij haar op de stoep. Ze sloeg de deur dicht in zijn gezicht en belde de politie. Ze had een omgangsverbod tegen hem laten uitvaardigen, en toen de politie met hem praatte, beloofde hij dat hij niet meer bij haar in de buurt zou komen. Daar werd hij alleen maar behoedzamer van. Hij stuurde haar anoniem bloemen. Haar kat werd vergiftigd. Ze vond boeketten dode rozen op haar stoep. Haar banden werden stukgesneden.'

Maria slikte, zichtbaar aangedaan. Toen ze verderging, was haar stem schor. 'En toen op een avond, terwijl Cassie op weg ging naar het huis van haar vriend – inmiddels had ze een relatie met iemand anders – wachtte Laws haar op. Haar vriend zag Laws haar van de stoep plukken en haar de auto in dwingen, en hij kon hem niet tegenhouden. Twee dagen later vond de politie Cassies lichaam in een oude blokhut aan het meer waar de bank beslag op had gelegd. Laws had haar vastgebonden en uitgebreid geslagen, het hutje in brand gestoken en daarna zichzelf doodgeschoten, maar ze konden niet zeggen of ze nog leefde toen de brand...' Ze deed haar ogen dicht. 'Ze moesten worden geïdentificeerd aan de hand van gebitsgegevens.'

Omdat hij wist dat ze het verleden opnieuw beleefde en probeerde het te verwerken, bleef Colin stil.

'Ik ben naar haar begrafenis geweest,' zei ze toen ze eindelijk weer verderging. 'Ik weet dat ik dat waarschijnlijk niet had moeten doen, maar ik had het idee dat ik moest gaan. Ik kwam binnen nadat het was begonnen en ging op de achterste rij zitten. De kerk zat vol, maar ik kon evengoed de familie zien. De moeder kon niet ophouden met huilen. Ze was bijna hysterisch, en de vader en de broer waren gewoon... wit. Ik was er misselijk van en ik wilde dat het allemaal voorbij was. Maar dat was het niet.'

Ze richtte zich op hem. 'Het... heeft het gezin kapotgemaakt. Ik bedoel, ze waren allemaal een beetje vreemd, maar het werd een ramp. Een paar maanden na de moord pleegde Cassies moeder zelfmoord, daarna werd de medische vergunning van de vader opgeschort. Ik had altijd al gevonden dat er iets raars was aan de broer… maar hoe dan ook, toen begonnen er van die afschuwelijke briefjes te komen. Ze werden naar mijn appartement en naar mijn werk gestuurd, in verschillende enveloppen, meestal maar een zinnetje of twee. Ze waren afschuwelijk… Ik werd uitgescholden en er werd geëist dat ik vertelde waarom ik een hekel had aan Cassie of waarom ik het gezin wilde kwetsen. De politie praatte met de broer en de briefjes stopten. Een tijdje in elk geval, maar toen ze weer begonnen te verschijnen, waren ze… anders. Dreigender. Veel enger. Dus de politie praatte weer met hem en ik denk dat hij gewoon… knapte. Hij ontkende dat hij verantwoordelijk was en hield vol dat ik eropuit was om hem te pakken, dat de politie met mij onder één hoedje speelde. Uiteindelijk is hij in een psychiatrisch ziekenhuis terechtgekomen. Ondertussen dreigt de vader me een proces aan te doen. De politie had de theorie dat Cassies vriendje misschien verantwoordelijk was voor de briefjes. Toen de politie met hem ging praten, ontkende hij natuurlijk ook dat hij ze had gestuurd. Toen begonnen de paniekaanvallen. Ik kreeg het idee dat degene die die briefjes stuurde me nooit met rust zou laten, en op dat moment wist ik dat ik naar huis moest gaan.'

Colin zei niets. Hij wist dat er niets was wat hij kon zeggen dat haar de gebeurtenissen die ze zojuist had beschreven in een ander licht zou laten zien.

'Ik had naar de familie moeten luisteren. En naar de agent.'

Colin staarde naar de golven. Hun ritme was onophoudelijk en sussend. Toen hij geen antwoord gaf, draaide ze zich naar hem toe.

'Vind je ook niet?'

Hij koos zijn woorden zorgvuldig. 'Het is niet eenvoudig om die vraag te beantwoorden.'

'Wat bedoel je?'

'Door de manier waarop je het zei, is het duidelijk dat je al vindt dat het antwoord ja is, maar als ik het met je eens ben, zul je je waarschijnlijk slechter voelen. Als ik nee zeg, wuif je mijn antwoord weg omdat je al hebt besloten dat het antwoord ja moet zijn.'

Ze deed haar mond open om te protesteren, en deed hem toen weer dicht. 'Ik weet eigenlijk niet wat ik daarop moet zeggen,' zei ze.

'Je hoeft niets te zeggen.'

Ze zuchtte en liet haar kin op haar knieën rusten. 'Ik had druk moeten uitoefenen op de officier van justitie en erop moeten aandringen dat we Laws een ernstig misdrijf ten laste legden.'

'Misschien. Maar zelfs als je dat had gedaan – en zelfs als Laws langer in de gevangenis had gezeten – dan was het resultaat misschien evengoed hetzelfde geweest. Hij was op haar gefixeerd. En als je het wilt weten, als ik in jouw schoenen had gestaan, dan had ik waarschijnlijk hetzelfde gedaan.'

'Ik weet het, maar...'

'Heb je hier ooit met iemand over gepraat?'

'Zoals een therapeut? Nee.'

Hij knikte. 'Oké.'

'Je gaat me niet vertellen dat ik dat moet doen?'

'Ik geef geen adviezen,' zei hij.

'Nooit?'

Hij schudde zijn hoofd. 'Aan de andere kant heb je mijn advies ook niet nodig. Als je denkt dat therapie je misschien kan helpen, probeer het dan maar. Als je denkt van niet, doe het dan niet. Ik kan alleen maar zeggen dat het in mijn geval heilzaam is geweest.'

Maria was stil, en hij kon niet uitmaken of zijn antwoord haar beviel. 'Dank je wel,' zei ze uiteindelijk.

'Waarvoor?'

'Dat je naar me hebt geluisterd. En dat je niet hebt geprobeerd me advies te geven.'

Colin knikte en bestudeerde de horizon. Er waren nu meer sterren te zien en Venus gloeide aan de zuidelijke hemel, helder en constant. Een handjevol mensen waren het strand op gewandeld, en hun gelach droeg ver de nachtlucht in. Zittend naast Maria leek het alsof hij haar veel langer kende dan het uur of zo dat ze met elkaar hadden doorgebracht. Hij voelde een duidelijke steek van spijt dat de avond binnenkort afgelopen zou zijn.

Maar hij kon het voelen aankomen in de manier waarop ze plotseling rechter ging zitten. Hij zag haar diep ademhalen en ten slotte naar het plankenpad kijken.

'Ik moest waarschijnlijk maar eens gaan,' zei ze.

'Ik ook,' zei hij instemmend, zijn tegenzin proberend te verbergen. 'Ik moet nog naar de sportschool vanavond.'

Ze stonden op van hun plek en hij keek naar haar terwijl ze het zand afveegde voordat ze haar sandalen weer aantrok. Ze liepen terug naar de duinen die langs het winkelgebied lagen, en met elke stap werd de muziek luider. Tegen de tijd dat ze het zand hadden verlaten en weer terug op vaste grond waren, waren de trottoirs overstelpt met mensen die al genoten van hun zaterdagavond.

Hij bleef naast haar lopen, slalommend door de voetgangers tot ze de straat bereikten, waar het wat rustiger was. Tot zijn verrassing bleef ze dicht bij hem, en hun schouders streken af en toe tegen elkaar aan. De gewaarwording van haar aanraking bleef hangen. 'Wat zijn je plannen voor morgen?' vroeg hij ten slotte.

'Op zondag ga ik altijd brunchen bij mijn ouders. Daarna ga ik waarschijnlijk suppen.'

'O ja?'

'Het is leuk. Heb je het ooit gedaan?'

'Nee. Ik heb het altijd willen proberen, maar ik ben er gewoon nog nooit aan toegekomen.'

'Te druk met echt trainen?'

'Te lui,' gaf hij toe.

Ze glimlachte. 'En jij? Ga je naar je werk?'

'Nee,' zei hij. 'Ik ga hardlopen, een beetje in de tuin werken, de wisselstroomdynamo in mijn auto verwisselen. Hij start nog steeds niet goed.'

'Misschien is het de accu.'

'Denk je niet dat ik dat als eerste zou hebben gecheckt?'

'Ik weet het niet. Zou je dat hebben gedaan?' Hij hoorde het plagerige toontje in haar stem. 'En wat staat er, na het mannelijke tuin- en autowerk, verder op je agenda?'

'Dan ga ik naar de sportschool. Er is een klasje dat bij elkaar komt op zondagochtend en daar ga ik waarschijnlijk wat sparren en grondwerk doen, tegen de bokszakken slaan, dat soort werk. Een man die

Todd Daly heet is leider van de sportschool, en hij laat ons meestal behoorlijk zweten. Hij is een voormalige vechter van de UFC, de grootste mixed martial arts-organisatie, en coacht als een drilmeester.'

'Maar als het moest, zou je hem waarschijnlijk wel aankunnen, toch?'

'Daly? Echt niet.'

Ze vond het fijn dat hij het toegaf. 'En daarna?'

'Niets, eigenlijk. Ik ga waarschijnlijk een beetje studeren.'

Intussen waren ze een andere straat ingeslagen, om de hoek van Crabby Pete's. Hij herkende haar auto al van verre van de nacht waarin hij haar wiel had verwisseld, en toen ze er uiteindelijk aankwamen, leken ze geen van beiden te weten wat ze moesten zeggen. In plaats daarvan voelde hij dat ze haar ogen op hem richtte, bijna alsof ze hem pas voor de eerste keer echt zag.

'Dank je wel dat je met me naar mijn auto bent gelopen.'

'Dank je wel voor de wandeling op het strand.'

Ze tilde haar kin een beetje op. 'Ik heb nog een vraag.'

'Oké.'

'Meende je het toen je zei dat je suppen wilde proberen?'

'Ja.'

Ze sloeg haar ogen neer en keek hem van opzij aan. 'Zou je morgen met me mee willen gaan?'

'Ja,' zei hij, met een steek van onverwacht plezier. 'Dat zou ik leuk vinden. Hoe laat?'

'Wat vind je van twee uur? En zullen we dan Masonboro Island verkennen? Het is een beetje moeilijk om er te komen, maar het is het waard.'

'Klinkt geweldig. Waar zullen we afspreken?'

'Het parkeren is er niet ideaal. De enige manier om er te komen is door door Wrightsville Beach te rijden, helemaal naar het eind van het eiland. Parkeer gewoon maar op straat. Neem wat kleingeld mee, want je zult de parkeermeter moeten vullen, maar dan zie ik je daar.'

'Kan ik ergens een board huren?'

'Dat hoeft niet. Ik heb er twee. Je mag mijn beginnersboard gebruiken.'

'Geweldig.'

'Hij is wel felroze, hoor. Met stickers van konijntjes en bloemetjes erop.'

'Echt?'

Ze giechelde. 'Ik maakte een grapje.' Toen: 'Ik heb een opmerkelijk leuke avond gehad.'

'Ik ook,' zei hij, oprecht. 'En ik kijk uit naar morgen.'

Nadat ze de auto van het slot had gehaald, deed hij de deur open en keek toe terwijl ze naar binnen gleed. Even later reed ze achteruit en reed toen weg terwijl Colin bleef staan. Daarmee had het afgelopen kunnen zijn, maar plotseling stopte ze, rolde het raampje omlaag en leunde naar buiten.

'Hé, Colin,' riep ze naar hem.

'Ja?'

'Als je morgenochtend in je sparringklasje zit, probeer er dan voor te zorgen dat je niet in je gezicht wordt geraakt.'

Hij glimlachte en keek naar haar auto die de boulevard op zeilde, en hij vroeg zich af waar hij aan begonnen was. Hij had haar uitnodiging niet verwacht, en terwijl hij weer terugliep naar zijn Camaro, speelde hij de avond nog een keer af in zijn hoofd en probeerde erachter te komen hoe het zo was gekomen. Wat haar reden ook was, hij kon het feit niet ontkennen dat hij zich erop verheugde.

Hij wilde haar weer zien.

Geen twijfel over mogelijk.

6

Maria

'Ik wist wel dat je hem leuk zou vinden!' kraaide Serena. 'Had ik gelijk of niet?'

Het was zondagochtend, en zoals gewoonlijk zat Maria met haar zus op de veranda aan de achterkant van het huis terwijl hun moeder in de keuken aan het redderen was. Hun vader was Copo aan het uitlaten, die pluizig en schoon was, met een roze strik bij haar oor.

'Ik heb niet gezegd dat ik hem leuk vond,' antwoordde Maria. 'Ik zei dat hij interessant was.'

'Maar je zei ook dat je vandaag met hem hebt afgesproken. In je bikini.'

'Ik ga niet in mijn bikini suppen.'

'Waarom niet?'

'Omdat ik jou niet ben, oké? Dan zou ik me ongemakkelijk voelen.'

'Nou, je kan maar beter wat huid laten zien, want geloof me, je gaat willen dat hij zijn shirt uittrekt. Als jij hem stiekem wil begluren moet hij jou stiekem kunnen begluren.'

'Ik wil niet dat hij het verkeerd opvat.'

'Je hebt gelijk. Je kunt waarschijnlijk maar het beste een wijde sportbroek of zoiets aandoen. En wat je ook aantrekt, ik ben alleen maar blij dat je eindelijk een afspraakje hebt.'

'Maak er nou niet meer van dan het is. Het is geen afspraakje. We gaan alleen maar suppen.'

'Ja hoor.' Serena knikte. 'Als jij het zegt.'

'Ik weet niet waarom ik eigenlijk nog met je probeer te praten over dit soort dingen.'

'Je praat met me omdat je weet dat ik je de waarheid zal vertellen. En dat is natuurlijk waarom jullie het zo goed met elkaar kunnen vinden. Omdat Colin net zo is als ik.'

'Ja, natuurlijk. Je hebt gelijk. In wezen ga ik uit met mijn zusje.'

'Je moet mij niet de schuld geven. Ik ben niet degene die hem naar de pier is gevolgd.'

'Ik ben hem niet naar de pier gevolgd!'

Serena giechelde. 'Wat ben je toch lichtgeraakt de laatste tijd. Maar als je mijn advies wil: ik zou een bikini aandoen onder die wijde broek, oké? Gewoon voor het geval dat het te warm wordt daarbuiten. Want het gaat warm worden vandaag.'

'Kunnen we het niet over jou hebben? Bijvoorbeeld over hoe de rest van je avond is gegaan?'

'Er valt niet veel te vertellen. We zijn naar een aantal bars geweest, we zijn naar een feestje geweest. Gewoon een typische zaterdagavond.'

'Hoe gaat het met Steve?'

'Hij is een beetje klef, en ik weet niet zeker of ik wel klaar ben voor zoiets. Maar terug naar Colin. Hij is écht lekker.'

'Ja, dat heb ik gezien.'

'Heeft hij geprobeerd je te kussen bij het afscheid nemen?'

'Nee. En dat wilde ik ook niet.'

'Dat is mooi,' zei ze, 'blijf hem maar op afstand houden. Dat vinden mannen leuk.' Maria trok een vies gezicht en Serena giechelde weer. 'Oké, oké, ik hou al op. Maar ik vind het geweldig. Niet alleen heb je een afspraakje – een echt afspraakje, hoe jij het ook noemt – maar jij bent ook nog degene die hem gevraagd heeft. Je bent de belichaming van de moderne vrouw. En ik zal je zeggen: ik ben ontzettend jaloers dat je hem te zien gaat krijgen zonder shirt aan. Volgens mij zit er geen grammetje vet aan hem.'

'Ik zou het je echt niet kunnen zeggen. Het was nogal donker en hij liep naast me.'

'Ik wil vandaag foto's. Je neemt toch al altijd die camera mee. Neem er gewoon stiekem een paar van hem.'

'Nee.'

'Je zou toch denken dat je dit ene kleine dingetje toch wel zou kunnen doen voor je kleine zusje, die toevallig ook degene is die je aan hem heeft gekoppeld.'

Ze dacht erover na. 'Oké, ik zal erover denken.'

'Te gek. Of nog beter: neem er een paar met je telefoon en stuur ze naar mij, dan zet ik ze op Instagram.'

'Geen sprake van.'

'Weet je het zeker? Ik zou het vreselijk vinden als ik papa moest vertellen dat je uitging met een ex-gevangene die op het moment in zijn proeftijd zit.'

'Waag het niet!'

'Ik maakte maar een grapje! Ik wil niet eens in dezelfde staat zijn als dat nieuwtje rauw op hun dak valt. Dus waarschuw me even van tevoren, oké?'

'Doe ik.'

'Maar toch moet je op zijn allerminst een selfie met hem nemen. Vóórdat je je bekendmaking doet. Op die manier weet je tenminste zeker dat je daadwerkelijk met hem uit bent geweest, want daarna zal het nooit meer gebeuren.'

'Ben je klaar?'

Serena giechelde. 'Ja. Nu ben ik klaar.'

Maria zag een kolibrie drinken van de fles die haar moeder had opgehangen, zwevend op een manier waar ze al sinds ze een klein meisje was door werd betoverd. Binnen kon ze haar moeder zachtjes in zichzelf horen zingen, en hoewel ze van de geur van eieren en opgebakken bonen trek had moeten krijgen, was ze al een beetje zenuwachtig voor de komende middag. Ze vroeg zich af hoeveel ze daadwerkelijk zou kunnen eten.

'Ik ben nog steeds een beetje verbaasd over hoe hij je gewoon… alles heeft verteld,' merkte Serena uiteindelijk op.

'Als je erbij geweest was, was je in shock geweest, geloof me.'

'Toch is het raar. Ik geloof niet dat ik ooit zo iemand heb ontmoet.'

'Vertel mij wat.'

Twee uur later was Maria thuis en was ze aan het dubben wat ze zou aantrekken. Serena's advies klonk nog na in haar oren en maakte de beslissing veel moeilijker dan ze had moeten zijn. Normaal gesproken zou ze er helemaal niet over na hoeven denken; ze zou een korte broek en ófwel een halterhemdje ófwel een bikinibovenstukje aan hebben gedaan, en ze zou zeker niet van tevoren onder de douche zijn gegaan of make-up op hebben gedaan of de zenuwen hebben voelen knagen in haar buik, maar ze waren er wel. Voor haar ladekast staand overwoog ze wat voor indruk ze wilde maken. Brutaal? Casual? Sexy?

Voor mannen was het een stuk gemakkelijker, besloot ze: Je doet een T-shirt aan, een paar slippers en een korte broek, en je loopt de deur uit. Intussen moest zij nadenken over de léngte van de korte broek, en beslissen hoe strák en hoe gebléékt die moest zijn, en of ze de broek moest aandoen met de sexy scheuren onder de achterzakken of het een beetje ingetogener moest houden. En dat was alleen nog maar de broek; proberen een beslissing te nemen over de bovenkant was nog moeilijker, vooral omdat ze niet had besloten of ze er een bikini of een badpak onder zou dragen. Ondanks wat ze tegen Serena had gezegd, was het een afspraakje, en afgezien van het fiasco van afgelopen weekend met Jill en Paul had ze de laatste tijd niet veel afspraakjes gehad. Voeg daaraan toe dat haar gedachten al de hele ochtend en de vorige avond steeds naar Colin waren afgedwaald, en het was niet verwonderlijk dat ze zich nerveuzer voelde dan ooit door het hele gedoe.

Wat wilde ze trouwens van hem? Colin was het soort vent dat ze vroeger altijd vervólgde. Als iemand vóór gisteren zelfs maar had geopperd dat ze uit zou gaan met een jongen met zijn verleden, dan had ze hem hardop uitgelachen of was ze – en dat was waarschijnlijker – beledigd geweest. Ze had gewoon gedag moeten zeggen nadat hij gisteravond met haar mee was gelopen naar haar auto. Het idee alleen al dat ze vandaag met zijn tweeën uit zouden gaan was absurd, en toch... zíj had hém gevraagd, en ze had moeite om zich te herinneren hoe dat precies was gebeurd of waarom ze dat had bedacht.

Maar Colin was... magnétisch. Het was het woord dat in haar

hoofd opgekomen was terwijl ze onder de douche stond, en hoe meer ze erover nadacht, des te beter leek het hem te omschrijven. Hoewel zijn antwoorden haar af en toe hadden doen duizelen, moest ze toegeven dat zijn houding van *dit is hoe ik echt ben en je kunt me accepteren of niet* verfrissend was. En bovendien: ze had het gevoel dat zijn berouw oprecht was geweest, wat nog eens benadrukte hoeveel hij echt was veranderd. Ze was niet zo naïef dat ze geen rekening hield met de mogelijkheid dat hij haar medelijden wilde opwekken, maar dat idee was onmogelijk in overeenstemming te brengen met de man die haar wiel had verwisseld, of bij haar zus in de klas zat in de hoop onderwijzer te worden. Hij had absoluut geen versierpoging gedaan bij haar, en als ze hem niet had gevraagd om mee te gaan suppen, dan had hij haar ongetwijfeld zonder omhaal bij haar auto achtergelaten.

Ze moest toegeven dat ze het feit dat hij zo open en eerlijk was geweest over zijn verleden wel waardeerde. Als hij tot vandaag had gewacht om die verrassingen te onthullen, zou ze zich voelen alsof hij haar had gemanipuleerd en was ze boos geweest, misschien zelfs wel bang. De chemie die ze aanvankelijk bij hem had gevoeld zou bijna meteen gedoofd zijn, en ze zou zich afvragen waar hij nog meer over had gelogen. Niemand houdt ervan om genept te worden met lokkertjes.

Eerlijk gezegd kende ze niet veel mensen die hun leven een heel nieuwe richting op hadden gestuurd, zoals Colin had gedaan. En hoewel ze geen idee had waar vandaag toe zou kunnen leiden – en of het zelfs wel het begin van wat dan ook was – dacht ze uiteindelijk: o, wat maakt het ook uit, en deed haar zwarte bikini aan, en koos toen voor de sexy, strakke korte spijkerbroek met de scheuren onder de zakken. Als laatste trok ze een nauwsluitend shirt met een diep decolleté aan. Serena had tenslotte over nog iets gelijk gehad. Als Colin zíjn shirt uitdeed – en dat, moest ze toegeven, zou ze helemaal niet erg vinden – dan moest ze toch op zijn allerminst de mogelijkheid hebben om hetzelfde te doen.

Colin stond tegen de zijkant van zijn auto geleund toen ze achter hem de parkeerplaats op reed, en toen hij zwaaide, kon ze alleen maar staren. Hij had een grijs T-shirt aan dat strak om zijn bovenlichaam zat, van zijn gespierde schouders helemaal tot zijn slanke middel. De mouwen pasten nauwelijks om zijn duidelijk afgetekende armen, en zelfs van een afstandje was de diepe, blauwgrijze kleur van zijn ogen zichtbaar, die nog beter uitkwam door zijn scherpe jukbeenderen. Hoe onwaarschijnlijk het ook leek, haar eerste gedachte was dat hij met de dag knapper werd. Toen hij zich afduwde van de auto en glimlachte, voelde ze vanbinnen iets opspringen terwijl een stemmetje fluisterde: *Als ik niet voorzichtig ben, zou ik serieus in de problemen kunnen raken met deze vent.*

Ze zette de gedachte van zich af en wuifde vanuit haar auto, en haalde toen diep adem terwijl ze de motor afzette. Toen ze het portier opendeed, werd ze bijna onmiddellijk overvallen door de hitte. Gelukkig was de vochtigheid minimaal en stond er een zacht briesje, wat het iets draaglijker maakte.

'Hé daar,' riep ze naar hem. 'Je bent mooi op tijd.'

Ze zag dat hij een rugzak, een kleine koelbox en twee handdoeken had meegenomen. Hij boog voorover, pakte de rugzak op en zwaaide hem over zijn schouder. 'Ik ben wat eerder gekomen. Ik wist niet zeker of ik op de juiste plek parkeerde. Er zijn verder geen auto's.'

'Het is altijd rustiger aan de punt van het eiland,' zei ze. 'Mensen vinden het niet leuk om geld in de meter te moeten doen, en dat is maar goed ook, want het betekent dat we niet zo ver hoeven te lopen.' Ze hield haar hand boven haar ogen tegen de zon. 'Hoe ging het sparren?'

'Het was iets heftiger dan gewoonlijk, maar geen kneuzingen of gebroken neuzen.'

'Dat zie ik,' zei ze met een glimlach. 'En de andere mannen? Je hebt ze toch geen pijn gedaan, hè?'

'Met hen gaat het prima.' Hij kneep zijn ogen tot spleetjes tegen het felle licht. 'Jouw beurt. Hoe was de brunch bij je ouders?'

'Ook geen gebroken neuzen of kneuzingen,' plaagde ze, en toen ze hem hoorde lachen, stopte ze een lok haar achter haar oor en bracht ze zichzelf in herinnering dat ze zich niet te veel moest laten meeslepen. 'Maar even iets serieuzer: ik moet je waarschijnlijk wel waarschuwen dat ik Serena heb verteld dat we het water op gingen vandaag. Voor het geval ze achter je aan komt en een heleboel persoonlijke details aan je gaat vragen.'

'Denk je dat ze dat zal doen?'

Zeker weten, dacht Maria. 'Waarschijnlijk.'

'Waarom vraagt ze het niet aan jou?'

'Ik weet zeker dat ze me later gaat bellen. Ze beschouwt het als haar plicht om zich zwaar met mijn privéleven te bemoeien.'

'Oké.' Hij grijnsde. 'Je ziet er mooi uit, trouwens.'

Ze voelde een plotselinge opwelling van warmte in haar wangen. 'Dank je,' zei ze. Toen, in een poging om het luchtig te houden, voegde ze eraan toe: 'Ben je klaar voor vandaag?'

'Ik kan niet wachten.'

'We hebben geluk dat er niet veel wind staat. Het water is waarschijnlijk perfect.'

Ze begon een van de banden los te maken die de supboards op het imperiaal op hun plek hielden. Toen hij zag waar ze mee bezig was, kwam hij dichterbij om haar te helpen de andere banden los te maken. De spieren in zijn armen bewogen als pianosnaren, waardoor zijn tattoo golfde terwijl ze zij aan zij werkten. Hij rook naar zout en wind, schoon en fris. Hij tilde het bovenste board op en zette het tegen de auto, waarna hij hetzelfde met het andere board deed, en zette de twee tegen elkaar aan.

'Hoe zit het met je evenwicht op het board?' vroeg hij.

'Vrij goed. Hoezo?'

'Omdat ik een kleine koelbox heb meegenomen.' Hij gebaarde naar de koelbox achter zich. 'Ik vroeg me af of je hem op jouw board zou kunnen zetten. Ik weet niet zeker of mijn evenwicht goed genoeg zal zijn in het begin.'

'Het is niet zo moeilijk. Je leert het snel genoeg. Maar om je vraag te beantwoorden: ja, ik kan de koelbox op mijn board zetten, en eigenlijk is dat perfect, want dan heb ik een plek om de handdoeken te laten. Ik heb een hekel aan natte handdoeken.'

Ze deed haar portier open en pakte zowel haar camera als de draagbanden voor de boards, heel bewust proberend niet naar hem te staren. Ze spreidde de banden uit en haakte ze toen vast aan de boards. Ze wist dat Colin naar haar keek, en ze genoot van het gevoel dat ze daarvan kreeg. Toen ze klaar was, pakte hij zijn rugzak en allebei de boards. Maria pakte de handdoeken en de koelbox op toen ze naar de punt begonnen te lopen. 'Wat zit er trouwens in de koelbox?' vroeg ze.

'Snacks, voornamelijk. Fruit, wat nootjes, een paar flessen water.'

'Gezond, hoor,' merkte ze op.

'Ik ben tamelijk streng in wat ik eet.'

'En de rugzak?'

'Een frisbee, een *hacky sack* en zonnebrandcrème. Voor als we nog naar het strand gaan of zo.'

'Ik ben niet erg goed in frisbeeën. En het is maar dat je het weet, maar ik heb nog nooit van mijn leven een hacky sack aangeraakt.'

'Dan gaan we allebei iets nieuws proberen vandaag.'

Op het strand straalde het zand bijna wit in het zonlicht. Afgezien van een man die een bal naar zijn golden retriever in de golven gooide, was het strand aan deze kant van het eiland verlaten. Maria tilde de koelbox op in de richting van de inham. 'Dat is Masonboro Island,' zei ze.

'Tot je het gisteravond noemde, had ik er nog nooit van gehoord.'

'Het is heel ongerept. Er zijn geen wegen of picknickplekken. In de zomer gaan er een heleboel roeiers naartoe, maar de laatste tijd heb ik het helemaal voor mij alleen. Het is rustig en mooi, en het is een fantastische manier om mijn week te beginnen, vooral een week zoals deze. Mijn partner heeft later deze week een rechtszaak, en ik zal waarschijnlijk elke avond tot laat moeten doorwerken om ervoor te zorgen dat hij alles heeft wat hij nodig heeft. En ik zal ook vroeger naar mijn werk moeten dan normaal.'

'Dat zijn een heleboel werkuren.'

'Je moet vooruitkomen in het leven, weet je wel,' grapte ze.

'Waarom?'

'Als ik mijn werk niet doe, word ik ontslagen.'

'Ik vroeg niet waarom je je werk goed doet. Dat begrijp ik. Ik vroeg me gewoon af waarom het belangrijk voor je is om vooruit te komen in het leven.'

Maria fronste, zich realiserend dat hij de eerste was die haar ooit die vraag had gesteld en dat ze met haar mond vol tanden stond. 'Ik weet het niet,' antwoordde ze uiteindelijk. 'Ik denk dat ik gewoon zo in elkaar zit. Het is óf dat, óf het is allemaal de schuld van mijn ouders. Is dat niet wat mensen in therapie zeggen?'

'Soms. En soms is het nog waar ook.'

'Wil jij niet vooruitkomen in het leven?'

'Ik weet niet eens wat vooruitkomen in het leven betekent,' zei hij. 'Een groter huis? Betere auto's? Meer exotische vakanties? Mijn ouders hebben al die dingen, maar ik krijg niet de indruk dat ze echt gelukkig zijn, allebei niet. Er is altijd nog wel meer om naar te verlangen, maar waar houdt het op? Zo wil ik niet leven.'

'Hoe wil je dan wel leven?'

'Ik wil evenwicht. Werk is belangrijk omdat ik mezelf moet onderhouden, maar vrienden zijn dat ook, en gezondheid en rust. De tijd hebben om de dingen te doen die ik leuk vind, en soms om niets te doen.'

De koelbox botste zachtjes tegen haar been. 'Dat is heel... verstandig.'

'Oké.'

Ze glimlachte. *Ik had kunnen weten dat hij dat zou zeggen.* 'Je hebt natuurlijk gelijk. Evenwicht is belangrijk, maar ik heb het altijd fijn gevonden als me iets lukte wat moeilijk is, of het nou rapportcijfers waren toen ik klein was of een goed geschreven verweerschrift nu. Doelen stellen en ze dan verwezenlijken geeft me het gevoel dat ik niet alleen maar een beetje doe alsof in het leven. En uiteindelijk, als ik het goed genoeg doe, merken mensen het op en word ik beloond. Dat vind ik ook fijn.'

'Dat klinkt logisch.'

'Maar niet voor jou?'

'We zijn verschillend.'

'Stel jij geen doelen? Zoals je studie afmaken of een gevecht winnen?'

'Ja.'

'In welk opzicht zijn we dan verschillend?'

'Omdat ik er niet om geef om vooruit te komen in het leven. En ik sta er over het algemeen niet veel bij stil hoe andere mensen het definiëren.'

'En je denkt dat ik dat wel doe?'

'Ja.'

'Zou je dat willen toelichten?'

Hij liep een paar stappen verder voordat hij antwoordde. 'Ik geloof dat het je heel veel kan schelen hoe je overkomt op andere mensen, maar volgens mij is dat een vergissing. Uiteindelijk ben je zelf de enige die je echt tevreden kunt stellen. Wat anderen ervan vinden moeten zij weten.'

Ze perste haar lippen op elkaar. Ze wist dat hij gelijk had, maar toch was ze een beetje van haar stuk gebracht door het feit dat hij het gewoon... zei. Aan de andere kant, hij was over alles openhartig, dus waarom zou ze verbaasd zijn?

'Heb je dat in therapie geleerd?'

'Ja. Maar het heeft een hele tijd gekost om het me eigen te maken.'

'Misschien moet ik eens met je therapeut gaan praten.'

'Misschien,' beaamde hij, en ze begon te lachen.

'Nou, ik kan je wel zeggen: het ligt niet alleen aan mij. Het feit dat ik zo veel bevestiging nodig heb van buitenaf is écht de schuld van mijn ouders.'

Toen hij een sceptische wenkbrauw optrok, gaf ze een speels duwtje tegen zijn schouder. Het gebaar voelde vreemd natuurlijk. 'Ik meen het. Ik ben dan misschien wel geboren met een bepaalde motivatie of ambitie of hoe je het ook wil noemen, maar zij hebben dat absoluut ook gevoed. Mijn ouders zijn allebei op hun veertiende van school gegaan, en ze hebben zich jaren moeten opofferen voor ze het restaurant konden beginnen. Ze moesten helemaal vanaf het begin een nieuwe taal leren, boekhouden en nog duizend andere dingen, dus voor hen was een goede opleiding alles. Toen ik opgroeide, spraken we thuis Spaans, dus al vanaf het begin heb ik harder moeten werken dan de andere kinderen, omdat ik niet begreep wat de leraar zei. Ook al werkten mijn ouders allebei vijftien uur per dag, ze sloegen nooit een afspraak met mijn leraren over en ze zorgden ervoor dat ik altijd mijn huiswerk deed. Toen ik thuis begon te komen met goede rapportcijfers, waren ze ontzettend trots. Ze nodigden mijn ooms, tantes, neven en nichten in het weekend uit om langs te komen – ik heb een heleboel familie in de stad – en dan lieten ze mijn rapport rondgaan en bleven ze maar praten over wat een goede leerling ik was. Ik stond in het middelpunt van de belangstelling en ik genoot van het gevoel dat ik daarvan kreeg, dus ging ik nog harder werken. Ik zat altijd op de voorste rij en stak telkens mijn hand op wanneer de leraar een vraag stelde, en ik bleef tot midden in de nacht op om te studeren voor proefwerken. Als gevolg daarvan was ik mijn hele middelbareschooltijd een ontzettende nerd.'

'O ja?' Hij had weer die geamuseerde uitdrukking op zijn gezicht.

'Eh... ja,' zei ze schaapachtig. 'Ik kreeg een bril toen ik acht was, zo'n monsterlijk geval met een bruin montuur, en ik heb drie jaar een beugel gehad. Ik was verlegen en onhandig en ik vond het nota bene léúk om te leren. Pas toen ik in het laatste jaar zat, ging ik naar een eindejaarsfeest, met een groep andere meisjes die geen vriendje hadden om mee te gaan. Ik heb een maand voor ik naar de universiteit ging pas voor het eerst gezoend met een jongen. Geloof me, ik weet wat een nerd is, en ik was er een.'

'En nu?'

'Ik ben nog steeds een beetje een nerd. Ik werk te veel, ik ga niet zo vaak als zou moeten op bezoek bij vrienden en ik doe eigenlijk niets in het weekend behalve suppen en tijd doorbrengen met mijn familie. Op vrijdagavond kun je me meestal in bed met een boek vinden.'

'Dat maakt je nog geen nerd. Ik ga ook niet veel meer uit. Als ik niet aan het werk ben of aan een wedstrijd meedoe, ben ik meestal wat muziek aan het luisteren of aan het studeren of ben ik thuis bij Evan en Lily.'

'Lily?'

'Evans verloofde.'

'Wat is ze voor iemand?'

'Blond. Ongeveer even groot als jij. Geweldig karakter. En heel, heel erg een zuiderling. Ze komt uit Charleston.'

'En Evan? Lijkt hij op jou?'

'Hij lijkt meer op jou, eigenlijk. Hij heeft zijn zaakjes voor elkaar.'
'Denk je dat ik mijn zaakjes voor elkaar heb?'
'Ja.'
'Waarom voelt het dan niet zo?'
'Ik heb geen idee,' antwoordde hij. 'Maar ik denk dat de meeste mensen hetzelfde over je zouden zeggen als ik.'
Ze keek met samengeknepen ogen naar hem. Wat hij had gezegd beviel haar wel. Intussen hadden ze de kustlijn bereikt, en ze deed haar sandalen af en richtte haar aandacht op het water. 'Oké, dit is mooi,' verklaarde ze. 'Het is inkomend tij, en dat maakt het makkelijker. Als het aflopend tij was geweest, zouden we daarvandaan weg moeten gaan,' zei ze, over zijn schouder wijzend. 'Ben je klaar?'
'Bijna.' Hij legde de boards neer, schudde zijn rugzak af, deed er zijn slippers in en haalde er een fles zonnebrandlotion uit. Hij trok zijn shirt uit en stopte dat ook in de rugzak, en haar eerste gedachte was dat het wel leek alsof hij gebeeldhouwd was. Zijn borst en buik waren een landschap van contouren en richels, waarop elke spier scherp afgetekend was. Op zijn borst slingerde een kleurige tattoo van een draak over een van zijn schouders, op kunstige wijze vervlochten met een Chinees karakter. Hij staarde naar het water terwijl hij zich begon in te smeren met de lotion. 'Het is prachtig hier,' merkte hij op.
'Vind ik ook,' zei ze, terwijl ze probeerde niet te kijken.
Hij kneep nog wat meer zonnebrandcrème op zijn hand voor hij de fles voor haar ophield. 'Wil jij ook?'
'Misschien later. Ik heb me eerder al ingesmeerd, maar ik verbrand niet zo gauw. Latino huid, weet je wel.'
Hij knikte, smeerde wat op de voorkant van zijn benen en draaide zich toen om. 'Zou je wat op mijn rug willen smeren?'
Ze knikte, en haar mond werd een beetje droog. 'Tuurlijk.'
Hun vingers raakten elkaar toen ze de lotion aanpakte. Ze kneep een beetje in haar hand en ging langzaam met haar hand over zijn rug. Ze voelde de wisselwerking tussen spieren en huid en probeerde de vreemde intimiteit van wat ze aan het doen was te negeren. Serena zou ervan smullen als ze dit hoorde.

'Denk je dat we dolfijnen of bruinvissen zullen zien?' vroeg hij, zich schijnbaar totaal niet bewust van haar gedachten.

Terwijl ze met haar handen over de spierbundels van zijn rug ging, duurde het even voor ze antwoordde. 'Ik betwijfel het. Op dit tijdstip zijn ze meestal aan de oceaankant.' Toen, met een steek van teleurstelling, stopte ze en deed ze het dopje dicht. 'Oké, je bent klaar.'

'Dank je.' Hij stopte de zonnebrandlotion weg. 'En nu?'

'We zijn bijna klaar.' Ze maakte de draagbanden los en gaf ze aan Colin om ze in zijn rugzak te doen terwijl zij het kleinste van de twee boards pakte. 'Kun je achter me aan komen met de koelbox en de handdoeken? Ik zal je laten zien hoe je erop moet stappen.'

Ze waadde de oceaan in met haar board, en toen ze tot net boven haar knieën in het water stond, ging ze erop liggen en trok zich er in de lengte overheen tot ze in het midden lag. Ze zette de roeispaan haaks op het board en hield hem toen vast terwijl ze eerst op haar knieën ging zitten, en toen uiteindelijk opstond. 'Tada... En dat is alles. De clou is om precies jouw ideale punt te vinden waarbij noch de neus noch de achterkant onder water komt. En dan moet je je knieën gebogen houden; dat helpt om rechtop te blijven staan.'

'Begrepen.'

'Je kunt de koelbox achter me zetten, en er dan de handdoeken op leggen. En wil je me mijn camera aangeven?'

Hij waadde het water in, haar aanwijzingen opvolgend. Ze hing de riem van de camera om haar nek terwijl hij zijn eigen board ophaalde en haar bewegingen nadeed. Toen hij stond, verschoof hij zijn gewicht, waarbij het board een beetje wiebelde.

'Het is stabieler dan ik had gedacht,' merkte hij op.

'En als je wil draaien, kun je ofwel vooruit roeien voor een wijde, langzame draai, of je kunt achteruit roeien voor een kortere draai.' Ze deed eerst het eerste voor, en daarna het tweede, draaiend om haar as, waarbij ze al doende een stukje verder van de kust af bewoog. 'Ben je klaar?'

'Laten we gaan,' zei hij. Met een paar slagen hield hij haar al bij, en ze begonnen naast elkaar te peddelen tot ze bij de vruchtbare, stille wateren van het moeras kwamen. Boven hen was de blauwe hemel versierd met dunne cirruswolken. Voorzichtig keek ze naar Colin die alles in zich opnam; zijn blik bleef hangen bij de bruine pelikanen en de sneeuwwitte zilverreigers, op een visarend die boven hun hoofden voorbijkwam. Hij leek er geen behoefte aan te hebben de stilte te verbreken, en opnieuw bedacht ze dat ze nog nooit iemand zoals hij had ontmoet.

Terwijl haar gedachten verder afdwaalden, richtte ze haar aandacht op het eiland en merkte ze de knoestige restanten van boomstronken op, helemaal grijs en bedekt met zout, hun wortels kronkelend als gerafelde wol op een losjes opgewonden bol. Bochtige paden sneden door de met hoge grassen begroeide duinen, snelle routes naar de oceaanzijde van het eiland, en drijfhout, zwart verkleurd door het moeras, hoopte zich op aan de rand van het water.

'Je bent ergens over aan het nadenken,' hoorde ze hem zeggen. Zonder dat ze het had gemerkt had Colin zijn board dichter naar dat van haar gebracht.

'Alleen maar hoe fijn ik het vind om hier te zijn.'

'Kom je hier elk weekend?'

'De meeste weekends wel,' zei ze, haar slagen gelijkmatig houdend. 'Tenzij het regent of er veel windvlagen zijn. Door harde wind lijkt het alsof je niet vooruitkomt, en het water kan een korte golfslag krijgen. Ik heb die fout een keer gemaakt toen ik Serena meenam hierheen. Ze hield het ongeveer twintig minuten vol voor ze erop stond dat we terug zouden gaan, en ze is nooit meer meegegaan. Wat de oceaan betreft is ze meer een tiepje dat in de zon ligt te luieren of te relaxen op het achterdek van de boot. Ook al zijn we hecht met elkaar, we lijken niet al te veel op elkaar.'

De nieuwsgierigheid waarmee hij keek en luisterde, spoorde haar aan, en Maria trok haar peddel door het water. 'Serena is altijd extraverter en populairder geweest dan ik ooit ben geweest. Ze had het ene vriendje na het andere en heeft een miljoen vrienden. Haar telefoon staat nooit stil, mensen willen altijd met haar omgaan. Zo was het bij mij nooit. Ik was altijd rustiger, verlegener eigenlijk, en tijdens mijn jeugd had ik altijd het gevoel dat ik er niet echt bij hoorde.'

'Op mij kom je niet verlegen over.'

'Nee?' vroeg ze. 'Hoe kom ik dan op jou over?'

Hij hield zijn hoofd schuin. 'Bedachtzaam. Intelligent. Empathisch. Mooi.'

De stelligheid waarmee hij praatte – alsof hij de hele lijst al van tevoren had doorgenomen – zorgde ervoor dat ze zich plotseling opgelaten voelde. 'Dank je,' mompelde ze. 'Dat was… lief.'

'Je hebt het vast al vaker gehoord.'

'Niet echt.'

'Dan ga je met de verkeerde mensen om.'

Ze paste de stand van haar voeten op het board aan in een poging te verbergen hoe gevleid en zenuwachtig ze zich voelde. 'Dus geen vriendin voor jou?'

'Nee,' antwoordde hij. 'Ik was een tijdlang niet echt geschikt als vriendje, en de laatste tijd heb ik het nogal druk gehad. Jij?'

'Nog steeds single,' zei ze. 'Ik had een serieus vriendje toen ik op de universiteit zat, maar het is niets geworden. En de laatste tijd heb ik de neiging om het verkeerde type mannen aan te trekken.'

'Zoals ik?'

Ze grijnsde schaapachtig. 'Ik dacht niet aan jou toen ik dat zei. Ik dacht aan de algemeen directeur op mijn kantoor. Die overigens getrouwd is en een gezin heeft. Hij heeft me geprobeerd te versieren en dat maakt mijn werk behoorlijk stressvol.'

'Dat kan ik me voorstellen.'

'Maar je hebt geen advies voor me, hè? Want je geeft toch geen advies?'

'Nee.'

'Je beseft wel dat het behoorlijk wennen is om een gesprek met jou te voeren, of niet? Serena bijvoorbeeld heeft altijd een heleboel adviezen.'

'En heb je daar wat aan?'

'Niet echt.'

Zijn gezicht drukte uit dat ze zojuist zijn gelijk bewezen had. 'Wat is er gebeurd met je vriendje?'

'Er valt niet zo veel over te zeggen. We hadden een paar jaar een relatie en voor mij voelde het alsof we in de richting van iets serieuzers gingen.'

'Trouwen?'

Ze knikte. 'Dat dacht ik. Maar toen besloot hij dat ik niet was wat hij wilde. Hij wilde iemand anders.'

'Dat moet rot geweest zijn.'

'Op dat moment was het verschrikkelijk,' beaamde ze.

'En geen vriendjes sindsdien?'

'Niet echt. Ik ben met een paar jongens uit geweest, maar er is nooit echt iets uit gekomen.' Ze was even stil terwijl ze eraan terugdacht. 'Ik ging vaak dansen met vriendinnen in een salsaclub in Charlotte, maar de meeste mannen met wie ik in gesprek kwam, wilden maar één ding. Voor mij is met iemand naar bed gaan een uitvloeisel van commitment, en een heleboel mannen willen alleen maar een avontuurtje of wat dan ook.'

'Dat is hun probleem.'

'Weet ik. Maar...' Ze probeerde te bedenken hoe ze het het beste kon verwoorden. 'Soms is het moeilijk. Misschien komt het doordat mijn ouders zo gelukkig met elkaar zijn en het er zo gemakkelijk uit laten zien, maar ik ben er altijd van uitgegaan dat ik in staat zou zijn de perfecte man te vinden zonder water bij de wijn te hoeven doen. En als tiener had ik allemaal plannen... Ik wist gewoon dat ik tegen deze tijd, op de leeftijd die ik nu heb, getrouwd zou zijn en dat we in een gerestaureerd victoriaans huis zouden wonen en dat we het over kinderen zouden hebben. Maar al die dingen lijken nu verder weg dan toen ik een klein meisje was. Ze lijken zelfs verder weg dan een paar jaar geleden.'

Toen hij niet antwoordde, schudde ze haar hoofd. 'Ik begrijp niet waarom ik je dit allemaal vertel.'

'Ik vind het interessant.'

'Ja, vast,' zei ze, zijn opmerking wegwuivend. 'Het klinkt saai, zelfs in mijn oren.'

'Het is niet saai,' wierp hij tegen. 'Het is jouw verhaal en ik vind het fijn om het te horen.' Hij liet dat even inwerken voor hij abrupt van onderwerp veranderde. 'Salsadansen, dus?'

'Dat is wat je hebt gehoord? Van alles wat ik heb gezegd?' Toen hij zijn schouders ophaalde, ging ze verder, zich afvragend waarom het zo gemakkelijk was om met hem te praten. 'Vroeger ging ik bijna elk weekend.'

'Maar nu ga je niet meer?'

'Niet sinds ik terugverhuisd ben. Ze hebben hier geen clubs. Niet officieel, tenminste. Serena heeft me een keer proberen mee te sleuren naar een plek en ik heb erover gedacht, maar ik heb op het laatste moment afgezegd.'

'Het klinkt alsof het wel leuk had kunnen zijn.'

'Misschien. Maar het is niet eens een echte club. Het zit in een verlaten pakhuis, en ik ben er vrij zeker van dat het hele geval illegaal is.'

'Soms zijn dat de leukste plekken om naartoe te gaan.'

'Ik neem aan dat je uit ervaring spreekt?'

'Ja.'

Ze glimlachte. 'Weet je iets van salsadansen af?'

'Lijkt het op de tango?'

'Niet echt. De tango is een soort ballroomdansen, waarbij je door de hele zaal beweegt. Salsadansen is meer een feestdans met veel draaien en wisselen van hand, en je blijft op één plek op de dansvloer. Het is een geweldige manier om een paar uur door te brengen met vrienden, vooral als je partner goed is. Het was de enige keer dat ik het gevoel had dat ik me echt kon laten gaan en mezelf kon zijn.'

'Ben je nu niet jezelf?'

'Natuurlijk wel,' antwoordde ze. 'Maar dit is absoluut de rustiger versie van mij, de meer gebruikelijke versie.' Ze tilde de roeispaan boven haar hoofd om zich even uit te rekken en stak toen de punt weer in het water. 'Ik heb een vraag. En ik vraag het me al af sinds je het noemde.' Toen hij zich naar haar toe draaide, ging ze verder. 'Waarom wil je lesgeven aan de derde klas? Ik zou denken dat de meeste mannen zouden willen lesgeven op het niveau van de middelbare school.'

Hij haalde zijn roeispaan uit het water.

'Omdat op die leeftijd kinderen oud genoeg zijn om vrijwel alles te begrijpen wat een volwassene hun vertelt, maar nog jong genoeg om te geloven dat volwassenen de waarheid vertellen. Het is ook het jaar waarop gedragsproblemen echt tot uiting komen. Dat gecombineerd met alle toetsingen die de staat vereist maakt de derde klas gewoon een cruciaal jaar.'

Ze gleden over water dat bijna zo vlak was als glas. 'En?' vroeg ze.

'En wat?'

'Dat zei jij gisteravond ook tegen mij. Toen je dacht dat ik je niet het hele verhaal vertelde. Dus zal ik het nog een keer vragen: wat is de ware reden dat je les wil geven in de derde klas?'

'Omdat het mijn laatste goede jaar op school was,' zei hij. 'Tot een paar jaar geleden was het in feite zelfs überhaupt mijn laatste goede jaar. En dat kwam allemaal door meneer Morris. Hij was een gepensioneerde legerofficier die op latere leeftijd les is gaan geven, en hij wist precies wat ik nodig had. Niet de stompzinnige discipline die ik later op de militaire school kreeg, maar een specifiek plan alleen voor mij. Hij accepteerde meteen vanaf het begin geen enkel geklier in de klas, en zodra ik vervelend begon te doen, zei hij dat ik moest nablijven. Ik dacht dat ik dan gewoon in de klas zou moeten zitten of dat hij me zou laten opruimen of wat dan ook, maar in plaats daarvan liet hij me rondjes rennen rond het schoolgebouw en moest ik me elke keer opdrukken als ik langs hem kwam. En de hele tijd bleef hij tegen me zeggen dat ik het geweldig deed, dat ik heel snel of sterk of wat dan ook was, en daardoor voelde het niet als straf. Tijdens de pauze de volgende dag deed hij hetzelfde, en toen vroeg hij of ik elke dag eerder wilde komen, omdat het duidelijk was dat ik talent had voor rennen. Dat ik sterker was dan de andere kinderen. Béter dan de andere kinderen. Als ik terugkijk, weet ik dat hij het deed vanwege mijn ADHD en andere emotionele gedoe, en dat hij eigenlijk alleen maar mijn teveel aan energie wilde opbranden, zodat ik in de klas stil kon zitten.'

Zijn stem werd zachter toen hij verderging. 'Maar op dat moment was het de eerste keer dat ik me kon herinneren dat ik ooit werd geprezen, en daarna wilde ik hem alleen nog maar trotser op me maken. Ik ging echt mijn best doen en school begon gemakkelijker te worden voor me. Ik raakte weer bij met lezen en rekenen, en ik gedroeg me thuis ook beter. En als we dan snel een jaar doorspoelen naar de klas van juf Crandall, werd dat allemaal zo bij het grofvuil gezet. Ze was hatelijk en boos, en ze had een hekel aan jongens, en ik werd weer het moeilijke kind dat ik daarvoor was geweest. Daarna stuurden mijn ouders me weg, en de rest van het verhaal ken je al.'

Hij liet een lange ademteug ontsnappen voor hij zich naar haar toe draaide. 'Daarom wil ik lesgeven aan de derde klas. Omdat ik misschien, heel misschien, een joch tegenkom dat net als ik is, en dan weet ik precies wat ik moet doen. En op de lange duur weet ik hoeveel dat ene jaar zou kunnen betekenen voor dat joch. Want zonder meneer Morris zo lang geleden zou ik er nooit over hebben gedacht om nu terug naar school te gaan en onderwijzer te worden.'

Terwijl Colin praatte, hield Maria haar blik vast op hem gericht. 'Ik weet dat ik niet verbaasd zou moeten zijn, gezien al het andere dat je me hebt verteld,' zei ze, 'maar ik ben het wel.'

'Want?'

'Het is inspirerend. Waarom je onderwijzer wilt worden, bedoel ik. Dat soort verhalen heb ik niet. De helft van de tijd weet ik niet eens waarom ik überhaupt advocaat ben geworden. Het gebeurde gewoon zo'n beetje.'

'Hoe dat zo?'

'Toen ik voor het eerst op de universiteit kwam, wist ik niet goed wat ik wilde doen. Ik dacht erover om economie te gaan studeren of ergens een master in te halen en ik heb zelfs overwogen om medicijnen te studeren. Het was al moeilijk genoeg om gewoon een hoofdvak te kiezen, en zelfs in mijn voorlaatste jaar had ik nog geen idee wat ik wilde doen met mijn leven. Mijn kamergenoot daarentegen was vast van plan om een vervolgstudie in de rechten te doen, en ik heb mezelf min of meer wijsgemaakt dat het idee een stuk spannender was dan het in feite is. En voor ik het wist schreef ik me in voor een vervolgstudie in de rechten, en drie jaar later lag er een baan voor me klaar bij het parket en studeerde ik voor het advocatuurexamen. En nu zit ik hier. Begrijp me niet verkeerd: ik ben goed in wat ik doe, maar soms is het moeilijk om me voor te stellen dat ik dit de rest van mijn leven blijf doen.'

'Wie zegt dat dat moet?'

‘Ik kan mijn opleiding toch niet zomaar weggooien? Of de afgelopen vier jaar. Wat zou ik dan moeten doen?’

Hij krabde aan zijn kaak. ‘Ik denk,’ zei hij uiteindelijk, ‘dat je kunt doen wat je maar wilt. Uiteindelijk leiden we allemaal het leven dat we voor onszelf kiezen.’

‘Wat vinden je ouders ervan dat je weer op school zit?’

‘Ik denk dat ze zich nog steeds afvragen of ik echt ben veranderd, of dat ik toch weer de jongen zal worden die ik was.’

Ze glimlachte, omdat ze het leuk vond dat hij zei wat hij dacht zonder zich er druk om te maken wat zij er misschien van vond.

‘Ik weet niet waarom, maar ik vind het moeilijk om me de andere Colin voor te stellen, degene die je vroeger was.’

‘Je zou hem niet erg hebben gemogen.’

‘Waarschijnlijk niet. En hij zou waarschijnlijk ook niet zijn gestopt om mijn wiel te verwisselen.’

‘Absoluut niet,’ beaamde hij.

‘Wat moet ik nog meer weten over de nieuwe Colin?’ vroeg ze, en haar vraag maakte geleidelijk plaats voor een uitwisseling over opgroeien in Raleigh en nog wat meer over zijn vriendschap met Evan en Lily. Hij vertelde haar over zijn ouders en zijn oudere zussen, en hoe het was geweest om op te groeien onder het toezicht van meerdere kindermeisjes. Hij praatte over de eerste gevechten waar hij bij betrokken was geweest, de scholen waar hij op had gezeten, en vertelde meer details over de jaren na de middelbare school, hoewel hij toegaf dat ze voor het grootste deel één grote vage periode waren geworden. Hij praatte over MMA, en toen ze erop aandrong, vertelde hij wat uitvoeriger over een paar van zijn gevechten, waaronder de meest recente met de marinier, waar hij helemaal gekneusd en bebloed uit was gekomen. Hoewel veel van de verhalen die hij haar vertelde de scherpe kanten van zijn verleden benadrukten, kwamen ze overeen met wat ze al wist.

Terwijl ze praatten begon de vloed op te komen, en die dreef hen naast elkaar vooruit. De zon begon geleidelijk richting de horizon te zakken en het water begon te glanzen als oude munten. De dunne wolkenlaag verzachtte de felle gloed en begon van kleur te veranderen; verschillende tinten roze, oranje en rood.

'Wil je even naar het strand?' vroeg ze uiteindelijk. Hij knikte, en terwijl ze naar de kust begonnen te peddelen, zag Maria de gladde, donkere ruggen van drie bruinvissen langzaam hun richting uit komen. Ze sneden door het water, en toen ze ze aanwees, begon Colin jongensachtig te grijnzen. Zonder het te hebben afgesproken hielden ze allebei op met peddelen en lieten hun boards uitdrijven. Tot haar verrassing veranderden de bruinvissen van koers en kwamen ze recht op hen af. Instinctief pakte Maria haar camera en begon foto's te maken, waarbij ze met elke opname het kader veranderde. Als bij een wonder wist ze een beeld te vangen waarin alle drie de bruinvissen tegelijk uit het water kwamen, waarna ze achter elkaar voorbij paradeerden, dicht genoeg om ze aan te kunnen raken, met een fontein van water uit hun spuitgaten. Maria draaide zich om en keek naar ze terwijl ze terugzwommen naar de inham en de oceaan erachter, en ze vroeg zich af hoe het kwam dat ze precies op dit moment op precies deze plek waren.

Toen ze uiteindelijk uit het zicht verdwenen, merkte ze dat Colin naar haar had staan kijken. Hij glimlachte, en instinctief tilde ze de camera op en nam een foto van hem, zich plotseling de glimp van kwetsbaarheid herinnerend die hij zojuist had laten zien. Ondanks de uiterlijke zelfverzekerdheid die hij uitstraalde, begreep ze dat Colin net als zij gewoon alleen maar geaccepteerd wilde worden; op zijn manier was hij net zo eenzaam als zij. Het besef veroorzaakte een schrijnend gevoel, en plotseling was het net alsof ze de enige twee mensen op de wereld waren. Op dit zwijgende, intieme moment, wist ze dat ze meer middagen zoals deze met hem wilde doorbrengen, een doodgewone middag die op de een of andere manier magisch voelde.

7

Colin

Colin zat op een handdoek op het strand met Maria naast zich, en hij probeerde niet te letten op hoe ze eruitzag in de zwarte bikini die onder haar kleding verborgen had gezeten. Gisteren had hij haar beschouwd als een intrigerende vreemdeling; vandaag was hij haar tijdens het suppen als een vriendin gaan beschouwen; maar nu wist hij niet zeker wat er verder zou gebeuren. Eigenlijk wist hij alleen maar dat de zwarte bikini het moeilijk maakte om zijn gedachten erbij te houden. Maria, besloot hij, was niet gewoon knap, maar hoorde duidelijk thuis in de categorie 'verbluffend mooi', en hoewel Colin aanvoelde dat er in de loop van de dag iets tussen hen was veranderd, kon hij niet precies benoemen wat.

Hij had niet veel ervaring met vrouwen als Maria. De vrouwen met wie hij iets had gehad waren niet afgestudeerd aan de universiteit en hadden geen hechte familieband, maar meestal wel veel piercings en tatoeages, een boze uitstraling en ernstige vadercomplexen. Ze verwachtten dat je hen slecht behandelde en daar had hij over het algemeen aan voldaan. Het wederzijdse gebrek aan verwachtingen zorgde ervoor dat ze met een bepaald soort gemak met elkaar omgingen. Beschadigd gemak, dat zeker, maar gedeelde smart is halve smart. Slechts met een of twee had hij het langer dan drie maanden uitgehouden, maar in tegenstelling tot Evan was Colin er nooit in geïnteresseerd geweest om één speciaal persoon in zijn leven te hebben. Zo zat hij niet in elkaar. Hij hield van de vrijheid van single zijn, waarbij je aan niemand verantwoording hoefde af te leggen. Het was al moeilijk genoeg om zijn eigen leven op de rails te houden, laat staan te proberen aan de verwachtingen van iemand anders te voldoen.

Of dat was tenminste wat hij altijd had geloofd, maar nu hij stiekem Maria aan het bewonderen was, vroeg hij zich af of het niet gewoon smoesjes waren geweest. Of het hem misschien, heel misschien, niet had kunnen schelen of hij een relatie had of niet, omdat hij het nog nooit een eerlijke kans had gegeven, of omdat hij de ware niet was tegengekomen. Hij wist dat hij op de dingen vooruitliep, maar hij kon het feit niet ontkennen dat hij meer tijd met haar wilde doorbrengen. Waarom zij nog steeds single was, ging zijn verstand te boven. Hij herinnerde zichzelf eraan dat er geen denken aan was dat ze geïnteresseerd zou zijn in een man als hij.

En toch…

In het instituut had hij veel tijd doorgebracht in groepstherapie, waar proberen erachter te komen wat andere mensen bezighoudt een belangrijk onderdeel was. Anderen begrijpen betekende dat je jezelf begreep – en vice versa – en hij was al lang geleden afgestemd geraakt op de lichaamstaal en de aanwijzingen in de stem van mensen als ze over hun angsten, tekortkomingen en spijt vertelden. En hoewel hij Maria niet helemaal kon doorgronden, vermoedde hij dat ze net zo onzeker was over wat er gebeurde als hij. Wat ook wel logisch was. Hoewel het nu goed met hem ging, was ze er vast van doordrongen dat de oude Colin altijd deel van hem zou blijven uitmaken. Daar zou iedere mens zich zorgen om maken – sterker nog: hij maakte zich er ook zorgen om. Op dit moment was zijn explosieve kwaadheid aan het sluimeren, maar ze was als een beer in winterslaap, en hij wist dat hij zijn leven op de een of andere manier structuur moest geven om te voorkomen dat het lente werd, zodat de beer zou blijven slapen. Hard trainen om zijn woede onder controle te houden; zich zo nu en overgeven aan een MMA-wedstrijd om de agressie uit zijn systeem te krijgen. Hard studeren en veel uren werken om zijn dagschema te vullen en hem ervan te weerhouden de verkeerde plekken te bezoeken. Wegblijven van drugs en alcohol beperken. Tijd doorbrengen met Evan en Lily, die niet alleen modelburgers waren, maar ook altijd klaarstonden om hem te steunen en hem uit de problemen te houden.

Er was geen ruimte voor Maria in zijn leven. Er was geen tijd voor haar. Hij had er de energie niet voor.

En toch...

Ze waren met z'n tweeën alleen op een afgelegen strook zand, en opnieuw bedacht hij hoe ongelooflijk sexy ze was. Logisch gezien was Maria er tegen deze tijd allang gillend vandoor gegaan, maar ze leek zomaar over zijn verleden heen te stappen, en hij kon met geen mogelijkheid ophouden met aan haar te denken.

Hij keek toe terwijl ze achteroverleunde in de gloed van de latemiddagzon, steunend op haar ellebogen. Hij bedacht opnieuw dat ze een grotere natuurlijke schoonheid had dan hij ooit had gezien, en in een poging zichzelf af te leiden rolde hij op zijn zij en trok van achter haar de koelbox naar zich toe. Hij haalde het deksel eraf, pakte er twee flessen water uit en gaf er een aan haar.

'Banaan of sinaasappel?' vroeg hij.

'Banaan.' Ze ging loom en bevallig zitten. 'Van sinaasappels worden mijn handen zo plakkerig.'

Hij gaf haar de banaan en haalde twee zakjes gemengde noten tevoorschijn.

'Wil je ook wat hiervan?'

'Ja hoor. Waarom niet?'

Ze pakte het zakje en stopte een paar amandelen in haar mond. 'Dit is precies wat ik nodig had,' zei ze met een knipoog. 'Ik kan mijn cholesterolgehalte al voelen zakken en mijn spieren groter voelen worden.'

Hij glimlachte en begon zijn sinaasappel te pellen. Zij deed hetzelfde met haar banaan en nam een hap, waarna ze weer achteroverleunde. 'Ik doe dit nooit,' zei ze. 'Naar het strand gaan als ik hier ben, bedoel ik. Ik ben er wel voorbij gepeddeld, maar ik ben hier nooit echt heen gegaan om in m'n eentje te relaxen.'

'Waarom niet?'

'In de zomer zijn er gewoon altijd te veel mensen in de buurt. Ik zou me raar voelen als ik hier in m'n eentje ging zitten.'

'Waarom? Ik zou het niet erg vinden.'

'Ik twijfel er niet aan dat jij het wel zou doen. Voor jou is het geen punt. Maar voor vrouwen ligt dat anders. Als je hier helemaal in je eentje komt... Sommige mannen zouden denken dat het een uitnodiging was. En als er nou eens een gestoorde man naast me zat die probeerde me te versieren? Bijvoorbeeld iemand die drugs had gebruikt en in zijn proeftijd zat en een verleden had van naar cafés gaan zodat hij met vreemden kon vechten en mensen op hun hoofd kon stampen... O, wacht!' Ze deed net alsof ze verafschuwd was terwijl ze zich plotseling naar hem toe draaide.

Hij lachte. 'En als hij nou eens zei dat hij was veranderd?'

'Dan zou ik hem in eerste instantie waarschijnlijk niet geloven.'

'En als hij nou charmant was?'

'Hij zou wel heel, heel charmant moeten zijn, maar zelfs dan zou ik waarschijnlijk liever alleen zijn.'

'Zelfs als hij je wiel verwisselde tijdens een onweersbui?'

'Ik zou absoluut dankbaar zijn voor de manier waarop hij me had geholpen, maar ik weet niet of het veel verschil zou uitmaken. Zelfs gestoorde mensen kunnen af en toe wel eens iets aardigs doen.'

'Dat is waarschijnlijk een verstandige beslissing. Een kerel zoals hij is misschien gevaarlijk en absoluut niet iemand met wie je alleen zou willen zijn.'

'Uiteraard niet,' zei ze. 'Natuurlijk is er altijd de mogelijkheid dat hij écht was veranderd en dat hij toevallig een aardige vent was, wat betekent dat ik pech zou hebben. Omdat ik hem dan nooit een kans had gegeven, bedoel ik.'

'Ik begrijp dat dat een probleem zou kunnen zijn.'

'Hoe dan ook, dat is de reden waarom ik niet in mijn eentje naar het strand ga. Dan komt het hele punt nooit ter sprake.'

'Lijkt me logisch. Toch moet ik toegeven dat ik niet helemaal weet wat ik moet denken van wat je net hebt gezegd.'

'Mooi zo,' antwoordde ze, terwijl ze hem een speels duwtje met haar schouder gaf. 'Dan staan we quitte. Ik weet ook nog steeds niet wat ik moet denken van al die dingen die je me hebt verteld.'

Hoewel hij niet zeker wist of ze aan het flirten was, vond hij het fijn hoe natuurlijk het aanvoelde als ze hem aanraakte. 'Wat vind je ervan als we het onderwerp verplaatsen naar veiliger terrein?'

'Zoals?'

'Vertel me eens iets over je familie. Je zegt dat je veel familieleden in de stad hebt wonen?'

'Mijn grootouders van beide kanten wonen nog steeds in Mexico, maar drie tantes en vier ooms wonen in Wilmington, samen met meer dan twintig neven en nichten. En we hebben geweldige familiefeesten met elkaar.'

'Dat klinkt gezellig.'

'Dat is het ook. Veel van hen werken of hebben gewerkt bij La Cocina de la Familia, dus het restaurant was als een tweede thuis voor ons. Ik heb daar tijdens mijn kindertijd waarschijnlijk meer tijd doorgebracht dan bij ons thuis.'

'Ja?'

Ze knikte. 'Toen ik klein was, hadden mijn ouders een speelplaats achter het restaurant laten bouwen, zodat mijn moeder me in de gaten kon houden, en toen ik met school begon, maakte ik mijn huiswerk in het kantoor. Nadat Serena was geboren paste ik op het speelplaatsje op Serena tot de dienst van mijn moeder was afgelopen, en toen Serena ouder werd, begon ik er ook te werken. Maar het vreemde is dat ik me niet kan herinneren dat ik ooit het gevoel had dat het restaurant op de eerste plaats kwam, of zelfs dat het mijn leven beheerste. Niet alleen omdat mijn hele familie daar was, maar ook omdat mijn ouders altijd even kwamen kijken of het goed met me ging. En als we thuis waren voelde het niet veel anders. We hadden altijd familieleden over de vloer. Veel van hen woonden bij ons in tot ze genoeg geld hadden gespaard om zelf een huis te kopen. Voor een kind bestaat er niets beters. Er gebeurde altijd wel iets; mensen die praatten, een spelletje deden, kookten of naar muziek luisterden. Er was altijd lawaai, maar er heerste een goede energie. Een vrolijke energie.'

Hij probeerde haar verhaal op één lijn te brengen met de vrouw die naast hem zat en dat vond hij verrassend gemakkelijk.

'Hoe oud was je toen je in het restaurant begon te werken?'

'Veertien,' zei ze. 'Ik werkte er na school en elke zomer- en kerstvakantie tot ik afstudeerde in de rechten. Mijn ouders dachten dat het goed voor me zou zijn om mijn eigen zakgeld te verdienen.'

'Je klinkt alsof je trots op ze bent.'

'Zou jij dat niet zijn? Maar ik moet toegeven dat ik niet helemaal zeker weet wat mijn ouders ervan zouden vinden als ze wisten dat ik vandaag met jou was.'

'Ik heb wel een vrij goed idee van wat ze misschien zouden vinden.'

Ze lachte, luchtig en vrij.

'Dus je wilt proberen te frisbeeën?'

'Ik zal het proberen. Maar ik heb je gewaarschuwd, hè?'

Ze had niet gelogen. Ze was er niet erg goed in; bijna al haar worpen gingen de verkeerde kant op, sommige kwamen in het zand terecht en andere werden door de wind gegrepen. Colin zigzagde enthousiast, in een poging de frisbee te pakken voordat hij op de grond terechtkwam terwijl hij haar 'Sorry!' hoorde roepen. Telkens wanneer het haar lukte een goede worp te doen of de frisbee te vangen, was ze bijna als een kind zo blij.

Ondertussen bleef ze gestaag doorpraten. Ze vertelde hem over haar tripjes naar Mexico om haar grootouders te bezoeken en beschreef de huisjes gebouwd van B2-blokken waar beide grootouderparen hun hele leven hadden gewoond. Ze vertelde kort over haar middelbareschoolperiode, over haar ervaringen op de universiteit en haar vervolgstudie in de rechten, en vertelde een paar verhalen over haar werk op het parket. Hij was perplex over het feit dat haar eerste vriendje haar had laten gaan en waarom er sinds die tijd niemand anders zijn plaats had ingenomen. Hoe kon iemand zo blind zijn? Hij had geen idee en het kon hem ook niet schelen: hij wist alleen maar zeker dat hij ongelooflijk veel geluk had gehad dat ze de pier op was komen lopen.

Hij liet de frisbee gaan, pakte de hacky sack en hoorde haar hardop lachen. 'Mooi niet,' zei ze, waarna ze zich op haar handdoek liet ploffen. Colin ging naast haar zitten, de vermoeidheid van een actieve dag in de zon voelend. Hij zag dat Maria's huid een boterachtige gloed had aangenomen. Ze dronken de rest van hun water op, langzaam slokjes nemend terwijl ze naar de golven keken.

'Ik denk dat ik het leuk zou vinden om je te zien vechten,' zei ze, terwijl ze zich naar hem toe draaide.

'Oké.'

'Wanneer is het volgende gevecht?'

'Pas over een paar weken. Het is in The House of Blues in North Myrtle Beach.'

'Tegen wie moet je vechten?'

'Dat weet ik nog niet.'

'Hoe kun je nou niet weten tegen wie je moet vechten?'

Hij liet zijn vingers door het zand gaan. 'Bij amateurevenementen is de deelnemerslijst vaak pas de dag van tevoren volledig. Het hangt allemaal af van wie er wil vechten, wie er klaar voor is, wie beschikbaar is. En natuurlijk wie zich daadwerkelijk meldt om te vechten.'

'Word je daar zenuwachtig van? Dat je dat niet weet?'

'Niet echt.'

'En als hij nou eens... een reus is of zo?'

'Er zijn gewichtsklassen, dus daar hoef je je geen zorgen om te maken. Mijn grootste zorg is dat de ander in paniek raakt en zich dan niet aan de regels houdt. Sommige van de mannen die komen opdagen in die amateurevenementen hebben niet veel ervaring in de kooi, en je verliest er gemakkelijk je zelfbeheersing. Dat gebeurde toen mijn vorige tegenstander me een kopstoot gaf. Ze moesten het gevecht stilleggen zodat ik het bloeden onder controle kon krijgen, maar de scheidsrechter had het niet gezien. Mijn coach ging helemaal uit zijn dak.'

'En dat vind je léúk?'

'Het hoort erbij,' zei hij. 'Het goede nieuws is dat ik die kerel de ronde daarna in een guillotineverwurging kreeg en dat hij moest opgeven. En dat vond ik er wel leuk aan.'

'Je weet toch zeker wel dat dat niet normaal is, hè?'

'Oké.'

'En voor alle duidelijkheid: het maakt me niet uit of je wint of verliest, maar ik wil niet dat je helemaal bebloed en gewond raakt.'

'Ik zal mijn best doen.'

Ze fronste haar voorhoofd. 'Wacht... The House of Blues? Is dat niet een restaurant?'

'Onder andere. Maar er is daar genoeg ruimte. Amateurevenementen trekken meestal niet zo veel mensen.'

'Dat meen je niet! Wie wil er nou niet kijken naar mannen die elkaar tot moes proberen te slaan? Wat is er toch mis met de maatschappij van tegenwoordig?'

Hij grinnikte. Ze sloeg haar armen om haar knieën zoals ze de avond ervoor ook had gedaan, maar deze keer kon hij haar schouder tegen die van hem voelen strijken. 'Hoe zijn de foto's geworden?' vroeg hij. 'Die van de bruinvissen?'

Maria pakte haar fototoestel en klikte door naar het display, waarna ze het aan hem gaf. 'Ik vind deze de mooiste,' zei ze. 'Maar er zijn er nog een paar. Gebruik gewoon de knop met de pijl om erdoorheen te gaan.'

Hij staarde naar de foto van de drie bruinvissen. 'Het is ongelooflijk. Het lijkt bijna wel alsof ze aan het poseren waren.'

'Soms heb ik geluk. Het licht was precies goed.' Ze leunde naar hem toe en haar arm streek licht over die van hem. 'Ik heb er de afgelopen maanden nog wel meer genomen die ik mooi vind.'

Hij gebruikte het pijltje terug, en scande door een lange reeks foto's: pelikanen en visarenden, een close-up van een vlinder, en een harder die net uit het water sprong. Toen ze verder tegen hem aan leunde om met hem mee te kijken, ving hij in de warmte de geur van wilde bloemen op.

Aan het eind van de reeks trok ze zich uiteindelijk terug. 'Je zou er een paar moeten inlijsten,' zei hij terwijl hij haar de camera teruggaf.

'Dat doe ik ook. Maar alleen de beste.'

'Beter nog dan deze?'

'Dat zou jij moeten bepalen. Natuurlijk zou je dan eerst langs moeten komen, want ze hangen bij mij aan de muur.'

'Ik geloof dat ik dat wel leuk zou vinden, Maria.'

Maria keek weer naar het water en er speelde een glimlachje om haar lippen. Het leek een vreemde gedachte dat het nog maar gisteren was dat hij haar aan het eind van de pier had gezien. Of hoe goed hij haar in zo korte tijd had leren kennen. En hoe graag hij zelfs nog meer over haar te weten wilde komen.

'We moesten maar eens gaan,' zei ze, met een zweempje spijt in haar stem. 'Voordat het te donker wordt.'

Hij knikte, en hij voelde een steek van teleurstelling toen ze opstonden om hun spullen te verzamelen. Ze peddelden terug en bereikten Wrightsville Beach net op het moment dat de eerste sterren tevoorschijn kwamen. Colin hielp Maria de boards en de peddels boven op haar auto te binden, waarna hij zich naar haar omdraaide. Hij keek naar haar terwijl ze haar haar uit haar ogen veegde en voelde zich merkwaardig zenuwachtig, iets waarvan hij zich niet kon herinneren dat hij het ooit eerder bij een vrouw had gevoeld.

'Ik heb het heel erg leuk gehad vandaag.'

'Suppen is erg leuk,' zei ze instemmend.

'Ik had het niet over het suppen.' Hij stapte van de ene voet op de andere, en hij had de indruk dat ze wachtte tot hij nog meer zou zeggen. 'Ik had het over tijd doorbrengen met jou.'

'O ja?' vroeg ze, met zachte stem.

'Ja.' Colin wist zeker dat ze mooier was dan alle andere vrouwen die hij ooit had gekend.

'Wat ga je volgend weekend doen?'

'Behalve de brunch op zondag heb ik geen plannen.'

'Heb je zin om naar dat pakhuis te gaan waar Serena je over had verteld? Op zaterdagavond?'

'Vraag je me nou mee uit dansen?'

'Ik zou graag de minder typische Maria leren kennen, degene die echt zichzelf kan zijn.'

'Omdat de rustiger versie je type niet is?'

'Nee,' zei hij. 'Eigenlijk juist het tegenovergestelde; ik weet al wat ik van die Maria vind.'

Vanuit de duinen tsjilpten krekels die hun een serenade brachten, als een orkest van de natuur. Ze waren alleen, en toen ze naar hem opkeek, stapte hij naar haar toe. Zijn instinct nam het van hem over. Hij vroeg zich af of ze zich zou afwenden en de betovering zou verbreken, maar dat deed ze niet. In plaats daarvan bleef ze staan terwijl hij nog dichterbij kwam en langzaam een arm om haar rug legde. Hij trok haar tegen zich aan, hun lippen raakten elkaar, en op dat moment wist hij opeens dat hij dit al die tijd al had gewild. Hij had haar zoals nu in zijn armen gewild, voor eeuwig.

Colin nam de tijd om naar huis te rijden. Hij reed door de aardige achterafstraatjes van Wilmington en genoot na van zijn dag met Maria. Zijn lichaam voelde verrassend vermoeid door de middag suppen, en zijn gedachten cirkelden nog steeds rond het mysterie van Maria. Hij stapte zijn auto uit en liep net over het vers gemaaide gazon naar zijn appartement toen hij Lily vanaf de veranda hoorde roepen, met haar telefoon in haar hand. 'Dáár ben je,' zei ze, haar lijzige accent bijna zangerig. Zoals altijd was ze perfect gekapt. Maar vanavond droeg ze bij hoge uitzondering eens een spijkerbroek, zij het met pumps, een parelketting, diamanten oorknopjes van precies de juiste grootte en een gardenia kunstig in haar haar gestoken.

'Wat doe je hier?' vroeg hij, terwijl hij naar haar toe liep.

'Ik was met mijn moeder aan het praten terwijl ik op jou wachtte,' antwoordde ze, de treden af huppelend naar hem toe. Lily was de enige vrouw die hij kende die daadwerkelijk huppelde als ze blij was. Ze leunde naar hem toe voor een omhelzing. 'Evan vertelde me dat je vandaag een date had en ik wil er alles over horen voordat we naar binnen gaan.'

'Waar is Evan?'

'Hij zit op de computer een farmaceutisch bedrijf te onderzoeken voor zijn klanten. Je weet hoe serieus hij zijn werk neemt, de arme schat. Maar je moet niet proberen van onderwerp te veranderen. Wij gaan eerst eens op het trappetje zitten terwijl jij me vertelt over die bijzondere jonge vrouw, en ik wil geen nee horen. En je mag niets weglaten. Ik wil alles horen.'

Ze ging op de trap zitten en klopte op het plekje naast zich. Colin wist dat hij geen andere keus had dan te doen zoals hem was gezegd, en hij vertelde haar in grote lijnen het verhaal. Lily onderbrak hem geregeld, aandringend op details. Toen hij klaar was kneep ze haar ogen tot spleetjes naar hem, duidelijk teleurgesteld.

'Je moet echt aan je vertelvaardigheid werken, Colin,' zei ze verwijtend. 'Je hebt alleen maar een lijst activiteiten opgenoemd en de onderwerpen waarover jullie het hebben gehad.'

'Hoe had ik het anders moeten vertellen?'

'Dat is een domme vraag. Je had ervoor moeten zorgen dat ík ook verliefd op haar werd.'

'Waarom zou ik dat willen doen?'

'Omdat hoe matig je het verhaal ook hebt verteld, het overduidelijk is dat je stapel op haar bent.'

Hij zei niets.

'Colin?' vroeg ze. 'Dit is precies wat ik bedoel. Wat je had moeten zeggen was iets als: "Als ik bij Maria ben... heb ik gewoon... dan..." en dan moeten je gedachten afdwalen en moet je met je hoofd schudden omdat woorden tekortschieten om de intensiteit over te brengen van wat je ervaart.'

'Dat klinkt meer als iets wat jij zou doen dan als iets wat ik zou doen.'

'Ik weet het,' zei ze, en ze klonk bijna alsof ze medelijden met hem had. 'Daarom ben je ook zo slecht in het vertellen van verhalen, arme schat.'

Alleen Lily kon hem beledigen op een manier waarop het klonk alsof het haar zwaarder viel om te zeggen dan hem om het aan te horen. 'Hoe weet je dat ik stapel op haar ben?' vroeg hij.

Ze zuchtte. 'Als je het niet leuk had gevonden de dag in haar bijzijn door te brengen, had je me met die blanco blik van je aangekeken en gezegd: "Er valt niets te vertellen," als ik je over haar had gevraagd. En dat alles roept natuurlijk de belangrijkste vraag op: wanneer krijg ik de gelegenheid om haar te ontmoeten?'

'Dat zou ik aan haar moeten vragen.'

'En heb je binnenkort plannen om meer tijd door te brengen met je hartendief?'

Colin aarzelde, want hij vroeg zich af of er behalve Lily nog steeds mensen bestonden die het woord 'hartendief' gebruikten. 'We hebben afgesproken volgend weekend uit te gaan.'

'Toch niet naar een café, hoop ik.'

'Nee,' zei hij. Hij vertelde haar over het pakhuis.

'Denk je dat dat een verstandig besluit is? Als je denkt aan wat er de vorige keer is gebeurd toen je naar een club ging met Evan en mij?'

'Ik wil haar gewoon mee uit dansen nemen.'

'Dansen kan heel romantisch zijn,' gaf ze toe. 'Maar toch...'

'Het komt wel goed. Dat beloof ik.'

'Dan neem ik dat van je aan. Natuurlijk moet je deze week ook eens bij haar op haar werk langskomen en haar verrassen met bloemen of iets lekkers. Vrouwen vinden het heerlijk om dat soort attente geschenken te krijgen, hoewel ik altijd van mening ben geweest dat iets lekkers beter is tijdens de koelere maanden. Dus misschien alleen bloemen.'

'Dat is mijn stijl niet.'

'Uiteraard niet, en daarom gaf ik je de raad. Geloof me maar. Ze zal het geweldig vinden.'

'Oké.'

Bij dat antwoord leunde ze naar hem toe en klopte ze hem op zijn hand. 'Hebben we het daar niet over gehad? "Oké" zeggen als mensen met je praten? Je moet toch echt eens van die gewoonte af. Het is érg onaantrekkelijk.'

'Oké.'

'Ach ja, wat doe je eraan?' Ze zuchtte. 'Op een dag zul je de wijsheid van mijn woorden inzien.'

Achter hen deed Evan de deur open. Hij zag haar hand op die van Colin, maar Evan begreep de relatie tussen hen drieën op dezelfde manier als Colin dat deed.

'Laat me raden. Ben je hem aan het uithoren over zijn date?' vroeg hij aan zijn verloofde.

'Dat deed ik helemaal niet,' zei Lily verontwaardigd. 'Dames horen niet uit. Ik informeerde alleen maar naar hoe hij vond dat hun afspraakje was verlopen, en hoewel Colin – arme kerel – me in het begin bijna in slaap deed vallen, denk ik toch dat onze vriend hier verliefd is.'

Evan lachte. 'Colin? Verliefd? Die twee dingen gaan gewoon niet samen.'

'Colin, zou je mijn verloofde alsjeblieft de waarheid willen vertellen aangaande deze kwestie?'

Colin wees naar haar met zijn duim. 'Ze denkt dat ik verliefd ben.'

'Precies zoals ik zei,' merkte Lily op, en ze klonk tevreden. 'Nu we de waarheid hebben vastgesteld,' vervolgde ze, 'wanneer ben je van plan je hartendief te bellen?'

'Daar heb ik nog niet over nagedacht.'

'Heb je dan niets van me geleerd?' Ze schudde haar hoofd. 'Voordat je zelfs maar gaat douchen, moet je – dat moet absoluut – je hartendief opbellen. En je moet haar ook vertellen wat een geweldig gevoel ze je heeft gegeven, en dat je vereerd was het genoegen van haar gezelschap te mogen smaken.'

'Vind je dat niet een beetje overdreven?'

Lily klonk bijna verdrietig. 'Colin... ik weet dat je het moeilijk vindt om je gevoelige kant te laten zien, en dat is een karaktergebrek dat ik altijd bereid ben geweest over het hoofd te zien, al was het alleen maar uit liefdevolle vriendschap. Maar je gáát haar vanavond bellen. Zodra je binnenkomt. Omdat heren – échte heren – altijd bellen, en ik alleen met heren omga.'

Evan trok zijn wenkbrauwen op en Colin wist dat hij geen keus had.

'Oké.'

8

Maria

Op maandag leek het Maria het beste om zich schuil te houden in haar kantoor, waar ze zich in stilte kon concentreren. Barneys stress over de komende rechtszaak werd steeds erger en ze wilde geen onschuldig doelwit worden. Ze deed haar deur dicht en begon aantekeningen te maken voor een bespreking met cliënten halverwege de ochtend, pleegde een paar telefoontjes en beantwoordde wat e-mails. Ze wilde alvast vooruitwerken voor de rest van de week. En toch, ondanks haar verlangen naar efficiëntie, betrapte ze zich er om de zo veel tijd op dat ze uit het raam zat te staren en beelden van het weekend in gedachten nog eens afdraaide.

Een deel van haar gebrek aan concentratie had te maken met Colins telefoontje op zondagavond. Als vriendinnen en tijdschriften de waarheid spraken, belden mannen niet meteen, en de meesten belden helemaal niet. Aan de andere kant: alles aan Colin grensde aan het onverwachte. Nadat ze had opgehangen bestudeerde ze de foto die ze van hem had genomen en beeldde ze zich in dat ze er zowel de Colin die ze kende als Colin de vreemdeling in zag. Zijn uitdrukking was vriendelijk, maar zijn lichaam was een landkaart vol littekens en tattoos. Hoewel ze had beloofd dat ze hem aan Serena zou laten zien, besloot ze ter plekke dat de foto alleen voor haar ogen bestemd was.

'Wat heeft er hier iemand een goed humeur.'

Bij het geluid keek Maria op en zag Jill in de deuropening.

'O, hé, Jill. Wat is er?'

'Ik geloof dat ik dat aan jou moet vragen,' zei ze, binnenkomend. 'Je was absoluut verzonken in je eigen droomwereldje toen ik naar binnen gluurde, en dat doet niemand op maandag.'

'Ik heb een leuk weekend achter de rug.'

'O ja?' vroeg ze. 'Uit de manier waarop je dat zei, maak ik op dat het beter ging dan mijn getuigenverklaringen vorige week. Dit moet haast wel de eerste keer zijn geweest dat ik daadwerkelijk zat te bídden dat ik weer terug kon naar kantoor.'

'Zo erg?'

'Vreselijk.'

'Wil je erover praten?'

'Alleen als je wil doodgaan van verveling. En trouwens, ik heb over een paar minuten een conferencecall. Ik kwam vooral langs om te vragen of je al plannen had voor de lunch. Ik snak naar sushi en goed gezelschap nu ik weer op mijn plek ben.'

'Klinkt goed.'

Jill plukte aan de mouw van haar blouse. 'Misschien zie ik het verkeerd, maar ik neem aan dat je niet meer boos op me bent?'

'Waarom zou ik boos op je zijn?'

'Misschien omdat ik je in een hinderlaag heb gelokt met de ergste blind date ooit?'

'O, ja,' zei Maria, verbaasd dat ze het al bijna vergeten was. 'Dat.'

'Het spijt me zo. Je kunt je niet voorstellen hoe slecht ik me de hele week heb gevoeld, vooral omdat ik geen kans had om er met je over te praten.'

'We hebben er toch over gepraat? En je hebt je verontschuldigd.'

'Niet genoeg.'

'Het is oké. En in feite heeft het uiteindelijk iets goeds opgeleverd.'

'Ik kan me niet voorstellen hoe.'

'Ik heb iemand ontmoet.'

Het duurde een paar tellen voordat doordrong wat ze bedoelde. 'Je hebt het toch niet over die kerel die je wiel heeft verwisseld? Degene die onder de blauwe plekken en het bloed zat en je de stuipen op het lijf joeg?'

'Ja, die.'

'Hoe is dat nou mogelijk?'

'Het is een beetje moeilijk uit te leggen.'

Jill gniffelde. 'O-o.'

'Wat?'

'Je glimlacht weer.'

'O ja?'

'Ja. En ergens zou ik die conferencecall wel willen afzeggen en gewoon een stoel bijtrekken.'

'Ik kan niet. Barney en ik hebben over een paar minuten een ontmoeting met een klant.'

'Maar onze lunchafspraak staat, toch? En dan vertel je me alles?'

'Zeker weten.'

Tien minuten later belde Serena haar op haar mobiele telefoon. Toen Maria zag wie er aan de lijn was, voelde ze een plotselinge steek van bezorgdheid. Serena belde nooit voor tien uur 's ochtends. De helft van de tijd was ze nog niet eens wakker om tien uur.

'Serena? Is alles goed met je?'

'Waar is hij?'

'Waar is wie?'

'De foto van Colin. Hij zat niet in mijn e-mail of bij mijn sms'jes.'

Maria knipperde met haar ogen. 'Je belt me op mijn werk, tijdens kantooruren, vanwege een foto?'

'Dat zou niet nodig zijn geweest als je hem al had gestuurd. Is het goed gegaan? Ga me nou niet vertellen dat je hem al hebt weggejaagd.'

'Nee. Sterker nog, we gaan zaterdagavond uit.'

'Oké,' zei Serena. 'Zonder foto zal de post echter wel minder impact hebben. Ik zou natuurlijk waarschijnlijk een foto van je kunnen gebruiken van toen je klein was of zoiets, als je hem niet gaat sturen...'

'Dag, Serena.'

Ze hing op, maar pakte een paar minuten toch weer haar mobieltje, meer uit ziekelijke nieuwsgierigheid dan iets anders.

En daar, op Instagram, stond haar foto. Van toen ze op de middelbare school zat. Een beugel. Jeugdpuistjes. Een bril. Onhandig. De ergste schoolfoto in de hele geschiedenis van schoolfoto's. *Probeer niet jaloers te zijn, jongens, maar mijn zus Maria heeft aanstaande zaterdag een afspraakje!*

Maria deed haar ogen dicht. Ze zou haar zus moeten vermoorden. Geen twijfel over mogelijk.

Maar ze moest toegeven, Serena was best grappig.

Een paar uur later vertelde Maria Jill bij een bord met allerlei soorten sushi en sashimi wat ze met Colin had meegemaakt. Zelfs zij vond het verhaal ongelooflijk klinken.

'Wauw,' fluisterde Jill.

'Vind je dat ik gek ben? Gezien zijn verleden?'

'Wie ben ik om daarover te oordelen? Kijk naar de blind date die we hadden geregeld. Bij zoiets ongebruikelijks als dit kun je maar het beste op je intuïtie vertrouwen.'

'En als mijn intuïtie het nou eens bij het verkeerde eind heeft?'

'Dan is in elk geval je wiel verwisseld. En heb je een leuk afspraakje gehad, waarvan ik hoop dat het me vrijpleit van het blinddatefiasco.'

Maria glimlachte. 'Dus de getuigenverklaringen waren saai?'

'Een monnik zou er nog gek van zijn geworden, want de helft van de mensen heeft er geen enkel probleem mee om onder ede te liegen, en de andere helft zegt dat ze zich helemaal niets kunnen herinneren. En nu ik de hele week mijn tijd heb zitten verdoen, zal het er waarschijnlijk op neerkomen dat we schikken. Wat ook wel te verwachten viel, maar ik kan niet zeggen dat ik het ooit leuk zal gaan vinden.' Ze griste nog een stukje sushi weg. 'Hoe gaat het met Barney?'

'Beter.'

'Hoezo?'

'O, dat is waar ook; daar was je niet bij,' zei Maria verschrikt, en ze vertelde Jill dat ze haar band had laten verwisselen en hoe het ertoe had geleid dat ze te laat kwam op de bespreking, plus al het werk dat ze zich verplicht had gevoeld te doen in de nasleep ervan. Ze vertelde ook over de uitbrander die Barney haar had gegeven, al liet ze de confrontatie met Ken achterwege.

'Barney komt er wel overheen. Hij is altijd gespannen voor een rechtszaak.'

Ja, maar... Maria schoof heen en weer op haar stoel. 'Het punt is: ik hoorde dat Barney van plan was me leidinggevend advocaat te maken voor deze zaak.'

'Waar heb je dat gehoord?' Jill hield haar eetstokjes halverwege vast. 'Begrijp me niet verkeerd: je bent een briljante collega; maar je hebt een beetje te weinig ervaring dat Barney je met zo'n verantwoordelijkheid op zou zadelen.'

'Geruchten,' zei Maria.

'Ik zou niet te veel aandacht schenken aan geruchten. Barney geniet er te veel van om in de schijnwerpers te staan en hij vindt het moeilijk om de touwtjes uit handen te geven – laat staan de erkenning – zelfs aan de collega's met heel veel ervaring. Dat is een van de redenen dat ik ben overgestapt naar arbeidsrecht. Ik besefte dat ik nooit hogerop zou komen, of zelfs maar de ervaring in de rechtszaal zou krijgen die ik nodig had.'

'Ik vind het nog steeds ongelooflijk dat je van afdeling hebt kunnen wisselen.'

'Toevallig een goede timing. Ik had je toch al verteld dat ik voor ik bij de firma kwam al een paar jaar arbeidsrecht had gedaan?' Toen Maria knikte ging Jill verder. 'In die tijd wist ik alleen nog niet of ik dat echt wel wilde doen, dus nam ik de gok en probeerde ik verzekeringsrecht. Ik heb negen maanden met Barney gewerkt en ben bijna overspannen geraakt voor ik besefte dat het een doodlopende weg was. Ik zou ontslag hebben genomen, maar toevallig was de firma net bezig een praktijk voor arbeidsrecht op te zetten en hadden ze me daar nodig.'

'Helaas zit ik zo'n beetje klem als dit niets wordt. Tenzij we strafrecht gaan doen.'

'Je kunt altijd naar een andere firma gaan.'

'Dat is nog niet zo makkelijk als je zou denken.'

'Je hebt toch nog niet gezocht, of wel?'

'Niet echt. Maar ik ben me wel beginnen af te vragen of ik daar niet mee moet beginnen.'

Jill bekeek haar aandachtig terwijl ze haar glas pakte. 'Je weet dat je met me kunt praten, hè? Over wat voor zaken dan ook. Ik ben dan wel geen partner, maar ik geef wel leiding aan mijn eigen afdeling, en dat geeft me best wat invloed hier.'

'Ik heb gewoon veel aan mijn hoofd op het moment.'

'Hopelijk heb je het over Colin.'

Bij het noemen van zijn naam kwamen er weer herinneringen aan het weekend boven, en ze veranderde van onderwerp. 'Hoe gaat het met Paul?'

'Prima. Ik heb hem een paar dagen genegeerd als straf voor de blind date, maar hij is er alweer overheen. We zijn van het weekend naar Asheville geweest voor een wijnproeverij.'

'Klinkt leuk.'

'Was het ook. Behalve natuurlijk dat ik nog geen ring om mijn vinger heb en de biologische klok gewoon doortikt en de tijd begint te dringen. Net doen alsof er niets aan de hand is heeft tot nu toe niet gewerkt, dus misschien is het tijd om een nieuwe strategie te proberen.'

'Zoals?'

'Ik heb geen idee. Als jij een waterdicht plan hebt, laat het me dan weten.'

'Doe ik.'

Jill nam nog een stukje sushi. 'Wat ga je vanmiddag doen?'

'Hetzelfde als altijd. Er moet een heleboel voorbereidingswerk voor de rechtszaak worden gedaan. Terwijl ik intussen probeer bij te blijven met al het andere, uiteraard.'

'Zoals ik al zei: Barney verwacht een hoop van zijn ondergeschikten.'

En Ken verwacht weer iets heel anders. 'Het is werk,' zei ze.

'Weet je zeker dat alles oké is? Zelfs met onze hitsige algemeen directeur?'

'Waarom vraag je dat?'

'Omdat je met hem naar die conferentie bent geweest, en ik ken hem al langer dan jij. En vergeet niet: ik weet precies hoe hij te werk gaat.'

'De conferentie was prima.'

Jill bekeek haar nog eens goed voor ze ten slotte haar schouders ophaalde. 'Ook goed. Het punt is dat ik het gevoel heb dat er iets anders is waar je mee zit.'

Maria schraapte haar keel, zich afvragend waarom het plotseling voelde alsof ze werd ondervraagd.

'Er valt echt niets te zeggen,' antwoordde ze. 'Ik doe gewoon zo goed mogelijk mijn best.'

De dagen die volgden waren te druk voor de luxe van dagdromen, met Barney die elk half uur haar kantoor binnenstormde om te vragen of ze extra details kon bestuderen of telefoontjes kon plegen, ongeacht haar werk aan de zaken van andere cliënten. Ze had nauwelijks tijd om achter haar bureau vandaan te komen, en op woensdagmiddag, terwijl ze aan een concept van Barneys openingsrede werkte, merkte ze niet op dat het zonlicht steeds schuiner door haar ramen begon te vallen en haar collega's een voor een waren vertrokken. Ze staarde in opperste concentratie naar het scherm van haar MacBook tot ze werd opgeschrikt door een klop op de deur van haar kantoor. Ze zag de deur langzaam openzwaaien.

Ken.

Met een steek van paniek keek ze door de open deuropening; aan de andere kant van de gang zat Lynn niet meer aan haar bureau. Barneys kantoor was donker en ze hoorde niemand anders op de gang.

'Ik zag dat je licht nog aan was,' zei hij, haar kantoor in stappend. 'Heb je even?'

'Ik was net aan het afsluiten,' improviseerde ze, en ze hoorde een spoortje onzekerheid in haar stem. 'Ik heb blijkbaar niet meer op de tijd gelet.'

'Dan ben ik blij dat ik je nog tref.' Zijn stem was glad en beheerst. 'Ik wilde het gesprek afmaken dat we vorige week waren begonnen.'

Maria voelde haar hart bonzen en begon de papieren op haar bureau te verzamelen en ze terug te stoppen in hun map. Ze wilde absoluut niet met hem alleen zijn. Ze slikte. 'Kunnen we dat misschien morgen doen? Ik ben al laat en ik zou vanavond met mijn ouders gaan eten.'

'Het duurt niet lang,' zei hij, haar smoes negerend terwijl hij om haar bureau heen liep. Hij ging bij het raam staan en ze merkte op dat de hemel erachter donker was geworden. 'Misschien is het zo wel makkelijker voor je, omdat er geen pottenkijkers bij zijn. Het is niet nodig dat iedereen te weten komt wat er met Barneys cliënten is gebeurd.'

Ze wist niet wat ze daarop moest zeggen en dus hield ze haar mond.

Hij keek even uit het raam, schijnbaar gefocust op iets in de verte. 'Hoe bevalt het om met Barney samen te werken?' vroeg hij uiteindelijk.

'Ik leer een heleboel van hem,' begon Maria, haar woorden zorgvuldig kiezend. 'Hij heeft een geweldig strategisch instinct, de cliënten vertrouwen hem en als collega kan hij goed uitleggen hoe hij denkt.'

'Dus je hebt respect voor hem.'

'Natuurlijk.'

'Het is belangrijk om te werken met mensen die je respecteert. Het is belangrijk dat jullie met zijn tweeën als een team kunnen werken.' Ken draaide aan de jaloezieën en deed ze iets verder dicht, en draaide ze toen weer terug in de oorspronkelijke stand. 'Zou je jezelf een teamspeler noemen?'

De vraag bleef even in de lucht hangen voor ze in staat was te antwoorden. 'Dat probeer ik wel te zijn.'

Ken wachtte even voordat hij verderging. 'Ik heb vrijdag nog eens met Barney gepraat over de situatie, en ik moet zeggen dat ik een beetje verbaasd was over hoe boos hij nog steeds was over wat er gebeurd was. Daarom stelde ik die vraag over of je een teamspeler was. Want ik heb je in dat gesprek verdedigd en ik denk dat ik de lont uit de situatie heb weten te halen. Ik wilde er zeker van zijn dat ik juist had gehandeld.'

Maria slikte en vroeg zich af waarom Barney niet zelf met haar had gepraat als hij nog zo boos was. 'Dank je,' mompelde ze uiteindelijk.

Hij keerde zich van het raam af en zette een stap naar haar toe. 'Ik heb het gedaan omdat ik wil dat je een lange, succesvolle loopbaan bij de firma zult hebben. Je zult iemand nodig hebben die je in dit soort situaties kan steunen, en ik ben er om je te helpen als ik dat kan.' Intussen torende hij boven haar uit en ze voelde een hand op haar schouder. Min of meer. Zijn vingertoppen gleden over de plek onder haar sleutelbeen. 'Beschouw me maar als een vriend, ook al verkeer ik in hogere kringen.'

Terugdeinzend voor zijn aanraking wist ze plotseling dat dit allemaal – het negeren op maandag, de uitbrander op donderdag, en nu dit *jij en ik tegen de rest* – gewoon deel uitmaakte van zijn meest recente plan om haar in zijn bed te krijgen, en ze vroeg zich af waarom ze het niet had zien aankomen.

'We zouden morgen eens moeten gaan lunchen,' zei hij, terwijl zijn vingertoppen nog steeds over de blote huid boven de laag uitgesneden hals van haar shirt streken. 'Dan kunnen we praten over andere manieren waarop ik je kan helpen je weg te vinden in de ins en outs van het kantoor, vooral als je hoopt ooit partner te worden. Vind je ook niet, Maria?'

Bij het horen van haar naam stond ze weer met beide benen op de grond en drong het eindelijk tot haar door wat hij zei. Van zijn leven niet, dacht ze plotseling. 'Ik kan niet met je lunchen morgen,' zei ze, terwijl ze een vaste stem probeerde te houden. 'Ik heb al andere plannen.'

Er flitste even een geïrriteerde blik over zijn gezicht. 'Met Jill?'

Dat was meestal het geval, en dat wist Ken natuurlijk. Ongetwijfeld zou hij voorstellen dat ze dat plan zou veranderen. Voor haar eigen bestwil.

'Ik ga lunchen met mijn vriend.'

Ze voelde zijn hand langzaam van haar schouder glijden. 'Heb je een vriend?'

'Ik heb je toch verteld over Colin? Toen we op de conferentie waren?'

'Nee,' antwoordde hij. 'Je hebt het niet over hem gehad.'

Nu ze haar kans rook, kwam Maria overeind en stapte opzij, terwijl ze doorging met documenten verzamelen en ze in mappen stoppen, waarbij het haar niet kon schelen waar ze belandden. Dat kon ze later wel uitzoeken. 'Dat is vreemd,' merkte ze op. 'Ik dacht van wel.'

Ze zag aan zijn namaakglimlach dat hij probeerde te besluiten of hij haar nu wel of niet moest geloven. 'Vertel eens over hem,' zei hij.

'Hij doet aan MMA-gevechten,' antwoordde ze. 'Je weet wel, van die kerels in zo'n kooi? Ik vind het waanzin, maar hij is er helemaal weg van. Hij sport en traint elke dag urenlang en hij is dol op vechten, dus ik heb een beetje het gevoel dat ik hem moet steunen.'

Ze kon zich voorstellen hoe de radertjes in zijn hoofd door bleven malen terwijl ze haar tas over haar schouder zwaaide. 'Ik kan dan wel niet met je lunchen, maar wil je morgen in jouw kantoor praten? Ik denk dat ik wel een deel van mijn ochtend of middag vrij kan maken.' *Als er anderen bij zijn*, nam ze niet de moeite erbij te vermelden.

'Ik weet niet of dat wel nodig is.'

'Misschien moet ik eens met Barney praten?'

Hij schudde zijn hoofd, bijna onmerkbaar. 'Het is waarschijnlijk het beste om het voorlopig maar te laten rusten.'

Natuurlijk moest je dat wel zeggen. Want dit hele gedoe was allemaal een truc en je hebt helemaal niet met Barney gesproken. 'Oké. Dan denk ik dat ik je maar een prettige avond wens.'

Ze bereikte de deur en slaakte een zucht van verlichting toen ze was ontsnapt. Dat hele gedoe over een vriendje was briljant geweest, maar die kaart lag nu wel op tafel. Daar zou hij zich niet nog eens door laten verrassen; hij zou er klaar voor zijn. Op de lange duur – of misschien zelfs op de korte duur – twijfelde ze eraan of het Kens avances een halt zou toeroepen, zelfs al was het waar geweest.

Of waar zou worden?

Nog bijkomend van de confrontatie vroeg ze zich af of ze wilde dat het waar was. Het enige wat ze zeker wist, was dat toen Colin haar had gekust, ze iets elektrisch had gevoeld, en dat besef was zowel opwindend als eng.

Hoewel ze had gelogen toen ze tegen Ken had gezegd dat ze met haar ouders zou gaan eten, was ze niet in de stemming om alleen te zijn, en ze betrapte zich erop dat ze over de vertrouwde wegen reed naar de plek waar ze was opgegroeid.

Het was eerder een arbeidersbuurt dan een gegoede buurt, met huizen die tekenen van achterstallig onderhoud vertoonden en een paar met bordjes TE KOOP in de tuin. Op bijna elke oprit stonden wel oudere modellen auto's en pick-ups. Hun buren waren altijd loodgieters en meubelmakers, administratief medewerkers en secretaresses geweest. Het was het soort gemeenschap waar kinderen in de voortuin speelden en jonge stellen kinderwagens voortduwden, waar mensen de post voor elkaar ophaalden als ze de stad uit waren. Hoewel haar ouders er nooit over hadden gesproken, had Maria geruchten gehoord dat toen haar vader het huis had gekocht, verscheidene buren die aan deze kant van de straat woonden boos waren geweest. De familie Sanchez was het eerste niet-blanke gezin in de straat, en mensen hadden stiekem gespeculeerd over dalende huizenprijzen en toenemende misdaad, alsof iedereen die in Mexico was geboren op de een of andere manier met de drugskartels verbonden was.

Ze nam aan dat het een van de redenen was waarom hun vader het gazon altijd onberispelijk had gehouden en de struiken had gesnoeid; hij verfde elke vijf jaar de buitenkant van het huis in dezelfde kleur over, parkeerde zijn auto altijd in de garage in plaats van op straat en liet altijd de Amerikaanse vlag wapperen aan een stok op de veranda aan de voorkant. Hij versierde het huis zowel met Halloween als met Kerstmis, en in de eerste jaren dat ze er woonden, deelde hij waardebonnen voor het restaurant uit aan elke buurman of -vrouw die toevallig buiten was, waarmee ze voor half geld konden eten. Haar moeder maakte regelmatig op de weekendmiddagen schalen eten klaar als ze niet in het restaurant was – burrito's en enchilada's, taco's en *carnitas* – die ze uitdeelde aan alle kinderen die buiten aan het kickballen of voetballen waren. Beetje bij beetje waren ze geaccepteerd in de buurt. Sindsdien waren de meeste huizen om hen heen meer dan eens verkocht, en bij elke gelegenheid waren haar ouders verschenen om de nieuwe eigenaren te verwelkomen met geschenken, in de hoop toekomstig geroddel voor te zijn.

Maria vond het soms moeilijk om zich voor te stellen hoe zwaar het was geweest, hoewel ze op school een paar jaar lang de enige

Mexicaanse in de klas was. Omdat ze een goede leerlinge was, zij het nogal stil, herinnerde ze zich de pijn van discriminatie niet zoals haar ouders die hadden ervaren, maar al was dat wel zo geweest, dan hadden haar ouders wel tegen haar gezegd dat ze moest doen wat zij hadden gedaan. Ze zouden tegen haar hebben gezegd dat ze zichzelf moest zijn, dat ze vriendelijk en hartelijk moest zijn tegen iedereen, en ze zouden haar hebben gewaarschuwd dat ze zich nooit tot het niveau van anderen moest verlagen. En daarna, dacht ze met een glimlach, zouden ze tegen haar hebben gezegd dat ze hard moest studeren.

Anders dan Serena, die er nog steeds heel erg van genoot dat ze eindelijk niet meer bij haar ouders onder de plak zat, vond Maria het fijn om thuis te komen. Ze hield van het oude huis: de groene en oranje muren; de uitbundige, speelse tegels in de keuken; het eclectische meubilair dat haar moeder in de loop der jaren had verzameld; een koelkastdeur die eeuwig was versierd met foto's en informatie die te maken had met de familie, alles waar Carmen trots op was. Ze vond het heerlijk om haar moeder te horen neuriën als ze gelukkig was en vooral als ze aan het koken was. Als kind had Maria al die dingen als vanzelfsprekend beschouwd, maar vanaf het moment dat ze met haar studie begon, kon ze zich herinneren dat ze een gevoel van troost kreeg als ze de voordeur opendeed, zelfs al toen ze nog maar een paar weken weg was geweest.

Omdat ze wist dat haar ouders beledigd zouden zijn als ze klopte, liep ze recht naar binnen, door de woonkamer heen naar de keuken. Ze zette haar tas op het aanrecht.

'Mam? Pap? Waar zijn jullie?' riep ze.

Zoals altijd als ze thuis was, sprak ze Spaans. De overstap van het Engels was net zo gemakkelijk als ademhalen en net zo onbewust.

'Hierbuiten!' hoorde ze haar moeder antwoorden.

Maria draaide zich om naar de veranda aan de achterkant, waar ze haar vader en moeder van de tafel op zag staan. Blij dat ze er was en vooroverbuigend om haar te omhelzen, begonnen ze tegelijkertijd te praten.

'We wisten niet dat je kwam!'

'Wat een leuke verrassing!'

'Je ziet er fantastisch uit!'

'Je bent zo mager!'

'Heb je trek?'

Maria begroette haar moeder, toen haar vader, toen haar moeder nog een keer en toen haar vader nog een keer. In de gedachten van haar ouders zou Maria altijd hun kleine meisje blijven. En hoewel er in haar tienerjaren een periode was geweest dat ze zich doodschaamde bij het idee – vooral als er andere mensen bij waren – moest ze tegenwoordig toegeven dat ze het eigenlijk wel fijn vond.

'Ik hoef niets. Ik kan later wel iets halen.'

'Ik maak wel iets voor je,' zei haar moeder gedecideerd en ze liep naar de koelkast. Haar vader keek haar met duidelijke waardering na terwijl ze wegliep. Hij was altijd al een hopeloze romanticus geweest.

Hij was halverwege de vijftig, en dik noch dun. Hij had nog maar weinig grijs in zijn haar, maar Maria merkte een bijna voortdurende vermoeidheid bij hem op, het gevolg van te veel jaren achter elkaar te hard werken. Vanavond leek hij nog minder energiek dan gewoonlijk.

'Als ze eten voor je maakt, geeft haar dat het gevoel dat ze nog steeds belangrijk voor je is,' zei hij.

'Natuurlijk is ze nog steeds belangrijk voor me. Waarom zou ze denken dat dat niet zo was?'

'Omdat je haar niet meer zo nodig hebt als vroeger.'

'Ik ben geen kind meer.'

'Maar zij zal wel altijd je moeder blijven,' zei hij ferm. Hij gebaarde naar de tafel op de veranda. 'Drink je buiten een wijntje mee? Je moeder en ik waren een glaasje aan het drinken.'

'Ik pak het zelf wel. Ik ga even met mama praten en dan kom ik zo bij je zitten.'

Terwijl haar vader terugging naar de veranda haalde zij een glas uit het kastje en schonk wat wijn voor zichzelf in voordat ze naast haar moeder ging staan. Intussen had Carmen een ovenschaal gevuld met gestoofd rundvlees, aardappelpuree, sperziebonen en een zacht broodje – genoeg calorieën voor een paar dagen, schatte Maria – en liet hem in de oven glijden. Om de een of andere reden –

misschien omdat het iets was wat ze nooit in het restaurant serveerden – was haar vader dol op gestoofd rundvlees met aardappelpuree.

'Ik ben zo blij dat je bent langsgekomen,' zei haar moeder. 'Wat is er aan de hand?'

'Er is niets aan de hand,' antwoordde Maria. Ze leunde tegen het aanrecht en nam een slokje wijn. 'Ik wilde jullie gewoon verrassen.'

'Dat zeg je nou wel, maar er moet iets gebeurd zijn. Je komt ons nooit opzoeken doordeweeks.'

'Daarom is het ook een verrassing.'

Carmen keek haar vorsend aan, waarna ze naar het aanrecht liep en haar eigen wijnglas pakte. 'Heeft het te maken met je zus?'

'Heeft wat te maken met mijn zus?'

'Ze is toch niet afgewezen voor die beurs, hè?'

'Weet je daarvan?'

Carmen gebaarde naar een brief die op de koelkast geplakt zat. 'Spannend, hè? Ze heeft het gisteravond aan ons verteld. De directeur komt aanstaande zaterdag bij ons eten.'

'Echt waar?'

'We wilden hem ontmoeten,' zei ze. 'In de brief staat dat ze een van de halvefinalisten is. Maar terug naar je zus. Wat is er gebeurd? Als het niet daarover gaat, dan moet het iets te maken hebben met een jongen. Ze zit toch niet in de problemen, hè?'

Haar moeder praatte zo snel dat zelfs Maria moeite had om het bij te houden. 'Met Serena is alles goed, voor zover ik weet.'

'Aha.' Haar moeder knikte. 'Mooi. Dan is het iets op je werk. Je hebt zélf problemen.'

'Mijn werk is… werk. Waarom denk je dat er een probleem is?'

'Omdat je meteen na je werk hiernaartoe bent gekomen.'

'Dus?'

'Dat is wat je altijd hebt gedaan als je ergens mee zat. Weet je dat niet meer? Zelfs op de universiteit, als je dacht dat je een slecht cijfer had gehaald, of als je problemen had met je kamergenootje in je eerste jaar, of als je ruzie had met Luis, kwam je altijd hiernaartoe. Moeders onthouden dat soort dingen.'

Huh, dacht ze. Dat heb ik me nooit gerealiseerd. Ze veranderde van onderwerp. 'Ik denk dat je je te veel zorgen maakt.'

'En ik denk dat ik mijn dochter ken.'

Maria glimlachte. 'Hoe is het met papa?'

'Hij is erg stil vandaag. Hij heeft deze week twee mensen moeten ontslaan.'

'Wat hadden ze gedaan?'

'Hetzelfde liedje als altijd. Een van de afwassers kwam een paar keer niet opdagen, en een van de obers liet zijn vrienden gratis eten. Je weet hoe het gaat. Maar het blijft moeilijk voor je vader. Hij wil iedereen vertrouwen en hij is altijd teleurgesteld als mensen hem belazeren. Het vreet aan hem. Toen hij vandaag thuiskwam, ging hij een dutje doen in plaats van Copo uit te laten.'

'Misschien moet hij eens naar de dokter.'

'Daar hadden we het net over toen je binnenkwam.'

'Wat zegt hij zelf?'

'Hij zegt dat hij zal gaan. Maar je kent hem. Tenzij ik de afspraak voor hem maak, komt het er nooit van.'

'Wil je dat ik voor je bel?'

'Zou je dat willen doen?'

'Natuurlijk,' antwoordde Maria. Vanwege de taalvaardigheid van haar moeder maakte zij al afspraken sinds ze een klein meisje was. 'Het is nog steeds dokter Clark, toch?'

Haar moeder knikte. 'En regel een volledig lichamelijk onderzoek voor hem als je kunt.'

'Dat gaat hij niet leuk vinden.'

'Nee, maar hij heeft het nodig. Het is bijna drie jaar geleden.'

'Hij zou niet zo lang moeten wachten. Hij heeft een hoge bloeddruk. En vorig jaar had hij die pijn op de borst en kon hij een week niet werken.'

'Ik weet het, en jij weet het, maar hij is koppig en blijft erbij dat er niks mis is met zijn hart. Misschien kun jij het hem aan zijn verstand brengen.' Haar moeder stak haar hand uit en deed de oven open; tevredengesteld deed ze een ovenwant aan en haalde de schotel eruit, waarna ze een bord begon op te scheppen voor Maria.

'Dat is meer dan genoeg,' zei ze, in een poging de hoeveelheid te beperken.

'Je moet eten,' drong haar moeder aan, en ze bleef eten op het bord stapelen terwijl Maria bestek pakte. 'Laten we bij je vader gaan zitten.'

Buiten op tafel brandde een citronellakaars om de muggen op afstand te houden. De avond was net zo perfect als haar vader had beloofd, met slechts een heel licht briesje en een hemel die bezaaid was met sterren. Copo zat op haar vaders schoot, zacht snurkend terwijl zijn hand ritmisch door haar vacht ging. Maria begon een stuk stoofvlees in kleinere delen te snijden.

'Ik heb gehoord wat er vandaag gebeurd is,' begon Maria, waarmee ze een gesprek begon dat het restaurant, het plaatselijke nieuws en de laatste familieroddels omvatte. In een uitgebreide familie als die van hen was er altijd wel een of andere tragedie die het waard was over te praten en te analyseren. Tegen de tijd dat Maria klaar was met eten – niet meer dan een kwart van wat er op haar bord had gelegen – waren de krekels aan hun avondmelodie begonnen.

'Je ziet eruit alsof je wat zon hebt gehad afgelopen weekend.'

'Ik ben gaan suppen nadat we hadden gebruncht.'

'Met je nieuwe vriend?' informeerde haar moeder. 'Die van de pier?'

Bij Maria's geschokte uitdrukking haalde haar moeder haar schouders op. 'Ik hoorde jou en Serena praten. Je zus praat soms nogal hard.'

Serena slaat weer toe, dacht Maria. Ze had het niet ter sprake willen brengen, maar nu kon ze het niet meer ontkennen, of wel soms? Zelfs haar vader leek plotseling meer geïnteresseerd te zijn in het gesprek.

'Hij heet Colin.' Toen, omdat ze wist dat haar ouders erop zouden aandringen dat ze meer vertelde, en ze niet wilde dat ze te diep zouden graven, ging ze verder. 'Serena heeft een paar keer per week les met hem, en toen zij en ik zaterdag uit eten waren, stond Colin daar achter de bar. We raakten aan de praat op de pier en besloten om zondag met elkaar af te spreken.'

'Hij zit op de universiteit? Hoe oud is hij?'

'Hij is van mijn leeftijd. Hij is pas een paar jaar geleden begonnen met studeren. Hij wil onderwijzer worden.'

'Serena zei dat hij heel knap was,' merkte haar moeder op met een ondeugende glimlach.

Bedankt, Serena. De volgende keer wat zachter praten. 'Dat is hij ook.'

'En hebben jullie het leuk gehad?'

'Het was erg leuk.'

'Wanneer mogen we hem ontmoeten?'

'Vind je niet dat het daar een beetje vroeg voor is?' vroeg Maria.

'Hangt ervan af. Gaan jullie nog een keer uit?'

'Eh, ja... zaterdag.'

'Dan moeten we hem een keer ontmoeten. Je moet hem uitnodigen voor de brunch op zondag.'

Maria deed haar mond open en deed hem toen weer dicht. Het was uitgesloten dat haar ouders klaar waren voor Colin, vooral als er geen kans was om te ontsnappen. De gedachte dat Colin elke vraag die ze stelden zou beantwoorden met zijn gebruikelijke directheid was genoeg om haar hartkloppingen te bezorgen. Ze glimlachte naar haar vader met een spoortje wanhoop.

'Waarom heeft hij zo lang gewacht met studeren?' vroeg hij.

Ze dacht na over de beste manier om antwoord te geven en toch de waarheid te vertellen. 'Hij kwam er pas een paar jaar geleden achter dat hij onderwijzer wilde worden.'

Haar vader was van haar ouders altijd degene geweest die het beste tussen de regels door kon lezen, en ze vermoedde dat hij zou blijven aandringen op meer details over Colins verleden. Maar hij werd onderbroken door het zwakke maar hoorbare gerinkel van een mobiele telefoon in de keuken.

'O, dat is voor mij,' zei ze, de hemel dankend voor het respijt. 'Ik moet even opnemen.'

Ze stond op van tafel en rende de keuken in. Toen ze haar telefoon uit haar tas trok, zag ze Colins naam. Ze voelde zich net een tiener toen ze op het knopje drukte en de telefoon tegen haar oor drukte.

'Hé daar,' zei ze, 'ik had het net over je.' Ze liep heen en weer door de woonkamer terwijl ze praatten en elkaar op de hoogte brachten van wat ze die dag hadden gedaan. Net als in levenden lijve was hij een aandachtig luisteraar, en toen hij iets merkte aan haar stem, was ze plotseling onwillekeurig aan het vertellen over het incident met Ken. Vervolgens werd hij stil, en toen ze vroeg of hij zin had om met haar af te spreken voor de lunch, zei hij dat hij dat heerlijk zou vinden en vroeg hij hoe laat hij haar moest komen ophalen op kantoor. Ze glimlachte, in de wetenschap dat het haar verhaal meer geloofwaardigheid zou geven bij Ken, en stiekem was ze helemaal opgewonden door het idee dat ze Colin zo snel al zou zien. Toen ze het gesprek beëindigde, had ze het idee dat ongeacht wat haar ouders ongetwijfeld zouden denken, Colin wel eens precies zou kunnen zijn wat ze op dit moment nodig had.

Ze ging weer terug naar de veranda, waar haar ouders nog zaten te wachten aan tafel.

'Sorry,' zei ze, haar wijnglas pakkend. 'Dat was Colin.'

'En belde hij alleen om even gedag te zeggen?'

Maria knikte. 'We gaan morgen lunchen.'

Zodra de woorden uit haar mond waren, had ze er al spijt van. Haar moeder zou nooit begrijpen waarom iemand er zelfs maar over zou denken om ergens anders heen te gaan dan naar het familierestaurant.

'Fantastisch,' zei haar moeder. 'Ik zal iets speciaals voor jullie tweeën maken.'

9

Colin

'Dat meen je niet!' riep Evan, over de veranda leunend terwijl Colin door de tuin kwam aanlopen. 'Ben je nóg een keer gaan hardlopen?'

Colin was nog steeds zwaar aan het ademen terwijl hij op de veranda af rende, uiteindelijk vertragend tot lopen. Hij trok zijn shirt omhoog om zijn gezicht af te vegen voordat hij omhoogkeek naar zijn vriend. 'Ik heb vandaag nog niet eerder hardgelopen.'

'Je bent vanmiddag gaan sporten. En vanochtend.'

'Dat was op de sportschool.'

'Ja, en?'

'Dat is niet hetzelfde,' antwoordde hij, wetende dat het Evan eigenlijk helemaal niet kon schelen. Daarom knikte hij maar naar de voordeur. 'Waarom ben je niet binnen bij Lily?'

'Omdat mijn huis stinkt.'

'Wat heeft dat met mij te maken?'

'Wat dacht je van het feit dat ik de stank van je kleren door de ventilatiegaten kan ruiken, als een groene, rottende walm? Je had niet moeten gaan hardlopen, maar een berg was moeten doen. Of nog beter: je moest maar eens beginnen elke dag je sportkleren te verbranden. Lily dacht zelfs dat er een dode muis in de voorraadkast lag. Of dat het riool verstopt was.'

Colin glimlachte. 'Ik ga het meteen doen.'

'Schiet maar op. En kom dan weer hier bij me. Lily wil je spreken.'

'Waarom?'

'Ik heb geen idee. Dat wilde ze me niet vertellen. Maar ik vermoed dat het over je vriendinnetje gaat.'

'Ik heb geen vriendinnetje.'

'Ook best. Waar het om gaat, is dat ze met je wil praten.'

'Waarom?'

'Omdat ze Lily is, nou goed?' zei Evan geërgerd. 'Waarschijnlijk wil ze met je praten over of je Maria een handgeschreven kaart hebt gestuurd met fraaie kalligrafie. Of ze gaat aanbieden je te helpen de perfecte zijden sjaal uit te zoeken voor Maria's verjaardag. Of ze wil ervoor zorgen dat je de juiste lepel voor je soep gebruikt als je haar meeneemt naar de countryclub. Je weet toch hoe ze is? Maar ze heeft een extra tas mee naar huis genomen, en ze wil me niet vertellen wat erin zit.'

'Waarom niet?'

'Hou eens op met vragen stellen die ik niet kan beantwoorden!' zuchtte Evan. 'Ik weet alleen maar zeker dat elke keer dat ik haar heb geprobeerd te benaderen, ze me heeft gezegd dat ik moest wachten. Vanwege jou. En weet je? Ik ben daar niet blij mee. Ik had me echt verheugd op vanavond. Ik had vanavond nodig. Ik heb een klotedag achter de rug.'

'Oké.'

Evan fronste verontwaardigd om Colins antwoord. 'Waarom het een klotedag was, vraag je?' zei hij, Colin nabootsend. 'Goh, wat fijn dat je dat vraagt, Colin. Ik waardeer je empathie. Je geeft blijkbaar om mijn welbevinden.' Hij staarde omlaag naar zijn vriend. 'Vanochtend bleek dat de werkgelegenheidscijfers vreselijk waren, en de markt is ingestort. En hoewel ik geen controle heb over zulke dingen, zat ik evengoed de hele middag met boze cliënten aan de telefoon. En daarna kom ik thuis en ruikt mijn huis als een sportkleedkamer, en nu moet ik wachten tot zíj met jóú heeft gesproken voordat mijn avond daadwerkelijk kan beginnen.'

'Laat me me eerst even omkleden. Ik kom er binnen een paar minuutjes aan.'

'Dat hoop ik toch zeker niet,' zei Lily tegen Colin, toen ze plotseling naast Evan op de veranda kwam staan, met een gele zonnejurk aan. Ze liet haar hand in die van haar verloofde glijden en glimlachte lief naar hem. 'Je zou er niet over peinzen om hem langs te laten komen zonder dat hij de kans heeft gekregen om te douchen, toch, Evan? Die arme kerel is praktisch doorweekt. We kunnen toch vast nog wel een paar minuten langer wachten. Het zou niet fatsoenlijk zijn om hem zich alleen te laten omkleden.'

Toen Evan niet antwoordde, schraapte Colin zijn keel. 'Ze heeft wel een punt, Evan. Het zou niet fatsoenlijk zijn.'

Evan keek hem vuil aan. 'Prima. Ga maar douchen. En draai een was. En kom dan maar langs.'

'Ach, wees toch niet zo streng voor hem,' zei Lily vermanend. 'Het is niet zijn fout dat je het geld van je cliënten in de verkeerde bedrijven hebt geïnvesteerd.'

Ze knipoogde heimelijk naar Colin.

'Ik heb niet in de verkeerde bedrijven geïnvesteerd! Het was niet mijn schuld! Alles is vandaag gekelderd.'

'Ik zit je maar te plagen, schatje,' zei ze lijzig. 'Ik weet dat je een afschuwelijke dag achter de rug hebt en dat het niet jouw schuld was. Die vreselijke meneer Beurs heeft je gewoon een loer gedraaid, hè?'

'Je maakt het er niet beter op,' zei Evan.

Lily richtte haar aandacht weer op Colin.

'Heb je je hartendief vandaag nog gesproken?' vroeg ze.

'Ik heb haar gesproken voordat ik ging hardlopen.'

'Heb je bloemen bij haar op het werk laten bezorgen zoals ik had aanbevolen?'

'Nee.'

'Iets lekkers?'

'Nee.'

'Wat moet ik toch met jou beginnen?'

'Dat weet ik niet.'

Ze glimlachte en trok toen aan Evans hand. 'We zien je over een paar minuutjes, goed?'

Ze gingen weer naar binnen en hij stapte zijn appartement in. Hij kleedde zich uit op weg naar de badkamer, voegde zijn kleren toe aan de berg wasgoed en merkte dat Evan gelijk had. De was stonk. Hij deed een hele stapel in de wasmachine en sprong onder de douche. Daarna trok hij een spijkerbroek en een T-shirt aan, waarna hij weer naar het huis van Evan ging.

Evan en Lily zaten naast elkaar op de bank. Het was duidelijk dat Lily de enige van de twee was die het leuk vond dat Colin er was.

'Colin! Ik ben zo blij dat je bij ons kon zijn,' zei Lily, die van haar plek opstond en duidelijk het feit negeerde dat ze zojuist nog met elkaar hadden gepraat. 'Mogen we je iets te drinken aanbieden?'

'Water, alsjeblieft.'

'Evan, wil jij wat water voor Colin halen?'

'Hoezo?' vroeg Evan achteroverleunend, met zijn arm op de bovenkant van de bank. 'Hij weet waar het is. Hij kan zijn water zelf wel pakken.'

Lily draaide zich naar hem om. 'Het is jouw huis. En jij bent de gastheer.'

'Ik heb hem niet gevraagd om langs te komen. Dat deed jij.'

'Evan?'

De manier waarop ze zijn naam zei, maakte duidelijk dat Evan geen keuze had. Dat en de manier waarop ze eruitzag, uiteraard. Ze was niet alleen verreweg de mooiste vrouw met wie Evan ooit iets had gehad, maar ze was heel bedreven in manieren om haar uiterlijk in haar voordeel te gebruiken.

'Goed dan,' mopperde hij, van de bank opstaand. 'Ik haal wel een glas water voor hem.'

Evan sjokte naar de keuken.

'Met ijs, alsjeblieft,' riep Colin hem na.

Evan wierp een norse blik over zijn schouder, waarna Colin in de fauteuil tegenover Lily ging zitten.

'Hoe gaat het met jou vanavond?' vroeg ze.

'Best.'

'En Maria?'

Eerder aan de telefoon had Maria hem verteld wat er met haar baas Ken Martenson was gebeurd, en terwijl hij luisterde had Colin gemerkt dat hij zijn kaken op elkaar klemde. Hoewel hij zijn stem rustig had gehouden, had hij in gedachten een hartig woordje gesproken met Ken, het soort dat duidelijk maakte dat het in Kens eigen belang was om op te houden met haar lastigvallen. Hij had dat niet tegen Maria gezegd, maar toen hij merkte dat hij met zijn tanden knarste toen hij had opgehangen, had hij zijn sportkleren aangetrokken en was hij gaan hardlopen. Pas toen hij zijn rondje bijna had afgemaakt begon hij zich weer een beetje normaal te voelen.

Maar dat was niet waar Lily hem naar had gevraagd.

'Ik heb haar net gesproken.'

'En, gaat het goed met haar?'

Hij dacht na over haar situatie op het werk, maar het was niet aan hem om die informatie prijs te geven. Het was haar leven, haar verhaal, niet dat van hem.

'Ik geloof dat ze blij was om van me te horen,' zei hij naar waarheid.

'Had je haar niet gebeld?'

'Ik heb haar zondagavond gebeld. Nadat ik met jou en Evan had gepraat.'

'En je hebt haar niet op maandag en ook niet op dinsdag gebeld?'

'Toen was ik aan het werk.'

'Je had kunnen bellen op weg naar of van je werk. Of in je pauze. Of op weg naar school of naar de sportschool.'

'Ja.'

'Maar dat heb je niet gedaan.'

'Nee. Maar we gaan morgen lunchen.'

'Echt waar? Op een bijzondere plek, hoop ik.'

'Daar heb ik niet echt over nagedacht.'

Lily deed geen moeite haar teleurstelling te verbergen. Evan kwam de kamer weer binnen met een groot glas ijswater. Hij gaf het bruusk aan Colin.

'Dank je wel, Evan,' zei Colin. 'Dat had je niet hoeven doen. Ik had het zelf kunnen pakken.'

'Ha, ha,' antwoordde Evan terwijl hij weer ging zitten. Daarna zei hij tegen Lily: 'Zo, waar wilde je met hem over praten?'

'We hadden het over zijn lunchafspraak van morgen. Colin heeft me verteld dat hij en Maria met elkaar uit eten gaan.'

'Wil je een goede raad van mij? Zorg dat je auto start,' zei Evan.

Lily keek afkeurend zijn kant op. 'Mijn belangrijkste zorg heeft te maken met zijn afspraakje dit weekend, en daar wilde ik het met hem over hebben.'

'Waarom?' vroeg Evan.

'Omdat de eerste echte avond die men met de ander doorbrengt in elke relatie een cruciaal moment is,' antwoordde ze, alsof het vanzelfsprekend was. 'Als Colin Maria gewoon voor het eten had uitgenodigd of misschien om over de promenade in de binnenstad te lopen, zou ik me daar helemaal geen zorgen over hebben gemaakt. Of als hij had voorgesteld dat we met z'n vieren uit zouden gaan, weet ik zeker dat het gesprek zo onderhoudend zou zijn dat Maria zich ook uitstekend zou hebben vermaakt. Jammer genoeg zal Colin in zijn eentje zijn en hij neemt Maria mee naar een clúb, hoewel ik zeker weet dat we het dáár al over hebben gehad.'

Evan trok een wenkbrauw op. Colin zei niets.

Lily richtte haar aandacht weer op Colin. 'Ik heb je gevraagd bij ons langs te komen vanavond omdat ik benieuwd was of je enige ervaring hebt of zelfs bekend bent met salsadansen.'

'Nee.'

'Dan weet je heel waarschijnlijk ook niet dat salsa een partnerdans is.'

'Dat is toch wat dansen is,' onderbrak Evan haar.

Lily negeerde haar verloofde. 'Salsadansen kan heel aangenaam zijn als je als paar samen oefent,' legde ze uit. 'Maar aangezien dat in deze situatie niet mogelijk is, zul je er het beste van moeten maken, en er zijn dingen die je moet weten. Zoals de manier waarop je je voeten moet bewegen, of je partner moet leiden in een draai, of haar de kans bieden om een paar passen in haar eentje te maken, en het ondertussen de hele tijd laten aanvoelen alsof het al die tijd een vanzelfsprekend onderdeel van de dans is geweest. Als je die dingen niet doet, zal het bijna onmogelijk zijn om indruk op haar te maken.'

Evan lachte. 'Wie zegt dat hij indruk op haar wil maken? Colin kan het niet schelen wat iemand vindt van...'

'Ga verder,' zei Colin, hem afkappend.

Evan keerde zich verbaasd naar hem om terwijl Lily rechter ging zitten. 'Ik ben blij dat je begrijpt in welk dilemma je je bevindt. Wat ik je probeer te vertellen is dat je de basisbeginselen moet leren.'

Heel even zei noch Colin noch Evan iets.

'En hoe moet hij dan de basisbeginselen leren?' vroeg Evan uiteindelijk. 'We wonen in Wilmington. Ik betwijfel heel erg dat er salsa-instructeurs zijn die de komende paar dagen hun rooster vrij zullen maken zodat mijn vriend hier zichzelf niet voor schut zet.'

Lily leunde naar voren en pakte het tasje dat naast de bank was gezet. Ze trok er een hele verzameling cd's uit.

'Dit zijn salsa-albums, en je zult ernaar moeten luisteren. Ik heb mijn oude danslerares gebeld en ze vond het geen enkel punt om een paar voorbeelden te sturen. Ze zijn allemaal niet erg recent, maar dat is niet belangrijk. Salsa gaat meer over snelheid en ritme – de beat, zogezegd – dan melodie. En wat de instructeur betreft, ik ben meer dan bereid om Colin te helpen om hem te leren wat hij moet weten.'

'Kun jij salsadansen?' vroeg Evan.

'Natuurlijk,' antwoordde ze. 'Ik heb bijna twaalf jaar gedanst, en we hebben verschillende keren op alternatieve dansen gefocust.'

'Alternatief?' vroeg Evan.

'Ik ben opgegroeid in Charleston. Alles wat anders is dan de Carolina Shag of de wals wordt als alternatief gezien,' zei ze, alsof iedere beschaafde zuiderling dit soort dingen zou moeten weten. 'Maar kom op, Evan. Je moet Colin de vragen laten stellen. Hij heeft nog nauwelijks een woord kunnen zeggen.' Ze richtte zich tot Colin. 'Wil je me de komende paar dagen je lerares laten zijn?'

'Over hoeveel tijd hebben we het?'

'Ik zal je vanavond een paar dingen laten zien – de basispassen en -bewegingen, de draaiingen en hoe je je partner door een draaiing moet leiden – zodat je weet waar je aan moet werken. Daarna zullen we morgenavond drie uur nodig hebben, en op vrijdagavond nog drie uur. Nadat ik klaar ben met mijn werk en me heb omgekleed, dus dan beginnen we rond zes uur. En natuurlijk moet je in je vrije tijd oefenen voordat je hierheen komt.'

'Zal dat genoeg zijn?'

'Het is bij lange na niet genoeg om goed te worden. Of zelfs maar gemiddeld. Het kan jaren duren om echt bedreven te worden in welke vorm van dansen dan ook. Maar als je je concentreert en precies doet wat ik je zeg, is het misschien net genoeg voor je afspraakje op zaterdag.'

Colin nam een slok water en gaf niet meteen antwoord.

'Je gaat me toch niet vertellen dat je dit echt overweegt te doen,' zei Evan tegen hem.

'Natuurlijk overweegt hij dat. Hij weet dat ik gelijk heb.'

Colin liet zijn glas op zijn schoot zakken. 'Oké. Maar dan moet ik regelen dat iemand mijn dienst overneemt op vrijdagavond.'

'Geweldig.' Lily glimlachte.

'Wacht even,' zei Evan tegen Lily. 'Ik dacht dat we vrijdag uitgingen.'

'Het spijt me heel erg, maar ik zal moeten afzeggen. Een vriend heeft mijn hulp nodig, en ik kan hem echt niet afwijzen. Hij heeft het me zo lief gevraagd.'

'Meen je dat? Heb ik er dan niets over te zeggen?'

'Natuurlijk wel,' zei Lily. 'Jij bent hier ook op beide avonden. Net als vanavond, uiteraard.'

'Hier?'

'Waar anders?'

'Weet ik veel. Een dansstudio, misschien?'

'Doe niet zo mal. Dat hoeft helemaal niet. Maar ik heb je wel nodig om het meubilair in de woonkamer te verplaatsen. Je hebt gelijk dat we werkruimte nodig zullen hebben. En je zult ook verantwoordelijk zijn voor de muziek – vooruit- of achteruitspringen als ik het je zeg, het nummer opnieuw beginnen, dat soort dingen. We moeten echt zo goed mogelijk van de tijd gebruikmaken. Je zult mijn hulpje zijn.'

'Hulpje?'

Ze glimlachte naar hem. 'Heb ik al gezegd dat salsadansen een vrouw zich echt... sensuéél kan doen voelen? En dat het gevoel nog tot uren daarna kan duren?'

Evan slikte en staarde naar haar. 'Ik wil graag helpen.'

'Je zwichtte voor haar als een mak lammetje,' zei Colin. Hij en Evan schoven de bank naar de ene kant van de kamer terwijl Lily naar de slaapkamer ging om het juiste paar schoenen, met precies de juiste hakhoogte, te halen en zich om te kleden. Lily leverde nooit half werk.

'Ik doe alles om een vriend te helpen.'

Colin glimlachte. 'Oké.'

'En als we klaar zijn, ga je me helpen het meubilair weer terug te zetten.'

'Oké.'

'En je gaat ook niet vragen of je langer mag blijven om te oefenen. Om negen uur ben je hier weg.'

'Oké.'

Ze zetten de bank neer. 'Ik weet niet hoe ze me altijd weer weet over te halen om dit soort dingen te doen.'

Colin haalde zijn schouders op. 'Ik geloof dat ik wel een idee heb.'

Zodra het meubilair aan de kant was en het kleed was opgerold, trok Lily Colin naar het midden van de kamer. Evan zat somber op de bank, met boeken en een lamp en allerlei hapjes op het kussen naast zich. Lily had zich omgekleed in een strakke witte spijkerbroek, een rode zijden blouse en een paar schoenen die waarschijnlijk meer hadden gekost dan Colin in een week verdiende. Hoewel ze Evans verloofde en een vriendin van Colin was, was Colin zich ervan bewust dat het sexappeal zo'n beetje van haar af droop.

'Niet te dichtbij komen, hoor, Colin,' riep Evan.

'Sst,' zei Lily tegen hem, heel zakelijk. 'Je vraagt je misschien af waarom ik me heb omgekleed,' zei ze tegen Colin.

'Niet echt,' antwoordde Colin.

'Ik heb me omgekleed zodat je kunt kijken naar wat mijn voeten doen. Zoals ik al heb gezegd zal ik je de meest elementaire pas laten zien, waarop een groot deel van het salsadansen is gebaseerd. Het is er een waar je altijd op kunt terugvallen, wat Maria ook doet. Snap je dat?'

'Ja.'

'Voordat we beginnen, ga ik ervan uit dat Maria weet hoe ze moet salsadansen.'

'Ze heeft gezegd dat ze vroeger altijd aan het dansen was.'

'Perfect.' Lily kwam naast hem staan en allebei stonden ze met hun gezicht naar het raam, waardoor Evan hen en profil kon zien. 'Dat betekent dat ze in staat zal zijn om je te volgen. Ben je er klaar voor?'

'Ja.'

'Kijk dan naar mijn voeten en doe precies wat ik doe,' zei ze. 'Stap naar voren met je linkervoet – dat is tel nummer één – verplaats dan je gewicht op de teen van je rechtervoet – dat is twee – breng nu de linkervoet terug naar zijn uitgangspositie – dat is drie – en blijf dan even stilstaan – dat is vier.' Ze liet het zien en Colin deed hetzelfde. 'Stap nu terug met je rechtervoet – dat is vijf – verplaats je gewicht naar de teen van je linkervoet – zes – breng daarna je rechtervoet weer naar voren naar zijn uitgangspositie – zeven – en blijf weer een tel stilstaan. Dat is acht. En dat is dat.' Weer deed Colin haar na.

'Is dat het?'

Ze knikte. 'Laten we het nog een keer doen, oké?'

Dat deden ze. En toen nog een keer. En nog eens en nog eens, de beweging steeds maar weer herhalend terwijl Lily telde van één tot acht, en toen nog tien keer, en toen langzamerhand steeds sneller, en daarna gingen ze verder zonder te tellen. Ze namen even pauze en begonnen toen langzaam vanaf het begin, en gingen daarna geleidelijk weer sneller. Toen hij eenmaal het idee had dat hij het door begon te krijgen, hield Lily op en keek ze toe terwijl Colin doorging. 'Dat is perfect,' zei ze knikkend. 'Nu heb je de passen, maar waar het hierbij echt om gaat, is om niet zo op en neer te stuiteren. Op dit moment beweeg je je als een bruut die door het moeras banjert. Je moet soepeler zijn, als een bloem die langzaam opengaat. Hou je schouders steeds op dezelfde hoogte gedurende de passen.'

'Hoe doe ik dat?'

'Gebruik je heupen meer. Zo.' Ze liet hem zien wat ze bedoelde – door de bewegingen glijdend, haar heupen naar voren en naar achteren zwaaiend, met haar schouders de hele tijd op dezelfde hoogte – en Lily had gelijk dat de dans sensueel was. Vanuit zijn ooghoek merkte Colin op dat Evan rechter was gaan zitten en naar Lily staarde, hoewel ze het niet leek te merken. 'Zo. Laten we dan nu precies hetzelfde nog een keer doen, deze keer met wat muziek, en laten we ons concentreren op wat meer soepelheid.' Ze richtte zich tot Evan. 'Schatje? Zou je het erg vinden om het nummer nog eens aan te zetten?'

Evan schudde zijn hoofd, als een man die probeerde wakker te worden uit een droom. 'Wat? Zei je iets?'

Ze dansten net iets meer dan twee uur. Naast de basispas leerde Colin hoe hij moest draaien, en op dat punt begonnen ze samen te dansen. Lily liet hem zien waar hij zijn rechterhand moest leggen (op haar bovenrug, net onder haar arm, herinnerde hij zichzelf eraan) en ze liet hem zien hoe hij haar door drie verschillende draaiingen moest leiden door signaaltjes te geven met zijn linkerhand, wat betekende dat hij net iets andere passen moest nemen voor hij weer op de basispassen terugviel.

Gedurende dat alles herinnerde ze hem eraan om te glijden en zijn heupen te gebruiken, oogcontact te houden, het ritme te blijven volgen, op te houden met hardop tellen, en te glimlachen. Er was meer concentratie voor nodig dan hij had gedacht. Na afloop zetten ze de meubels weer op hun plek en maakte Colin aanstalten om te vertrekken. Lily hield Evans hand vast terwijl Colin de veranda op stapte.

'Je hebt het heel goed gedaan vanavond,' zei Lily. 'Je hebt een aangeboren ritme waar het om dansen gaat.'

'Het lijkt wel een beetje op boksen,' merkte hij op.

'Dat hoop ik toch zeker niet,' zei ze, bijna beledigd.

Hij glimlachte. 'Morgenavond, hè?'

'Zes uur precies.' Ze gaf hem een cd. 'Deze is voor jou. Elke keer als je morgen overdag tijd overhebt, sta ik erop dat je je passen en draaiingen oefent en net doet of je je partner door een draaiing leidt. Concentreer je op je handsignalen en probeer soepel te zijn. Het zou heel onproductief zijn als we weer overnieuw moesten beginnen.'

'Oké,' zei hij. 'En Lily?'

'Ja?'

'Dank je wel.'

'Graag gedaan, Colin.' Ze glimlachte. 'Ik zou echter nalatig zijn als ik de gelegenheid niet te baat nam om nog een andere kwestie aan te snijden die onlangs bij me is opgekomen.'

Colin wachtte af.

'Het gaat over je lunchafspraak morgen met Maria. Ik weet zeker dat ik je er niet aan hoef te herinneren dat je haar zult ontmoeten in een professionele setting, waardoor een formelere manier van kleden vereist is. Ook hoop ik dat ik je er niet aan hoef te herinneren dat hoeveel je ook van je auto houdt, er niets minder uitnodigend is dan een rommelig interieur, of een auto die niet wil starten. Heb ik gelijk als ik dat aanneem?'

Ik heb geprobeerd mijn auto te repareren om andere redenen dan Maria, maar nu je het zegt... 'Ja,' antwoordde hij.

'Dat doet me deugd,' zei ze, knikkend. 'Een vrouw heeft tenslotte bepaalde verwachtingen als het op hofmakerij aankomt. Oké, wat de bloemen betreft... heb je al besloten wat je meeneemt? Wetende dat verschillende boeketten verschillende aannamen in zich kunnen dragen?'

Lily klonk zo serieus dat Colin moeite moest doen om niet te glimlachen.

'Wat raad je aan?'

Ze bracht een gemanicuurde hand naar haar kin. 'Nou, als je bedenkt dat jullie twee elkaar nog steeds aan het leren kennen zijn, en dat het maar een lunchafspraak is, is een boeket rozen veel te formeel, en lelies – hoe schattig ook – passen eerder bij het voorjaar. Anjers brengen alleen maar over dat het een goedkope keuze is, dus dat kan gewoon echt niet.'

Colin knikte. 'Dat klinkt logisch.'

'Misschien een eenvoudig herfstboeket, dan? Met een mengeling van gele trosrozen, bronskleurige margrieten en misschien een enkele stengel sint-janskruid met rode bessen?' Ze knikte bedachtzaam. 'Ja, dat komt me voor als perfect voor deze gelegenheid. Je zult moeten vragen of de bloemen in een vaas kunnen worden geschikt, zodat ze die op haar kantoor kan zetten, maar het is duidelijk de juiste keuze voor deze gelegenheid, vind je niet?'

'Ongetwijfeld.'

'En zorg ervoor dat je ze bij Michael's Florist bestelt. Hij is een echte kunstenaar waar het om bloemschikken gaat. Bel hem morgenochtend vroeg en noem mijn naam maar. Dan weet hij wel wat hij moet doen.'

Evan grijnsde, er duidelijk van genietend en waarschijnlijk vermoedend dat Colin niet anders was dan hij waar het op Lily en haar verzoekjes aankwam. En omdat Evan hem beter kende dan wie dan ook, knikte Colin uiteindelijk.

'Oké.'

In de ochtend stond Colin vroeg op en was hij blij dat de oude Camaro startte bij de eerste keer dat hij het sleuteltje omdraaide. Hij deed een stevige work-out bij de sportschool: plyometrische oefeningen en oefeningen met de lange halter, touwtjespringen en lange intervallen op zowel de zware als de snelle bokszakken. Op weg terug naar zijn appartement stopte hij bij een afvalcontainer en haalde hij de rommel uit zijn auto. Thuis, met zijn spieren nog warm en los, zette hij een van Lily's cd's op en besteedde een half uur aan het oefenen van zijn salsapassen, verbaasd dat hij niets was vergeten. Hij was wederom verbaasd hoeveel concentratie ervoor nodig was.

Hij nam een proteïnesmoothie en ging douchen, en vervolgens kleedde hij zich in een donkere lange broek, instapschoenen en een overhemd, die hij allemaal nog overhad van de tijd dat hij geregeld in de rechtszaal kwam. Hij had sindsdien flink veel meer spieren gekregen en het overhemd zat te strak bij zijn borst en zijn armen, maar het was het beste wat hij had. Hij stond voor de spiegel en bedacht dat, afgezien van het feit dat de bovenkant een beetje strak zat, hij net zo goed door Evan gekleed had kunnen zijn. De outfit was belachelijk, vooral omdat hij op een campus zou zijn waar korte broeken en slippers de norm waren. Hoewel hij wist dat Lily het niet zou hebben goedgekeurd, rolde hij de manchetten op, waardoor een stukje van zijn onderarmen zichtbaar werd. Beter. En ook aangenamer.

Zijn klasgenoten merkten het niet op, of het kon hun niet schelen hoe hij was gekleed, en hij luisterde en maakte aantekeningen zoals altijd. Na afloop was Serena er niet, omdat ze alleen maar op maandag en woensdag gezamenlijk les hadden. Omdat hij een paar minuten overhad, belde hij de bloemist en bestelde hij een herfstboeket, wat dat in godsnaam ook was. Vanaf daar sjokte hij naar een les in klassenmanagement, zich ervan bewust dat hij niet was opgehouden met bewegen sinds zijn wekker was afgegaan, en dat zijn vaste leefpatroon naar de maan was.

Zijn laatste les van de dag was om kwart voor twaalf afgelopen. Tegen die tijd stond de zon hoog aan de hemel, en in het warme nazomerweer liep hij langzaam naar zijn auto, in een poging niet te zweten. Hij ging bij de bloemist langs op weg naar het adres dat Maria hem had gegeven, en alsof het lot ermee speelde, moest hij de sleutel twee keer omdraaien en een beetje pompen met het gaspedaal om de motor aan de praat te krijgen. Het enige wat hij kon doen was duimen.

De firma Martenson, Hertzberg & Holdman bezat haar eigen gebouw, een relatief moderne structuur een paar straten van de Cape Fear-rivier vandaan en midden in het historische centrum, met parkeerplekken aan beide kanten van het gebouw. Aan beide kanten en ook aan de overkant van de straat stonden de gebouwen tegen elkaar aan, waarbij de ene kleur baksteen overging in de andere, en waren de winkelpuien bezaaid met luifels. Hij zette de auto op een plekje slechts een paar vakken van Maria's auto, en naast een glanzende, rode Corvette.

Hij pakte de vaas met bloemen – denkend aan Lily en haar term 'bepaalde verwachtingen' – en dacht toen aan Ken en de problemen die hij veroorzaakte. Hij vroeg zich af of de man ook aanwezig zou zijn; hij wilde een gezicht bij de naam hebben. Terwijl hij zijn auto op slot deed, zag hij de hele ochtend plotseling als een aftelprocedure tot het moment waarop hij eindelijk Maria weer kon zien.

Tot zijn eigen grote verbazing besefte hij dat hij haar had gemist.

10

Maria

Nu Barney zich in zijn kantoor had verschanst om zich op de rechtszaak voor te bereiden, draaide Maria dubbele diensten. De ochtend bracht ze door met contact houden met cliënten, waarbij ze haar best deed om ervoor te zorgen dat ieder van hen het gevoel had dat zijn zaak nog steeds de belangrijkste was. Ongeveer elk half uur kwam hun paralegal, Lynn, binnen met nog meer documenten of formulieren om te archiveren, en hoewel Maria het maar net kon bijhouden, had het wel het voordeel dat ze het zo druk had dat ze geen tijd had om in te zitten over haar lunchafspraak. Of liever gezegd, over hoe haar ouders zouden reageren als ze Colin zagen. Ten eerste was Colin, anders dan Luis, een gringo, een blanke, en hoewel dat voor mensen van haar generatie helemaal niet zo belangrijk was, zouden haar ouders waarschijnlijk verbaasd zijn. Dat ze Colin aan hen voorstelde, betekende dat de relatie serieus begon te worden, en ze waren er waarschijnlijk altijd van uitgegaan dat Maria alleen maar een serieuze relatie aan zou gaan met iemand die Mexicaans was. Iedereen in haar familie – zelfs aangetrouwde familie – was Mexicaans, en er waren culturele verschillen. Al haar familieleden vierden elke familiebijeenkomst met een piñata voor de kinderen, luisterden naar mariachimuziek, waren verslaafd aan telenovela's op televisie en spraken onderling alleen Spaans. Sommige van haar ooms en tantes spraken helemaal geen Engels. Ze wist dat haar ouders er niet per se moeite mee zouden hebben, maar ze zouden zich waarschijnlijk afvragen waarom Maria het niet over Colins achtergrond had gehad. Wat de rest van haar familie ervan zou denken zou waarschijnlijk van generatie tot generatie verschillen, waarbij de jongste familieleden het eerder af zouden doen als onbelangrijk. Toch twijfelde ze er niet aan dat dat het onderwerp van gesprek zou zijn onder de familie in het restaurant, een gesprek dat waarschijnlijk nog lang nadat Maria en Colin afscheid hadden genomen gevoerd zou worden.

Dat waren dingen waar Maria wel tegen kon. Wat ze niet zeker wist, was of ze er wel tegen zou kunnen als er een discussie op gang kwam over Colins verleden, waarvan ze wist dat het onvermijdelijk was. In een doodgewoon gesprek was je er al van verzekerd, en wat zou er gebeuren als haar vader of moeder hem vandaag vragen begon te stellen? Ze zou de vragen waarschijnlijk voor kunnen zijn door te verklaren dat ze gewoon vrienden waren en het gesprek een andere richting op te sturen, maar hoe lang kon ze dat volhouden? Tenzij hun relatie na zaterdag dood zou bloeden – en Maria moest toegeven dat ze hoopte van niet – zou Colins verleden onvermijdelijk ter sprake komen. En wat had Serena daarover gezegd? *Ik wil niet eens in dezelfde staat zijn als dat nieuwtje rauw op hun dak valt.* Voor haar ouders zou het niet uitmaken dat ze een volwassen vrouw was; ze zouden hun afkeuring kenbaar maken, zich ervan overtuigend dat wat ze deden juist was, aangezien het duidelijk was dat Maria geen idee had wat ze zich op de hals haalde.

En het gekke was dat haar ouders waarschijnlijk gelijk hadden.

'Je hebt bezoek,' zei Jill.

Maria hing net op met Gwen, de receptioniste, die zojuist dezelfde informatie had doorgegeven toen Jill in haar deuropening verscheen, met een handtas al over haar schouder.

'Ik hoor het net,' antwoordde ze, en ze zag dat het al kwart over twaalf was. 'De ochtend is voorbijgevlogen. Ik heb het gevoel dat ik er nog maar net ben.'

Jill glimlachte. 'Ik neem aan dat jij en Colin buiten de deur gaan eten?'

'Ja, dat wilde ik nog zeggen. Het spijt me dat ik niet eerder de kans had om je te vertellen dat ik al plannen had, maar ik heb het al de hele ochtend loeidruk. Ik heb nauwelijks de tijd gehad om adem te halen.'

'Geeft niks,' zei Jill, het wegwuivend. 'Ik herinner me die hele werken-tot-je-erbij-neervalt-routine nog wel van wanneer Barney zich op een rechtszaak voorbereidt. Eigenlijk kwam ik langs om je te vertellen dat ik van plan was Paul op zijn kantoor te verrassen en hem me mee uit eten te laten nemen.'

'Weet je zeker dat je het niet erg vindt?'

'Niet wat de lunch betreft. Maar ik had het wel fijn gevonden als je me had gewaarschuwd dat Colin langs zou komen. Dan had ik Paul ook laten komen, zodat hij zelf kon zien hoe goed gezond eten en sporten is voor een man.'

'Er is niets mis met Paul.'

'Jij hebt makkelijk praten. Moet je zien wie er op je staat te wachten in de lobby. Paul daarentegen begint een beetje een slappeling te worden en het kan hem niet eens schelen. En ik weet dat het hem niet kan schelen, want ik heb kleine hints gegeven hoe hij aan zichzelf kan werken. Zoals: "Leg dat koekje nou eens terug en stap eens een loopband op, in godsnaam."'

'Dat zeg je niet echt.'

'Nee, maar ik dénk het wel. Dat is hetzelfde.'

Maria lachte terwijl ze haar spullen pakte en opstond. 'Wil je met me meelopen?'

'Daarom sta ik nog steeds te wachten. En ik wil je gezicht zien als je erachter komt.'

'Waarachter?'

'Dat weet je gauw genoeg.'

'Waar heb je het over?'

'Kom op,' zei Jill. 'En zorg ervoor dat je ons aan elkaar voorstelt. Ik wil Paul erover vertellen, vooral als je vrijer met me flirt.'

'Colin is niet echt het type dat flirt.'

'Wat geeft dat? Eerlijk gezegd wil ik hem alleen maar van dichterbij bekijken. Om me ervan te verzekeren dat hij goed genoeg is voor je, uiteraard.'

'Dat is erg aardig van je.'

'Daar heb je toch vrienden voor?'

Terwijl ze op weg gingen door de gang haalde Maria diep adem. Ze voelde haar ongerustheid weer bovenkomen. Gelukkig had Jill het niet in de gaten, omdat ze met haar gedachten duidelijk ergens anders was.

'Wacht even.' Jill stopte haar hand in haar tas, haalde haar lippenstift eruit en deed er wat van op, waarna ze hem weer terugstopte in haar tas.

'Oké. Nu kunnen we gaan.'

Maria staarde haar aan. 'Meen je dat nou?'

Jill knipoogde. 'Wat wil je dat ik zeg? De eerste indruk is belangrijk.'

Verderop zag Maria twee paralegals plotseling de hoek van de lobby om komen, opgewonden tegen elkaar fluisterend als een stelletje middelbareschoolmeisjes. Jill gebaarde met haar hoofd naar hen.

'Begrijp je nu wat ik bedoel? Je hebt absoluut dingen voor me achtergehouden. Die man is echt oogverblindend.'

'Zó knap is hij nou ook weer niet.'

'Eh... jawel. Dat is hij wel. Maar kom op. Je hebt een afspraakje en je moet niet te laat komen.'

Zodra Maria Colin in de lobby zag, maakte haar maag een sprongetje. Hij stond de andere kant op gekeerd – wachtend op háár, besefte ze – en van de achterkant had hij door kunnen gaan voor een jonge advocaat, zij het een buitengewoon gespierde met zichtbare tattoos. Toen Maria naar de receptioniste keek, zag ze dat Gwen haar best deed niet naar Colin te staren terwijl ze telefoontjes afhandelde.

Colin moest hun aanwezigheid hebben gevoeld, en toen hij zich omdraaide viel Maria's blik op een prachtig boeket bloemen; oranje en gele bloemen, met een uitbarsting van rood in het midden. Haar mond viel een stukje open.

'Verrassing,' fluisterde Jill, maar Maria was te geschokt om het te horen.

'O,' zei ze eindelijk. 'Hoi.' Toen ze naar hem toe begon te lopen, was ze zich er maar vaag van bewust dat Jill was blijven staan. Van dichtbij vermengde zijn frisse geur zich met die van de bloemen. 'Nieuwe kleren?'

'Vrijheidskleren,' antwoordde hij. 'Ze hebben me waarschijnlijk uit de gevangenis gehouden.'

Ze glimlachte geamuseerd. En meteen daarna dacht ze: en ik kan bijna niet geloven dat zijn antwoord me niet verontrust. Maar daar wilde ze niet aan denken. In plaats daarvan gebaarde ze met haar hoofd naar de bloemen. 'Voor mij?'

'Ja,' zei hij, en hij gaf ze aan haar. 'Het is een herfstboeket.'

'Ze zijn prachtig. Dank je.'

'Graag gedaan.'

'Ik zet ze even in mijn kantoor. Ik ben zo terug en dan kunnen we gaan.'

'Oké.'

Achter zich hoorde ze Jill haar keel schrapen en ze draaide zich om. 'O, en dit is mijn vriendin Jill. Ze is ook advocate hier.'

Jill kwam naar hen toe en hij stak zijn hand uit. 'Hoi, Jill.'

'Hoi, Colin.' Ze schudde zijn hand, op vriendelijke en toch professionele wijze. 'Aangenaam kennis met je te maken.'

Maria liet hen samen verder kletsen en haastte zich terug naar haar kantoor, waarbij ze de twee paralegals opmerkte die haar met een zweem van afgunst bekeken toen ze hun voorbijliep. Ze probeerde zich te herinneren wanneer iemand voor het laatst bloemen voor haar had gekocht. Afgezien van één roos die Luis haar op Valentijnsdag had gegeven toen ze een jaar een relatie hadden, kon ze zich geen enkele keer herinneren.

Ze zette de vaas op een prominente plek in haar kantoor en was net op tijd terug om het staartje van het gesprek tussen Jill en Colin op te vangen.

Jill draaide zich om. 'Ik hoor dat je een veel betere fotograaf bent dan je laat blijken. Colin zegt dat je een fantastische foto hebt gemaakt van een paar bruinvissen?'

'Hij is veel te aardig,' zei Maria. 'Af en toe heb ik geluk.'

'Toch wil ik hem zien.'

'Ik zal hem e-mailen,' zei ze. Toen, tegen Colin: 'Ben je klaar?'

Colin knikte, en na Jill gedag te hebben gezegd gingen ze op weg naar de parkeerplaats.

'Je vriendin is aardig,' merkte Colin op.

'Ze is te gek,' beaamde Maria. 'Als zij er niet was geweest, zou ik altijd alleen aan mijn bureau hebben gegeten sinds ik hier kwam.'

'Tot vandaag,' zei Colin met een glimlach. 'Hoe gaat het op het werk?'

'Ik kom erin om,' gaf ze toe. 'Maar ik hoop dat het binnenkort rustiger wordt. Mijn baas is vanmiddag en morgen niet op kantoor.'

'In dat geval zou ik je niet aanraden om een enorm feest te geven en het kantoor te verbouwen tijdens zijn afwezigheid. Ik heb gemerkt dat mensen daar geïrriteerd van raken.'

'Ik zal het in gedachten houden,' zei ze terwijl hij de deur van de auto voor haar openhield.

Ze liet zich in de Camaro glijden. Zodra Colin achter het stuur zat, leunde hij naar haar toe, met zijn sleutels in zijn hand. 'Ik dacht erover om naar een van de restaurants in de binnenstad te gaan. We kunnen vast wel een tafel buiten krijgen met een fantastisch uitzicht.'

O ja, dacht ze. Daar moest ik het nog met je over hebben. Maria friemelde aan haar autogordel, zich afvragend hoe ze het het beste uit kon leggen.

'Het klinkt geweldig,' begon ze, 'en normaal gesproken zou ik het heerlijk vinden om erheen te gaan. Maar het probleem is: ik was gisteren bij mijn ouders thuis toen je belde, en ik vertelde toevallig dat we gingen lunchen, en...' Ze blies haar adem uit en besloot er gewoon mee voor de dag te komen. 'Ze verwachten dat we komen lunchen in hun restaurant.'

Colin tikte met zijn autosleutel op de stoel. 'Je wilt me aan je ouders voorstellen?'

Niet echt. Nog niet, tenminste. Maar... Ze trok een rimpel in haar neus, niet zeker hoe hij zou reageren, hopend dat hij niet boos zou worden. 'Zoiets.'

Hij liet de sleutels in het contact glijden. 'Oké.'

'Echt? Vind je het niet erg? Ook al kennen we elkaar nog maar net?'

'Nee.'

'Het is maar dat je het weet: een heleboel mannen zouden het wel erg vinden.'

'Oké.'

'Nou... mooi.'

Hij zei niet meteen iets. Uiteindelijk zei hij: 'Je bent zenuwachtig.'

'Ze kennen je niet zoals ik je ken.' Ze haalde langzaam adem, terwijl ze dacht: en nu komt het moeilijkste. 'Als je ze ontmoet, moet je begrijpen dat ze ouderwets zijn. Mijn vader is altijd beschermend geweest en mijn moeder maakt zich gauw zorgen, en ik ben bang dat als ze vragen beginnen te stellen...'

Toen haar stem wegstierf, maakte Colin haar zin voor haar af.

'Je maakt je zorgen over wat ik tegen ze zal zeggen. En hoe ze zullen reageren.'

Hoewel ze geen antwoord gaf, vermoedde ze dat hij al wist wat ze dacht.

'Ik ga niet tegen ze liegen.'

'Dat weet ik.' *Dat is nou juist het probleem.* 'En ik zal je niet vragen om te liegen. Ik wil niet dat je liegt, maar toch word ik er zenuwachtig van.'

'Vanwege mijn verleden.'

'Ik wilde dat ik niets tegen je zou hoeven zeggen, en het spijt me. Als ik er logisch over nadenk, weet ik dat ik een volwassen vrouw ben en dat ik moet kunnen uitgaan met wie ik maar wil en dat het niet uit zou moeten maken wat zij ervan vinden. Maar dat doet het wel. Want ik wil nog altijd hun goedkeuring. En geloof me, ik weet hoe vreselijk dat klinkt.'

'Het klinkt niet vreselijk. Het klinkt normaal.'

'Jij hebt geen goedkeuring nodig.'

'Evan zou waarschijnlijk zeggen dat ik niet normaal was.'

Ondanks de gespannen situatie moest ze lachen, en toen werd ze weer stil. 'Ben je boos op me?'

'Nee,' antwoordde hij.

'Maar je bent vast wel beledigd.'

'Nee,' zei hij weer.

'Wat voel je dan?'

Hij gaf niet meteen antwoord. 'Ik voel me... gevleid,' zei hij uiteindelijk.

Ze knipperde met haar ogen. 'Gevleid? Hoe kun je je nou in hemelsnaam gevleid voelen?'

'Dat ligt ingewikkeld.'

'Toch wil ik het horen.'

Hij haalde zijn schouders op. 'Omdat je me je gevoelens hebt verteld, zelfs al vermoedde je dat je me daarmee pijn zou doen. En je vertelde de waarheid. En je deed die dingen allebei vanuit een zekere kwetsbaarheid en ongerustheid, omdat je wilt dat ze me leuk zullen vinden. Omdat je om me geeft. Dat is vleiend.'

Ze glimlachte, half van verbazing en half omdat hij gelijk had. 'Ik geloof dat ik het maar opgeef om ooit nog te proberen iets over je te voorspellen.'

'Oké,' zei hij. Hij draaide de sleutel om en de motor kwam grommend tot leven. Voor hij hem in zijn versnelling zette, draaide hij zich naar haar om. 'Dus wat wil je doen?'

'Gaan lunchen? En hopen dat alles goed gaat?'

'Lijkt me een goed plan.'

La Cocina de la Familia zat een paar straten van Market Street vandaan in een winkelpromenade die haar beste tijd had gehad, maar de parkeerplekken voor het restaurant waren bezet. Toen ze naar de voordeur liepen, kwam Colin zo kalm als altijd op haar over, waardoor Maria alleen maar gespannener werd. Hij stak zijn hand uit naar die van haar. Zij greep op haar beurt die van hem, als iemand die zich vastklampt aan een reddingsboei op een slagzij makend schip.

'Ik ben vergeten te vragen of je eigenlijk wel van Mexicaans eten houdt.'

'Ik kan me herinneren dat ik het vroeger heel lekker vond.'

'Maar je eet het niet meer? Omdat het niet gezond is, hè?'

'Ik vind altijd wel iets wat ik kan bestellen.'

Ze kneep in zijn hand en genoot ervan hoe hij aanvoelde in die van haar. 'Mijn moeder heeft gezegd dat ze iets speciaals voor ons ging maken. Dat betekent dat je misschien niet eens de kans krijgt. Waarbij ik wel moet zeggen dat ik haar heb verteld dat je van gezond eten houdt.'

'Het komt wel goed,' zei hij.

'Maak jij je nooit ergens zorgen over?'

'Dat probeer ik.'

'Nou, als we klaar zijn, ga je beginnen me er les in te geven, oké? Want de laatste tijd voelt het alsof het het enige is wat ik doe.'

Hij trok de deur open en zij ging hem voor naar binnen. Haar oom Tito kwam onmiddellijk naar haar toe, duidelijk blij dat ze er was, ratelend in het Spaans. Nadat hij haar met een kus had begroet, schudde hij Colin de hand en pakte de menu's voor hij hen naar een zitje in de hoek leidde. Het was de enige tafel die nog vrij was, wat betekende dat haar ouders hem moesten hebben vrijgehouden.

Toen ze zaten, zette haar nicht Anna glazen water en een mandje met tacochips en salsa op tafel. Maria kletste kort met haar en stelde Colin voor de tweede keer voor. Toen Anna weg was, leunde Maria over tafel.

'Het spijt me,' zei ze. 'Ik kom hier niet zo vaak als ik zou moeten. Ze zijn waarschijnlijk net zo opgewonden als mijn ouders.'

'Hoeveel familieleden van je werken hier?'

'Op dit moment?' Ze keek even gauw de ruimte door en zag nog een oom bij de bar en een paar tantes die aan het bedienen waren. 'Ik denk dat het er een stuk of zes zijn. Maar ik zou het aan mijn ouders moeten vragen om het zeker te weten.'

Hij liet zijn blik door het restaurant gaan. 'Het is druk.'

'Dat is het altijd. In de loop der jaren hebben we het restaurant drie keer moeten uitbreiden. Toen het net open was, waren er maar acht tafels.' Terwijl ze antwoord gaf zag ze haar ouders uit de keuken komen en ging ze rechter zitten. 'Oké, ze komen eraan. Mijn ouders, bedoel ik.'

Toen haar ouders bij de tafel waren aangekomen, kuste ze haar moeder en toen haar vader, de hele tijd hopend dat ze er geen vertoning van zouden maken. 'Dit is mijn vriend Colin. Dit zijn mijn ouders, Felix en Carmen.'

'Hoi,' zeiden Felix en Carmen, bijna tegelijk, en allebei lieten ze duidelijk een keurende blik over hem gaan.

'Aangenaam met u allebei kennis te maken,' zei hij.

Felix stak meteen van wal: 'Maria zegt dat je student bent? En dat je als barkeeper werkt?'

'Ja,' antwoordde Colin. 'Serena zit zelfs bij een paar vakken bij me in de klas. Ik werk bij Crabby Pete's, aan het strand.' Toen, ongetwijfeld omdat hij met Maria's ongerustheid in het achterhoofd niet in een lang gesprek over zijn verleden getrokken wilde worden, gebaarde hij om zich heen naar het hele restaurant. 'Wat een fantastische zaak heeft u hier opgebouwd. Hoe lang bestaat hij al?'

'Eenendertig jaar,' antwoordde Felix, met een zweem van trots in zijn stem.

'Maria heeft gezegd dat u in de loop der jaren heeft moeten uitbreiden. Dat is indrukwekkend.'

'We zijn gezegend,' beaamde Felix. 'Heb je hier al eerder gegeten?'

'Nee,' gaf Colin toe. 'Maar Maria zegt dat uw vrouw een geweldige kokkin is.'

Felix ging iets rechter staan. 'Ze is de beste,' zei hij, even naar Carmen kijkend. 'Daardoor gaat ze natuurlijk wel soms denken dat ze de baas is.'

'Ik bén de baas,' zei Carmen in enigszins gebroken Engels.

Colin glimlachte, en na nog wat meer gepraat over koetjes en kalfjes pakte Maria's vader haar moeders arm.

'Kom mee. We moeten ze laten kletsen,' zei Felix.

Haar ouders namen afscheid en liepen terug naar de keuken.

'Je weet dat ze nu over je aan het praten zijn met Tito en Anna en de rest, hè? Afgezien van Luis ben jij de enige man die ik hier ooit heen heb meegenomen.'

'Ik voel me vereerd,' zei hij, en ze had het gevoel dat hij het nog meende ook.

'Het was niet zo erg als ik had gedacht,' voegde ze eraan toe.

'Het zijn vriendelijke mensen.'

'Ja, maar ik ben nog steeds hun dochter. En ze hebben helemaal geen moeilijke vragen gesteld.'

'Misschien gaan ze dat ook niet doen.'

'O, uiteindelijk wel, hoor. Tenzij we elkaar natuurlijk nooit meer zien.'

'Wil je dat?'

Maria sloeg haar ogen even neer. 'Nee. Ik ben blij dat we hier zijn. En ik ben blij dat we van het weekend iets gaan doen samen.'

'En dat betekent?'

'Dat de volgende keer dat we allemaal bij elkaar zijn – ervan uitgaande dat er een volgende keer komt – ik nog zenuwachtiger zal zijn.'

Een paar minuten later begonnen Carmen en twee van Maria's nichtjes eten naar de tafel te brengen: schalen met taco's, burrito's, *mole poblano* en enchilada's; *tamales*, *carne asada*, *chile relleno*, tilapia Veracruz en een schaal salade. Toen haar moeder de gerechten op tafel begon te zetten, zwaaide Maria naar haar.

'Mam... dit is veel te veel,' protesteerde Maria. Zelfs Colin leek verrast toen alle schalen aankwamen.

'Eet wat je wilt,' antwoordde Carmen in het Spaans. 'We nemen de rest weer mee terug naar achteren en stallen het daar uit. Dan komt het wel op.'

'Maar...'

Carmen keek naar Colin en toen weer naar Maria. 'Je zus had gelijk. Hij is erg knap.'

'Mam!'

'Wat? Hij verstaat me niet.'

'Daar gaat het niet om.'

'Het is gewoon goed om je gelukkig te zien. Je vader en ik hebben ons ongerust gemaakt. Je bent altijd alleen maar aan het werk.' Ze glimlachte voor haar blik terugging naar Colin. 'Colin? Is dat een Ierse naam?'

'Ik heb geen idee.'

'Is hij katholiek?'

'Ik heb het hem niet gevraagd.'

'Waar praten jullie dan wel over?'

Daar heb je geen idee van, dacht Maria. En dat wil je ook niet weten. 'Het is niet beleefd om zo met hem erbij te praten, weet je dat?'

'Natuurlijk,' zei haar moeder, terwijl ze de laatste schaal tussen hun glazen water in propte. 'Je hebt helemaal gelijk.' Overgaand op Engels glimlachte ze naar Colin. 'Alsjeblieft... eet smakelijk.'

'Dank u. Dat zullen we zeker doen.'

Een ogenblik later waren ze alleen, met bergen voedsel voor hen uitgestald.

'Het ruikt heerlijk,' zei Colin.

'Ben je mal? Dit is belachelijk! Wie kan er nou in hemelsnaam zo veel eten?'

'Je klinkt boos.'

'Natuurlijk ben ik boos. We hadden uit het menu moeten kunnen kiezen, maar in plaats daarvan moest mijn moeder zo nodig haar ding doen.'

'Wat is haar ding?'

'Daar probeer ik nog steeds achter te komen. Indruk maken op jou? Ervoor zorgen dat je je welkom voelt?'

'Dat zijn goede dingen.'

'Dat weet ik, maar ze heeft de neiging het te overdrijven.'

Ze keek toe hoe Colins blik van de ene schotel naar de andere ging, en ze wees op de tilapia. 'Ik denk dat mijn moeder deze speciaal voor jou heeft gemaakt. Het is gewoon gebakken vis, met tomaten, olijven en rozijnen. Ga je gang en schep op.'

Hij nam een paar filets en voegde wat salade toe op zijn bord; zij nam ook een van de filets en salade, maar deed er een halve enchilada bij. De rest bleef onaangeroerd. Toen Colin de vis proefde, tikte hij met zijn vork tegen zijn bord.

'Dit is ongelooflijk,' zei hij. 'Geen wonder dat ze de baas is.'

'Ze is goed.'

'Kun jij zo koken?'

Ze schudde haar hoofd. 'Ik zou wel willen. Ik ben lang niet zo goed als mijn moeder, maar ik ben begonnen in de keuken en ik heb de grondbeginselen geleerd van hoe alles gemaakt moet worden. Ik vond het ook leuk, maar na een tijdje leek het mijn ouders beter als ik leerde bedienen. Ze dachten dat als ik gedwongen was met vreemden te praten, dat me zou helpen mijn verlegenheid te overwinnen.'

'Begin je nou weer over dat je verlegen bent?'

'Blijkbaar heeft het, in jouw ogen, gewerkt. En als je het weten wilt: ik ben een uitstekende serveerster.'

Hij lachte, en het uur daarna stuiterden ze van het ene onderwerp naar het andere; hun favoriete films en de plekken die ze ooit eens wilden bezoeken. Hij vertelde haar wat meer over zijn familie en zij deed hetzelfde. Telkens wanneer ze praatte, luisterde hij zwijgend en geconcentreerd, waarbij zijn ogen haar geen moment verlieten. Het gesprek was gemakkelijk en ongedwongen, maar de hele tijd bleef ze maar het gevoel houden dat alles wat ze zei hem ook echt kon schelen. Ondanks de aanwezigheid van haar familie en de flarden van gesprekken die van andere tafels overwaaiden, voelde hun lunch met zijn tweetjes merkwaardig intiem. Tegen de tijd dat haar ouders voor de tweede keer bij hun tafel langskwamen – en ondanks haar moeders teleurstelling over hoe weinig ze allebei hadden gegeten – voelde Maria zich merkwaardig ontspannen en tevreden.

Na van een hele rits mensen warm afscheid te hebben genomen reden ze terug naar het kantoor, waarbij de oude Camaro perfect meespeelde. Daar aangekomen liep Colin met haar mee naar de ingang, en toen hij zijn hand voor de tweede keer in die van haar liet glijden, kon ze alleen maar denken hoe ontzettend natuurlijk dat voelde. Bij de ingang voelde ze hem zachtjes trekken om haar te laten stilstaan.

'Hoe laat zaterdag?' vroeg ze, zich naar hem omdraaiend.

'Ik heb een trainingssessie om vier uur die om zes uur eindigt, dus wat dacht je ervan als ik je bij jou thuis ophaal rond half acht? Dan gaan we eerst ergens eten, en daarna uit?'

'Klinkt geweldig,' zei ze. 'Wat voor trainingssessie?'

'Stoten en grondwerk. Grondwerk is net zoiets als worstelen.'

'Kan iedereen komen kijken?'

'Ik denk het wel. Ik weet zeker dat de eigenaar van de sportschool het niet erg zou vinden, maar ik zou het wel moeten vragen.'

'Wil je dat doen?'

'Hoezo? Wil je komen?'

'Aangezien we gaan dansen, kan ik net zo goed ook komen kijken bij iets wat jij leuk vindt om te doen.'

Hij probeerde zijn verbazing niet te verbergen. 'Oké,' zei hij. 'Maar ik moet eerst naar huis om me op te frissen voor we uitgaan, dus vind je het goed als we in de sportschool afspreken?' Toen ze knikte, gaf hij haar de naam van de sportschool, en zij schreef haar huisadres op de achterkant van haar visitekaartje.

Hij liet haar kaartje in zijn zak glijden en voor ze zelfs maar in de gaten had wat er gebeurde, leunde hij naar voren en raakten zijn lippen die van haar. De kus was teder, en hoewel hij niet zo opwindend was als hun kus van die zondag, had hij iets warms en geruststellends. Plotseling maakte het niet uit wat haar ouders zouden kunnen denken. Hier en nu was Colin het enige wat ertoe deed, en toen hij zich losmaakte, merkte ze dat ze wenste dat hij iets langer had geduurd. Op dat moment zag ze echter beweging vanuit haar ooghoeken, en toen ze erop focuste, drong het tot haar door dat Ken de hoek om was gekomen – ongetwijfeld nadat hij zijn auto aan de andere kant van het gebouw had geparkeerd – en stokstijf stil van een afstandje naar hen stond te kijken. Ze voelde zich verstijven en Colin volgde haar blik.

'Is dat hem?' vroeg hij, met zachte stem. 'Ken?'

'Ja,' zei ze, en ze zag zijn uitdrukking plotseling hard worden. Hij maakte zich niet van haar los, maar hij richtte zijn aandacht op Ken. Hoewel hij niet in haar hand kneep, voelde ze de spanning erin, een opgerolde, diepgewortelde gewelddadigheid die door een draadje in bedwang werd gehouden. Ze was niet bang, maar ze had plotseling de overtuiging dat als Ken dichtbij had gestaan, hij dat absoluut wel zou zijn geweest.

Ken bleef naar hen kijken. Het was een soort patstelling, en nog steeds bleef Colin staren, en hij wendde zijn blik pas weer naar haar nadat Ken had weggekeken. Hij kuste haar opnieuw, deze keer met een vleugje bezitterigheid, voor hij zich losmaakte.

'Laat je niet op de kast jagen door hem. Hij is het niet waard,' zei ze.

'Hij valt jou lastig.'

'Ik red me wel.'

'Toch mag ik hem niet.'

'Is dat waarom je me nog een keer kuste?'

'Nee.'

'Waarom dan wel?'

'Ik vind je leuk,' antwoordde hij.

Zijn opmerking – zo direct, zo duidelijk oprecht – zorgde ervoor dat haar maag weer dat rare sprongetje maakte, en ze kon zich nog net inhouden om niet als een achterlijke te grijnzen.

'Wat ga je vandaag en vrijdag doen?'

'Ik heb plannen met Evan en Lily.'

'Allebei de avonden?'

'Ja.'

'Wat gaan jullie doen?'

'Dat wil ik je niet vertellen.'

'Waarom niet?'

'Dat wil ik je ook niet vertellen.'

Ze kneep in zijn hand voor ze hem losliet. 'Ik weet dat je de waarheid spreekt, maar je zegt niet echt iets. Moet ik ongerust worden? Ga je uit met iemand anders?'

'Nee,' zei hij, en hij schudde zijn hoofd. 'Er is niets om je ongerust over te maken. Ik heb heerlijk met je geluncht vandaag. Ik vond het leuk om je ouders te ontmoeten.'

Ze keek naar hem omhoog. 'Daar ben ik blij om.'

Toen glimlachte hij, waarna hij ten slotte een stap achteruitzette. 'Het is waarschijnlijk tijd dat je weer aan het werk gaat.'

'Ik weet het.'

'Kijkt hij nog steeds naar ons?'

Ze gluurde langs hem en schudde haar hoofd. 'Ik denk dat hij is omgelopen naar de achteringang.'

'Denk je dat hij het vervelend zal vinden wat hij heeft gezien?'

Ze dacht erover na. 'Ik denk het wel. Maar nu weet hij dat je werkelijk bestaat, en dat is goed. Als hij me nog eens lastigvalt, zinspeel ik er gewoon op dat je het jaloerse type bent.'

'Dat ben ik niet,' zei hij. Zijn blauwgrijze ogen waren intens, maar toch teder. 'Maar toch mag ik hem niet.'

11

Colin

Op zaterdagochtend stond Colin vroeg op en ging hij een eind fietsen, toen de zon net opkwam. Zijn fiets – een roestig barrel dat hij voor bijna niets bij een pandjeshuis had gekocht – was minstens tien jaar oud, maar hij deed het, en hij was in staat zich flink in het zweet te werken voordat hij de sportschool zelfs maar had bereikt. Daar bracht hij een uur door met een crosstrainingles waarbij hij met *battle ropes* sloeg, *power sleds* duwde, medicijnballen gooide en nog allerlei andere oefeningen deed, en daarna strompelde hij terug naar zijn fiets voor de rit naar huis. Hij maaide het gazon, knipte de struiken en bedacht dat hoewel zijn gedachten al in beslag werden genomen door Maria sinds ze elkaar voor het eerst hadden ontmoet, die gedachten niets waren vergeleken bij de bijna obsessieve manier waarop hij nu aan haar dacht. Zelfs Evan had het gemerkt; eerder op de dag, toen hij op de veranda naar buiten was gestapt, had hij een grijns op zijn gezicht gehad waardoor Colin wist dat hij volledig op de hoogte was van het effect dat Maria op hem had. Evan zelf was zowel op donderdag- als op vrijdagavond uitgelaten geweest, en Colin vermoedde dat het misschien iets te maken had gehad met het hele idee dat 'salsadansen sensueel is', maar hij ging er niet naar vragen.

Ook Lily had gemerkt dat Colin gevoelens had gekregen voor Maria, maar ze bleef zich op zijn danslessen concentreren. Ze had hem echter wel een restaurant in de binnenstad aangeraden, en hem er twee keer aan herinnerd om te reserveren. Ze had hem meer over dansen geleerd dan hij voor mogelijk had gehouden, maar hij was nog steeds niet helemaal zeker van zijn vaardigheden. Hij moest er niet aan denken hoe onvoorbereid hij zou zijn geweest als ze niet had ingegrepen.

Nadat hij aan zijn verplichtingen had voldaan, nipte Colin aan zijn tweede proteïnedrankje van die dag terwijl hij het appartement op orde bracht, en begon toen te werken aan een scriptie voor zijn klassenmanagementles. Het waren maar vijf bladzijden, maar hij was te afwezig om veel meer te doen dan een samenvatting opstellen,, waarna hij er uiteindelijk maar mee ophield.

Hij trok zijn sportkleren weer aan, pakte zijn sporttas en ging de deur uit. Hoewel hij de afgelopen tijd voortreffelijk had gepresteerd, bleef de motor van zijn auto vandaag eerst een hele tijd sputteren, tot hij eindelijk met tegenzin proestend tot leven kwam, wat betekende dat noch de ontstekingsschakelaar noch de wisselstroomdynamo het probleem was. Normaal gesproken zou het zoeken naar een oplossing hem helemaal in beslag nemen, maar in plaats daarvan kwam steeds onwillekeurig het beeld van Maria boven en maakte hij zich merkwaardig veel zorgen of hun afspraak wel soepel zou verlopen. Op donderdag en vrijdag had hij haar na het werk gebeld en elke avond hadden ze meer dan een uur gepraat, wat een nieuwe ervaring voor hem was. Hij kon zich niet herinneren dat hij ooit zo lang met iemand aan de telefoon had gepraat. Tot Maria kon hij zich niet voorstellen hoe iemand zo'n lang gesprek kon volhouden. Maar Maria maakte het gemakkelijk, en meer dan eens merkte hij dat hij moest glimlachen om wat ze zei, wat het ook was. Ze vertelde dat Ken de afgelopen dagen afstand hield, en toen ze vertelde over de blind date die ze had gehad op de avond dat hij haar wiel had verwisseld, had hij hardop gelachen. Nadat hij de telefoon had neergelegd, had hij het moeilijk gevonden om de slaap te vatten. Normaal gesproken viel hij aan het eind van de dag als een blok in slaap en kon hij zijn ogen niet openhouden.

Voor het eerst in lange tijd dacht hij erover zijn ouders te bellen. Hij wist niet zeker waarom hij die behoefte voelde, maar hij nam aan dat het iets te maken had met de manier waarop Maria over haar ouders praatte en hoe goed zij het met elkaar konden vinden. Hij vroeg zich af hoe anders zijn leven misschien was geweest als hij was opgegroeid in een gezin zoals dat van haar. Het zou misschien helemaal niet anders zijn geweest, natuurlijk – hij was al een lastpak voordat hij zelfs maar kon lopen – maar als gezinsdynamiek ook maar een bescheiden rol speelde, was hij zelf niet volledig verantwoordelijk voor de kant die zijn leven op was gegaan. En hoewel hij tevreden was met zijn huidige pad, was de weg tot voor kort bezaaid geweest met kuilen en hobbels. Dat Maria in staat was om over die dingen heen te kijken terwijl haar eigen verleden zo respectabel was, vond hij nog steeds verrassend, maar dan wel een verrassing van de allerbeste soort.

Toen hij stopte voor de sportschool zag hij Maria bij de voordeur staan. Ze was gekleed in een korte broek en een T-shirt, en hij vond opnieuw dat ze een van de mooiste vrouwen was die hij ooit had ontmoet.

'Hoi,' zei ze toen hij dichterbij kwam. 'Ben je er klaar voor om wat mensen in elkaar te slaan?'

'Het is maar een oefening.'

'Weet je zeker dat ik naar binnen mag om te kijken?'

Hij pakte de deurknop en knikte. 'Ik heb vanochtend met de eigenaar gepraat en hij vond het prima. En tenzij je besluit de kooi in te gaan, heeft hij beloofd dat hij je zelfs niet gaat dwingen een verklaring van afstand te tekenen.'

'Wat kun jij goed onderhandelen.'

'Ik doe mijn best,' zei hij. Hij hield de deur open en keek naar haar figuur terwijl ze langs hem liep en haar omgeving in zich opnam. In tegenstelling tot veel commerciële sportscholen had deze meer de sfeer van een pakhuis. Ze liepen langs allerlei rekken met gewichten en andere crosstrainingsapparaten naar de trainingsruimte helemaal achter in het gebouw. Hij liep door een andere deur en ging haar voor naar een grote ruimte met grote matten op de vloer en tegen de muren, en apparaten in elke hoek; aan de linkerkant stond de kooi. Een paar van Colins trainingspartners waren aan het stretchen of andere warming-upoefeningen aan het doen, en hij knikte naar hen terwijl hij zijn tas neerzette. Maria trok een rimpel in haar neus.

'Het stinkt hier.'

'Dat wordt straks alleen nog maar erger,' beloofde hij.

'Waar moet ik zitten?'

Colin gebaarde naar een hoop spullen in de hoek: kratten met bokshandschoenen, allerlei stootkussens, diverse elastieken, springtouwen en plyometrische kisten.

'Je kunt daar op de kisten gaan zitten, als je wilt. We gebruiken dat deel van de ruimte normaal gesproken niet.'

'En waar ben jij?'

'Overal, waarschijnlijk,' zei hij.

'Hoeveel jongens komen er?'

'Acht of negen, misschien? Op zaterdag is het altijd een beetje rustig. Door de week zijn we met z'n vijftienen of zestienen.'

'Met andere woorden: alleen de supertoegewijden zijn hier?'

'Eerder jongens die gek zijn op work-outs, of die net zijn begonnen en proberen zo veel mogelijk work-outs mee te pakken. Op zaterdag zijn de fanatiekere jongens de stad uit naar evenementen.'

'Mooi. Aangezien we uitgaan, bedoel ik. Ik zou het vreselijk vinden als je helemaal gescheurd en gekneusd naar buiten kwam, zoals de eerste avond dat ik je zag.'

'Zul je daar ooit over ophouden?'

'Ik denk niet dat ik dat kan,' zei ze, op haar tenen staand om hem op de wang te kussen. 'Het beeld is voor eeuwig in mijn hersenen gebrand.'

Colin deed een snelle warming-up; arm- en beenzwaaien, een paar minuten touwtjespringen. Tegen die tijd waren Todd Daly, de hoofdinstructeur en een ex-UFC-vechter, en Jared Moore, die professioneel vocht maar nog niet helemaal op UFC-niveau, aangekomen, en Daly leidde de hele groep door nog wat warming-ups.

Terwijl hij zijn beurt in de kooi afwachtte, werkte Colin aan zijn grondvaardigheden: arm- en beenklemmen en allerlei houdgrepen. De meeste van die vaardigheden kwamen voort uit de vechtsport en worstelen, waarbij snelheid, instinct en evenwicht veel belangrijker waren dan brute kracht. Zoals gebruikelijk tijdens de zaterdagse lessen liet Daly eerst de bewegingen zien – waarbij hij zo nu en dan Colin als partner gebruikte – waarna de groep in tweeën werd gedeeld. Elke groep kreeg de kans om de beweging te oefenen en herhaalde die een keer of tien voordat er van positie werd gewisseld met de partner. Daarna gingen ze verder met een andere reeks vaardigheden. Binnen tien minuten ademde Colin zwaar; na een half uur was zijn shirt doorweekt. Gedurende dit alles gaf Daly hun commentaar; hij vertelde hun waar ze een voet moesten zetten voor extra houvast, of hoe ze hun tegenstander effectiever met hun benen konden omstrengelen, met eindeloze subtiele variaties.

Een voor een wisselde men elkaar af in de kooi, en na een uur was het Colins beurt. Hij zette een hoofdbeschermer op en trok zwaardere handschoenen aan, en werkte met een partner terwijl Moore – een voormalige Golden Gloves-kampioen uit Orlando – coachingsaanwijzingen schreeuwde. Colin werkte zeven ronden van twee minuten af, huppelend en cirkelend, zijn voordeel doend met openingen om uit te halen of te schoppen terwijl hij probeerde te voorkomen dat hij zelf openingen liet. Hij domineerde, maar niet zozeer door zijn eigen vaardigheid als wel door het gebrek eraan van zijn tegenstander: de man tegenover wie hij stond, was niet in goede conditie en relatief nieuw, met maar één gevecht op zijn naam, dat hij had verloren.

Daarna gingen ze weer terug naar de matten, waar ze aan takedowns werkten terwijl hun partner met zijn rug tegen de muur stond; daarna wisselden ze van positie en probeerden ze takedowns te voorkomen. Tegen het eind van de les trilden Colins spieren van uitputting.

De hele middag merkte hij dat zijn ogen afdwaalden naar Maria. Hij had verwacht dat het haar zou vervelen, maar ze volgde hem voortdurend met haar blik, wat de sessie moeilijker maakte dan normaal. Normaal gesproken had hij er geen moeite mee om zich uitsluitend op zijn tegenstander te focussen, maar haar aanwezigheid maakte hem zich van zichzelf bewust op een manier die hij nooit had ervaren. In een wedstijd zou dit gebrek aan focus hem in de problemen hebben gebracht. Aan het eind van de les had hij het gevoel dat hij mentaal twee stappen terug had gezet, en hij wist dat hij hard zou moeten werken om weer terrein terug te winnen. Het was tenslotte een sport die zowel mentaal als fysiek was, ook al beseften de meeste mensen dat niet.

Na afloop liep hij rechtstreeks naar zijn tas en gooide hij zijn spullen erin, waarna hij hem over zijn schouders zwaaide. Ondertussen was Maria naar hem toe gelopen.

'Wat vond je ervan?' vroeg hij, terwijl hij de draagriem verstelde.

'Het zag er moeilijk uit. En vermoeiend. En zweterig.'

'Daar komt het uiteindelijk wel op neer.'

'Hoe vond je dat het ging?'

'Oké,' zei hij. 'Ik werd afgeleid.'

'Door mij?'

'Ja.'

'Het spijt me.'

'Dat hoeft niet.' Hij glimlachte en trok aan zijn shirt. 'Wil je me even de tijd geven om me af te spoelen en me om te kleden? Ik moet deze spullen uitdoen, anders is mijn autostoel doorweekt tegen de tijd dat ik thuis ben.'

Maria trok een rimpel in haar neus. 'Dat is... wel een beetje smerig als je erover nadenkt.'

'Is dat een ja of een nee?'

'Prima,' zei ze. 'Ik wacht buiten wel op je.'

Toen Colin eindelijk de kleedkamer uit kwam, zag hij Maria vlak buiten de deur staan, pratend aan de telefoon. Met haar zonnebril leek ze op een stijlvolle filmster uit de jaren vijftig. Ze hing net op toen hij aankwam.

'Dat was Serena.'

'Gaat alles goed met haar?'

'Ze heeft vanavond bij mijn ouders thuis een etentje met de directeur van een of ander studiebeursding, dus ze is een beetje zenuwachtig, maar afgezien daarvan gaat het goed met haar.' Ze haalde haar schouders op. 'Voel je je nu beter?'

'Ik voel me schoner. Tijdelijk, in elk geval. Ik ben nog steeds aan het zweten.'

Ze raakte zijn arm aan. 'Ik ben blij dat ik ben gekomen. Het was veel interessanter dan ik had gedacht.'

'Staat onze afspraak om half acht nog steeds?'

'Dat hoop ik,' zei ze. 'En ik waarschuw je maar: als we gaan dansen, ben ik misschien wat roestig.'

'Daar zou ik me maar niet druk om maken. Voor mij zal het de eerste keer ooit zijn. En Maria?'

'Ja?'

'Dank je wel dat je vandaag bent gekomen. Dat betekende veel voor me.'

Zodra Colin zijn auto uit stapte, stapte Evan de veranda op met een plastic tas in zijn hand.

'Hier,' zei hij, terwijl hij de tas voor zich uit hield. 'Dit is voor jou. En ik krijg geld van je.'

Colin bleef voor de veranda staan. 'Waarvoor?'

'Lily dacht dat je vanavond misschien iets nodig had om aan te trekken.'

'Ik heb kleren.'

'Je moet mij de schuld niet geven. Ik heb precies hetzelfde tegen haar gezegd. Maar het is Lily, en ze heeft me evengoed meegesleurd naar de winkels, en zoals ik al zei, krijg ik geld van je. Het bonnetje zit in de tas.'

'Wat heeft ze gekocht?'

'Eigenlijk is het niet zo erg als het had kunnen zijn. Ik had visioenen dat ze iets uit zou kiezen met kwastjes of belletjes of wat dan ook, maar dat heeft ze niet gedaan. Het is een zwarte broek, een rood overhemd en zwarte schoenen.'

'Hoe wist ze wat mijn maat was?'

'Omdat ze afgelopen kerst kleren voor je heeft gekocht.'

'En dat heeft ze onthouden?'

'Het is Lily. Die onthoudt zulke dingen. En zou je die tas willen aanpakken, alsjeblieft? Mijn arm wordt lam.'

Colin stak zijn arm omhoog om de tas aan te pakken. 'Wat gebeurt er als ik ze niet aantrek?'

'Ten eerste moet je me dan evengoed betalen. Ten tweede zul je haar dan kwetsen, wat wel het laatste is wat je moet doen na al die danslessen. En natuurlijk zul je aan Lily moeten uitleggen waarom je ze niet aantrekt.'

'Hoe weet ze nou of ik ze aantrek of niet?'

'Omdat ze hier is. En ze staat erop dat je even langskomt voordat je uitgaat. Ze wil met je praten.'

Colin was een beetje verbluft en zei niets.

'Doe die stomme kleren nou maar aan, oké?'

Toen Colin nog steeds geen antwoord gaf, kneep Evan zijn ogen een beetje dicht. 'Je staat bij me in het krijt.'

Colin stond voor de badkamerspiegel en moest toegeven dat het veel erger had kunnen zijn. Het overhemd was eigenlijk eerder bordeauxrood dan rood, en hoewel het niet iets was wat hij voor zichzelf zou hebben uitgekozen, was het helemaal niet slecht, zeker als hij de mouwen oprolde. Hij was sowieso al van plan geweest een zwarte broek te dragen – nog meer overblijfselen van zijn dagen in de rechtszaal – en de schoenen leken heel erg op de schoenen die hij al had maar dan zonder slijtplekken, wat betekende dat hij waarschijnlijk sowieso een nieuw paar nodig had gehad. Hoe Lily dat had geweten ging zijn pet te boven, maar hij had het al heel lang geleden opgegeven zich te verbazen over wat ze deed.

In de keuken schreef hij een cheque uit aan Evan, greep zijn sleutels en draaide zijn lichten uit op weg naar de deur. Hij liep om het huis heen en de trap op en merkte dat de deur op een kier was gelaten. Hij duwde hem open en zag Lily en Evan in de keuken zitten, waar ze ieder een glas wijn in hun hand hadden. Lily zette dat van haar met een glimlach op de bar neer.

'Zo, kijk eens hoe knap je bent!' riep ze uit terwijl ze op hem af liep. Ze leunde naar hem toe en kuste hem op zijn wang. 'De kleur staat je perfect, en ik weet zeker dat Maria je erg knap zal vinden.'

'Dank je wel,' zei Colin.

'Het was me een genoegen. En ik hoop dat je alles hebt onthouden wat we hebben geoefend. Ik neem aan dat je de passen vandaag nog hebt doorgenomen?'

'Vandaag niet.'

'Wat heb je dan in hemelsnaam gedaan?'

'Ik ben naar de sportschool gegaan.'

'Ja hoor, ik had ook niet anders moeten verwachten,' zei ze, haar teleurstelling niet verbergend. 'Je moet echt leren waar je prioriteiten liggen, en ik kan je gewoon niet laten gaan tot ik zeker weet dat je alles hebt onthouden wat je moet weten.'

'Ik weet zeker dat het goed zal gaan. En ik moet haar over een paar minuten ophalen.'

'Dan zullen we vaart moeten maken. Evan?' riep ze. 'Wil je alsjeblieft wat muziek opzetten?'

'Tuurlijk.' Hij greep zijn telefoon en tikte een paar knoppen in terwijl hij erheen liep. 'Ik heb toevallig precies het juiste nummer hier.'

Het was duidelijk dat Lily dit al die tijd al van plan was geweest. Ze pakte Colins hand. 'Neem gewoon een beetje van alles met me door, oké? Op volle snelheid.'

Colin deed wat ze wilde, voordat hij zich uiteindelijk losmaakte van Lily. 'Goed genoeg?'

'Je gaat haar versteld doen staan.' Lily knipoogde. 'Net zoals je met de bloemen hebt gedaan.'

'En weet je wat haar nog meer versteld zal doen staan?' vroeg Evan. Toen Colin zich naar hem richtte, wist hij dat Evans gedachten een serieuze kant op waren gegaan. 'Ten eerste dat je auto start en ten tweede dat je niet gearresteerd wordt.'

Colin was nauwelijks klaar met kloppen toen Maria de deur al opentrok. Heel lang kon hij niet anders doen dan staren. Haar blouse volgde bevallig haar rondingen en haar rok kwam maar tot halverwege haar dijen; haar hakschoenen met bandjes zorgden ervoor dat ze bijna net zo lang was als hij. Met een vleugje mascara en lipstick zag ze er totaal niet uit als de succesvolle vrouw met wie hij nog maar een paar dagen daarvoor was gaan lunchen, en ook leek ze niet op de gebruinde vrouw op het supboard. Terwijl hij zo voor haar stond, wist hij niet welke versie van haar hij het liefste had, maar deze was, moest hij toegeven, behoorlijk verbluffend.

'Je bent precies op tijd,' zei ze terwijl ze hem een kus op de wang gaf. 'Ik ben onder de indruk.'

Zijn handen gingen automatisch naar haar heupen. 'Je ziet er prachtig uit,' mompelde hij. Zo dichtbij ving hij een vleugje parfum op, iets bloemigs en subtiels. Perfect.

'Dank je wel.' Ze gaf hem een klopje op de borst. 'Wat een mooi overhemd.'

'Het is nieuw.'

'Ja? Voor vanavond?'

'Dat zou je kunnen zeggen, ja.'

'Ik voel me vereerd. En ik moet zeggen dat je er verrassend keurig uit kunt zien.'

'Soms wel,' gaf hij toe. 'Ben je klaar om te gaan?'

'Ik moet nog even mijn tas pakken en dan ben ik klaar. Waar gaan we heen?'

'The Pilot House.'

'Wauw… ik ben gek op die zaak. Het eten is er fantastisch.'

'Dat heb ik ook gehoord. Lily heeft het aangeraden.'

'Dan heeft ze duidelijk een goede smaak.'

Het restaurant was niet ver, maar Colin reed in een gezapig tempo met de raampjes naar beneden gedraaid, en alle twee genoten ze van de flonkerende sterren die zich tot aan de horizon uitstrekten, en een briesje dat net sterk genoeg was om de laatste hitte van de dag weg te blazen.

Bij de rivier verliet Colin Market Street en uiteindelijk reed hij het parkeerterrein van het restaurant op. Hij liep om de auto heen om het portier voor Maria open te houden, pakte haar hand en begeleidde haar naar de ingang. Toen hij eenmaal binnen was, zag hij dat het minder formeel was dan hij had verwacht: een keurige, niet-pretentieuze plek met witte tafels en een magnifiek uitzicht. Het restaurant was druk en mensen dromden samen bij de bar terwijl ze wachtten op een tafel binnen of buiten. Nadat hij zich bij de gastvrouw had gemeld, volgde hij haar en Maria naar een hoektafeltje met een adembenemend uitzicht op de Cape Fear-rivier. Het maanlicht scheen op het traag bewegende oppervlak ervan en vormde een vloeibare ader van licht tussen de pikzwarte oevers. Terwijl Maria naar het water staarde, trok Colin in gedachten een lijntje langs de sierlijke omtrek van haar profiel en keek naar haar haar dat werd gevangen door de wind. Hoe kon het dat ze zo snel zo veel voor hem was gaan betekenen?

Alsof ze zijn gedachten aanvoelde, ontmoette ze zijn blik en glimlachte ze een beetje, waarna ze over de tafel heen haar handen uitstak. Hij pakte ze vast en verbaasde zich erover hoe zacht en warm ze waren.

'Het is een beeldschone avond, vind je niet?' vroeg ze.

'Beeldschoon,' antwoordde hij, maar hij wist dat hij eigenlijk op haar doelde. Tegenover haar zittend had Colin het vreemde gevoel dat hij het gezegende leven van iemand anders aan het leiden was, iemand die het meer verdiende dan hij. En tegen het eind van het diner, nadat alle borden waren afgeruimd en de wijnglazen geleegd en de kaarsen flakkerend uit begonnen te gaan, drong het tot hem door dat hij zijn hele leven op zoek was geweest naar Maria, en dat hij pas onlangs het geluk had gehad dat hij haar had gevonden.

12

Maria

Het pakhuis zat in een vervallen buurt aan de rand van de stad, en de enige aanwijzing dat het een ander doel diende dan de andere verlaten pakhuizen vlakbij waren de tientallen auto's die kriskras aan de andere kant van het gebouw geparkeerd stonden, uit het zicht van de doorgaande weg.

Niet dat de ruige uitstraling ervan iets leek uit te maken. Naast de hoeveelheid mensen die al binnen waren, stond er ook nog een lange rij – vrijwel zonder uitzondering mannen – te wachten om binnengelaten te worden. Velen van hen sleepten met koelboxen, ongetwijfeld gevuld met alcoholische drank; anderen dronken bier of dronken uit plastic bekertjes terwijl ze langzaam in de richting van de ingang en de luide muziek binnenschuifelden. Tenzij ze met een vriendje waren, hoefden meisjes niet in de rij te wachten, en Maria zag de ene na de andere groep vrolijk naar de deur stappen in strakke hemdjes, korte rokjes, en op schoenen met naaldhakken, de met rotzooi bezaaide omgeving, het gefluit en het gejoel negerend.

Colin leek ontspannen, en nam het allemaal rustig in zich op. Toen ze bij de deur kwamen werden ze begroet door een zwaargebouwde man met een zonnebril op die het entreegeld inde. De uitsmijter bekeek Colin van top tot teen – ongetwijfeld om erachter te komen of hij van de politie was – en deed toen hetzelfde met

Maria voor hij met tegenzin het geld aanpakte dat Colin aanbood en met zijn hoofd in de richting van de deur gebaarde.

Binnen troffen ze een dichte massa deinende lichamen aan, en in combinatie met de dreunende muziek schudde de zaal met een opwindende, nauwelijks in toom gehouden energie. Niemand leek zich druk te maken over de met olie besmeurde betonnen vloer of het gebrek aan sfeervolle inrichting of de industrieel aandoende verlichting; mannen stonden gegroepeerd om hun koelboxen, drinkend en schreeuwend om boven de muziek uit te komen, en probeerden de aandacht te trekken van ieder meisje dat toevallig voorbijliep. Zoals in de meeste nachtclubs waren er duidelijk meer mannen dan vrouwen, en de meesten leken in de twintig of in de dertig te zijn. Maria nam aan dat de meerderheid werkende mensen waren die kwamen voor een leuke zaterdagavond. Er waren, zoals Serena al had opgemerkt, ook een paar behoorlijk eng uitziende kerels hier, met tatoeages en kleurige halsdoeken die verschillende gangs vertegenwoordigden, en met wijde broeken waarin gemakkelijk een wapen verborgen zou kunnen zijn. Normaal gesproken zou ze daar zenuwachtig van zijn geworden, maar de sfeer wees erop dat de meeste mensen er alleen maar op gericht waren om een leuke avond te hebben. Toch betrapte ze zich erop dat ze mogelijke uitgangen probeerde op te sporen voor het geval er ongeregeldheden uitbraken.

Naast haar was Colin ook bezig het tafereel in zich op te nemen. Hij leunde haar kant op. 'Wil je dichter naar de muziek toe?'

Ze knikte, en Colin begon haar dieper het pakhuis in te leiden. Ze persten zich door de menigte, ervoor zorgend dat ze niet te hard tegen iemand aan botsten, en schuifelden voetje voor voetje in de richting van de dansvloer aan de andere kant van het gebouw, waar de muziek zelfs nog harder bonkte. Onderweg probeerden jongens Maria's aandacht te trekken, door te vragen hoe ze heette of te zeggen hoe mooi ze was of zelfs door te proberen in haar kont te knijpen, maar bang als ze was om Colin een reden te geven voor een confrontatie gaf ze hun alleen maar een vuile blik, zonder iets te zeggen.

De dansvloer was van de rest van het pakhuis afgescheiden door een geïmproviseerde barrière van aan elkaar gespijkerde balken die op metalen vaten waren vastgemaakt. Recht ertegenover, op een aantal pallets die tegen de achtermuur waren gestapeld, stond de dj, met zijn apparatuur uitgestald op een klaptafel. Hij werd geflankeerd door twee speakers zo groot als koelkasten. De muziek stond zo hard dat Maria's borstkas meebonkte. Op de vloer zag ze paartjes bewegen en ronddraaien, wat een vloed aan herinneringen bovenbracht aan een tijd toen het leven zorgelozer leek.

Dichter tegen Colin aan leunend rook ze de eau de cologne die hij eerder moest hebben opgedaan.

'Weet je zeker dat je hier klaar voor bent?'

'Ja,' zei hij, en hij stapte voorbij de barrière.

Voor ze het wist, waren ze omringd door paartjes. Ze wilde net aan Colin vertellen wat hij moest doen toen hij plotseling haar rechterhand in zijn linkerhand nam en zijn rechterhand op haar linkerschouderblad legde. En daarmee begon hij haar te leiden, zijn stappen gelijk met die van haar terwijl de muziek om hen heen aanzwol. Haar ogen werden groot, en toen hij haar door een perfect uitgevoerde draaiing leidde, bijna onmiddellijk gevolgd door een tweede, was ze te geschokt om iets te kunnen uitbrengen. Colin trok alleen geamuseerd zijn wenkbrauwen op, waardoor ze hardop begon te lachen. En beetje bij beetje, terwijl het ene nummer overging in het andere, voelde ze dat ze zich begon te laten gaan, zich verliezend in de muziek en in hem.

Het was na middernacht toen ze eindelijk het stampvolle pakhuis verlieten en terugreden naar haar appartement. Geen van beiden zei veel. Ze hadden het allebei warm en waren een beetje in een roes terwijl ze door de stille straten reden. Net zoals hij de afgelopen paar uur vaak had gedaan, hield Colin haar hand vast en streek hij met zijn duim over haar huid, waardoor die begon te tintelen. Toen ze dichter bij haar huis kwamen, stelde ze zich voor wat er zou kunnen gebeuren als ze Colin uitnodigde mee naar boven te komen, en van die gedachten werd ze tegelijk bang en opgewonden. Ze kenden elkaar nog niet lang genoeg, en ze wist niet zeker of ze er helemaal klaar voor was... maar ze moest toegeven dat ze wilde dat hij mee naar boven kwam. Ze wilde dat hun avond samen zou voortduren; ze wilde dat hij haar weer zou kussen en haar in zijn armen zou nemen. Ondanks haar tegenstrijdige emoties stuurde ze hem naar de parkeerplaats achter haar appartement.

Na de auto op slot te hebben gedaan, liepen ze naast elkaar de trap op, allebei zonder iets te zeggen. Bij de deur aangekomen frommelde ze met de sleutels en trilden haar handen een heel klein beetje toen ze het slot openmaakte. Ze ging naar binnen, liep de woonkamer door en deed een lamp aan bij de bank, maar toen ze zich omdraaide, kreeg ze in de gaten dat Colin bij de drempel was blijven staan. Hij leek haar verwarring aan te voelen en haar een kans te bieden om nu een einde te maken aan de avond, voordat het te ver ging. Maar iets had haar in zijn greep gekregen, en glimlachend stak ze een pluk haar achter haar oor.

'Kom binnen,' zei ze, en haar stem klonk schor en vreemd in haar eigen oren. Colin deed zachtjes de deur achter zich dicht terwijl hij de woonkamer in zich opnam, met de donkere grenen vloer en de kroonlijsten, en de openslaande deuren die uitkwamen op een balkonnetje. Hoewel ze vermoedde dat het hem niets kon schelen, was ze plotseling blij dat ze die morgen had opgeruimd, tot en met het opschudden van de sierkussens op de bank.

'Je hebt een prachtig huis.'

'Dank je.'

Dichterbij stappend om de ingelijste foto's boven de bank te bekijken, vroeg hij: 'Heb jij die genomen?'

Ze knikte. 'Eerder deze zomer.'

Hij bekeek ze in stilte; vooral de close-up van de visarend die een vis in zijn klauwen hield en werd omringd door waterdruppeltjes. 'Je bent heel goed,' zei hij, zichtbaar onder de indruk.

'Je weet niet hoeveel slechte opnamen ervoor nodig waren om deze te krijgen, maar bedankt.' Naast hem staand kon ze de warmte voelen die nog steeds van zijn lichaam straalde. 'Wil je iets drinken? Ik heb een fles wijn in de koelkast.'

'Misschien een half glaasje. Ik ben nooit zo'n wijndrinker geweest. En als je wat water hebt, zou dat ook geweldig zijn.'

Ze liep weg naar de keuken en haalde een paar wijnglazen uit een kastje. In de koelkast lag een fles die ze de vorige avond had opengemaakt. Ze schonk twee glazen in en nam een slok, waarna ze nog een glas pakte voor zijn water.

'Wil je ijs?'

'Graag, als het niet te veel moeite is.'

'Ik denk dat ijs me nog wel lukt.'

Ze gaf hem het glas water en keek toe terwijl Colin het leegdronk. Het lege glas van hem aannemend, zette ze het op de ontbijtbar voor ze gebaarde naar de openslaande deuren.

'Zullen we naar het balkon gaan? Ik heb zin in wat frisse lucht.'

'Klinkt goed,' beaamde hij, zijn wijnglas pakkend. Ze deden de deuren open en stapten op het balkon. De lucht was koel op haar huid, want er begon een nevel tegelijk met de bries binnen te drijven. Er was weinig verkeer en er was niemand op de trottoirs. Straatlantaarns wierpen een gele gloed, en uit de bar op de hoek kon ze vage flarden jarentachtigpopmuziek horen komen.

Hij gebaarde naar de schommelstoelen aan de zijkant. 'Zit je hier wel eens?'

'Niet vaak genoeg. Wat wel jammer is, want het balkon is een van de redenen waarom ik het appartement heb gekocht. Ik denk dat ik het idee had dat ik hier zou relaxen na mijn werk, maar meestal loopt het anders. De meeste avonden eet ik snel iets en installeer ik me ofwel aan de eettafel ofwel aan het bureau in de logeerkamer met mijn MacBook.' Ze haalde haar schouders op. 'Je weet wel, proberen vooruit te komen in het leven, daar hebben we het al over gehad, toch?'

'We hebben het over een heleboel dingen gehad.'

'Betekent dat dat je al op me uitgekeken begint te raken?'

Hij draaide zich naar haar om, en zijn ogen weerspiegelden het avondlicht. 'Nee.'

'Weet je wat ik interessant vind aan jou?' Colin wachtte, zonder iets te zeggen. 'Je hebt niet altijd de behoefte om je redenatie uit te leggen als je antwoord geeft. Je komt meteen ter zake. De enige keer dat je uitweidt, is als je dat gevraagd wordt. Je bent een man van weinig woorden.'

'Oké.'

'Dat bedoel ik nou!' plaagde ze. 'Maar oké, je hebt me nieuwsgierig gemaakt. Waarom weid je niet uit tenzij je daar specifiek om gevraagd wordt?'

'Omdat het gemakkelijker is. En het kost minder tijd.'

'Denk je niet dat als je anderen betrekt bij je gedachtegang, dat hen helpt om je beter te begrijpen?'

'Daarmee ga je ervanuit dat ze me beter willen begrijpen. En als dat zo is, zullen ze me wel vragen om het uit te leggen en dan doe ik het.'

'En als ze het niet vragen?'

'Dan kan mijn redenatie ze waarschijnlijk sowieso niet schelen. Ze willen gewoon het antwoord weten. Ik wil dat wel, in elk geval. Als ik aan iemand vraag hoe laat het is, hoef ik geen geschiedenis van de klokkenmakerij te horen en het kan me ook niet schelen van wie ze het horloge hebben gekregen, hoe duur het was en of het een kerstcadeau was. Ik wil gewoon weten hoe laat het is.'

'Daar heb ik het niet over. Ik heb het over proberen iemand te leren kennen. Een gesprek voeren.'

'Ik ook. Maar niet iedereen hoeft te weten waarom je ergens iets van vindt – niet iedereen wíl dat überhaupt. Sommige dingen kun je maar beter voor jezelf houden.'

'Pardon? Was jij niet degene die me zijn hele levensverhaal vertelde, die eerste avond op het strand?'

'Jij stelde vragen en ik beantwoordde ze.'

'En jij vindt dat dat goed werkt?'

'Voor ons werkte het in elk geval. Wij hebben geen moeite om met elkaar te praten.'

'Maar dat komt doordat ik een heleboel vragen stel.'

'Ja.'

'Nou, het is maar goed ook dat ik dat doe. Anders zouden we eindigen als zo'n ouder stel dat ik wel eens in cafés zie zitten en die geen woord tegen elkaar zeggen terwijl ze hun ontbijt eten. Maar dat is natuurlijk waarschijnlijk precies iets voor jou. Ik kan me heel goed voorstellen dat je een hele dag doorbrengt zonder een woord tegen iemand te zeggen.'

'Dat komt wel voor.'

'Dat is niet normaal.'

'Oké.'

Ze nam een slok wijn en wuifde met haar hand naar hem. 'Meer details, graag.'

'Ik weet niet wat "normaal" precies betekent. Volgens mij heeft iedereen daar zijn eigen definitie van, en wordt die gevormd door cultuur, door familie en vrienden, door karakter en ervaring, door gebeurtenissen en nog duizend andere dingen. Wat normaal is voor de een, is niet normaal voor de ander. Voor sommige mensen is het je reinste waanzin om uit een vliegtuig te springen. Voor andere mensen is het leven niets waard zonder.'

Ze knikte, hem op dat punt gelijk gevend. Maar toch...

'Oké. Zonder dat ik eerst een vraag stel, wil ik dat je vertelt wat je echt van iets vindt. Iets onverwachts en wat niets met het voorgaande te maken heeft. Iets waarvan ik nooit zou verwachten dat je het zou zeggen. En dan moet je uitweiden, zonder dat ik ook maar één vraag hoef te stellen.'

'Waarom?'

'Doe het gewoon voor mij,' zei ze, hem een por gevend. 'Gewoon voor de lol.'

Hij draaide het wijnglas met zijn vingers voor hij zijn ogen naar haar opsloeg. 'Je bent fantastisch. Je bent intelligent en mooi en het zou gemakkelijk voor je moeten zijn om iemand te vinden die geen verleden heeft als ik, die niet de fouten heeft gemaakt die ik heb gemaakt... Eerlijk gezegd vraag ik me daardoor af wat ik hier doe, of waarom je me zelfs maar hebt uitgenodigd. Ergens denk ik dat dit allemaal te mooi is om waar te zijn en dat het straks allemaal in zal storten, maar zelfs als dat zo was, zou het niets veranderen aan het feit dat je iets aan mijn leven hebt toegevoegd, iets waarvan ik niet eens in de gaten had dat het ontbrak.' Colin was even stil. Toen hij weer verderging, was zijn stem zacht. 'Je bent meer voor me gaan betekenen dan je volgens mij beseft. Voordat jij er was, had ik Evan en Lily, en ik dacht dat dat genoeg was. Maar dat is het niet. Niet meer. Niet sinds afgelopen weekend. Als ik bij jou ben voel ik me weer kwetsbaar, en ik heb me niet meer kwetsbaar gevoeld sinds ik klein was. Ik kan niet zeggen dat ik het altijd fijn vind, maar het alternatief zou erger zijn, omdat het zou betekenen dat ik je niet meer zag.'

Maria realiseerde zich dat ze haar adem had ingehouden; tegen de tijd dat hij uitgesproken was, was ze bijna duizelig, overweldigd door zijn antwoord, en ze probeerde tot bedaren te komen.

Colin daarentegen bleef ontspannenheid en zelfvertrouwen uitstralen, en dat was het, meer dan wat ook, waardoor ze haar evenwicht weer kon vinden.

'Ik weet niet zo goed wat ik moet zeggen,' gaf ze toe.

'Je hoeft niets te zeggen. Ik zei het niet omdat ik een reactie wilde. Ik zei het omdat ik het wilde.'

Ze sloeg beide handen om de steel van haar glas. 'Mag ik je een vraag stellen?' vroeg ze verlegen. 'Over iets anders?'

'Natuurlijk.'

'Waarom deed je net alsof je niets van salsadansen afwist?'

'Toen we het erover hadden, wist ik er ook niets van af. Lily heeft me de hele week les gegeven. Dat was wat ik donderdag- en vrijdagavond ging doen.'

'Je hebt leren dansen voor mij?'

'Ja.'

Ze draaide zich om en nam een slok wijn, in een poging haar verwondering niet te laten merken. 'Dank je. En ik geloof dat ik Lily ook moet bedanken.'

Hij glimlachte eventjes. 'Vind je het goed als ik mijn waterglas nog eens vul? Ik heb nog steeds een beetje dorst.'

'Natuurlijk.'

Colin liep weg en Maria schudde haar hoofd, zich afvragend wanneer, en zelfs of, ze ooit zou ophouden zich over hem te verbazen.

Luis had nooit zo tegen haar gesproken als Colin zojuist had gedaan. Terwijl ze over de reling leunde, vond ze het plotseling moeilijk zich te herinneren wat ze eigenlijk ooit in hem had gezien. Oppervlakkig gezien was hij aantrekkelijk en intelligent, maar daaronder was hij arrogant en ijdel geweest. Ze had vaak excuses aangevoerd voor zijn gedrag, en als iemand haar gevoelens in twijfel trok, had ze afwerend gereageerd. Terugdenkend moest ze toegeven dat ze wanhopig had verlangd naar zijn goedkeuring, en niet alleen had hij dat aangevoeld, maar hij had er ook vaak misbruik van gemaakt. Het was geen gezonde relatie geweest, wist ze, en toen ze zich probeerde voor te stellen dat hij zich zou gedragen als Colin – haar bellen, bloemen meenemen, leren dansen – kon ze dat niet. En ondanks dat alles had ze van Luis gehouden met een intensiteit die ze soms nog steeds kon voelen.

Eerder die avond, toen zij en Colin aan het dansen waren, had ze zich op de gedachte betrapt dat de avond onmogelijk nog beter kon worden. En toen, zomaar ineens, was dat toch gebeurd. Hem zonder enige angst of spijt zijn gevoelens horen uitdrukken had haar sprakeloos gemaakt. Ze vroeg zich af of ze zelf in staat was tot zoiets. Waarschijnlijk niet, maar aan de andere kant: Colin was anders dan de meeste mensen. Hij accepteerde zichzelf, met al zijn fouten, en vergaf zichzelf de misstappen die hij had begaan. Maar wat nog belangrijker was: hij leek in het moment te leven, zonder te kijken naar het verleden of de toekomst.

De grootste openbaring was geweest hoe diep Colin zijn emoties kon ervaren, misschien zelfs wel dieper dan zij. Door naar hem te kijken tijdens het eten en op de dansvloer, en na zijn woorden van daarnet te hebben gehoord, wist ze dat als hij nog niet verliefd op haar was, hij op het punt stond het te worden. Net als zij was hij bereid zich over te geven aan het onvermijdelijke, een gedachte die haar handen deed trillen. Toen Colin weer achter haar het balkon op stapte, haalde ze lang en diep adem, genietend van de golf van verlangen die door haar heen ging. Hij leunde naast haar over de reling, en toen hun ademhaling een vast ritme aannam, nam ze nog een slok wijn. De warmte ervan snelde door haar keel naar haar buik en haar ledematen.

Van opzij kijkend naar zijn gezicht dacht ze weer na over zijn uiterlijke kalmte die de opgekropte emoties in hem omsloot, en plotseling beeldde ze zich in hoe Colin eruit zou zien als hij naakt boven haar hing, zijn lippen zachtjes over die van haar strijkend, terwijl ze zich aan elkaar overgaven. Haar buik werd gespannen en ze voelde haar mond omhoogkrullen tot een vage glimlach.

'Meende je wat je daarnet tegen me zei?'

Hij gaf niet meteen antwoord. In plaats daarvan liet hij zijn hoofd zakken, waarna hij zich naar haar toe keerde.

'Ik meende elk woord.'

Ze voelde een waterval aan emoties door haar lichaam gaan, kwam dichter bij hem staan en kuste hem teder op zijn lippen. Ze waren zacht en warm, en toen ze weer achteruitging, zag ze in zijn uitdrukking iets wat op hoop leek. Ze kuste hem nog eens en voelde haar huid tot leven komen toen hij zijn armen om haar heen liet glijden. Hij trok zachtjes en bracht hun lichamen tegen elkaar, en op dat moment begon ze zich in hem te verliezen. Ze kon de kracht van zijn borst en zijn armen om haar heen voelen, en het warme aandringen van zijn tong, en ze wist met een felle zekerheid dat ze Colin nodig had, alles aan hem. Ze gingen door met kussen op het balkon onder een nevelige, met sterren bezaaide hemel tot ze uiteindelijk zijn hand pakte. Hun vingers strengelden zich in elkaar toen hij de holte van haar hals kuste. Het veroorzaakte een verleidelijke en erotische sensatie bij haar. Ze huiverde en genoot van de gewaarwording, waarna ze hem zonder een woord te zeggen naar de slaapkamer leidde.

Meteen nadat ze de volgende ochtend wakker werd, voelde Maria het zachte schijnsel van de vroegeherfstzon, en de nacht kwam weer helemaal bij haar terug. Ze rolde om en zag Colin op zijn zij liggen, maar half bedekt door het laken, al helemaal wakker en alert. 'Goeiemorgen,' fluisterde hij.

'Goeiemorgen,' zei ze. 'Hoe lang ben je al wakker?'

'Ongeveer een uur.'

'Waarom ben je niet weer gaan slapen?'

'Ik was niet moe. En bovendien: ik vond het wel leuk om naar je te kijken.'

'Dat zou mogelijk heel griezelig kunnen klinken, weet je dat?'

'Oké.'

Ze glimlachte. 'Nou ja, aangezien je naar me hebt liggen kijken: ik hoop dat ik geen beschamende dingen heb gedaan of rare geluiden heb gemaakt?'

'Nee. Je lag er daar alleen maar ongelooflijk sexy uit te zien.'

'Mijn haar zit door de war en ik moet mijn tanden poetsen.'
'Nu meteen?'
'Hoezo? Wat was je van plan?'
Hij stak zijn hand naar haar uit, gebruikte zijn vinger om haar sleutelbeen te volgen, en daarna waren er geen woorden meer nodig.

Later gingen ze samen onder de douche en kleedden ze zich aan. Maria droogde haar haar en deed make-up op terwijl Colin tegen de wastafel naast haar leunde, met een kop koffie in zijn handen.
'Gaan we ergens heen?' vroeg hij.
'Brunch. Met mijn ouders.'
'Klinkt goed. Maar ik moet me wel eerst aankleden. Hoe laat?'
'Elf uur.'
'Ik neem aan dat we er niet samen heen rijden.'
'Dat is waarschijnlijk niet zo'n goed idee. Het wordt al moeilijk genoeg voor ze om zich voor te bereiden op je bezoek. Want deze keer zullen ze je een heleboel vragen stellen.'
'Oké.'
Maria liet haar mascarastaafje zakken en pakte zijn hand. 'Vind je dat vervelend? Of eng?'
'Nee.'
'Nou, ik vind het wel eng,' gaf ze toe, weer verdergaand met haar make-up. 'Sterker: het is allemaal doodeng.'
Hij nam een slok koffie. 'Wat ga je ze over me vertellen?'
'Zo weinig mogelijk, hoop ik. Elk detail zal alleen maar meer vragen oproepen die jij zou moeten beantwoorden, niet ik.'
'Waar hoop je op voor vandaag?'
'Dat mijn moeder erdoorheen komt zonder te huilen, en mijn vader zonder dat hij eist dat je het huis verlaat.'
'Je legt de lat niet erg hoog.'
'Geloof me,' zei ze. 'Hij ligt hoger dan je denkt.'

13

Colin

Om even voor elven parkeerde Colin bij het huis van Maria's ouders. Hij had geen idee hoe het gesprek met haar ouders was verlopen, en toen hij uit de auto stapte, bedacht hij dat het geen zin had om erover te speculeren, omdat hij er toch snel genoeg achter zou komen.

Als Lily in de buurt was geweest zou hij haar hebben gevraagd wat hij zou moeten meenemen naar een familiebrunch, maar zij en Evan waren al naar de kerk toen hij thuiskwam, en uiteindelijk zou het waarschijnlijk toch niet veel hebben uitgehaald. Net als iedereen zouden ze hun eigen mening vormen, en een mandje muffins zou daar niets aan veranderen.

Toch hoopte hij, terwijl hij naar de deur liep, dat alles goed ging met Maria. Eerder, op zijn weg terug naar huis, had hij vrijwel voortdurend aan haar gedacht, waarbij de ene reeks beelden plaatsmaakte voor de andere, het ene beeld nog aantrekkelijker dan het andere. Dat was een primeur voor hem, zíj was een primeur voor hem, en hij haalde even diep adem terwijl hij zichzelf eraan herinnerde dat ook al zou hij geen enkele vraag uit de weg gaan, hij zijn antwoorden op veel verschillende manieren kon formuleren, waarbij ze toch eerlijk konden blijven.

Hij klopte op de deur. Die zwaaide bijna onmiddellijk open, waardoor Serena zichtbaar werd. Hij merkte opnieuw op hoezeer ze op haar oudere zus leek, hoewel ze zelfs nog springeriger leek dan gebruikelijk, wat waarschijnlijk geen goed teken was.

'Hé, Colin,' zei ze, opzijstappend om hem binnen te laten. 'Ik zag je aan komen lopen. Kom binnen.'

'Dank je wel. Hoe was jullie etentje gisteravond?'

'Geweldig,' antwoordde ze. 'Maar dat zou ik aan jou moeten vragen.'

'We hebben het leuk gehad.'

'Dat zal best.' Serena knipoogde. 'Maria staat in de keuken met mama,' zei ze terwijl ze de deur achter hem dichtdeed. 'En ik ben verbijsterd dat je haar zover hebt gekregen om te gaan dansen.'

'Hoezo?'

'Als je dat nog niet weet, denk ik dat je zelfs nog meer tijd met haar moet doorbrengen,' antwoordde ze. 'Maar ik zal je een goede raad geven: ik zou maar niet te veel in details treden over gisteravond, en vooral niet over alles wat er eventueel na het dansen is gebeurd. Het is hier al een beetje gespannen. Ik heb een vaag vermoeden dat mijn ouders denken dat je een terrorist bent.'

'Oké.'

'Ik overdrijf misschien, maar wie zal het zeggen?' kwetterde ze. 'Ik kwam hier pas aan toen ze met z'n drieën klaar waren met praten, en mijn ouders hebben me nauwelijks begroet. Het enige wat ik zeker weet is dat mijn vader niet glimlachte en dat mijn moeder maar kruisjes bleef slaan, ondanks het feit dat het etentje met de directeur van de stichting echt goed ging gisteravond… niet dat mijn probleempjes op dit moment belangrijk zijn. Hoe dan ook, ik besloot dat het maar beter was om gewoon in de woonkamer op je te wachten.'

Tegen die tijd hadden ze de keuken bereikt, waar hij Maria bij een sissende koekenpan zag staan terwijl haar moeder een kleine ovenschaal uit de oven trok. Het rook er naar bacon en kaneel.

'Colin is er,' riep Serena.

Maria draaide zich om en hij zag dat ze een schort droeg. 'Hoi Colin,' zei ze gespannen. 'Je kent mijn moeder nog wel, hè?'

Carmen glimlachte geforceerd en onecht, en hoewel Colin het zich misschien inbeeldde, leek ze bleker dan een paar dagen geleden. 'Goedemorgen, mevrouw Sanchez,' zei hij, met het idee dat een beetje formaliteit waarschijnlijk een goede gok was.

'Goedemorgen.' Ze knikte, en duidelijk niet op haar gemak richtte ze haar aandacht weer op de schaal en zette hem op een ijzeren rek op het aanrecht.

Serena leunde naar hem toe. 'Mijn moeder heeft besloten speciaal voor jou een Amerikaans ontbijt te maken,' fluisterde ze. 'Bacon met eieren, wentelteefjes en kaneelbroodjes. Dat was uiteraard voordat Maria haar over jou had verteld.'

Maria haalde een paar repen bacon uit de pan en legde ze op een met een servet bedekt bord naast het fornuis. 'Hé, Serena. Wil je het even van me overnemen?'

'Graag,' kwetterde Serena. 'Maar alleen als ik dat coole schort aan mag.'

Maria begon naar hen toe te lopen, deed al lopend het schort af en gaf het aan Serena alsof het heel gewoon was om van plaats te verwisselen. Colin nam aan dat dat in deze keuken ook zo was. Serena begon in het Spaans tegen haar moeder te kletsen terwijl ze het schort aantrok.

Van dichtbij merkte Colin spanning op in de manier waarop Maria zich bewoog. Ze gaf hem een kusje op zijn wang, en zorgde ervoor dat ze wat afstand tussen hen bewaarde. 'Kon je het makkelijk vinden?'

'Google,' antwoordde hij. Hij wierp een blik over zijn schouder, en het was onmogelijk om niet te zien dat Carmen een beetje fronste. Hij was ervan doordrongen dat hij niet moest vragen hoe het eerder was gegaan; dus bleef hij maar zwijgen. Maria dempte haar stem, met een bezorgde uitdrukking op haar gezicht.

'Vind je het goed om met mijn vader te praten voordat we gaan eten?'

'Oké.'

'En eh...' Ze maakte haar zin niet af.

'Het is je vader,' zei hij. 'Ik zal eraan denken.'

Ze knikte bijna onmerkbaar. 'Ik blijf hier om mijn moeder in de keuken te helpen. Mijn vader zit aan de tafel op de veranda aan de achterkant. Wil je koffie?'

'Nee, dank je,' antwoordde Colin.

'Water?'

'Nee, dank je,' zei hij weer.

'Oké...' Ze zette een stap naar achteren. 'Ik denk dat ik dan maar weer naar de keuken moet gaan.'

Colin keek toe terwijl ze wegliep, langs een koelkast gesierd met tientallen foto's, brieven en andere aandenkens, waarna ze zich weer omdraaide. Hij liep naar de schuifpui, en zodra hij de deur opendeed, draaide Felix zich naar hem toe. Hij zag minder boosheid dan hij had verwacht, hoewel de schrik en de teleurstelling duidelijk zichtbaar waren, net als een onmiskenbare vijandschap. Op zijn schoot lag een wit hondje te slapen.

Colin sloot de deur achter zich en liep naar Felix toe, strak voor zich uit kijkend. Toen hij bij de tafel kwam, stak hij zijn hand uit.

'Goedemorgen, meneer Sanchez. Maria zei dat u me wilde spreken.'

Felix keek naar de hand voordat hij met tegenzin zijn eigen hand aanbood. Colin bleef staan en wachtte tot Felix hem uitnodigde om aan tafel te komen zitten. Uiteindelijk knikte Felix naar een stoel, en Colin ging zitten. Hij sloeg zijn handen in elkaar, liet ze voor zich rusten en zei niets. Het had geen zin te proberen over koetjes en kalfjes te praten of net te doen alsof hij niet wist waar Felix over wilde praten.

Felix had geen haast om te praten en nam de tijd om hem onderzoekend te bekijken. 'Maria zei dat je problemen met de politie hebt gehad,' begon hij uiteindelijk te zeggen. 'Is dat waar?'

'Ja,' antwoordde Colin. Gedurende het half uur daarna kwam het hele verhaal er stukje bij beetje uit, grotendeels zoals het er die eerste avond op het strand met Maria uit was gekomen. Hij probeerde zijn verleden niet mooier te maken dan het was en probeerde Felix niet te misleiden; hij was wie hij was. Net als bij Maria het geval was geweest, was Felix zo nu en dan overduidelijk gechoqueerd en hij drong aan op verdere uitleg; toen Colin uiteindelijk vertelde wat er op de eerste militaire school was gebeurd die hij had bezocht, dacht Colin dat hij een flits van plotseling begrip zag. Tegen de tijd dat hij klaar was, was Felix minder gespannen dan hij was geweest toen Colin bij hem op de veranda was gaan zitten, maar het was ook duidelijk dat hij tijd nodig had om na te denken over alles wat hij had gehoord. Dat was niet verrassend. Felix was een vader en Maria was zijn dochter, en hij had zijn grenzen.

'Je beweert dat je bent veranderd en ik zou je graag geloven, maar ik weet niet of ik dat wel doe.'

'Oké.' Colin knikte.

'En als je nu eens opnieuw wordt gearresteerd?'

'Dat ben ik niet van plan.'

'Dat is het probleem. Mensen zijn dat zelden van plan.'

Colin zei niets. Er viel eigenlijk niets te zeggen.

Felix ging door met het witte hondje aaien. 'Als je wel wordt gearresteerd, wat gebeurt er dan?'

'Dan ga ik niet meer met haar om. Dan maak ik het uit. Het allerergste voor haar zou zijn als ze het idee had dat ze moest wachten.'

Na een tijdje knikte Felix kort, tevredengesteld maar nog steeds niet zeker of hij het geloofde. 'Als je mijn dochter ooit pijn doet of haar in gevaar brengt...'

Hij maakte zijn zin niet af, maar dat was ook niet nodig. Colin wist wat Felix wilde horen en omdat het waar was, had hij er geen moeite mee het te zeggen.

'Dat zal niet gebeuren.'

'Ik heb je woord.'

'Ja.'

Net op dat moment stak Maria haar hoofd naar buiten, duidelijk nerveus maar ook opgelucht dat ze geen geschreeuw had gehoord. 'Zijn jullie twee bijna klaar? De brunch is gereed.'

Felix blies zijn adem uit. 'We zijn klaar,' zei hij. 'Laten we gaan eten.'

Toen ze klaar waren met eten, begonnen Serena en haar ouders op te ruimen terwijl Maria bleef zitten met Colin. 'Wat heb je hem verteld?' vroeg Maria.

'De waarheid,' antwoordde Colin.

'Alles?'

'Ja.'

Maria leek perplex. 'Dan ging het veel beter dan ik had gedacht.'

Maria had gelijk: de brunch was relatief aangenaam geweest, met Serena die babbelde over de beurs, Steve en de escapades van haar vele vrienden en vriendinnen. Felix en Carmen hadden zo nu en dan vragen gesteld, zelfs een paar aan Colin, hoewel die allemaal over werk of school gingen. Toen hij iets zei over het kooivechten, had hij het idee dat Carmen een beetje bleek was geworden.

'Toch...' zei Maria. 'Ik denk dat je gelijk had. Het was het beste om het allemaal maar meteen op tafel te leggen.'

Soms, dacht Colin. Niet altijd. Felix was beleefd geweest, maar er was geen spoor van warmte of vertrouwen. Dat zou tijd kosten, als het ooit al mogelijk was. Maar dat zei hij niet. In plaats daarvan liep hij naar de deur.

'Heb je zin om straks wat te gaan suppen?' vroeg hij.

'Wat vind je ervan om iets anders te gaan doen, zoals... jetskiën? We kunnen jetski's huren op het strand. Vind je dat een leuk idee?'

Hij dacht terug aan hoe ze eruitzag in bikini. 'Dat klinkt eigenlijk geweldig.'

Later die middag zagen ze elkaar op Wrightsville Beach en brachten ze een paar uur door op jetski's, waarna Colin weer naar huis ging om nog snel een work-out in te passen. Ze aten bij Maria thuis en toen, net als de nacht ervoor, brachten ze de paar uur daarna in elkaars armen door.

Maandagochtend kwam te snel, maar die week brachten ze zo veel mogelijk tijd met elkaar door. Ze lunchten twee keer samen en op woensdag bracht ze de avond door in Crabby Pete's, waar ze met een suikervrije Pepsi zat te werken aan een verweerschrift voor Barney, met haar MacBook voor zich op de bar. Afgezien van de tijd dat hij naar school of op zijn werk was, een paar uur voor de work-outs en de familiebrunch, waren ze bijna elke minuut samen, en gingen ze zowel naar de boerenmarkt als naar het aquarium, waaraan Colin voorheen nooit zou hebben overwogen een bezoek te brengen.

Ondertussen probeerde hij wat hij voor haar voelde gewoon te accepteren. Hij dacht er niet over na, maakte zich er geen zorgen om, probeerde het niet te doorgronden. In plaats daarvan genoot hij van het gevoel dat hij kreeg als ze lachte, en hoe sexy ze was als ze haar wenkbrauwen fronste wanneer ze zich concentreerde; hij genoot van hoe haar hand in die van hem voelde terwijl ze liepen te praten, hun gesprekken zwalkend van ernstige onderwerpen naar heel onbenullige.

Op zondagavond, in bed nadat ze met elkaar hadden gevreeën, lag Maria op haar buik, met haar voeten in de lucht, wat druiven te eten. Colin kon met geen mogelijkheid zijn ogen van haar afhouden en bleef maar naar haar kijken, tot ze speels een druif naar hem smeet.

'Hou op met staren. Je geeft me een ongemakkelijk gevoel.'

Hij pakte de druif en stopte hem in zijn mond. 'Waarom?'

'Misschien omdat ik katholiek ben en we niet getrouwd zijn?'

Hij lachte. 'Je moeder vroeg of ik katholiek was, hè? Toen we die eerste keer kwamen lunchen.'

'Versta je Spaans?'

'Niet echt. Ik heb het op de middelbare school gehad en haalde maar net een voldoende, maar ik hoorde mijn naam en het woord "*católico*" toen ze bij de tafel stond. Dat was niet zo moeilijk te vertalen. Maar inderdaad,' vervolgde hij, 'ik ben katholiek opgevoed. Ik ben gedoopt en gevormd, het hele zwikkie. Maar ik ben in feite opgehouden met naar de kerk gaan toen ik van school werd gestuurd, dus weet ik niet zeker wat ik nu dan ben.'

'Ze zal er evengoed blij mee zijn.'

'Mooi zo.'

'Hoe kan het dat je gevormd bent als je niet meer naar de kerk ging?'

'Donaties, denk ik. Het zal wel een grote zijn geweest, want de pastoor liet me tijdens de zomer een stoomcursus doen en ook al heb ik er niets aan gedaan, het jaar daarop hebben ze me evengoed het vormsel toegediend.'

'Dat is een beetje valsspelen, eigenlijk.'

'Dat is niet een beetje valsspelen, dat ís valsspelen. Een voordeel was dat ik er een go-kart aan overhield, dus dat was wel fijn.'

'Een go-kart?'

'Anders wilde ik niet meewerken. Niet dat ik er veel aan heb gehad. Ik reed hem binnen een paar weken total loss en weigerde de rest van de zomer met mijn ouders te praten omdat ze geen nieuwe voor me wilden kopen.'

'Leuk,' zei ze sarcastisch.

'Ik heb nooit onder stoelen of banken gestoken dat ik moeilijk was.'

'Daar ben ik me van bewust.' Ze glimlachte. 'Maar soms zou ik willen dat je me op een goede manier verrast als je over je jeugd praat.'

Daar dacht hij even over na. 'Ik heb ooit het ex-vriendje van mijn oudere zus in elkaar geslagen. Geldt dat? Want hij was een enorme klootzak.'

'Nee, dat telt niet.'

Hij glimlachte. 'Wil je morgen lunchen?'

'Dat zou ik graag willen, maar dat heb ik al aan Jill beloofd. Ze heeft me eerder al ge-sms't en ik vergat het je te zeggen. Maar ik sta wel open voor een diner laat op de avond.'

'Dan kan ik niet,' zei hij. 'Ik moet werken.'

'Bedoel je dat we elkaar morgen dan misschien niet zien? Wat moet ik dan in hemelsnaam doen?'

Misschien was het de speelsheid in haar toon of het feit dat een heerlijk lang weekend eindelijk tot een eind kwam, maar hij reageerde niet. In plaats daarvan staarde hij alleen maar naar haar, merkte hij de sensuele rondingen van haar lichaam op, perfect in bijna elk opzicht. 'Je bent ongelooflijk mooi,' fluisterde hij.

Een lichte glimlach speelde om haar lippen, verleidelijk en lief. 'Ja?'

'Ja,' echode hij, en terwijl hij naar haar bleef kijken, kon hij het gevoel niet van zich afschudden dat een lange reis eindelijk tot een einde kwam. Hij wist wat dat betekende, en terwijl het gevoel nog maar een maand geleden onvoorstelbaar was geweest, was er geen reden om het te ontkennen. Hij stak zijn arm naar haar uit en liet zijn vingers zachtjes door haar haar gaan, wat heerlijk voelde, en hij ademde langzaam uit. 'Ik hou van je, Maria,' mompelde hij uiteindelijk. Hij zag haar verbazing plaatsmaken voor besef.

Met zijn hand nog steeds in haar haar sloeg ze die van haar eromheen.

'O, Colin,' fluisterde ze, 'ik hou ook van jou.'

14

Maria

De volgende ochtend vroeg vreeën ze; daarna zei Colin tegen haar dat hij een work-out wilde doen voordat de lessen begonnen, en hoewel de zon nog niet op was toen hij wegging, lag Maria te woelen en te draaien, en lukte het haar niet meer in slaap te vallen. Uiteindelijk stond ze maar op, vastbesloten om wat werk te doen dat ze te lang had laten sloffen.

Ze zette koffie, ging onder de douche en kleedde zich aan, en met de beste bedoelingen opende ze haar MacBook om wat werk te verzetten in de anderhalf uur voordat ze naar kantoor ging. En toch kon ze, terwijl ze er goed voor ging zitten, een miniem maar toch steeds sterker wordend gevoel niet kwijtraken dat er iets niet in de haak was. Ook al onderzocht ze haar gevoelens nauwkeurig, ze kon de oorzaak niet aanwijzen. De timing deed haar vermoeden dat het iets met Colin te maken had; de relatie had zich absoluut als een wervelwind ontwikkeld, al had ze er zeker geen spijt van. Ze waren verliefd geworden op elkaar, en daar was niets mis mee. Het was normaal. Het gebeurde elke dag bij andere mensen. En gezien de tijd die ze hadden doorgebracht met elkaar leren kennen, was het niet eens zo heel onverwacht.

Dus wat zat haar in hemelsnaam dwars?

Ze vulde haar kop nog eens en liep weg van de tafel naar het balkon, waar ze keek naar de havenstad die langzaam tot leven kwam.

Een lichte mist hing vlak boven de trottoirs, waardoor het net leek alsof ze onscherp waren. Terwijl ze slokjes nam van haar koffie, herinnerde ze zich dat ze op dezelfde plek had gestaan op de avond dat ze voor het eerst met elkaar naar bed waren geweest, en hoewel het een glimlach op haar gezicht bracht, ging de herinnering gepaard met een duidelijke steek ongerustheid.

Oké, dus misschien waren haar gevoelens voor Colin niet zo eenvoudig en duidelijk als ze wilde doen voorkomen. Maar wat was het precies dat haar in de war bracht? Dat ze met elkaar naar bed gingen? Wat ze vannacht tegen elkaar hadden gezegd? Het feit dat haar ouders hem niet goedkeurden? Of dat ze zich een maand geleden niet eens had kunnen voorstellen dat ze zou vallen voor iemand als hij?

Dat is wel een goede samenvatting van wat er aan de hand is, gaf ze toe. Maar waarom deze onrust déze ochtend? Het was belachelijk om te denken dat alleen maar het zeggen van 'Ik hou van je' haar zo uit haar evenwicht kon brengen. Qua logica sloeg het nergens op. Ze dronk haar koffie op en besloot om eerder naar haar werk te gaan, ervan overtuigd dat ze van een mug een olifant maakte.

En toch ging het gevoel de hele ochtend niet weg; zo mogelijk werd het alleen nog maar sterker. Tegen tien uur was zelfs haar maag een beetje van streek geraakt. Hoe meer ze zichzelf ervan probeerde te overtuigen dat het nergens op sloeg om zich druk te maken over Colin, hoe moeilijker ze het vond om zich te concentreren. Terwijl de klok richting het middaguur tikte, kon ze alleen maar denken aan dat ze met Jill moest praten.

Maria vertelde alles, inclusief hoe ze zich voelde, terwijl Jill verschillende stukjes sushi van de schaal op haar bord legde en ze naar binnen begon te schrokken. Zelf legde Maria één stukje op haar bord voor ze besefte dat ze dat met geen mogelijkheid naar binnen zou kunnen werken. Tegen de tijd dat ze klaar was met praten, zat Jill te knikken.

'Dus even voor de duidelijkheid,' zei Jill. 'Je hebt een vent ontmoet, jullie zijn met elkaar naar bed geweest nadat jullie nog niet zo lang met elkaar uitgingen, je hebt hem aan je ouders voorgesteld en ze zijn niet halsoverkop gevlucht, en hij heeft tegen je gezegd dat hij van je hield. En toen, vanochtend, begon je plotseling alles in twijfel te trekken. Heb ik het zo correct samengevat?'

'Zo ongeveer.'

'En je weet niet goed waarom?'

Maria trok een lelijk gezicht. 'Doe me een lol en vertel het me.'

'Het is simpel. Je maakt gewoon de volwassenenversie van de *walk of shame* door.'

'Pardon?'

'Ken je de walk of shame niet? Van de universiteit? Als je te veel had gedronken op een feestje en je met een jongen was meegegaan van wie je dacht dat hij perfect was, en dan, als het ochtend werd, je niet kon geloven wat er zojuist was gebeurd? En dat je dan over de campus terugliep naar je kamer terwijl je je afvroeg waar je in godsnaam mee bezig was, nog steeds in dezelfde kleren die je de avond ervoor aanhad?'

'Ik weet wat de walk of shame is. En dat is het helemaal niet.'

Jill gebruikte haar eetstokjes om het laatste makirolletje op te pakken. 'Misschien niet precies, maar het zou me verbazen als je emoties niet heen en weer slingerden van het ene uiterste naar het andere, en dat is wat de meeste meisjes meemaken tijdens de walk of shame. Zo van: "Is dat echt gebeurd? Was het net zo leuk als ik me herinner? Wat heb ik gedaan?" Als je als een baksteen voor iemand valt, is dat doodeng. Daarom heet het ook "vallen" voor iemand, en niet "naar iemand toe zweven". Vallen is eng. Zweven is een beetje dromerig.' Ze schudde haar hoofd meewarig naar Maria's bord. 'Ik heb zojuist al ons eten opgegeten en ik ga jou de schuld geven wanneer ik op de weegschaal ga staan.'

'Met andere woorden: je denkt dat wat ik doormaak normaal is?'

'Ik zou me veel meer zorgen maken als je niet alles in twijfel trok. Want dat zou betekenen dat je gek was.'

'Is dit ook gebeurd met Paul? In het begin, toen je verliefd op hem werd?'

'Natuurlijk. De ene dag was hij het enige waar ik aan kon denken, en de volgende vroeg ik me af of ik niet de grootste fout van mijn leven aan het begaan was. En ik zal je een geheimpje verklappen: dat gebeurt soms nog steeds. Ik weet dat ik van hem hou, maar ik weet niet of ik genoeg van hem hou om voor altijd een relatie met hem te hebben. Ik wil trouwen en kinderen krijgen. Of ten minste één. En trouwens? Zijn ouders mogen me niet zo, en daar heb ik ook moeite mee.'

'Waarom mogen ze je niet?'

'Ze vinden dat ik te veel praat. En dat ik te eigenwijs ben.'

'Dat meen je niet.'

'Belachelijk, hè?'

Maria lachte even en werd daarna weer ernstig. 'Volgens mij is het zo moeilijk omdat alles aan Colin en mij zo... vreemd lijkt. Met Luis was het allemaal logisch. We waren eerst vrienden, en zelfs toen we een relatie hadden, moet het wel zes maanden hebben geduurd voor ik tegen hem zei dat ik van hem hield. Mijn ouders mochten hem, en hij kwam uit een goede familie, en er was niets aan zijn verleden om zelfs maar vragen over te stellen.'

'Als ik het me goed herinner, heb je me volgens mij ook verteld dat Serena Luis helemaal niet mocht. En uiteindelijk bleek hij een egoïstische eikel te zijn.'

O ja. Dat. 'Maar...'

'Luis was je eerste liefde. Je kunt wat er toen is gebeurd niet vergelijken met wat er nu gebeurt.'

'Dat zei ik net.'

'Je snapt niet wat ik bedoel. Ik bedoel dat eerste liefdes altíjd logisch zijn, omdat je niet beter weet. Alles gebeurt voor het eerst en als er waarschuwingsbellen afgaan, worden ze overstemd door de pure nieuwigheid van alles. In het begin, tenminste. Nu ben je ouder en wijzer, en heb je iemand nodig in je leven die ook ouder en wijzer is. Je wilt iemand die geen spelletjes speelt, en bij Colin weet je precies wat je aan hem hebt. Je vertrouwt hem en je vindt het fijn om bij hem te zijn. Of tenminste, dat heb je me verteld.'

'En je vindt niet dat het allemaal te snel gaat?'

'Vergeleken met wat? Het is jouw leven. Mijn advies is om het over je heen te laten komen en het per dag te bekijken. En nogmaals: wat je vandaag voelt is volkomen normaal.'

'Ik zou me liever helemaal niet zo voelen.'

'Wie wel? Maar ik heb zo'n vermoeden dat je je beter zult voelen zodra je weer met hem gesproken hebt. Zo gaat het meestal.'

Maria duwde haar eenzame stukje sushi rond over haar bord en begon eindelijk weer een beetje trek te krijgen. 'Ik hoop dat je gelijk hebt.'

'Natuurlijk heb ik gelijk. Liefde maakt alles ingewikkeld en emoties vliegen in het begin altijd alle kanten op. Maar als het echt is, moet je je er stevig aan vasthouden, want we zijn allebei oud genoeg om te weten dat ware liefde niet zo heel vaak langskomt.'

Na de lunch met Jill voelde Maria zich inderdaad beter. Misschien niet helemaal normaal, maar tenminste weer een beetje stabíél. Hoe meer ze erover nadacht, hoe meer ze moest erkennen dat Jill ongeveer overal gelijk in had gehad. Verliefd worden was inderdaad een beetje beangstigend, het zou iedereen een beetje duizelen in het begin. Het was zo lang geleden dat ze was vergeten hoe het ook alweer voelde.

Jill had ook de spijker op zijn kop geslagen toen ze Maria had verzekerd dat praten met Colin zou helpen om haar twijfels weg te nemen. Hij belde even na vieren terwijl hij op weg was naar zijn werk. Hoewel ze niet lang met elkaar kletsten, leek alleen al het horen van zijn stem de spanning in haar nek en schouders te verminderen. En toen hij vroeg of ze de volgende avond vrij was en of ze samen iets konden doen, besefte ze hoe graag ze dat juist wilde.

De gedachte dat ze na het werk bij Colin zou zijn zorgde ervoor dat de volgende dag vlugger voorbijging dan gewoonlijk. Zelfs Barney – die óf langskwam in haar kantoor, óf wel tien keer belde om de laatste updates over verschillende zaken te vragen – kon haar goede humeur niet verpesten. Toen de telefoon halverwege de middag ging, nam ze automatisch op in de verwachting Barneys stem te horen. Maar het was Jill.

'Nu is hij zich gewoon aan het uitsloven,' kondigde haar vriendin aan.

Het duurde een tel voor ze de stem herkende. 'Jill?'

'Dus óf jullie twee hebben gisteravond ruziegemaakt en hij hoopt dat je hem zult vergeven, óf hij probeert andere mannen te kijk te zetten.'

'Waar heb je het over?'

'Colin. En het boeket rozen dat hij je net heeft gestuurd.'

'Heeft hij rozen gestuurd?'

'Waar dacht je dan dat ik het over had? De bezorger staat op je te wachten.'

Maria keek op haar telefoon en zag welke lijn het was. 'Waarom bel je met Gwens telefoon in de lobby?'

'Omdat ik toevallig met Gwen aan het praten was toen de bezorger binnenliep, en ik stond erop dat ik jou mocht bellen, want dit begint belachelijk te worden. Weet je hoe vaak Paul me rozen heeft gestuurd op mijn werk? Wat dacht je van nog nooit? En als je niet gauw hierheen komt, pak ik het boeket misschien en ga ik erop staan stampen omdat het me weer helemaal aan het twijfelen brengt over mijn eigen relatie. En geloof me; dat wil je niet op je geweten hebben.'

Maria begon te lachen. 'Niet stampen, oké? Ik kom eraan.'

Toen ze de lobby in kwam, zag ze Jill naast een bezorger met een honkbalpetje op staan die, inderdaad, een boeket roze rozen vasthield. Voordat ze hem kon bedanken gaf de bezorger het boeket aan haar en draaide hij zich abrupt om. Een ogenblik later ging de deur van de lobby al achter hem dicht, bijna alsof hij er nooit geweest was.

'Aardige vent,' merkte Jill op. 'Hij kon niet eens even kletsen. Hij bleef alleen maar je naam zeggen als ik een vraag stelde. Maar je moet toegeven dat het boeket prachtig is.'

Maria kon haar niet anders dan gelijk geven. De knoppen, omgeven door gipskruid, waren nog gesloten of begonnen zich net te openen, en toen ze zich boog om eraan te ruiken, zag ze dat de bloemist zo attent was geweest om de doorns eraf te halen. 'Niet te geloven dat hij dit doet,' zei ze, de heerlijke geur van het boeket opsnuivend.

'Het is bijna triest,' zei Jill hoofdschuddend. 'Hij moet haast problemen hebben met zijn zelfvertrouwen. Omdat hij altijd jouw waardering probeert te krijgen, bedoel ik.'

'Volgens mij heeft Colin geen problemen met zijn zelfvertrouwen.'

'Dan is hij blijkbaar behoeftig. Je kunt het waarschijnlijk maar het beste met hem uitmaken voordat het erger wordt. Je hebt iemand nodig als Paul, een man die in eerste instantie alleen maar aan zichzelf denkt.'

Maria keek omhoog naar haar vriendin. 'Ben je nou klaar?'

'Kreeg je de indruk dat ik jaloers was?'

'Ja.'

'Oké dan. Ik ben klaar. En ik neem aan dat jullie hebben gepraat en dat alles weer goed is?'

'We hebben vanavond afgesproken zelfs.' Ze hield het boeket op voor Jill. 'Wil je dit even vasthouden terwijl ik het kaartje openmaak?'

'Waarom ook niet? Het is niet zo dat je het me probeert in te wrijven of zoiets.'

Maria rolde met haar ogen terwijl ze het kaartje eruit haalde en het begon te lezen. Ze knipperde met haar ogen en las het nog eens, en haar wenkbrauwen begonnen te fronsen.

'Wat is er?' vroeg Jill.

'Ik vraag me af of ze het verkeerde kaartje eraan hebben bevestigd. Ik begrijp hier helemaal niets van.'

'Wat staat er?'

Maria hield het open om het aan Jill te laten zien. 'Er staat,' las ze op, '*Je zult weten hoe het voelt.*'

Jill trok een rimpel in haar neus. 'Is dat een privégrapje of zoiets?'

'Nee.'

'Wat moet het dan betekenen?'

'Ik heb geen idee,' antwoordde Maria, die met de minuut verbaasder werd.

Jill gaf het boeket terug. 'Het is een raar zinnetje om te schrijven, vind je ook niet?'

'Heel raar,' gaf Maria toe.

'Misschien moet je hem bellen en vragen wat hij bedoelde.'

Misschien, dacht Maria. 'Hij is waarschijnlijk in de sportschool.'

'Nou en? Ik wil wedden dat hij zijn telefoon bij zich heeft. Of weet je wat het zou kunnen zijn? Misschien heeft de bloemist een fout gemaakt. Hij heeft óf het verkeerde kaartje eraan vastgemaakt, óf hij heeft het verkeerd opgeschreven.'

'Dat zou het misschien kunnen zijn,' was Maria het met haar eens, en hoewel ze zich ervan probeerde te overtuigen dat het waar was, vroeg ze zich af of een van hen het ook echt geloofde.

Nadat ze de rozen in de vaas van het eerste boeket bloemen had gezet, bleef Maria het kaartje bestuderen tot ze eindelijk besloot: o, waarom ook niet? Ze haalde haar mobieltje uit haar tas en belde Colin.

'Hé daar,' zei hij. 'Je belt toch niet om af te zeggen voor vanavond, hè?' Hij ademde zwaar, en op de achtergrond kon Maria muziek en het geluid van rennende mensen op de loopband horen.

'Nee. Ik heb er zin in. Bel ik ongelegen?'

'Helemaal niet. Wat is er?'

'Gewoon een korte vraag. Ik wilde je iets vragen over de boodschap.'

'Welke boodschap?'

'Op het kaartje dat bij de rozen zat vandaag. Op het kaartje stond "Je zult weten hoe het voelt", en ik weet niet precies wat je daarmee bedoelde.'

Ze kon hem horen ademen aan de andere kant van de lijn. 'Dat was ik niet. Ik heb je vandaag geen rozen gestuurd. Of een kaartje.'

Maria voelde plotseling iets prikkelen in haar nek. *Je zult weten hoe het voelt*? Het zou al eigenaardig zijn als Colin het had geschreven, maar als het niet van hem was, maakte dat het kaartje...

Vreemd. Griezelig zelfs.

'Wat betekent het?' zei Colin in de stilte.

'Ik weet het niet. Ik probeer er nog steeds achter te komen.'

'En je weet niet van wie het afkomstig is?'

'Er stond geen naam op het kaartje.'

Daar zei Colin niets op, en in een poging haar eigen gevoel van bezorgdheid te verbergen, veranderde ze van onderwerp. 'Ik weet dat je weer verder moet met je work-out – en ik moet weer aan het werk – maar hoe laat kom je me vanavond ophalen?'

'Wat dacht je van half zeven? Ik dacht dat we wel naar de Riverwalk konden gaan en kijken hoe het loopt. Ik ben wel in de stemming om te bewegen, niet alleen maar te zitten. En we kunnen er meteen een hapje eten.'

'Klinkt perfect. Ik heb de afgelopen dagen alleen maar op mijn stoel gezeten, en een wandeling is precies wat ik nodig heb.'

Toen ze ophingen, vormde ze zich een beeld van hoe hij eruitzag in de sportschool... maar toen viel haar blik weer op de rozen, en op het kaartje. Het kaartje zonder naam.

Je zult weten hoe het voelt.

Ze bestudeerde het kaartje nog eens, zich afvragend of ze de bloemist zou kunnen bellen en vragen wie ze had besteld, toen ze zich realiseerde dat noch de envelop noch het kaartje ook maar enige aanwijzing bevatte.

'Je bent er niet helemaal bij,' zei Colin terwijl ze hand in hand liepen over de Riverwalk, de populaire promenade langs de Cape Fearrivier. Omdat het een doordeweekse dag was, was het niet druk op straat, en hoewel het nog steeds warm was, duidde de noordelijke bries erop dat er de komende weken wel eens lagere temperaturen zouden kunnen komen. Voor het eerst in maanden was ze blij dat ze een spijkerbroek aanhad.

Ze schudde haar hoofd. 'Ik probeer er gewoon achter te komen wie me die rozen gestuurd zou kunnen hebben.'

'Misschien heb je een stille aanbidder.'

'Afgezien van jou heb ik de laatste tijd geen nieuwe mensen leren kennen. En ik ga nou ook niet echt vaak uit. Ik ga óf bij mijn ouders op bezoek, óf suppen, óf ik ben thuis.'

'Behalve als je op je werk bent.'

'Niemand op mijn werk had ze kunnen sturen,' antwoordde ze, maar al terwijl ze het zei, moest ze aan Ken denken. Hij zou dat toch niet doen? 'Bovendien, de boodschap drukt niet echt een poging uit om me me bijzonder te doen voelen. Eigenlijk precies het tegenovergestelde.'

'En een cliënt?'

'Dat zou misschien ook kunnen,' gaf ze toe, maar ze had moeite om het te geloven.

Colin kneep in haar hand. 'Je komt er hoe dan ook wel achter wie het is en waarom hij het heeft gestuurd.'

'Denk je dat het een hij is?'

'Jij niet?'

Ze knikte, er absoluut zeker van, hoewel er geen echte aanwijzing voor was. 'De boodschap... die zit me niet lekker.'

Ze hoopte dat hij iets zou zeggen waardoor ze zich beter zou voelen. In plaats daarvan zette hij eerst een paar stappen voor hij haar aankeek.

'Hij zit mij ook niet lekker.'

Door met Colin samen te zijn werd haar gevoel van onbehagen op de een of andere manier minder. Of het weerhield haar er tenminste van om lang stil te blijven staan bij de vraag wie de bloemen kon hebben gestuurd en het kaartje geschreven. Ze had geen flauw idee wie het kon zijn, afgezien van Ken, en hoewel er genoeg reden was om de man niet te mogen, kon ze zich niet voorstellen dat hij zoiets zou doen.

Terwijl zij en Colin verder liepen, spraken ze over het ene onderwerp na het andere. Uiteindelijk stopten ze om een ijsje te kopen, waarbij Colin haar verraste door er voor zichzelf ook een te bestellen. Ze aten ze op terwijl ze bij een balustrade stonden met uitzicht op de USS North Carolina, een slagschip dat uitgebreid in actie was geweest in de Tweede Wereldoorlog en dat officieel uit de vaart was genomen en nu afgemeerd lag aan de andere kant van de Cape Fear-rivier. Ze herinnerde zich hoe ze er ooit op excursie was geweest, hoe benauwd het benedendeks was geweest, het claustrofobische gevoel van de nauwe gangen en kleine kamertjes. Ze verwonderde zich hoe zeelui het maanden achtereen aan boord hadden uitgehouden zonder gek te worden.

Ze liepen de hele lengte van de Riverwalk af terwijl de ondergaande zon de rivier langzaam in goud veranderde, en snuffelden toen op hun gemak door allerlei winkeltjes die hun interesse trokken. Tegen de tijd dat de maan was beginnen te schijnen boven de horizon stopten ze eindelijk om te gaan eten, en toen ze tegenover Colin ging zitten, voelde ze dat ze hoopte dat haar ouders ooit deze kant van hem zouden leren kennen, de kant waarbij ze zich ontspannen en op haar gemak voelde. Ze wilde dat ze er getuige van zouden zijn hoe gelukkig ze was als ze bij hem was. Op de weg terug naar haar appartement nodigde ze Colin opnieuw uit om te komen brunchen, ook al wist ze niet zeker of haar ouders klaar waren voor nog een bezoek.

Toen ze die avond vreeën, was het langzaam en teder, een behoedzame dans terwijl hij boven haar bewoog, haar naam fluisterde en vertelde hoeveel ze voor hem betekende. Ze gaf zich volledig aan hem over en ging helemaal op in het moment en in hem. Nog nagenietend viel ze in slaap met haar hoofd op zijn borst, in slaap gesust door het gestage ritme van zijn hartslag. Ze werd twee keer wakker, één keer vlak na middernacht en de tweede keer een uur voor zonsopgang, en in de stilte van die momenten staarde ze naar hem, nog steeds verwonderd dat ze een stel waren geworden en er nog vaster van overtuigd dat ze ieder precies waren wat de ander nodig had.

Toen ze woensdagochtend haar kantoor binnenkwam, was haar eerste gedachte dat ze het kaartje weg moest doen. Ze scheurde het in stukjes en liet ze in de prullenbak vallen, en trok zich toen naar de computer op haar bureau toe. Haar berichten nog eens nalezend, controleerde ze of iemand van haar cliënten iets had gezegd over bloemen, maar ze vond niets.

Intussen zat Barney op haar te wachten in de vergaderruimte, en pas tegen het middaguur kwam ze eindelijk weer terug in haar kantoor. Bij haar e-mails vond ze nog weer een dossier dat Barney haar had gemaild, vergezeld van een boodschap waarin hij aanraadde om er meteen mee te beginnen aangezien hij er morgen een samenvatting van wilde hebben. Wat betekende dat ze voor de lunch alwéér een afhaalmaaltijd aan haar bureau zou moeten opeten. Een blik slaand op de rozen besefte ze dat ze ze niet in haar kantoor wilde hebben. Ze pakte het boeket en haar tas en liep het gebouw uit, de hoek omslaand naar de afvalcontainers.

Ze smeet het boeket in de afvalcontainer en begon naar haar auto te lopen, toen ze plotseling het gevoel had dat er iemand naar haar keek. Omdat ze niemand om zich heen zag, zette ze het gevoel in eerste instantie van zich af. Maar het werd sterker, en terwijl ze in haar tas naar haar autosleutels begon te graven keek ze naar het gebouw.

Daar stond Ken, achter het raam van zijn kantoor.

Ze liet haar blik weer naar haar tas zakken en deed net alsof ze hem niet had gezien. Wat deed hij en hoe lang stond hij daar al? Het zou best kunnen dat er nog iemand bij hem in het kantoor was en dat hij met zijn rug naar diegene toe stond, maar als hij bij het raam had gestaan toen ze naar buiten liep, had hij haar ongetwijfeld de rozen zien weggooien. En dat was niet goed. Als hij ze had gestuurd, zou hij waarschijnlijk boos worden; als hij ze niet had gestuurd, zou hij kunnen veronderstellen dat zij en Colin ruzie hadden. In beide gevallen was ze bang dat Ken wel eens de behoefte zou kunnen voelen om weer langs te komen in haar kantoor voor verdere discussies over de vraag of ze wel echt een 'teamspeler' was.

Toen ze de deur van haar auto opendeed, werd ze getroffen door een golf hitte die uit de auto kwam. Die had de hele tijd in de volle zon gestaan, en zodra ze de motor had gestart, zette ze de airconditioning aan. Ze besloot naar de biologische markt te rijden, waar een fantastische saladebar zat, en toen ze de parkeerplaats af reed, keek ze in haar achteruitkijkspiegel, ervan uitgaand dat Ken weg zou zijn.

Maar hij stond nog steeds voor het raam. En hoewel ze te ver weg was om het zeker te weten, kon ze het gevoel niet afschudden dat hij de hele tijd naar haar had staan kijken.

Toen ze terugkwam van de winkel parkeerde ze op dezelfde plek als die ze had verlaten, en besloot de ramen op een kier te laten om het binnenin af te laten koelen. Kens auto was al weg, en afgaande op het verleden zou hij pas rond half twee terug zijn. Opgelucht probeerde ze zich weer op haar werk te richten. Door alle gedoe met de rozen, de boodschap en nu Ken, was ze bijna zover dat ze haar spullen pakte en naar huis ging. Misschien kon ze zeggen dat ze migraine had en eerder naar huis gaan... maar wat had het voor zin? Barney zou evengoed van haar verwachten dat ze het werk zou afmaken, en zelfs thuis wist ze dat ze de gebeurtenissen van vandaag niet los zou kunnen laten.

Je zult weten hoe het voelt.

Hoe wat voelt?

Was Ken, omdat ze zijn avances had afgewezen, van plan haar leven op het werk zelfs nog ellendiger te maken?

En zo ja, wat zou dat inhouden?

Ze probeerde de vragen van zich af te zetten terwijl ze een tijdlijn opstelde voor een cliënt die bij een val gewond was geraakt en nu een warenhuis aanklaagde. Ze zou er de rest van de middag voor nodig hebben en terwijl ze aantekeningen begon te maken viel het haar op dat haar hele vak deel uitmaakte van een enorm spel, waarbij het doel was om zo veel mogelijk declarabele uren te verzamelen, waarbij advocaten de enige gegarandeerde winnaars waren.

Het was een cynische kijk, maar hoe kon ze anders verklaren dat ze het altijd druk had ondanks het feit dat de rechtspraak bepaald niet snel werkte? Ze was nog steeds bezig met zaken die jaren geleden al ingediend waren, en de zaak die Barney haar zojuist had toegewezen zou zeker de komende achttien maanden voorlopig geen kans maken om de rechtszaal te halen. En dat dan alleen als alles soepel verliep, wat vrijwel onmogelijk was, aangezien er nooit iets soepel verliep. Dus waarom had Barney die tijdlijn morgen al nodig? Wat was er zo urgent?

In haar achterhoofd bleef ze Ken voor zich zien zoals hij naar haar had staan kijken. Ze was niet van plan hem nog eens de kans te geven haar te overrompelen als hij langskwam om zogenaamd over haar carrière te praten. Ze besloot de deur van haar kantoor wijd open te laten staan, ook al werd ze vaak afgeleid door de achtergrondgeluiden van het kantoor. Op die manier zou ze, als Ken besloot haar een bezoekje te brengen, een paar seconden extra hebben om zich voor te bereiden.

Vanuit haar raam kon ze Kens parkeerplek zien. Zoals te verwachten viel, reed de man in een rode Corvette, en precies om half twee kwam hij aangereden. Ze verwachtte half dat hij, zodra hij het gebouw was binnengestapt, langs zou komen, maar tot haar opluchting verscheen hij niet. En ook later kwam hij niet langs, zelfs niet om de paralegals te bezoeken. Toen hij om vijf uur nog steeds niet was komen opdagen, prentte ze zich in om niet tot laat te blijven doorwerken. Ze deed haar MacBook dicht, pakte papieren kopieën van haar bestanden bij elkaar en laadde alles in haar tas. Uit het raam glurend moest ze wel twee keer kijken tot het tot haar doordrong dat Kens auto al weg was.

Nou ja. Morgen zouden er ongetwijfeld nog meer verrassingen voor haar zijn.

Ze verliet haar kantoor, zei Jill gedag en liep naar haar auto. Zoals altijd liep ze eerst om naar het portier aan de bijrijderskant zodat ze haar tas op de stoel kon zetten, maar zodra ze hem opentrok, slaakte ze onwillekeurig een kreet.

Het boeket rozen, al verdorrend in de warmte, lag netjes uitgespreid op de stoel, alsof het haar probeerde te sarren.

Colin zat tegenover haar in haar woonkamer, met zijn ellebogen op zijn knieën. Maria had hem meteen gebeld nadat ze de rozen weer in de afvalcontainer had gegooid, en hij stond al voor haar deur te wachten toen ze thuiskwam.

'Ik snap het niet,' zei ze, nog steeds ongerust en paniekerig. 'Wat wil Ken nou?'

'Je weet wat hij wil.'

'En hij denkt dat dit de beste manier is om het te krijgen? Door me bloemen en een raar niet ondertekend briefje te sturen? En door de rozen weer terug te proppen in mijn auto en me de stuipen op het lijf te jagen?'

'Daar kan ik geen antwoord op geven,' zei Colin. 'Ik denk dat de echte vraag is wat je eraan gaat doen.' Hij bleef haar aankijken, onbeweeglijk, maar de spanning in zijn kaak maakte duidelijk dat hij net zo van streek was door het hele gebeuren als zij.

'Ik weet niet óf ik wel iets kan doen. Op het kaartje stond geen naam en ik heb hem niet daadwerkelijk de rozen in mijn auto zien stoppen. Ik kan niets bewijzen.'

'En je weet zeker dat het Ken was?'

'Wie kan het anders zijn geweest? Er was verder niemand in de buurt.'

'Weet je dat zeker?'

Ze deed haar mond open om te antwoorden, maar deed hem snel weer dicht, omdat ze het alternatief niet eens in overweging had genomen. Alleen het feit dat ze niemand anders had gezien betekende nog niet dat er ook niemand anders geweest was, maar het idee was te beangstigend om over na te denken.

'Hij is het,' zei ze. 'Het moet hem wel zijn.' Maar zelfs in haar eigen oren klonk het alsof ze zichzelf probeerde te overtuigen.

15

Colin

Colin bracht de nacht door bij Maria. Hoewel ze hem niet had gevraagd te blijven, had hij geweten dat ze niet wilde dat hij wegging. Ze was het grootste deel van de avond gespannen, niet in staat iets te eten, en hij voelde aan haar dat haar gedachten steeds afdwaalden. Nadat ze uiteindelijk in slaap was gevallen, lag hij naar het plafond te staren en probeerde de stukjes in elkaar te passen. Ze had hem genoeg over Ken verteld om zich een vrij goed beeld van hem te vormen, en sinds die tijd had hij steeds de neiging moeten bedwingen om de man op te zoeken. De seksuele intimidatie was al erg genoeg, maar Ken was ook nog een bullebak, en Colin wist uit eigen ervaring dat mensen zoals hij niet ophielden met hun machtsmisbruik tenzij iemand hen ertoe dwong. Of hun de stuipen op het lijf joeg.

Maria had echter duidelijk gemaakt dat ze niet wilde dat Colin met Ken praatte of zelfs maar bij hem in de buurt kwam, al was het alleen maar voor Colins eigen bestwil. Dat begreep Colin: de man was tenslotte een bekende advocaat, en alleen al de verdenking van bedreiging was misschien genoeg om Colin achter de tralies te krijgen. Hij twijfelde er niet aan dat Margolis en de plaatselijke rechters daar wel voor zouden zorgen.

Toch had hij een steeds verwarrender gevoel over de situatie gekregen naarmate ze er meer over hadden gepraat. Het briefje, gecombineerd met het feit dat de rozen in haar auto waren gelegd, voelde als een dreigement. Het voelde persoonlijk, en hoewel Ken moeite had zijn libido te beteugelen en ook echt aan het raam had gestaan, klopte de rest niet. Waarom dat kaartje? Hoe had Ken geweten dat Maria zou besluiten om de rozen op dat moment weg te gooien? Of als Ken van plan was geweest ze in de auto te leggen, waarom was hij dan voor het raam blijven staan, wetende dat Maria ongetwijfeld zou aannemen dat hij de schuldige was? Hij moest beseffen dat als hij Maria bang maakte, dat de kans groter maakte dat ze aangifte zou doen van zijn intimidatie. En als een andere medewerker in het kantoor nu eens had gemerkt dat hij de rozen uit de afvalcontainer had gehaald en ze in Maria's auto had gelegd? Zou hij bereid zijn geweest dat soort risico te nemen? De meeste werkkamers hadden ramen.

En wat betekende dat alles bij elkaar? Als Ken het had gedaan, was hij zeker uitgegleden en keihard op zijn achterhoofd gevallen, want hij kon duidelijk niet helder nadenken. En als het Ken nu eens níét was?

Dat was de vraag die hem het meest dwarszat.

Toen Maria die ochtend wakker werd, bood Colin aan om achter haar aan te rijden naar haar werk, maar ze zei tegen hem dat dat niet hoefde. Pas toen hij terugreed naar het huis van Evan besefte hij dat hij net zo opgefokt was over het hele gebeuren als zij de avond ervoor was geweest. Kwaad zelfs, en zodra hij thuiskwam, trok hij zijn sportkleren aan en ging hij de deur uit.

Hij ging hardlopen en zette de muziek hard, en ging steeds harder lopen tot hij moeite kreeg met ademhalen. Toen hij eindelijk voelde dat zijn woede was weggezakt ervoer hij een langzaam opkomende helderheid.

Hij zou doen wat Maria had gevraagd en bij Ken uit de buurt blijven, maar dat betekende niet dat hij bereid was achterover te leunen en niets te doen.

Niemand zou Maria ongestraft bang maken.

'Heeft een van jullie overwogen de politie te bellen?' vroeg Evan.

Ze zaten aan tafel in Evans keuken, een paar minuten nadat Colin

Evan een samenvatting had gegeven van alles wat er was gebeurd, inclusief wat hij van plan was te doen.

Colin schudde zijn hoofd. 'De politie zal niets doen.'

'Maar iemand heeft in haar auto ingebroken.'

'Haar auto zat niet op slot, de ramen waren open, er was niets uit gehaald en er was geen schade. Het eerste wat ze zullen vragen is: wat is het misdrijf? En dan zullen ze vragen wie het heeft gedaan, en dan kan ze alleen maar haar vermoedens uitspreken.'

'En die boodschap op dat kaartje dan? Er zijn toch wetten tegen stalken?'

'Dat kaartje is raar, maar er staat geen duidelijk dreigement op. En er is geen bewijs dat de persoon die de bloemen heeft gestuurd dezelfde was als degene die ze in haar auto heeft gelegd.'

'Soms vergeet ik dat je veel ervaring hebt op dit gebied. Maar ik weet nog steeds niet waarom je denkt dat jij het moet oplossen.'

'Dat moet ik ook niet. Dat wil ik.'

'En als Maria nou eens niet gediend is van je plan?' Toen Colin geen antwoord gaf, wuifde Evan met zijn hand. 'Want je bent van plan het aan haar te vertellen, hè? Aangezien je zo dol bent op eerlijkheid?'

'Het is niet zo belangrijk.'

'Je hebt mijn vraag niet beantwoord.'

'Ja, ik zal het haar vertellen.'

'Wanneer?'

'Vandaag.'

'En als ze je vraagt om het niet te doen?'

Toen Colin geen antwoord af, ging Evan rechter zitten.

'Dan doe je het evengoed. Want je hebt je beslissing al genomen. Klopt dat?'

'Ik wil weten wat er aan de hand is.'

'Je weet toch wel dat dit is wat je in het verleden hebt gedaan, hè? Doen waar je maar zin in hebt, ook al vergooi je daarmee je toekomst?'

'Ik ga gewoon wat mensen bellen. Ik ga met wat mensen praten.' Colin haalde zijn schouders op. 'Het is niet verboden.'

'Dat zul je mij niet horen zeggen. Maar ik heb het over wat je daarna misschien besluit te doen.'

'Ik weet wat ik doe.'

'Is dat zo?'

Toen Colin niet meteen antwoord gaf, leunde Evan achterover in zijn stoel. 'Heb ik je verteld dat Lily wil dat we dit weekend met z'n vieren uitgaan?'

'Nee.'

'Ze zat aan zaterdagavond te denken. Ze wil Maria ontmoeten.'

'Oké.'

'Moet je dat niet eerst aan Maria vragen?'

'Ik zal het er met haar over hebben, maar ik weet zeker dat ze het prima zal vinden. Waar zaten jullie aan te denken om te doen?'

'Uit eten. En daarna gaan we op zoek naar een leuke tent. Ik denk dat al die lessen haar in de stemming hebben gebracht om te gaan dansen.'

'Salsadansen?'

'Ze zegt dat ik er het ritme niet voor heb. Het zal een ander soort dansen worden.'

'In een club?'

'Aangezien het je de vorige keer blijkbaar is gelukt om niet in de problemen te komen, is Lily van mening dat je het nog een keer kunt doen.'

'Oké.'

'Maar ik heb nog een andere vraag.' Colin wachtte terwijl Evan over de tafel heen naar hem staarde. 'Wat gaat er gebeuren als je die vent wel vindt?'

'Dan ga ik met hem praten.'

'Zelfs als het haar baas is?' Toen Colin geen antwoord gaf, schudde Evan zijn hoofd. 'Ik wist wel dat ik gelijk had.'

'Gelijk waarover?'

'Je hebt geen flauw idee waar je je in mengt.'

Hoewel Colin begreep dat Evan zich zorgen maakte, vond hij niet dat zijn bezorgdheid terecht was. Hoe moeilijk kon het zijn om erachter te komen of Ken de rozen had gestuurd? Het enige wat ervoor nodig was waren een paar telefoontjes, wat gerichte vragen en een foto... Hij was zelf aan talloze ondervragingen onderworpen, en hij wist dat antwoorden krijgen vaak een kwestie was van de juiste indruk, de juiste verwachting en een officiële uitstraling. De meeste mensen wilden best praten; de meeste mensen konden hun mond niet houden, zelfs niet als het in hun eigen belang was dat wel te doen. Hij dacht dat hij met een beetje geluk zijn antwoord ergens in de middag kon hebben.

In de keuken in zijn eigen woning deed hij zijn computer open en voerde hij een snelle zoektocht uit naar Ken Martenson. Niet moeilijk te vinden – de man had zelfs nog meer connecties dan Colin had verwacht – maar er waren minder foto's dan hij dacht dat er zouden zijn, en allemaal waren ze niet wat hij eigenlijk had gewild; te ver weg, te wazig. Zelfs de foto op de website van de firma moest minstens tien jaar oud zijn; in die tijd had Ken een baardje, wat zijn verschijning aanzienlijk veranderde. Colin besloot dat hij zelf een foto zou moeten nemen. Maar hij had geen goed fototoestel met een telelens. En hij betwijfelde of Evan een goed fototoestel had; daar zou Evan het geld niet aan uitgeven. De man was zo krenterig als wat.

Maar Maria had er wel een.

Hij belde haar op haar mobiel en liet een bericht achter waarin hij haar vroeg of ze vrij was voor de lunch. Tegen de tijd dat ze hem terug-sms'te om te zien of hij om half een met haar kon afspreken, had hij les. Maar toen hij haar sms las, terwijl de professor op de achtergrond monotoon bleef doorpraten, besefte hij dat hij meer spanning in zijn nek had vastgehouden dan hij had opgemerkt.

Hij dwong zichzelf om diep en gelijkmatig adem te halen.

'Je wilt mijn camera lenen?'

Ze zaten op het terras van een klein eetcafé te wachten tot hun eten kwam. Hoewel Colin niet had gegeten sinds de avond ervoor, had hij geen trek.

'Ja.' Colin knikte.

'Waarom?'

'Ik heb een foto van Ken nodig.'

Ze knipperde met haar ogen. 'Pardon?'

'De enige manier waarop we met zekerheid kunnen weten wie de bloemen heeft gestuurd is als we de bloemist vinden. Dan kan ik de foto aan de bloemist laten zien en vragen of hij degene is die ze heeft gekocht.'

'En als hij per telefoon heeft besteld?'

'Als hij met een creditcard heeft betaald, heb ik zijn naam.'

'Die zullen ze niet aan je geven.'

'Misschien niet. Misschien ook wel. Ik wil evengoed je fototoestel lenen.'

Maria dacht even na en schudde toen haar hoofd. 'Nee.'

'Waarom niet?'

'Ten eerste is hij mijn baas. Ten tweede weet hij hoe jij eruitziet, en als hij je ziet, wordt het hier alleen maar erger voor me. Bovendien heb ik Ken vanochtend gezien en ik heb het idee dat het al voorbij is.'

'Je hebt hem gezien?'

'Hij kwam vanochtend vroeg meteen met Barney en mij over een van onze zaken praten. Om ons te laten weten dat hij had gehoord dat die eindelijk op de agenda van de rechtbank staat.'

'Dat heb je niet gezegd toen ik belde...'

'Ik wist niet dat dat moest.'

Hij merkte dat er voor het eerst een aanwijzing van frustratie in haar toon sloop.

'Hoe gedroeg hij zich?'

'Het ging goed,' verklaarde ze. 'Hij gedroeg zich normaal.'

'En je vond het niet vervelend dat hij kwam?'

'Natuurlijk wel. Mijn hart sprong bijna uit mijn borst, maar wat kon ik eraan doen? Barney was er ook bij. Maar Ken probeerde niet met mij alleen te praten, en hij bracht ook geen tijd door met de paralegals. Hij was een en al zakelijkheid.'

Colin vouwde zijn handen onder tafel in elkaar. 'Of ik je fototoestel nu wel of niet krijg, ik ga toch uitzoeken wie je die bloemen heeft gestuurd.'

'Jij hoeft mijn problemen niet op te lossen, Colin.'

'Dat weet ik.'

'Waarom praten we er dan nog steeds over?'

Colin hield zijn uitdrukking rustig. 'Omdat je nog steeds niet met zekerheid weet of Ken degene was die het heeft gedaan. Je doet een veronderstelling.'

'Het is geen veronderstelling.'

'Zou het zo erg zijn om het zeker te weten?'

Er was een tijd, wist Colin, waarin dit hem allemaal geen moer had kunnen schelen. Er was geen reden om zich ermee te bemoeien. Ze had tenslotte gelijk. Het was haar probleem, en eerlijk gezegd had hij zelf al genoeg problemen.

Maar Colin beschouwde zichzelf als een expert in woede. En in de kern ging het daar in dit geval om. In het instituut had hij de verschillen tussen openlijke en latente woede geleerd; in zijn eigen leven was hij bedreven geweest in allebei. In de kroegen, als hij zin had om te vechten, was zijn woede openlijk geweest. Daar was zijn doel duidelijk, zonder verborgen betekenissen, schaamte of spijt. In de eerste paar weken in het instituut had hij echter op geen enkele manier uiting aan zijn woede kunnen geven als hij kwaad werd. De artsen hadden duidelijk gemaakt dat als hij gewelddadig werd – zodra hij ook maar zijn stem verhief – hij op de acutezorgafdeling terecht zou komen, wat betekende dat hij in een gemeenschappelijke ruimte met nog een stuk of tien andere mensen werd opgesloten, en verplicht lithium kreeg in doseringen die hem zich suf deden voelen, terwijl artsen en verpleegkundigen zijn hele doen en laten in de gaten hielden. Dat wilde hij absoluut niet. In plaats daarvan had hij zijn woede onderdrukt en geprobeerd die verborgen te houden, maar na een tijdje besefte hij dat de woede niet wegging. Die veranderde gewoon van openlijk in latent. Onbewust begon hij mensen te manipuleren; hij voelde precies aan welke knoppen hij moest indrukken om iemand op stang te jagen en hij bleef op die knoppen drukken tot die persoon uiteindelijk ontplofte. Een voor een werden anderen naar de acutezorgafdeling gestuurd terwijl hij zogenaamd de onschuld zelve was, tot zijn arts hem uiteindelijk tot de orde riep over waar hij mee bezig was geweest. Talloze uren therapie later begreep Colin eindelijk dat woede woede was, of ze nu openlijk of latent was, en dat beide vormen even vernietigend waren.

Dat was wat iemand hier aan het uitspelen was, dacht hij. Woede met de bedoeling om te manipuleren. Degene die het deed, wilde dat Maria's emoties in de war raakten, en hoewel de woede voorlopig latent was, had hij het gevoel dat dit nog maar het begin was.

In Colins ogen maakte dat Ken zelfs nog minder waarschijnlijk als verdachte, maar het was nu eenmaal de enige naam die hij had. Hij had geen andere keus dan bij hem te beginnen. Nadat Maria hem aan het eind van de lunch met enige tegenzin de sleutel van haar appartement had gegeven, reed hij naar haar woning en haalde het fototoestel op. Hij zette het aan, zorgde ervoor dat de batterijen voldoende waren opgeladen en nam de diverse functies door. Hij keek hoe de zoom werkte en nam wat foto's vanaf haar balkon totdat hij besefte dat hij echt foto's van gezichten moest maken om te weten hoe dichtbij hij zou moeten komen.

Nadat hij de sleutel in een bloempot bij de deur had gelegd, zoals ze had opgedragen, reed hij naar het strand, waar niemand gek zou opkijken van een man met een fototoestel. Het was niet druk, maar er waren genoeg mensen voor wat hij nodig had, en hij bracht er een uur door met het fotograferen van mensen van verschillende afstanden. Uiteindelijk berekende hij dat hij niet meer dan vijftig meter van hem verwijderd mocht zijn. Dat was goed, maar niet geweldig. Ken zou hem nog steeds kunnen herkennen. Hij zou een uitkijkpunt nodig hebben waar hij niet opgemerkt kon worden.

Het grootste deel van de historische gebouwen aan beide kanten van het gebouw van Maria's kantoor had een of twee verdiepingen, met platte daken. Aan beide kanten van de straat stonden auto's en hoewel er wel een paar bomen waren, was er geen groot genoeg om zich achter te verstoppen. Er kwamen niet heel veel voetgangers voorbij, maar wel geregeld; onopgemerkt blijven terwijl hij een uur of langer neergehurkt zat met een fototoestel in de hand was vrijwel uitgesloten.

Hij keek omhoog en concentreerde zich op de gebouwen waar hij zojuist langs was gelopen, de gebouwen tegenover de ingang van het kantoor. De afstand was goed en de gezichtshoek perfect, maar het wierp de vraag op hoe hij daarboven kon komen, als dat al kon.

Hij stak de straat weer over, in de hoop een brandtrap te vinden. Moderne gebouwen van een of twee verdiepingen hadden geen brandtrap, en zodra hij de smalle steeg achter het blok bereikte, besefte hij dat hij een beetje geluk had. De gebouwen recht tegenover het advocatenkantoor hadden geen toegang tot het dak, maar het gebouw met twee verdiepingen daarnaast had een ouderwetse schuifladder die een meter of drie boven de grond hing, en die leidde naar een metalen overloop op de eerste verdieping. Die was lastig maar niet onmogelijk te bereiken, en hoewel de gezichtshoek die het gebouw bood niet ideaal was, was het zijn beste en enige kans. Hij liep de steeg door, deed de riem om zijn nek en stopte het fototoestel onder zijn shirt. Hij nam een aantal energieke stappen naar de muur toe, in de hoop die als een springplank te gebruiken om zichzelf nog hoger te lanceren en de laatste paar centimeter te winnen die hij nodig zou hebben.

Hij deed het precies goed en wist de onderste sport met beide handen vast te grijpen. Met een stevige ruk omhoog pakte hij met één hand de volgende sport erboven, en dat proces herhaalde hij tot hij de overloop bereikte. Gelukkig zat de ladder daarboven vast aan het gebouw, en even later zat hij op het dak. Op straat leek niemand hem te hebben opgemerkt.

Tot zover ging het goed.

Hij liep naar de hoek die het dichtst bij Maria's kantoor was. De rand van het dak was laag – niet meer dan vijftien centimeter – maar een beetje dekking was beter dan niets. Gelukkig was het grind hier glad; er lagen geen grote kiezels, hoewel die wel overal elders verspreid lagen. Er lagen echter wel een hoop kauwgompapiertjes, en terwijl hij zich op zijn buik in positie liet zakken veegde hij ze weg. Hij richtte de camera en ging liggen wachten. Tot zijn verrassing kon hij Maria aan haar bureau in haar kantoor zien zitten werken; ook kon hij haar auto onderscheiden en, een eindje verderop, de afvalcontainers. Haar auto stond op haar gebruikelijke plek geparkeerd, en een paar plekken verderop zag hij Kens Corvette.

Iets meer dan een uur later begonnen de eerste mensen uit het kantoor naar buiten te komen, meestal één tegelijk, maar soms met z'n tweeën. De paralegals – en inderdaad waren ze allemaal, zoals Maria had gezegd, aantrekkelijk – een paar kerels van in de veertig en Maria's vriendin Jill. Daarna nog wat andere mensen, een paar minuten later gevolgd door Maria. Hij volgde haar met de lens, en hij had het idee dat ze langzamer bewoog dan gebruikelijk. Toen ze de hoek van het gebouw bereikte, keek ze om zich heen, ongetwijfeld in een poging hem te vinden. Hij zag haar fronsen, en daarna ten slotte naar haar auto lopen.

Hij richtte zich weer op de ingang en zag nog steeds geen teken van Ken. Net toen hij zich begon af te vragen of de invallende schemering de details die hij wilde hebben wazig zou maken, kwam Ken eindelijk door de deur. Colin hield zijn adem in, schoot een stuk of tien foto's tot Ken naar de parkeerplaats begon te lopen, en rolde toen op zijn zij om de beelden te bekijken, hopend dat er een of twee goed genoeg zouden zijn.

Dat was het geval.

Hij wachtte tot Ken wegreed voordat hij opstond en van het dak naar beneden ging, via dezelfde weg als hij naar boven was gegaan. Opnieuw leek niemand hem op te merken, en tegen de tijd dat hij zijn auto bereikte, viel de schemering in. Hij stopte bij een winkel op weg naar huis en selecteerde twee van de foto's om ze te laten afdrukken voordat hij terugging naar Maria's huis.

Hij had beloofd haar fototoestel terug te brengen.

'Geen wonder dat ik je niet kon vinden,' zei ze later tegen hem, met de foto's op haar keukentafel. 'Dus morgen...'

'Ga ik bloemisten bellen. En hopelijk kom ik achter de waarheid.'

'En als het een telefonische bestelling was?'

'Dan vertel ik ze de waarheid. Dat je je afvroeg of het verkeerde kaartje aan de bestelling vastzat. En dat je je afvraagt wie de bloemen heeft gestuurd.'

'Misschien willen ze dat wel niet vertellen.'

'Ik vraag alleen maar om een naam, niet om het nummer. Ik wil wedden dat de meeste mensen bereid zouden zijn om te helpen.'

'En als je erachter komt dat het Ken was?'

Het was dezelfde vraag als die Evan hem eerder had gesteld, en hij had er sinds die tijd zo nu en dan over zitten nadenken. 'De beslissing over wat er vervolgens moet gebeuren is aan jou.'

Ze knikte, met strak vertrokken mond, voor ze uiteindelijk van de tafel opstond en naar de balkondeuren liep. Ze bleef ervoor staan en zei een hele tijd niets. Colin stond op van zijn stoel. Toen hij bij haar in de buurt was, legde hij een hand op haar onderrug en voelde hij iets inzakken onder zijn aanraking.

'Ik heb er gewoon zo genoeg van om erover te praten. Ik ben zelfs te moe om erover na te denken.'

'Laten we hier weggaan en iets gaan doen wat je afleidt.'

'Zoals wat?'

'Zal ik je eens verrassen?'

Ze staarde uit het raam van de Camaro, die tussen een paar minibusjes stond, en maakte geen aanstalten om de auto uit te stappen. 'Is dit je verrassing?'

'Ik dacht dat het wel leuk zou zijn.'

'Midgetgolfen? Meen je dat nou?'

Maria keek met overduidelijke scepsis naar de vrolijke lichtjes die de ingang omgaven. Achter de glazen deuren kon ze een speelhal onderscheiden; aan de linkerkant was de miniatuurgolfbaan, compleet met draaiende windmolens, als onderdeel van wat vermoedelijk een Scandinavisch thema was.

'Niet zomaar midgetgolf. Het is glow-in-the-dark-midgetgolf.'

'En... ik neem aan dat je me per abuis aanziet voor een twaalfjarige?'

'Het is een goede afleiding. En wanneer heb je het voor het laatst gespeeld?'

'Dat heb ik net gezegd. Toen ik twaalf was. Kevin Ross vierde hier zijn verjaardagspartijtje. Maar hij heeft vrijwel de hele zesde klas uitgenodigd, en mijn moeder was er ook bij, dus het was nou niet bepaald een afspraakje.'

'Maar het was wel gedenkwaardig. Daarna kunnen we, als je wilt, het laserdoolhof proberen.'

'Laserdoolhof?'

'Ik zag het spandoek een paar maanden geleden, toen ik erlangs reed. Ik denk dat het zoiets is als die scène in *Get Smart* met Steve Carell, waar je moet proberen een ruimte over te steken zonder de laserstralen te doorbreken.' Toen ze niet antwoordde, ging hij verder. 'Ik zou het een vervelend idee vinden dat je gewoon bang bent dat ik misschien zal winnen en dat het alleen maar daarom draait.'

'Ik ben niet bang om van jou te verliezen. Als ik het me goed herinner, geloof ik dat ik de beste van mijn klas was.'

'Betekent dat dat je ja zegt?'

'Ik neem de uitdaging aan.'

Op vrijdagochtend werd Colin vroeg wakker en was hij al voor het licht werd de deur uit. Hij rende tien kilometer en bezocht de sportschool, waarna hij het internet op ging en de telefoonnummers verzamelde die hij nodig had. Tot zijn verbazing bleek dat Wilmington meer dan veertig bloemisten had, nog afgezien van de supermarkten die ook bloemen verkochten, wat inhield dat hij het druk zou krijgen.

Hij had een goed gevoel over de avond ervoor. Hoewel Maria er een paar holes en een paar keer geluk met putten voor nodig had gehad om te ontspannen, was ze tegen de tijd dat ze klaar waren aan het lachen en danste ze zelfs op de golfbaan nadat ze een hole-in-one had gescoord op het zestiende hole, waardoor ze een niet meer in te halen voorsprong kreeg. Hongerig geworden hadden ze het laserdoolhof overgeslagen en had hij haar meegenomen naar een stalletje naast de weg bij het strand dat gespecialiseerd was in taco's met vis, die ze wegspoelden met ijskoud bier. Hij vroeg of ze het leuk zou vonden om uit te gaan met Evan en Lily – ze zei: 'Natuurlijk!' – en toen ze hem goedenacht kuste, kon hij merken dat de avond precies was geweest wat ze nodig had gehad.

Aan de ontbijtbar begon hij aan het eerste telefoontje, in de hoop dat hij de lijst binnen een paar uur kon afwerken, maar hij kwam erachter dat de persoon die hij moest spreken niet altijd onmiddellijk beschikbaar was, wat een tweede of zelfs een derde belletje naar hetzelfde nummer inhield. Toch dreunde hij de uitleg en de vragen op waarvan hij dacht dat ze het beste zouden werken: dat er misschien een verkeerd kaartje was bevestigd; of er een bezorging was gedaan bij het kantoor; of er zelfs wel een bos roze rozen was samengesteld; en gelukkig was het overgrote deel van de mensen die hij sprak heel erg behulpzaam. Tegen de tijd dat hij nog maar een handjevol winkels hoefde te bellen, was het vroeg in de middag en hij begon te vermoeden dat de laatste winkels hetzelfde zouden zeggen als de anderen hadden gedaan: dat zij niet de bloemenwinkel waren die het boeket hadden samengesteld of bezorgd.

Hij had gelijk. Hij vroeg zich af wat hij nu zou doen en besloot wat bloemisten buiten de stad te proberen; de enige vraag was in welke richting hij het moest zoeken. Hij koos voor het noorden. Hij belde de twee bloemisten in Hampstead, en vond er toen nog achttien in Jacksonville.

Bij zijn zesde telefoontje, naar een zaak die Floral Heaven heette, vlak bij de poorten van de militaire basis Camp Lejeune, had hij beet. Ja, zo vertelde de eigenaar hem, hij herinnerde zich de man die het boeket had besteld. Het was een contante betaling geweest, voegde hij eraan toe. Ja, de winkel zou morgen open zijn, en hij zou ook aanwezig zijn.

Later die avond, toen hij achter de bar stond, merkte Colin dat hij steeds moest denken aan het feit dat iemand een hele hoop moeite had gedaan om te proberen zijn identiteit te verbergen.

Op vrijdagavond trok er een onweersbui over die lagere temperaturen met zich meebracht. Nadat hij zijn hardloopsessie had beëindigd en op zaterdagochtend wat werk in de tuin had gedaan, ging Colin op weg naar Floral Heaven in Jacksonville, iets meer dan een uur rijden. In de winkel haalde Colin de foto van Ken tevoorschijn en liet hem aan de man zien.

'Is dit toevallig de man?'

De eigenaar, een gezette man van in de zestig met een bril op, keek heel even en schudde toen zijn hoofd. 'De man op de foto is veel ouder. De man die ze kocht was misschien eind twintig, niet dat ik hem zo goed heb kunnen bekijken.'

'Nee?'

'Het was een beetje een vreemde man, wat de reden is waarom ik me hem überhaupt herinner. Hij droeg een honkbalpet en staarde naar de toonbank terwijl hij praatte. Of mompelde, eigenlijk. Hij zei alleen maar wat hij wilde en liep de deur uit. Een uur later kwam hij terug, betaalde contant en vertrok.'

'Hebt u toevallig gezien of hij alleen was?'

'Ik heb er niet op gelet,' antwoordde hij. 'Waar ging dit ook alweer allemaal over?'

'Zoals ik aan de telefoon heb gezegd, was er een vreemde boodschap op het kaartje geschreven.'

'Hij vroeg niet om een kaartje. Dat herinner ik me ook nog, omdat iedereen altijd iets wil schrijven. Zoals ik al zei: het was een merkwaardige vent.'

Colins work-out van die middag op de sportschool was voornamelijk gericht op verdedigingswerk en grappling. Tot zijn verbazing werkte Daly bijna uitsluitend met hem, en pakte hem steviger aan dan gebruikelijk. In zijn tijd was Daly een beest geweest als het op grondwerk aankwam, en meer dan eens merkte Colin dat hij uit positie was en kreeg hij het gevoel alsof hij voor zijn leven vocht. Tegen de tijd dat de work-out afgelopen was, besefte hij dat hij niet één keer aan de vent met de honkbalpet had gedacht.

Wie het ook was.

Maar de obsessie begon weer zodra hij de ring uit stapte. Voordat hij de kleedkamer bereikte, liep Daly op een draf naar hem toe en nam hij hem even apart.

'Kan ik je even spreken?'

Colin gebruikte zijn nog steeds doorweekte shirt om het zweet van zijn gezicht te vegen.

'Wat zou je ervan vinden om volgend weekend te vechten? In Havelock.' Voordat Colin kon antwoorden ging Daly verder. 'Ik weet dat je over drie weken weer een gevecht hebt, maar ik heb eerder vandaag een belletje gekregen van Bill Jensen. Je kent Bill toch wel, hè?'

'De promotor,' zei Colin.

'Je weet hoeveel hij de afgelopen jaren voor onze vechters heeft gedaan... onder wie jij – en hij zit een beetje omhoog. Hoe dan ook: Johnny Reese is de publiekstrekker van het evenement, en de man tegen wie hij had moeten vechten brak een paar dagen geleden zijn hand en moest zich terugtrekken. Reese heeft een nieuwe tegenstander nodig.'

Zodra Dale zijn naam noemde, herinnerde Colin zich het gesprek met Evan in het wegrestaurant. *Die kerel beweegt zo soepel als een kat.* Daly ging verder. 'Jensen heeft geprobeerd iemand te vinden, en nu blijkt dat jij de enige man in de gewichtsklasse bent die het misschien interessant zou weten te maken. Dit is Reese' laatste gevecht voordat hij beroeps wordt, en hij is er klaar voor. Hij is voormalig worstelkampioen van de NCAA, wordt steeds beter in stoten en kent vrijwel geen angst. Hij maakt echt kans om over een jaar of twee de UFC te halen, wat de reden is dat Jensen niet wil afzeggen. Daarom heb ik je vandaag zo hard aangepakt. Ik wilde weten of je er klaar voor bent om tegenover hem te staan.'

'Ik ben niet goed genoeg voor Reese.'

'Je bracht me vandaag meer dan eens in de verdediging. Geloof me maar, je bent er klaar voor.'

'Ik zal verliezen.'

'Dat waarschijnlijk wel,' gaf Daly toe. 'Maar het zal het beste gevecht van zijn leven tot nu toe zijn, want jij bent beter dan je denkt.' Hij wrong het zweet uit de onderkant van zijn shirt. 'Ik weet dat ik nogal wat van je vraag, maar het zou ons enorm helpen. En jou ook. Jensen is het soort man dat nooit een gunst vergeet. En je zou ons helpen om wat goede publiciteit voor mijn sportschool te krijgen.'

Colin veegde zijn gezicht weer af voordat hij een beslissing nam. *Ach, waarom ook niet?*

'Oké,' zei hij. Toen hij de sportschool verliet was hij met zijn gedachten bij Johnny Reese. En toch merkte hij dat hij er merkwaardig onverschillig over was, en tegen de tijd dat hij halverwege op de weg naar huis was, dacht hij helemaal niet meer aan het komende gevecht. De enige dingen waar hij aan dacht, waren de man die de rozen had gestuurd en hoe iemand anders dan Ken had kunnen weten dat Maria ze had weggegooid.

'Dat is nogal wat,' zei Evan. Ze zaten op de veranda, waar Colin water dronk en Evan een biertje. 'Reese, hè? Hij is erg goed.'

'Dank je wel dat je niet begint over het voor de hand liggende onderwerp.'

'O, je bedoelt over Maria en haar stalker? Wil je daarover praten?' Evan zweeg even voordat hij verderging. 'Goed dan. Heb je eraan gedacht dat Ken die vent misschien had ingehuurd om de rozen te kopen en af te leveren?'

'Waarom zou hij ze dan halen bij een zaak die een uur rijden verderop ligt?'

'Misschien komt de man die hij heeft ingehuurd daarvandaan.'

Colin nam een grote slok van zijn glas water. 'Misschien. Maar dat denk ik niet.'

'Waarom niet?'

'Omdat ik denk dat Ken hier niets mee te maken heeft.'

Evan peuterde aan het etiket op zijn fles. 'Misschien geeft het enige troost als ik zeg dat ik denk dat je gelijk hebt. Haar baas heeft het niet gedaan. Maar een pluspunt is dat al je inspanningen als privédetective, je surveillance op het dak en je fotografeeractiviteiten uiteindelijk hun vruchten hebben afgeworpen. En dat betekent dat je geen volkomen idioot bent. Ook al ben je geen steek opgeschoten met erachter komen wie het dan wél was.'

'Ik ben ook nog ergens anders achter gekomen.'

'Wat dan?'

'Ik wil wedden dat wie het ook was Maria vanaf diezelfde plek op het dak heeft bekeken als waar ik de foto heb genomen.'

'Waarom zou je dat in hemelsnaam denken?'

'Omdat het grind gladgestreken was waar ik zat, en omdat er kauwgompapiertjes lagen die nog niet waren weggewaaid. Dat houdt in dat iemand daar onlangs was geweest. En vanuit die gezichtshoek kon ik rechtstreeks Maria's kantoor in kijken. Hetzelfde geldt voor haar auto en de afvalcontainer. Wie het ook was, hij had haar daar urenlang kunnen bespieden. Ik heb die stukjes pas bij elkaar gepast vlak voordat ik je sprak.'

Voor het eerst was Evan stil. 'Tja,' zei hij uiteindelijk.

'Is dat alles?'

'Misschien heb je gelijk, misschien ook niet. Ik heb het antwoord niet voor je.'

'En nu heb ik volgend weekend dat gevecht.'

'Ja, en?'

'Ik twijfel of ik het wel moet doen.'

'Waarom?'

'Vanwege alles wat er is gebeurd met Maria.'

'Je traint om te vechten. Je vindt het leuk om te vechten. Je hebt een gevecht aangeboden gekregen. Wat heeft dat met Maria te maken?'

Colin deed zijn mond open om antwoord te geven, maar er kwam niets uit.

'Weet je wat? Je zit de hele tijd tegen me te zeiken dat Lily me om haar vinger heeft gewonden, maar het is vrij duidelijk dat ik mijn relatie heel wat beter op orde heb dan jij. Want op dit moment probeer je je leven te leiden op basis van wat er misschien kan gebeuren of of je haar probleem kunt oplossen, ook al heeft ze je verteld dat ze niet wil dat je dat doet. Weet je wel hoe gestoord dat is? Je hebt me verteld dat ze je wilde zien vechten, toch? Vraag haar om te komen kijken, neem haar na afloop mee uit eten en maak er een mooie avond van. Bam. Probleem opgelost.'

Colin glimlachte halfslachtig. 'Ik denk dat je wilt dat ik ga vechten omdat je er vrij zeker van bent dat ik zal verliezen.'

'Nou en? Prima, dat geef ik toe: je bent zo'n vervelende klier dat het misschien wel eens leuk is om te kijken hoe iemand je een pak slaag geeft.' Toen Colin moest lachen, ging Evan verder. 'Mooi. Dat is dan geregeld. Iets anders: kijk je uit naar vanavond?'

'Vanavond?'

'Met jou en Maria? Met Lily en mij? We hadden plannen, weet je nog wel? Ik heb om half acht gereserveerd bij Caprice Bistro en na afloop gaan we naar een club waar ze jarentachtigmuziek draaien.'

'Jarentachtigmuziek?'

'Is er soms een echo hier? Ja, jarentachtigmuziek. Lily is een stiekeme Madonna-fan. Een overblijfsel van haar zogenaamd opstandige tienerjaren, zegt ze. Dus: gaan we ervoor? Als Maria het nog steeds wil, bedoel ik.'

'Waarom zou ze niet meer willen?'

'Misschien omdat je haar stemming hebt verknald met wat je hebt ontdekt?'

'Ik heb het haar nog niet verteld.'

'Meneer Eerlijkheid? Ik ben gechoqueerd.'

'Ik was van plan het haar vanavond te vertellen.'

'Als je dat doet, maak er dan geen al te groot punt van. Ik wil niet dat je een domper op de avond zet. Weet jij veel? Misschien was het wel een eenmalig iets en is het nu afgelopen.'

'Of misschien,' zei Colin, 'is dat het niet.'

16

Maria

Colin was al de hele tijd stil sinds hij haar had opgehaald. Maria werd er zenuwachtig van, gezien waar hij het grootste deel van de dag mee bezig was geweest. Hoewel hij uit zichzelf niets zei, wist ze dat hij aan de bloemen zat te denken. Ze merkte dat hij afwezig op haar gebabbel reageerde en voelde een knoop groeien in haar maag. Tegen de tijd dat ze de parkeerplaats van het restaurant op reden, kon ze zich niet meer inhouden.

'Wie heeft de rozen gestuurd?'

Hij zette de motor uit en vertelde wat hij te weten was gekomen.

Ze fronste en dacht erover na. 'Als het Ken niet was, en je denkt dat Ken hem niet heeft ingehuurd, wie is het dan wel?'

'Ik weet het niet.'

Ze draaide zich om naar het raampje aan de passagierskant. Achter het glas zag ze een ouder stel het restaurant binnengaan, een en al glimlach. *Zonder zich ook maar ergens zorgen over te maken.*

'Ik zag Ken gisteren weer toen ik een vergadering had met Barney,' zei ze met weifelende stem. 'Afgezien van het feit dat hij er met z'n gedachten niet helemaal bij leek te zijn, was hij volkomen professioneel. Sterker nog, hij leek me nauwelijks op te merken. Ik begin er bijna door te denken dat...'

Dat het Ken niet was. Ze merkte aan Colins zwijgen dat hij wist wat ze bedoelde te zeggen.

'Laten we proberen ons er vanavond geen zorgen over te maken, oké?' zei hij.

Ze knikte en voelde de spanning in haar schouders. 'Ik zal het proberen. Maar het is moeilijk.'

'Ik weet het. Maar je moet waarschijnlijk even de tijd nemen om je op Lily voor te bereiden. Ik ben dol op haar, maar je moet wel even aan haar wennen.'

Maria dwong zichzelf te glimlachen. 'Dat is een dubieus compliment, weet je dat?'

'Raad eens van wie ik dat heb geleerd?'

Nadat ze het restaurant binnen waren gestapt, kostte het Maria maar een seconde om vast te stellen wie Lily was. Bijna zodra zij en Colin door de deur waren gekomen gleed er een perfect gekapte, adembenemende blondine met turquoise ogen naar hen toe. Ze droeg een stijlvolle, halflange jurk en had een parelsnoer om. Vrijwel iedere man in het restaurant draaide zich om om haar na te kijken toen ze voorbijliep. Evan, die er stijlvol kakkineus uitzag en had kunnen doorgaan voor iemand die nog op de universiteit zat, volgde in haar kielzog. Maria merkte zijn air van opgewekt zelfvertrouwen op; hij had er duidelijk geen moeite mee om Lily in het middelpunt van de belangstelling te laten staan.

Lily's glimlach verslapte geen moment en zodra ze dichtbij was, pakte ze Maria's handen in die van haar. Ze waren opmerkelijk zacht, als een zijdeachtig babydekentje. 'Het is absoluut een groot genoegen om vanavond het genot van je gezelschap te hebben! Colin heeft zo veel fantastische dingen over je verteld.' Intussen was Evan naast haar komen staan. 'En o, jeetje! Waar zijn mijn manieren? Ik ben Lily, en deze knappe man naast me is mijn verloofde, Evan. Het is zo geweldig om kennis met je te maken, Maria!'

'Hé, hallo,' zei Evan met oprechte vriendelijkheid. 'En wees alsjeblieft niet beledigd als Lily me er de hele avond geen woord tussen laat krijgen.'

'Stil nou, Evan,' berispte Lily hem. 'Er is geen enkele reden om onze nieuwe vriendin een verkeerde indruk van mij te geven.' Ze richtte haar blik weer op Maria. 'Probeer hem alsjeblieft te vergeven. Hij is zo lief als maar zijn kan en intelligenter dan hij laat merken, maar hij heeft aan een stáátsuniversiteit gestudeerd en zat bij een studéntenclub. Dan weet je het wel.'

'Mijn universiteit was tenminste gemengd,' wierp Evan tegen.

'En zoals ik hem al meermalen heb verzekerd,' reageerde ze, Maria een klein duwtje gevend, 'zal ik hem die smet nooit kwalijk nemen.'

Ondanks alles moest Maria glimlachen. 'Het is fijn met jullie allebei kennis te maken.'

Met Maria's handen nog steeds in die van haar wendde Lily zich naar Colin. 'Colin, je moet toegeven dat je Maria geen recht hebt gedaan toen je me over haar vertelde! Ze is werkelijk adembenemend!' Toen weer tegen Maria: 'Geen wonder dat Colin de laatste tijd alleen maar aan jou kan denken. Weet je, elke keer dat we elkaar hebben gesproken de afgelopen weken ben je het onderwerp van gesprek geweest, en ik begrijp absoluut waarom.' Ze liet Maria's handen los en kuste Colin op zijn wang. 'Je ziet er erg knap uit vanavond. Heb ik dat overhemd voor je gekocht?'

'Dank je,' zei Colin. 'En ja, dat klopt.'

'En dat is maar goed ook, vind je niet? Als ik er niet was, zou je waarschijnlijk een van die vreselijke T-shirts met zo'n slogan erop dragen.'

'Dat vind ik leuke shirts.'

Ze klopte op zijn arm. 'Weet ik toch, lieve schat. Nou, zullen we naar de tafel gaan? Ik zit al de hele dag in spanning en ik wil absoluut alles weten over de vrouw die je nu al om haar pink gewonden heeft.'

'Ik weet niet of dat wel waar is,' protesteerde Maria.

'Zo waar als ik hier sta. Colin is, ondanks zijn stoïcijnse manier van doen, eigenlijk best expressief in zijn emoties zodra je er een beetje aan gewend bent. Goed dan, zullen we?'

Toen ze zich omdraaide om naar de tafel te lopen haalde Colin zijn schouders op naar Maria, alsof hij wilde zeggen: *Ik zei het toch?* Hoewel Maria tussen de studentes van de sociëteit op Chapel Hill al had kennisgemaakt met het fenomeen van de knappe zuidelijke rijkeluisdochter had Colin gelijk: Lily gaf het begrip een heel nieuwe lading. Maria ging er aanvankelijk van uit dat het deels een act was, maar terwijl ze zich tijdens het diner aan een gesprek over heel veel verschillende onderwerpen zetten, veranderde ze langzamerhand van gedachten. Wat interessant was, was dat hoeveel Lily ook aan het woord was – en die meid kon over álles praten – ze ook informatie uit iemand kon trekken gewoon door de manier waarop ze lúísterde. Ze had de gewoonte om lichtjes voorover te buigen en op gepaste momenten te knikken; geluiden van empathie of medeleven makend, gevolgd door indringende vragen. Maria had geen enkele keer het idee dat Lily probeerde na te denken over wat ze zou zeggen terwijl Maria nog aan het praten was, en tot haar verrassing betrapte ze zich erop dat ze Lily en Evan zelfs aan het vertellen was over de rozen die ze had gekregen en wat er daarna was gebeurd. Op dat moment werd het stil aan tafel, en Lily legde impulsief haar hand op die van Maria.

Later, toen de twee vrouwen zich na het eten aan het opfrissen waren in de toiletten, keek Maria Lily aan via de spiegel.

'Ik heb het gevoel dat ik bijna de hele tijd aan het woord ben geweest,' zei Maria. 'Dat spijt me.'

'Er is absoluut geen enkele reden om je te verontschuldigen. Er is een hoop gaande in je leven op dit moment en ik ben gevleid door je vertrouwen in ons.'

Maria deed wat lippenstift op en ging op zachtere toon verder. 'Je was niet verbaasd door wat Colin had gedaan, hè? Dat van de foto en het opsporen waar de rozen vandaan kwamen?'

'Nee,' antwoordde Lily. 'Zo is hij. Wanneer hij van iemand houdt, doet hij alles voor hem of haar.'

'Ik heb het gevoel alsof ik de helft van de tijd nog steeds aan het uitvogelen ben hoe hij in elkaar zit.'

'Dat verbaast me niets,' zei Lily. 'Maar ik moet je wel vertellen, aangezien je zo eerlijk was tegen Evan en mij, dat mijn loyaliteit vóór het eten volledig bij Colin lag. Ik wilde je ontmoeten zodat ik me ervan kon vergewissen dat je ook echt was hoe hij zei dat je was.'

'Je geeft echt om hem.'

'Ik hou van hem als van een broer,' gaf Lily toe. 'Hij is heel belangrijk voor me. En ik weet wat je waarschijnlijk denkt. We zijn volkomen verschillende personen en ik begreep in het begin ook niet wat Evan in hem zag. Al die tatoeages en spieren en al het geweld van vroeger...' Lily schudde haar hoofd. 'Ik moet wel vier of vijf keer bij Evan op bezoek zijn geweest voordat ik ook maar één woord tegen Colin zei, en toen ik dat uiteindelijk deed, was het eerste wat uit mijn mond kwam dat ik vond dat hij een andere plek moest zoeken om te wonen. En weet je wat Colin tegen me zei?'

'"Oké"?' imiteerde Maria hem, en Lily begon te lachen.

'Doet hij dat bij jou ook? Ocharme. Ik heb tevergeefs geprobeerd hem die gewoonte af te leren, maar sinds kort moet ik toegeven dat het wel bij hem past. Ik weet nog dat ik die keer beledigd was. Ik klaagde tegen Evan en hij beloofde dat hij met Colin zou gaan praten, maar alleen op voorwaarde dat ik eerst met hem ging praten. Wat ik natuurlijk principieel weigerde.'

'Dus wie brak uiteindelijk het ijs? Jij of hij?'

'Colin. Ik had rond die tijd een televisie voor Evan gekocht voor zijn verjaardag, en die lag in de kofferbak. Colin kwam me toevallig tegen terwijl ik met de doos aan het worstelen was. Hij bood meteen aan om te helpen. Hij bracht hem naar binnen en vroeg of ik hem aan de muur wilde hebben of dat ik hem in de doos wilde laten. En daar had ik nog niet over nagedacht. Ik zei tegen hem dat Evan het wel zou doen, maar hij lachte een beetje en zei dat Evan niet zou weten hoe zoiets moest. Voordat ik het wist was hij op weg naar de ijzerhandel, en twintig minuten later was hij hem aan de muur aan het bevestigen. Hij had ook een groot lint met een strik gekocht, en dat was het vooral waardoor ik me begon af te vragen of hij het toch waard was om beter te leren kennen. En zo raakten we in gesprek. Ik heb hem een half uur ondervraagd, waarna ik besefte dat ik nog nooit zo iemand als hij had ontmoet.'

'Colin zei dat jij hem had aangeraden weer te gaan studeren. En dat je hem hebt geholpen met zijn studie.'

'Iemand moest het doen. De arme kerel had in geen jaren een boek aangeraakt. Maar hij maakte het me gemakkelijk, want toen hij eenmaal had besloten om terug naar school te gaan was hij vastbesloten zijn best te doen. En hij is intelligent. Hoewel hij van school naar school is gegaan, moet hij onderweg toch iets hebben opgepikt.'

'En hij is Evans getuige?'

Lily haalde een tissue uit haar tas en bette haar lippenstift terwijl ze knikte. 'Ja. Mijn ouders zijn natuurlijk helemaal ontsteld over het idee. Voor zover zij weten, is hij een vriend van Evan, niet van mij, en ze zinspelen er voortdurend op dat ik afstand moet bewaren. De eerste keer dat mijn vader Colin zag, deinsde hij letterlijk achteruit, en mijn moeder ging zelfs zo ver dat ze liet doorschemeren dat hij niet eens uitgenodigd zou moeten worden voor de bruiloft, laat staan dat hij de getuige zou zijn. Zelfs als ik ze vertel dat hij ook een vriend van mij is, doen ze net alsof ze me niet gehoord hebben. Ze zijn vastgeroest in hun manier van doen en ik zal altijd hun dierbare kindje blijven, de arme schatten.'

'Mijn moeder en vader waren ook niet al te opgetogen over Colin.'

'Dat is begrijpelijk. Maar anders dan mijn ouders wil ik wedden dat die van jou hem een kans zullen geven en uiteindelijk van gedachten zullen veranderen. Dat heb ik tenslotte ook gedaan. Zelfs nu vind ik het soms nog moeilijk te begrijpen. In alle eerlijkheid hebben Colin en ik niet veel met elkaar gemeen.'

'Dat moet ik beamen.'

Lily glimlachte en trok haar parelsnoer recht voor ze zich naar Maria omdraaide. 'En toch doet die oprechte eerlijkheid van hem, gecombineerd met het feit dat het hem geen barst kan schelen wat anderen van hem denken, me iets.'

Maria kon niet anders dan instemmend glimlachen.

'Geloof me,' ging Lily verder, 'hij heeft al veel minder ruwe randjes dan toen ik hem voor het eerst leerde kennen. Dat is een buitengewone prestatie van mij geweest.' Ze knipoogde. 'Maar je hoeft me niet te bedanken. Ben je klaar? Ik weet zeker dat de jongens al naar ons smachten.'

'Volgens mij smacht Colin niet.'

'Hij smacht,' zei ze. 'Hij geeft het misschien niet toe, maar hij smacht.'

'Ik zat niet te smachten,' zei Colin op weg naar zijn auto. Voor hen uit liep Lily met Evan naar zijn Prius. 'Ik zat met Evan over mijn gevecht te praten.'

'Het gevecht in Myrtle Beach?'

'Nee. Het gevecht komend weekend.'

'Wat voor gevecht?'

Colin bracht haar op de hoogte en voegde er toen aan toe: 'Evan komt kijken. Jij moet ook komen.'

'Komt Lily?'

'Nee,' zei Colin. 'Vechten is niet echt Lily's ding.'

'Het verbaast me dat het Evans ding is.'

'Hij komt altijd kijken bij mijn gevechten. Hij vindt het leuk.'

'Echt waar? Daar lijkt hij me helemaal niet het type voor.'

'En welk type is dat?'

'Mensen die op jou lijken,' plaagde Maria. 'Veel spieren en tattoos, maar vooral mensen die er niet uitzien alsof ze zullen flauwvallen zodra ze bloed zien.'

Hij glimlachte. 'Wil je komen kijken?'

'Best. Maar dezelfde regel geldt nog steeds. Je mag je niet te erg laten toetakelen, anders brengt het herinneringen naar boven aan de eerste avond dat we elkaar zagen.'

'Oké.'

'Dat zeg je nu, maar zoals je over Johnny Reese praatte, zou je dat wel eens niet kunnen garanderen.'

'Geen garanties,' gaf hij toe. 'Waar hebben jij en Lily over gepraat toen jullie in de toiletten waren?'

'We hebben voornamelijk over jou gepraat.'

'Oké.'

'Vraag je niet verder?'

'Nee.'

'Hoe kun je nou niet geïnteresseerd zijn in wat we hebben gezegd?'

'Omdat het iets tussen jou en Lily was. Dat gaat me niets aan. En bovendien, zo erg kan het niet geweest zijn, anders had je niet nog steeds mijn hand vast.'

'Naar wat voor club gaan we nu?'

'Het enige wat ik weet is dat ze er jarentachtigmuziek draaien. Dat is een van Lily's vreemde trekjes. Evan vertelde me dat luisteren naar Madonna de manier was waarop ze als tiener in opstand kwam.'

'Ha. Niet bepaald opstandig...'

'Voor jou en mij niet. Maar voor Lily's ouders? Ik weet zeker dat ze jaren met de handen in het haar zaten. Ze mogen mij niet erg.'

'Misschien moet je ze uitnodigen om te komen kijken bij een gevecht,' zei ze. 'Dan veranderen ze vast wel van gedachten.' Ze hoorde hem lachen toen hij haar portier opendeed, en het geluid bleef doorklinken terwijl hij om de auto heen liep naar de andere kant.

Ondanks de muziek van REO Speedwagon die uit de luidsprekers schalde, was het tafereel in de club helemaal niet wat ze ervan had verwacht. In plaats van door gescheiden vrouwen en kalende mannen van in de veertig werd de club voornamelijk bevolkt door studenten van de universiteit; Maria verwachtte half Serena met haar vriendinnen aan te treffen. Groepjes studentes dansten met elkaar, zingend of playbackend op de muziek.

Colin leunde naar haar oor toe. 'Wat vind je ervan?'

'Ik voel me oud,' biechtte ze op. 'Maar ik vind de muziek leuk.'

Evan wees naar de bar en Colin knikte, waarna hij haar hand pakte en haar om tafeltjes en groepjes mensen heen manoeuvreerde naar het drukke bargedeelte. Toen ze eindelijk de aandacht van de barman wisten te vangen bestelde Colin water – geen verrassing –, Evan bestelde een biertje en Maria en Lily bestelden allebei een sea breeze. Toen ze hun drankjes voor de helft ophadden, begon er een nummer van Madonna, en Lily klapte verrukt in haar handen, waarna ze Evan naar de dansvloer leidde. Plotseling dacht Maria: o, waarom ook niet, pakte Colins hand en liep achter hen aan.

De avond schoot voorbij terwijl ze steeds op drie of vier nummers achter elkaar dansten en alleen af en toe stopten om pauze te nemen. Maria bestelde nog een sea breeze, en hoewel ze de eerste nog niet had opgedronken, voelde ze zich duizelig en verhit. Voor het eerst in een week had ze zich weer eens vermaakt.

Om half twaalf wisten ze voor het eerst een tafeltje te bemachtigen. Ze namen even pauze en waren aan het beraadslagen hoe lang ze nog zouden blijven toen een jonge serveerster met een blad drankjes aankwam. Ze zette nog een sea breeze voor Maria neer.

Maria wuifde hem weg. 'Die heb ik niet besteld.'

'Je vriend heeft hem besteld,' legde de serveerster uit, die moeite had om zich verstaanbaar te maken boven de muziek uit.

Maria keek Colin vragend aan. 'Heb jij nog een drankje besteld?'

Toen hij zijn hoofd schudde, draaide ze zich naar Evan, die al net zo verbaasd leek als Colin. Ook Lily leek er niets van te begrijpen.

'Wie heeft hem besteld?' vroeg Maria.

'Je vriend aan de bar,' zei de serveerster, waarna ze haar hoofd in die richting draaide. 'Die met het honkbalpetje.' Ze leunde naar voren. 'Hij zei dat ik moest zeggen dat hij ontdaan was dat je de rozen niet mooi vond die hij je had gestuurd.'

Maria hapte naar lucht; een fractie van een seconde later zag ze plotseling een beweging toen Colin van tafel opsprong, waarbij zijn stoel omviel. In de ogenblikken die volgden drong er alleen maar een serie beelden tot Maria door, als momentopnames in het licht van een stroboscoop:

Colin die twee stappen naar de serveerster toe zette, met op elkaar geklemde kaken… haar zo snel naderend dat ze het blad cocktails liet vallen…

Evan en Lily die van tafel opstonden, waarbij ze hun drankjes over zich heen morsten…

Mensen aan de bar die zich naar hen toe draaiden bij de commotie…

Colin die woedend eiste dat de serveerster hem precies vertelde wie het was aan de bar, en die de vraag herhaalde…

De serveerster die terugdeinsde, doodsbenauwd…

Uitsmijters die op hen af begonnen te komen…

Evan die een stap in de richting van Colin zette, met zijn handen opgeheven…

Maria was verstijfd, vastgenageld aan haar stoel, met de woorden van de serveerster nog nagalmend in haar oor. … *honkbalpetje… dat hij ontdaan was dat je de rozen niet mooi vond…*

Hij was hier. Hij was haar gevolgd. Hij volgde haar al de hele tijd…

Ze kon maar moeilijk adem krijgen, een waterval van beelden, de wereld die in elkaar begon te storten.

Uitsmijters die zich een weg baanden door de menigte en griezelig snel dichterbij kwamen...

Colin die aan het schreeuwen was en eiste dat ze meer vertelde over de man die het drankje had besteld...

De serveerster die achteruitdeinsde en begon te huilen...

Omstanders die hen begonnen te omringen...

Evan die zich een weg naar voren baande en Colin bij zijn arm greep...

Lily die naar Maria toe kwam...

Maria voelde dat iemand twee handen op haar schouders legde en haar uit haar stoel begon te helpen. Ze had niet de energie om weerstand te bieden, en zomaar ineens besefte ze dat het Lily was geweest die haar overeind had geholpen. Ze kon Colin horen schreeuwen terwijl Evan nog steeds bezig was hard aan Colins arm te rukken, de serveerster die het uitgilde van angst, onbekenden die zich om hen heen verdrongen, met uitsmijters er vlak achter.

Onbekende met blauw overhemd aan: 'Wat is hier in godsnaam aan de hand?'

Colin, tegen de serveerster: 'Hoe zag hij eruit?'

Onbekende met stekeltjeshaar: 'Rustig aan! Laat haar met rust!'

Serveerster, door haar tranen heen: 'Ik heb je al gezegd dat ik het niet weet! Hij had een petje op! Ik weet het niet!'

Onbekende met tattoos: 'Wat moet je nou, verdomme?'

Evan: 'We moeten gaan!'

Colin: 'Was hij jong of oud?'

Serveerster: 'Ik weet het niet! In de twintig, in de dertig? Ik weet het niet!'

Evan: 'Nu, Colin! Kom op!'

Intussen voerde Lily Maria snel weg van de tafel, en vanuit een ooghoek zag Maria dat Evan Colin uit zijn evenwicht trok. Colin reageerde instinctief door zich onmiddellijk los te rukken en zijn evenwicht snel weer te herwinnen, terwijl zijn handen in gevechtspositie werden gebogen. Zijn gezicht was rood en gespannen en de spieren in zijn nek stonden strak; heel even leek hij Evan niet te herkennen.

'Colin! Nee!' gilde Lily. Evan zette een stap achteruit, en net zo snel als ze was opgekomen, begon Colins woede weer te vervliegen.

Intussen hadden de uitsmijters hen bereikt, en terwijl Maria toekeek, deed Colin zijn handen achter zijn rug, waar hij met zijn rechterhand zijn linkerpols beetpakte. Een uitsmijter greep allebei zijn armen vast. Hij zag er al net zo boos en vol adrenaline uit als Colin er een paar tellen eerder had uitgezien.

'Ik ga mee,' zei Colin. 'Ik ga al.' Tegen de serveerster, die nog steeds aan het huilen was, zei hij: 'Het spijt me. Ik wilde je niet bang maken.'

Maar noch de serveerster noch de uitsmijters kon het iets schelen; Colin werd naar buiten gesleurd en slechts een paar minuten later kwam er een patrouilleauto aan, met blauwe zwaailichten. Vlak daarna stopte er een donkere sedan.

'Wie is dat?' vroeg Maria, die met Evan voor de deur stond, met haar armen over elkaar. Lily was een paar minuten eerder weer terug de club in gegaan. Op de parkeerplaats stond Colin tussen twee politieagenten, een van de uitsmijters en een man in een afgedragen sportjack die op een tandenstoker kauwde.

Evans stem verraadde zijn bezorgdheid. 'Rechercheur Margolis. Hij heeft zitten wachten tot Colin weer in de fout zou gaan.'

'Waarom?'

'Omdat hij vindt dat Colin in de gevangenis thuishoort.'

'Gaat dat gebeuren?'

'Ik weet het niet,' zei Evan.

'Maar hij heeft niets gedaan,' protesteerde Maria. 'Hij heeft haar niet eens aangeraakt.'

'Godzijdank niet, anders hadden ze hem nu al in de handboeien geslagen. En dat kan nog steeds gebeuren, tenzij Lily haar toverkunsten uit kan halen.'

'Wat is ze aan het doen?'

'Het probleem aan het oplossen,' antwoordde Evan. 'Dat is wat Lily doet.'

Na een tijdje kwam Lily naar buiten door de voordeur en bleef staan om de hand te schudden van een van de uitsmijters die Colin naar buiten hadden gesleurd. Ze glimlachte onschuldig toen ze naar de politieagenten liep.

Maria zag dat Margolis haar in het oog kreeg en een hand opstak om haar tegen te houden. Lily negeerde hem en liep door tot ze dichtbij genoeg was om te kunnen worden verstaan. Het leek oneindig lang te duren. Evan en Maria keken toe en vroegen zich af wat Lily in hemelsnaam tegen hem aan het zeggen kon zijn. Uiteindelijk liep een van de agenten achter de uitsmijter aan terug de club in terwijl Margolis en de andere agent bij Colin bleven. Margolis was duidelijk woedend, maar er werd nog steeds geen actie ondernomen om Colin in de handboeien te slaan. De gebeurtenissen van het afgelopen half uur zorgden ervoor dat Maria's gedachten heen en weer sprongen en haar emoties flink op de proef werden gesteld. Ze was gevolgd naar de bar, wat betekende dat ze was gevolgd vanaf het restaurant, wat betekende dat ze was gevolgd vanaf haar huis.

Hij wist waar ze woonde en hij was haar hiernaartoe gevolgd.

Haar adem stokte en van een afstand drong Evans stem tot haar door.

'Gaat het wel?'

Ze kneep in haar bovenarmen. Ze wilde dat Colin haar vast zou houden, maar tegelijkertijd was ze boos dat hij zijn beheersing had verloren. Of was ze bang voor hem? Ze wist het niet precies.

Hij wist waar ze woonde en hij was haar hiernaartoe gevolgd.

'Nee,' bekende ze, zich realiserend dat ze stond te beven. 'Het gaat niet.'

Evan sloeg een arm om haar heen.

'Het is een behoorlijke puinhoop, dat is zeker. Als ik jou was, zou ik een hoopje ellende zijn.'

'Wat gaat er met Colin gebeuren?'

'Dat komt wel goed.'

'Hoe weet je dat?'

'Omdat Lily er kalm uitziet en Margolis pissig.'

Maria bekeek hen allebei aandachtig en besefte dat Evan gelijk had. Maar alles was verkeerd gelopen vanavond.

Een minuut later keerde de agent die de club binnen was gegaan weer terug naar Margolis. Ze praatten een paar minuten met elkaar voor beide agenten met tegenzin terugliepen naar hun patrouilleauto. Intussen haastte Lily zich naar Evan en Maria. Evan liet Maria los om zijn armen om Lily heen te slaan.

'Geen aanklacht,' zei ze. 'Ze laten hem gaan.'

'Wat heb je gedaan?' vroeg Maria.

'Ik heb met de serveerster en met de manager gesproken, en ik heb ze gewoon de waarheid verteld,' antwoordde Lily. 'Dat jij gestalkt werd, en dat Colin overdreven reageerde omdat jij bang was, en Colin dacht dat je in gevaar was. Ze waren opmerkelijk meelevend. Vooral nadat ik de serveerster een extra grote fooi had gegeven, had betaald voor de drankjes die waren gemorst, en de manager nog wat extra bood voor zijn moeite.'

Maria staarde haar aan. 'Heb je ze omgekocht?'

'Absoluut niet. Ik heb alleen maar mijn best gedaan om de situatie op zodanige wijze recht te zetten dat iedereen die erbij betrokken was tevreden kon zijn. Tegen de tijd dat de agent binnenkwam om met ze te praten stonden ze er allebei op dat er geen aanklacht ingediend zou worden. Toch moet ik toegeven dat er een moment was dat ik niet zeker wist of het deze keer weer zou werken.'

'Weer?'

'Het is niet de eerste keer dat dit gebeurd is,' zei Evan.

Margolis volgde Colin op de voet toen Colin naar hun groepje toe kwam. Voor anderen leek Colin waarschijnlijk net zo beheerst als altijd, maar zij merkte iets op in zijn uitdrukking wat aangaf dat hij begreep hoe weinig het had gescheeld of hij had alles verloren. Hij ging naast haar staan terwijl Margolis de gezichten van ieder van hen bekeek. Colin staarde terug, onaangedaan, evenals Evan en Lily.

'Het dynamische duo slaat weer toe,' sneerde Margolis. 'Hoeveel heeft het je deze keer gekost?'

'Ik heb geen flauw idee waar u het over hebt,' loog Lily poeslief, met een accent dat net zo zwoel was als altijd.

'Nee, natuurlijk niet,' zei Margolis. 'Ik vraag me af wat de manager en de serveerster zouden zeggen als ik ze onder ede zou stellen.' Hij liet de opmerking in de lucht hangen, met alle bijbedoelingen, voor hij verderging. 'Maar daar is geen reden voor, of wel? Niet nu je je goede vriend Colin weer hebt gered.'

'Het was niet nodig hem te redden,' zei Lily met haar zuidelijke accent. 'Hij heeft niets misdaan.'

'Dat is grappig. Want ik kan me herinneren dat er bij minstens twee andere gelegenheden dat jullie twee erbij waren zoiets als dit is gebeurd.'

Lily deed alsof ze het niet begreep. 'Hebt u het over die andere gelegenheden toen Colin toevallig met ons uit was en, ook toen, niets misdeed?'

'Blijf jezelf dat vooral wijsmaken. Je stelt alleen maar het onvermijdelijke uit. Colin weet wie hij is. Vraag het gewoon aan hem. Hij vertelt het je zo.' Hij draaide zich naar Colin. 'Zo is het toch, Colin? Want je wilt toch zo graag iedereen doen geloven dat je zo goudeerlijk bent? ... Zelfs al sta je altijd op het punt te ontploffen.'

Maria zag Colin zijn ogen tot spleetjes knijpen toen Margolis zijn hoofd met een ruk op Evan richtte. 'Bedank Evan hier maar dat hij je heeft weggetrokken. Als ook maar één van die mannen om je heen je had aangeraakt, weet je net zo goed als ik dat we plotseling een heleboel tijd met elkaar zouden doorbrengen. Jij weer terug in je kooi en ik die tegen de officier van justitie zegt dat hij de sleutel moet weggooien.'

'Colin heeft niemand aangeraakt,' onderbrak Evan hem.

Margolis verschoof de tandenstoker naar de andere kant van zijn mond. 'Mijn gedachten gingen meer in de richting van bedreiging. Mij is verteld dat de serveerster doodsbang was door het feit dat Colin tegen haar aan het schreeuwen was, en ik heb wel tien getuigen die dat kunnen bevestigen.'

'Hij wilde alleen maar weten wie het drankje had laten brengen,' protesteerde Maria.

Zodra Margolis' blik die van haar ontmoette, voelde ze zich ineenkrimpen. 'O, dat is waar ook. Vanwege die zogenaamde stalker, toch? Ik zal ervoor zorgen dat ik de aanklacht voor je bekijk.' Maria zei niets en had nu al spijt dat ze ook iets had gezegd.

'O, wacht. Je hebt geen aanklacht ingediend? Heb je zelfs wel met een advocaat gesproken?'

'Ze is advocate,' zei Lily.

'Dan is het nog vreemder, vind je niet? Het enige wat advocaten doen is aanklachten indienen.' Hij wendde zich tot Maria. 'Maar weet je wat: als je er ooit toch nog aan toekomt, moet je naar mij vragen, oké?'

'Laat haar hierbuiten,' gromde Colin.

'Probeer je mij te vertellen wat ik moet doen?' vroeg Margolis op hoge toon.

'Ja,' zei Colin.

'Of anders? Ga je me slaan?'

Colin bleef hem aanstaren en pakte vervolgens Maria's hand. 'Laten we gaan,' zei hij, en hij begon weg te lopen, met Evan en Lily vlak achter zich.

'Ga maar,' riep Margolis achter hun rug. 'Ik zie je nog wel.'

'Hoeveel ben ik je schuldig?' vroeg Colin.

'Laten we ons daar later druk over maken, oké?' antwoordde Lily.

Ze waren achter Lily en Evan aan teruggereden naar Evans huis, en ze kwamen met zijn vieren samen op de veranda aan de voorkant van het huis. Het was een stille rit geweest. Maria's gedachten waren te onsamenhangend om een gesprek te kunnen voeren, en Colin was niet in de stemming om de stilte te verbreken. Zelfs nu nog voelde Maria zich alsof ze haar eigen leven van een afstandje bekeek.

'Waar was je in godsnaam mee bezig vanavond?' wilde Evan op hoge toon weten. 'We hebben het hierover gehad! En Margolis heeft gelijk! Wat zou er gebeurd zijn als Lily en ik er niet bij waren geweest?'

'Ik weet het niet,' antwoordde Colin.

'Je weet verdomme heel goed wat er gebeurd zou zijn!' Evan haalde een hand door zijn haar. 'Waarom blijf je dit godverdomme steeds maar doen? Je moet dit onder controle zien te krijgen.'

'Oké.'

'Hou op met je "oké"!' schreeuwde Evan. 'Net als Lily ben ik het zat dat je dat de hele tijd zegt, want het is een uitvlucht! Ik dacht dat we dit vorig jaar achter ons hadden gelaten, toen die kerel per ongeluk zijn drankje op Lily had gemorst.'

'Je hebt gelijk,' zei Colin vlak. 'Ik heb een fout gemaakt. Ik verloor mijn beheersing.'

'Gut, wérkelijk?' spuwde Evan uit. Hij draaide zich om en begon naar de voordeur te lopen. 'Het zal allemaal wel. Bemoeien jullie je voorlopig maar met hem. Ik ben er klaar mee.' De deur sloeg achter hem dicht, waardoor zij met zijn drieën overbleven op de veranda.

'Je weet dat Evan gelijk heeft, Colin,' zei Lily.

'Ik was niet van plan haar pijn te doen.'

'Dat doet er niet toe,' zei ze, met zachte stem. 'Je bent groot en sterk, en als je kwaad bent, kunnen mensen de gewelddadigheid die je van nature in je hebt aanvoelen. Die arme serveerster was in elkaar gedoken aan het huilen en jij liet haar maar niet met rust tot Evan je uit alle macht wegtrok. En toen wist ik bijna zeker dat je hem ging slaan.'

Colin sloeg zijn ogen neer naar de grond voor hij ze langzaam weer omhoogrichtte, en heel even was zijn zelfvertrouwen verdwenen. In de plaats daarvan zag Maria schaamte en spijt, misschien zelfs een flits van wanhoop.

'Het zal niet meer gebeuren.'

'Misschien,' zei Lily, terwijl ze hem op zijn wang kuste. 'Dat zei je de laatste keer ook.'

Ze draaide zich om naar Maria en deed haar armen wijd voor een knuffel. 'En ik weet absoluut zeker dat dit allemaal heel overweldigend en ontzettend beangstigend moet zijn voor jou. Als iemand mij zou stalken en treiteren, zou ik allang op weg zijn naar Charleston om me bij mijn ouders te verstoppen, en hen kennende zouden die me het land uit sturen. Ik vind het heel naar voor je dat je dit allemaal door moet maken.'

'Dank je,' zei Maria. Plotseling was ze uitgeput, en ze herkende haar eigen stem nauwelijks meer.

'Wil je binnenkomen?' vroeg Lily toen ze zich losmaakte. 'Ik weet zeker dat Evan nu wel wat kalmer is, en dan kunnen we wat opties en ideeën doornemen... of we kunnen gewoon zitten en luisteren als je er behoefte aan hebt om te praten.'

'Ik zou niet eens weten wat ik moest zeggen,' zei ze.

Lily begreep het, en met een zachte klik van de deur toen die achter haar dichtging, waren Maria en Colin alleen op de veranda.

'Het spijt me, Maria,' mompelde hij.

'Dat weet ik.'

'Wil je dat ik je naar huis breng?'

In allebei de richtingen waren de meeste huizen al donker.

'Ik wil niet naar huis,' zei ze met een klein stemmetje. 'Hij weet waar ik woon.'

Colin stak zijn hand uit. 'Kom op. Je kunt bij mij slapen.'

Ze liepen de veranda af en om de zijkant van het huis heen naar de ingang beneden. Eenmaal binnen deed Colin de lichten aan terwijl hij voorging. Hopend op een beetje afleiding van de knoop in haar maag die maar niet weg wilde gaan, nam ze de kamer in zich op. Van gemiddelde grootte, met een keuken aan de rechterkant en een gangetje recht vooruit dat ongetwijfeld naar de slaapkamer en de badkamer leidde. Verrassend netjes, zonder rommel opgestapeld op de salontafel of op de werkbladen. Een neutraal kleurenschema voor het meubilair, zonder foto's of persoonlijke spullen, alsof hier helemaal niemand woonde.

'Is dit jouw huis?'

Hij knikte. 'Voorlopig. Kan ik je wat te drinken aanbieden?'

'Gewoon water,' zei ze.

Colin vulde twee glazen in de keuken en bracht er een naar haar toe. Ze nam een slok en herinnerde zich plotseling dat ze werd gevolgd, en ze zag Colins woede weer voor zich toen hij antwoorden had geëist van de serveerster, met zijn spieren helemaal gespannen. Ze herinnerde zich de fractie van een seconde nadat Evan hem uit zijn evenwicht had gebracht en de pure woestheid en onbeheersbare woede in zijn uitdrukking.

'Hoe voel je je?' vroeg hij uiteindelijk.

Ze probeerde het beeld van zich af te zetten en kwam tot de ontdekking dat ze dat niet kon. 'Niet goed,' zei ze. 'Helemaal niet goed.'

Ze leken geen van beiden te weten wat ze moesten zeggen in de woonkamer, en later ook niet, toen ze samen in bed lagen. In plaats daarvan rolde Maria, met de behoefte om vastgehouden te worden, naar hem toe en legde haar hoofd op Colins borst, zich bewust van de nog steeds aanwezige spanning in zijn lichaam.

Ze had gehoopt dat ze zich door hier te blijven slapen, met Colin naast zich, veilig zou voelen.

Maar ze voelde zich niet veilig. Niet meer. En terwijl ze wakker lag, starend in de duisternis, begon ze zich af te vragen of ze zich ooit weer veilig zou voelen.

In de ochtend bracht Colin Maria naar huis en wachtte hij in de woonkamer terwijl zij onder de douche ging en zich omkleedde, maar hij ging niet mee brunchen bij haar ouders. Hij begreep dat ze op dit moment behoefte zou hebben om alleen te zijn met haar ouders en haar zus, een toevluchtsoord van stabiliteit en voorspelbaarheid te midden van een leven dat plotseling woest van koers leek te zijn geraakt. Hij liep met haar mee naar haar auto en toen ze elkaar omhelsden, betrapte ze zich erop dat ze zich een klein beetje inhield.

Thuis wisten haar ouders van niets, maar Serena had zodra ze binnenkwam in de gaten dat Maria iets dwarszat, iets wat Maria niet aan haar ouders wilde vertellen. Serena speelde het spelletje perfect mee en hield een stroom anekdotes in stand terwijl ze kookten en aten, elke stilte vullend met het geluid van haar stem en voorkomend dat het gesprek in de richting van iets serieus zou afdwalen.

Na het eten gingen Maria en Serena een eindje wandelen. Zodra ze op veilige afstand van het huis waren, draaide Serena zich om en zei: ‘Vertel op.’ Op een bankje onder een iep met bladeren die goudkleurig begonnen te worden vertelde Maria Serena alles wat er was gebeurd, waarbij ze de verschrikking van de afgelopen paar dagen opnieuw beleefde, en toen ze begon te huilen, begon Serena ook te huilen. Net als Maria was Serena ontdaan en bang; net als Maria had ze meer vragen dan antwoorden. Vragen waar Maria alleen maar haar hoofd op kon schudden.

Na de brunch vertrokken Serena en haar ouders naar het huis van Maria’s oom, een informele familiebijeenkomst zoals talloze andere, maar Maria verontschuldigde zich met de bewering dat ze hoofdpijn had en even wilde slapen. Hoewel haar vader de uitleg had aanvaard zonder vragen te stellen had haar moeder haar twijfels, al wist ze wel dat ze haar niet onder druk moest zetten. Toen ze de deur uit ging, omhelsde ze Maria langer dan gewoonlijk en vroeg ze hoe het ging tussen haar en Colin. Het horen van zijn naam veroorzaakte een plotselinge stortvloed aan tranen, en op weg naar de auto dacht Maria: nu ben ik officieel een hopeloos geval geworden.

Het was zelfs merkwaardig moeilijk om zich genoeg te concentreren om te kunnen autorijden. Ondanks al het verkeer kon ze alleen maar denken aan het feit dat iemand haar bekeek en wachtte tot ze terugkwam... of misschien volgde hij haar op dit moment zelfs wel. In een opwelling veranderde ze van rijbaan en sloeg ze snel een bocht om een zijstraat in, voortdurend in haar achteruitkijkspiegel turend. Ze sloeg nog een bocht om, en toen nog een voor ze eindelijk stopte. En hoewel ze sterk wilde zijn, God smeekte haar te helpen sterk te zijn, lag ze op een gegeven moment toch voorovergebogen over het stuur te snikken.

Wie was hij en wat wilde hij? De naamloze, gezichtsloze man met het honkbalpetje op; waarom had ze niet gekeken of ze hem zag? Het enige wat ze zich herinnerde waren schaduwen en fragmenten, helemaal niets...

Maar er was nóg iets, iets wat ervoor zorgde dat ze ongerust bleef en elk moment in tranen kon uitbarsten. Zonder erbij na te denken zette ze de auto weer in de versnelling en begon ze te rijden, waarbij ze uiteindelijk uitkwam op een rustig stuk van Carolina Beach.

Het was een koele dag en de wind bevatte al de kou van de komende winter terwijl ze over het zand liep. Wolken waren binnen komen drijven, wit en grijs, en het voelde aan alsof het zou gaan regenen. De golven rolden in een kalmerend ritme af en aan, en tijdens het lopen voelde ze eindelijk dat haar gedachten lang genoeg rustig werden voor een beetje helderheid.

Ze was niet alleen zo gespannen omdat ze werd gevolgd. En ook beleefde ze niet alleen opnieuw de angsten die ze óm Colin had gehad toen hij bij de politieagenten had gestaan terwijl de rest van zijn leven in de waagschaal werd gesteld. Ze zag nu dat ze bang was geweest vóór Colin, en hoe misselijk ze ook werd van die gedachte, ze kon het gevoel niet van zich afzetten.

In de wetenschap dat ze er met Colin over moest praten reed Maria naar het huis van Evan. Toen Colin de deur van zijn appartement opendeed, zag ze dat hij aan de kleine keukentafel had zitten studeren. Hoewel hij haar uitnodigde binnen te komen, sloeg ze het aanbod af, omdat de binnenkant van zijn huis plotseling claustrofobisch leek. In plaats daarvan gingen ze naar Evans veranda, waar ze ieder in een schommelstoel gingen zitten terwijl het begon te regenen.

Colin zat op het puntje van zijn stoel, met zijn onderarmen op zijn benen steunend. Hij zag er moe uit. De afgelopen vierentwintig uur hadden duidelijk hun tol geëist. Hij deed niets om de stilte te verbreken, en heel even wist Maria niet goed waar ze moest beginnen.

'Ik ben al sinds gisteravond gespannen,' stak ze van wal, 'dus als ik niet erg logisch klink, komt dat waarschijnlijk doordat mijn gedachten nog helemaal in de war zijn.' Ze haalde diep adem. 'Ik bedoel, ik weet dat je alleen maar probeerde me te helpen. Maar Lily had gelijk. Ook al geloof ik je als je zegt dat je de serveerster geen pijn zou doen, de manier waarop je je gedroeg vertelt een ander verhaal.'

'Ik verloor bijna mijn beheersing.'

'Nee,' zei ze. 'Je verloor écht je beheersing.'

'Ik kan mijn emoties niet in bedwang houden. Het enige wat ik in bedwang kan houden, zijn mijn daden, en ik heb haar niet aangeraakt.'

'Je moet niet proberen te bagatelliseren wat er is gebeurd.'

'Ik probeer het niet te bagatelliseren.'

'En stel dat je boos wordt op mij?'

'Ik zou je nooit pijn doen.'

'En net als de serveerster zou ik toch doodsbang worden en in tranen kunnen raken. Als je je zo tegenover mij had gedragen, zou ik nooit meer met je willen praten. En daarna, met Evan...'

'Ik heb Evan niets gedaan.'

'Maar als het ook maar iemand anders was geweest die je beetpakte, een man die je niet kende, zou je niet hebben kunnen stoppen, en dat weet jij ook. Net zoals Margolis zei.' Ze zorgde ervoor dat ze hem bleef aankijken. 'Of ga je voor het eerst tegen me liegen en zeggen dat ik het mis heb?'

'Ik was bang om jou. Omdat die vent er was.'

'Maar wat je deed maakte het er niet beter op.'

'Ik wilde er gewoon achter komen hoe hij eruitzag.'

'En denk je niet dat ik dat ook wil?' zei ze, haar stem verheffend. 'Maar vertel eens; stel nou dat hij er nog was geweest. Gewoon aan de bar? Wat zou je dan hebben gedaan? Geloof je echt dat je in staat was geweest om een redelijk gesprek met hem te voeren? Nee. Je zou te heftig hebben gereageerd, en je zou op ditzelfde moment in de gevangenis zitten.'

'Het spijt me.'

'Je hebt je verontschuldigingen al aangeboden.' Ze aarzelde. 'Hoe vaak we het ook over je verleden hebben gehad en hoe goed ik je ook dacht te kennen, ik besef nu dat dat niet zo is. Gisteravond was je niet de man op wie ik verliefd ben geworden, of zelfs een man met wie ik een relatie zou willen hebben. In plaats daarvan zag ik iemand die ik vroeger met alle liefde achter de tralies zou hebben gestopt.'

'Wat wil je daarmee zeggen?'

'Ik weet het niet,' zei ze. 'Het enige wat ik weet is dat ik te weinig energie heb om me zorgen te kunnen maken of je iets doms zult doen en je leven zult vergooien, of dat je mij plotseling bang zult maken doordat er ergens binnen in je een knop wordt omgezet.'

'Het is niet jouw taak om je zorgen te maken om mij.'

Bij zijn opmerking liep ze rood aan doordat al haar angsten en ongerustheid en woede naar de oppervlakte stegen, als een luchtbel door water.

'Doe niet zo hypocriet! Waar denk je dat dat allemaal om ging gisteravond? Of de afgelopen week trouwens? Je hebt je urenlang schuilgehouden op een dak om foto's te maken van mijn baas, iedere bloemist in de stad gebeld en twee uur gereden om een foto te laten zien aan een vreemde! Dat deed je omdat jíj je zorgen maakte om míj. En nu zeg je dat ík me geen zorgen mag maken om jóú? Waarom mag jij je wel zorgen maken en ik niet...'

'Maria...'

'Laat me uitspreken!' eiste ze. 'Ik heb tegen je gezegd dat wat er aan de hand was niet jouw probleem was! Ik heb tegen je gezegd dat je het moest laten zitten! Maar jij was vastbesloten om te doen wat je maar wilde... En oké, misschien heb je me overgehaald om je die foto's te laten nemen. Omdat je het deed voorkomen alsof je wist waar je mee bezig was. Alsof je ermee om kon gaan. Maar te oordelen naar gisteravond kun je dat overduidelijk niet! Je bent bijna gearresteerd! En wat zou er dan zijn gebeurd? Heb je enig idee wat dat met mij gedaan zou hebben? Hoe ik me zou hebben gevoeld?'

Ze drukte haar vingers tegen haar oogleden en probeerde haar gedachten op een rijtje te krijgen, toen ze haar mobieltje hoorde overgaan. Toen ze hem uit haar zak haalde, herkende ze Serena's nummer en vroeg ze zich af waarom ze belde. Had ze niet iets gezegd over dat ze een afspraakje had?

Ze nam op en hoorde meteen de paniek in Serena's stem. De woorden ratelden naar buiten in rap Spaans.

'Kom onmiddellijk naar huis!' snikte Serena voor Maria ook maar een woord kon zeggen.

Maria voelde haar borst samentrekken. 'Wat is er? Is alles goed met papa? Wat is er gebeurd?'

'Het gaat om mama én papa! Vanwege Copo! Ze is dood!'

17

Colin

Colin was bang dat Maria te beverig was om achter het stuur te kruipen, dus reed hij haar in haar auto naar het huis van haar ouders, en probeerde ondertussen haar stemming te lezen terwijl ze uit het door de regen bespatte raam staarde. Doordat ze zo aan het snikken was geweest had Serena Maria niet veel kunnen vertellen; niemand wist eigenlijk veel meer dan dat Copo dood was. Zodra ze op de oprit stopten, liep Maria haastig het huis binnen, met Colin achter zich aan. Haar ouders zaten op de bank met hun armen om elkaar heen, helemaal van slag en met rode ogen. Serena stond bij de keuken haar tranen weg te vegen.

Felix stond op van de bank zodra Maria binnenkwam, en ze begonnen allebei te huilen. Al snel stond de hele familie met hun armen om elkaar heen geslagen te huilen, terwijl Colin stilletjes in de deuropening stond.

Toen hun tranen ophielden, lieten ze zich allemaal op de bank vallen, waarbij Maria haar vaders hand bleef vasthouden. Ze praatten in het Spaans, dus hij kon niet veel van het verhaal volgen, maar hij hoorde meer dan genoeg om erachter te komen dat de dood van het hondje volkomen onbegrijpelijk was.

Later zat hij met Maria op de veranda achter het huis en vertelde ze hem wat ze te weten was gekomen, en dat was niet veel. Haar ouders en Serena waren na de brunch naar familieleden gegaan, en hoewel ze normaal gesproken de hond mee zouden nemen, zouden er heel veel kinderen zijn, en ze waren bang geweest dat Copo misschien overvoerd of, nog erger, per ongeluk gewond zou raken. Serena was een uur later terug naar huis gegaan omdat ze haar telefoon aan de oplader op het aanrecht had laten liggen. Toen Serena Copo bij de schuifpui aan de achterkant – die open was gelaten – zag liggen, nam ze aan dat het hondje sliep. Maar toen de hond zich niet had bewogen tegen de tijd dat ze op het punt stond weer te vertrekken riep Serena haar. Copo reageerde niet, dus ging Serena weer bij haar kijken, en toen besefte ze dat het hondje dood was. Ze belde haar ouders, die meteen naar huis reden, en daarna Maria.

'Alles was goed met Copo voordat ze vertrokken. Ze had gegeten en ze gedroeg zich niet ziek. Er was niets waar ze in gestikt zou kunnen zijn, en mijn vader vond niets in haar keel. Er was geen bloed of braaksel...' Ze haalde beverig adem. 'Het is net alsof ze zonder enige oorzaak is gestorven, en mijn vader... Ik heb hem nog nooit zien huilen. Hij nam haar overal mee naartoe; ze lieten haar vrijwel nooit alleen. Je weet niet half hoeveel hij van dat hondje hield.'

'Ik kan het me voorstellen,' zei hij.

'Misschien. Maar toch... je moet begrijpen dat in het dorp waar mijn ouders vandaan komen honden werken of schapen hoeden of met je meelopen door het weiland, maar niet als huisdier worden beschouwd. Mijn vader heeft de Amerikaanse voorliefde voor honden nooit begrepen. Zowel Serena als ik smeekte om een hond toen we jonger waren, maar hij was er streng op tegen. En toen, toen Serena en ik het huis uit waren, kwam er plotseling een reusachtige leegte in zijn leven... Op een gegeven moment stelde iemand voor dat ze een hond zouden nemen en deze keer was het alsof hij het licht had gezien. Copo was als een kind voor hem, maar dan gehoorzamer en meer toegewijd.' Ze schudde haar hoofd en was even stil. 'Ze is nog niet eens vier jaar. Ik bedoel... kan een hond gewoon zomaar... doodgaan? Heb je ooit gehoord dat dat eerder is gebeurd?'

'Nee.'

Dat antwoord had ze wel verwacht, maar het hielp niet, en haar gedachten kwamen weer terug bij de reden waarom ze met hem moest praten. 'Colin... wat betreft waar we het eerder over hadden...'

'Je had gelijk. Over alles.'

Ze zuchtte. 'Ik geef om je, Colin. Ik hou van je en ik wil niets liever dan bij je zijn, maar...'

Het woord 'maar' hing zwaar in de lucht. 'Ik ben niet wie je dacht dat ik was.'

'Nee,' zei ze. 'Je bent precies wie ik dacht dat je was, en je hebt me al vanaf het begin gewaarschuwd. En ik dacht dat ik er wel mee om kon gaan, maar gisteravond drong het tot me door dat ik geloof dat ik dat niet kan.'

'Wat houdt dat in?'

Ze stopte een lok haar achter haar oor. 'Ik denk dat het op dit moment het beste zou zijn om het wat rustiger aan te doen. Tussen ons, bedoel ik. Met alles wat er gaande is...' Ze maakte haar zin niet af.

'Wat ga je doen aan de vent die je achtervolgt?'

'Ik weet het niet. Ik vind het al moeilijk genoeg om op dit moment helder na te denken.'

'Dat is wat hij wil. Hij wil dat je bezorgd en bang bent, en voortdurend gespannen.'

Ze duwde haar handen in haar haar en kneedde haar slapen. Toen ze weer begon te praten, was haar stem ruw. 'Op dit moment voel ik me alsof ik gevangenzit in een afschuwelijke droom en ik alleen maar wakker wil worden... en dan moet ik ook nog eens mijn ouders ondersteunen. Mijn vader wil Copo vanavond begraven, en dat gaat hem alleen nog maar emotioneler maken. En mijn moeder ook. En dan die regen... Van alle weekends waarin Copo had kunnen sterven, waarom nou juist dit weekend?'

Colin tuurde naar de achtertuin. 'Wat vind je ervan als ik help om het allemaal voor te bereiden?'

Maria haalde een spade voor hem uit de garage, en na wat overleg tussen Maria en Felix begon Colin in de schaduw van een eik een gat te graven, terwijl de regen zijn shirt doorweekte. Hij herinnerde zich dat hij hetzelfde voor zijn eigen hond Penny, een langharige dwergteckel, had gedaan. De hond had bij hem in bed geslapen toen hij nog thuis woonde, en toen hij op school zat, had hij haar meer gemist dan zijn ouders en zussen.

Hij herinnerde zich hoe zwaar het was geweest om het graf te graven, de zomer na zijn vierde jaar op de middelbare school; het was een van de weinige keren waarvan hij zich kon herinneren dat hij huilde sinds het eerste jaar dat hij was weggestuurd. Met elke spade met aarde was er een herinnering aan Penny bij hem opgekomen – rennend door het gras of happend naar een vlinder – en dat wilde hij Felix besparen.

De taak hield hem ook weg bij Maria. Hij begreep dat ze nu behoefte had aan ruimte, ook al vond hij het niet prettig om te denken aan de reden. Hij wist dat hij het flink had verkloot; op dit moment was ze waarschijnlijk aan het proberen uit te zoeken of Colin het risico wel waard was.

Toen Colin klaar was met het graven van de kuil onder de boom begroef het gezin Copo. Opnieuw huilden ze alle vier en omhelsden ze elkaar. En nadat ze weer naar binnen waren gegaan begon Colin de aarde weer op zijn plek te scheppen, waarbij zijn gedachten weer naar de stalker gingen en het feit dat Maria werd gevolgd. Hij vroeg zich af wat de volgende zet van de stalker zou kunnen zijn. En hij besloot op dat moment dat of Maria hem nu in haar leven wilde of niet, hij er voor haar zou zijn als ze hem ooit nodig had.

'Weet je het zeker?' vroeg Maria aan hem, terwijl ze met hem op de veranda aan de voorkant stond. 'Ik vind het helemaal niet erg om je naar huis te brengen.' Binnen waren Carmen en Serena eten aan het maken. Felix zat, voor zover Colin wist, nog steeds op de veranda aan de achterkant, waar hij in zijn eentje met Copo's halsband in zijn handen zat.

'Het geeft niet. Ik moet toch nog hardlopen.'

'Maar het regent nog steeds.'

'Ik ben al nat.'

'Is het dan niet ver? Iets van acht of tien kilometer of zo?'

'Jij moet hier bij je ouders blijven,' zei hij, en een tijdje zeiden ze allebei niets. 'Mag ik je bellen?' vroeg hij uiteindelijk.

Haar blik schoot naar het huis voor ze zich weer tot hem richtte. 'Ik bel jou wel, goed?'

Hij knikte, waarna hij een stap achteruitzette, en zonder verder nog iets te zeggen draaide hij zich om en begon hij te rennen.

Maria belde de rest van de week niet, en het was voor het eerst in zijn leven dat hij zo veel om een vrouw gaf dat hem dat echt iets kon schelen. Of zo veel dat hij er zelfs op onverwachte momenten aan dacht, of elke keer dat de telefoon ging; wat niet vaak gebeurde.

Hij was niet van plan haar te bellen. Hij wilde het wel; meer dan eens had hij ook daadwerkelijk zijn telefoon gepakt voor hij zichzelf eraan herinnerde dat ze hem had gevraagd het niet te doen. Of ze uiteindelijk wel of niet zou bellen was haar keuze.

Om te voorkomen dat hij er de hele tijd bij stil zou blijven staan probeerde hij druk bezig te blijven. Op zijn werk vroeg hij een extra dienst aan, en na zijn lessen en voor zijn werk bracht hij tijd door in de sportschool, waar hij met Daly en Moore werkte.

Ze waren enthousiaster over het komende gevecht dan hijzelf. Hoewel vechten tegen iemand als Reese een zeldzame gelegenheid was om zijn eigen vaardigheidsniveau te meten zou het, of hij nu won of verloor, op de lange duur niet veel voor hem uitmaken. Voor Daly en Moore zou een goede wedstrijd misschien een aardige meevaller voor de sportschool betekenen. Geen wonder dat ze de eerste twee uur op maandag met Colin doorbrachten met het bekijken van films van eerdere gevechten van Reese, waarbij ze zijn hebbelijkheden bestudeerden en sterke en zwakke punten bespraken.

'Hij is goed, maar hij is niet onverslaanbaar,' bleef Daly volhouden, waar Moore het mee eens was. Colin luisterde ernaar terwijl hij opmerkingen probeerde te negeren die hij beschouwde als wensdenken of te optimistisch; dat kwam in feite neer op alles met de woorden 'Reese' en 'grond' in dezelfde zin. Op de grond zou Reese hem met huid en haar opvreten.

Een voordeel was wel dat de films lieten zien dat Colins vaardigheden op het gebied van stoten net iets beter waren dan die van Reese. In het bijzonder de trappen; tot op dat moment in zijn carrière had geen enkele vechter Reese belaagd met trappen tegen de knieën, ondanks het feit dat Reese vele malen de gelegenheid had gegeven. Reese liet ook openingen voor stoten in de ribben na allerlei combinaties, wat handig was om te weten als je een strategie plande. Het probleem was dat wanneer het gevecht daadwerkelijk begon, strategieën vaak meteen de prullenbak in konden, maar op dat gebied was Colin – volgens Daly en Moore – het meest in het voordeel.

'Reese heeft nooit eerder met iemand gevochten die meer dan zes of zeven gevechten op zak had, wat betekent dat zijn tegenstanders zowel overklast als geïntimideerd waren. Jij zult niet geïntimideerd worden, en dat zal hem meer van zijn stuk brengen dan wat ook.'

Daly en Moore hadden gelijk. Bij vechten – of het nu in cafés, op straat of in de ring gebeurde – ging het niet alleen om vaardigheid, maar ook om zelfverzekerdheid en zelfbeheersing. Alles draaide om wachten op het juiste moment en daar dan je voordeel mee doen; het ging om ervaring als de adrenaline door je lijf gierde, en Colin had meer gevechten gehad dan Reese. Reese was een sportman geweest, iemand die na een wedstrijd de hand van zijn tegenstander schudde; Colin was het soort kerel dat er meteen op ramde en uiteindelijk bierflesjes op iemands hoofd kapotsloeg, met als enige doel zo snel mogelijk zo veel mogelijk schade aan te richten.

Maar goed, Reese was niet voor niets ongeslagen. Als Colin op zijn best was, had hij slechts een kans van één op vier om te winnen, dacht hij, en dat dan nog alleen als hij de eerste paar ronden overleefde. De trappen tegen de knieën en de stoten in de ribben, zo bleven de coaches hem verzekeren, zouden Reese afmatten naarmate het gevecht langer duurde.

'De derde ronde wordt van jou,' beloofden ze.

Op dinsdag, woensdag en donderdag gingen ze aan het werk, met elke dag een uur en een kwartier gewijd aan specifieke stoten. Daly ging de ring in met stevige kniebeschermers en een vest en eiste dat Colin trapte naar de knieën, waarbij hij openingen voor hem liet en ze vervolgens weer afdekte. Tegelijkertijd instrueerde Moore Colin dat hij afstand moest houden en zich op de ribben moest concentreren na elke combinatie die Daly ertegenaan gooide, en hun aansporingen waren vurig en veeleisend. In de laatste drie kwartier concentreerde Colin zich op het grondwerk en scherpte hij zijn verdedigingstechnieken aan. Ze waren zich er allemaal volledig van bewust dat Reese op dit gebied aanzienlijk in het voordeel was, en het beste waar Colin op kon hopen was dat hij het overleefde.

Hij had nog nooit voor een specifieke tegenstander getraind, en het bleek frustrerend te zijn. Hij miste met de trappen en was te langzaam met de stoten in de ribben; maar al te vaak liet hij zich klemzetten, wat precies was wat Reese zou willen. Pas op donderdag begon hem een lichtje op te gaan, zij het zwakjes, en toen hij de sportschool uit liep, wenste hij dat hij nog een paar weken had gehad om zich voor te bereiden.

Vrijdag was een rustdag, de eerste dag in ruim een jaar dat Colin geen work-out had gedaan, en hij had de pauze nodig. Alles deed hem pijn. Hij had geen les, en hij besteedde de ochtend en de middag aan het afronden van twee scripties. Later op het werk kwamen er, nu het koeler was geworden, nauwelijks klanten opdagen op het dakterras, zelfs niet tijdens het spitsuur van het avondeten. Tegen negenen waren er helemaal geen klanten meer en had Colin de bar voor zichzelf. Er waren bijna geen fooien geweest, maar het gaf hem de tijd om na te denken over het vorige weekend – meer in het bijzonder de vraag die Maria had gesteld en die hem sindsdien steeds maar weer had gekweld.

Van alle weekends waarin Copo had kunnen sterven, waarom nou juist dit weekend?

Er was geen enkele aanwijzing dat de kerel die Maria achtervolgde verantwoordelijk was voor Copo's dood, maar er was ook niets wat het idee onwaarschijnlijk maakte. Als de man wist waar Maria woonde, was het heel goed denkbaar dat hij ook wist waar haar ouders woonden. De schuifpui aan de achterkant was opengelaten. Er was niets met Copo aan de hand geweest toen ze weggingen, en drie uur later was het hondje dood, zonder aanwijsbare reden. Colin wist dat er niet veel voor nodig zou zijn geweest om Copo's nek te breken of het hondje door verstikking om het leven te laten komen.

Maar aan de andere kant had het hondje op natuurlijke, zij het onverklaarde wijze kunnen zijn gestorven.

Hij vroeg zich af of dezelfde afschuwelijke gedachten bij Maria zouden zijn opgekomen; als dat zo was, zou ze ook vermoeden dat het stalken naar een nieuw niveau was geëscaleerd, en hij vroeg zich af of ze hem zou bellen. Zo niet als haar geliefde, dan wel als een vriend die had beloofd er voor haar te zijn.

Colin keek op zijn telefoon.

Ze had niet gebeld.

Colin bracht de zaterdagochtend door met proberen een voorsprong te krijgen met zijn lesboeken, maar tegen het middaguur vroeg hij zich af waarom hij überhaupt de moeite had genomen. De zenuwen weerhielden hem ervan om iets wezenlijks te onthouden. Ook had hij geen trek; hij had ternauwernood een paar proteïnesmoothies naar binnen kunnen werken.

Het gevoel van zenuwen was nieuw voor hem. Hij herinnerde zichzelf eraan dat het hem niet kon schelen of hij won, maar tegelijkertijd gaf hij ook toe dat hij loog tegen zichzelf. Als het hem niet kon schelen hoe hij het deed in de ring, waarom lette hij dan op alles wat hij at of dronk? Waarom zou hij twee tot drie keer per dag trainen? Erin hebben toegestemd om de hele week bezig te zijn om zich voor te bereiden op Johnny Reese?

Feit was dat hij nog nooit de kooi was binnengewandeld met het idee dat hij een gevecht zou verliezen. Amateurs waren maar amatéúrs. Maar Reese was andere koek. Reese kon hem een aframmeling geven als Colin ook maar één verkeerde beweging maakte; Reese was gewoon duidelijk beter.

Tenzij mijn strategie loont…

Hij voelde een plotselinge, onverwachte stroom adrenaline. Niet goed. Te vroeg. Hij zou al op zijn voordat het gevecht ook maar was begonnen, en hij moest ergens anders aan gaan denken. De beste manier om dat te doen was om te gaan hardlopen om zijn geest vrij te maken, ook al wilden zijn coaches dat hij zijn energie spaarde.

Jammer dan. Hij ging toch rennen. Het leverde maar gedeeltelijk succes op.

Een paar uur later zat Colin in zijn eentje in de geïmproviseerde kleedkamer. Hij was gewogen, en zijn handschoenen ook. Daly zorgde ervoor dat de hoeveelheid sporttape op zijn handen voldeed aan de regels. Colin koos ervoor om een toque te dragen, en zijn schoenen werden door officials geïnspecteerd. Heel veel regels, zelfs op amateurniveau. Hij had nog maar tien minuten voordat zijn gevecht begon, en hij had Daly en Moore gevraagd hem alleen te laten, ook al wist hij dat ze wilden blijven.

Hij ergerde zich aan hun houding. In de minuten voorafgaand aan elk gevecht ergerde hij zich aan vrijwel alles en iedereen, en dat was precies wat hij wilde. Hij dacht aan de knie- en ribbenstoten; hij dacht eraan dat hij Reese op stang wilde blijven jagen en de derde ronde wilde domineren. De adrenaline zorgde er al voor dat elke spier strakgespannen was, en zijn zintuigen stonden op scherp. Van achter de muren hoorde hij het brullen van het publiek, en toen hoorde hij het nog luider worden. Ongetwijfeld was er een vechter die zijn wil aan een andere oplegde; de wedstrijd kwam duidelijk tot een einde, waarbij een tegenstander afgeranseld werd…

Colin haalde diep adem.

Showtime.

Het volgende moment stond hij midden in de kooi oog in oog met Reese, en ze namen elkaar op terwijl de scheidsrechter de regels doornam: niet bijten, niet in de ballen trappen, enzovoort. Terwijl ze elkaar aanstaarden, begon de wereld te krimpen, de geluiden namen af, en toen mochten de vechters terug naar hun hoek. Daly en Moore schreeuwden aanmoedigingen, maar hun stemmen drongen maar vaag tot Colin door. De bel ging en hij stapte naar voren.

Binnen de eerste twintig seconden liet Colin al een trap neerkomen tegen Reese' knie, en snel daarna nog twee. Alle drie de treffers leken Reese van zijn stuk te brengen, en toen Colin een vierde keer de knie raakte, zag hij de eerste flits van woede bij Reese. Een vijfde trap tegen de knie volgde en Reese begon afstand te houden, omdat hij al een deel van Colins plan had ontcijferd. In de minuten daarna wisselden ze een paar stoten uit, waarbij Colin drie goede stoten tegen de ribben toebracht en nog een harde trap tegen de knie. Reese' boksvaardigheden waren ongeveer wat Colin ervan had verwacht, maar zijn stoten waren harder, en toen Reese een stoot tegen Colins slaap gaf, zag Colin sterretjes en kwam hij op zijn rug terecht. Reese had duidelijk de overhand, maar Colin kon zich verdedigend staande houden tot de bel klonk. Beide vechters waren zwaar aan het ademen.

Volgens Daly kon de ronde beide kanten op gaan, hoewel hij dacht dat Colin in het voordeel was.

De tweede ronde volgde grofweg hetzelfde patroon: Colin liet nog drie trappen tegen de knieën neerkomen, waarbij Reese merkbaar ineenkromp na de laatste treffer; Colin hamerde op Reese' ribben zodra de mogelijkheid zich presenteerde. Toen de tijd voor twee derde verstreken was, lagen ze weer op de grond, waarbij Reese een paar krachtige stoten liet neerkomen terwijl Colin zich uit alle macht verdedigde. In de laatste twintig seconden kwam Reese' elleboog in contact met de brug van Colins neus en ontstond er een snee. Het bloed liep in zijn ogen, hij verloor de concentratie en Reese deed daar zijn voordeel mee, door zijn been te verdraaien tot Colin het bijna moest opgeven. Colin wist toen hij naar zijn hoek terugkeerde dat hoewel hij niet volkomen overmeesterd was, hij wel de ronde had verloren.

Hij merkte ook dat Reese zwaar hinkend terugliep naar zijn hoek.

Bij het begin van de derde ronde viel Colin de knie weer aan, en stootte toen en deed een schijnaanval met een paar snelle uitvallen, waarbij hij herhaaldelijk bij de knie terugkwam. Bij de laatste trap kromp Reese hevig ineen en boog hij zich instinctief naar voren; Colin kwam op hem af en stootte hem hard in de ribben. Reese was uit positie en probeerde Colin vast te zetten, maar Colin bracht zijn knie omhoog, voelde hem contact maken met Reese' voorhoofd en voor de eerste keer in de wedstrijd kreeg hij Reese op zijn rug en in ernstige moeilijkheden.

Colin ging zo hard hij kon tekeer, uithalend met zijn vuisten en zijn ellebogen. Reese was niet vaak in deze positie geweest, en Colin kon voelen dat hij in paniek begon te raken. Colin bleef stoten en liet nog meer slagen neerkomen, met zo veel mogelijk kracht. Reese incasseerde een zware stoot tegen zijn kaak en zijn lichaam werd slap; Colin liet nog drie stoten neerkomen, waardoor Reese verdoofd raakte. Colin drukte zijn voordeel door, en terwijl de ronde naar het einde doortikte, maakte Reese een tactische fout. Colin kon het gevecht bijna beëindigen met een armklem, maar op de een of andere manier wist Reese zich los te wurmen. Kostbare seconden tikten voorbij totdat Colin Reese in positie manoeuvreerde voor nog een armklem. Net op het moment dat Colin druk begon uit te oefenen klonk de bel, de scheidsrechter sprong ertussen en het gevecht was afgelopen.

Colin stond met tegenzin op, maar toen zag hij Daly en Moore hun vuisten pompen; naar hun mening was het duidelijk wie het gevecht had gewonnen. Volgens Reese ook; toen hij opstond, ontweek hij Colins blik.

Maar de jury zag het anders. Toen Reese' arm door een duidelijk sceptische scheidsrechter werd opgeheven voor de overwinning, wist Colin dat hij zojuist zijn eerste nederlaag overhandigd had gekregen. Colin schudde Reese de hand en Daly en Moore renden de ring in. Het publiek begon boe te roepen en te joelen.

Colin sloot het allemaal buiten; hij was kapot. Hij verliet de kooi en liep in zijn eentje naar de kleedkamer, slechts mild teleurgesteld en niet vreselijk verrast.

‘Als het enige troost biedt: je ziet er bij lange na niet zo erg uit als na je vorige gevecht,’ merkte Evan op. Zoals een gewoonte werd na Colins gevechten zaten ze in een onbeduidend wegrestaurant, waar Evan toekeek terwijl Colin at. ‘Alleen dat sneetje op de brug van je neus, maar afgezien daarvan ben je in orde. En dat is absoluut een verbetering. De laatste keer had je kunnen doorgaan voor Rocky na het gevecht met Apollo Creed. En die kerel kon er geen hout van.’

‘Hij gaf me een kopstoot.’

‘Misschien heeft hij valsgespeeld tijdens het gevecht, maar in tegenstelling tot vanavond was de beslissing daarbij eerlijk. Je weet dat je hem een pak slaag hebt gegeven, toch? Het was overduidelijk. Het publiek wist het en de scheidsrechter ook. Heb je zijn gezicht gezien toen ze aankondigden dat het Reese was?’

‘Nee.’

‘Hij kon het niet geloven. Zelfs Reese’ coach was gechoqueerd.’

Colin gebruikte zijn vork om zijn pannenkoeken te snijden en prikte een grote hap op zijn vork. ‘Oké.’

‘Als het nog twintig seconden langer had geduurd zou Reese hebben opgegeven. Misschien wel na tien. Hij had op geen enkele manier die laatste armklem tegen kunnen houden want tegen die tijd was hij al helemaal kapot. Die kerel kon nauwelijks meer iets doen op dat moment.’

‘Dat weet ik.’

‘Waarom ben je er dan niet kwaad over? Je coaches zijn ontzettend pissig. Jij zou ook pissig moeten zijn.’

‘Omdat het afgelopen is,’ antwoordde Colin. ‘Ik kan er nu niets meer aan doen.’

‘Je zou bezwaar kunnen indienen.’

‘Nee.’

‘Dan had je op zijn minst Reese een dreun moeten verkopen toen hij na de aankondiging dat stomme dansje begon te doen. Heb je dat gezien?’

‘Nee.’

‘Het gevecht was vast gemanipuleerd. Ze wilden dat Reese zijn amateurcarrière ongeslagen afrondde.’

'Wie zijn "ze"?'

'Weet ik veel. De jury, de promotor, wie dan ook. Wat ik wil zeggen is dat het doorgestoken kaart was.'

'Doorgestoken kaart? Je klinkt als een personage in een gangsterfilm.'

'Ik wil alleen maar zeggen dat wat je ook deed, afgezien van hem knock-out slaan of hem laten opgeven, Reese dat gevecht zou gaan winnen.'

Colin haalde zijn schouders op. 'Reese gaat beroepsvechter worden. Ik was een stoplap voor op het laatste moment. Het is voor iedereen beter als hij als amateur tot op het laatst ongeslagen is gebleven.'

'Dat meen je niet. Zijn dat soort dingen belangrijk?'

'Officieel niet. Maar als er een vechter uit deze regio voortkomt die naar de UFC gaat, is dat voor iedereen goed.'

'Zo klinkt het net alsof het een kwestie van business is en niet van sport.'

'Het is de waarheid.'

Evan schudde zijn hoofd. 'Prima. Wees er maar filosofisch over of wat dan ook. Vind jij dat je hebt gewonnen?'

Colin nam een vork vol ei. 'Ja.'

Even later schudde Evan zijn hoofd. 'Toch vind ik dat je hem een dreun had moeten verkopen toen hij dat dansje begon te doen. Jezus, ik wilde hem zelf een dreun verkopen.'

'Oké.'

Evan leunde achterover op zijn stoel. 'Goed dan. Omdat jij het prima vindt, ben ik blij dat ik mocht zien hoe jij een pak slaag hebt gekregen. In het bijzonder na het fiasco van afgelopen weekend.'

'Oké.'

'En er is nog iets anders.'

'Wat dan?'

'Maria was er vanavond ook.'

Colin tilde zijn kin op, onmiddellijk alert.

'Ze was er met een andere jonge vrouw die haar tweelingzus had kunnen zijn,' voegde Evan eraan toe. 'Nou ja, niet precies zoals zij, maar ze leek toch erg op haar. Je weet wel wat ik bedoel. Ze zaten aan de andere kant van de ring, helemaal achterin. Maar zij was het, geen twijfel mogelijk.'

'Oké.'

'Wat is er eigenlijk aan de hand tussen jullie twee?'

Colin stak een stuk worst op zijn vork. 'Ik weet het niet.'

18

Maria

'Nogmaals bedankt dat je bent meegegaan,' zei Maria tegen Serena tijdens de rit terug naar Wilmington. De regen kwam in zachte vlagen, waardoor de tegemoetkomende koplampen flikkerden.

'Ik vond het leuk,' zei Serena vanuit de bijrijdersstoel, met een flesje frisdrank tussen haar benen geklemd. 'En het was een van de interessantste zaterdagavonden die ik in lange tijd heb meegemaakt. Volgens mij ken ik zelfs een van de vechters.'

'Duh,' zei Maria. 'Jij bent degene die ons heeft gekoppeld.'

'Ik heb het niet over Colin. Ik heb het over een van de andere vechters. Volgens mij heb ik hem gezien op de campus. Vanaf de plek waar we stonden, kon ik het natuurlijk niet met zekerheid zeggen. Waarom was het ook alweer dat we niet probeerden om dichterbij te komen?'

'Omdat ik niet wilde dat Colin wist dat ik er was.'

'En... waarom is dat ook alweer?'

'Omdat we elkaar sinds afgelopen weekend niet meer hebben gesproken,' zei Maria. 'Dat heb ik je allemaal al verteld.'

'Ik weet het, ik weet het. Hij ging tekeer tegen een serveerster en de politie kwam en jij flipte helemaal. Bla, bla, bla.'

'Fijn dat je zo met me meeleeft.'

'Ik leef met je mee. Ik vind alleen dat je een vergissing begaat.'

'Dat zei je afgelopen zondag niet.'

'Nou, ik heb de kans gekregen om erover na te denken. En nu we het daar toch over hebben: bedankt dat je me tot die tijd niets over die stalker hebt verteld.'

Haar stem droop van het sarcasme, maar Maria gaf haar niet echt ongelijk. 'Ik wist het tot dat moment niet zeker.'

'En wanneer ben je erachter gekomen? Colin had gelijk toen hij probeerde antwoorden te krijgen.'

'Hij deed wel heel wat meer dan dat.'

'Zou je liever iets hebben met een vent die niets deed? Die daar hulpeloos was blijven zitten? Of had je gewild dat hij de leiding nam over de situatie? Jezus, als ik daar was geweest, had ik waarschijnlijk ook staan schreeuwen tegen die halvegare serveerster. Wie kan zich nou een paar minuten nadat iemand een drankje heeft besteld niet herinneren hoe hij eruitzag?'

'Ik zag een kant van Colin die ik niet leuk vond.'

'Nou en? Denk je dat mama nooit een kant van papa heeft gezien die ze niet leuk vond? Of andersom? Ik heb een kant van jou gezien die ik niet leuk vind, maar ik heb je niet buitengesloten uit mijn leven.'

'Welke kant?'

'Doet het ertoe?'

'Ja.'

'Prima. Je denkt altijd dat je gelijk hebt. Dat vind ik irritant.'

'Nee hoor, dat is niet waar.'

'Je bewijst mijn gelijk.'

'En jij begint mij te irriteren.'

'Iemand moet je in het gareel houden en het tegen je zeggen als je fout zit. En wat Colin betreft zit je fout. Je moet hem bellen. Hij is goed voor je.'

'Dat weet ik nog niet zo zeker.'

'Waarom stond je er dan op dat we naar hem gingen kijken vanavond?'

Waarom hád ze eigenlijk willen komen vanavond? Ze had wat onzin verkocht en tegen Serena gezegd dat ze Colin had beloofd dat ze zou komen, maar Serena had haar alleen maar uitgelachen.

'Geef toch gewoon toe dat je hem nog steeds leuk vindt,' had ze gezegd.

Afgelopen weekend was het duidelijk geweest dat ze ruimte nodig had om na te denken. Haar heen en weer schietende emoties – over de stalker, over Colin – hadden haar helemaal van haar stuk gebracht, en dat gevoel was alleen maar erger geworden naarmate de week vorderde.

Zelfs de sfeer op het werk voelde vreemd. Ken liep al bijna de hele week Barneys kantoor in en uit en zag er verward en bezorgd uit, al had hij geen enkel woord tegen haar geuit. Barney was al even gespannen; zowel hij als Ken was op donderdag niet op kantoor, en toen Lynn zowel op donderdag als op vrijdag niet op kwam dagen op haar werk, had ze verwacht dat Barney stampij zou maken zodra hij terug was, al was het maar omdat Lynn niet eens had gebeld om te zeggen dat ze niet zou komen. Barney had echter gewoon alleen maar Lynns werk op Maria's bordje geschoven, zonder verdere uitleg of opmerkingen.

Vreemd.

Haar ouders waren ook iets om zich zorgen over te maken. Haar vader, die nog steeds rouwde om Copo, was zo depressief dat hij niet meer naar het restaurant ging, en haar moeder maakte zich zorgen om hem. Maria was bij hen gaan eten op dinsdag- en donderdagavond, Serena op maandag en woensdag, en op weg naar Colins gevecht waren ze het erover eens geweest dat er iets moest gebeuren, ook al wisten ze niet zo goed wat.

Het gevecht had een afleiding moeten vormen, of dat had ze zichzelf tenminste wijsgemaakt. Serena ook. Maar zodra Colin de kooi binnen was gestapt had ze een bijna misselijkmakende golf vlinders in haar buik gevoeld, gecombineerd met een scherp gevoel van spijt.

En dat betekende allemaal... wat?

Met haar ouders in de rouw was het uitgesloten dat ze zou afzeggen voor hun gebruikelijke zondagse brunch, ook al had ze niet het gevoel dat ze in de juiste stemming was om iemand op te beuren. Daarom verraste de aanblik van Serena op de veranda voor het huis, bijna trillend van verwachtingsvolle energie, Maria nogal. Zodra Maria de oprijlaan op reed, huppelde Serena naar haar toe.

'Wat is er aan de hand?'

'Ik weet wat we moeten doen,' zei Serena. 'En ik snap niet hoe het kan dat ik dat niet eerder heb bedacht, behalve dat ik een idioot ben! Een pluspunt is wel dat jij en ik ons leven terug zullen krijgen… Ik bedoel, ik hou van mama en papa, maar ik kan niet een paar keer per week blijven langskomen om bij ze te eten en dan ook nog brunchen op zondag. Ik moet al tijd met ze doorbrengen in het restaurant, en ik heb op zijn minst een beetje ruimte nodig, weet je wel?'

'Waar heb je het over?'

'Ik heb iets bedacht om mama en papa te helpen.'

Maria stapte de auto uit. 'Hoe gaat het met ze?'

'Niet best.'

'Dit kan interessant worden.'

'Zoals ik al zei: ik heb een plan.'

Er was wat overredingskracht voor nodig, maar ondanks hun bedenkingen waren Maria's ouders niet het soort mensen dat nee zei tegen hun kinderen, vooral niet wanneer de kinderen eensgezind waren in hun smeekbeden.

Ze gingen aan boord van hun vaders SUV en reden naar het asiel. Toen ze aankwamen op de parkeerplaats van het lage, onbeduidende gebouw, ontging het Maria niet hoe schoorvoetend haar ouders uit de auto kwamen, en hoe de tegenzin af te lezen was aan elke stap. 'Het is te vroeg,' had hun moeder in het begin geprotesteerd toen Serena met het idee op de proppen kwam.

'We gaan alleen maar kijken wat ze hebben,' had Serena hen gerustgesteld. 'Jullie hoeven helemaal niets.' Nu liepen ze langzaam achter hun dochters aan, in de richting van de deuren.

'Ik weet nog zo net niet of dit wel een goed idee is,' siste Maria, zich naar Serena toe buigend. 'Stel nou dat ze geen hond hebben die hij leuk vindt?'

'Weet je nog dat ik je heb verteld dat Steve hier vrijwilligerswerk doet? Nou, nadat ik hem had verteld over Copo, zei Steve dat er een hond is die wel eens perfect zou kunnen zijn,' fluisterde Serena terug. 'Hij is er zelfs mee akkoord gegaan om met ons af te spreken hier.'

'Heb je er al over gedacht om een andere shih tzu voor hem te kopen? Van dezelfde fokker als waar ze Copo vandaan hebben?'

'Ja, natuurlijk,' zei Serena. 'Maar ik wilde niet dat ze zouden denken dat we probeerden Copo te vervangen.'

'Is dat dan niet precies wat we aan het doen zijn?'

'Niet als het een ander soort hond is.'

Maria had niet zo veel vertrouwen in Serena's logica als haar zus overduidelijk had, maar ze zei niets. Steve, die er zichtbaar zenuwachtig uitzag, begroette hen zodra ze binnenkwamen. Nadat Serena hem had omhelsd stelde ze hem voor aan haar ouders. Steve leidde hen gretig naar achteren, in de richting van de kennels.

Er begonnen meteen honden te blaffen, en het geluid weerkaatste tegen de muren. Ze liepen langzaam langs de eerste paar kennels – er was een labradorkruising, een pitbullkruising en een of ander soort terriër – en ze zag dat haar ouders er apathisch onder bleven.

Voor hen uit bleven Serena en Steve bij een van de kleinere kennels staan. 'Wat dachten jullie van deze?' riep Serena. Felix en Carmen liepen met tegenzin naar haar toe, alsof ze liever ergens anders zouden zijn. Maria volgde in hun kielzog.

'Wat vinden jullie ervan?' drong Serena aan.

In de kennel zag Maria een klein zwart-met-bruin hondje met een kopje als een teddybeer, dat op zijn achterpoten zat zonder geluid te maken. Maria moest toegeven dat het zo ongeveer het schattigste was wat ze ooit had gezien.

'Het is een shorkie tzu,' zei Steve. 'Het is een kruising tussen een shih tzu en een yorkshireterriër. Hij is heel lief en tussen de twee en drie jaar oud.'

Steve maakte de kennel open; hij stak zijn hand uit, pakte de hond op en gaf hem aan Felix. 'Wilt u hem naar buiten dragen? Hij zal waarschijnlijk graag een beetje frisse lucht willen.'

Met nog een restje tegenzin wiegde Felix het hondje in zijn armen; Carmen boog zich nieuwsgierig naar voren. Maria keek toe terwijl het hondje haar vaders vingers likte, waarna het met een piepje begon te gapen.

Binnen een paar minuten was Felix verliefd, evenals Carmen. Serena stond erbij en keek naar hen, Steves hand vasthoudend en duidelijk tevreden met zichzelf.

Niet dat Maria haar ongelijk kon geven.

Geen wonder dat ze voorgedragen was voor een beurs; Serena was soms absoluut briljant.

Toen Maria op maandag weer op haar werk kwam, was de spanning op kantoor te snijden. Iedereen was gespannen, de paralegals zaten met elkaar te fluisteren over de scheidingswandjes van hun hokjes heen en hielden snel hun mond zodra er een advocaat aan kwam; intussen kwam Maria erachter dat alle partners al sinds heel vroeg die ochtend geheim overleg hadden in de vergaderruimte, wat alleen maar kon betekenen dat er iets groots op til was.

Lynn was voor de derde achtereenvolgende werkdag afwezig, en aangezien ze geen idee had wat er van haar werd verwacht – Barney had geen instructies voor haar achtergelaten – stak Maria haar hoofd om de hoek van Jills kantoor.

Voor ze een woord kon uitbrengen begon Jill met haar hoofd te schudden en zo hard te praten dat ze in de gang te horen was.

'Natuurlijk staat onze lunchafspraak nog,' verklaarde Jill. 'Ik kan niet wachten om over je weekend te horen! Het klinkt fantastisch!'

De partners zaten nog steeds achter gesloten deuren toen Maria eindelijk tegenover Jill ging zitten aan een tafel in een restaurant in de buurt.

'Wat is er in hemelsnaam aan de hand vandaag? Het lijkt wel een of ander schemergebied daar! En waar zijn de partners over aan het overleggen? Niemand lijkt iets te weten.'

Jill liet een lange ademteug ontsnappen. 'Het is allemaal heel vertrouwelijk op het moment… maar ik neem aan dat je de afwezigheid van jullie paralegal wel hebt opgemerkt?'

'Heeft zij iets te maken met wat er allemaal aan de hand is?'

'Zo zou je het kunnen zeggen,' mompelde Jill. Haar stem stierf weg toen de ober naderde om hun drankbestelling op te nemen. Ze wachtte tot de ober weg was voor ze verderging. 'Daar komen we zo op. En ik zal antwoord geven op alle vragen waar ik antwoord op kan geven. Maar ik wilde vooral met je lunchen omdat ik iets in vertrouwen met je wilde bespreken.'

'Ja, natuurlijk...' zei Maria.

'Vind je het fijn om bij de firma te werken?'

'Het gaat wel. Hoezo?'

'Omdat ik me afvroeg of je het ooit in overweging zou willen nemen om weg te gaan en voor mij te komen werken bij mijn eigen firma.'

Maria was te overdonderd om antwoord te kunnen geven.

Jill knikte. 'Ik weet dat het nogal een beslissing is, en je hoeft niet meteen een antwoord te geven. Maar ik wil dat je erover nadenkt. Vooral nu, met wat er allemaal gaande is.'

'Ik weet nog steeds niet wat er gaande is. En wacht even... Ga je weg?'

'We werken al aan onze plannen sinds voordat je hier kwam werken.'

'We?'

'Ik ga met Leslie Shaw samenwerken. Zij is arbeidsrechtadvocate bij Scanton, Dilly & Marsden, en we hebben samen rechten gestudeerd. Ze is geweldig, buitengewoon intelligent, en heel sluw als het op arbeidsrecht aankomt. Ik zou haar aan je willen voorstellen als je openstaat voor het idee om misschien bij ons te komen werken. Je moet haar wel leuk vinden, natuurlijk... maar als je geen verlangen hebt om weg te gaan, hoop ik dat je vergeet dat ik iets gezegd heb. Voorlopig proberen we dit zo stil mogelijk te houden.'

'Ik zal niets zeggen,' beloofde Maria, bij wie de schok nog steeds natrilde. 'En natuurlijk ben ik bereid haar te ontmoeten, maar... waarom zit je erover te denken om weg te gaan?'

'Omdat onze firma in de problemen zit. En dan bedoel ik problemen zoals in de Titanic die op een ijsberg loopt, en de komende maanden wordt het geen pretje.'

'Wat bedoel je?'

'Onze algemeen directeur, Ken, staat op het punt aangeklaagd te worden door Lynn wegens ongewenste intimiteiten. En ik schat dat twee, misschien wel drie andere paralegals ook een aanklacht in zullen dienen. Dat is waar de partners al de hele dag over aan het vergaderen zijn. Want het gaat in het nieuws komen en het wordt niet fraai. Van wat ik heb gehoord is de besloten bemiddelingspoging afgelopen week niet best verlopen.'

'Welke bemiddelingspoging?'

'Afgelopen donderdag.'

'Wat verklaart waarom Lynn, Barney en Ken afwezig waren... Waarom heb ik hier helemaal niets over gehoord?'

'Omdat Lynn nog geen klacht heeft ingediend bij de EEOC.'

'Waarom was er dan überhaupt een bemiddelingspoging?'

'Omdat Ken er een paar weken geleden voor gewaarschuwd was en alles in het werk heeft gesteld om het voor te zijn. Je hebt vast gemerkt dat hij sindsdien zijn beste beentje voorzet. Hij is als de dood. Ik ben ervan overtuigd dat hij verwacht dat de firma zal onderhandelen over een schikking en ik ben ervan overtuigd dat de andere partners zich daartegen verzetten. Ze willen dat Ken het zelf oplost, maar hij heeft het geld er niet voor.'

'Hoe kan het nou dat hij het geld er niet voor heeft?'

'Met twee exen? En dit is niet de eerste keer dat het gebeurd is. Ken heeft al vaker een schikking getroffen. Daarom vroeg ik je altijd naar hem. Omdat jij jong en aantrekkelijk bent en je werkt op het kantoor, en dat is alles wat ervoor nodig is wat Ken betreft. Die vent denkt alleen maar met wat er onder de gordel zit. En bovendien gaat Lynn natuurlijk beweren dat de partners onder één hoedje met hem speelden, aangezien ze heel goed wisten wat voor soort vent hij was en ze er niets aan hebben gedaan. Het zou wel eens kunnen dat de firma miljoenen zal moeten betalen... en laten we het erop houden dat veel cliënten niet geassocieerd willen worden met een firma die bekendstaat om welig tierende seksuele intimidatie. Wat me weer terugbrengt bij mijn oorspronkelijke vraag: sta je open voor het idee om je bij mij en Leslie te voegen in een nieuwe firma?'

Maria was overweldigd. 'Ik heb geen ervaring in arbeidsrecht...'

'Dat begrijp ik, maar ik maak me geen zorgen. Je bent intelligent en gedreven, en je zult het sneller oppikken dan je je waarschijnlijk zelf voor kunt stellen. Het enige voorbehoud is dat we waarschijnlijk niet in staat zullen zijn je salaris vanaf het begin in overeenstemming te brengen met wat je nu verdient, maar je zult een flexibeler rooster hebben, en doordat je je al op de eerste dag bij ons aansluit, zou je heel snel partner kunnen worden.'

'Wanneer denk je erover om weg te gaan?'

'Vrijdag over vier weken,' zei ze. 'We hebben al een kantoor een paar straten verderop gehuurd en ingericht; al het papierwerk is afgehandeld.'

'Ik weet zeker dat er anderen zijn die veel beter gekwalificeerd zijn dan ik. Dus waarom ik?'

'Waarom jij niet?' Jill glimlachte. 'We zijn vriendinnen, en als ik één ding heb geleerd in dit vak, dan is het dat werken een stuk plezieriger is als je de mensen met wie je je dagen doorbrengt ook mag. Ik heb voor de rest van mijn leven wel genoeg gezien van Ken en Barney.'

'Ik voel me... gevleid.'

'Dus je gaat erover nadenken? Ervan uitgaande dat jij en Leslie elkaar liggen?'

'Ik zie niet in waarom dat niet zo zou zijn. Wat voor type is Leslie?'

Rond drie uur 's middags kwamen de partners eindelijk de vergaderruimte uit, allemaal met een grimmige blik. Barney sloot zich meteen op in zijn kantoor, duidelijk niet in de stemming om te praten. Hetzelfde gold voor de andere partners; een voor een gingen de deuren van de kantoren dicht. Net als de meeste andere werknemers besloot Maria een paar minuten eerder naar huis te gaan, en op weg naar buiten merkte ze dat de overgebleven personeelsleden zich zenuwachtig en angstig gedroegen.

Jill had haar nogmaals gebeld nadat ze met Leslie had gesproken en had bevestigd dat ze op woensdag met zijn drieën zouden gaan lunchen. Jills enthousiasme was aanstekelijk, maar het hele gedoe maakte Maria ook een beetje ongerust. Van baan veranderen, van vakgebied veranderen (alweer), en zich aansluiten bij een beginnend bedrijfje voelde nog steeds riskant voor haar, zelfs al leek hier blijven plotseling nog riskanter.

Wat ze echt wilde, besefte ze, was praten met iemand anders dan Serena of haar ouders. Ze stapte in haar auto en reed voor ze er zelf erg in had langs Evans huis en de sportschool, zoekend naar Colins auto, waarna ze uiteindelijk naar Wrightsville Beach reed.

De bar in Crabby Pete's was vrijwel leeg. Ze was al op een kruk aan het klimmen voordat Colin haar eindelijk in de gaten kreeg, en ze zag zijn verbazing langzaam plaatsmaken voor iets terughoudenders.

'Hoi, Colin,' zei ze zacht. 'Het is fijn om je te zien.'

'Ik ben verbaasd dat je hier bent.'

Terwijl ze naar hem staarde, bedacht ze dat hij een van de knapste mannen was die ze ooit had ontmoet, en ze voelde dezelfde steek van spijt als ze zaterdagavond had gevoeld.

Ze zuchtte. 'Ik niet.'

De bar was een goede plek om te praten; de fysieke barrière tussen hen in en het feit dat Colin aan het werk was, zorgde ervoor dat het gesprek niet te snel te serieus werd. Colin vertelde kort over het gevecht met Reese en dat Evan bleef volhouden dat het allemaal doorgestoken kaart was. Maria vertelde hem over de hond die ze met hun ouders uit het asiel hadden gehaald, en over de crisis op haar werk en haar nieuwe carrièrekans bij Jill.

Zoals kenmerkend voor hem was, luisterde hij zonder haar te onderbreken; zoals altijd moest ze zijn uitleg en meningen uit hem trekken; maar toen ze weg moest, vroeg hij een ober om het even van hem over te nemen zodat hij met haar mee naar haar auto kon lopen.

Hij probeerde haar niet te kussen, en toen ze doorkreeg dat hij dat ook niet ging doen, leunde ze naar hem toe en kuste hem. Toen ze de vertrouwde warmte van zijn mond proefde, vroeg ze zich onwillekeurig af waarom ze het eigenlijk überhaupt nodig had gevonden hem een tijdje niet te zien.

Thuis viel ze, toen de uitputting van de dag eindelijk zijn tol eiste, snel in slaap. Toen ze wakker werd, had ze een sms'je van Colin waarin hij haar bedankte dat ze langs was gekomen en vertelde dat hij haar had gemist.

Dinsdag was de stemming op kantoor nog slechter dan maandag. Hoewel de partners vastbesloten leken om zich te gedragen alsof er niets aan de hand was, werkte het onthouden van informatie slopend bij de rest van het personeel. Het leed geen twijfel dat de meesten waren begonnen zich het ergste in te beelden, en allerlei geruchten begonnen de ronde te doen. Maria hoorde gefluister over ontslagen; veel werknemers hadden gezinnen en hypotheken, wat betekende dat hun leven wel eens een stuk ingewikkelder zou kunnen worden.

Maria deed haar best om geen aandacht te trekken en zich op haar werk te concentreren; Barney zweeg en leek er met zijn gedachten niet bij. De noodzaak om te focussen zorgde ervoor dat de uren snel voorbijgingen, en toen ze ten slotte het kantoor verliet, besefte ze dat ze helemaal niet aan de stalker had gedacht.

Ze vroeg zich af of dat goed of slecht was.

Woensdag ging de lunch met Leslie en Jill zelfs nog beter dan Maria had durven hopen. Leslie was in veel opzichten een perfecte aanvulling op haar beste vriendin op kantoor; net zo levendig en brutaal, maar ook zorgzaam en attent. Het idee dat ze met hen zou samenwerken leek te mooi om waar te zijn. Na de lunch, toen Jill even langskwam om te zeggen dat Leslie al net zo enthousiast was geweest over de bespreking, voelde Maria een golf van opluchting. Jill liep ook even de grote lijnen van hun aanbod met haar door, waaronder haar salaris, dat significant lager was, maar dat kon Maria op dit moment niet schelen. Ze zou haar levensstijl eraan aanpassen.

'Ik heb er zin in,' zei ze tegen Jill. Ze vroeg zich af wat ze moest vertellen – als ze dat al moest doen – over haar stalker en over het feit dat zij en Colin weer voorzichtig bij elkaar waren, en toen realiseerde ze zich dat ze niet eens had verteld dat ze uit elkaar waren.

Te veel dingen die tegelijk gebeuren.

Intussen werd de naargeestige wolk die was neergedaald over Martenson, Hertzberg & Holdman gestaag donkerder, en toen zij en Jill haar kantoor naderden, boog Jill zich naar haar toe.

'Wees niet verrast als je morgen groot nieuws te horen krijgt,' waarschuwde ze.

Inderdaad deed op donderdagochtend het nieuws als een lopend vuurtje de ronde dat Lynn een klacht had ingediend bij de Equal Employment Opportunity Commission. Ken kwam opnieuw niet opdagen. Hoewel de aangifte vertrouwelijk hoorde te zijn stond deze, in een kantoor vol machtige advocaten die nog gunsten tegoed hadden, al snel op vrijwel elke computer. Maria, die zich bij de rest aansloot, las de aanklacht bij de EEOC door, waarin alle onsmakelijke bijzonderheden nauwkeurig omschreven waren. De aangifte verhaalde uitvoerig in ongezouten en zeer gedetailleerde, vaak seksuele taal van Kens vele ongewilde avances, waaronder zijn beloften van promotie en een hoger salaris in ruil voor specifieke seksuele gunsten. De medewerkers, bij wie de grootste angsten nu bevestigd waren, liepen verbluft rond.

Maria en Jill ontsnapten uit het kantoor toen ze op hun gebruikelijke tijd gingen lunchen, en overlegden wanneer ze zouden aankondigen dat ze bij de firma weggingen. Maria neigde naar het idee om het Barney het liefst al snel te laten weten, zodat hij niet in de knoei zou komen; misschien binnen een paar dagen.

'Hij is veeleisend, maar hij is ook altijd eerlijk geweest en ik heb een hoop van hem geleerd,' zei Maria. 'En ik heb niet de behoefte om het nog erger voor hem te maken.'

'Dat is een steekhoudend argument – en ook nog attent – maar het zou wel eens averechts kunnen werken. Ik vraag me af of we niet moeten wachten tot de gemoederen weer wat zijn bedaard.'

'Waarom?'

'Omdat zodra jij en ik aankondigen dat we weggaan, dat wel eens een exodus van andere advocaten kan ontketenen, wat tot een sneeuwbaleffect zou kunnen leiden. Wij kondigen het aan en daarna doen anderen dat ook, en dan vertrekken cliënten en voor je het weet hebben zelfs degenen die wel wilden blijven plotseling geen werk meer.'

'Ik ben ervan overtuigd dat een heleboel mensen nu al hun mogelijkheden aan het afwegen zijn.'

'Vast wel. Dat zou ik ook doen. Maar dat is niet hetzelfde als daadwerkelijk ontslag nemen.'

Uiteindelijk sloten ze als compromis dat ze het vrijdag over twee weken zouden vertellen, daarmee Barney een korte tijdspanne overlatend om een vervanger te vinden. Van daaruit ging het gesprek over op het soort firma dat ze wilden creëren; het soort zaken dat ze aan zouden nemen, hoe ze hun cliëntenbestand zouden laten groeien, welke van hun cliënten met hen mee zouden kunnen gaan, hoeveel ondersteunend personeel ze in het begin nodig zouden hebben.

Op vrijdag ging er een nieuwe bom af op kantoor toen het nieuws dat Heather, Kens paralegal, en Gwen, de receptioniste, ook een klacht hadden ingediend bij de EEOC zich razendsnel door de gangen verspreidde, en dat hun verklaringen net zo schadelijk waren als die van Lynn was geweest. Opnieuw hielden de partners geheim overleg achter gesloten deuren, ongetwijfeld met dodelijke blikken in de richting van Ken.

Een voor een begonnen ambtgenoten en personeel het kantoor te verlaten, sommige om drie uur, sommige om vier uur. Uitgeput door de afgelopen week besloot Maria zich bij hen aan te sluiten. Ze had tenslotte met Colin afgesproken, en ze had eerst tijd nodig om zich te ontspannen.

'Wat moet dat surrealistisch zijn geweest de hele week,' merkte Colin op.

'Het was... vreselijk. Een heleboel mensen zijn boos en bang, en praktisch allemaal voelen ze zich overvallen. Ze hadden geen idee dat zoiets als dit eraan zat te komen.' Ze waren weer in The Pilot House, en hoewel ze elkaar een paar keer aan de telefoon hadden gesproken – allebei probeerden ze beetje bij beetje weer tot de normale gang van zaken over te gaan – was dit de eerste keer dat Maria Colin zag sinds haar bezoek aan Crabby Pete's. In zijn spijkerbroek en zijn witte overhemd met de mouwen opgerold tot zijn ellebogen zag hij er zo mogelijk nog beter uit dan maandag.

Grappig, dacht ze, wat zelfs een korte tijd gescheiden van elkaar kon doen.

'En Jill?'

'Echt een redder in nood. Zonder haar aanbod weet ik niet wat ik gedaan zou hebben. Het is nou niet bepaald zo dat advocatenkantoren mensen aannemen tegenwoordig, en ik zou waarschijnlijk een hopeloos geval zijn geweest. En Jill heeft gelijk. Met drie werknemers die een klacht hebben ingediend bij de EEOC is het vrij zeker dat, zelfs al vindt de firma een manier om te overleven, alle partners financieel gesproken in de puree zitten en het de komende paar jaar ellendig zal worden.'

'Wat dus waarschijnlijk betekent dat ze een beetje boos zijn.'

'Wat dacht je van woedend? Ik weet vrij zeker dat ze allemaal niets liever zouden doen dan Ken wurgen.'

'Is de firma niet verzekerd voor dit soort dingen?'

'Ze weten niet zeker of dit gedekt zal zijn. Hij heeft overduidelijk de wet overtreden en volgens de aanklachten zijn er geluidsopnamen, e-mails en sms'jes, en een van de paralegals schijnt zelfs een filmpje te hebben.'

'Dat is niet zo mooi.'

'Nee,' beaamde Maria. 'Een heleboel onschuldige mensen zullen hierdoor geraakt worden. Ik heb echt ongelooflijk veel geluk gehad.'

'Oké.'

'Begin daar nou niet mee.'

Colin glimlachte. 'Oké.'

Ze brachten de nacht door met elkaar opnieuw ontdekken en vielen in slaap met hun ledematen in elkaar verstrengeld. De volgende ochtend had Maria geen spijt, en was ze tot haar eigen verrassing aan het fantaseren over een vaste relatie met hem. De gedachte was merkwaardig opwindend. Nadat ze zaterdag samen hadden doorgebracht met vliegeren op het strand werd het gevoel alleen maar sterker.

Op zaterdagavond had ze een etentje met Jill en Leslie terwijl Colin aan het werk was; nadat zijn dienst afgelopen was, spraken ze met elkaar af bij hem thuis. Evan en Lily waren er ook, en ze praatten met zijn vieren tot na drie uur ’s nachts. Niet in staat nog een minuut langer wakker te blijven, vreeën Colin en Maria pas de volgende ochtend.

Hoewel ze hem voor de brunch had uitgenodigd verontschuldigde Colin zich, met als reden dat er een aantal examens aan zaten te komen waar hij voor moest studeren en dat hij die avond weer moest werken. Toen ze bij haar ouders aankwam, was ze blij om te horen dat Smokey – de naam die haar ouders hadden gekozen voor de hond – nu zijn eigen halsband met kristallen, mand en allerlei speeltjes had die door de hele woonkamer verspreid lagen, maar hij leek het meest tevreden als hij tegen haar vader opgerold lag. In de keuken kon Carmen niet ophouden met neuriën. En Serena praatte meer over Steve dan ooit. ‘Oké, misschien begint het een beetje serieus te worden,’ gaf ze toe, uiteindelijk zwichtend voor het kruisverhoor van haar moeder.

Aan tafel was het Felix’ beurt om vragen te stellen over Steve, en Maria kon niet anders dan glimlachen. Met haar carrière, haar familie, en nu Colin, zag het er allemaal rooskleurig uit. Terwijl ze de tafel afruimden, realiseerde Maria zich opnieuw dat ze niet meer geheel in beslag werd genomen door de man met het honkbalpetje, deels door alle andere dingen die gaande waren, maar ook doordat er de laatste tijd geen teken meer van hem was geweest.

Ze wilde geloven dat hij het had opgegeven; dat hij was opgehouden haar angst aan te jagen. Maar hoe fijn ze het uitstel van executie ook vond, ze was nog niet bereid te geloven dat het helemaal afgelopen was.

Voor zonneschijn komt tenslotte meestal regen.

Het was te koud om te gaan suppen, en omdat Colin druk bezig was, bracht Maria de rest van de middag en avond door met proberen wat kantoorwerk in te halen. Nu Lynn afwezig was en Barney niet op volle capaciteit functioneerde, voelde ze zich een beetje schuldig over het feit dat ze over drie weken weg zou gaan. Niet zo schuldig dat ze van gedachten veranderde, maar schuldig genoeg om achter haar MacBook gekluisterd te blijven tot haar documenten één wazige vlek begonnen te vormen en schrijven geen nut meer had.

Toen ze de volgende ochtend wakker werd, vroeg ze zich af hoe de komende week zou gaan – hoeveel slechter de stemming op kantoor zou zijn – en of er nóg iemand de beslissing zou hebben genomen om weg te gaan. De meeste partners waren net zo van slag als Barney en Ken, wat betekende dat het werk op elke afdeling waarschijnlijk achterliep, en nieuwe mensen aannemen zou moeilijk worden zodra het nieuws van de problemen van de firma uitlekte. Dat was ongetwijfeld al gebeurd.

Voorlopig besloot ze haar eigen vertrek zo pijnloos mogelijk te maken voor Barney. Ze hing haar tas over haar schouder, pakte haar koffertje en liep de deur uit, waarbij haar ogen naar de deurmat flitsten.

Het kostte een ogenblik om te verwerken wat ze zag voordat haar adem in haar keel stokte.

Een verlepte roos, met blaadjes die zwart begonnen te worden, en een briefje.

Je zult weten hoe het voelt.

Bijna alsof ze aan het dromen was, bleven haar voeten vastgenageld aan de drempel, omdat ze wist dat er meer zouden zijn. Op de reling bij de trap lag nog een rottende roos, die doorboog onder het gewicht van nog een kaartje. Haar voeten dwingend vooruit te gaan stapte ze over de bloem op haar deurmat heen en liep ernaartoe, zodat ze kon lezen:

Waarom haatte je haar?

De parkeerplaats bij haar voordeur was verlaten, de stoep leeg; geen auto's die ze niet herkende. Haar mond was droog toen ze de deur achter zich op slot deed en de roos van de mat pakte. Ze pakte de roos die door de balustrade was gevlochten en dwong zichzelf de trap af te lopen, met haar ogen haar auto onderzoekend.

Zoals ze al had gevreesd waren haar banden kapotgesneden. Op de voorruit was een envelop onder de ruitenwisser geklemd.

Later zou ze zich erover verwonderen hoe kalm ze de ontdekkingen had afgehandeld, hoe helder haar gedachten waren. Toen ze haar hand uitstak naar de envelop dacht ze aan vingerafdrukken en hoe ze de brief het beste kon lezen zonder eventueel bewijs te beschadigen, en ze hield de envelop vast bij een hoekje. Op dat moment voelde ze geen paniek; ze werd eerder overmand door een langzaam, moedeloos gevoel, een herkenning van onvermijdelijkheid. Op de een of andere manier had ze geweten dat dit ging gebeuren.

De brief, die op een computer was gemaakt, was geprint op een enkel vel ongelinieerd printerpapier, het soort dat in elke kantoorwinkel te koop was. De laatste regel was echter met de hand geschreven, in bijna kinderlijke blokletters.

Denk je dat ik niet weet wat je hebt gedaan? DENK JE DAT IK NIET WEET DAT JIJ OVERAL ACHTER ZAT? DENK *je dat ik niet* IN JE HOOFD KAN KIJKEN *en weet wat* JE HEBT GEDAAN! *Je hebt* HET BLOED VAN ONSCHULDIGEN *genomen*

Je HART ZIT VOL GIF *en jij bent* DE VERWOESTER! *Je* VERGIFTIGT *en je* ZULT ER NIET MEE WEGKOMEN! *Je zult weten hoe het voelt, want ik heb nu* DE TOUWTJES IN HANDEN

Ik ben de levende ONSCHULDIGE

ZIE MIJ *zoals ik jou zie!*

Toen ze de brief uit had las Maria hem nog een keer. Ze voelde zich lichamelijk onwel. De uit elkaar vallende roos lag nog op de voorruit en ze pakte hem en stopte hem bij de andere, zodat ze een akelig boeket vormden.

Ze draaide zich om van haar auto en begon terug te lopen naar haar appartement, haar benen zwaar van angst. De tekenen waren duidelijk geweest, besefte ze, en ze had ze willens en wetens genegeerd. Zomaar ineens spatten de herinneringen als verblindende visioenen voor haar geest: Gerald Laws die werd ondervraagd door de politie, met zijn netjes in een scheiding gekamde haar en zijn witte tanden; Cassie Manning, haar jonge gezicht verwrongen van angst; Cassies vader, Avery, die angstwekkend zeker was van Laws' bedoelingen en die zelf ook een brandende intensiteit bezat; Cassies moeder, Eleanor, timide, stil en bovenal bang. En ten slotte Lester, de nagelbijtende, zenuwachtige broer die haar zo veel afgrijselijke briefjes had gestuurd na de dood van Cassie.

Die afschuwelijke briefjes waaruit zijn langzaam maar zeker uit de hand lopende woede bleek. *Net als de brieven van Laws aan Cassie toen hij in de gevangenis zat.*

De eerste stap van een patroon...

Op de trap naar boven naar haar deur ging haar mobiele telefoon. Serena. Ze negeerde de oproep, omdat ze Colin wilde spreken. Ze wilde dat hij haar zich veilig zou laten voelen; ze voelde zich hier en nu heel kwetsbaar. Met bevende handen belde ze hem, zich afvragend hoe snel hij bij haar thuis zou kunnen zijn.

Een patroon...

Margolis had tegen haar gezegd dat ze naar hem moest komen met de aanklacht, en ze wilde Colin daar ook bij hebben. Ze moest Margolis vertellen over Gerald Laws en Cassie Manning, de vrouw die door Laws was vermoord. Ze wilde hem vertellen over de familie Manning en alles wat haar de laatste tijd was overkomen. Maar vooral wilde ze hem vertellen dat ze precies wist wie haar stalkte, en wat zijn eindspel zou zijn.

19

Colin

Sinds hij was begonnen met studeren had Colin nog nooit een les overgeslagen, laat staan een hele dag. Slechts één keer had het niet veel gescheeld – een dag waarop zijn auto niet was gestart, waarna hij naar school was gelopen met een rugzak vol tekstboeken en hij maar een paar minuten voor de les begon was aangekomen.

Daarom was vandaag een primeur. Zodra Maria had gebeld was hij naar haar huis geracet; hij had het briefje gelezen en terwijl Maria Margolis belde, had hij een takelwagen met een dieplader gebeld, omdat haar auto in feite op zijn velgen stond. Terwijl ze wachtten tot de takelwagen kwam, zette Colin een kop thee voor Maria, maar ze kon er maar een paar slokjes van nemen voor ze de kop wegduwde.

De takelwagen kwam, en toen hij weg was, bracht Colin haar naar het politiebureau. Maria gaf haar naam op aan de agent bij de balie en zij en Colin gingen zitten in het halletje, waar ze het gestage maar ongehaaste tempo van het bureau opmerkten. Maria nam de gelegenheid waar om een bericht voor Barney achter te laten, waarin ze hem liet weten dat het wel even zou duren voordat ze kwam. Margolis was ongetwijfeld al ergens in het bureau, waarschijnlijk bedolven onder papierwerk van de incidenten van het weekend. Als rechercheur had hij te maken met gewichtige misdrijven, en hij had waarschijnlijk spijt van het feit dat hij Maria had uitgedaagd hem te bellen als ze ooit een eenvoudige aangifte wilde doen. Stalken – als wat er met Maria gebeurde officieel al dat niveau had bereikt – was beneden het niveau van zijn functieomschrijving, en het feit dat Colin bij Maria was, maakte het hele gebeuren ongetwijfeld nog irritanter voor hem. Hij liet hen bijna anderhalf uur wachten voordat hij eindelijk kwam opdagen, met een bruine dossiermap in zijn hand. Hoewel hij Maria de hand schudde, bood hij die niet aan Colin, en Colin zou hem niet hebben geschud als hij dat wel had gedaan. Geen reden om net te doen alsof ze elkaar mochten.

Margolis vroeg of hij Maria alleen mocht spreken; Maria stond erop dat Colin erbij aanwezig was. Margolis straalde afkeuring uit maar knikte en leidde hen naar een van de ondervragingsruimten. Omdat hij in de loop der jaren enige tijd had doorgebracht in een aantal politiebureaus wist Colin dat op een drukke ochtend de ondervragingsruimte een van de weinige plekken was waar je überhaupt wat privacy had. Aardig van hem, ook al is hij over het algemeen een klootzak, dacht Colin. Nadat hij de deur had dichtgedaan en hun had gevraagd aan de tafel te gaan zitten legde Margolis het dossier opzij dat hij bij zich had, stelde een reeks algemene vragen – Maria's naam, leeftijd, adres en dergelijke – en begon hij de aangifte in te vullen. Daarna vertelde Maria – op beverige, maar verrassend lineaire wijze – hetzelfde verhaal als ze Colin op het strand had verteld over Cassie Manning en Gerald Laws, naast wat er de laatste tijd met haar was gebeurd. Ze schetste de parallellen en overhandigde Margolis de brief die ze op de voorruit had gevonden.

Margolis las de brief langzaam, zonder iets te zeggen, waarna hij uiteindelijk vroeg of hij er een kopie van mocht maken. Toen ze daarmee instemde stond hij op van zijn stoel en verliet hij de kamer, en kwam toen terug met een kopie.

'We zullen de oorspronkelijke brief in het dossier houden, als je dat goedvindt,' zei hij, waarbij zijn gezicht weinig prijsgaf van wat hij dacht. Hij ging weer zitten en las de brief voor de derde keer door voordat hij verderging. 'En weet je zeker dat Lester Manning dit heeft geschreven?'

'Ja,' antwoordde Maria. 'Hij is ook de vent die me heeft gevolgd.'

'Dat is Cassie Mannings broer?'

'Jongere broer.'

'Waarom denk je dat hij het is?'

'Omdat er hier iets in de brief staat wat ik hem eerder heb horen zeggen.'

'Wanneer?'

'Nadat Cassie was gestorven. Bovendien schreef hij hetzelfde soort dingen in de briefjes die hij me stuurde.'

'Zoals wat, specifiek?'

'Het bloed van de onschuldigen. Mijn hart dat vol gif was.'

Margolis knikte en maakte nog een aantekening. 'Was dit in de eerste reeks briefjes, of de tweede reeks?'

'Wat bedoelt u?'

'Je zei dat de briefjes veranderden toen ze weer begonnen te komen. Dat ze dreigender en angstaanjagender waren.'

'De tweede groep.'

'En hoe weet je dat hij de briefjes heeft gestuurd?'

'Wie zou het anders kunnen zijn?'

Margolis keek snel zijn aantekeningen door. 'Avery Manning zei dat het misschien Cassies vriend was.'

'Die was het niet.'

'Hoe weet je dat?'

'Volgens de politie was hij geen geloofwaardige verdachte. Hij was ondersteboven van de moord op Cassie, maar hij gaf mij niet de schuld. Hij ontkende zelfs dat hij wist wie ik was.'

'Heb je hem ooit gesproken?'

'Nee.'

Margolis maakte nog een aantekening. 'Weet je nog hoe hij heette? Of hoe hij Cassie heeft ontmoet?'

Maria tuitte haar lippen. 'Ik geloof dat het Mike of Matt of Mark was... zoiets. En nee, ik weet niet hoe hij Cassie heeft ontmoet. Maar waarom hebben we het überhaupt over hem? Lester is degene die me heeft gestalkt! Net zoals hij die briefjes heeft geschreven in Charlotte!'

'Vertelde je niet dat Lester heeft ontkend dat hij de briefjes had geschreven toen de politie met hem sprak?'

'Natuurlijk ontkende hij dat hij ze heeft geschreven.'

'En het is nooit bij je opgekomen dat het die... Michael zou kunnen zijn? Het vriendje?'

'Waarom zou hij het zijn? Hij kende me niet eens. Hij heeft tegen de politie gezegd dat hij het niet heeft gedaan.'

'Dat zei Lester ook.'

'Hebt u wel naar me geluisterd? Lester is geschift. De briefjes zijn geschift. Er is niet veel voor nodig om die conclusie te trekken.'

'Heb je de oorspronkelijke briefjes nog?'

Maria schudde haar hoofd, haar frustratie zichtbaar. 'Ik heb ze weggegooid toen ik hierheen verhuisde. Ik wilde er niets meer mee te maken hebben. De politie van Charlotte heeft er misschien nog wel een paar, maar dat weet ik niet zeker.'

'Als je het hebt over briefjes, wat bedoel je dan?'

'Gewoon een of twee zinnetjes.'

'Dus... niet zoals deze.'

'Nee. Maar nogmaals: hij gebruikte dezelfde woorden en uitdrukkingen. En er waren twee korte briefjes die wel in het patroon passen.'

'Met andere woorden: deze brief is anders.'

'Dat lijkt me duidelijk.'

Margolis tikte met zijn pen op het verslag dat voor hem lag. 'Oké. Laten we zeggen dat het Lester is. Als je zegt dat zijn briefjes bedreigend waren, wat bedoel je dan? Heeft hij gezegd dat hij je op de een of andere manier pijn zou doen? Of je iets aan zou doen?'

'Nee, maar het was duidelijk dat hij me de schuld gaf voor de dood van zijn zus. Eigenlijk gaf zijn hele familie me uiteindelijk de schuld.'

'Wat voor familie was het?'

'Ze waren gewoon... eigenaardig,' zei ze. 'Hun hele manier van doen, bedoel ik.'

'In welk opzicht?'

Colin draaide zich naar haar toe, omdat hij besefte dat hij Maria nog niet in detail over hen had horen praten.

'Avery Manning – de vader – was psychiater, en vanaf de allereerste ontmoeting beschouwde hij zichzelf als een expert in misdadig gedrag. Hij liet Cassie me nooit in haar eentje ontmoeten. Hij was er altijd bij, en hij domineerde de gesprekken. Zelfs in het ziekenhuis, als ik probeerde het verhaal van Cassie zelf te horen, gaf hij antwoord voor haar. Het ging zelfs zo ver dat ik hem moest vragen de kamer uit te gaan, maar dat weigerde hij – het verste dat hij wilde gaan was zich in de hoek terugtrekken, met de belofte dat hij zou zwijgen terwijl zij praatte. Zelfs toen had ik het gevoel dat Cassie erg zorgvuldig was met haar woorden, alsof ze probeerde de dingen precies zo te zeggen als hij wilde. Bijna alsof ze hadden geoefend. Ik denk dat dat de reden is dat ze haar verhalen zo nu en dan... verfraaide.'

'Verfraaide?'

'Cassie vertelde me dat Laws haar al eerder had geslagen. Als dat waar was, zou dat belangrijk zijn geweest, omdat we dan misschien een ernstiger telastlegging hadden kunnen aanhouden. Cassie vertelde me dat Laws haar op een parkeerterrein had geslagen, en dat Lester er getuige van was geweest. Cassies verhaal was identiek aan dat van Lester, bijna woord voor woord, maar toen we het onderzochten, kwamen we erachter dat Laws in een andere staat was op die bewuste datum en tijd, wat betekende dat ze allebei logen. Toen we daar met Cassie over praatten, wilde ze haar verhaal niet terugnemen. Dat maakte het alleen maar noodzakelijker om tot een schikking te komen. Laws' advocaat zou de vloer met haar hebben aangeveegd als ze had moeten getuigen.'

'En de moeder?'

'Eleanor. Ik heb haar maar twee keer ontmoet en ze zat volledig bij Avery onder de plak. Ik weet niet eens of ze wel ooit iets heeft gezegd. Ze huilde alleen maar de hele tijd.'

Margolis ging door met aantekeningen maken terwijl ze praatte. 'Laten we het nu eens over Lester hebben. Wat was hij voor iemand?'

'Nogmaals: ik heb hem maar twee keer ontmoet, en het was net alsof hij twee totaal verschillende mensen was. Bij de eerste ontmoeting merkte ik niets bijzonders op. Eigenlijk was hij zelfs de normaalste van het stel. Maar toen ik hem voor de tweede keer ontmoette, nadat ik hem op de hoogte had gebracht van de aanklacht tegen Laws, veranderde hij. Bijna alsof... hij bang voor me was. Hij mompelde dat hij hier niet zou moeten zijn, dat niemand in de familie bij me in de buurt zou moeten komen, omdat ik gevaarlijk was. Zijn vader bleef maar tegen hem zeggen dat hij stil moest zijn, en dan zat hij daar gewoon maar te wriemelen en naar me te kijken alsof ik een pact met de duivel had gesloten.'

'Weet je hoe het psychiatrisch ziekenhuis heet waar hij was opgenomen?'

'Nee.'

'Maar de briefjes kwamen uiteindelijk niet meer?'

'Nadat ik was verhuisd. Maar nu doet hij het weer.'

Margolis draaide de pen rond en pakte toen het dossier dat hij aan het begin mee naar de kamer had gebracht. 'Nadat je had gebeld heb ik de politie in Charlotte het rapport over de dood van Cassie Manning laten mailen; ik wacht nog op het rapport over de eerste keer dat Laws werd gearresteerd. Ik heb nog niet de kans gehad om het allemaal tot in detail door te spitten, maar uit wat ik heb gelezen wordt duidelijk dat Gerald Laws Cassie Manning heeft vermoord. Verder heb jij sowieso niet de beslissing genomen waardoor hij slechts in aanmerking kwam voor een veroordeling voor een overtreding in plaats van een misdrijf. Dat heeft je baas gedaan, klopt dat?'

'Ja.'

'Waarom denk je dan dat het gezin Manning jou de schuld geeft? Of, in het geval van Lester, jou als "gevaarlijk" zag?'

'Omdat ik degene was met wie ze te maken hadden. Ze vertrouwden erop dat ik de officier van justitie ervan zou overtuigen voor de ernstiger veroordeling te gaan. En wat Lester betreft: die is duidelijk ziek... zoals ik al heb gezegd kwam hij ten slotte in een psychiatrisch ziekenhuis terecht.'

Margolis knikte. 'Oké. Laten we zeggen dat je gelijk hebt over dit alles, en dat Lester Manning inderdaad verantwoordelijk is voor alles wat er met je is gebeurd.' Hij leunde achterover op zijn stoel. 'Zelfs als dat zo is, weet ik niet zeker of ik wel iets voor je kan doen.'

'Waarom niet?'

'Je hebt hem niet gezien. Niemand anders heeft hem gezien. Je weet niet wie de rozen heeft gekocht, behalve dan dat het niet je baas was. Niemand heeft Lester de rozen in je auto zien leggen. Het enige wat je weet over de man die een drankje voor je heeft besteld is dat het een jongeman was die een honkbalpetje ophad. En ook heb je de man die de rozen afleverde niet herkend als Lester. Met andere woorden: je hebt geen bewijs dat het ook echt Lester ís.'

'Ik heb u gezegd dat er in het briefje een paar van dezelfde uitdrukkingen werden gebruikt!'

'Je bedoelt vergeleken met de briefjes die je niet meer hebt? Nogmaals: ik zeg niet dat je ongelijk hebt. Ik denk zelfs dat het heel waarschijnlijk is dat je gelijk hebt. Maar als voormalig aanklager weet je ook wat de term "wettig en overtuigend" betekent. En op dit moment is er niet genoeg voor een tenlastelegging onder de stalkingstatuten.'

'Hij heeft me gevolgd, heeft me bespied en mijn doen en laten in de gaten gehouden. Dat komt overeen met de gedragingen die gespecificeerd worden door de wet. Hij heeft een briefje geschreven waar ik vreselijk bang van word. Hij heeft mijn banden doorgesneden. Dat valt onder lastigvallen. Zijn daden hebben aanzienlijk emotioneel leed veroorzaakt, wat de reden is waarom ik hier ben. Hij is me duidelijk aan het stalken en dat is een misdrijf.'

Margolis trok een wenkbrauw op. 'Goed dan, mevrouw de voormalige aanklager. Maar als hij al eens heeft ontkend dat hij de briefjes heeft geschreven, zal hij dat gewoon nog een keer doen. En wat dan?'

'En het patroon dan? Briefjes, bloemen, me volgen, dode bloemen. Hij bootst na wat Laws bij Cassie heeft gedaan.'

'Het patroon is vergelíjkbaar, maar niet hetzélfde. Laws stuurde brieven en maakte zich kenbaar. Jij hebt korte, niet ondertekende briefjes ontvangen. Laws heeft Cassie bespioneerd toen ze aan het dineren was en heeft ervoor gezorgd dat ze wist dat hij daar was. Iemand heeft een drankje voor je besteld in een club, anoniem. Cassie wist dat Laws haar bloemen had gestuurd. Jij weet niet eens zeker wie je de rozen heeft gestuurd.'

'Het komt er dicht genoeg bij in de buurt.'

'Wat jou betreft misschien. Maar in de rechtszaal is dat anders.'

'Met andere woorden: omdat hij voorzichtig is geweest gaat hij ermee wegkomen? Gaat u niet eens met hem praten?'

'Begrijp me niet verkeerd. Ik zal proberen met hem te praten.'

'Proberen?'

'Je gaat ervan uit dat hij nog steeds in de stad is en dat ik hem kan vinden. Maar als hij in Charlotte of een andere stad is, zal ik het waarschijnlijk aan een rechercheur ter plaatse moeten overdragen.'

'En wat zou u tegen hem zeggen als u hem wel kon vinden?'

'Dan zou ik hem laten weten dat ik weet wat hij in zijn schild voert, en dat het in zijn eigen belang is dat hij ermee ophoudt, en dat de autoriteiten anders zullen ingrijpen.' Toen duidelijk werd dat Maria niet had verwacht dat hij dat zou zeggen, ging Margolis verder. 'Met andere woorden: ik geloof je. Dat gezegd hebbende kan ik hem niet arresteren omdat jij dénkt dat hij rozen voor je heeft gekocht. Of omdat je dénkt dat hij je een drankje heeft aangeboden. Of omdat je dénkt dat hij een briefje op je auto heeft achtergelaten. Jij en ik weten allebei dat die vlieger niet opgaat. En uiteindelijk maakt hij het allemaal misschien zelfs nog erger voor je.'

'Wat bedoelt u daar nou weer mee?' vroeg ze.

Margolis haalde zijn schouders op. 'Je hebt hem al eerder beschuldigd en de vader heeft gedreigd jou en de politie aan te klagen. Nu beschuldig je hem weer. Het is mogelijk dat hij een aanklacht wegens lastigvallen tegen jou indient.'

'Dat is belachelijk!'

'Maar het is wel mogelijk.'

'Wat moet ik dan doen? Als u niets voor me gaat doen?'

Margolis leunde naar voren en vouwde zijn handen op de tafel. 'Ik heb je verklaring opgenomen en de aangifte staat nu geregistreerd. Ik heb je al gezegd dat ik met hem zal praten, ervan uitgaand dat ik hem kan vinden, of dat iemand anders dat zal doen. Ik zal de dossiers over de arrestatie van Laws en de dood van Cassie doornemen. En ik zal uitzoeken wat ik te weten kan komen over Lester Manning. Ik zal met de politie van Charlotte praten en hen laten controleren of de oude briefjes ergens in een dossier zitten.

Als je bedenkt dat je me niets hebt gegeven aan bewijs dat je überhaupt bent bedreigd – en je twijfelachtige beoordelingsvermogen wat betreft het kiezen van een vriendje in aanmerking neemt – zou ik zeggen dat dat meer dan genoeg is, vind je niet?'

Maria's gezicht was als een masker. 'En een omgangsverbod?'

'Alles is mogelijk, maar jij en ik weten allebei dat het niet vanzelfsprekend is, om diezelfde redenen die we al hebben besproken. Maar laten we eens zeggen dat wonder boven wonder een rechter er een toewijst. De wet zegt dat het niet geldig is tenzij Lester Manning ook echt gedagvaard kan worden. Wat, nogmaals, misschien wel niet mogelijk is.'

'Met andere woorden: u zegt me dat ik net moet doen alsof het niet gebeurt.'

'Nee. Ik zeg je dat je mij mijn werk moet laten doen.' Hij pakte het dossier. 'Ik laat je weten wat ik te weten kom.'

'Ik weet niet waarom ik überhaupt naar hem toe ben gegaan,' zei Maria terwijl ze weer naar de auto liep, haar gezicht gespannen. 'En weet je wat me echt pissig maakt?' Ze had geen antwoord nodig. 'Hij heeft gelijk. Over alles. En ik weet dat hij gelijk heeft. Als een rechercheur bij mij met een zaak als deze was komen aanzetten had ik hem weggestuurd. Er is geen enkel bewijs. Ook al wéét ik dat hij het is.'

'Margolis zal het onderzoeken.'

'En wat dan nog?'

'Margolis is misschien een klootzak, maar hij is wel slim. Hij zal Lester zover krijgen dat hij iets zegt waarmee hij de verdenking op zich laadt.'

'En dan? Denk je dat Margolis hem ervan zal overtuigen ermee op te houden? Ik dacht dat het afgelopen was toen ik hierheen verhuisde, maar zelfs dat heeft er geen eind aan gemaakt. Hij weet waar ik woon, en ik sluit helemaal niet uit dat Lester Copo heeft vermoord. Hij is misschien wel binnen in het huis van mijn ouders geweest!'

Het was voor het eerst dat Colin haar Copo's dood in verband had horen brengen met al het andere dat er was gebeurd, en haar zichtbare angst zorgde ervoor dat er binnen in hem iets knaagde.

Hier moest een eind aan komen. Laat Margolis maar doen wat hij moest doen, maar op dit moment was dat niet genoeg voor Colin. Het was tijd, vond hij, dat iemand eens precies uitzocht wat Lester dezer dagen in zijn schild voerde.

Nadat hij Maria op haar werk had afgeleverd deed Colin zijn oortjes in, zette wat muziek aan en zette zich voor de computer aan zijn bureau.

Lester Manning.

Bewijs of niet, het feit dat hij een naam had, hielp hem zijn gedachten te focussen en hij wilde zo veel mogelijk zien te achterhalen over de man.

Het enige probleem was dat hij zonder gemakkelijke toegang tot databases van de overheid of officiële dossiers niet veel kon uitrichten. In het telefoonboek stonden geen gegevens van iemand die Lester Manning heette en uit North Carolina kwam, en ook kon hij geen mobiel telefoonnummer vinden. Er waren twee Lester Mannings op Facebook; de ene stond geregistreerd als woonachtig in Aurora, Colorado, en de ander in Madison, Wisconsin; de eerste was een tiener, de tweede een man van in de veertig. Instagram, Twitter en Snapchat leverden niets op, en evenmin een algemene zoektocht op Google, waarbij hij zijn naam en de stad Charlotte in verschillende combinaties gebruikte.

Er waren een paar sites die meer informatie beloofden – telefoonnummer, meest recente adres en dat soort dingen – tegen een vergoeding, en na er even over nagedacht te hebben typte hij zijn creditcardnummer in en deed hij een poging. Gelukkig kwam er een adres in Charlotte bovendrijven.

Er was iets meer te vinden over Avery Manning, waaronder een telefoonnummer in Charlotte dat van een zekere dr. Avery Manning zou zijn, samen met hetzelfde adres als hij voor Lester had gevonden.

Vader en zoon die bij elkaar woonden?

Of was het verouderde informatie?

Er waren ook een paar korte artikelen over de vader. Het meest recente bevestigde wat Maria zich herinnerde, dat Manning gedurende achttien maanden zijn vergunning ontnomen was, schijnbaar vanwege incorrecte zorg voor een aantal patiënten. Het opvallendste geval was een jongeman die zelfmoord had gepleegd. Volgens het artikel was Manning er niet in geslaagd de aandachtsstoornis van de patiënt correct te diagnosticeren en zijn gebruik van Adderall in de gaten te houden. Andere patiënten beweerden dat het gewoon alleen maar slechter met hen was gegaan onder zijn hoede. Als de datum van de intrekking klopte, mocht Avery Manning nog steeds zijn beroep niet uitoefenen.

Interessant.

Er zat ook een foto bij: een man van in de vijftig, met dun blond haar en lichtblauwe ogen die uit een hoekig, bijna benig gezicht staarden; wat Colin betrof had hij kunnen doorgaan voor een uitgebluste grafdelver. Colin kon zich niet voorstellen dat hij een uur tegenover de man zou zitten, zijn hart uitstortend en hopend op empathie.

Een ander artikel maakte melding van Mannings werk met ingezetenen van de gevangenis. Het artikel citeerde Manning; hij zei dat veel gevangenen sociopaten waren en dat rehabilitatie voor hen niet haalbaar meer was. Humane opsluiting, zei hij, was de meest pragmatische oplossing voor criminele pathologie. Behalve het feit dat Manning zichzelf als expert op het gebied van misdadig gedrag beschouwde, had Maria niets gezegd over zijn werk in gevangenissen, en hij vroeg zich af of ze het zelfs wel had geweten.

Nog wat meer onderzoek bracht uiteindelijk het overlijdensbericht voor Eleanor Manning naar boven, waarin niets werd gezegd over zelfmoord, maar dat was niet verrassend. De meeste mensen wilden niet dat dat feit in de openbaarheid kwam. Er werd ook vermeld dat ze moeder van drie kinderen was, en dat ze een echtgenoot en een zoon achterliet. Over Cassie had hij gehoord, maar er was dus nog een andere broer of zus?

Hij bekeek een stuk of vijf artikelen over Avery Manning voor hij het antwoord vond; in een interview met als onderwerp depressie merkte Avery op dat zijn vrouw last van depressie had gehad sinds hun zoon Alexander Charles Manning in een auto-ongeluk was omgekomen toen hij zes jaar was.

Alex. Cassie. Eleanor.

Zo veel tragedies voor één gezin. En Lester gaf Maria de schuld van één, misschien zelfs twee van de sterfgevallen.

Voldoende om Lester haar te laten kwellen en doodsbang te maken?

Ja. De oorspronkelijke briefjes maakten dat duidelijk. En het patroon ook.

Of het nu wel of niet chronologisch was, Maria ervoer dezelfde angsten als Cassie. En net als Maria wist Colin hoe de rest van Cassies verhaal was verlopen:

Nadat hij uit de gevangenis was gekomen zocht Laws Cassie in eigen persoon op.

Cassie verzocht om een omgangsverbod.

De politie kon Laws niet vinden.

Uiteindelijk werd Cassie ontvoerd en vermoord.

Was dat ook onderdeel van Lesters plan?

Het was een enorme sprong om te gaan van wat er tot nu toe met Maria was gebeurd tot de laatste stap. Kwellen was één ding, maar moord was wel even iets anders, en hij wist niet genoeg over Lester om te proberen te raden wat hij zou kunnen doen. Maar dat betekende nog niet dat Maria ook maar enig risico moest nemen.

Hij was nog een uur bezig zonder verder nog iets te weten te komen. Tot zover dan het gemakkelijke gedeelte – informatie waar iedereen achter kon komen – en hij vroeg zich af wat zijn volgende stap zou zijn.

Wat wíst hij over Lester? En wat kon hij áánnemen?

Lester had een auto. Of hij kon beschikken over een auto.

Dat was niet zo'n grote aanname, natuurlijk, maar hij vroeg zich af wat voor soort informatie hij kon vinden als hij een kenteken had. Een paar trefwoorden in de zoekmachine leverden een paar bedrijven op die toegang hadden tot allerlei soorten openbare gegevens, waaronder autoregistraties en kentekens. Het was een beetje duur, maar het zou bruikbaar kunnen zijn, en hij noteerde de websites voor het geval het nodig zou zijn.

Nog iets anders?

Ja, dacht hij. Als hij het bij het rechte eind had, had Lester zich verstopt op het dak aan de overkant van de straat toen Maria aan het werk was. Wat haar appartement betrof zou het gemakkelijk zijn geweest voor Lester om naar haar te kijken terwijl ze aankwam en wegging, al was het alleen maar doordat haar werktijden voorspelbaar waren. Hij zou zich niet urenlang hebben hoeven verschansen; hij kon haar hebben bekeken vanuit de koffiebar aan de overkant van de straat of vanuit een geparkeerde auto. Haar volgen naar het restaurant en de nachtclub zou een eitje zijn geweest.

En?

Uit het gesprek met Margolis had Colin opgemaakt dat hij bewijs nodig had dat Lester Maria aan het stalken was, en hij vroeg zich af of hij naar Charlotte zou rijden in de hoop een gezicht bij een naam te plaatsen. Misschien zelfs een foto te krijgen, ervan uitgaand dat hij Lester kon vinden. Maar dan nog zou dat misschien niet genoeg zijn. De bloemist had toegegeven dat hij de man niet zo heel goed had gezien, en Colin betwijfelde of de serveerster hem zou herkennen. Zelfs Maria had hem van dichtbij niet herkend.

En als laatste was er nog Copo. De dood van het hondje paste ook in het patroon, en hoe meer hij erover nadacht, hoe waarschijnlijker het leek dat Lester Copo had gedood om Maria en haar ouders te kwetsen. Omdat hij Maria had gevolgd, zou hij weten waar haar ouders woonden. Het betekende bovendien dat hij het gezin geregeld in de gaten had gehouden. Hoe zou hij anders weten dat Copo in het huis was achtergelaten? Maria had gezegd dat Felix Copo overal mee naartoe nam, zelfs naar het restaurant. Dat haar ouders het hondje zelden thuislieten.

Maar hoe dan?

De achtertuin van de familie Sanchez had een schutting die privacy gaf, en in een buitenwijk met veel sociale controle zou een rondhangende vreemdeling wel zijn opgemerkt.

Tja, hoe dan?

Twintig minuten later reed hij door de wijk van de familie Sanchez en probeerde hij de puzzelstukjes in elkaar te passen.

Het huis van haar ouders was stil, schijnbaar was er niemand thuis. Maar er waren wel andere mensen in de buurt. Een vrouw die langsjogde op de stoep; een oudere man die de struiken in zijn voortuin aan het snoeien was. Een man die uit zijn oprit kwam rijden, op weg ergens naartoe.

Colin ging een hoek om, en toen nog een, en reed door de straat die parallel liep aan die van de familie Sanchez, waar de achtertuinen tegen elkaar aan lagen.

De wijk was bedrijvig, het soort gemeenschap waar mensen elkaar waarschijnlijk in de gaten hielden.

Lester zou absoluut zijn opgemerkt.

Tenzij...

Hij liet de auto langzamer rijden terwijl hij het huis naderde dat met de achterkant tegen dat van de familie Sanchez lag, en het antwoord werd duidelijk.

Het huis recht achter dat van Maria's ouders stond te koop.

En wat belangrijker was: het leek leeg te zijn.

Maria was gesloten toen hij haar ophaalde van haar werk die avond en hun gesprek ging over niets in het bijzonder. Het was duidelijk dat ze niet over Lester of Margolis wilde praten.

Ze wilde de nacht bij haar ouders doorbrengen, dus reed hij haar naar haar huis en wachtte hij buiten terwijl zij een tas met logeerspullen inpakte. Daarna reed hij met haar mee om haar auto op te halen bij de bandenzaak, wachtend tot Maria op weg was voordat hij eindelijk het parkeerterrein verliet. Hij had haar willen volgen, maar omdat hij dacht dat ze daar alleen maar zenuwachtiger van zou worden, had hij haar in plaats daarvan gevraagd hem te sms'en als ze bij het huis van haar ouders was aangekomen. Een kwartier later liet ze hem weten dat ze er was.

Hoewel ze niets zei, had hij een vermoeden dat ze tijdens de rit naar het huis van haar ouders herhaaldelijk in de binnenspiegel had gekeken, zich afvragend of Lester haar volgde.

Colin wachtte tot na middernacht voordat hij terugkeerde naar de wijk, met Lester Manning in gedachten.

Hij was in het zwart gekleed en had een paar straten verderop de auto neergezet, en nu liep hij op het leegstaande huis af. In zijn rugzak had hij een zaklantaarntje, een paar schroevendraaiers en een kleine koevoet. Maar als Lester meer dan één keer in het huis was geweest – en tenzij hij expert in het openbreken van sloten was of een sleutel had – vermoedde Colin dat hij door hetzelfde raam of dezelfde deur naar binnen zou kunnen gaan als Lester had gebruikt. Die ingang zou heel goed nog steeds open kunnen zijn; tenzij de makelaar het had gemerkt, had Lester hem met geen mogelijkheid weer op slot kunnen doen nadat hij was vertrokken.

Colin moest hem alleen maar zien te vinden.

En als Lester er vanavond toevallig zou zijn, omdat hij had gemerkt dat Maria niet in haar appartement was?

Hoezeer Colin er ook naar hunkerde om hem een afstraffing te geven, hij zou Margolis bellen. Misschien konden ze Lester aanklagen voor huisvredebreuk, misschien zelfs voor inbraak, naast het stalken.

De straat was stil en leeg. Aan beide kanten zag hij, door kieren in de gordijnen van de huizen in de buurt, zo nu en dan een televisie flikkeren, maar hij vermoedde dat de meeste mensen naar bed waren gegaan.

Hij bereikte het leegstaande huis en bij een snelle controle van de voordeur zag hij een cijferhangslot van de makelaar. Er waren geen gedeeltelijk openstaande ramen op de veranda, en ook geen braaksporen. Hij liep naar de zijkant van het huis en hees zichzelf geluidloos over de schutting heen de achtertuin in. Met de zaklantaarn inspecteerde hij de ramen een voor een, op jacht naar een kiertje of braaksporen.

Pas toen hij de andere kant van het huis had bereikt vond hij het.

Een slaapkamerraam, een meter vijftig boven hem, dat bijna, maar niet helemaal gesloten was. Braaksporen op het kozijn, ongetwijfeld gebruikt om de hor eraf te halen. Gemakkelijk genoeg voor Colin om erdoorheen te klimmen, ondanks de afstand vanaf de grond, maar Lester? Hij keek de tuin rond en zag een oud plastic picknicksetje, speciaal voor kinderen. Te oordelen naar de vier indrukken van platgedrukt, vergeeld gras was het tafeltje van het setje onlangs nog verplaatst.

Bingo.

Hij gebruikte de schroevendraaier, haalde de hor eraf en wrikte toen het raam een beetje verder open, waarna hij het met zijn handen wijd openzette.

Met een snelle sprong en klim was hij binnen.

Hij liep door het donkere huis en merkte op dat de indeling leek op die van het huis van Maria's ouders, met ramen in de keuken en de huiskamer die een onbelemmerd uitzicht gaven op de achterveranda van de familie Sanchez. Maar het zicht was bijna te perfect, naar beide kanten, en Colin wist dat Lester niet gezien zou willen worden.

Waardoor er maar één mogelijkheid overbleef.

Colin stak het korte halletje over en ging de enige slaapkamer aan de achterkant van het huis binnen. In tegenstelling tot de ramen in de keuken en de woonkamer had het raam dat uitzicht bood op de achterveranda van de familie Sanchez gordijnen. Hij deed zijn zaklantaarn aan en bekeek de vloerbedekking.

Sporen bij het raam. Voetafdrukken.

Lester Manning was hier geweest.

En er was ook kans dat hij hier zou terugkeren.

Pas toen hij naar huis reed besefte Colin dat hij iets belangrijks over het hoofd had gezien.

Waar had Lester zijn auto geparkeerd?

Het kwam hem onwaarschijnlijk voor dat hij op de oprit van het leegstaande huis zou hebben geparkeerd, of op straat voor iemands huis. Dat viel te veel op, in het bijzonder omdat veel mensen hun eigen auto voor hun huis wilden parkeren. Tegelijkertijd zou Lester waarschijnlijk niet al te ver weg hebben willen parkeren.

Colin keerde en reed terug door de wijk, niet zeker wetend wat hij hoopte te vinden, tot hij bij een park kwam met een grasveldje en een klimrek en bankjes die onder eiken geplaatst waren. Aan de overkant van de straat stonden tien tot twaalf auto's op een rij. Naast het park stonden er nog zeven. Het late tijdstip van de dag gaf aan dat ze hoorden bij de mensen die aan de overkant van de straat woonden, eigenaars die meer dan één auto hadden, die ze nergens anders konden zetten.

Nog een extra auto zou hier echter minder snel worden opgemerkt – ideaal voor Lester – en Colin was er zeker van dat hij gelijk had. Hij haalde zijn telefoon uit zijn zak en nam foto's van de auto's, inclusief hun kentekenplaten. Hij wilde weten welke van wie waren. En terwijl hij daarmee bezig was, begonnen zijn gedachten samen te komen.

Hij wilde weten hoe Lester eruitzag.

Hij wilde Lesters auto en kenteken vinden.

Hij wilde weten of Lester in de omgeving verbleef, en zo ja, waar.

En daarna wilde hij een paar dagen doorbrengen met observeren en zo veel mogelijk te weten komen over de man.

'Met welk doel?' vroeg Evan, die hem met samengeknepen ogen aankeek over de keukentafel heen; Lily lag al te slapen in de slaapkamer.

'Margolis zegt dat hij bewijs nodig heeft. Dat bewijs zal ik hem brengen.'

'Weet je zeker dat je dit niet doet omdat je hem verrot wilt slaan?'

'Ja.'

'Ja, je wilt hem verrot slaan of ja, je gaat hem niet verrot slaan, ook al wil je dat?'

'Ik ben niet van plan om zelfs maar bij hem in de buurt te komen.'

'Goed idee. Want je hebt ernstige problemen.'

'Ja.'

'En hoe ben je precies van plan hem te vinden? Ga je gewoon in het park rondhangen en op vreemde auto's letten?'

'Waarschijnlijk.'

'Omdat je denkt dat Lester daar op een dag zijn auto weer zal parkeren?'

'Ja.'

'En hoe kom je erachter welke auto's daar horen en welke niet?'

'Kwestie van volhouden.'

Evan was even stil. 'Ik denk nog steeds dat het een beter idee zou zijn als je Margolis gewoon zijn werk laat doen.'

Colin knikte. 'Oké.'

Na een paar uur slapen was Colin de volgende dag weer terug in de wijk van de familie Sanchez, met een notitieboekje. Hij had een paar straten verderop zijn auto neergezet en was naar het park gegaan, waar hij, terwijl hij wachtte, oefeningen deed op een vloermat die hij van huis had meegenomen.

Het was vroeg, de zon was nog niet op, en alle auto's die hij een paar uur eerder had gezien stonden er nog.

Het duurde ruim een uur voordat de eerste persoon uit een van de huizen tevoorschijn kwam, in een auto stapte en wegreed. Colin schreef het merk, het model en de kleur op in het notitieboek. Er was een vlaag van activiteit om half acht, en drie kwartier later nog een vlaag. Nog twee mensen kwamen hun auto ophalen terwijl Colin zich opmaakte om naar de universiteit te gaan, waarna er nog maar één rode auto – een tweedeurs Hyundai – naast het park stond, en nog twee auto's aan de overkant van de straat.

Waarschijnlijk was het niets, maar toch noteerde hij de informatie.

Op weg de wijk uit nam hij een omweg door de straat met het leegstaande huis. Er was niemand op straat en hij besloot het erop te wagen. Hij zette de auto een paar huizen verderop neer, ging naar het huis en liep op de schutting af.

Hij tuurde over het hek en zag dat de plastic picknicktafel nog precies stond waar hij een paar uur eerder had gestaan; ook het raam leek onaangeraakt. Als Lester hier niet was, waren de drie overgebleven auto's waarschijnlijk niet van hem. Dat kon je voor negenennegentig procent aannemen.

Tijdens het college merkte hij dat hij maar matig geïnteresseerd was in wat de professoren te vertellen hadden en hij had moeite om goede aantekeningen te maken. In plaats daarvan vroeg hij zich af of hij naar het laatst bekende adres van Lester Manning in Charlotte moest gaan of moest blijven surveilleren bij het leegstaande huis. Of, als Maria in haar eigen huis sliep, of hij daar naar Lester moest uitkijken.

Allemaal goede opties, maar het was onmogelijk om op drie plekken tegelijk te zijn.

Als hij nu eens de verkeerde optie koos?

Zijn gedachten bleven om het probleem heen cirkelen.

Nadat hij de campus had verlaten ging hij terug naar de wijk van de familie Sanchez. De rode Hyundai die naast het park stond, was er nog steeds, terwijl de andere twee auto's aan de overkant van de straat weg waren.

De eenzame auto leek er niet te horen. Weer stopte hij op weg de wijk uit voor het leegstaande huis en tuurde over de schutting. Geen verandering.

Lester was niet in het leegstaande huis. Wat ook wel logisch was. Noch Maria noch haar ouders waren thuis.

Hij besloot de dagen daarop zo dicht mogelijk in de buurt van Maria te blijven. Als Lester nog steeds vastbesloten was om wraak te nemen, zou hij haar uiteindelijk vinden, waar ze ook was. En overal waar ze van plan was te zijn, daar moest Colin ook zijn.

Hij belde en nodigde haar uit om samen te gaan eten; aan de telefoon klonk ze iets beter dan de dag ervoor, maar nog steeds gespannen. Hij haalde haar na het werk bij haar thuis op en reed met haar naar een bistro in de buurt van het strand, waar ze het kalmerende geluid van de golven konden horen.

Opnieuw ging ze gesprekken over Lester of Margolis uit de weg; in plaats daarvan concentreerde ze zich op de plannen die Jill en zij voor de nieuwe firma hadden. Praten over de nieuwe onderneming, in combinatie met een paar glazen wijn, was genoeg afleiding om haar stemming te verbeteren.

Ze keerden terug naar Colins woning en kletsten met Evan en Lily, totdat Maria op het eind Colins hand vastpakte. Ondanks haar relatieve kalmte was het hem de hele avond al duidelijk dat Maria geen verlangen had om naar haar appartement terug te keren.

Op woensdagochtend ging Colin kijken bij het leegstaande huis, waarbij hij eraan dacht om ook weer naar het park te gaan om aantekeningen te maken over de geparkeerde auto's die kwamen of gingen. Net toen hij begon te denken dat Lester het uitkijkpunt naar het huis had opgegeven of zijn auto ergens anders had geparkeerd, was er woensdagavond een verandering, namelijk dat de rode Hyundai die naast het park had gestaan weg was.

Misschien betekende het niets, maar het werd tijd, dacht hij, om het kenteken te controleren. Dat bleek tijdverspilling.

Net als de andere auto's behoorde hij toe aan een van de huizenbezitters.

Op donderdagochtend zaten Colin en Maria bij hem thuis een ontbijt van eiwitten, havermout en fruit te eten. Ze vertelde hem dat ze 's avonds zou gaan eten met Jill en Leslie en daarna van plan was bij haar ouders thuis te blijven slapen.

'Ze maken zich zorgen om me,' legde ze uit, maar Colin wist dat ze er nog steeds niet klaar voor was om in haar eentje naar haar appartement terug te keren, vooral omdat Colin moest werken. 'Ik denk dat ze zich ook zorgen maken om Serena.'

'Waarom?'

'Omdat ik ze heb verteld dat ik de afgelopen nachten bij haar heb gelogeerd. We zijn niet getrouwd en zij hebben ouderwetse waarden. Ik weet dat je liegen afkeurt, maar ik zou er niet tegen kunnen als mijn moeder teleurgesteld is, naast al het andere wat er nu gaande is.'

'Ik heb niets gezegd.'

'Dat weet ik. Maar ik kon je horen denken dat je vond dat ik eerlijk tegen ze moest zijn.'

Hij glimlachte. 'Oké. Heb je nog iets van Margolis gehoord?'

Ze schudde haar hoofd. 'Nog niet. En ik weet niet zeker of dat goed of slecht nieuws is.'

'Misschien is er geen nieuws.'

'Dat zou in de categorie slecht nieuws vallen,' zei ze. 'Hij heeft niet bepaald veel vertrouwen gewekt in zijn vastberadenheid om het probleem aan te pakken. Wie weet heeft hij nog wel helemaal niets gedaan.'

Colin knikte, erkennend dat hij hetzelfde had zitten denken. Het was echter niet wat ze wilde horen, dus veranderde hij van onderwerp. 'Morgen is de grote dag.'

'Waarvoor?'

'Dan ga je toch zeggen dat je ontslag neemt, met een opzegtermijn van twee weken?'

'O ja.' Ze glimlachte. 'En ja, dat is morgen, maar het is vreemd, want ik denk er nauwelijks aan tenzij ik bij Jill ben. Het is gewoon zo onwerkelijk. Een paar weken geleden had ik me nooit kunnen voorstellen dat ik me klaar zou maken om me bij een beginnend bedrijfje aan te sluiten.'

'Wat vinden je ouders ervan?'

'Mijn moeder vindt het leuk voor me, maar mijn vader heeft er de zenuwen over. Hij weet hoe moeilijk het is om een bedrijf te beginnen. Hij vond het ook fijn om mensen te vertellen dat ik voor Martenson, Hertzberg & Holdman werkte.'

'Nog wel.'

'Ja.' Ze gaf hem een spottend glimlachje. 'Nog wel.'

'Hoe is de sfeer op kantoor?'

Ze haalde haar schouders op. 'Moeilijk te zeggen. Het is niet zo erg als afgelopen week, maar de stemming is nog steeds bedrukt. Het werk stapelt zich op en ik hoor geruchten dat er meer mensen zijn die overwegen weg te gaan. Het is het ene gerucht na het andere. Gisteren was er een gerucht dat de firma op het punt stond de hele zaak te schikken – met alle eisers – maar dat is waarschijnlijk alleen maar wensdenken. Als je de klachten bij de EEOC leest, was Ken nog veel erger dan ik dacht.'

'Heb je je ouders ooit over hem verteld?'

'Echt niet. Als mijn vader dat had geweten zou hij over de rooie zijn gegaan. Latijns bloed kan net zo hevig koken als dat van jou soms.'

'Dan heb je er waarschijnlijk goed aan gedaan om het niet aan hem te vertellen.'

'Misschien. Maar jij hebt niets gedaan.'

'Jij bent mijn dochter niet.'

Ze lachte. 'Hij is nog steeds niet zo zeker van jou. Vanwege je verleden, bedoel ik.'

'Oké.'

'En ook vanwege je huidige imago.'

'Oké.'

'Hij heeft zelfs het maffe idee dat jij degene was die me heeft gestalkt.'

‘Waarom zou hij dat denken?’

‘Omdat hij dacht dat hij je auto in de buurt zag toen hij gisterochtend de hond aan het uitlaten was. Ik weet dat hij zich zorgen om me maakt, maar hij kan een beetje overdrijven soms.’

Net als ik.

20

Maria

Maria gaf Colin een afscheidskus op de drempel van zijn huis; hoewel hij had aangeboden om achter haar aan te rijden naar het kantoor zoals hij de hele week had gedaan, zei ze tegen hem dat het niet nodig was en dat hij naar zijn lessen moest gaan. Op het moment dat ze het zei geloofde ze het ook, maar toen ze naar haar werk reed, vroeg ze zich toch onwillekeurig af of Lester haar niet volgde. Voor het eerst sinds ze uit Charlotte was verhuisd voelde ze dat haar hart zonder dat daar enige aanleiding toe was sneller begon te kloppen. Binnen een paar tellen werd het moeilijker om te ademen en vernauwde haar blikveld.

Haar instinct nam het van haar over en ze was op een of andere manier in staat om de auto aan de kant van de weg te zetten. Ze voelde haar lichaam plotseling van slag raken.

Spanning in haar borst.

O mijn god...

Dit was niet normaal.

Ze kon niet ademhalen.

Haar blikveld werd steeds nauwer en haar gedachten begonnen weg te glijden.

Ze had een hartaanval en had een ambulance nodig.

Ze zou doodgaan langs de kant van de weg.

Haar telefoon begon over te gaan, maar ze hoorde het geluid

slechts ergens in de verte een stuk of vijf keer overgaan, waarna het weer stil werd. Een ogenblik later hoorde ze het signaal dat iemand een sms'je had gestuurd.

De spieren in haar borst spanden zich.

Ze kreeg niet genoeg lucht.

Haar hart bleef bonken en een dodelijke angst kwam op, die sterker werd met het besef dat ze ging sterven.

Ze legde haar hoofd op het stuur en wachtte op het einde.

Maar dat kwam niet.

In plaats daarvan bleef ze in de minuten daarna alleen maar beetje bij beetje doodgaan, tot ze niet meer aan het doodgaan was.

Na verloop van tijd was ze in staat haar hoofd van het stuur te tillen. Ademhalen werd gemakkelijker en haar perifere blikveld kwam weer terug. Haar hart bonkte nog steeds, maar het voelde minder intens.

Een paar minuten later begon ze zich beter te voelen. Nog steeds beverig, maar beter, en hoewel het onmogelijk leek, begreep ze dat ze geen hartaanval had gehad.

Haar paniekaanvallen waren terug, wist ze.

Het duurde nog een half uur voor ze zich volkomen normaal voelde, en tegen die tijd was ze al in haar kantoor. Barney was er niet, maar hij had een nieuwe zaak voor haar achtergelaten; het regionale ziekenhuis werd aangeklaagd door een familie vanwege een infectie met de naam pseudomonas, die uiteindelijk tot de dood van de patiënt had geleid. Hij had er een haastig geschreven briefje bij gedaan waarin hij haar vroeg om te beginnen met het zoeken naar de toepasselijke juridische besluiten die nodig waren om hun verdediging te schragen.

Ze was aan het nadenken waar ze met haar onderzoek zou beginnen toen haar mobieltje overging. Ze keek erop, en keek toen nog eens om er zeker van te zijn dat ze het goed had gezien. Serena?

Ze drukte op het knopje om op te nemen. 'Hé, zeg het eens.'

'Gaat alles goed met je?'

'Hoezo?'

'Ik heb je eerder ook al gebeld maar je nam niet op,' zei Serena vrolijk.

'Sorry,' zei Maria, terugdenkend aan de paniekaanval. 'Ik zat in de auto.' De waarheid, al was het niet de hele waarheid. Ze vroeg zich af wat Colin daarvan zou vinden.

'Hoe gaat het met het onderzoek?'

'Nog niets.'

'Heb je Margolis gebeld?'

'Als ik vandaag niet van hem hoor, ga ik dat doen.'

'Ik zou waarschijnlijk al gebeld hebben.'

'Vast. Dus... wat is er?'

'Wat bedoel je?'

'Je belt me nooit zo vroeg. En waarom ben je niet op school?'

'De les begint over een paar minuten, maar ik moest het gewoon aan iemand vertellen. Ik heb gisteravond een e-mail gekregen, en het blijkt dat ik een van de drie finalisten ben voor de beurs. Blijkbaar heeft het etentje bij papa en mama een positieve invloed gehad... Hoewel het niet rechtstreeks in de e-mail stond, denk ik dat ik op poleposition sta.'

'Poleposition?'

'Ja. Je weet wel, als ze een race herstarten nadat er een ongeluk is gebeurd of zoiets, is dat de auto op de voorste positie.'

'Ik weet wel wat het is. Ik ben alleen benieuwd hoe het komt dat *jíj* weet wat het is.'

'Steve kijkt vaak naar stockcarraces. Hij dwingt mij er ook naar te kijken.'

'Dus het is nu echt een relatie?'

'Ik weet het niet... Er zit een heel leuke jongen bij me in de klas bij een van de lessen. Hij is alleen wel al wat ouder, en hij heeft iets met mijn zus, dus dat zou een probleem kunnen vormen.'

'Dat vormt zeker een probleem.'

'Ik ben gewoon blij dat je je ego opzij hebt gezet en met hem bent gaan praten.'

'Het had niets met mijn ego te maken.'

'Ego, een rakelings ontweken aanvaring bij een vechtpartij in een kroeg; allemaal één pot nat.'

'Jij bent niet goed snik, weet je dat?'

'Soms,' gaf Serena toe. 'Maar tot nu toe werkt het prima.'

Maria begon te lachen. 'Dat is geweldig nieuws. Over de beurs, bedoel ik.'
'Ik wil nog niet té opgewonden raken. Niet aan mama en papa vertellen.'
'Ik was niet degene die het de vorige keer aan ze verteld heeft.'
'Weet ik,' zei ze. 'Denken ze nog steeds dat je bij mij in het studentenhuis bent blijven slapen?'
'Ja. En nu is het mijn beurt om te zeggen dat je het niet aan ze moet vertellen.'
Serena lachte. 'Ik zal niets zeggen. Maar ik weet vrij zeker dat mama weet dat je bij Colin hebt geslapen. Uiteraard voert ze een beleid van "wat niet weet, wat niet deert", wat betekent dat het vanavond waarschijnlijk niet ter sprake zal komen.'
'Vanavond?'
'Ja, vanavond.'
'Wat is er vanavond?'
'Je maakt een grapje, toch? Mama's verjaardag? Familie-etentje? Je gaat me toch niet vertellen dat je het vergeten was?'
Oeps. 'Eh...'
'Meen je dat nou? Kijk je nooit naar mijn posts? Of mijn tweets? Ik weet dat je veel aan je hoofd hebt, maar hoe kon je mama's verjaardag nou vergeten?'
Ze zou het etentje met Jill en Leslie moeten afzeggen, maar dat zouden ze toch wel begrijpen? 'Ik zal er zijn.'
'Neem je Colin mee?'
'Hij moet werken. Hoezo?'
'Omdat ik zat te twijfelen of ik Steve zou uitnodigen.'
'Wat heeft het een nou met het ander te maken?'
'Simpel. Het lijkt me dat als papa het druk heeft met kwaad kijken naar Colin, hij geen tijd heeft om Steve aan een kruisverhoor te onderwerpen, en ze zullen denken dat hij vergeleken met Colin geweldig is.'
Maria keek zuur. 'Dat is niet grappig.'
Serena lachte. 'Een beetje wel.'
'Ik ga nu ophangen.'
'Zie je vanavond!'

Nadat ze het gesprek met Serena had beëindigd, merkte Maria dat ze wonderlijk zenuwachtig was toen ze naar Jills kantoor liep. Ze dacht niet dat Leslie beledigd zou zijn – het was een oprechte vergissing – maar ze wilde ook niet dat Leslie zou gaan twijfelen aan Jills aanbeveling. Maar toen ze dat aan Jill vertelde, begon haar vriendin hardop te lachen.

'Ben je mal? Leslie geeft niet om dat soort dingen.'

'Weet je het zeker?'

'Natuurlijk weet ik het zeker. Het is je moeders verjaardag. Wat had je dan moeten doen?'

'Ik had er meteen aan kunnen denken.'

'Dat is wel waar,' merkte Jill op, en Maria trok een grimas. Tot haar schrik ging haar mobieltje opnieuw. In de veronderstelling dat het waarschijnlijk weer Serena was, was ze van plan om het te negeren, tot ze besefte dat ze het nummer niet herkende.

'Wie is het?' vroeg Jill.

'Ik weet het niet,' zei Maria. Na een paar seconden in dubio te hebben gestaan nam ze op, biddend dat het Lester niet was.

'Hallo?'

Het was niet Lester. Goddank. Ze luisterde naar de stem aan de andere kant van de lijn. 'Ja,' zei Maria uiteindelijk. 'Ik zal er zijn.'

Ze verbrak de verbinding maar bleef de telefoon vasthouden, erover nadenkend. Jill moest haar uitdrukking hebben gezien.

'Slecht nieuws?' vroeg Jill.

'Ik weet het niet zo goed,' zei Maria aarzelend. Ze bedacht dat het eindelijk wel eens tijd werd om haar vriendin te vertellen over haar geschiedenis met Lester Manning... om nog maar te zwijgen van de hele toestand van de afgelopen paar weken, inclusief de ups en downs met Colin. Vroeger zou ze het geen punt hebben gevonden om alles aan Jill te vertellen, maar vrijwillig zulke persoonlijke informatie geven aan haar toekomstige baas voelde... riskánt, zelfs al zou Jill er waarschijnlijk toch wel achter komen.

'Wie was het?'

'Een politieman – rechercheur Margolis. Hij vroeg of ik met hem wilde komen praten.'

'De politie? Wat is er aan de hand?'

'Het is nogal een lang verhaal.'

Jill staarde haar aan, waarna ze opstond van achter haar bureau en de kamer door liep. Ze deed de deur dicht en draaide zich om.

'Wat is er aan de hand?'

Uiteindelijk bleek het gemakkelijker dan ze zich had voorgesteld om Jill in vertrouwen te nemen. Toekomstige baas of niet, Jill was bovenal haar vriendin, en meer dan eens pakte ze Maria's hand, duidelijk bezorgd. Toen Maria haar verzekerde dat het geen invloed zou hebben op haar vermogen om te helpen met het opstarten van het bedrijf, schudde Jill alleen maar haar hoofd.

'Op dit moment heb je wel belangrijkere dingen om je druk over te maken. Leslie en ik bekommeren ons wel over wat er nog moet gebeuren. Doe jij maar wat nodig is en neem alle tijd die daarvoor nodig is, zodat je een manier kunt vinden om dit voorgoed achter je te laten. Het is trouwens toch niet bepaald zo dat de cliënten de eerste paar maanden in de rij zullen staan.'

'Ik hoop niet dat het zo lang gaat duren. Ik denk niet dat ik daartegen zou kunnen. Vanochtend had ik een paniekaanval.'

Jill was even stil. 'Ik zal je helpen hoe ik maar kan. Zeg maar waar je behoefte aan hebt.'

Toen ze Jills kantoor uit liep besefte Maria opnieuw dat, lager salaris of niet, ontslag nemen om voor Jill te gaan werken niet alleen haar beste optie was geweest, maar zelfs nu al de beste carrièrekeuze leek te zijn die ze tot dan toe in haar leven had gemaakt.

Waar het echter niet bij hielp, was om de rest van de ochtend sneller voorbij te laten gaan. En de hoeveelheid werk die ze had, ging er ook niet sneller van weg; het feit dat ze zich bleef afvragen wat Margolis zou gaan zeggen maakte het moeilijk om zich te concentreren, en dat weerhield haar er alleen maar van om een beetje op gang te komen met haar onderzoek voor de ziekenhuiszaak. Toen haar frustratie begon op te lopen legde ze haar werk opzij en sms'te Colin.

Ja, sms'te hij terug, hij zou haar om kwart over twaalf ontmoeten op het bureau.

Ze keek naar de klok.

Vervolgens keek ze weer naar de eis, wetend dat ze hem grondig moest bestuderen.

Twee uur tot ze met Margolis had afgesproken.

De tijd kroop voort.

Toen ze de parkeerplaats op reed stond Colin voor het bureau te wachten, met een zonnebril op en met een korte broek en een T-shirt aan. Ze zwaaide toen ze de auto uit stapte, in de hoop dat ze daarmee zou verbergen hoe zenuwachtig ze was, maar met het vermoeden dat Colin het toch wel wist.

Hij gaf haar een snelle kus voor hij de deur voor haar openhield. Maria had een déjà vu toen ze om zich heen keek. Anders dan bij hun eerste ontmoeting echter liet Margolis hen niet lang wachten. Ze waren nauwelijks gaan zitten voor ze hem naar hen toe zag komen lopen van achter in het gebouw. Ook nu weer had hij een map bij zich, en hij gebruikte die om hen vooruit te manen.

'Kom op,' zei hij. 'We kunnen praten waar we dat eerst ook hebben gedaan.'

Maria streek haar rok glad toen ze opstond en liep naast Colin langs de andere mensen die aan hun bureau aan het werk waren en langs de groep mensen die om het koffieapparaat stonden.

Margolis deed de deur open en wees naar dezelfde stoelen die ze eerder hadden gebruikt. Zij en Colin namen plaats terwijl Margolis naar de andere kant van de tafel liep.

'Moet ik me zorgen maken?' flapte Maria eruit.

'Nee. Om een lang verhaal kort te maken: ik denk niet dat Lester een probleem zal zijn.'

'Wat betekent dat?' drong ze aan.

Margolis tikte met zijn pen tegen de map en wees met zijn duim naar Colin. 'Het lijkt erop dat je nog steeds omgaat met dit probleemgeval hier. En ik weet niet waarom je er steeds op staat dat hij met je meekomt als we je zaak bespreken. Er is geen reden dat hij erbij is.'

'Ik wil hem erbij,' zei ze. 'En ja, we gaan nog steeds met elkaar om. En naar volle tevredenheid, kan ik daaraan toevoegen.'

'Hoezo?'

'Ik vind zijn lichaam geweldig en hij is fantastisch in bed,' antwoordde ze, wetend dat het hem niets aanging en geen moeite doend om haar sarcasme te verbergen.

Margolis grijnsde, maar zonder enige humor. 'Voor we beginnen zal ik eerst de grondregels vertellen. Ten eerste: het feit dat je hier überhaupt bent, komt alleen maar doordat ik tegen je heb gezegd dat ik je aantijgingen zou onderzoeken, en omdat ik tegen je heb gezegd dat je nog van me zou horen. Omdat je banden waren stukgesneden in combinatie met mogelijke overtredingen wegens stalken is dit potentieel een strafrechtelijk onderzoek, en in dergelijke gevallen worden er over het algemeen geen mededelingen gedaan over lopende onderzoeken. Echter, omdat er ook een mogelijkheid is tot een civíéle procedure – een omgangsverbod volgens paragraaf 50 c van de Statuten van de staat North-Carolina – kies ik er toch voor om een en ander met je te bespreken en je naar mijn inzicht op de hoogte te houden. Houd ook in gedachten dat aangezien Lester Manning géén omgangsverbod opgelegd heeft gekregen, hij – net als ieder ander – een zeker vanzelfsprekend recht op privacy heeft. Met andere woorden: ik zal je vertellen wat ik denk dat belangrijk is, maar ik zal niet noodzakelijkerwijs alles vertellen wat ik weet. Ik wil er ook aan toevoegen dat het meeste wat ik gedaan heb via de telefoon is gebeurd. Ik heb voor een paar dingen moeten vertrouwen op een bevriende rechercheur in Charlotte, en eerlijk gezegd weet ik niet hoeveel meer ik van hem zal kunnen vragen. Hij heeft al veel moeite gedaan, en net als ik heeft hij andere zaken die hogere prioriteit hebben. Begrijp je dat?'

'Ja.'

'Mooi,' zei hij. 'Eerst zal ik met je doornemen voor welke aanpak ik heb gekozen, en dan een beetje over wat ik te weten ben gekomen.' Hij sloeg de map open en haalde zijn aantekeningen eruit. 'Mijn eerste stap was om me vertrouwd te maken met alle achtergrondinformatie, dus heb ik de relevante politiedossiers bestudeerd. Dat omvatte alles wat te maken had met de eerste aanslag op Cassie Manning, de arrestatie en veroordeling van Gerald Laws, rechtbankverslagen en ten slotte informatie met betrekking tot de moord op Cassie Manning. Daarna heb ik jouw eerste aangifte van het stalken bekeken – die je had gedaan nadat je de briefjes had gekregen in Charlotte – en heb ik gesproken met de agent die de leiding had in die zaak. Dinsdagavond pas begon ik het gevoel te krijgen dat ik het allemaal een beetje door begon te krijgen.

'Goed, wat Lester Manning betreft kan ik veilig vertellen wat je waarschijnlijk zelf ook te weten zou kunnen komen met een eenvoudige zoektocht in de openbare bestanden.' Hij sloeg zijn blik weer neer. 'Hij is vijfentwintig jaar oud en ongetrouwd. Heeft de middelbare school afgemaakt. Hij bezit geen onroerend goed en er staan geen auto's op zijn naam geregistreerd. Het telefoonnummer en adres waaronder hij staat vermeld zijn hetzelfde als die van zijn vader. Dat gezegd hebbende, weet ik niet hoeveel tijd hij daar daadwerkelijk doorbrengt.'

Maria stond op het punt een vraag te stellen, maar Margolis stak zijn hand op om haar tegen te houden.

'Laat me even uitpraten, oké? Over een paar minuutjes zul je begrijpen waarom ik dat zeg. Goed, ik kan de volgende hoeveelheid informatie met je delen omdat ik denk dat het belangrijk is voor het omgangsverbod, maar ik ga niet diep in op de details, want die zouden wel of niet van belang kunnen zijn voor een eventueel toekomstig strafrechtelijk onderzoek, oké?' Hij wachtte niet op het antwoord. 'Sinds Cassies dood heeft Lester een paar keer problemen gehad met de politie. Hij is vier keer gearresteerd, maar niet voor gewelddadige of gevaarlijke zaken. Het zijn allemaal niet heel zware overtredingen: huisvredebreuk, vandalisme, verzet bij aanhouding. Dat soort dingen. Het blijkt dat Lester een voorliefde heeft voor het kraken van leegstaande huizen. In elke zaak is de aanklacht uiteindelijk ingetrokken. Ik heb me niet verdiept in de redenen, maar in dit soort zaken is het gewoonlijk omdat er weinig daadwerkelijke schade was.'

Naast haar zag Maria Colin op zijn stoel heen en weer schuiven.

'Behalve dat ben ik niet veel te weten gekomen, dus heb ik dokter Manning gebeld, Lesters vader. Ik heb een boodschap achtergelaten, en tot mijn verbazing kreeg ik binnen een paar minuten een telefoontje terug. Ik vertelde wie ik was en zei tegen dokter Manning dat ik hoopte met zijn zoon te kunnen spreken, en ik kan zeggen dat hij heel behulpzaam was en toeschietelijker dan ik had verwacht. Onder andere gaf hij me aan het eind van ons tweede gesprek toestemming om jou alles over mijn gesprek met hem te vertellen. Verbaast dat je?'

Maria deed haar mond open en deed hem toen weer dicht, niet goed wetend wat ze moest zeggen. 'Zou ik verbaasd moeten zijn?' vroeg ze uiteindelijk.

'Ik was het wel,' zei Margolis, 'vooral gezien de manier waarop je hem aan me had beschreven. Maar hoe dan ook, toen ik hem vroeg of hij wist waar ik Lester zou kunnen vinden, vroeg hij me de reden en ik vertelde hem dat het aangaande een politiezaak was. Waarop hij antwoordde, en ik citeer: "Heeft dit iets te maken met Maria Sanchez?"'

Margolis liet de woorden even in de lucht hangen voor hij verderging. 'Toen ik hem vroeg waarom hij je naam noemde, zei hij dat het niet de eerste keer was dat je Lester ervan beschuldigde je te stalken. Hij zei dat nadat zijn dochter vermoord was, je dezelfde beschuldiging had geuit met betrekking tot enkele verontrustende briefjes die aan jou waren gestuurd. Hij benadrukte dat zijn zoon, Lester, toen niet verantwoordelijk was geweest, en dat hij zeer betwijfelde of hij verantwoordelijk was voor alles wat je nu beweerde. Hij zei ook dat ik tegen je moest zeggen dat hoewel hij het idee heeft dat je een vergissing hebt gemaakt door te kiezen voor de minder zware aanklacht, hij zich er terdege van bewust is dat Gerald Laws verantwoordelijk was voor Cassies dood, en dat noch hij noch zijn zoon jou de schuld geeft voor wat er is gebeurd.'

'Hij liegt.'

Margolis negeerde haar opmerking. 'Hij vertelde me dat hij op het ogenblik geen patiënten aanneemt, en legde uit dat hij momenteel in Tennessee voor de staatsgevangenis werkt. Hij zei dat hij Lester al weken niet had gesproken, maar dat Lester de sleutel van het huis had en af en toe in het appartement boven de garage slaapt. Hij zei dat ik Lester daar waarschijnlijk zou kunnen vinden. Toen ik vroeg wat hij bedoelde met "af en toe", was dokter Manning even stil, en toen hij weer begon te praten, kreeg ik het gevoel dat ik een gevoelige plek had geraakt. Hij zei tegen me dat Lester "een beetje een nomade" was en dat er momenten zijn dat hij geen idee heeft waar Lester slaapt. Ik denk dat hij doelde op Lesters gewoonte om in leegstaande huizen te slapen. Toen ik aandrong, voegde hij eraan toe dat hij en zijn zoon de laatste tijd wat van elkaar zijn vervreemd, en voor het eerst klonk hij bijna... verontschuldigend. Hij herinnerde me eraan dat Lester een volwassen man was en zelf zijn beslissingen nam, en dat hij als vader maar beperkte invloed had. Hij voegde er ook aan toe dat als Lester niet in het appartement was, ik de meeste kans zou hebben als ik hem op zijn werk zou zoeken. Een bedrijf dat Ajax Cleaners heette. Het was een schoonmaakbedrijf met veel zakelijke klanten. Hij had het telefoonnummer niet een-twee-drie bij de hand, maar het was gemakkelijk genoeg te vinden, en dus was mijn volgende stap dat ik met de eigenaar ging praten, een man die Joe Henderson heette.'

Margolis keek op van zijn aantekeningen. 'Is alles tot nu toe duidelijk?'

Toen Maria knikte, ging Margolis verder.

'Toen ik met meneer Henderson sprak zei hij dat Lester geen fulltime- of zelfs maar parttimewerknemer was. Hij werkte als oproepkracht; iemand die diensten kon draaien wanneer ze een tekort aan personeel hadden of zoiets.'

'Hoe konden ze hem bellen als hij geen telefoon heeft?'

'Die vraag heb ik ook gesteld. Hoe het werkt is dat ze openstaande diensten op de werknemerssectie van hun website posten; Henderson zei dat het gemakkelijker was om een lijst met mensen te hebben en ze zelf te laten checken dan altijd veel moeite te moeten doen om ervoor te zorgen dat de diensten gevuld werden. Ik had het idee dat er aardig wat mensen zijn die de lijst regelmatig checken. Hoe dan ook, Lester werkte soms twee of drie avonden per week, maar de afgelopen weken heeft hij helemaal niet gewerkt. En meneer Henderson heeft ook niets van hem gehoord. Dat vond ik interessant, dus heb ik een paar keer naar het huis gebeld, maar niemand nam op. Uiteindelijk heb ik die vriend van me erheen gestuurd, en voor zover hij kon zien was er minstens een week lang niemand in het huis of het appartement geweest. Er lagen folders in de brievenbus, kranten op de veranda, dat soort dingen. Dus legde ik voor de tweede keer contact met dokter Manning. En dit is waar het wel een beetje interessant begint te worden.'

'Omdat u hem niet kon bereiken?'

'Integendeel,' zei hij. 'Opnieuw liet ik een boodschap achter en opnieuw werd ik binnen een paar minuten teruggebeld. Toen ik dokter Manning vertelde dat Lester niet op zijn werk was geweest en dat het er niet op leek dat er iemand in het huis of het appartement was geweest, maakte zijn verbazing plaats voor bezorgdheid. Hij vroeg weer wat voor politie-affaire het was – dat had ik hem nog niet verteld – en ik vermeldde dat ik een zaak onderzocht waarbij autobanden waren stukgesneden. Hij hield vol dat Lester zoiets nooit zou doen. Hij zei dat zijn zoon niet gewelddadig was; eerder doodsbang voor elk soort conflict. Hij gaf ook toe dat hij tijdens het vorige gesprek niet zo mededeelzaam was geweest over Lester als hij had kunnen zijn. Toen ik vroeg wat hij bedoelde, vertelde hij me dat Lester...' Margolis haalde een blad uit het dossier, '... lijdt aan een waanstoornis, meer specifiek "achtervolgingswaan van het niet-bizarre type". Hoewel zijn zoon over het algemeen heel lange tijd normaal kan functioneren, zijn er momenten dat de stoornis een acutere fase in gaat, die soms langer dan een maand kan duren. In Lesters geval komt het voort uit het incidentele gebruik van verboden middelen.'

Margolis keek op. 'De dokter ging nog wat dieper in op de bijzonderheden van Lesters stoornis – veel dieper dan ik hoefde te weten zelfs – maar hier komt het in het kort op neer: wanneer Lester in een acute fase zit – als de stoornis overgaat van eenvoudige paranoia naar daadwerkelijke wanen – houdt Lester op helemaal normaal te functioneren. Op deze momenten gelooft Lester sterk dat de politie eropuit is om hem te pakken te krijgen en dat ze nergens voor zullen terugdeinzen om hem voor de rest van zijn leven in de cel te stoppen. Hij is ervan overtuigd dat ze hem pijn willen doen, en hij is ervan overtuigd dat ze andere gevangenen tegen hem op zullen zetten. En hij heeft dezelfde wanen over jou.'

'Dat is belachelijk. Lester is mij aan het stalken geweest!'

'Ik vertel alleen maar wat de dokter tegen me heeft gezegd. Hij vertelde me ook dat Lester een aantal keren is gearresteerd. Dat was altijd tijdens een acute fase, wat de reden was waarom hij zich verzette tegen zijn arrestatie. De politie gebruikte meestal tasers om hem te bedwingen, en dokter Manning voegde eraan toe dat Lester bij twee verschillende gelegenheden is geslagen door andere gevangenen toen hij opgesloten zat. Dat past, tussen twee haakjes, bij wat ik zei over mijn eerdere vermoeden waarom de aanklachten werden ingetrokken. Ik vermoed dat Lester niet bij zijn volle verstand was en dat het niet lang duurde voordat iedereen dat doorkreeg.'

Margolis slaakte een zucht. 'Maar terug naar dokter Manning. Zoals ik al zei klonk hij bezorgd en hij zei dat als Lester niet thuis was of regelmatig werkte, hij waarschijnlijk in een acute fase zat. Wat ook betekende dat hij waarschijnlijk op een van twee mogelijke plekken was: ofwel ergens verscholen in een of ander leegstaand huis, ofwel in Plainview, een psychiatrisch ziekenhuis. Lester heeft zich daar in het verleden meerdere malen gemeld, en sinds zijn moeder is overleden vaker. In haar testament heeft ze een som geld nagelaten die groot genoeg was om de kosten van zijn behandeling daar te dekken. Het is duur, trouwens. Ik kon geen antwoorden krijgen via de telefoon, dus heb ik mijn vriend weer gebeld en gevraagd of hij persoonlijk naar Plainview wilde gaan. Dat heeft hij vanochtend gedaan, ongeveer een uur voordat ik je belde. En inderdaad, Lester Manning is op dit moment een patiënt daar. Hij heeft zich vrijwillig aangemeld, maar dat is ongeveer het enige wat de rechercheur me kon vertellen. Zodra Lester erachter kwam dat een rechercheur hem wilde spreken over Maria Sanchez werd hij gewoon... Hij draaide helemaal door. Mijn vriend kon hem horen schreeuwen in de gang en voor hij het wist snelden er een paar bewakers in die richting. Zoals ik al zei: interessant, vind je niet?'

Maria wist niet zo goed wat ze moest zeggen. In de stilte hoorde ze Colins stem.

'Wanneer is hij opgenomen in het ziekenhuis?'

Margolis' blik ging naar Colin.

'Dat weet ik niet. Daar kon die vriend van me niet achter komen. Medische dossiers zijn vertrouwelijk en dat soort informatie kan alleen met toestemming van de patiënt worden vrijgegeven. Het was duidelijk dat dat niet ging gebeuren. Tenminste, niet op dat moment. Maar die vriend verstaat zijn vak, dus vroeg hij het aan een van de andere patiënten, en die vent zei dat hij dacht dat Lester er vijf of zes dagen was. Uiteraard moet je die informatie met een korreltje zout nemen, gezien de bron.'

'Met andere woorden, het is mogelijk dat Lester de banden heeft stukgesneden en de briefjes heeft achtergelaten.'

'Of misschien was hij in het ziekenhuis. En als hij in het ziekenhuis was, dan is het duidelijk dat het niet Lester was.'

'Hij moet het zijn geweest,' hield Maria vol. 'Ik zou niet weten wie het anders kon zijn.'

'Wat dacht je van Mark Atkinson?'

'Wie?'

'Cassies vriend. Want hem heb ik ook onderzocht. Het blijkt dat hij misschien wel, misschien niet vermist wordt.'

'Wat betekent dat?'

'Ik ben nog steeds steeds bezig met het voorbereidende werk daaraan, maar dit is wat ik je kan vertellen. Mark Atkinsons moeder heeft een maand geleden gemeld dat haar zoon vermist werd. Maar nadat ik met de rechercheur had gesproken en vlak voordat ik jou belde, heb ik met haar gesproken om meer informatie te krijgen, en ik weet nog niet wat ik ervan moet denken. Ze vertelde me dat hij haar in augustus een e-mail had gestuurd waarin hij zei dat hij op internet iemand had ontmoet en dat hij zijn baan zou opzeggen en naar Toronto ging om haar in levenden lijve te ontmoeten. Ze had geen idee wat ze daarmee aan moest, maar in de e-mail zei hij dat ze zich niet ongerust moest maken. Hij zei dat hij de huur vooruit had betaald en dat andere rekeningen online werden betaald. De moeder zegt dat ze een paar uitgeprinte brieven van hem heeft gekregen waarin stond dat hij een autoreis aan het maken was met die vrouw, waarvan er één een poststempel had uit Michigan en een andere een uit Kentucky, maar volgens haar waren ze – en ik citeer – "vaag, vreemd en onpersoonlijk, en niet iets wat mijn zoon zou schrijven". Afgezien daarvan is er geen contact met hem geweest, en ze houdt vol dat hij vermist wordt. Ze zegt dat hij haar zou hebben gebeld of ge-sms't, en dat het feit dat hij dat niet heeft gedaan betekent dat er iets met hem is gebeurd.'

De nieuwe informatie deed Maria's hoofd duizelen, en ze kon maar nauwelijks blijven zitten. Zelfs Colin leek niet te weten wat hij moest zeggen.

Margolis keek van de een naar de ander. 'Dus zo ver ben ik gekomen. Als je wilt weten wat mijn plan is voor de komende tijd: ik ga de brave dokter nog een keer bellen en kijken of hij zijn invloed een beetje kan aanwenden om erachter te komen wanneer Lester is opgenomen. Of nog beter, zijn zoon toestemming laten geven aan de dokters van Plainview om het mij te vertellen. Afhankelijk van wat ik daar te weten kom, zal ik wel of niet die zaak van Mark Atkinson kunnen onderzoeken. Maar eerlijk gezegd is dat een hoop heen-en-weergereis, en nogmaals: ik weet niet hoeveel meer tijd ik hieraan kan besteden.'

'Het is Atkinson niet,' herhaalde Maria. 'Het is Lester.'

'Als dat het geval is zou ik me voorlopig geen zorgen maken.'

'Waarom zegt u dat?'

'Omdat,' zei hij eenvoudig, 'Lester, zoals ik al heb verteld, in het ziekenhuis is.'

'Het klopt gewoon niet,' zei Maria tegen Colin. Ze stonden op de parkeerplaats, terwijl de zon tevoorschijn kroop van achter dunne wolkenslierten. 'Ik heb Mark Atkinson nooit ontmoet. Ik heb nooit met hem gesproken. Voor zover ik weet heb ik hem zelfs nog nooit gezien. Waarom zou hij me stalken? Hij had niet eens iets met Cassie toen Laws de gevangenis in ging. Hij kwam pas later in beeld. Het klopt gewoon niet.'

'Ik weet het.'

'En waarom zou Lester in godsnaam denken dat ik eropuit ben om hem te pakken te krijgen?'

'Het is een waan.'

Ze keek weg, en haar stem werd zachter. 'Ik haat dit. Ik bedoel, ik heb het gevoel alsof ik nog minder weet dan voor ik hier vandaag heen kwam. En nu heb ik geen idee wat ik moet doen, of zelfs wat ik hier allemaal van moet denken.'

'Ik weet ook niet goed wat ik ervan moet maken.'

Ze schudde haar hoofd. 'O, ik ben je nog één ding vergeten te vertellen. Ik heb het etentje met Jill en Leslie vanavond moeten afzeggen omdat mijn moeder jarig is. Ik ben vanavond bij mijn ouders terwijl jij op je werk bent.'

'Wil je dat ik langskom als mijn dienst erop zit?'

'Nee. Dan is het diner al voorbij. Mijn vader maakt het eten – het is de enige keer in het jaar dat hij daadwerkelijk kookt – maar het heeft niet zo veel om het lijf. We zijn gewoon met zijn viertjes.'

'Blijf je daar slapen? Of ga je terug naar je flat?'

'Ik zit eraan te denken om naar huis te gaan. Het wordt waarschijnlijk wel weer eens tijd, vind je ook niet?'

Colin was even stil. 'Wat vind je ervan als ik je daar zie? Blijf gewoon bij je ouders en dan bel ik je als mijn dienst erop zit.'

'Vind je dat niet vervelend?'

'Helemaal niet.'

Ze slaakte een zucht. 'Het spijt me dat zodra het begon te klikken tussen ons, dit allemaal moest gebeuren. Ik vind het vervelend dat je dit over je heen krijgt.'

Hij kuste haar. 'Ik zou niet anders willen.'

21

Colin

Toen hij thuiskwam haalde Colin de computer uit zijn boekentas en zette hem op de keukentafel. Hij was net zo in de war over de hele situatie als Maria, en zijn eerste impuls was om te proberen zo veel mogelijk te weten te komen.

De eerste stap was om de geestestoestand van Lester Manning te doorgronden. Of beter gezegd: *achtervolgingswanen van het niet-bizarre type*. Hij had Margolis er meer over willen vragen toen het aan de orde kwam, maar het was niet aan hem om het te vragen, en Maria had het achterwege gelaten. Gelukkig waren er tientallen internetpagina's over het onderwerp, en hij bracht het anderhalve uur daarna door met het doorspitten daarvan.

Hij had de indruk gehad dat de stoornis net zoiets was als schizofrenie, maar hoewel bepaalde symptomen als hallucinaties en wanen gangbaar waren bij beide soorten patiënten werd bij een patiënt toch hetzij schizofrenie hetzij een waanstoornis gediagnosticeerd. Bij schizofrenie kwamen vaak ook onsamenhangende spraak of wanen van het bizarre type voor. *Bizar* betekende onmogelijk; de overtuiging dat de patiënt kon vliegen, de gedachten van andere mensen kon lezen of stemmen kon horen die zijn handelingen aanstuurden. Niet-bizarre wanen – het soort waaraan Lester leed – waren tenminste wel aannemelijk, maar onwaar.

In Lesters geval, ervan uitgaande dat hij aan een waanstoornis leed, was het min of meer logisch dat hij ervan overtuigd was dat de politie het op hem had gemunt. Volgens Avery Manning had de politie tasers tegen hem gebruikt en hem in de gevangenis gegooid; toen hij daar zat, was hij door andere gevangenen in elkaar geslagen. En uiteindelijk was de aanklacht ingetrokken, wat bij Lester misschien zijn overtuiging had gesteund dat hij überhaupt niet de gevangenis in had gehoeven.

Zijn paranoia aangaande Maria was ook logisch, gaf Colin toe, als aannemelijkheid het enige criterium was. Niet alleen was het Maria niet gelukt om Cassie te beschermen, maar als Lester de briefjes niet had geschreven – zoals Dr. Manning volhield – dan had Maria tot twee keer toe onterecht de politie achter hem aan gestuurd. Niet slechts één keer, maar nu al twee keer...

Waar Margolis ook gelijk in had gehad, was dat een persoon met de stoornis over het algemeen normaal kon functioneren, afhankelijk van de ernst van de stoornis. Het spectrum van wanen kon uiteenlopen van iets eenvoudigs als te veel waarde hechten aan bepaalde ideeën tot een bijna-psychose; in een paar andere artikelen werd beweerd – precies zoals Avery Manning aan Margolis had verteld – dat wanen niet onveranderlijk waren. Ze konden wisselen in intensiteit en konden worden verergerd door het gebruik van bepaalde drugs.

Toch, hoezeer alles wat hij las ook logisch leek, en hoewel hij begreep dat Lester zijn wanen echt geloofde... waren er aspecten van de stoornis die in zijn ogen niet strookten. Als Lester doodsbenauwd was voor Maria, zou hij haar dan rozen hebben gestuurd? Zou hij een drankje voor haar hebben besteld? En als dat een soort van zoenoffers waren, waarom zou hij dan die boodschap erbij hebben gevoegd? Waarom iemand kwellen als je met rust gelaten wilde worden? En waarom zou je naar Wilmington komen om dat te doen? Zou hij niet zo veel mogelijk afstand tussen hen hebben willen houden?

Aanvankelijk had Colin zich afgevraagd waarom Margolis de moeite had genomen om Mark Atkinson te onderzoeken, maar Margolis was slim genoeg om dezelfde inconsequenties te herkennen en zich af te vragen hoe ze met elkaar in overeenstemming gebracht konden worden. Daarom had hij Atkinsons moeder gebeld, en vanaf dat moment werd het verhaal zelfs nog verwarrender.

Het blijkt dat hij misschien wel, misschien niet vermist wordt.

Hoe vaag het ook was, Margolis had het wel correct omschreven. Een snelle zoektocht bracht een foto naar boven van een vermistepersonenaffiche op Pinterest, ongetwijfeld gemaakt door Atkinsons moeder. Afgezien daarvan was er helemaal niets te vinden. Hij zou natuurlijk hetzelfde soort zoektocht kunnen uitvoeren als hij voor Lester Manning had gedaan, maar wat had dat voor zin? Volgens Margolis was elke informatie die bruikbaar zou kunnen zijn niet meer betrouwbaar vanaf de datum dat Mark Atkinson naar Toronto was vertrokken. Of vermist werd.

Of als hij niet vermist was, hield hij zich dan misschien schuil?

Colin had het idee dat Margolis het als een mogelijkheid beschouwde. De timing was te toevallig om het géén mogelijkheid te laten zijn. Maar Maria had ook een goed punt. Waarom zou hij haar als doelwit kiezen? Volgens haar had ze de man zelfs nog nooit ontmoet.

Colin deed de computer dicht en bleef nadenken over de vragen, tot hij tot de conclusie kwam dat hij zijn geest leeg moest maken, en hij kende maar één manier om dat te doen.

Hij rende de tien kilometer naar de sportschool en bracht er een uur door met gewichtheffen, en sloot af met een half uur stoten tegen de zware bokszak. Omdat er geen lessen waren was de sportschool relatief rustig. Daly lette op hem als dat nodig was en hield een paar minuten de zak vast, maar afgezien daarvan bracht hij het grootste deel van zijn tijd in het kantoor door.

Hij rende naar huis, nam een douche, trok zijn werkkleren aan en reed naar zijn werk. In de auto dacht hij na over dezelfde vragen als eerst. Misschien stonden zijn defensieve instincten gewoon op scherp, maar om de een of andere reden kon hij het gevoel niet afschudden dat er binnenkort iets ergs stond te gebeuren.

22

Maria

Na het gesprek met Margolis ging Maria weer terug naar kantoor. Haar hoofd duizelde van alles wat ze te weten was gekomen. Ze ging eerst langs bij Jill om haar het laatste nieuws te vertellen, maar Jill was nog niet terug van de lunch. Maria bedacht dat ze nog niet had gegeten, maar aan de andere kant moest ze er ook niet aan denken om te eten.

Stress. Als het zo doorging zou ze een heel nieuwe garderobe moeten kopen in een kleinere maat of alles moeten laten vermaken; haar kleren begonnen nu al te wijd te worden.

Barney was eindelijk weer op kantoor, al bracht hij de volgende drie uur door achter gesloten deuren, waar hij gesprekken voerde met de ene paralegal na de andere. Ze nam aan dat hij sollicitatiegesprekken hield voor een vervangster van Lynn – die wat Maria betrof niet snel genoeg kon komen – en hoewel ze een paar vragen voor hem had over de ziekenhuiszaak, wist ze dat ze hem beter niet kon storen. In plaats daarvan begon ze haar vragen op een rijtje te zetten, aantekeningen makend in de kantlijn van de klacht, tot ze uiteindelijk geklop op haar deur hoorde. Toen ze opkeek zag ze Barney in de deuropening staan.

'Hoi, Maria. Zou je even bij me in mijn kantoor willen komen?' vroeg hij.

'O, hé, Barney,' zei ze. Ze pakte haar papieren en stopte ze terug in het dossier, met een gevoel van opluchting. 'Goddank. Ik hoopte dat ik even met je kon praten over de klacht. Ik zat te denken dat er twee benaderingen zijn die we kunnen nemen, en ik wilde er zeker van zijn wat je van plan was te doen voordat ik me er echt in vastbeet.'

'Dat kun je voorlopig wel even laten liggen,' zei hij. 'We zullen de zaak later bespreken. Kom je mee? Ik heb iets wat we moeten bespreken in mijn kantoor.'

Ondanks Barneys ogenschijnlijk vriendelijke manier van doen lag er iets in de toon van zijn stem waardoor ze op haar hoede was toen ze opstond van achter haar bureau. Waar hij ook met haar over wilde praten, dacht ze plotseling, het was niets goeds.

Barney bleef een halve pas achter haar lopen om te vermijden dat ze over koetjes en kalfjes zouden hoeven praten, en pas toen ze zijn deur bereikten, kwam hij naast haar lopen. Zoals altijd als een echte heer – zelfs als hij op het punt stond om iemand de huid vol te schelden, ongetwijfeld – deed hij de deur voor haar open en gebaarde hij naar de stoel met de hoge rugleuning tegenover zijn bureau die het verst van het raam stond. Pas toen ze dichter bij de stoelen kwam, zag ze wie er al in een ervan zat. Plotseling bleef ze staan.

Ken.

Intussen was Barney om zijn bureau heen aan het lopen. Ze bleef staan waar ze stond, zelfs toen Barney drie glazen water begon in te schenken uit een kan op zijn bureau.

'Alsjeblieft,' zei hij, gebarend dat ze moest gaan zitten. 'Je hoeft je nergens ongerust over te maken. We zijn hier gewoon voor een vriendelijk gesprek.'

Ik zou gewoon tegen ze moeten zeggen: *Nee, bedankt*, en de deur uit lopen, dacht ze plotseling. Wat gingen ze doen? Haar ontslaan? En toch kwamen de oude gewoonten – respect hebben voor ouderen en haar baas gehoorzamen – weer bovendrijven. Toen ze ging zitten voelde ze dat ze bijna op de automatische piloot overging.

'Wil je een glas?' vroeg Barney. Uit haar ooghoek zag ze dat hij haar bekeek.

'Nee, dank je.' Ze kon nog steeds weglopen, zei ze tegen zichzelf, maar...

'Fijn dat je bij ons bent komen zitten, Maria.' Barneys zuidelijke accent was net iets uitgesprokener dan gewoonlijk en het tempo waarmee hij praatte net iets trager. Het was dezelfde manier van praten als hij in de rechtszaal gebruikte. 'En ik ben ervan overtuigd dat je je afvraagt waarom we je hebben gevraagd om erbij te komen zitten. Nou...'

'Je zei dat er iets was waar wé over moesten praten,' onderbrak ze hem. 'In de zin van wij tweeën.'

Barneys gezicht betrok heel even toen zijn verbazing dat hij onderbroken werd zichtbaar was, maar het duurde maar kort. Hij glimlachte. 'Pardon?'

'Je zei "we", als in jij en ik. Je zei niet dat er nog iemand bij zou zijn.'

'Natuurlijk,' zei hij, en zijn stem werd weer glad. 'Je hebt gelijk. Ik vroeg aanvankelijk of je bij míj wilde komen. Mijn excuses dat ik me verkeerd heb uitgedrukt.'

Hij bood een opening voor haar om op te reageren – ongetwijfeld in de verwachting dat ze zou zeggen dat het geen punt was – maar Colin zou waarschijnlijk niets hebben gezegd, dus deed zij dat ook niet. Ik leer het al, dacht ze.

Barney vouwde zijn handen open. 'Het lijkt me dat we maar het beste meteen ter zake kunnen komen dan, om je tijd niet te verdoen met inleidende opmerkingen. Het laatste wat ik zou willen is dat deze bijeenkomst je werkdag nog langer zou maken.'

'Oké.' Inwendig glimlachte ze.

Opnieuw was het niet wat hij had verwacht dat ze zou zeggen, maar Barney was een meester in het zich herpakken. Hij schraapte zijn keel. 'Ik neem aan dat je op kantoor de geruchten hebt gehoord aangaande potentiële aantijgingen van verscheidene werkneemsters tegen Ken Martenson. Aantijgingen overigens die niet gestoeld zijn op feiten.'

Hij wachtte, maar deze keer zei ze helemaal niets.

'Heb ik gelijk?' vroeg hij uiteindelijk.

Ze keek even naar Ken en toen weer terug naar Barney. 'Dat weet ik niet.'

'Je weet niet of je de geruchten hebt gehoord?'

'O, ik heb de geruchten wel gehoord,' zei ze.

'Wat weet je dan niet?'

'Ik weet niet of de aantijgingen gestoeld zijn op feiten of niet.'

'Ik kan je verzekeren, Maria, dat zijn ze niet.'

Ze wachtte een paar tellen. 'Oké.' Colin zou trots op haar zijn op dit moment, dacht ze. En bovendien begon ze te begrijpen hoe het gebruik van het woord 'oké' de machtsdynamiek in de kamer deed verschuiven. Of tenminste de toon zette die ze wilde, zelfs al vond Barney het niet leuk. Dat vond hij ook niet, maar hij was professioneel genoeg om het te verbergen, en hij praatte gewoon verder op de lijzige en langzame toon die hij ook in de rechtszaal gebruikte.

'Omdat meneer Martenson onze algemeen directeur is, is de firma van plan deze aantijgingen aan te vechten op welke manier de firma maar het beste acht. Daaronder verstaan we ook het voeren van een rechtszaak. Uiteraard worden zaken zoals deze, zoals je heel goed weet, als er reputaties op het spel staan, gewoonlijk in der minne geschikt om langdurige, kostbare en afleidende juridische procedures te vermijden. In dit bijzondere geval zou een eventuele schikking geen afspiegeling zijn van de waarachtigheid van de claims, maar meer van de tijd, het geld en het ongemak die gemoeid zouden zijn met het aanvechten van de beschuldigingen. Uiteraard zou een schikking – als er al een schikking komt – verzegeld en vertrouwelijk zijn.'

Maria knikte, denkend: kom nou maar ter zake. Waarom heb je me gevraagd hier te komen?

'Ik weet zeker dat ik meneer Martensons uitmuntende reputatie niet met je hoef door te nemen. Degenen die hem het beste kennen – mensen zoals jij en ik – weten dat hij altijd het belang van de firma op de eerste plaats heeft staan in zowel zijn daden als zijn gedachten. Hij heeft geweldige offers gebracht en het is gewoonweg niet mogelijk dat hij iets zou doen wat ofwel de firma ofwel zijn eigen reputatie in gevaar zou brengen. De aantijgingen, kan ik daaraan toevoegen, zijn absurd. In zijn bijna dertig jaar omspannende carrière als advocaat in onze gemeenschap heeft geen enkele claim van seksuele intimidatie zelfs maar het daglicht gezien in een rechtszaal. Dertig jaar van hard werken, die nu in gevaar zijn gebracht omdat er mensen op de wereld zijn die eenvoudigweg hebberig zijn.'

Claims die nooit het daglicht hebben gezien omdat ze geschikt werden, dacht Maria.

'Helaas is het zo dat als er ergens een pot met geld is, er altijd mensen zijn die van zichzelf vinden dat ze er recht op hebben. In sommige gevallen kunnen die mensen gewoon ronduit liegen; in andere gevallen verbuigen ze de waarheid met een verhaal dat past bij hun agenda. In weer andere gevallen interpreteren mensen gedrag dat vrijwel ieder ander als onschuldig zou beschouwen gewoon verkeerd. Het is mijn overtuiging dat een beetje van alle drie is wat er hier gebeurt, en dat heeft geleid tot – plat gezegd – een wilde vreetpartij. Sommige mensen – die hebberige haaien – ruiken nu bloed in het water en willen ervoor zorgen dat ze hun "rechtmatige deel" krijgen, omdat ze geloven dat het een aangeboren recht is. Maar in onze rechtmatige grondwet staat niet dat je je iemand anders' eigendom mag toe-eigenen omdat je gelooft dat het altijd al van jou had horen te zijn. Hebzucht. Het is iets vreselijks, iets afschuwelijks, en te vaak heb ik goede mensen erdoor geschaad zien raken, zelfs mijn eigen familie. Mijn buren – fijne, kerkgaande mensen, let wel – zijn geruïneerd door hebzuchtige mensen. Maar nu, op mijn oude dag, voel ik gewoonlijk niet zozeer boosheid als wel eenvoudig medelijden voor ze. Hun leven is leeg en ze geloven dat ze die leegte kunnen vullen met de centen uit andermans zakken. Maar ja, evengoed staat meneer Martensons reputatie op het spel, evenals de goede naam van onze firma, en ik heb het gevoel dat ik de verantwoordelijkheid heb – zelfs de plicht – om ervoor te zorgen dat zowel meneer Martenson als de firma de stevigst mogelijke verdediging krijgt.'

Hij was goed, dacht Maria, zelfs terwijl hij zelf de waarheid verboog. Ze kon wel begrijpen waarom hij geliefd was bij jury's.

'Uiteraard weet ik zeker dat jij integriteit en het handhaven van de uitstekende reputatie van onze firma net zo belangrijk vindt. Maar ik moet je zeggen dat ik bang ben, Maria. Ik ben bang omwille van de andere mensen hier. Je collega's. Je vrienden. De jonge gezinnen met hypotheken en gasrekeningen. Hun baby's en hun kinderen. Ik voel een verplichting naar hen toe om alle vaardigheden die de Heer me heeft gegeven te gebruiken in de hoop dat rechtvaardigheid, eerlijkheid en goedheid kunnen zegevieren over slechtheid en hebzucht. Maar aan de andere kant ben ik maar een oude man die geen voeling meer heeft met hoe de dingen tegenwoordig werken, dus wat weet ik nou eigenlijk?'

Toen Barneys stem wegstierf nadat hij de 'zeer verontrust'-kaart had gespeeld, had Maria bijna de neiging om te applaudisseren. In plaats daarvan hield ze een pokerface op. Na verloop van tijd zuchtte Barney en ging hij verder.

'Ik ken jou, Maria. En ik weet dat je je net zo zorgen maakt als ik. Je bent een te goede persoon om niet bang te zijn omwille van al je vrienden en collega's hier. En ik weet dat je ze zult willen helpen, omdat je net zomin verlangt naar een verdraaiing van het recht als ik. Onze firma – wij allemaal – moet als één front opstaan tegen deze... deze hébzuchtzaaiers die zichzelf hebben wijsgemaakt dat ze recht hebben op jóúw zuurverdiende geld, ook al hebben ze zelf niets gedaan om het te verdienen.'

Hij schudde zijn hoofd.

'We willen alleen maar dat de waarheid aan het licht komt, Maria. Dat is alles. Alleen maar de eenvoudige, zuivere waarheid. En dat is waarom jij hier bent. Omdat ik je hulp nodig heb.'

Nu komt het, dacht Maria.

'Het enige wat we van je vragen is hetzelfde als we van al onze werknemers vragen. We willen dat je een attest tekent waarin gewoon de waarheid is opgetekend: dat je het grootste respect hebt voor de reputatie van meneer Martenson, en dat je er tijdens jouw dienstverband bij de firma nooit getuige van bent geweest, of zelfs hebt gehoord dat meneer Martenson zich inliet met iets wat op enigerlei wijze uitgelegd zou kunnen worden als seksueel aanstootgevend tegenover welke werknemer dan ook. In jouw geval, en voor onze vrouwelijke werknemers, vragen we ook dat ze bevestigen dat ze zich nooit, op wat voor manier dan ook, seksueel geïntimideerd hebben gevoeld, wanneer dan ook.'

Een ogenblik lang kon Maria hem alleen maar aanstaren. Ken, merkte ze, was verder weggezakt in zijn stoel, en voordat ze kon antwoorden ging Barney verder.

'Natuurlijk hoef je dit niet te doen. Uiteindelijk is het helemaal aan jou wat je doet. Er is geen enkele reden om het levensonderhoud van alle anderen in deze firma in overweging te nemen. Het enige wat ik echt van je verlang, is dat je doet wat júíst is.'

Barney was klaar; intussen waren zijn ogen neergeslagen, zijn lichaam in een nederige houding geplaatst. Barney: een drager van rechtvaardigheid in een wereld die hij niet meer begreep, een last torsend die nu eenmaal door iemand gedragen moest worden. Geen wonder dat hij zo veel succes had.

Maar Maria kon niets bedenken om te zeggen. Hoe overtuigend Barney ook was... hij lóóg, en dat wist hij zelf ook. Ze wist ook dat Barney wist dat zij wist dat hij loog, wat betekende dat dit allemaal een spelletje was. Ongetwijfeld wilde hij dat Ken erbij was als een vorm van straf: *Begrijp je tot wat voor niveau ik me heb verlaagd door jou te verdedigen?* Ken zelf had nog geen enkel woord gemompeld.

En toch...

Was het eerlijk naar de rest van het kantoor – die allemaal onschuldig waren – om gestraft te worden? Vanwege één enkele idioot? En hoeveel geld wilden de vrouwen? Ken had haar belaagd en ze had het overleefd. Nog een paar weken later en ze zou het waarschijnlijk helemaal achter zich laten. Na verloop van tijd zou het zelfs onderwerp van grappen kunnen worden. Ken was een eikel, maar het was nou ook weer niet zo dat hij zich exhibitionistisch had gedragen of had geprobeerd haar te betasten in de gang toen ze op de conferentie waren. Hij was te onzeker – te zielig – om zo ver te gaan. Bij haar tenminste. Maar hoe zat het met de anderen die hij had lastiggevallen?

Ze wist het niet, en de behoefte voelend aan uitstel haalde ze diep adem. 'Laat me erover nadenken.'

'Natuurlijk,' zei Barney. 'Ik waardeer je inschikkelijkheid. En denk eraan: iedereen bij de firma, je collega's en je vrienden, wil alleen maar dat je doet wat júíst is.'

Achter haar bureau dwong Maria zichzelf ertoe te staren naar de claim die tegen het ziekenhuis was ingediend, maar om de paar minuten betrapte ze zich erop dat ze het gesprek in haar hoofd opnieuw aan het afspelen was en nadacht over manieren waarop ze beter had kunnen reageren. Ze merkte dat ze zich afvroeg wat Colin zou hebben gedaan…

'Daar ben je.'

In gedachten verzonken keek Maria op en zag Jill in de deuropening staan. 'O, hé…'

'Waar was je?' vroeg Jill. 'Ik kwam een tijdje geleden langs en toen was je niet in je kantoor.'

'Barney wilde me spreken.'

'Dat was te verwachten.' Jill deed de deur achter zich dicht. 'Hoe ging het gesprek met de rechercheur?'

Maria begon Jill op de hoogte te brengen van wat Margolis haar had verteld. Net als Maria wist Jill niet goed wat ze ervan moest denken. Ze stelde dezelfde vragen die Maria had gesteld en bleef achter met hetzelfde gevoel van verwarring.

'Ik weet niet of het goed of slecht nieuws is,' zei Jill uiteindelijk. 'Het is nu verwarrender dan het vanochtend was.'

Dat is niet mijn enige probleem, dacht Maria.

'Waar denk je nu aan?'

'Wat bedoel je?'

'De uitdrukking op je gezicht veranderde net.'

'Eh… ben gewoon terug aan het denken aan mijn gesprek met Barney.'

'En?'

'Ken was er ook.'

Jill knikte. 'Vanwege de rechtszaak?'

'Uiteraard.'

'En laat me raden. Barney was de enige die het woord voerde… en hij legde de zuidelijke charme er dik bovenop en begon te praten over "doen wat juist is"?'

'Je kent hem goed.'

'Helaas wel, ja. En… ben je iets te weten gekomen?'

'Ze willen dat we "één front vormen".'

'O-kééé... maar wat betekent dat precies?'

'Ze willen dat ik een attest teken waar in feite in staat dat ik Ken nooit iets verkeerds heb zien doen, dat hij altijd professioneel is en dat hij me nooit heeft lastiggevallen.'

'Heeft Barney je gevraagd om te tekenen? Of erop gestaan dat je zou tekenen?'

'Hij heeft het gevraagd. Sterker, hij maakte heel duidelijk dat hij wilde dat het mijn eigen beslissing was.'

'Dat is goed.'

'Dat zal wel.'

'Dat zal wel?'

Toen Maria niet antwoordde, keek Jill haar aan. 'Je gaat me toch niet vertellen dat er nog méér is?' spoorde Jill haar aan. 'Iets wat je me vanochtend niet hebt verteld?'

'Nou...'

'Laat me raden. Ken heeft je een tijdje lastiggevallen?'

Maria keek op. 'Hoe wist je dat?'

'Weet je onze lunch niet meer? Nadat je was gaan suppen met Colin, toen ik bleef vragen of alles op het werk oké was? Ik wist dat je naar de conferentie was geweest met Ken, en ik werk hier nu lang genoeg om precies te weten wat hij misschien had geprobeerd. Ook al zwoer je dat alles oké was, ik had mijn vermoedens.'

'Waarom heb je niets gezegd?'

Jill haalde haar schouders op met een gebaar dat wilde zeggen: *Moet ik daar echt antwoord op geven?* 'Kantoorgekonkel is echt shit. Daarom hebben Leslie en ik het al verboden. Op dat moment wilde ik het idee niet in je hoofd planten als het niet was gebeurd, maar ik kan me herinneren dat ik dacht dat mijn vermoedens juist waren. Wat vreselijk is, natuurlijk. Maar ik was ergens ook wel blij, en ik weet hoe naar het is dat een vriendin dat zegt.'

'Wat bedoel je, dat je ergens ook wel blij was?'

'Als je het hier geweldig vond, zou je misschien niet zo'n zin hebben om je lot in onze handen te leggen. Op dat moment wist ik natuurlijk nog niet van de mogelijke rechtszaken.'

'Ik ben blij dat je zo bezorgd bent over mijn welbevinden.'

'Je bent een sterke vrouw, Maria. En eerlijk gezegd denk ik dat je slimmer bent dan Ken. Ik wist wel dat je een manier zou vinden om hem op afstand te houden.'

'Ik heb wel tegen hem gezegd dat mijn vriendje, de MMA-vechter, van het jaloerse type was.'

Jill begon te lachen. 'Zoals ik al zei. Veel slimmer dan Ken. Oké, maar even terug naar het gesprek dat je had met Barney en Ken, onze vermaarde leider. Dus Barney vroeg of je wilde tekenen en jij zei tegen hem dat je erover na zou denken.'

Maria's mond viel open. 'Hoe kun je nou weten wat ik heb gezegd?'

'Omdat ik Barney ken. Hij is een meester in het maskeren van wat overduidelijk is, laten zien dat zijn kant de kant van het morele gelijk is, en er dan nog een klodder schuldgevoel aan toevoegen voor het geval je nog steeds twijfelt. Het is belangrijk dat je dat allemaal opzijzet en nadenkt over wat er werkelijk is gebeurd. En trouwens, wat is er precies gebeurd?'

Maria gaf toen een korte opsomming van de conferentie – waar Jill niet verbaasd over was – maar toen ze haar vertelde over de daaropvolgende confrontaties kreeg Jill een ijzige blik.

'Wacht even,' zei ze. 'Het is één ding om aan te komen met het verhaaltje van "mijn vrouw begrijpt me niet", maar zeg je nou dat hij daadwerkelijk je borstkas heeft aangeraakt?'

'Nou ja, mijn sleutelbeen... of misschien daar net onder. Hij heeft niet...'

'Maar zijn intentie was duidelijk voor je. En hij wilde met je lunchen en bespreken dat je meer een "teamspeler" zou moeten worden?'

'Ja. Maar ik heb ervoor gezorgd dat het niet verder zou gaan... Hij heeft niet...'

'Kom mee,' zei Jill, terwijl ze haar hand uitstak naar de deurknop.

'Waar gaan we naartoe?'

'Naar Barney en Ken.'

'Laten we het er gewoon bij laten zitten... Ik neem toch ontslag. En hij heeft niet daadwerkelijk mijn borst aangeraakt of zoiets...'

'Nou, Barney kent de details niet. En ik weet zeker dat het gesprek er niet alleen om ging om te proberen de firma te verdedigen;

het was ook bedoeld om ervoor te zorgen dat je je niet aan zou sluiten bij de andere vrouwen en een klacht zou indienen bij de EEOC.'

Maria schudde haar hoofd. 'Ik ga geen klacht indienen.'

'Weet je zeker dat je dat niet wilt?'

Maria dacht aan Barney en de andere werknemers van de firma. Kens toenaderingspogingen waren vreselijk geweest en hadden haar stress bezorgd, maar naar haar mening was gewoon alles achter zich laten en vooruitkijken een veel aantrekkelijker optie dan de zaak nog verder op de spits te drijven.

'Ja, ik weet het zeker. Ik ga toch weg.'

'Maar vind je niet dat Ken verantwoording moet afleggen? Op zijn minst een beetje? Voor alle stress die hij je heeft bezorgd?'

'Misschien wel. Maar zoals ik al zei: ik wil niet naar de EEOC stappen.'

Jill glimlachte. 'Dat weten zij niet.'

'Wat ga je zeggen?'

'Precies wat er gezegd zou moeten worden. En wat je ook doet, laat mij het woord doen. Jij moet geen woord zeggen.'

Voor Maria zelfs maar doorhad wat er gebeurde, marcheerde Jill met grote passen naar Barneys kantoor, en ze moest racen om haar bij te houden. Barneys deur was dicht, maar dat schrikte Jill geen moment af.

Barney en Ken, die nog in dezelfde stoelen zaten als waar ze een paar minuten eerder in hadden gezeten, schrokken op door het plotselinge verschijnen van Jill.

'Wat is dit? We zitten in een bespreking...' begon Barney, maar Jill beende het kantoor binnen, met Maria vlak achter zich.

'Zou je de deur dicht willen doen, Maria?' Jills stem was vast en professioneel, maar vastberaden. Maria besefte dat ze haar nooit op deze manier had gehoord.

'Heb je me gehoord, Jill?' vroeg Barney.

'Ik denk dat jij míj moet horen.'

'We hebben over vijf minuten weer een sollicitatiegesprek met een paralegal.'

'Zeg maar tegen haar dat ze moet wachten. Je zult willen horen wat ik te zeggen heb. Het gaat over de rechtszaak en het gaat jullie allebei aan.'

Ken zei niets en Maria zag hem bleek worden. Barney staarde haar aan tot hij uiteindelijk zijn hand uitstak naar zijn telefoon; Maria hoorde hem doen wat Jill hem had opgedragen. Nadat hij had opgehangen stond hij op uit zijn stoel. 'Laat me een stoel pakken van bij het raam...' begon hij, maar Jill schudde vinnig haar hoofd.

'We blijven staan,' zei ze.

Ken mocht dan misschien niet begrijpen wat dat betekende, Maria twijfelde er niet aan dat Barney het wel wist. Ze zag hem heel subtiel zijn wenkbrauwen optrekken en nam aan dat hij in gedachten een paar snelle berekeningen maakte. De meeste mensen zouden waarschijnlijk weer zijn gaan zitten, maar Barney begreep hoe belangrijk het was om op dezelfde ooghoogte te blijven, ook al deed Ken dat niet. Hij ging rechter staan.

'Je zei dat deze zaak de firma aangaat?'

'Eigenlijk zei ik dat het jullie allebei aangaat. Maar ja, uiteindelijk gaat het de firma ook aan.'

'Dan ben ik blij dat je langs bent gekomen,' zei hij, waarbij de lijzige manier van praten en het stroperige ritme weer terugkwamen. 'We hadden net een gesprek met Maria over de valse aantijgingen, zoals je ongetwijfeld weet, en ik heb er alle vertrouwen in dat Maria zal doen wat juist is voor iedereen die erbij betrokken is.'

'Daar zou ik maar niet te veel vertrouwen in hebben,' sloeg Jill terug. 'Ik wilde jullie tweeën als eersten laten weten dat Maria me zojuist heeft geïnformeerd dat Ken Martenson zich heeft ingelaten met gedragingen die elke jury zou uitleggen als seksuele intimidatie en dat ze er sterk over denkt om aangifte te doen bij de EEOC als een voorbereiding op het aanspannen van haar eigen rechtszaak.'

'Dat is niet waar!' barstte Ken uit, de eerste woorden die Maria hem de hele dag had horen zeggen.

Jill draaide zich naar hem toe, haar stem net zo vlak als daarvoor. 'Je hebt tegen haar gezegd dat ze harder haar best moest doen om een teamspeler te zijn. Dat als ze jou aan haar kant had staan, dat haar zou kunnen helpen wanneer ze voorgedragen werd om partner te worden. En dat je haar hebt betast.'

'Dat heb ik niet gedaan!'

'Je hebt haar op ongepaste manier aangeraakt, op haar hals en op haar borst.'

'Ik... ik heb alleen haar schouder maar aangeraakt.'

'Dus je geeft toe dat je haar hebt aangeraakt? En dat je je handen niet van haar af trok, ook al vond ze het duidelijk onaangenaam?'

Toen ze dat zei, realiseerde Ken zich dat het waarschijnlijk beter was om zijn mond te houden, en hij draaide zich om naar Barney. Als Barney boos was door wat Jill had gezegd, liet hij dat niet merken.

'Maria heeft geen bewering gedaan van seksuele intimidatie in ons gesprek vandaag, noch heeft ze in feite ooit iets tegen me gezegd in alle maanden dat ze hier werkt.'

'Waarom zou ze? Ze wist dat je hem zou dekken. Net als eerder, toen de andere zaken met betrekking tot seksuele intimidatie werden geschikt.'

Barney haalde lang en diep adem. 'Ik weet zeker dat er een of ander misverstand is ontstaan en dat we hier op vriendschappelijke manier uit kunnen komen. Er is geen reden om je toevlucht te nemen tot dreigementen.'

'Ik heb mijn toevlucht niet genomen tot dreigementen. Sterker nog, eigenlijk zou je dankbaar moeten zijn dat we hier zijn, zodat je niet verrast wordt.'

'Dat ben ik ook,' beaamde hij. 'Ik vind echt dat we de zaak op een beschaafdere manier zouden kunnen bespreken als we er allemaal bij gaan zitten. Ik zou graag willen horen wat Maria erover te zeggen heeft.'

'Dat geloof ik graag. We zullen je haar verklaring in detail laten lezen zodra die is ingediend. Maar voorlopig zal ik het woord voor haar doen.'

Kens ogen werden groot, maar Barney keek Jill alleen maar aan.

'Je begrijpt wel dat je Maria niet kunt vertegenwoordigen om voor de hand liggende redenen van belangenverstrengeling?'

'Ik ben hier als haar vriendin.'

'Ik weet niet zo zeker of dat verschil maakt.'

'Laten we dan hiermee beginnen: zowel Maria als ik gaan de firma verlaten. We waren niet van plan om je daarvan vandaag op de hoogte te stellen, maar in aanmerking nemende dat Maria daarnaast een represaillezaak kan aanspannen, leek het me het beste om het nu maar af te handelen.'

Voor het eerst wist zelfs Barney niet wat hij moest zeggen. Hij keek van Jill naar Maria en weer terug naar Jill. 'Zei je dat jullie allebei de firma gingen verlaten?'

'Ja.'

'Waar gaan jullie werken?'

'Dat is niet de kwestie die we op dit moment bespreken. Op dit moment hebben we het over de rechtszaak die Maria van plan is aan te spannen. We weten allemaal dat de aantijgingen die zijn gedaan door Lynn en de anderen ernstig zijn, en kun je je voorstellen hoeveel meer gewicht hun zaken zullen krijgen als Maria ook naar voren komt?'

'Maar ik heb niets gedaan,' mompelde Ken. Barney keek hem alleen maar vernietigend aan.

'Denk je dat ook maar iemand dat zal geloven? Na alles wat de anderen in de rechtszaal hebben gezegd? Maar natuurlijk komt het zover niet. Iedereen in deze kamer weet dat jullie een schikking zullen treffen. Deze zaken worden vrijwel altijd geschikt. Ik weet niet zeker of ik hetzelfde kan zeggen voor Maria. Ze was behoorlijk van streek toen ze met me praatte. Hoewel ik niet haar raadsvrouw zal zijn in deze zaak, heb ik het vermoeden dat ze er wel eens voor zou kunnen kiezen om dit zo ver door te voeren als mogelijk is.'

Barney trok zijn jasje recht. 'Ik neem aan dat je hier niet alleen maar bent om ons van tevoren te informeren dat je een klacht in gaat dienen of dat je ontslag neemt. Ik neem aan dat je hier bent omdat je deze zaak wilt oplossen.'

'Waarom denk je dat?'

'Er valt niets te winnen door ons van tevoren te vertellen dat je van plan bent om een klacht in te dienen bij de EEOC.'

'Misschien voelde ik nog een beetje loyaliteit aan de firma.'

'Misschien.'

'Of misschien wilde ik alleen maar dat Ken wist dat naast het feit dat hij de firma heeft geruïneerd en hij zijn spaargeld kwijt is, hij waarschijnlijk ook die belachelijke auto van hem zal moeten verkopen tegen de tijd dat Maria met hem klaar is.'

Ken kreunde zachtjes. Barney negeerde het.

'Hoe kunnen we dit oplossen?'

'Ten eerste wil Maria zes weken vakantie dit jaar.'

'Waarom zou ze zes weken vakantie willen als ze van plan is ontslag te nemen?'

'Omdat het op haar verlanglijstje staat. Omdat Ken een eikel is. Omdat ze gisteren een regenboog zag toen ze langs een tuin liep waar de sproeiers aanstonden. Omdat Maria 's avonds en in het weekend heeft moeten doorwerken vanwege jou waardoor ze niet één vrije dag heeft gehad sinds ze hier is begonnen. Mijn punt is: het doet er niet toe waarom ze het wil. Ze wil het, en dat is alles.'

'Werknemers hebben in hun eerste jaar maar recht op één week.'

'Dan maak je een uitzondering. Betaalde vakantie, let wel, wat toegevoegd zal worden aan haar laatste loon.'

Ken stond op het punt iets te zeggen, maar Barney stak zijn hand op om hem tegen te houden. 'Nog meer?'

'Ja. Wat betreft de opzegtermijn van twee weken? Die is van de baan. Vandaag is Maria's laatste dag en ze komt niet meer terug. Ze krijgt die twee weken ook doorbetaald.'

Barney keek alsof hij iets vies had gegeten. 'Is dat alles? Twee maanden salaris?'

'Niet helemaal. Voor haar geestelijk lijden heeft ze een bonus nodig. Laten we zeggen... nog drie maanden salaris boven op die twee maanden.'

Barney was stil. 'En in ruil daarvoor?'

'Ik zal het met haar moeten overleggen, maar ik weet vrij zeker dat je nooit iets van haar zult horen over Kens afwijkende gedrag. Geen aanklachten, geen rechtszaken. Alles over en uit en we gaan ieder onze eigen weg.'

Barney bleef stil, waarschijnlijk bij zichzelf beraadslagend hoe serieus Maria over dit alles was. Jill wist echter precies wat hij dacht.

'Ze bluft niet, Barney. Je weet hoe Ken is. Je weet wat hij anderen heeft aangedaan en je weet ook dat hij Maria seksueel heeft geïntimideerd. En bovendien weet je dat we het hier niet over een heleboel geld hebben. Eigenlijk biedt ze je een geschenk aan omdat, hoezeer ze Ken ook veracht, ze veel respect heeft voor jou.'

'En het attest?'

'Waag het niet eens het daarover te hebben,' waarschuwde Jill. 'Maria gaat niet liegen. Ze zal echter ook geen attest tekenen over wat er werkelijk gebeurd is. Het zal gewoon vergeten worden.'

'En als haar wordt gevraagd te getuigen door de andere procesvoerende partijen?'

'Dan zit ze intussen al lang en breed op Jupiter, dus daar hoef je je geen zorgen over te maken.'

'Pardon?'

'O.' Ze glimlachte. 'Sorry. Ik dacht dat we een uitstapje aan het maken waren naar fantasieland.'

'Fantasieland?'

'Jij en ik weten allebei dat ze geen getuigenis hoeft af te leggen omdat jij het niet zover zult laten komen. Je gaat een schikking treffen. Je moet wel, want anders kost het je een fortuin, zelfs als je wint.'

Barney keek even naar Ken en toen weer terug naar Jill. 'Mag ik weten wat jouw eisen zijn? Aangezien jij ook de firma gaat verlaten?'

'Eentje maar, en dat gaat niet om geld,' antwoordde Jill. 'In ruil daarvoor zal ik de komende paar weken hier afmaken, gewoon zoals ik van plan was, met de partners samenwerken om ervoor te zorgen dat al mijn cliënten de overgang nauwelijks door zullen hebben, en daarna zal ik weggaan.'

'Wat is die ene eis?'

'Ik wil dat jullie een afscheidsfeestje voor me organiseren hier op kantoor. Niets buitensporigs; gewoon een taart of een lunch of zoiets. Maar ik zou graag de kans willen hebben om in één klap van iedereen afscheid te nemen. Uiteraard lijkt het me dat we allemaal weten dat het tot die tijd het beste zal zijn om ons vertrek zo stil mogelijk te houden. De andere partners moeten het weten, maar ik wil geen wilde vlucht op gang brengen van werknemers die naar de uitgangen rennen. Geloof het of niet: ik hoop dat jullie dit weten te schikken en dat jullie het zo snel mogelijk en met zo weinig mogelijk ophef achter jullie zullen kunnen laten. Er werken hier een heleboel goede mensen.'

Hoewel Barney er waardering voor zou kunnen hebben gehad dat Jill er zo over dacht, zag Maria een zenuwtrekje bij hem toen hij zijn hand naar zijn kin bracht. 'Vijf maanden salaris voor Maria is een beetje hoog. Ik weet zeker dat de partners dan gaan steigeren. Drie maanden echter, dat zou ik waarschijnlijk wel kunnen regelen...'

'Je moet mijn hoge verwachtingen voor anderen hier niet verkeerd interpreteren als een kans om te onderhandelen, want we zijn niet aan het onderhandelen. Dit is een eenmalig aanbod, graag of niet. Het vervalt zodra Maria en ik de deur uit lopen en ze aan het schrijfwerk voor de EEOC begint. In alle eerlijkheid: ze heeft veel minder gevraagd dan wat je aan de anderen zult moeten dokken. Dus op dit moment zou je haar moeten bedanken in plaats van haar een miezerig aanbod te doen.'

Barney nam de tijd voor hij antwoord gaf. 'Ik zal toch eerst met de andere partners moeten praten,' zei hij uiteindelijk. 'Zo'n soort beslissing kan ik niet in mijn eentje nemen.'

'O, jawel hoor. We weten allebei dat de partners doen wat jij zegt, dus laten we ophouden met die spelletjes, oké? Ga je akkoord of niet?'

'Vijf maanden salaris?' riep Maria uit. Ze stonden op de parkeerplaats bij Maria's auto. Een paar minuten eerder had Maria de persoonlijke spullen die ze in haar kantoor had gehad – voornamelijk foto's van haar familie en een paar die ze had genomen tijdens het suppen – in een doosje gestopt, ze mee naar buiten genomen en in de kofferbak gezet. Op verzoek van Barney had ze van niemand afscheid genomen, noch leek iemand iets ongewoons te hebben opgemerkt aan haar vertrek. Jill had op haar staan wachten.

Jill glimlachte. 'Niet slecht, hè?'

Eerlijk gezegd duizelde het haar. Geen Ken meer; geen weekends meer waarin ze probeerde aan Barneys eisen te voldoen, en víjf maanden salaris, zomaar op haar bankrekening. Ze had nog nooit, maar dan ook nooit, ook maar bij benadering zo veel gehad; wat er zojuist was gebeurd was net zoiets als een winnend kraslot kopen. 'Ik ben nog steeds in shock.'

'Ik had waarschijnlijk meer voor je los kunnen krijgen.'

'Dit is meer dan genoeg. Ik voel me schuldig dat ik zo veel krijg.'

'Dat moet je niet doen. Want geloof het of niet, je bent seksueel geïntimideerd. Het was voor jou misschien niet zo zonneklaar als het voor anderen was, maar je bent het wel. Je verdient dit. En geloof me als ik zeg dat Barney op dit moment een enorme zucht van verlichting slaakt, anders zouden we hier nu niet een minifeestje staan te vieren.'

'Ontzettend bedankt.'

'Je hoeft mij niet te bedanken. Als het andersom was geweest zou jij het voor mij hebben gedaan.'

'Ik ben lang niet zo goed als jij. Je bent het gevecht aangegaan met Barney. En je hebt gewonnen.'

Jill grijnsde schaapachtig. 'En weet je wat het gekke is?'

'Nou?'

'Leslie is veel, veel beter dan ik.'

De gedachte deed Maria duizelen. 'Nogmaals bedankt dat je me een kans wilt geven.'

'Graag gedaan. Maar ik weet precies wat ik krijg.'

Maria gebaarde naar het gebouw. 'Het is een vreemde gedachte dat ik morgen niet naar mijn werk ga. En hoogstwaarschijnlijk zal ik nooit meer een voet door die deuren zetten. Het is zo... snel gegaan.'

'Zoals wat ze zeggen over een bankroet? In het begin ging het langzaam, en toen allemaal ineens?'

Maria knikte. 'Ik denk het. Hoe akelig ik het ook vond wat Barney daarnet probeerde, toch hoop ik dat het goed komt met hem.'

'Barney is nou net een advocaat over wie je je nooit zorgen hoeft te maken. Hij redt zich wel, wat er ook gebeurt. En onder ons gesproken? Het zou me niet verbazen als hij de firma ook zou verlaten.'

'Waarom zou hij weggaan?'

'Omdat hij dat kan. En zou jij met Ken willen blijven werken?'

Maria gaf geen antwoord, maar dat hoefde ook niet. Jill had gelijk, en terwijl Maria nog steeds probeerde de hele dag te verwerken, merkte ze plotseling dat ze aan Lester Manning dacht en aan de dingen die Margolis haar had verteld. Ze sloeg haar armen over elkaar.

'Wat zou jij doen als je mij was? Met betrekking tot Lester, bedoel ik?' vroeg Maria.

'Volgens mij weet je nog niet genoeg om een conclusie te trekken. Ik weet dat je daar waarschijnlijk niets aan hebt, maar...'

Ze maakte haar zin niet af en Maria gaf haar geen ongelijk, want zelfs voor haar pasten de stukjes gewoon niet in elkaar.

Maria reed door druk verkeer naar Mayfaire, een chic winkelcentrum. Tijdens het rijden probeerde ze het feit te verwerken dat ze morgen niet naar haar werk zou gaan, en zelfs maandag niet. De laatste keer dat dat was gebeurd was toen ze haar baan in Charlotte had opgezegd...

Ze schudde haar hoofd en zette de gedachte van zich af. Ze wist precies waar dat toe zou leiden, en het laatste waar ze aan wilde denken was aan Lester of het vriendje of aan de dingen die Margolis haar had verteld, aangezien dat helemaal niets zou opleveren, behalve verwarring.

Geen Ken meer, dacht ze weer met verwondering. Geen weekends meer die Barney kon verpesten. Over twee weken zou ze voor Jill werken. En vijf maanden salaris. Op het carrièrefront kon het niet beter dan dit, daar was ze van overtuigd, en dat moest op de een of andere manier gevierd worden, misschien zelfs wel door middel van een uitspatting. Ze kon haar auto inruilen voor een iets sportiever model – zolang het maar geen rode Corvette was – maar net zo snel als de gedachte in haar opkwam, wist ze ook dat het maar een fantasie was. Ze was te spaarzaam en ze had geen zin om aan haar vader te moeten uitleggen waarom ze een auto had gekocht in plaats van iets terug te betalen van de schuld die ze nog van haar rechtenstudie had, of een beleggingsrekening te openen. Of gewoon het geld te sparen, aangezien ze zich over een paar jaar waarschijnlijk zou moeten inkopen in een partnerschap.

Wat een beetje ondergesneeuwd was geraakt door alle gebeurtenissen van vandaag was het idee dat ze daadwerkelijk ooit – misschien zelfs terwijl ze nog maar begin dertig was – partner in een advocatenfirma zou kunnen worden. Wie had dat ooit kunnen voorspellen?

Tegen de tijd dat ze in Mayfaire aankwam, was het begonnen te schemeren. Ze sms'te Serena dat ze even voor zevenen thuis zou zijn, maar dat ze niet op haar moesten wachten met eten.

Een paar tellen later klonk er een belletje dat Serena's antwoord aangaf. *Dan kom ik ook wel later. Ik zou het vreselijk vinden als je iets van de sprankelende gesprekken zou moeten missen!*

Maria glimlachte. Ze sms'te haar ouders en liet hun weten hoe laat ze zou komen, en liep toen in de richting van de keukenbenodigdhedenwinkel Williams-Sonoma. Het was altijd nogal een uitdaging om iets speciaals voor haar moeder te kopen – Carmen maakte zich altijd druk als er geld werd uitgegeven voor haar, vooral door haar kinderen – maar aangezien er geen sprake kon zijn van een nieuwe auto, vond Maria dat ze wel wat geld over de balk kon smijten voor een paar nieuwe potten en pannen. Ondanks het restaurant en haar liefde voor koken had haar moeder er nooit zelfs maar over gedacht om nieuw kookgerei te kopen. Wat ze wel had, had ze al sinds Maria op de basisschool zat. Of misschien nog wel langer.

Het winkeluitstapje werd uiteindelijk een grotere uitspatting dan ze van plan was geweest. Kookgerei van goede kwaliteit was duur, maar Maria had er een goed gevoel bij. Haar ouders hadden betaald voor privéonderwijs, een tweedehandsauto toen ze zestien was die het had uitgehouden tot ze de auto kocht die ze nu had, vier jaar op de universiteit en de helft van haar vervolgstudie in de rechten, en nog nooit had ze zoiets als dit gedaan. Ze wist dat haar moeder moeilijk zou kunnen gaan doen – haar vader zou niets zeggen – maar ze verdiende het.

Ze laadde de geschenken in de kofferbak, naast de doos met persoonlijke eigendommen. Gelukkig was het drukke verkeer bijna helemaal opgelost. Voordat ze de motor startte sms'te ze Serena dat ze er over een kwartier zou zijn, en toen realiseerde ze zich dat ze Colin nog niet had verteld wat er op kantoor was gebeurd. Ze voelde nog steeds de behoefte om het te vieren, en met wie kon ze dat beter doen dan met hem? Later, bij hem thuis of bij haar... Wie had geweten dat geld een afrodisiacum kon zijn?

In de wetenschap dat hij waarschijnlijk al achter de bar stond, sms'te ze hem en vroeg ze hem haar terug te bellen zodra hij de kans had. Hij zou waarschijnlijk tot tien of elf uur werken, en dat zou haar voldoende tijd geven nadat ze bij haar ouders was weggegaan om naar huis te rijden, een paar kaarsen aan te steken, misschien zelfs een glas wijn te drinken. Ze wist dat het uiteindelijk laat zou worden, maar hij had de volgende ochtend geen les en zij hoefde niet naar haar werk, dus wat maakte het uit?

Ze legde de telefoon op de passagiersstoel en reed naar het huis van haar ouders. Nadat ze de bocht naar hun wijk in was geslagen vroeg ze zich onwillekeurig af hoe vaak ze in haar leven diezelfde bocht had genomen. Tienduizenden keren waarschijnlijk, dacht ze, wat haar verbaasde, evenals de wijk zelf. Hoewel er mensen in waren getrokken en weer weg waren gegaan, leken de huizen over het algemeen onaangetast door het verstrijken van de tijd, en elke hoek bracht herinneringen met zich mee: limonadekraampjes of rolschaatsen, vuurwerk op de oprit op Onafhankelijkheidsdag. Langs de deuren gaan om snoep op te halen met Halloween. Naar huis lopen met vriendinnen. Haar telefoon ging en onderbrak de stroom beelden. Toen ze keek zag ze Colins naam en ze nam op met een glimlach.

'Hé,' zei ze. 'Ik wist niet dat je mocht bellen tijdens het werk.'

'Dat mag ook niet, maar ik zag je sms'je. Ik heb de andere barkeeper gevraagd om het heel even van me over te nemen. Is alles goed met je?'

'Ja, prima. Ik ben bijna bij papa en mama.'

'Ik dacht dat je daar al had moeten zijn.'

'Ik moest eerst nog een cadeautje kopen voor mama en dat duurde uren. Maar eh... je raadt nooit wat er vandaag gebeurd is.'

'Heeft Margolis weer gebeld?'

'Nee. Het gaat over mijn werk,' zei ze, en terwijl ze het huis van haar ouders naderde, vertelde ze Colin wat er zich had voorgedaan. 'En dat betekent dat ik best wel rijk ben op het moment.'

'Zo te horen wel.'

'Ik heb geweldige kookspullen gekocht voor mijn moeder.'

'Ik wil wedden dat ze het prachtig zal vinden.'

'Als ze zich eenmaal over haar schuldgevoel heen heeft gezet wel. Maar de echte reden dat ik bel is dat ik zou willen dat je vanavond naar me toe kwam. Bij mij thuis.'

'Hadden we niet al afgesproken dat ik zou komen? En dat ik zou bellen als ik klaar was met werken?'

'Ja, maar toen we dat afspraken, was ik niet in de stemming om iets te vieren. Nu wel, en ik wilde je van tevoren waarschuwen.'

'Waarvoor waarschuwen?'

'Nou, nu ik een beetje rijk ben, zou ik wel eens een paar eisen aan je kunnen stellen vanavond. Lichamelijke eisen, bedoel ik.'

Hij begon te lachen, en ze merkte dat haar suggestie hem wel aanstond. 'Oké.'

Voor zich uit zag ze Serena's auto geparkeerd staan voor het huis van haar ouders; aan beide zijden van de straat waren de trottoirs verlaten. Naar beide kanten de straat in waren de huizen van binnenuit verlicht, lampen stonden aan en televisies flikkerden, en gezinnen ontspanden zich aan het einde van een lange dag. 'Wat je ook doet, laat je concentratie niet verpesten doordat je met je gedachten al helemaal bij vanavond bent. Ik zou het vreselijk vinden als je moeilijkheden kreeg met je baas.'

'Ik zal mijn best doen.'

Ze stopte achter Serena's auto en zette de motor af. 'En nog één dingetje. Weet je nog wat ik tegen Margolis zei? Toen hij vroeg waarom ik nog steeds met je omging?'

'Ja.'

Ze stapte uit en liep om de auto heen naar de kofferbak. 'Ik wil maar even zeggen dat ik elk woord meende.'

Hij lachte weer. 'Oké.'

Ze deed de kofferbak open. 'Helaas moet ik nu een eind maken aan ons gesprek. Ik heb allebei mijn handen nodig om alles te dragen.'

'Ik snap het. Ik moet trouwens weer aan het werk.'

'O, voor je ophangt...'

Terwijl ze naar de dozen keek, registreerde ze beweging vanuit haar ooghoek en ze draaide zich om. Er stak heel snel een man de straat over naar haar toe. Een fractie van een seconde wist ze niet hoe ze moest reageren. Dit was een veilige plek; in deze buurt had ze nog nooit gehoord over een inbraak of een huiselijke ruzie die uit de hand was gelopen, en ze was nooit bang geweest. Ze was maar een paar meter verwijderd van de voordeur van haar ouders, in een straat die zo veilig was dat ze vroeger bij warme zomernachten in de achtertuin ging kamperen. En toch zorgde de vastberaden tred van de onbekende man ervoor dat het haar in haar nek plotseling overeind ging staan, omdat ze instinctief wist dat wie het ook was, hij hier niet thuishoorde.

De duisternis maakte het onmogelijk om goed te zien wie het was, maar op dat moment werd het gezicht van de man plotseling verlicht door de lampen in de woonkamer van haar ouders. Ze zag een glinstering van metaal in zijn hand en bij de aanblik van het pistool kreeg de angst vat op haar. Ze kon zich niet bewegen en ze kon nauwelijks ademhalen; slechts vaag hoorde ze Colin haar naam zeggen via de telefoon.

Colin herhaalde haar naam nog een tweede en derde keer, en zijn groeiende bezorgdheid was genoeg om haar eindelijk weer terug te brengen in het hier en nu.

'Hij is hier,' fluisterde ze uiteindelijk.

'Wie is daar?' wilde Colin weten. 'Wat gebeurt er?'

'Hij heeft een pistool,' zei ze.

'Wie heeft een pistool?'

'Lester Manning. Hij is hier bij het huis.'

23

Colin

De schok die hij voelde toen hij Maria Lesters naam hoorde uitspreken, maakte plaats voor een stoot adrenaline, en de vecht-of-vlucht-reflex trad in werking. Colin hoorde Lester vaag iets roepen en het gesprek werd afgebroken.

Lester.

Tegen die tijd was Colin al in beweging gekomen. Hij stormde de achterkamer uit en snelde langs de bar, zigzaggend om tafeltjes en gasten heen, terwijl hij tegelijkertijd op de knop om terug te bellen drukte.

De telefoon ging meteen naar de voicemail.

Nog een keer bellen.

Weer de voicemail.

Maria is in moeilijkheden.

Achter zich hoorde hij de barman zijn naam roepen; serveersters keken vol verwarring naar wat er gebeurde en terwijl Colin de ingang uit barstte, eiste de bedrijfsleider dat hij vertelde waar hij naartoe ging.

Lester heeft een wapen.

Colin snelde de hoek van het gebouw om, zijn voeten gleden weg op het licht met zand bedekte trottoir. Hij hervond zijn evenwicht en sprintte de straat door, intussen al berekenend wat de meest rechtstreekse route naar het huis van Maria's ouders was.

Hij hoopte dat er geen files waren.

Hij hoopte dat zijn auto zou starten.

Laat hem alsjeblieft starten.

Hij zou de politie bellen vanuit de auto.

Hij ontweek een ouder echtpaar en schoot de straat op, met zijn auto al in zicht.

Kostbare seconden tikten weg.

Lester kon haar al in zijn auto hebben geduwd en zijn weggereden, net als Gerald Laws met Cassie had gedaan...

Het was twintig minuten rijden naar het huis van haar ouders.

Hij zou het doen in tien. Of minder.

Misschien is Maria dan al weg...

Nu was hij bij de auto. Hij sprong erin, ramde zijn sleutels in het contact, zorgde ervoor dat hij de motor niet verzoop ook al draaide hij de sleutel met een ruk om, en de oude Camaro kwam brullend tot leven. Colin scheurde weg van de stoeprand, met zijn ogen al op de auto's voor hem.

Hij verminderde de afstand tussen zijn auto en de auto's voor hem en wierp een blik op zijn telefoon. Met één hand toetste hij gehaast 911 en hoorde de telefoniste naar de aard van het noodgeval vragen.

Een man met een vuurwapen die een vrouw bedreigde, zei hij. Maria Sanchez. Een man die Lester Manning heette, had haar gestalkt en hij had haar overvallen bij het huis van haar ouders...

Hij kon zich het adres niet zo een-twee-drie herinneren, maar hij vertelde de telefoniste hoe Maria's ouders heette, en ook de naam van de straat en de zijstraat. Hij gaf zijn eigen naam en verklaarde dat hij onderweg ernaartoe was. Toen de telefoniste er bij hem op aandrong dat hij de politie de situatie moest laten afhandelen zonder zich ermee te bemoeien, hing hij op.

Inmiddels was hij aan het racen, met de neus van zijn auto praktisch tegen de bumper van de auto vóór hem. Omdat de rijbaan naast hem werd geblokkeerd door een zwarte Range Rover die zich rustig aan de maximumsnelheid hield, sneed Colin af over de vluchtstrook en zoefde hij langs een rits auto's voor hij weer op de rijbaan terugkeerde. Hij trapte het gaspedaal hard in en binnen een paar seconden stuitte hij op een pick-up en een wit minibusje die naast elkaar reden. Ook die haalde hij via de vluchtstrook in en deze keer remde hij nauwelijks af.

Hij bereikte de afslag naar de brug en rukte hard aan het stuur, waarbij de banden gierden.

Via de vluchtstrook racete hij langs nog meer auto's, tot hij eindelijk een lang stuk weg met minder verkeer bereikte, en hij trapte het gaspedaal in tot op de vloer. De adrenaline scherpte zijn instincten aan achter het stuur en zijn lichaam reageerde perfect in overeenstemming met de auto.

Hij bereikte honderddertig, honderdvijftig en daarna honderdzestig kilometer per uur en zag verderop een rood verkeerslicht, met gloeiende remlichten toen er auto's afremden. Hij wilde niet remmen en schoot een fietsstrook op.

Bij de kruising schoot hij door een opening en bleef jagen, zigzaggend om auto's heen en waar nodig de fietsstrook gebruikend. Hij nam een bocht en reed met vliegende vaart op een lange rij auto's af, en omdat hij nergens heen kon, sneed hij een stuk af via een parkeerterrein van een tankstation met bijna vijftig kilometer per uur, waardoor mensen opzij moesten springen.

De politie was op weg… maar het was misschien nog niet snel genoeg.

Zijn gedachten gingen als een razende tekeer; hij vroeg zich af of Lester Maria al in de auto had gedwongen, en waar hij haar misschien mee naartoe had genomen…

Of dat hij haar al had doodgeschoten.

Nog een bocht, deze keer naar links, en voor het eerst was hij gedwongen om bij een druk kruispunt helemaal tot stilstand te komen. Hij beukte op het stuur en hield toen zijn adem in terwijl hij zich tussen meerdere rijen auto's stortte. Hij zag dat een andere bestuurder op zijn rem ging staan en hem op slechts enkele centimeters miste.

Hij racete met bijna honderd kilometer per uur door een woonwijk, de weg afspeurend naar kinderen of andere voetgangers of huisdieren, terwijl de huizen in een waas voorbijschoten.

Nog een bocht. Banden gierden en de achterkant van de Camaro slingerde naar links en toen naar rechts, en Colin had moeite de controle over het stuur te bewaren. In dit blok waren de auto's aan beide kanten van de straat geparkeerd, waardoor het zicht beperkt was, en Colin remde met tegenzin de auto af. Even verderop zag hij een stel een wandelwagen op de stoep voortduwen; aan de overkant van de straat speelde een kind vangbal met zijn vader; een man die zijn hond uitliet met een lange, intrekbare riem...

Nog een bocht en een duidelijke weg met beter zicht; Colin ging weer harder rijden, omdat hij eindelijk de wijk van de familie Sanchez herkende.

Hij had er negen minuten over gedaan.

Met topsnelheid begon hij over te hellen naar de laatste bocht... en raakte bijna een blauwe Toyota Camry die snel naderde in het midden van de weg. Colin zwenkte automatisch naar rechts, net als de andere auto, waardoor de Camaro weer begon te slingeren, met gierende banden. Colin voelde weer een plotselinge adrenalinestoot en zijn hart bonkte. Heel even zag hij twee mannen voorin zitten met een geschrokken uitdrukking, hun ogen groot terwijl de auto's langs elkaar gleden met slechts centimeters ertussen, te dichtbij. Veel te dichtbij, en hij greep het stuur stevig vast en kreeg de controle weer terug. Nog maar net.

Hij was er bijna, want de straat van de familie Sanchez lag een eindje verderop. Nog maar één bocht te gaan, en hij remde pas toen hij er bijna was.

De angst begon nu vat op hem te krijgen.

Biddend dat hij niet te laat was.

De bocht in scharend hoorde hij een sirene achter zich. In de binnenspiegel zag hij de flitsende lichten boven op de politieauto die dezelfde bocht door jaagde als hij net had genomen. Colin vertraagde maar een beetje, maar de politieauto kwam snel dichterbij en hij hoorde een snerpend geluid uit de luidspreker komen.

'Zet uw auto aan de kant!'

Mooi niet, dacht Colin. Wat er ook met me gebeurt.

24

Maria

Maria kon haar ogen niet van het pistool af houden... en van de man die het vasthield.

Lester Manning.

Margolis had ongelijk gehad. Lester was niet in het ziekenhuis.

Hij had hier op haar gewacht. Dat besef verlamde haar, en hij griste de telefoon uit haar hand. Zijn gezicht vertrok tot iets wat ze nauwelijks herkende.

'Geen telefoontjes!' schreeuwde hij, waardoor hij haar deed schrikken. De toon van zijn stem was verwrongen, gespannen. 'Geen politie!'

Terwijl hij achteruitliep werden haar zintuigen gevoeliger en kon ze het allemaal zien: het onverzorgde haar en het haveloze canvas jack, het verbleekte rode shirt en de gescheurde spijkerbroek; het snelle op en neer gaan van zijn borst. In haar hoofd liepen de termen door elkaar: *waanstoornis*; *acute fase*; *achtervolgingswanen*.

En het pistool. Hij had een pistool vast.

Haar vader en moeder waren binnen, evenals Serena. Haar familie was in gevaar, het was donker en geen van de buren was buiten...

Ze had weg moeten rennen zodra ze hem aan zag komen, naar de voordeur moeten sprinten en hem buiten moeten sluiten, maar ze was daar blijven staan alsof haar benen toebehoorden aan iemand anders…

'Ik weet wat JE HEBT GEDAAN!' zei hij dreigend.

De woorden kwamen er snel en bijna onverstaanbaar uit. Terwijl hij achteruit bleef lopen zag ze de telefoon oplichten en hoorde ze hem overgaan. *Colin.* Lester schrok en staarde naar de telefoon in zijn hand; hij beëindigde de oproep met een druk op een knop. Ze zag de telefoon weer oplichten en overgaan. Lester fronste terwijl hij de tweede oproep beëindigde, tegen de telefoon pratend alsof het een levend ding was. 'Ik zei: geen telefoontjes!' riep hij. 'Geen politie!' Toen mompelde hij: 'Blijf helder nadenken. Het is niet echt.' Zijn handen beefden toen hij de telefoon op stil zette en in de zak van zijn jack stopte. 'Ze komen niet.'

Alstublieft, God, laat Colin de politie al gebeld hebben, dacht ze. De politie komt eraan en is hier zo meteen. Ik moet het gewoon zien uit te zingen tot ze er zijn. Ik zal niet net zo zijn als Cassie. Als hij me alleen maar aanraakt, ga ik gillen en vechten als een bezetene.

Maar…

Margolis had gezegd dat Lester soms normaal kon functioneren; hij was in staat geweest om een parttimebaan te hebben. En toen ze hem had ontmoet was hij… raar geweest, maar niet psychotisch, ook al had hij het duidelijk moeilijk. Misschien kon ze met hem praten… Ze moest gewoon kalm blijven.

'Hoi Lester,' begon ze, en ze probeerde haar stem kalm en vriendelijk te houden.

Zijn ogen flitsten omhoog, met enorme pupillen.

Nee, niet enorm. Vergroot. Onder invloed van drugs?

'"Hoi, Lester"? Is dat alles wat je kan zeggen?'

'Ik wou tegen je zeggen dat het me spijt van Cassie…'

'Nee, nee, néé!' zei hij, zijn stem verheffend. 'Jij mag haar nááam niet zeggen. Ze is gestorven door jouw schuld!'

Ze hief instinctief haar handen op, in de verwachting dat hij naar haar zou uithalen, maar in plaats daarvan deed Lester nog een stap verder bij haar vandaan. Terwijl ze wachtte tot hij verder zou gaan besefte ze dat hij niet zozeer boos klonk als wel… bang?

Of paranoïde. En het laatste wat ik wil is hem tot ontploffing brengen.

Ze sloeg haar ogen neer, haar hart bonkte in haar keel. Ze kon Lesters zwoegende ademhaling horen terwijl de seconden langzaam verstreken. De stilte duurde voort tot ze hem hoorde snuiven en toen, met zachtere stem, 'Nee' hoorde zeggen. Ze kon zijn ademhaling eindelijk langzamer horen worden, en toen hij weer sprak, was zijn stem beverig maar ingehouden.

'Ze zijn veilig.' Hij knikte in de richting van het huis. 'Je familie. Ik zag ze door de ramen. Ik heb je zus naar binnen zien gaan. Wat er hierna gebeurt is aan jou.'

Ze kromp ineen bij wat hij zei, maar bleef stil. Zijn ademhaling ging steeds langzamer, schijnbaar omdat hij daar bewust zijn best voor deed, en zijn blik verliet haar geen moment.

'Ik kwam om te praten. Je moet horen wat ik te zeggen heb. Deze keer zul je wel naar me luisteren, toch, Maria?'

'Ja.'

'De dokters zeggen dat het niet echt is,' legde hij uit. 'Ik zeg tegen mezelf dat het niet echt is. Maar dan herinner ik me de waarheid weer. Over Cassie en mijn moeder. De politie. En wat ze hebben gedaan. En ik weet dat jij degene bent die ermee is begonnen. De dokters kunnen wel tegen me zeggen dat het niet echt is en dat ik het verzin, maar ik ken de waarheid. Dus vertel eens: je hebt over me gepraat, hè?'

Toen ze geen antwoord gaf, zag ze dat de spieren in zijn hals zich begonnen te spannen.

'Probeer maar niet te liegen. Denk eraan dat ik het antwoord al weet.'

'Ja,' fluisterde ze.

'Je hebt weer met de politie over me gepraat.'

'Ja,' zei ze weer.

'Daarom kwam die rechercheur vanochtend.'

Waar is Colin, vroeg ze zich af. En de politie? Ze wist niet hoe lang ze Lester rustig kon houden…

'Ja.'

Hij draaide zich om, met vertrokken gezicht. 'Toen we je voor het eerst ontmoetten, wilde ik je geloven toen je zei dat je je best deed en dat Cassie veilig zou zijn. Ik kwam erachter dat Cassie voor jou niets betekende. Gewoon de zoveelste naam, het zoveelste naamloze geval. Maar ze was geen naamloos geval. Ze was mijn zus en het was jouw taak om haar te beschermen. Maar dat heb je niet gedaan. En toen...'

Hij kneep zijn ogen dicht. 'Cassie zorgde altijd voor me als mijn moeder te ziek was om uit bed te komen... Ze maakte altijd noedelsoep met kip en dan keken we televisie en las ze me voor. Wist je dat? Ze was geen naamloos geval.' Hij veegde zijn neus af met de rug van zijn hand en toen hij verderging, praatte hij bijna met een kinderstemmetje. 'We hebben geprobeerd je te waarschuwen voor wat er zou gebeuren, maar je luisterde niet. Toen Cassie stierf kon mijn moeder niet meer verder leven. Dankzij jou heeft ze zelfmoord gepleegd. Wist je dat? Vertel me de waarheid.'

'Ja,' gaf ze toe.

'Je weet alles over ons, of niet, Maria? Je weet alles over me.'

'Ja.'

'En je hebt de politie op me afgestuurd toen Cassie dood was.'

Omdat jij de briefjes stuurde. Omdat jij me bedreigde. 'Ja.'

'En je vriendje... Hij is je vriendje, toch? Die grote vent in de club? Ik zag hoe boos hij werd toen ik het drankje had laten brengen. Hij wilde me pijn doen, hè?'

'Ja.'

'En toen, vanochtend, heb je de politie weer gestuurd.'

Omdat je mijn banden had stukgesneden! Omdat je me aan het stalken bent!

'Ja.'

Hij ging iets rechter staan. 'Dat heb ik de dokters verteld. Dit allemaal. Maar ze geloven me niet, natuurlijk. Ik word nooit geloofd, maar jij bent tenminste wel eerlijk. Dat wist ik, maar nu weet ik het écht... en ik voel het verschil met mijn hele lichaam. Jij begrijpt het, toch, Maria?'

Nee. 'Ja.'

'Het overheerst je; de angst, bedoel ik. Hoe hard je je er ook tegen probeert te verzetten, het neemt je over, het perst het leven uit je. Zoals nu. Ik weet dat je bang voor me bent. Misschien zoals

Cassie bang was toen je haar in de steek had gelaten?' Hij keek haar aan, wachtend op een bevestiging.

'Ja.'

Hij tikte met het pistool tegen de zijkant van zijn been. 'Kun je je voorstellen hoe het voelt? Om je zus te verliezen? En je moeder? En te moeten toekijken terwijl mensen als jij achter mijn vader aan gaan? En dan achter mij aan?'

'Dat moet vreselijk geweest zijn.'

'Je hebt GEEN IDEE!' schreeuwde hij, en op dat moment hoorde ze vaag het geluid van een politiesirene in de verte.

Lester was plotseling helemaal bij de les, en ze zag het besef in zijn ogen toen de sirenes luider werden. Hij focuste weer op Maria.

'Ik zei: geen politie. Ik zei: GEEN POLITIE!' Zijn stem sloeg over, heen en weer slingerend tussen boosheid en ongeloof terwijl hij een stap naar haar toe zette. 'Ik ga NIET TERUG! HOOR je me? Ik ga NIET TERUG!'

Maria zette een stap naar achteren, met haar handen omhoog. 'Oké...'

'Ze hebben me PIJN GEDAAN!' riep hij, een stap in haar richting zettend. Zijn wangen werden vlekkerig toen hij zijn gezicht naar haar toe bracht. 'ZE HEBBEN ELEKTRICITEIT IN ME GESCHOTEN! En ze hebben me in de kooi gestopt met BEESTEN die me sloegen en ze DEDEN NIETS! Ze lachten me ALLEMAAL uit en voor hen was het maar een spelletje! EN DENK JE DAT IK NIET WÉÉT WIE ZE DAARTOE HEEFT AANGEZET?'

O mijn god... Hij begint door te draaien...

'JIJ!' gilde hij, trillend van razernij.

Maria stapte naar achteren, in een poging afstand tussen hen te bewaren. Haar blik schoot steeds naar het pistool en dan weer terug naar Lester. Hij bleef naar voren lopen terwijl zij terugdeinsde, met haar rug nu bijna tegen de deur van de garage.

'JIJ hebt de POLITIE gebeld! Je blijft het maar proberen, maar deze keer zal ik je er NIET MEE WEG LATEN KOMEN!'

Deze keer moest Serena hem gehoord hebben, dacht ze. Of mijn ouders. Ze kunnen nu elk moment de voordeur opendoen en dan draait Lester zich om en schiet...

Door de ruis van haar razende gedachten heen realiseerde Maria zich dat de eerste sirene nu gezelschap had gekregen van een andere, die verder weg was, en dat ze allebei dichterbij kwamen. Lester klemde zijn kaken op elkaar en zijn ogen brandden van de pijn van het verraad. Zijn vinger begon naar de trekker van het pistool te kruipen en toen schoot er één opwelling door haar lichaam.

Rennen, rennen, RENNEN!

Ze draaide zich om, liep om de auto heen en sprintte naar het huis, door de tuin. Ze hoorde Lester verbaasd haar naam uitspreken en ze hoorde gegrom toen hij achter haar aan ging, de auto vastgrijpend.

RENNEN!

Tien meter. Misschien vijf.

De voordeur begon open te gaan en er viel een streep licht op de veranda. Maria wist zeker dat ze hem nu achter zich kon horen.

Rennen!

Ze rende uit alle macht door, in de richting van het licht. Ze voelde dat Lester haar probeerde te grijpen. Ze zag Serena als het ware in slow motion naar buiten de veranda op stappen.

Hij gaat ons allebei vermoorden...

Serena stond in een baan licht voor de open deur en begreep niet wat er gebeurde. Ze staarde in verwarring naar Maria die naar de veranda toe kwam rennen.

Zijn dat zijn vingers die over de achterkant van mijn shirt glijden?

Ze dwong zichzelf zelfs nog sneller te rennen, uit alle macht sprintend.

'Maria?' riep Serena naar haar.

Pas later zou Maria zich realiseren dat Serena haar naam had geroepen. *Ik ben er bijna...*

En toen was ze er.

Ze greep Serena, duwde haar en zichzelf door de nog openstaande deur en sloeg hem met een klap achter hen dicht.

'Wat doe je?' riep Serena verbijsterd uit.

Maria deed de deur op slot, greep Serena's pols en trok er hard aan. 'Ga weg bij de deur!' gilde Maria. 'Hij heeft een pistool!'

Serena struikelde toen Maria trok en ze viel bijna.

'Wie heeft een pistool?'

'Lester!'

Ze sleurde Serena mee naar de keuken en zag haar moeder bij het fornuis staan, duidelijk geschrokken door alle commotie. Maar haar vader zag ze niet... Maria draaide van links naar rechts...

O god.

Waar is papa?

'Wacht... Lester? Lester is hier?' wilde Serena weten van achter haar.

'Hij is buiten!' schreeuwde Maria, en haar blik ging plotseling naar de glazen schuifdeur, hopend dat haar vader op de veranda was. 'Lester Manning! De man die achter me aan zat!'

Hij kan elk moment door de deur komen stormen...

Hij zal mij vermoorden en hen, en dan zelfmoord plegen...

Net als Gerald Laws en Cassie...

Met een vlaag van opluchting zag ze haar vader achter de tafel op de veranda zitten, met Smokey op zijn schoot.

Serena was de hele tijd aan het praten; haar moeder was ook vragen begonnen te stellen, maar het drong allemaal niet tot Maria door.

'Wees gewoon stil!' schreeuwde ze. 'Jullie allebei!' Ze schoof de achterdeur open. 'Kom binnen!' zei ze fel tegen haar vader, gebarend dat hij binnen moest komen. Hij reageerde onmiddellijk en sprong overeind met de hond onder zijn arm.

Zowel Serena als haar moeder werd stil. Maria luisterde ingespannen; of ze de deur hoorde opengaan, of er een raam werd ingeslagen.

Stilte.

Serena staarde haar aan, met angst op haar gezicht. Allebei haar ouders keken met open mond naar haar.

Nog steeds niets.

En als Lester Manning nou eens om zou lopen naar achteren?

In de stilte hoorde Maria het geluid van de sirenes weer. Het was nu luid genoeg om het in huis te kunnen horen.

'Ik begrijp het niet,' zei Serena uiteindelijk, en haar stem trilde van de tranen. 'Waar zat Lester achter je aan?'

'In de tuin. Je hebt hem gezien. Hij had me bijna te pakken.'

Maar Serena schudde alleen maar verward haar hoofd. 'Ik zag je rennen, maar er was niemand achter je. Ik zag iemand anders door de straat rennen...'

'Hij had een pistool en hij zat achter me aan!'

'Nee,' hield Serena vol. 'Dat is niet zo.'

Voordat Maria kon verwerken wat ze had gezegd vulde het huis zich met het geluid van de sirenes en flitste er in een vast ritme rood en blauw licht op de muren.

De politie, dacht ze. Goddank.

Op dat moment werd de voordeur ingebeukt.

Maria gilde.

25

Colin

Al met al besloot Colin dat hij het oké vond wat hij had gedaan. Al kon hij, nu de adrenaline uit zijn systeem wegzakte waardoor hij zich zowel uitgeput als beverig voelde, maar moeilijk negeren dat hij op zijn buik lag met zijn handen geboeid achter zijn rug, bewaakt door twee dreigend kijkende agenten en heel waarschijnlijk met een lange gevangenisstraf in het vooruitzicht.

Misschien had hij zijn auto beter aan de kant kunnen zetten voor de agenten die hem hadden gevolgd.

En misschien had hij niet met gierende banden tot stilstand moeten komen achter de politiewagen die al bij het huis van de familie Sanchez was aangekomen terwijl die agenten de deur naderden. En misschien had hij hen niet moeten negeren toen ze hem bevalen zijn stormloop naar de voordeur af te breken en hen het gewoon te laten afhandelen. Als hij andere beslissingen had genomen zouden de agenten hun wapens waarschijnlijk niet hebben getrokken, en ook zou hij niet geconfronteerd zijn met een situatie waarin hij zich afvroeg of ze ze ook echt zouden gebruiken.

Een pluspunt was wel dat hij geen van de agenten daadwerkelijk had aangeraakt nadat hij de deur had ingetrapt, maar niet één van hen was in de stemming om te luisteren toen hij had geprobeerd hun te vertellen over het leegstaande huis of het park, de plekken waar Lester misschien naartoe was gerend. Alle vier waren ze daar te pissig voor. Ze konden hem oppakken voor te hard rijden, roekeloos rijden en het negeren van aanwijzingen van gezagsdragers, en ze zouden zich niet beperken tot het uitschrijven van een paar boetes en het daarbij laten. Ze hadden hem gearresteerd, wat inhield dat zijn overeenkomst herroepen zou worden.

Zijn advocaten zouden het aanvechten; dat stond buiten kijf, maar heel waarschijnlijk zou de oorspronkelijke rechter op de hoogte worden gesteld. Die rechter – zoals al bleek uit de beslissing die hij in eerste instantie had genomen – was eerlijk en redelijk, maar hij was ook glashelder geweest over zijn verwachtingen, en het hof zou ervan op de hoogte zijn. Voeg daar nog het feit aan toe dat Margolis aan de kant van de eisende partij zou ijveren voor een permanente plaatsing onder gevaarlijke en gewelddadige misdadigers, en het was duidelijk dat zijn lot was bezegeld.

De gevangenis.

Hij was er niet bang voor om opgesloten te zijn. Over het algemeen functioneerde hij goed op plekken met regels en structuur, zelfs zonder vrijheid. Hij wist hoe hij zich op de vlakte moest houden, zich met zijn eigen zaken moest bemoeien en zo nodig de andere kant op kijken en zijn mond houden, en na een tijdje zou het hele gebeuren waarschijnlijk routine worden. Hij zou het overleven en uiteindelijk vrijgelaten worden, waarna hij opnieuw zou beginnen. Maar...

Maria zou niet op hem wachten en hij zou geen onderwijzer kunnen worden.

Hij wilde niet denken aan die dingen. Als hij in dezelfde situatie zat, zou hij het allemaal weer doen. Maria's stalker komt opdagen met een vuurwapen? Dan moest hij proberen haar te redden. Zo simpel was het. Hoe had hij kunnen weten dat Lester vertrokken zou zijn tegen de tijd dat hij aankwam?

Als ze naar hem hadden geluisterd, leek het Colin dat de politie Lester allang had kunnen vinden. Maar kostbare minuten waren weggetikt terwijl ze de handboeien omdeden en Colin zijn rechten hadden voorgelezen, en pas toen de agenten waren gekalmeerd, waren ze eindelijk in staat om eerst naar het verhaal van Maria te luisteren, dat er met horten en stoten uit kwam, en daarna naar Felix, die had gezegd dat hij niet van plan was aangifte te doen vanwege de kapotte deur en het versplinterde kozijn. Zowel Serena als Carmen was de hele tijd aan het huilen. Veel te laat had hij eindelijk twee van de vier agenten zien weggaan in een van de politieauto's om op zoek te gaan naar Lester. Daarna vroeg Maria tot zijn verrassing de overgebleven agenten om rechercheur Margolis te bellen toen haar smeekbeden om Colin vrij te laten met onverschilligheid werden beantwoord.

Colin deed zijn ogen dicht, hopend dat de rechercheur het druk had met iets anders.

Even later kondigde een van de agenten aan dat Margolis op weg was.

Wat zou Margolis hiervan smullen. Ongetwijfeld zou hij een van zijn zelfingenomen grijnzen opzetten terwijl hij Colin de preek van 'ik heb je altijd al gewaarschuwd dat dit eraan zat te komen' gaf, waarvan hij zeker wist dat hij hem al aan het oefenen was op weg hiernaartoe.

Maar nogmaals: spijt had hij niet. Maria en haar familie waren veilig, en dat was het enige wat belangrijk was. En Lester ervan weerhouden om weer op te komen dagen... Maria had de agenten verteld dat Lester woedend was geworden zodra hij de sirenes had gehoord. Tot dat moment had Maria hem echter kalm kunnen houden door met hem te praten. Of beter gezegd: Lester laten uitspreken wat er in zijn gestoorde hersenen omging en gewoon met hem instemmen. Maar hoe zou het een volgende keer gaan? Zou Lester dan ook zo gemakkelijk gekalmeerd kunnen worden? Of zou hij haar gewoon grijpen en haar ergens mee naartoe nemen waar de politie hen niet kon vinden?

De gedachte maakte hem misselijk, en hij kon zichzelf wel voor zijn kop slaan dat hij het zelf niet bij het ziekenhuis had nagevraagd. Hoe was Lester weggekomen? Als hij wanen had gekregen toen de rechercheur vanochtend was langsgekomen, waarom was hij dan niet opgesloten? Of deden ze dat eigenlijk nog wel?

En dan was er nog iets wat hem dwarszat: hoe had Lester geweten dat Maria hier zou zijn? Misschien was hij bij het kantoor langsgegaan en daarna bij haar appartement, en zag hij dat ze daar niet was, maar...

Zijn gedachtegang werd onderbroken, eerst door koplampen, daarna door het geluid van een afremmende auto. Hij hoorde dat de auto stopte, en een paar seconden later ging er een autoportier open en werd met een doffe dreun weer dichtgeslagen.

Margolis.

'Heb je wel eens het idee dat je iets in de schoot geworpen krijgt?' vroeg Margolis terwijl hij naast hem hurkte. Eerst was hij op Maria af gelopen, maar toen hij Colin in handboeien op de grond zag liggen bedacht hij zich en huppelde bijna naar hem toe. 'Want ik heb het idee dat dat zojuist bij mij is gebeurd.'

Colin zei niets. Alles wat hij zei zou alleen maar tegen hem gebruikt worden.

'Ik bedoel, het ene moment ben ik gewoon op weg om even wat te gaan snacken niet meer dan tien minuten hiervandaan, en dan krijg ik een belletje dat mijn aanwezigheid hier dringend nodig is. En wie tref ik hier aan? Mijn oude makker Colin. Ik moet zeggen dat je er sinds tijden niet zo goed hebt uitgezien.' Colin merkte de weerkaatsing van Margolis' grijns op in diens glanzend gepoetste schoenen. 'Wat heb je gedaan? Ruziegemaakt met je vriendinnetje hier? Misschien paps of mams een duw gegeven toen ze probeerden tussenbeide te komen? Of heb je een van de agenten aangevallen nadat ze hier waren gekomen en probeerden je tot bedaren te brengen?' Hij spuugde zijn tandenstoker uit en liet hem gevaarlijk dicht bij Colins gezicht in het gras vallen. 'Je kunt net zo goed stoppen met zwijgen en het me vertellen. Ik kom er over een minuut toch wel achter.'

Colin ademde uit. 'Verkeersovertredingen,' zei hij.

Margolis hield zijn hoofd scheef van verbazing. 'Echt waar?' Toen Colin geen antwoord gaf, schudde de rechercheur grijnzend zijn hoofd. 'Ik moet toegeven dat ik die niet had zien aankomen. Maar goed, ik ben er evengoed tevreden mee. Laat me nu maar eens met je vriendinnetje gaan praten – als je haar nog steeds je vriendinnetje noemt, tenminste. Zelfs als je haar met geen vinger hebt aangeraakt, komt ze niet op mij over als het type dat elk weekend naar de gevangenis gaat om haar man te ondersteunen, en ik ben altijd vrij goed geweest in mensen inschatten.'

Hij stond op.

Toen Margolis zich omdraaide en naar Maria begon te lopen schraapte Colin zijn keel.

'Kan ik nu opstaan?'

De rechercheur keek heel even over zijn schouder en haalde toen zijn schouders op. 'Geen idee. Kun je dat?'

Colin gebruikte zijn hoofd om zich schrap te zetten, tilde zijn heupen op en duwde met één vloeiende beweging zijn knieën naar voren, waarbij hij op zijn voeten landde.

Margolis wuifde een van de agenten weg die een stap naar Colin toe had gezet. Hij grijnsde weer. 'Met zulke bewegingen weet ik zeker dat alle kerels in de gevangenis met je zullen willen dansen. Maar weet je, waarom wacht je daar niet even terwijl ik probeer erachter te komen wat er hier aan de hand is.'

Margolis gaf een teken aan de twee agenten om dichterbij te komen en Colin keek toe terwijl ze op zachte toon overlegden. Een van hen wees een paar keer met zijn duim naar Maria; de ander gebaarde met zijn hoofd in de richting van Colin. Inmiddels waren er een aantal buren naar buiten gekomen die op hun gazons of op straat stonden en hun nek uitstaken om het beter te kunnen zien. Hij was niet de enige die het had gezien: Margolis zag het ook, en na een korte discussie met de familie begon iedereen naar binnen te gaan, behalve Colin. Tot Colins verrassing gebaarde Margolis dat hij mee moest komen.

In de woonkamer vertelde Maria het verhaal nog een keer vanaf het begin, inclusief een beschrijving van de kleren die Lester had gedragen, maar deze keer chronologischer. Haar familie stond achter haar en zag er meer geschrokken uit dan zij, terwijl de twee agenten die Colin hadden gearresteerd aan weerskanten van de voordeur stonden. Margolis maakte aantekeningen, en zo nu en dan onderbrak Serena Maria. Pas toen Maria klaar was, stelde Margolis zijn eerste vraag.

'Heeft hij je op enig moment rechtstreeks met het vuurwapen bedreigd?' vroeg Margolis.

'Hij hield het in zijn hand.'

'Maar hij heeft het niet omhooggebracht? Of op jou gericht?'

'Waarom maakt dat uit?' vroeg Maria. 'Hij kwam bij het huis aan met een wapen. U moet hem arresteren.'

Margolis stak zijn handen omhoog. 'Begrijp me niet verkeerd. Ik sta aan jouw kant. Met zijn bekentenis dat hij de rozen naar het kantoor heeft gestuurd en het drankje had besteld en nu dit, is er geen twijfel dat je het omgangsverbod kunt krijgen. Ik kan me niet voorstellen dat er een rechter is die dat verzoek zou afwijzen, en ik zal bellen om erachter te komen of ik dat versneld kan laten afhandelen. Ik vroeg het omdat ik probeerde vast te stellen of hij ook nog de wapenwet heeft overtreden.'

'Hij is geestelijk ziek. Dat maakt het illegaal voor hem om een vuurwapen te bezitten in deze staat.'

'Misschien.'

Maria's ogen schoten vuur. 'Hij zat vanochtend nog in een psychiatrisch ziekenhuis. Dat hebt u me tenminste verteld.'

'Ik heb geen reden om aan te nemen dat hij daar niet zat, en geloof me: ik zal absoluut controleren of de rechercheur dat bij het rechte eind had. Maar toen ik het over geestesziekte had, bedoelde ik juridisch gezien. Tot op dit moment heb ik geen inzage gekregen in zijn medische dossiers, en in de gevallen waarbij hij werd gearresteerd werden de zaken niet-ontvankelijk verklaard. Ik weet niet zeker of zijn geestelijke toestand eigenlijk wel juridisch vastgesteld is. Bovendien is er een verschil tussen je vrijwillig laten opnemen in een ziekenhuis en onder dwang worden opgenomen.'

'U bent aan het muggenziften,' zei Maria, met steeds zichtbaarder frustratie. 'Ik heb u al verteld hoe hij zich gedroeg. Hij praatte tegen de telefóón, verdomme. Hij heeft last van wanen en hij bedreigde me met een wapen!'

'Weet je dat zeker?'

'Hebt u überhaupt naar me geluisterd?'

Margolis ging rechter staan, zichtbaar in de verdediging. 'Voor alle duidelijkheid: uit niets wat je hebt gezegd blijkt dat hij het wapen op je heeft gericht of je heeft gedwongen iets te doen. En toen je je in je huis terugtrok, rende hij de andere kant op.'

Heel even zei Maria niets, maar Colin merkte een flits van onzekerheid op in haar ogen.

'En het feit dan dat hij mijn banden heeft lekgestoken en mijn telefoon heeft gestolen?'

'Heeft hij je verteld dat hij je banden heeft lekgestoken?'

'Nee, maar...' Maria keek naar hem op. 'Waarom doet u dit? Waarom maakt u excuses voor hem? Het is net alsof u elke reden aangrijpt om hem niet te arresteren.'

'Integendeel. Ik probeer iets te vinden waar we iets aan hebben. Er is geen reden om hem te arresteren als ik hem niet kan vasthouden.'

'Hij had een wapen! Betekent dat dan niets?'

'Dat zou zo zijn als hij het probeerde te verbergen. Of je ermee had bedreigd. Maar volgens jou heeft hij dat allebei niet gedaan.'

'Dat is... krankzinnig.'

'Het is de wet. Natuurlijk, als hij geen vergunning voor dat wapen heeft, is dat iets wat ik kan gebruiken. Maar dat zal niet genoeg zijn om hem lang vast te houden. En ook niet het feit dat hij je telefoon heeft afgepakt.'

'En het doorsnijden van mijn banden dan?'

'Heeft hij dat toegegeven?' vroeg Margolis opnieuw.

'Nee, maar...'

Margolis zuchtte. 'Ik weet dat dit frustrerend voor je is, maar ik probeer je echt te helpen. Ik ben op zoek naar iets wat aanleiding geeft tot een daadwerkelijke arrestatie, op gronden die ernstig genoeg zijn om hem vast te houden.'

'Oké dan. Ik heb me daarnet vergist. Ik herinner me nu dat hij het wapen wel op me richtte. Hij richtte het de hele tijd op me.'

Margolis trok een wenkbrauw op. 'Verander je je verhaal?'

'Ik corrigeer het,' zei ze.

'Goed dan.' Hij knikte. 'Maar voordat we die weg bewandelen, moet je ook beseffen dat deze hele situatie misschien gecompliceerder is dan je denkt.'

'Wat betekent dat?'

'Dat mag ik nog niet zeggen. Het is nog te vroeg in het onderzoek. Voorlopig is het enige wat je echt hoeft te weten dat ik veel verschillende invalshoeken aan het onderzoeken ben.'

Colin trok zijn wenkbrauwen op. Verschillende invalshoeken?

Maria wierp hem een vragende blik toe en draaide zich vervolgens weer om naar Margolis, net op het moment dat er op de deur werd geklopt. Een van de agenten die naar Lester had gezocht stak zijn hoofd om de deur. Margolis excuseerde zich en stapte even naar buiten, waarna hij weer terugkeerde bij Maria en het gezin. De twee andere agenten gingen met hem mee naar binnen en bleven dicht bij de deur staan.

'De agenten hebben gezegd dat ze hem niet konden vinden. Ze zijn een paar keer door de wijk gegaan, hebben met een paar mensen gepraat die buiten stonden, en niemand had hem gezien.'

Colin deed zijn mond open en deed hem toen weer dicht. Margolis merkte het.

'Heb je iets te zeggen?'

'Ik vroeg me af of ze in het park hebben gekeken. En in het huis in de straat hierachter dat met de achterkant tegen dit huis aan ligt.'

Margolis staarde naar hem. 'Hoezo?'

Colin vertelde hem wat hij had ontdekt, en ook over zijn vermoedens over het leegstaande huis en Lesters spionageactiviteiten. Ook zei hij waar hij vermoedde dat Lester zijn auto had neergezet. Na aandringen van Margolis gaf Colin toe dat hij de wijk laat op de avond en 's ochtends vroeg had bezocht, en dat hij tijd had uitgetrokken om de kentekens op te zoeken. Maria's ouders keken misselijk bij de onthullingen; ondertussen bleef Margolis hem voortdurend staalhard aankijken.

'En dat vertel je me nu pas? Dat je al die tijd de privédetective hebt uitgehangen?'

Colin knikte naar de agenten. 'Ik heb de politie toen ze me arresteerden verteld waar ik dacht dat Lester naartoe zou kunnen zijn gegaan. Ze wilden niet naar me luisteren.'

Het was even stil. Een van de agenten verplaatste zijn gewicht naar zijn andere been.

'Maar hij rende niet in de richting van het park,' zei Serena zachtjes. 'Of naar het huis.'

'Wat zeg je?' vroeg Margolis.

'Het park is een paar straten verderop die kant op,' zei Serena, terwijl ze in de richting van de keuken wees. 'En tenzij hij een omweg om dit huizenblok heen wilde nemen, rende hij ook niet in de richting van het leegstaande huis. Hij rende de andere kant op, in de tegengestelde richting.'

Margolis liet dit tot zich doordringen, waarna hij zich excuseerde om met de agenten te beraadslagen. Ongeveer een half uur te laat, dacht Colin.

Margolis kwam weer terug bij Maria. 'Als we ervan uitgaan dat Lester hier met de auto is gekomen, en aangezien er geen auto's op zijn naam staan, zullen ze er wel achter komen of een van de auto's is gestolen of dat we ze op een andere manier met Lester in verband kunnen brengen. Natuurlijk kan Lester zijn teruggerend en de auto hebben genomen, of hij kan gewoon zijn weggerend, maar voorlopig is het belangrijkste dat ik erop vertrouw dat jullie veilig zijn. Ben je van plan naar huis terug te gaan?'

'Ze blijft bij ons,' kondigde Felix aan. 'Serena ook.'

Margolis stak zijn duim over zijn schouder. 'Uw voordeur is kapot.'

'Ik heb nog wat planken in de garage liggen. Ik zal het dichttimmeren en dan zal ik hem morgen laten repareren.'

'Hebt u een alarminstallatie?'

'Ja,' zei hij. 'Maar die gebruiken we niet veel.'

'Gebruik die vannacht, ook al moet u de voordeur overslaan. En timmer de deur dicht en hou voor de zekerheid de gordijnen dicht.'

'Hoe zit het met politiebescherming?' vroeg Serena. 'Iemand bij het huis laten posten?'

'Dat krijg ik niet voor elkaar,' antwoordde Margolis. 'Kies maar een reden uit: bezuinigingen, niet genoeg mankracht, beperkingen op overuren, of zelfs dat er nog geen omgangsverbod is uitgevaardigd. Maar ik zal de commandant bellen, en ik ben er vrij zeker van dat ik kan regelen dat er om de zo veel uur een patrouilleauto langs kan rijden.'

'En als Lester terugkomt?'

'Ik denk niet dat dat waarschijnlijk is.'

'Waarom zegt u dat?'

'Omdat hij bang is voor de politie, en voor hetzelfde geld is er hier wél een agent.'

'Tenzij hij gek geworden is en het hem niet kan schelen.'

'Hij is daarnet ook weggerend,' zei Margolis, maar omdat hij besefte hoe nonchalant dat waarschijnlijk klonk, ging hij verder. 'Ik weet dat je bang en van streek bent, Maria. Dat begrijp ik. Ik zal ervoor zorgen dat er een paar agenten een uur lang de buurt doorkruisen. En wie weet, misschien hebben ze geluk en pakken ze hem op. Als ze hem oppakken, zullen ze hem opbrengen. Dan zal ik hem in de ondervragingsruimte zetten en zien wat ik kan doen. En morgen ga je hoe dan ook een omgangsverbod aanvragen, en de volgende keer dat hij bij je in de buurt komt, wordt hij gearresteerd. En die arrestatie zal standhouden.'

Colin zag dat er zich tegenstrijdige emoties op Maria's gezicht afspeelden. Ze keek naar de agenten bij de deur, waarna ze diep ademhaalde.

'Mag ik u even alleen spreken?'

Margolis dacht even na voordat hij uiteindelijk knikte. Hij gebaarde naar de andere agenten dat ze naar buiten moesten gaan en ze gingen stilletjes weg door de voordeur. Tegelijkertijd liepen Serena en haar ouders naar de keuken, en toen ze weg waren, zuchtte Maria.

'En hoe zit het met Colin?'

Margolis keek naar hem. 'En hoe zit wát met hem?'

'Ik had gehoopt dat u met de agent kon gaan praten die hem heeft gearresteerd. Misschien kunt u hem ervan overtuigen om Colin er met wat verkeersboetes van af te laten komen of wat dan ook. In plaats van hem te laten arresteren.'

Margolis keek haar aan alsof hij haar nauwelijks geloofde. 'Waarom zou ik dat doen? Van wat ik heb gehoord reed hij bijna honderd in een woonwijk. Hij heeft bijna een frontale botsing gehad met iemand een paar straten verderop, en hij weigerde de auto aan de kant te zetten.' Hij schudde zijn hoofd. 'En toen hij hier was volgde hij de instructies van de agenten om zich terug te trekken niet op en maakte in plaats daarvan een ontvlambare situatie nog veel erger.'

'Ik was in gevaar. U zou hetzelfde hebben gedaan als u dacht dat iemand van wie u hield misschien gewond zou raken.'

'Hij had het gewoon aan de politie moeten overlaten. Ondertussen heeft hij door de manier waarop hij reed het leven van andere mensen op het spel gezet.'

'Lester had een wapen, godsamme!'

'Nog weer een reden om het door de politie te laten afhandelen.'

'Het is niet eerlijk en dat weet u best!' riep Maria uit, haar zelfbeheersing verliezend. 'U kunt hem toch niet de gevangenis in sturen? Voor te hard rijden?'

Ik heb veel meer gedaan dan dat, dacht Colin. De agenten hebben me alleen maar tijdens de laatste twee minuten van de rit gezien.

'Hij heeft zijn keuzes gemaakt,' zei Margolis. 'Vergeet niet dat de agenten hun wapens moesten trekken. Je had gewond kunnen raken. Je familie had gewond kunnen raken.'

'En zodra hij wist dat ik veilig was, gehoorzaamde hij ze en gaf hij zich uit vrije wil aan ze over. Hij verhief zijn stem niet en heeft zich totaal niet verzet. Wilt u echt dat hij de rest van zijn leven vergalt? Omdat hij me te hulp schoot?'

'Dat is niet aan mij.' Margolis haalde zijn schouders op.

'Nee. Maar ik heb het idee dat ze naar u zullen luisteren.' Ze zette haar handen op haar heupen en dwong Margolis haar aan te kijken. 'Ik weet dat u Colin niet vertrouwt en dat u ervan overtuigd bent dat hij in de gevangenis thuishoort. En als hij met de agenten had gevochten of zich had verzet tegen zijn arrestatie of iets anders stoms had gedaan, zou ik u niet vragen om tussenbeide te komen. Maar die dingen zijn niet gebeurd en u komt niet op me over als onredelijk of onnodig rancuneus.' Ze aarzelde. 'Ik zou graag denken dat mijn indrukken van u juist zijn. Alstublieft...'

Voor een tijd die wel een eeuwigheid leek te duren staarde Margolis naar haar terug, zonder zich te bewegen. Toen liep hij, zonder iets te zeggen, naar de deur.

Vijf minuten later stond Colin bij de bank en wreef hij afwezig over de plek op zijn polsen waar de handboeien erin hadden gesneden.

'Dank je wel dat je me te hulp bent gekomen,' zei hij.

'Graag gedaan.'

'Ik kan nog steeds niet geloven dat hij naar je heeft geluisterd.'

'Ik wel. Hij wist dat dat het enige juiste was. En de agent die de arrestatie had verricht was niet boos. Nadat hij het hele verhaal had gehoord, denk ik dat ook hij er niet meer zo happig op was.'

Colin gebaarde naar de deur. 'Het spijt me van de deur. Ik wil er graag voor betalen.'

'Mijn vader kan het niet schelen. Echt waar, hij is veel te boos over het feit dat Lester ons gezin heeft lopen bespioneren om zich druk te maken om een deur.'

'Wat vind je ervan als ik help om hem dicht te maken voor de nacht?'

Toen ze knikte volgde hij haar naar de garage, en ze kwamen terug met de planken, een hamer en spijkers. Maria hielp de planken op hun plek te houden, en toen ze ten slotte vastzaten, stapte ze op Colin af. Ze sloeg haar armen om hem heen en hield hem lange tijd vast voordat ze zich eindelijk terugtrok.

'Wat ga je nu doen?'

'Ik ga mijn baas bellen,' zei hij. 'Om haar te laten weten waar ik ben en erachter te komen of ik ben ontslagen. En daarna denk ik dat ik de rest van de nacht buiten op wacht blijf staan. Ik wil hier zijn als Lester komt.'

Ze knikte. 'Wat denk je dat Margolis bedoelde toen hij zei dat hij verschillende invalshoeken ging onderzoeken? Lester heeft bijna alles bekend...'

Colin haalde zijn schouders op. 'Ik heb geen idee. Iets over Cassies vriendje Mark misschien? Aangezien die van de radar is verdwenen?' Colin vertelde Maria alles over het beetje dat hij eerder die dag te weten was gekomen.

Achter hen liep Felix de woonkamer binnen, vergezeld door Carmen. Carmen overhandigde Colin een glas ijswater terwijl Felix Colins timmerwerk aan de deur inspecteerde.

'Het spijt me van de deur,' zei Colin een beetje beteuterd. 'Ik heb tegen Maria gezegd dat ik ervoor zal betalen.'

Felix knikte. 'Dit is goed werk. Stevig.' Hij zette een stap naar Colin toe en keek hem aan; zijn uitdrukking werd mild. 'Ik wilde je bedanken omdat je in alle haast hierheen bent gekomen toen je dacht dat Maria in moeilijkheden zat. En omdat je de politie hebt gebeld.'

'Graag gedaan.'

Carmen gleed weer op haar plaats naast hem terwijl Felix doorpraatte. Achter hen kon Colin nog net Serena in de keuken zien staan, duidelijk meeluisterend. 'Toen we elkaar voor het eerst ontmoetten, geloof ik dat ik je niet goed heb ingeschat. Maria vertelde me dat ze zich veilig voelde bij je. Nu begrijp ik waarom.'

Bij zijn woorden liet Maria haar hand in die van Colin glijden.

'Ik hoorde je tegen Maria zeggen dat je vannacht de wacht wilt houden. Buiten. Voor het geval dat Lester terugkeert.'

'Ja.'

'Daar heb ik moeite mee.'

Colin keek hem aan en zei niets.

'Dat moet je binnen doen, niet buiten. Als onze gast.'

Hij voelde Maria in zijn hand knijpen, en ondanks alles kon hij het niet laten om te glimlachen.

'Oké.'

Colin ijsbeerde door de woonkamer, dan weer door de gordijnen bij het raam aan de voorkant glurend, dan weer door de keukenramen.

Geen spoor van Lester.

Margolis had woord gehouden; er kwam vier keer een patrouillewagen langs het huis, twee keer terwijl de rest van het gezin nog wakker was en twee keer nadat alle anderen naar bed waren gegaan. Maria was het langst wakker gebleven en was tot even na enen bij Colin blijven zitten. Voordat hij naar bed ging, had Felix tegen Colin gezegd dat hij om vier uur op zou staan om de wacht over te nemen zodat Colin nog een beetje zou kunnen slapen.

Voor Colin voelde het als een zegen dat hij even de tijd voor zichzelf had, zodat hij alles kon verwerken wat er die avond was gebeurd. Hij had nog steeds meer vragen dan antwoorden, want niets leek te kloppen. Als Lester bijvoorbeeld wanen had die zo ver gingen dat hij ervan overtuigd was dat Maria eropuit was om hem te pakken, dan zou zijn angst hem bij Maria hebben weggehouden in plaats van dat hij er herhaaldelijk door naar haar toe was getrokken.

Maar had Lester niet in feite toegegeven dat hij Maria al die tijd al aan het stalken was geweest?

En waarom had Margolis Maria verteld dat hij 'verschillende invalshoeken' aan het onderzoeken was?

Er waren nog andere vragen die hem bezighielden: waarom had Lester toegegeven dat hij de bloemen en het drankje had besteld, maar niet dat hij de banden had stukgesneden? Was Lester daadwerkelijk met de auto gekomen, en zo ja, waar had hij die dan vandaan gehaald? Als hij zijn auto bij het park had achtergelaten maar in de tegenovergestelde richting was weggerend, waar ging hij dan heen en waarom kon de politie hem niet vinden? En nogmaals, hoe had Lester geweten dat Maria bij haar ouders thuis zou zijn als Maria zelf de verjaardag van haar moeder was vergeten?

Hoe meer hij te weten kwam, hoe minder hij ervan begreep.

'Ik krijg de zenuwen van je,' zei Maria. 'En volgens mij heb je een groef in de vloer uitgesleten.'

Colin keek om en zag haar in de gang staan, gekleed in haar pyjama.

'Heb ik je wakker gemaakt?'

'Nee. Ik heb maar heel even geslapen.'

'Hoe laat is het?'

'Even na drieën,' zei Maria. Ze liep naar de bank en klopte op het kussen naast zich. Toen Colin ging zitten liet ze haar hoofd op zijn schouder zakken terwijl hij zijn arm om haar heen liet glijden. 'Je kunt maar het beste proberen een beetje te slapen.'

'Ik hoef hier nog maar een uur te zitten tot je vader opstaat.'

'Ik denk niet dat hij slaapt. Hij ligt waarschijnlijk net zo te woelen en te draaien als ik heb gedaan.' Ze kuste hem op zijn wang. 'Ik ben blij dat je hier bent, maar mijn ouders zijn dat ook. Vlak voordat ze naar bed gingen, hebben ze hun excuses aan me aangeboden voor de manier waarop ze je eerder hebben behandeld.'

'Ze hoefden zich niet te verontschuldigen. Ze zijn heel vriendelijk geweest. Vooral over het feit dat ik de deur heb ingetrapt.'

Ze haalde haar schouders op. 'Om eerlijk te zijn was het best indrukwekkend. Normaal gesproken houden deuren mensen buiten, maar deze remde je niet eens af. Ze voelen zich meer op hun gemak nu ze weten dat jij hier bent.'

Hij knikte. Het maanlicht stroomde door een kier in de gordijnen naar binnen, waardoor de woonkamer in een zilveren gloed baadde. 'Ik wilde je nog vertellen dat ik het geweldig vond hoe je met Lester bent omgegaan. Niet iedereen zou kalm hebben kunnen blijven in die situatie.'

'Ik was niet kalm. Ik was doodsbang. Elke keer dat ik vanavond mijn ogen dichtdeed, bleef ik zijn gezicht maar zien. En het was gewoon zo... raar. Ik bleef maar het gevoel krijgen dat hij banger voor mij was dan ik voor hem, ook al was hij degene die een wapen had.'

'Ik begrijp het ook niet.'

'Ik wilde dat de politie hem had gevonden. Ik vind het vreselijk om te weten dat hij daar nog steeds is... en me volgt, me in de gaten houdt, plannetjes maakt en zich schuilhoudt. Wat voor zin heeft een omgangsverbod als ze hem niet kunnen dagvaarden? En als hij weer komt opdagen voordat zij dat doen? Ik heb overwogen om de stad te verlaten, maar als hij me nou eens volgt? Of me op de een of andere manier opspoort? Ik bedoel, zelfs ik wist niet dat ik hier vanavond zou zijn, dus hoe wist hij dat dan? En hoe wist hij dat ik in de bar zou zijn?'

'Die dingen heb ik me ook afgevraagd.'

'En? Wat moet ik nou doen? Ik wil me gewoon... véilig voelen.'

'Ik heb een idee. Het is misschien een beetje overdreven, maar...'

'Wat dan?'

Hij vertelde het haar.

26

Maria

Maria lag te slapen op de bank toen ze Colin haar een afscheidskus voelde geven. Hij fluisterde dat hij om acht uur terug zou zijn. Ze was zich er vaag van bewust dat hij de garagedeur uit glipte. Tot haar eigen verbazing lukte het haar nog een paar uur te slapen voordat de geluiden van het huishouden haar wekten.

Tijdens het koffiedrinken vertelde ze haar ouders en Serena over Colins plannen. Ze luisterden met verbazing. Haar ouders zouden er de voorkeur aan hebben gegeven dat ze daar zou blijven, waar ze een oogje op haar konden houden, maar ze begrepen Colins redenering en aanvaardden haar beslissing, en vroegen alleen of ze contact wilde houden.

Colin verscheen om een uur of acht bij het huis van haar ouders met een wegwerpmobieltje en volgde Maria terug naar haar appartement. Daar ging ze onder de douche, kleedde zich om in een spijkerbroek en een wit T-shirt en zwarte pumps, en pakte een weekendtas in. Tegen negenen waren ze in de rechtbank, waar Maria de noodzakelijke papierwinkel invulde en indiende voor het omgangsverbod. Margolis had zich weer aan zijn woord gehouden; de griffier zei dat ze het nog voordat de rechtbank die ochtend bijeenkwam aan de rechter zouden voorleggen om te tekenen.

Met de wegwerptelefoon sms'te Maria Margolis haar tijdelijke nummer en vroeg of hij haar op de hoogte wilde houden van eventuele voortgang met betrekking tot Lester Manning.

Tot haar verbazing belde Margolis binnen een half uur terug en vroeg of ze met hem wilde afspreken in een koffiebar. 'Het is niet ver van de rechtbank en we kunnen er praten zonder afgeluisterd te worden,' zei hij cryptisch. Ze had een goed gevoel over het feit dat ze de papieren had ingediend en besloot Colins idee uit te voeren. Voor het eerst sinds dit allemaal was begonnen had ze zelf iets ondernomen in plaats van alleen maar te reageren. Hoewel ze geen garantie had dat ze Lester een gerechtelijk bevel zouden kunnen opleggen, gaf het feit dat ze het initiatief had genomen haar wel het gevoel alsof ze enige schijn van controle had.

In de koffiebar gingen zij en Colin in een zitje in de hoek zitten waar ze Margolis zouden kunnen zien aankomen.

Toen hij eindelijk een half uur te laat door de deur kwam, had hij maar een seconde nodig om hen te ontdekken. Terwijl hij tussen de tafels door slalomde merkte Maria op dat de stof van zijn slechtzittende blazer strak om zijn biceps spande. Net als Colin leek Margolis veel tijd door te brengen in de sportschool.

Hij bleef even bij de kassa staan om een kop koffie te bestellen en gleed toen op het bankje tegenover Maria en Colin. Toen hij naar Colin keek, dacht ze iets minder vijandigheid dan gewoonlijk te bespeuren.

Maar misschien verbeeldde ze zich het alleen maar.

'Waren er nog problemen met het omgangsverbod vanochtend?'

'Nee,' zei Maria. 'En bedankt voor uw hulp. Het was duidelijk dat ze me verwachtten.'

Hij knikte. 'Rechter Carson is vandaag in de rechtbank. Ik heb zijn griffier op de hoogte gebracht, dus er zou geen oponthoud moeten zijn. Als je niks van ze hoort, laat het me dan weten.'

'Oké,' zei ze.

De ober kwam langs om de kop koffie te brengen. Margolis wachtte tot hij weg was voordat hij weer sprak.

'Hoe ging het vannacht?' vroeg hij aan Maria.

'Ik heb niet goed geslapen, als u dat bedoelt. Maar Lester is tenminste niet meer teruggekomen.'

Hij knikte. 'Ik heb het vanmorgen gecheckt en hij is ook niet gezien door een van de patrouilles. Maar hij komt wel boven water. Zo'n vent als hij valt meestal nogal op en maakt mensen zenuwachtig, wat betekent dat er telefoontjes binnenkomen. Ik heb er alle vertrouwen in dat iemand het ons zal laten weten als hij opduikt.'

'Als hij nog in de stad is,' zei ze. 'Hij kan net zo goed intussen weer in Charlotte zijn. Of God mag weten waar.'

'Als hij daar is, is hij niet in het ziekenhuis. Dat heb ik vanochtend gecheckt. Geen teken van hem. Je moet ook weten dat ik mijn vriend langs het huis van de Mannings heb laten rijden vanochtend. Geen teken van hem daar, niet in het garageappartement en ook niet in huis.'

Ze knikte.

'Even iets anders,' ging hij verder, 'ik heb met het bureau van de sheriff gesproken en daar hebben ze er geen bezwaar tegen als ik Lester dagvaard als we hem weten te vinden. Dat is in feite goed nieuws. Dat gaat niet altijd zo gemakkelijk. Maar ik zou het heel jammer vinden als Lester wel opgespoord maar niet gedagvaard zou worden omdat er niet meteen sheriffs voorhanden zijn en hij weer verdwijnt voor ze er wel zijn.'

'Dus dat is het plan?' vroeg Maria. 'Wachten tot hij zich weer laat zien?'

'Ik weet niet of er wel een andere optie is. Ik probeer er alleen maar het beste van te maken.'

'Is dat waarom u vanochtend met me wilde afspreken? Om me te vertellen dat u hem niet kon vinden?'

'Nee,' zei Margolis. 'Er zijn een aantal interessante stukjes informatie boven water gekomen en ik wilde weten wat jij ervan vond.'

'Ik dacht dat u niet over het onderzoek mocht praten.'

'Dat klopt. En dat betekent dat ik me zal moeten beperken in wat ik je vertel. Maar toch wilde ik met je praten, want ik heb je hulp nodig.'

'Hoezo?'

'Omdat hoe meer ik me in deze situatie verdiep, hoe minder het allemaal lijkt te kloppen. Ik hoop dat jij me kunt helpen de stukjes in elkaar te passen.'

Welkom in mijn wereld, dacht Maria.

Margolis ging verder. 'Wat de situatie van gisteravond betreft: ik heb je al verteld dat ik naging of er mogelijk een overtreding van de wapenwet was. Maar net als al het andere in deze zaak, blijkt wat zonneklaar leek te zijn dat toch niet te zijn. Dus laten we hiermee beginnen: Lester heeft géén wapenvergunning. Ook heeft hij niet op legale wijze een wapen aangeschaft, waarvan ik dacht dat het geweldig nieuws voor je was. Echter, het blijkt dat Avery Manning, de vader, wél een vergunning heeft voor een handwapen, dat hij ongeveer een jaar geleden heeft gekocht.'

'Ja, en?'

'Het probleem is dat Lester en Avery, vader en zoon, op hetzelfde adres wonen. Het is niet verboden om iemands wapen te lenen als er een geldige vergunning voor het wapen is. Dus daar kan ik mijn zaak niet omheen opbouwen, tenzij Avery Manning geen toestemming heeft gegeven. Maar er zijn zelfs nog meer verwikkelingen.'

'Zoals?'

'Avery Manning kwam me vanochtend opzoeken.' Hij liet die woorden even in de lucht hangen voor hij verderging. 'Daarom was ik hier te laat, trouwens. Het leek me beter dat ik eerst hem zag voordat ik met jou ging praten. Het verhaal nam nog weer een andere wending.'

'Wat dan?'

'Het pistool was misschien niet echt.'

'Pardon?'

Margolis pakte zijn lepeltje en begon in zijn koffie te roeren terwijl hij verderging. 'Laat ik beginnen bij het begin, oké? We gaan zitten en het eerste wat ik denk is dat dokter Manning er ontzettend beroerd uitziet, wat ook wel logisch was toen hij me vertelde dat hij net uit Tennessee was komen rijden. Hij was duidelijk ontdaan. Hij moet er wel een heel pakje kauwgom doorheen hebben gejaagd terwijl we daar zaten, het ene na het andere stukje in zijn mond stoppend en weer uitspugend. Toch probeerde hij niet het gesprek naar zijn hand te zetten, wat me verbaasde gezien de manier waarop je hem had omschreven. Maar goed, ik vraag hem wat ik voor hem kan doen, en hij zegt onmiddellijk dat Lester Plainview heeft verlaten, en hij maakte zich zorgen dat Lester jou zou gaan opzoeken. Hij smeekte me je te waarschuwen en tegen je te zeggen dat als Lester opdook, je de politie moest waarschuwen. Hij vertelde verder dat Lester in een acute fase zat en dat hij al jaren met deze stoornis kampte, bla, bla, bla... ongeveer hetzelfde als wat hij me al eerder had verteld.'

'Maar gisteren wist hij niet eens zeker of zijn zoon in het ziekenhuis was.'

Margolis nam een slok van zijn koffie. 'Hij zei dat het ziekenhuis hem had gebeld zodra ze beseften dat Lester weg was, omdat hij de contactpersoon is in geval van nood. Het schijnt dat toen Lester niet kwam opdagen voor zijn afspraak met de maatschappelijk werker, het personeel een paar uur in het ziekenhuis naar hem heeft gezocht voor ze beseften dat hij het terrein moest hebben verlaten. En toen belden ze dokter Manning.'

'Hoe is dat nou mogelijk? Het is een psychiatrisch ziekenhuis. Houden ze hun patiënten niet in de gaten?'

'Volgens dokter Manning was Lester er vaak genoeg geweest om de dagelijkse procedures te begrijpen en kent hij het personeel. De bestuurder benadrukte ook dat er geen reden was om Lester niet te vertrouwen. Lester was vrijwillig het ziekenhuis in gegaan en hij was nog nooit weggelopen. Dus de vrije uren beginnen en ze nemen aan dat Lester gewoon... weggeglipt is. Daarna kan hij óf gebruikmaken van iemands auto, óf iemand heeft hem opgepikt, en hij is naar Wilmington gekomen. En hij had blijkbaar ergens onderweg een pistool verborgen.' Margolis haalde zijn schouders op. 'Wat kan ik erover zeggen? Hij is paranoïde.'

'Als hij me wilde waarschuwen, waarom heeft dokter Manning dan niet gebeld zodra hij erachter kwam?'

'Dat heeft hij gedaan,' zei Margolis. Met zijn blik gaf hij te kennen dat hij net zo verbaasd was als zij. 'Hij heeft gisteravond een voicemail ingesproken, maar helaas kwam ik er pas vanochtend aan toe om hem te beluisteren, nadat ik hem al had gesproken. Maar dan nog weet ik niet of het veel zin had gehad. Het telefoontje kwam pas binnen toen Lester al bij je was geweest.'

Maria knikte.

'Maar goed, nadat we die dingen hadden besproken vertelde ik dokter Manning dat Lester niet alleen bij het huis van je ouders was verschenen en de confrontatie met je was aangegaan, maar ook een vuurwapen had. Op dat moment werd dokter Manning nog zenuwachtiger. En toen, nadat hij wat rustiger leek te zijn geworden, verzekerde hij me dat Lesters vuurwapen niet echt kon zijn geweest.'

'Ja, dat zou ik ook zeggen.'

'Dat dacht ik ook. Ik vroeg hem hoe hij dat zo zeker kon weten. Hij zei dat hij maar twee vuurwapens bezat: een oud geweer dat hij heeft sinds hij klein was en waarvan hij zei dat het misschien niet eens werkte, en het handwapen waar ik je over vertelde, dat hij in een kist in de kofferbak van zijn auto bewaart die op slot zit. Hij voegde eraan toe dat hij het absoluut nooit thuis zou laten, waar Lester eraan zou kunnen komen.'

'Ik weet wat ik heb gezien!'

'Daar twijfel ik niet aan, maar laat me uitspreken,' zei Margolis. 'Dokter Manning zei dat hoewel Lester geen écht pistool bezat, hij wel een luchtdrukpistool bezat. Hij zei dat hij het voor Lester had gekocht toen die een tiener was, en dat hij had aangenomen dat het in een van de dozen op zolder zat bij de andere spullen van Lester. Het is mogelijk, zei hij, dat zijn zoon het een tijdje geleden een keer had opgehaald. Dus mijn vraag aan jou is of het mogelijk is dat Lester misschien een luchtdrukpistool vasthad.'

Maria probeerde zich het pistool te herinneren, maar kon zich de noodzakelijke details niet voor de geest halen. 'Ik weet het niet,' gaf ze toe. 'Ik vond dat het er echt uitzag.'

'Dat verbaast me niets. Dezelfde kleur, hetzelfde formaat, het was donker buiten en jij was doodsbang. Wie weet? Maar het zou kunnen verklaren waarom Lester het nooit ophief. Omdat hij dacht dat je zou kunnen opmerken dat de loop te smal was.'

Maria dacht erover na voor ze uiteindelijk haar hoofd schudde. 'Het betekent nog steeds niet dat Lesters pistool niet echt was. Hij kon het hebben gekocht op een wapenshow. Of op straat. Het is niet onmogelijk.'

'Helemaal waar,' gaf Margolis toe. 'Voorlopig verklaar ik niets voor onmogelijk.'

'En hoe weet u eigenlijk dat dokter Manning de waarheid vertelde over zijn wapen?'

'Omdat hij het me heeft laten zien na het gesprek, toen hij wegging. En ja, het zat in een dichte kist in de kofferbak.' Toen Maria niet reageerde ging Margolis verder. 'Er is nog iets wat je moet weten.'

'Wat dan?'

Margolis stak zijn hand in de map en haalde er een toelatingsformulier uit van Plainview Psychiatric Hospital. Hij schoof het over tafel naar Maria.

'Lester Manning was in het ziekenhuis op de avond dat je banden werden doorgesneden. Ik heb deze fax vanmorgen van Plainview ontvangen. Je kunt de datum zien waarop hij in het ziekenhuis werd toegelaten.'

Ook al keek Maria naar het document dat voor haar lag, ze geloofde het niet echt.

'Weet u zeker dat dit echt is?'

'Ja. Dokter Manning heeft het verzoek ingediend terwijl ik erbij was, en de fax kwam een paar minuten later binnen, rechtstreeks van het ziekenhuis.'

'Kon Lester niet naar buiten zijn geslopen? Net zoals hij gisteren deed?'

'Die avond niet. Volgens hun gegevens is hij de hele avond in zijn kamer geweest. Het personeel is elke dertig minuten bij hem gaan kijken.' Maria zei niets. In de stilte nam Margolis een slok van zijn koffie. 'En dat is een van de redenen waarom ik met je wilde afspreken. Als iemand anders je banden heeft stukgesneden, wie kan het dan geweest zijn? Toen ik die vraag aan dokter Manning stelde, zei hij dat ik Mark Atkinson moest onderzoeken.'

'Waarom?'

'Omdat Atkinson misschien Lester erin wilde luizen.'

'Dat slaat nergens op.'

'Misschien niet... tenzij Atkinson Lester kende en een mogelijke reden had. En toevallig blijkt dat het geval te zijn. Lester was namelijk degene die Cassie aan Atkinson heeft voorgesteld.'

Het duurde een paar tellen voor Maria dat had verwerkt. 'Lester en Atkinson kenden elkaar?'

'Ze werken allebei voor hetzelfde schoonmaakbedrijf. Of werkten, in elk geval. Volgens dokter Manning kregen Lester en Atkinson na Cassies dood ruzie. Lester beschuldigde Atkinson ervan dat hij Cassie niet had beschermd toen Laws verschenen was, noemde hem een lafaard, en ze begonnen te vechten. Daar is geen verslag van, maar dat zegt niets. Meestal wordt de politie in zulk soort gevallen niet gebeld. Om een lang verhaal kort te maken: volgens dokter Manning was Atkinson pissig.'

'En dat weet u zeker?'

'Niet over het gevecht. Maar het is waar dat Lester en Atkinson collega's waren. Nadat we gisteren met elkaar hadden gesproken heb ik weer met Atkinsons moeder gepraat, en daarna met een supervisor van het schoonmaakbedrijf. Dat bedoelde ik, tussen twee haakjes, toen ik zei dat ik verschillende invalshoeken bekeek. Want iets aan de manier waarop Atkinson zomaar ineens is vertrokken zat me al meteen niet lekker zodra ik ervan hoorde. Ik kan nog zo'n béétje meegaan met het idee dat hij wegliep om de vrouw van zijn dromen te ontmoeten of wat dan ook – mannen kunnen zo stom zijn – maar geen enkel contact met zijn moeder behalve een paar brieven? Die uitgeprint waren op een computer? Geen telefoontjes of sms'jes aan zijn moeder of zijn vrienden? En toevallig net nu dit jou allemaal overkomt? Ik had het gevoel dat er iets niet klopte.'

'Toch begrijp ik nog steeds niet waarom Atkinson mij zou moeten hebben. Zoals ik u al heb verteld: ik heb die vent nog nooit ontmoet.'

'Is het mogelijk dat hij om dezelfde reden boos is als waarom je denkt dat Lester dat is? Omdat Laws uit de gevangenis kwam en Cassie vermoordde? En hij jou de schuld daarvan geeft?'

'Misschien,' zei ze langzaam. 'Maar... Lester is degene die me volgde. Hij heeft de bloemen gestuurd en heeft het drankje voor me besteld. Lester is degene die gisteravond bij mijn huis verscheen...'

'Precies,' beaamde Margolis. 'En dat alles bij elkaar zorgde ervoor dat ik me ging afvragen of dokter Manning het misschien mis had wat de relatie tussen Lester en Atkinson betrof. Als hij gelijk heeft, en Atkinson inderdaad probeert Lester erin te luizen, hoe heeft hij Lester dan zover weten te krijgen dat hij het spelletje perfect meespeelde? Vooral als je aan gisteravond denkt. Als je dat idee echter verwerpt, hou je een paar andere mogelijkheden over. De eerste is dat Lester op de een of andere manier wist dat Atkinson achter je aan zou gaan, en hij besloot mee te doen. Dat werpt natuurlijk de vraag op hoe Lester kon weten wat Atkinson van plan was, wat weer een heleboel andere vragen opwerpt. Als we dat idee echter ook terzijde schuiven, is er nog een derde mogelijkheid.'

Maria keek over de tafel heen naar Margolis, bijna bang om te horen wat hij ging zeggen.

'Stel nou dat,' ging hij uiteindelijk verder, 'Lester en Atkinson met elkaar samenwerken. En ze alibi's voor elkaar verzorgen.'

Maria, die Margolis' vragen probeerde te verwerken, zei niets.

'Ik weet wat je denkt,' zei Margolis. 'En het klinkt mij ook raar in de oren, maar van de drie verklaringen is het de enige die een beetje logisch lijkt.'

'Ik weet nog steeds niet zo goed waarom u denkt dat Atkinson er überhaupt iets mee te maken heeft. Misschien heeft Lester een of andere dakloze of een kind mijn banden kapot laten snijden en het briefje laten neerleggen omdat hij wist dat hij een perfect alibi zou hebben. Want voor de rest wijst alles erop dat Lester waarschijnlijk alleen werkt.'

'Niet alles,' zei Margolis. 'Zie je, het zit namelijk zo dat ik de kentekens van de auto's die bij het park stonden geparkeerd ben nagegaan, zoals Colin had voorgesteld. En een ervan leverde een ernstige rode vlag op.'

'Hoezo?'

'Omdat de auto in kwestie staat geregistreerd op naam van Mark Atkinson.'

'Vind jij dat logisch klinken?' vroeg Maria aan Colin toen Margolis weg was. 'Dat Lester en Atkinson samenwerken?'

'Ik weet het niet,' gaf Colin toe.

Ze schudde haar hoofd. 'Het is Lester. In z'n eentje. Dat moet wel.' Zelfs in haar eigen oren klonk het alsof ze zichzelf ervan probeerde te overtuigen. 'En als ze samenwerken, waarom staat Atkinsons auto dan in het park? Hoe zijn ze weggekomen? Lester heeft geen auto.'

'Zoals Margolis gisteravond al opperde: misschien heeft hij er een gestolen.'

Ze schudde haar hoofd. 'Het is gewoon zo verwarrend. Dit hele gedoe is net zo'n Russische pop. Je maakt één pop open, en dan zit er een andere in, en nog een en nog een. En wat moet ik nu doen? Stel dat de rechercheur iets vindt wat erop wijst dat Atkinson schuldig is. Moet ik dan ook een omgangsverbod voor Atkinson aanvragen?'

'Zover zou het kunnen komen.'

'En als ze Atkinson nou ook niet kunnen vinden? Zelfs zijn moeder kan hem niet vinden. Wat voor nut heeft een omgangsverbod als ze dat niet meteen kunnen opleggen?'

Colin gaf geen antwoord, maar hij voelde dat dat ook niet hoefde van Maria. Haar gedachten bleven tollen en de woorden tuimelden naar buiten. 'God mag weten waar Lester is, maar de situatie is hetzelfde. Wat voor nut heeft het omgangsverbod als ze hem ook niet kunnen vinden?'

'Ze vinden hem wel.'

'Hoe dan?'

In plaats van antwoord te geven pakte Colin haar hand. 'Voorlopig denk ik dat we ons maar het beste aan het plan kunnen houden, vooral aangezien het zou kunnen dat ze met zijn tweeën zijn.'

'Omdat je denkt dat het makkelijker is voor twee mensen om me te volgen?'

'Ja. En omdat tot we echt weten wat er aan de hand is, jou veilig houden het enige is wat we kunnen doen.'

Nadat ze Maria's auto bij haar woning hadden neergezet reden Colin en Maria in de Camaro naar een winkelcentrum dat Independence Mall heette, waarbij ze een omslachtige route namen, via zijstraatjes en plotselinge afslagen. Hoewel ze geen van beiden iemand zagen in de achteruitkijkspiegels, namen ze geen risico.

In het winkelcentrum liepen ze veertig minuten lang door verschillende winkels, elkaars hand vasthoudend en allerlei dingen bekijkend. Af en toe liepen ze een stukje terug en bestudeerden ze de gezichten van degenen die achter hen liepen, maar Maria wist niet hoeveel nut het nou eigenlijk had. Hoewel ze wist hoe Lester eruitzag, was Atkinson een vraagteken. Colin had die ochtend met haar wachtwoord ingelogd op haar computer en had Pinterest geopend, en op de vermistepersonenpagina had ze Atkinsons foto nauwgezet bestudeerd, zich afvragend hoe precies die was. Hij had een onopvallend gezicht, het soort dat van nature opging in de menigte, en hij kon inmiddels net zo goed zijn haarkleur hebben veranderd. Of een snor hebben laten staan, of zijn hoofd kaalgeschoren. Intussen bleven de theorieën van Margolis elkaar in een razend tempo opvolgen in haar hoofd.

Atkinson die Lester erin probeerde te luizen. Lester die Atkinson erin probeerde te luizen. Lester en Atkinson die samenwerkten. Of werkte Lester alleen, terwijl Atkinson ervandoor was met een meisje, en was in dat geval de auto gewoon toeval?

Wie wist het? Elke mogelijke oplossing die je logisch probeerde te volgen strandde ergens onderweg.

Uiteindelijk, en volgens plan, liepen ze naar een winkel voor dameskleding. Daar trok Maria een paar blouses uit de rekken, zonder dat het haar echt kon schelen hoe ze eruitzagen maar net doend alsof. Colin stond naast haar en gaf terloops commentaar op de kledingstukken. Precies om twaalf uur zei ze tegen Colin dat ze de kleren wilde passen en liep ze naar de paskamers.

'Ik ben over een paar minuutjes terug, Colin,' riep ze. Zodra ze de rij paskamers binnenkwam, gluurde Lily uit een van de hokjes naar buiten. Maria schoot hetzelfde hokje in en merkte Lily's outfit op: rode pumps, een spijkerbroek, rode blouse, en een anjer in haar haar. In haar hand had ze een oversized zonnebril en een sleutelbos; op de vloer stond een marineblauwe boodschappentas en een tas van het warenhuis.

'O, lieverd. Arme schat,' zei Lily terwijl ze haar handen vastpakte.

'Ik weet dat dit een vreselijk stressvolle situatie voor je is en ik snap niet hoe het je lukt om niet helemaal gek te worden, laat staan dat je er nog steeds zo beeldschoon uitziet als de eerste keer dat ik je zag. Jemig, als dit mij zou overkomen zou ik nu al overal uitslag hebben.'

Dat betwijfel ik, dacht Maria. Lily was zo'n meisje dat waarschijnlijk in haar hele leven nog nooit een puistje had gehad. Maar het was lief dat ze het zei.

'Dank je. En ik weet dat ik erg veel vraag...'

'Helemaal niet,' zei Lily. 'En ik wil er geen woord meer over horen. Ik ben je vriendin, en dit is wat vriendinnen voor elkaar doen, vooral in zo'n enge situatie als deze.'

'Ik heb Evan niet gezien,' merkte Maria op.

'Hij is een paar minuten geleden naar de afdeling met etenswaren gegaan. Waarschijnlijk is hij iets ontzettend ongezonds aan het eten, maar hij doet zo lief mee met dit allemaal dat ik me heilig heb voorgenomen om helemaal niets tegen hem te zeggen over zijn eetgewoonten.'

'Denk je dat het zal werken?'

'Natuurlijk gaat het werken. Mensen zien gewoonlijk wat ze verwachten te zien. Dat heb ik tijdens mijn toneellessen geleerd. Ik had trouwens een fantastische leraar. Maar daar hebben we het nog wel eens over. Laten we beginnen, oké? Colin en Evan houden de tijd strak in de gaten.' Ze gaf Maria de boodschappentas, samen met de zonnebril en de sleutels van haar auto. 'Je pruik en je kleren zitten hierin,' zei ze. 'Ik weet zeker dat wat ik heb gekocht je perfect zal passen. Ik vermoed dat we dezelfde maat hebben.'

Niet helemaal, maar dicht genoeg in de buurt, dacht Maria. 'Waar heb je die pruiken zo snel vandaan?'

'Van een pruikenwinkel, waar anders? En ook al zijn ze niet perfect – dat zou op zo korte termijn niet mogelijk zijn geweest – zullen ze allebei meer dan voldoende zijn voor ons doel.'

Maria doorzocht de boodschappentas. 'Ik kan je dit allemaal terugbetalen...'

'O nee, geen sprake van. En ook al klinkt wat ik ga zeggen waarschijnlijk vreselijk, alle spionageachtige activiteiten van vanochtend waren wel een heel klein beetje spannend. Het doet me denken aan het gemaskerd bal op de countryclub van mijn ouders. Maar laten we beginnen... en vergeet de anjer niet. Dat is het soort detail waar mensen hun aandacht op vestigen. Ik ga Evan sms'en, en dan is hij hier over een paar minuutjes.'

Maria verliet Lily's pashokje en glipte het hokje ernaast in. In de boodschappentas zat een outfit die hetzelfde was als wat Lily aanhad, naast een blonde pruik en een rode anjer. Maria trok de outfit aan met de pruik en was een minuut bezig om die zo aan te passen tot ze tevreden was. Ze stak de anjer in de pruik op ongeveer dezelfde plek als waar Lily die van haar had gehad, en zette toen de zonnebril op.

Van dichtbij leek ze nog steeds helemaal niet op Lily. Maar van een afstand, misschien...

Ze trok de rode pumps aan en om precies kwart over twaalf verliet ze de paskamer. Evan kwam naar haar toe lopen. 'Hé, Lily,' zei hij toen hij dichterbij kwam. 'Heb je iets gevonden wat je leuk vindt?' In de hoek zag ze Colin net doen of hij met iets interessants op zijn telefoon bezig was.

Maria schudde haar hoofd. Evan boog zich naar haar toe en kuste haar op haar wang, waarna hij haar hand pakte. Ze liepen in een rustig tempo de winkel uit en gingen toen een warenhuis binnen, waar ze rechtstreeks naar de uitgang liepen.

Lily's auto stond twee plekken verderop. Maria drukte op het knopje op Lily's sleutelbos om de portieren van het slot te halen en nam plaats achter het stuur terwijl Evan naast haar ging zitten. Ze keek op haar horloge.

Maria wist dat Lily over twee minuten de kledingwinkel uit zou komen, gekleed zoals Maria gekleed was geweest, met een donkere pruik op. Colin zou haar hand pakken en haar naar een andere winkel en paskamer leiden, waar Lily zich weer om zou kleden in haar oorspronkelijke outfit. Lily zou uiteindelijk het winkelcentrum verlaten met Evan. Colin zou ondertussen in z'n eentje naar zijn auto lopen, alsof Maria nooit in het winkelcentrum was geweest.

En het was allemaal waarschijnlijk onnodig, dacht Maria. Maar het sleutelwoord, wist ze, was *waarschijnlijk*. Met twee mensen die haar mogelijk volgden, wilde noch zij, noch Colin enig risico nemen, en allebei wilden ze dat ze ergens was waar niemand ooit naar haar zou zoeken, ergens waar ze nog nooit was geweest.

Lily's huis.

Maria startte de motor en reed de weg op. Niemand kwam achter haar aan de winkel uit, en geen enkele andere auto reed de weg op. Ze reed om het winkelcentrum heen op aanwijzing van Evan en stopte toen bij een andere ingang van het winkelcentrum, waar Evan uit de auto sprong.

'Bedankt,' zei ze.

'Graag gedaan,' zei Evan. 'En denk eraan: je zult absoluut veilig zijn. Lily en ik komen zo meteen langs met je spullen, oké?'

Ze knikte, nog steeds een beetje gespannen. Een minuut later reed ze de parkeerplaats van het winkelcentrum af en de grote weg op. Zoals ze de laatste tijd al te vaak gedaan had, sloeg ze een paar keer lukraak af en keek ze de hele tijd in haar achteruitkijkspiegel. Eindelijk voelde ze haar zenuwen afnemen.

Het was onmogelijk dat iemand haar had gevolgd. Dat wist ze zeker.

Nou ja, bijna zeker.

De laatste tijd leek helemaal niets zeker.

Lily's appartement was nog geen anderhalve kilometer van Crabby Pete's, met een omheinde privéparkeerplaats en ramen in de woonkamer die een spectaculair uitzicht boden op de oceaan. Het was smaakvol ingericht in de tinten wit, geel en blauw – dat was geen verrassing – en het voelde zowel uitnodigend als comfortabel. Maria bleef een paar minuten over het strand staan staren zonder naar buiten te gaan en trok uiteindelijk de gordijnen dicht, waarna ze naar de bank liep.

Ze strekte zich met een zucht uit, met de gedachte dat een kort dutje precies was wat ze nodig had. Op dat moment ging de telefoon over die Colin haar had gegeven, en toen ze opnam, herkende ze de stem van Margolis aan de andere kant van de lijn.

'Een paar dingen. Ik heb die bevriende rechercheur van me in Charlotte gebeld en een boodschap voor hem achtergelaten of hij kon proberen zo veel mogelijk te weten te komen over Atkinson, ofwel bij zijn moeder thuis ofwel in zijn eigen woning, dus dat traject is nu in gang gezet. En wat belangrijker is: ik wilde je ook laten weten dat het omgangsverbod is toegewezen. Ik wacht op dit moment op de papieren.'

'Dank u,' zei ze, waarbij ze onuitgesproken liet wat voor de hand lag: dat ze Lester nog steeds moesten zien te vinden om het hem te kunnen opleggen. En dat ze misschien een tweede moesten zien te krijgen voor Atkinson. Toen ze had opgehangen belde ze Colin om het hem te vertellen, en bracht daarna ook haar ouders op de hoogte. Het duurde een paar minuten voordat ze haar bezorgde moeder van de telefoon wist te krijgen, en toen ze eindelijk ophing, realiseerde ze zich weer hoe uitgeput ze zich voelde. Alsof ze dagenlang non-stop had gerend, wat ze in zekere zin ook had gedaan, besefte ze.

Ze deed haar ogen weer dicht, maar de slaap kwam niet meteen. Het telefoontje van Margolis, hoe kort het ook was geweest, had weer een volgende ronde vragen opgeroepen. Uiteindelijk won de uitputting het echter toch en voelde ze zich gelukkig wegzinken.

27

Colin

Nadat hij het gesprek met Maria had beëindigd, pakte Colin haar tassen uit de auto, deed zijn oortjes in en zette wat muziek op terwijl hij haar computer naar de eettafel bracht. Er was iets wat hij wilde uitzoeken, en hoewel hij het idee aan Maria of Margolis had kunnen voorleggen terwijl ze koffie zaten te drinken, had hij besloten dat niet te doen. Het was een beetje een gok, maar nu het omgangsverbod van kracht was, dacht hij dat het niet erg zou zijn om het uit te zoeken. En of Atkinson er nu wel of niet bij betrokken was deed er niet toe; op dit moment had het vinden van Lester de prioriteit.

Het was die ochtend bij hem opgekomen. Hij had Maria gedag gekust en op weg naar zijn auto had hij geprobeerd de feiten zoals ze zich voordeden te begrijpen: dat het rechterlijk bevel niets zou uithalen tenzij ze Lester konden vinden; dat de tijd drong; dat Lester gevaarlijk was; dat hij was komen aanzetten met een wapen en Maria doodsbang had gemaakt; en natuurlijk dat hij haar telefoon had meegenomen…

Haar telefoon…

En daarmee had hij zich plotseling iets herinnerd, een herinnering die hem terugvoerde naar de avond waarop hij Maria voor het eerst had ontmoet. Toen het had geonweerd en hij was gestopt met zijn auto… ze was schichtig geweest door hoe hij eruitzag na het gevecht... en ze had gevraagd of ze zijn telefoon mocht lenen omdat ze die van haar kwijt was. Ze was een beetje onsamenhangend geweest, maar wat had ze gezegd?

Hij was even naast zijn auto blijven staan in een poging het zich te herinneren.

... ik ben hem niet echt verlóren... Hij ligt óf op kantoor óf ik heb hem bij mijn ouders laten liggen, maar dat weet ik pas zeker als ik bij mijn MacBook kan... ik gebruik dat "Zoek mijn iPhone"-ding... ik kan mijn telefoon opsporen, omdat hij gesynct is met mijn computer.

En dat betekende natuurlijk dat hij de telefoon ook kon opsporen.

Het verbaasde hem dat Margolis daar niet aan had gedacht. Of misschien had Margolis dat wel en had hij het al gecontroleerd, en had het niets opgeleverd omdat óf Lester de telefoon had weggegooid of uitgezet, óf de accu leeg was. Of misschien was dat informatie waar Margolis niets over mocht zeggen. Aan de andere kant waren er nog zo veel andere dingen gebeurd dat het niet volkomen uitgesloten was dat het idee tijdelijk over het hoofd was gezien.

Colin wilde zichzelf niet al te veel hoop geven – de kans was maar klein dat het zou werken en dat wist hij – maar een paar muisklikken later begon zijn hart te bonzen toen hij begreep wat hij zag. De telefoon stond nog steeds aan en de accu was nog vol genoeg om hem te laten weten dat hij zich bevond in een huis aan Robins Lane in Shallotte, een plaatsje even ten zuidwesten van Wilmington, dicht bij Holden Beach. Shallotte was zeker vijfenveertig minuten rijden, en Colin staarde naar de locatie om te kijken of de telefoon nog bewoog.

Dat deed hij niet. De site liet hem ook nog de eerdere bewegingen van de telefoon nagaan, en een paar klikken later zag hij dat de telefoon vanaf het huis van de familie Sanchez zonder omwegen naar het huis aan Robins Lane was meegenomen.

Interessant. Absoluut interessant, maar het was nog steeds geen bewijs. Misschien had Lester geweten dat de telefoon opgespoord kon worden en had hij hem in iemands auto of op de laadbak van een pick-up gegooid terwijl hij ervandoor ging. Of misschien had hij hem laten vallen en had iemand hem toevallig gevonden.

Of misschien had Lester te veel last van wanen om zelfs maar op zo'n manier te denken.

Hij kon het niet zeker weten, maar het was de moeite waard om het uit te zoeken...

Hij vroeg zich af of hij Margolis zou bellen en bedacht toen dat het waarschijnlijk beter zou zijn om het zeker te weten voordat hij dat deed. Shallotte lag niet eens in hetzelfde district, en hij wilde Margolis' tijd niet verdoen als het nergens toe zou leiden...

Hij voelde iemand op zijn schouder tikken en kromp automatisch ineen. Toen hij zich omdraaide stond Evan naast hem. Colin trok zijn oortjes eruit.

'Je bent toch niet van plan wat ik denk dat je van plan bent, hè?' vroeg Evan.

'Wat doe je hier? Ik heb je niet horen binnenkomen.'

'Ik heb geklopt, maar je reageerde niet. Ik keek even naar binnen. Zag je met Maria's computer bezig. Ik vroeg me af of je iets stoms van plan was. Het leek me het beste om het even te vragen, voor het geval dat.'

'Het was niet iets stoms. Ik was Maria's telefoon aan het opsporen.'

'Dat weet ik,' zei Evan, naar de computer gebarend. 'Ik zie het op het scherm. Wanneer heb je dat bedacht?'

'Vanochtend. Toen ik het huis van Maria's ouders verliet.'

'Gehaaid, hoor. Heb je Margolis al gebeld?'

'Nee.'

'Waarom niet?'

'Omdat jij binnenkwam. Ik heb er de kans nog niet voor gekregen.'

'Bel hem dan nu.' Toen Colin zijn telefoon niet pakte, ademde Evan hoorbaar uit. 'Dat bedoelde ik toen ik me afvroeg of je iets stoms van plan was. Want je was niet van plan hem te bellen, hè? Je was van plan er eerst zelf achteraan te gaan voordat je hem zou bellen.'

'Misschien is het Lester niet.'

'Ja, én? Laat Margolis dat uitzoeken. In elk geval is Maria's telefoon daar en haalt hij hem terug. En moet ik je eraan herinneren dat dit een zaak van de politie is? Je moet Margolis zijn werk laten doen. Je moet hem bellen.'

'Dat ga ik ook doen. Als ik weet wat er precies aan de hand is.'

'Weet je wat ik denk?' vroeg Evan. 'Je liegt.'

'Ik lieg niet.'

'Misschien niet tegen mij. Maar op dit moment denk ik dat je tegen jezelf liegt. Dit heeft niets te maken met ervoor zorgen dat Margolis zijn tijd niet verdoet. De waarheid is volgens mij dat je het middelpunt van dit hele gebeuren wilt zijn. Ik denk dat je Lester wilt zien en een gezicht bij de naam wilt hebben. Ik denk dat je kwaad bent en dat je eraan gewend bent geraakt om dingen op je eigen manier af te handelen. En ik denk dat je de held wilt uithangen, zoals foto's nemen vanaf het dak of gisteravond toen je bij de ouders van Maria de deur intrapte, ook al was de politie er toen al.'

Colin gaf aan zichzelf toe dat Evan misschien gelijk had. 'En?'

'Je maakt een vergissing.'

'Als ik erachter kom dat het Lester is, bel ik Margolis.'

'En hoe ga je dat doen? Ga je daar op de deur kloppen en vragen of Lester thuis is? Hem besluipen en proberen door de ramen te gluren? Hopen dat hij naar buiten komt om zijn auto te wassen? Een briefje onder de deur door schuiven?'

'Dat bedenk ik wel als ik daar ben.'

'O, dat is een goed plan,' snauwde Evan. 'Want als jij improviseert gaat het altíjd goed, hè? Heb je eraan gedacht dat Lester een wápen heeft? En dat je misschien in een bepaalde situatie wordt gezogen die je had kunnen vermijden? Of dat je de situatie misschien alleen maar erger maakt? En als Lester je nou eens ziet? Dan ontkomt hij misschien via de achterdeur en zal het in de toekomst nog moeilijker worden om hem te vinden.'

'Of misschien is hij al van plan te ontsnappen en dan zal ik hem kunnen volgen.'

Evan legde zijn handen op de rugleuning van Colins stoel. 'Het gaat me niet lukken om je dit uit het hoofd te praten, hè?'

'Nee.'

'Wacht dan even tot ik Lily naar huis heb gebracht, dan ga ik met je mee.'

'Nee.'

'Waarom niet?'

'Omdat er geen reden voor je is om mee te gaan.'

Evan liet de stoel los en ging weer rechtop staan. 'Doe het nou niet,' zei hij uiteindelijk. 'Voor je eigen bestwil: bel Margolis.' Ongetwijfeld om zijn punt kracht bij te zetten pakte hij Maria's computer, en bij de deur stopte hij hem terug in haar tas. Hij pakte Maria's andere spullen en verliet Colins appartement, en deed de deur met een klap achter zich dicht.

Colin keek hem na zonder een woord te zeggen.

Vijftien minuten later, in de auto op weg naar Shallotte, dacht Colin na over wat Evan had gezegd.

Waarom ging hij in z'n eentje? Waarom had hij Margolis niet gebeld? Wat hoopte hij te bereiken?

Omdat, zoals Evan had geïmpliceerd, de situatie persoonlijk was geworden. Hij wilde eindelijk een gezicht bij een naam; hij wilde met eigen ogen zien wat het voor man was. Hij wilde Lester gedagvaard zien worden door Margolis, en daarna, in de nasleep, een manier vinden om een oogje op hem te houden, ook al zou hij dat ook niet tegen Margolis zeggen. Het was tijd, vond hij, dat Lester over zijn schouder begon te kijken in plaats van andersom.

Als het Lester was, natuurlijk...

En toch. Evan had Colin eraan herinnerd wat de risico's waren als zijn voorgevoel juist bleek te zijn. Evan was goed in dat soort dingen, en Colin wist dat hij voorzichtig moest zijn. Hij was maar één misstap van de gevangenis verwijderd, en hij beloofde zichzelf dat hij alleen maar ging kijken. Zelfs als Lester langs de auto liep, zou hij hem nog met geen vinger aanraken. En toch voelde Colin zich nog steeds gespannen en de adrenaline begon al te stromen.

Hij dwong zichzelf om langzaam en gelijkmatig adem te halen.

Hij reed door Wilmington, waarbij hij voor het ene rode verkeerslicht na het andere moest stoppen, en bereikte uiteindelijk Highway 17. Hij had het adres op Robins Lane in zijn telefoon ingetoetst, en hij keek naar de aanwijzingen die verschenen. Hij volgde de gesproken instructies en even na twee uur 's middags nam hij de laatste bochten door een rustige arbeidersbuurt die hem op het eerste gezicht herinnerde aan de buurt waar Maria's ouders woonden. Maar alleen op het eerste gezicht. De huizen waren kleiner en niet zo goed onderhouden; een flink aantal had overwoekerde gazons, en hier en daar zag hij borden met TE HUUR erop, waardoor het de indruk van een doorgangsgebied wekte. Het soort buurt waar mensen zich niet met elkaar bemoeiden en niet lang bleven.

Of zich wilden schuilhouden?

Misschien.

Hij parkeerde voor een kleine bungalow, twee huizen verwijderd van het adres dat hij zocht, een van de huurhuizen, achter een oude stationwagen die betere tijden had gekend. Er was een verandaatje aan de voorkant en hij kon de deur en één kant van het huis zien, waar een raam met gesloten gordijnen uitkeek op het huis ernaast. Glurend vanaf de andere kant van het huis zag hij de neus van een blauwe auto, maar hij kon het type niet onderscheiden.

Iemand thuis?

Dat moest wel. Atkinsons auto stond in het park. Dat was volgens Margolis een paar uur geleden tenminste nog zo geweest.

Hij wenste dat hij op de een of andere manier Maria's computer bij zich had kunnen houden. Die zou bruikbaar zijn geweest om te controleren of de telefoon er nog steeds was. Hij vroeg zich af of hij Evan zou bellen om het te vragen, maar Evan zou van de gelegenheid gebruikmaken om weer een preek tegen hem af te steken, en daar was hij niet voor in de stemming. Bovendien was het heel waarschijnlijk dat Evan en Lily al naar haar appartement waren gegaan met Maria's spullen. En dat betekende dat hij alleen maar kon toekijken, in de hoop dat Lester uiteindelijk naar buiten zou komen.

Aan de andere kant, zoals Evan hem in herinnering had gebracht, wist Colin nog steeds niet goed hoe Lester er eigenlijk uitzag.

Op zijn telefoon zag Colin dat het nu bijna drie uur was. Hij was al een uur aan het observeren. Er waren geen tekenen van beweging geweest achter de gordijnen van de bungalow; er was niemand naar buiten gekomen. De blauwe auto bleef staan waar hij stond.

Een pluspunt was dat geen van de buren hem leek te hebben opgemerkt, en de straat zelf was stil. Er waren een paar mensen langs zijn auto gelopen; een paar kinderen waren voorbijgerend, tegen een voetbal trappend. De postbode was langsgelopen en Colin had even hoop gehad – hij had misschien achter de naam kunnen komen van wie daar in het huis woonde door de postbus te onderzoeken – maar de postbode liep het huis voorbij zonder iets af te leveren.

Dat was vreemd. Bij elk ander huis in het rijtje was hij gestopt.

Misschien betekende het wel helemaal niets.

Of misschien betekende het dat wie er ook in het huis woonde over het algemeen geen post ontving, omdat zijn post ergens anders heen werd gestuurd.

Daardoor ging hij zich dingen afvragen.

De tijd verstreek. Het was nu vier uur 's middags en Colin begon ongedurig te worden. Hij vocht tegen de aandrang om... íéts te doen. Hij vroeg zich opnieuw af of hij Margolis zou bellen. Vroeg zich af of hij het zou riskeren om aan te kloppen. Hij had alle vertrouwen dat hij niet overdreven zou reageren. Of nou ja, tamelijk veel vertrouwen.

Hij bleef in de auto zitten, haalde diep en langzaam adem, en schrok toen er een berichtje op zijn telefoon binnenkwam. Evan.

Wat ben je aan het doen?

Colin sms'te terug: *Niets.*

Er ging nog een uur voorbij. Vijf uur, en de zon begon lager te zakken. Het was nog steeds licht, maar de geleidelijke inval van de schemering kondigde zich aan. Colin vroeg zich af of de lichten in het huis aan zouden gaan en zo ja, wanneer; sinds hij er was, was het steeds gemakkelijker geworden zich voor te stellen dat er helemaal niemand in de bungalow was.

Weer een berichtje op zijn telefoon. Evan. Alweer.

Ik ben er met een minuutje, stond er in de sms. *Ben al bijna bij je auto.*

Colin fronste zijn voorhoofd, keek toen over zijn schouder en zag Evan van achteren naderen. Evan stapte in en sloot het portier, en rolde toen het raampje omhoog. Dat deed Colin ook.

'Ik wist wel dat je hier zou zijn. Zodra ik bij je wegging, wist ik precies wat je van plan was. En dan lieg je tegen me in je sms? Over dat je niets aan het doen was?'

'Dat was niet gelogen. Ik ben niets aan het doen.'

'Je bent hierheen gekomen. Je houdt het huis in de gaten. Je kijkt of je Lester ziet. Dat is toch iets?'

'Niet als ik hem niet heb gezien.'

'Dus wat is nu het plan?'

'Daar ben ik nog steeds mee bezig,' antwoordde Colin. 'Hoe gaat het met Maria?'

'Ze lag op de bank te slapen toen we daar aankwamen, maar zodra ze wakker werd, begon Lily tegen haar te praten over onze trouwplannen. Het leek me dat ik net zo goed kon kijken waar jij uithing, want Lily kan urenlang over dat onderwerp praten…'

Op dat moment ving Colin een flits van beweging op bij de voorkant van de bungalow. De deur ging open. Een man begon de veranda op te stappen, met een blik van het een of ander in de hand.

'Bukken,' siste Colin terwijl hij zelf ook snel omlaag dook. 'En blijf laag.'

Evan deed automatisch wat hem werd gezegd. 'Waarom?'

Colin stak langzaam zijn hoofd omhoog zonder te antwoorden, omdat hij het beter moest zien. De man was de veranda op gelopen, met de voordeur open achter zich. Colin tuurde scherper en riep de foto van Atkinson op. Die was het absoluut niet, besloot hij en hij probeerde zich te herinneren wat Maria had gezegd over Lesters kleding gisteravond. *Verbleekt rood shirt en gescheurde spijkerbroek?*

Ja, dacht Colin. Hetzelfde als wat de man nu droeg.

Lester?

Dat moest wel, en Colin voelde weer een stoot adrenaline. Lester was in de bungalow. Had niet eens andere kleren aangetrokken…

Een paar seconden later draaide Lester zich om, liep weer naar binnen en deed de voordeur achter zich dicht.

'Is hij het?' fluisterde Evan.

'Ja,' zei Colin. 'Hij is het.'

'En nu ga je Margolis bellen, hè? Zoals je had gezegd?'

'Oké.'

Aan de telefoon, nadat hij Colin flink de huid vol had gescholden omdat hij informatie had achtergehouden, snauwde Margolis dat hij op weg was en dat hij daar zo snel mogelijk zou zijn. Nee, zei hij tegen hen, ga Lester niet volgen, en ook niemand anders als die het huis verlaat. Hij beval hun hem het te laten afhandelen, en als Colin ook maar de auto uit stapte zou hij een reden vinden om hem in de boeien te slaan, omdat hij het zat was dat Colin net deed of hij wist waar hij mee bezig was. Er volgden nog een paar verwensingen en toen Colin de verbinding verbrak, keek Evan hem aan.

'Ik had je al gewaarschuwd dat hij er niet blij mee zou zijn,' zei Evan.

'Oké.'

'En dat kan je niet schelen?'

'Waarom zou het?'

'Omdat hij je het leven nog zuurder kan maken.'

'Alleen maar als ik iets doe wat me in de problemen brengt.'

'Zoals je bemoeien met politiezaken?'

'Ik zit in mijn auto. Ik heb hem opgebeld met informatie die hij nodig had. Ik bemoei me nergens mee. Ik ben een potentiële getuige. Hij heeft me gezegd wat ik moest doen en dat zal ik doen.'

Evan verschoof in zijn stoel. 'Mag ik weer rechtop zitten? Ik krijg kramp.'

'Ik weet niet eens waarom je nog steeds zo gebukt zit.'

Veertig minuten later kwam Margolis tot vlak naast Colins auto aanrijden en zette de auto stil, zijn sedan stationair op straat, met het passagiersraampje naar beneden gedraaid.

'Ik dacht dat ik je had gezegd dat je moest oprotten hier,' zei Margolis.

'Nee,' zei Colin, 'dat heb je niet. Je zei dat ik niet uit de auto moest komen of hem volgen.'

'Probeer je nou met opzet bijdehand te doen?'

'Nee.'

'Want je klinkt nogal bijdehand. Ik doe mijn uiterste best om te voorkomen dat je wordt gearresteerd gisteravond, en dan "vergeet" je dit idee van je van vanochtend te melden? Zodat je weer politieagentje kunt spelen?'

'Maria heeft je verteld dat Lester haar iPhone had meegenomen. Die zijn gemakkelijk op te sporen. Het leek me dat je dat wel al had gecheckt.'

Uit de uitdrukking op Margolis' gezicht bleek dat hij het voor de hand liggende over het hoofd had gezien.

Hij herstelde zich en snauwde: 'Geloof het of niet, maar mijn leven draait niet om jou en je vriendinnetje. Ik heb nog andere zaken. Grote zaken. Ik was er nog niet aan toegekomen.'

Ja, vast, dacht Colin. 'Ga je Maria's telefoon ophalen?'

'Als hij hem heeft. Ik heb geen bewijs dat hij die heeft, alleen maar dat jij het zegt.'

'Tot een paar uur geleden was hij hier nog steeds,' kwam Evan tussenbeide. 'Ik heb het gecheckt voordat ik hierheen kwam.'

Margolis staarde met zichtbare irritatie naar Evan en ten slotte schudde hij zijn hoofd.

'Ik zal haar telefoon halen,' zei Margolis. 'Ga nu maar. Jullie allebei. Ik heb jullie hier niet nodig, en ik wil jullie hier niet hebben. Ik regel het wel.'

Hij rolde het raampje omhoog, liet de rem los en liet de auto naar voren glijden tot hij recht voor de bungalow stopte. Colin zag Margolis uitstappen en even de tijd nemen om de plek te bekijken, voor hij ten slotte om de auto heen en het pad op liep.

Terwijl hij de treden van de veranda op liep, draaide hij zich naar Colin en gaf hij een ruk met zijn duim, om Colin eraan te herinneren dat het tijd was om te gaan.

Oké dan, dacht Colin. De sleutel zat nog steeds in het contact en hij draaide hem om – maar hij hoorde niets, want de motor deed niets. Niet eens een klikje. Colin probeerde het nog een keer, met hetzelfde resultaat. Niets.

'Laat me raden,' zei Evan. 'Die auto van jou is waardeloos.'

'Vandaag misschien.'

'Margolis zal hier niet blij mee zijn.'

'Ik kan er niets aan doen.'

Hij praatte tegen Evan terwijl hij zijn aandacht op Margolis gericht hield, die nog niet op de deur had geklopt. In plaats daarvan stond de rechercheur aan de andere kant van de veranda te turen naar de auto die op de oprit geparkeerd was. Toen Margolis zich omdraaide en eindelijk naar de deur liep dacht Colin een verwonderde blik op zijn gezicht te zien. Hij aarzelde voordat hij aanklopte; na een lange pauze pakte hij de deurkruk vast en draaide hem om, waardoor de deur op een kier kwam te staan.

Riep er iemand naar buiten dat hij binnen kon komen en dat de deur open was?

Margolis sprak door de kier heen en haalde vervolgens zijn penning tevoorschijn terwijl hij de deur nog verder openduwde, en verdween uit het zicht...

'Laten we naar mijn auto gaan,' zei Evan. 'We kunnen hier weg zijn tegen de tijd dat Margolis weer naar buiten komt. Ik weet dat hij je haat, maar ik wil niet dat hij je nog erger gaat haten. En mij ook niet, trouwens. Hij ziet er nijdig uit.'

Colin zei niets. Hij dacht na over de uitdrukking die hij op Margolis' gezicht had gezien net voordat hij aan de deur had geklopt. Margolis had iets gezien, iets wat... niet klopte? Hem had verrast? Iets wat hij niet had verwacht?

En waarom zou Lester hem binnen hebben uitgenodigd als hij paranoïde was en bang voor de politie?

'Er is iets mis,' zei Colin, en de gedachte kwam automatisch bij hem op, zelfs voordat hij besefte dat hij het had gezegd.

Evan keek hem aan. 'Waar heb je het over?' vroeg hij, en op dat moment hoorde Colin duidelijk het geknal van een vuurwapen, luid en explosief. Twee schoten vlak achter elkaar.

Colin was al bezig het portier vast te pakken toen Margolis de deuropening weer uit vloog, zijn jasje en overhemd gedrenkt in bloed, zijn hand tegen zijn hals. Hij strompelde de veranda af, achterovervallend op de treden en omlaagglijdend op het pad.

Tegen die tijd was Colin de auto al uit... instinctief handelend...

rennend naar Margolis... versnellend met elke stap... kijkend naar Margolis die op de grond lag te kronkelen.

Lester stapte de veranda op, onsamenhangend schreeuwend, met een wapen in zijn hand. Hij bracht het omhoog en richtte het op Margolis. Lesters gezicht bevatte zowel angst als woede, en de hand waarmee hij het wapen vasthield beefde. Lester schreeuwde weer en liet het pistool zakken, waarna hij het nog een keer omhoogbracht...

Colin zette zijn sprint naar de bungalow voort, stak het gazon van de buren over, sprong over een struikje heen en naderde de veranda. Dichter bij Lester. Hij had zijn doel bijna bereikt. Nog een paar seconden.

Lester bleef het pistool op Margolis richten zonder de trekker over te halen. Zijn gezicht was rood, zijn ogen bloeddoorlopen. Helemaal de weg kwijt. Hij schreeuwde naar Margolis: 'Het is niet mijn schuld!' en 'Ik heb niets gedaan!' en 'Ik ga niet terug naar de gevangenis!' en 'Ik weet wat Maria aan het doen is!'

Lester naderde de treden van de veranda en verkleinde de afstand tussen hem en Margolis terwijl hij het wapen bleef richten, met bevende hand. Tergend. Lester, zich bewust van een schim in zijn ooghoek, draaide zich plotseling om en zwenkte het pistool richting Colin...

Te laat.

Colin lanceerde zichzelf over de leuning van de veranda en beukte met zijn armen wijd hard tegen Lester aan. Het pistool vloog door de lucht, tolde rond en kwam op de veranda terecht.

Colin was twintig kilo zwaarder dan Lester, en hij voelde Lesters ribben breken toen ze op de grond neerkwamen. Lester gilde het uit van de pijn en was heel even verlamd.

Colin bewoog snel, schoof van Lesters lichaam af, zijn arm onmiddellijk om Lesters keel geslagen, en vervolgens zette hij zijn arm vast met de andere hand. Lester begon om zich heen te slaan en te kronkelen, met zijn nek tussen Colins biceps en onderarm geklemd. Met een klassieke verwurgingsgreep paste Colin veel druk toe op de halsslagader terwijl Lester als een bezetene probeerde te ontkomen.

Binnen enkele seconden begonnen Lesters ogen naar achteren te draaien en werden wit, en opeens bewoog hij niet meer.

Colin bleef druk toepassen, genoeg om Lester meer dan een paar seconden buiten bewustzijn te houden. Toen krabbelde hij overeind en liep snel naar Margolis.

Margolis ademde nog wel maar bewoog niet meer, zijn gezicht krijtwit, en Colin probeerde in te schatten wat hij zag. Hij was twee keer geraakt, in de buik en in de hals, en hij verloor snel bloed.

Colin trok vliegensvlug zijn shirt uit en scheurde het in tweeën.

Evan, die er doodsbenauwd uitzag, kwam aanhollen.

'Mijn god! Wat moeten we doen?'

'Bel 911!' riep Colin, terwijl hij probeerde zijn eigen paniekgevoel weg te duwen, omdat hij wist dat hij nu meer dan ooit helder moest nadenken. 'Bel een ambulance. Nu!'

Colin wist niets van schotwonden, maar als Margolis bloed bleef verliezen, had hij geen schijn van kans. Omdat de halswond er het ergst uitzag, begon Colin druk uit te oefenen op Margolis' hals. Er begon onmiddellijk bloed door het gescheurde shirt heen te sijpelen; hij deed hetzelfde bij de buikwond, waar het bloed nog steeds uit werd gepompt, en een steeds grotere plas onder de rechercheur vormde.

Margolis' gezicht begon ziekelijk grijs te worden.

Hij kon Evan in de telefoon horen roepen dat er een politieman was neergeschoten, dat ze een ambulance nodig hadden, nu meteen.

'Schiet op, Evan!' riep Colin. 'Ik heb je hulp nodig!'

Evan verbrak de verbinding en staarde naar Margolis alsof hij elk moment kon flauwvallen. Vanuit zijn ooghoek zag Colin Lester zijn hoofd opzij rollen. Hij begon alweer bij te komen.

'Pak de handboeien!' zei hij. 'Zorg ervoor dat Lester niet weg kan komen!'

Evan, die nog steeds naar Margolis staarde, leek aan de grond genageld te zijn. Colin kon het bloed nog steeds door de restanten van zijn shirt voelen sijpelen; hij voelde de warmte ervan op zijn hand en zijn vingers werden rood en glibberig.

'Evan!' riep Colin. 'Handboeien! Aan Margolis' riem! Nu!'

Evan schudde zijn hoofd en begon met de boeien te wriemelen.

'En kom dan zo snel mogelijk weer hier terug!' riep Colin. 'Ik heb je hulp nodig!'

Evan ging snel naar Lester, sloeg een van de boeien om Lesters pols en sleepte hem daarna dichter naar de balustrade, waar hij de andere boei om een paal sloeg. Lester kreunde en kwam bij terwijl Evan zich terug haastte. Evan viel op zijn knieën naast Margolis, met grote ogen.

'Wat moet ik doen?'

'Neem de buikwond over... waar mijn hand is. En druk er stevig op!'

Hoewel het bloedverlies absoluut minder werd, was Margolis' ademhaling oppervlakkiger geworden.

Evan deed wat hem was opgedragen en Colin gebruikte allebei zijn handen voor de halswond, en seconden later hoorde Colin de eerste van twee sirenes. Daarna een aanzwellend koor ervan, en terwijl hij wenste dat ze sneller hierheen kwamen, kon hij alleen maar denken: niet doodgaan onder mijn handen. Wat je ook doet, ga niet dood...

Op de veranda kreunde Lester weer en toen gingen zijn ogen uiteindelijk knipperend open, met een wazige blik.

Een hulpsheriff was de eerste die aankwam, al snel gevolgd door een agent van het politiebureau van Shallotte, en allebei kwamen ze midden op straat met gierende remmen tot stilstand, met flitsende lichten. Beide mannen sprongen hun auto uit en renden op hen af, met getrokken wapens, onzeker over wat ze moesten doen.

'Rechercheur Margolis is neergeschoten!' schreeuwde Colin terwijl ze dichterbij kwamen. 'De man die aan de balustrade vastzit, is degene die hem heeft neergeschoten!' Zowel de hulpsheriff als de agent keek naar de veranda en Colin dwong zichzelf om kalm te praten. 'Het wapen ligt daar nog. We kunnen deze wonden niet loslaten. En zorg ervoor dat de ambulance komt – hij heeft veel bloed verloren en ik weet niet zeker hoe lang hij het nog volhoudt!'

De agent liep op de veranda af terwijl de hulpsheriff naar zijn auto terugrende, in de radio riep dat er een agent was neergeschoten, en eiste dat de ambulance opschoot. Zowel Colin als Evan bleef zich op de wonden concentreren; Evan had zich zo ver hersteld dat er weer wat kleur op zijn wangen zat.

Even later kwam de ambulance; een paar verpleegkundigen sprongen eruit en grepen de brancard. Inmiddels waren er nog meer hulpsheriffs aangekomen, samen met nog meer politieagenten, en aan de voorkant van het huis stond de straat nu vol voertuigen.

Toen het ambulancepersoneel het ten slotte van Colin en Evan overnam, zag Margolis er zelfs nog erger uit. Hij reageerde niet en ademde nauwelijks nog tegen de tijd dat hij op de brancard werd gelegd. De ambulancebroeders kwamen snel in actie; de brancard werd achterin ingeladen en een van hen sprong achter het stuur terwijl de ander bij Margolis bleef. Tegen de tijd dat de ambulance naar voren rolde, had hij een escorte van de politie en de sheriff met loeiende sirenes, en pas toen begon de wereld langzaam weer scherp te worden.

Colin voelde zijn ledematen beven toen de zenuwen begonnen weg te zakken. Zijn handen en polsen waren bedekt met het stroperige gevoel van opdrogend bloed; Evans overhemd zag eruit alsof het gedeeltelijk in een vat rode verf was gedoopt. Evan liep een eindje weg, bukte en gaf over.

Een van de hulpsheriffs liep naar zijn kofferbak, kwam terug met twee eenvoudige witte T-shirts en gaf er een aan Colin en een aan Evan. Nog voordat Colin zijn verklaring afgaf, pakte hij zijn telefoon al om Maria te bellen en haar te vertellen wat er was gebeurd.

Maar terwijl hij sprak kon hij alleen maar aan Margolis denken.

Tijdens het uur daarna, terwijl de lucht donkerder en ten slotte zwart werd, was er een zelfs nog grotere menigte politieagenten en hulpsheriffs naar de bungalow gekomen, naast een rechercheur uit Wilmington en de sheriff van het district.

Lester was buiten zinnen en weerspannig, schreeuwde allerlei nonsens en verzette zich tegen de arrestatie, tot hij uiteindelijk achter in een politieauto werd vastgezet en naar de gevangenis werd afgevoerd.

Colin gaf een verklaring af aan de sheriff, een politieagent uit

Shallotte en rechercheur Wright uit Wilmington, die allemaal op hun beurt vragen stelden, en daarna deed Evan hetzelfde. Allebei gaven ze toe dat ze geen idee hadden wat er was gebeurd nadat Margolis het huis was binnengegaan, alleen maar dat hij niet lang binnen was geweest voordat de schoten klonken. Colin vertelde hun ook dat Lester Margolis had kunnen doodschieten, maar dat niet had gedaan.

Later, nadat hij en Evan toestemming hadden gekregen om te gaan, belde Colin Maria om haar te vertellen dat hij naar huis ging om zich om te kleden, maar dat hij wilde dat Lily haar naar het ziekenhuis reed zodat Maria hem daar kon ontmoeten. Terwijl hij met haar praatte, hoorde hij een agent die vlak bij hem stond aan rechercheur Wright en de sheriff vertellen dat het huis verder leeg was, en dat Lester er in zijn eentje leek te hebben gewoond.

Nadat hij het gesprek met Maria had beëindigd staarde Colin naar de bungalow en vroeg hij zich af waar Atkinson had overnacht. En waarom, wederom, als Lester zo paranoïde was, hij Margolis überhaupt het huis had laten binnenkomen.

'Ben je klaar om te gaan?' vroeg Evan, zijn gedachten onderbrekend. 'Ik moet onder de douche, me omkleden en gewoon als de sodemieter wegwezen hier.'

'Ja,' zei Colin. 'Oké.'

'Wat wil je met je auto doen?'

Colin keek ernaar. 'Laten we dat later maar oplossen. Op dit moment heb ik er de puf niet voor om me er druk om te maken.'

Evan moest iets in zijn uitdrukking hebben gezien. 'Weet je zeker dat het wel een goed idee is om naar het ziekenhuis te gaan?'

Voor Colin was het niet zozeer een keuze als wel een vereiste. 'Ik wil weten of het goed komt met Margolis.'

28

Maria

Sinds Colins telefoontje was Maria in gedachten koortsachtig aan het werk geweest om te proberen wijs te worden uit alles wat er was gebeurd.

Colin die Lester opspoorde. Lester die Margolis neerschoot. Lester die het pistool op Colin richtte. Colin die Lester tegen de grond werkte. Margolis die in de ambulance werd gelegd. Lester die zich verzette tegen zijn arrestatie, gillend dat hij wist wat Maria had gedaan.

Lester.

Ze had al die tijd geweten dat het Lester was, dat hij degene was over wie ze zich zorgen moesten maken, en ze bleef tegen zichzelf zeggen dat hij nu achter de tralies zat. Deze keer was hij niet van de aardbodem verdwenen of gewoon weggelopen; deze keer hadden ze hem te pakken gekregen, en hij had een politieman neergeschoten en hij kon haar onmogelijk nog iets doen.

En hoe zit het met Atkinson? vroeg een stem vanbinnen.

Daar wilde ze niet over nadenken. Ze wist nog steeds niet wat ze daarmee moest. Het leek nog steeds niet te kloppen…

Te veel. Wat er zojuist was gebeurd was al overweldigend genoeg; het feit dat Colin en Evan er middenin hadden gezeten was bijna te veel om te verwerken.

Lily, dacht Maria, ervoer dezelfde wilde stroom aan emoties;

sinds ze een paar minuten eerder in het ziekenhuis waren aangekomen had ze nauwelijks iets gezegd en had ze de hele tijd de parkeerplaats afgezocht, op zoek naar Evans auto. Maria had het idee dat Lily haar verloofde eerst moest zien, aanraken en vasthouden, als om aan zichzelf te bewijzen dat echt alles oké was met Evan.

En Colin...

Natuurlijk had hij Lester in zijn eentje gevonden; natuurlijk was hij op Lester af gestormd terwijl het pistool op hem gericht was; natuurlijk had hij Lester tegen de grond gewerkt zonder daarbij zelf gewond te raken. En nu was Lester, natuurlijk, opgesloten, en hoewel ze een gevoel van opluchting had, zat er ook woede bij. Bezorgdheid, ook, om Margolis, en ze kon niet helemaal begrijpen hoe Lester hem te pakken had weten te krijgen. Ze had Margolis verteld dat Lester gevaarlijk was; ze had hem verteld dat hij een pistool had. Waarom had Margolis dan niet naar haar geluisterd? Waarom was hij niet voorzichtiger geweest? Hoe had hij zich neer kunnen laten schieten? Maria wist het niet, en Colin ook niet. Toen ze elkaar eerder hadden gesproken had Colin gezegd dat hij niet zeker wist of Margolis de rit naar het ziekenhuis zou overleven. Maar Margolis moest het hebben overleefd, dacht ze. Terwijl ze had staan wachten met Lily waren er een stuk of zes agenten het ziekenhuis binnengegaan en niet één was er weer naar buiten gekomen, wat betekende dat hij nog leefde, toch?

Ze was te bang om het te vragen.

Tegen de tijd dat Evans auto eindelijk de parkeerplaats op reed, kon Maria nauwelijks nog helder denken. Ze liep achter Lily aan naar de auto, en zodra Colin eruit stapte, sloeg ze haar armen om hem heen en hield hem dicht tegen zich aan.

Met zijn vieren gingen ze het ziekenhuis binnen, vroegen waar ze naartoe moesten en namen de lift naar de eerste verdieping. Ze werden de gang door gewezen naar de wachtruimte bij de operatiekamer, die vol zat met politiemensen plus een paar mensen die eruitzagen als vrienden of familie. Sombere, grimmige gezichten draaiden heel even hun kant op.

Evan ging dichter bij Colin staan. ‘Misschien kunnen we hier maar beter niet zijn,’ opperde hij.

Aan Colins gezicht was niets af te lezen. 'Hij zou niet zijn neergeschoten als ik hem niet had gebeld.'

'Het is niet jouw schuld,' zei Evan.

'Hij heeft gelijk, Colin,' zei Lily. 'Lester heeft dit gedaan, niet jij.'

Ondanks wat ze zeiden, wist Maria dat Colin nog steeds bezig was zichzelf er ook van te overtuigen, maar dat het hem nog niet helemaal lukte.

'Goed dan,' zei Evan. 'Zie je iemand aan wie we kunnen vragen hoe het met Margolis is? Ik zie geen verpleegkundige...'

'Daar,' zei Colin, met zijn hoofd gebarend naar een man van in de veertig met gemillimeterd grijs haar. De man zag hen ook en kwam hun kant op.

'Wie is dat?' fluisterde Maria.

'Rechercheur Wright,' zei Colin. 'Hij is een van degenen die mijn verklaring hebben opgenomen. En die van Evan.'

Toen Wright dichterbij was, stak hij zijn hand uit, en zowel Colin als Evan schudde hem. 'Ik had niet verwacht jullie hier te zien,' zei Wright.

'Ik moest weten hoe het met hem ging,' zei Colin.

'Ik ben hier pas een paar minuten geleden aangekomen, maar tot nu toe zijn er nog geen updates geweest van de chirurg, afgezien van het feit dat hij het niet opgeeft. Zoals je weet was hij er behoorlijk slecht aan toe toen hij aankwam.' Toen Colin knikte gebaarde Wright naar een ander gedeelte van de ruimte. 'Ik weet dat je de laatste tijd heel wat hebt moeten meemaken,' ging Wright verder, 'maar ik vroeg me af of je nog heel even kon blijven. Er heeft iemand naar je gevraagd. Ze wil met je praten.'

'Wie dan?' vroeg Colin.

'De vrouw van Pete, Rachel.'

Maria zag hoe Colins uitdrukking onbestemd werd. 'Ik weet niet of dat wel zo'n goed idee is.'

'Alsjeblieft,' zei Wright. 'Het is duidelijk dat het belangrijk voor haar is.'

Het duurde even voordat Colin antwoord gaf. 'Oké.'

Wright draaide zich om en liep naar de andere kant van de ruimte.

Hij bleef staan bij een aantrekkelijke vrouw met bruin haar die werd omringd door een stuk of vijf mensen. Hij gebaarde met zijn hoofd in de richting van Colin en Evan. Rachel Margolis excuseerde zich meteen van het groepje en kwam naar hen toe. Toen ze dichterbij kwam, werd het Maria duidelijk dat de vrouw had gehuild. Haar ogen waren bloeddoorlopen en haar mascara een beetje uitgelopen; ze leek zich nauwelijks goed te kunnen houden.

Wright stelde hen aan elkaar voor en Rachel gaf heel even een glimlach, waar alleen maar verdriet uit sprak.

'Larry vertelde me dat u hebt geholpen het leven van mijn man te redden,' zei Rachel.

'Ik vind het heel erg wat er met hem gebeurd is,' antwoordde Colin.

'Ik ook. Dank u. En ik... eh...' Ze snoof en depte haar ogen. 'Ik wilde jullie allebei bedanken. Voor het feit dat jullie helder zijn blijven denken, niet in paniek zijn geraakt en de ambulance hebben gebeld. Druk hebben toegepast op de wonden. De ambulancebroeders hebben me verteld dat als jullie dat niet hadden gedaan, Pete geen kans zou hebben gemaakt. Als jullie er niet waren geweest...' Ze stond op het punt in huilen uit te barsten, en de woorden waren zo vol emotie dat Maria haar keel voelde dichtknijpen. 'Nogmaals... ik...' Ze haalde beverig adem in een poging zichzelf in de hand te houden. 'En u moet weten dat hij een taaie is, dus het komt wel goed met hem. Een van de allertaaisten...'

'Dat is hij zeker,' beaamde Colin, maar Maria had het idee dat Rachel Margolis hem nauwelijks hoorde, omdat ze eigenlijk tegen zichzelf aan het praten was geweest.

De avond verstreek. Maria zat naast Colin terwijl ze op nieuws wachtten. Evan en Lily waren een paar minuten eerder naar de kantine gegaan, en Maria hoorde de gesprekken langzamerhand overgaan in bezorgd gemompel. De mensen in de wachtruimte kwamen en gingen.

Colin bleef stiller dan gewoonlijk. Af en toe kwam er een agent of een rechercheur langs om hem te bedanken en hem de hand te schudden; hoewel hij beleefd was in zijn antwoorden wist Maria dat het hem een ongemakkelijk gevoel gaf, omdat hij zichzelf nog steeds de schuld gaf van wat er was gebeurd, ook al leek niemand anders dat te doen.

En toch verbaasde de intensiteit van zijn schuldgevoel haar. Het was al die tijd duidelijk geweest dat Colin en Margolis alleen maar minachting voor elkaar hadden. Het was een soort paradox, en hoewel ze Colin eruit wilde trekken en hem wilde laten praten over zijn gevoelens, wist ze dat hij ze in zijn eentje wilde verwerken. Uiteindelijk boog ze zich naar hem toe.

'Vind je het goed als ik even naar de gang loop? Ik wil mijn ouders bellen. En Serena ook. Ik weet zeker dat ze zich afvragen wat er aan de hand is.'

Toen Colin knikte, kuste ze hem op zijn wang en liep toen de wachtruimte uit, door de gang heen naar een rustiger plek waar ze een beetje privacy had. Aan de telefoon klonken haar ouders al net zo bezorgd als iedereen in de wachtruimte en ze hadden tientallen vragen; tegen het einde zei haar moeder dat ze voor het avondeten zou zorgen, en ze vroeg Maria om langs te komen met Colin, en ook met Evan en Lily. Haar moeder vroeg het op een manier waardoor het moeilijk was nee te zeggen, maar dat was oké. Na alles wat er gebeurd was, wilde ze haar familie zelf ook zien.

Toen ze weer terugkwam in de wachtruimte zat Colin nog op dezelfde plek als waar ze hem had achtergelaten. Hij zei nog steeds niet veel, maar zodra ze naast hem kwam zitten, pakte hij haar hand en hield hem stevig vast. Lily en Evan kwamen terug uit de kantine, en kort daarna kwam eindelijk de chirurg binnen.

Rachel Margolis liep naar hem toe, met rechercheur Wright aan haar zijde. Het werd stil in de ruimte. Iedereen was bezorgd, iedereen moest het weten en het was onmogelijk om de dokter niet te horen, zelfs van een afstand.

'Hij heeft de operatie overleefd,' kondigde de dokter aan, 'maar de schade was nog aanzienlijker dan we hadden verwacht. De procedure was ook ingewikkeld vanwege het aanzienlijke bloedverlies, en een tijdlang was het een dubbeltje op zijn kant. Maar op dit moment zijn al zijn waarden stabiel. Aan de lage kant, maar stabiel.'

'Wanneer kan ik hem zien?' vroeg Rachel Margolis.

'Ik wil hem nog een paar uur in de gaten houden,' hield de chirurg een slag om de arm. 'Als het zo blijft gaan als ik hoop, kan ik u misschien later vanavond een paar minuten naar binnen laten.'

'En het komt goed met hem, toch?'

Dat is de vraag waar het allemaal om draait, dacht Maria. De chirurg leek hem te hebben verwacht en ging op dezelfde professionele toon verder.

'Zoals ik al zei, is hij voorlopig stabiel, maar u moet begrijpen dat uw echtgenoot nog steeds in kritieke toestand verkeert. De komende paar uur zullen ons flink veel wijzer maken, en ik hoop u morgen een definitiever antwoord te kunnen geven.'

Rachel Margolis slikte. 'Ik wil alleen maar weten wat ik onze jongens moet vertellen als ik naar huis ga.'

Jongens? Heeft Margolis kinderen?

De stem van de chirurg werd vriendelijker. 'Vertel ze de waarheid. Dat hun vader de operatie heeft overleefd en dat jullie het gauw zullen weten.' Hij hield zijn blik op haar gericht. 'U moet begrijpen, mevrouw Margolis... er is ernstige schade toegebracht aan de luchtpijp en uw echtgenoot ligt op het moment aan een beademingsapparaat...'

Maria kon niet meer toekijken toen de chirurg begon in te gaan op de details van Margolis' verwondingen. Toen ze wegkeek hoorde ze de stem van Colin.

'Kom op,' fluisterde hij, ongetwijfeld hetzelfde denkend als zij. 'De details zijn onze zaak niet. Laten we ze een beetje privacy geven.'

Maria en Colin stonden op; Evan en Lily volgden hun voorbeeld en ze verlieten de kamer. Toen ze buiten waren, bleef Maria staan en vertelde hun allemaal over het telefoontje van haar ouders en wat ze hadden gevraagd.

'Ik weet dat jullie waarschijnlijk allemaal doodmoe zijn en jullie twee zijn net nog in de kantine geweest, maar mijn moeder heeft eten voor ons gemaakt, en...'

'Oké,' zei Colin. 'Ik moet evengoed mijn auto vanavond nog ophalen, maar dat kan wel even wachten.'

'Je hoeft het niet uit te leggen,' onderbrak Evan hem. 'We snappen het al.'

Maria reed met Colin mee in Evans auto; Evan en Lily volgden in Lily's auto, en toen ze stopten voor het huis van Maria's ouders stond Serena voor de deur te wachten, samen met haar ouders. Zodra Maria was uitgestapt sloot Serena haar in haar armen.

'Mama en papa hebben zich de hele avond vreselijk zorgen om je gemaakt, weet je dat? Mama is urenlang de keuken niet uit gekomen en papa blijft de ramen en deuren maar controleren. Hou jij het zelf nog een beetje vol?'

'Nauwelijks,' gaf Maria toe.

'Volgens mij ben je toe aan een lekker lange vakantie als dit allemaal achter de rug is.'

Ondanks alles begon Maria te lachen. 'Waarschijnlijk wel.'

Na Serena omhelsde Maria haar ouders, en toen stelde ze Evan en Lily aan hen voor. Tot verrassing van Maria – en van haar ouders en Serena – sprak Lily Spaans, zij het met een zuidelijk accent. Omdat de voordeur nog was dichtgetimmerd, liepen ze via de garage en de keuken, waarna ze gingen zitten aan een tafel die al snel vol stond met schalen met eten.

Terwijl ze aten, vertelde Maria aan haar ouders en zus over haar eerdere gesprek met Margolis, en Colin bracht hen op de hoogte van alles wat er daarna was gebeurd. Hij stopte om de paar zinnen zodat Maria het voor haar moeder kon vertalen. Evan voegde nog meer details toe, vooral toen het over de confrontatie met Lester ging.

'En Lester zit nog steeds in de gevangenis, toch?' vroeg Felix toen Colin klaar was. 'En hij komt er niet meer uit?'

'Of hij nou gek is of niet, hij heeft een politieman neergeschoten,' zei Evan. 'Ik weet niet of hij er ooit nog wel uit komt.'

Felix knikte. 'Mooi zo.'

'En hoe zit het met Atkinson?' kwam Serena tussenbeide. 'Je zei toch dat hij samenwerkte met Lester?'

'Ik weet het niet. Het was iets wat Margolis aan het onderzoeken was. Schijnbaar kenden ze elkaar, maar zelfs al is dat waar, dan nog klopt het allemaal niet,' antwoordde Maria.

'Maar wie heeft dan je banden stukgesneden?' drong Serena aan.

'Misschien heeft Lester een of ander joch betaald om het te doen, omdat hij wist dat het ziekenhuis hem een alibi zou verschaffen.'

'En de auto in het park?'

'Misschien dat Lester hem leent.' Maria haalde haar schouders op. 'Ik weet het niet.'

'Als Atkinson nog vrij rondloopt, wat ga je dan doen?'

'Ik weet het niet,' herhaalde Maria, en ze hoorde de frustratie in haar stem. Ze wist dat er nog steeds te veel onbeantwoorde vragen waren, zelfs na alles wat er gebeurd was, maar...

'Lester was degene over wie ik me zorgen maakte,' zei ze. 'Hij is degene voor wie ik bang was, en of hij nou wel of niet samenwerkte met Atkinson, het enige wat ik zeker weet, is dat Lester me niets meer kan doen, en...'

Toen Maria's stem wegstierf schudde Serena haar hoofd. 'Sorry dat ik zo veel vragen stel. Het komt alleen maar doordat ik me nog steeds...'

'Zorgen maak,' maakte Felix haar zin af.

Ik ook, dacht Maria. En Colin ook, maar...

Haar gedachten werden onderbroken door de gedempte ringtone van Serena's telefoon. Serena haalde hem tevoorschijn en liet hem naar de voicemail gaan, met een uitdrukking op haar gezicht die tegelijk hoopvol en bezorgd was.

'Wie was dat?' vroeg Felix.

'Charles Alexander,' antwoordde Serena.

'Het is nogal laat voor hem om nog te bellen, vind je niet?' vroeg Felix. 'Misschien is het iets belangrijks.'

'Ik kan hem morgen proberen te bereiken.'

'Nee, ga je gang, bel hem nu maar terug,' zei Maria, dankbaar voor de afleiding. Ze meende wat ze zei. 'Zoals papa al zei, misschien is het wel iets belangrijks.' Ze wilde net zomin over Atkinson nadenken als over Lester, en ze had nu ook niet de energie om onmogelijke vragen te beantwoorden. Het lukte haar maar nauwelijks om de afgelopen uren te verwerken...

Serena aarzelde heel even, zich afvragend of het echt oké was, en daarna drukte ze op de knop waarmee ze terug zou bellen. Iedereen aan tafel werd stil toen ze naar de keuken liep met haar telefoon aan haar oor.

'Charles Alexander? Waarom heb ik die naam al eerder gehoord?' fluisterde Colin.

'Hij is de directeur van de beurs waar ik je over heb verteld,' fluisterde Maria terug.

'Wat is er aan de hand?' vroeg Evan, en toen Lily naar voren leunde om het ook te horen bracht Maria hen in het kort op de hoogte. Intussen was Serena aan het knikken, en toen ze zich uiteindelijk omdraaide, kon Maria haar glimlach zien.

'Meent u dat?' vroeg Serena. 'Heb ik gewonnen?'

Maria zag haar moeder plotseling de hand van haar vader pakken.

Serena ging intussen verder, niet meer in staat haar stem gedempt te houden. 'Natuurlijk. Dat is geen probleem… Morgenavond… zeven uur… Heel erg bedankt…'

Toen Serena ophing, keken haar ouders hun dochter verwachtingsvol aan.

'Jullie hebben wel gehoord wat er gebeurd is, hè?'

'Gefeliciteerd!' zei Felix terwijl hij opstond van tafel. 'Dat is geweldig!' Carmen liep snel naar haar toe en vertelde haar hoe trots ze was, en de volgende paar minuten, terwijl iedereen elkaar omhelsde, was de bezorgdheid over wat er gebeurd was vervangen door een fantastisch gevoel, een gevoel waarvan Maria wilde dat het nooit zou eindigen.

Na het eten namen Colin, Evan en Lily afscheid en gingen ze op weg om Colins auto op te halen; Carmen en Felix liepen een eindje om met de hond. Maria en Serena waren in de keuken aan het afwassen.

'Ben je zenuwachtig voor het interview?' vroeg Maria.

Serena knikte terwijl ze een bord afdroogde. 'Een beetje. De journalist zou een fotograaf meenemen. Ik heb er een hekel aan om gefotografeerd te worden.'

'Dat meen je toch niet? Je bent de koningin van de selfies.'

'Selfies zijn anders. Die zijn voor mij of mijn vrienden. Het is nou niet zo dat ik mijn selfies in de krant zet.'

'Wanneer wordt het verhaal gepubliceerd?'

'Hij denkt dat het maandag wordt,' antwoordde Serena. 'Dan wordt het officieel aangekondigd.'

'Komt er een banket of een presentatie?'

'Ik weet het niet precies,' zei Serena. 'Dat ben ik vergeten te vragen. Ik raakte een beetje te opgewonden.'

Maria glimlachte terwijl ze een bord afspoelde en aan Serena gaf. 'Als je het weet, moet je het me laten weten. Ik wil erbij zijn. Ik weet zeker dat papa en mama ook willen komen.'

Serena legde het afgedroogde bord op de stapel. 'Daarnet, toen ik al die vragen stelde... Het spijt me dat ik er zo over door bleef gaan. Ik dacht er niet bij na.'

'Het geeft niet,' zei Maria. 'Ik wou dat ik alle antwoorden kende, maar dat is niet zo.'

'Blijf je hier nog een tijdje? Je weet dat papa en mama het willen.'

'Ja, dat weet ik. En ja. Maar ik zal later nog wel naar mijn eigen huis moeten om wat spullen te pakken.'

'Ik dacht dat je al spullen had gepakt. Omdat je in het huis van Lily zou gaan slapen.'

'Ik was van plan om daar maar één nacht te blijven, dus ik zal meer kleren nodig hebben. En ik wil ook mijn auto ophalen.'

'Wil je dat ik je er nu naartoe rijd?'

'Nee, laat maar. Colin doet het wel als hij terugkomt.'

'Wanneer is dat?'

'Ik weet het niet. Half twaalf, misschien? Kwart voor twaalf?'

'Dat is laat. Ben je niet moe?'

'Doodmoe,' gaf Maria toe.

'Nou, dan kan ik je toch beter naar...' begon Serena, maar toen kapte ze zichzelf af. Ze keek even naar Maria. 'O... laat maar zitten. Ik snap het al.'

'Wat snap je?'

'Ik ben het met je eens. Natuurlijk moet je Colin je ernaartoe laten brengen. Ik heb niets gevraagd. Wat dom van me.'

'Waar heb je het over?'

'Nou, als je bedenkt dat je de komende dagen onder het wakende oog van je ouders zult zijn... en als je bedenkt dat Colin niet alleen Lester heeft opgespoord maar hem ook nog tegen de grond heeft gewerkt en dat dat helemaal niet sexy is of zo... en als je dan ook nog bedenkt dat je je even helemaal los moet maken van een ongelooflijk stressvolle dag... Laten we het er maar op houden dat ik heel goed begrijp dat je wel wat tijd met hem alleen wilt zijn.'

'Ik zei dat ik alleen maar wat dingetjes wilde pakken.'

'Nog een specifiek dingetje dat je wilt pakken?'

Maria begon te lachen. 'Hou eens op met die vunzige gedachten van je.'

'Sorry,' zei ze. 'Ik kan er niets aan doen. Maar geef toe. Ik heb gelijk, waar of niet?'

Maria gaf geen antwoord; ze wisten het allebei al.

29

Colin

Terwijl Lily naar haar huis bij het strand terugkeerde, reed Colin eerst met Evan naar de Walmart – een winkel die altijd open was en alles had wat hij nodig had – en daarna naar Shallotte, waar Evan zijn auto achter de Camaro zette. Colin zette de motorkap omhoog en begon de accuklemmen los te maken.

'Waarom denk je dat het de accu is? Je auto heeft al heel lang moeite met starten.'

'Ik weet niet wat het anders zou kunnen zijn. Ik heb de ontstekingsschakelaar en de wisselstroomdynamo al vervangen.'

'Had je niet eerst moeten proberen de accu te vervangen?'

'Dat heb ik gedaan,' zei Colin. 'Ik heb er een paar maanden geleden een nieuwe in gezet. Misschien is het gewoon een miskoop geweest.'

'Dat je het even weet: ik ga je morgen niet nog een keer hiernaartoe brengen als dit niet werkt. Ik ga naar Lily en we gaan morgen de hele dag met z'n tweeën in bed doorbrengen. Ik wil wel eens zien wat het me heeft opgeleverd nu ik de held heb uitgehangen. Ik denk dat ze me zelfs nog aantrekkelijker zal vinden dan ze nu al doet.'

Colin glimlachte terwijl hij de klemmen losmaakte, liet toen de oude accu eruit glijden en zette de nieuwe erin.

'Ik wilde je nog wat vragen,' zei Evan. 'En denk eraan, dit wordt gezegd door iemand die je een hoop domme dingen heeft zien doen. Maar wat je vandaag deed? Ik heb zelfs geen idee hoe je überhaupt bij Lester hebt kunnen komen. Vanaf het gazon? Over de balustrade heen? Het leek wel of je vloog! En ondertussen richtte hij het pistool, en dat je het even weet: ik begin me een beetje af te vragen of je eigenlijk wel goed bij je hoofd bent. Wat dacht je nou helemaal?'

'Ik dacht helemaal niets.'

'Dat dacht ik al. Dat is gewoon een van de vele problemen met jou. Je moet echt eens gaan nadenken voordat je iets doet. Ik heb je van tevoren al gezegd dat je er helemaal niet naartoe had moeten gaan.'

Colin keek op. 'Wat wil je nou eigenlijk zeggen?'

'Ik wil maar zeggen dat ondanks je stomme en misschien wel gestoorde gedrag, ik vandaag eigenlijk best wel trots op je was. En niet alleen omdat je uiteindelijk Margolis het leven hebt gered.'

'Waarom dan?'

'Omdat je Lester niet hebt gedood toen je de kans kreeg. Je had hem aan stukken kunnen beuken of hem kunnen wurgen. Maar dat heb je niet gedaan.'

Colin was klaar met het aandraaien van de klemmen. 'Zeg je nou dat je trots op me bent omdat ik hem niet gedood heb?'

'Dat is precies wat ik zeg. Vooral omdat je er waarschijnlijk ook nog mee weg zou zijn gekomen. Hij had een politieman neergeschoten. Hij was gewapend en gevaarlijk. Ik denk niet dat iemand een aanklacht tegen je had ingediend als je je een beetje had laten gaan. Dus vraag ik aan jou: waaróm heb je hem niet gedood?'

Colin dacht erover na, waarna hij ten slotte zijn hoofd schudde. 'Ik weet het niet.'

'Nou, als je het wel weet, vertel het me dan. Voor mij ligt het antwoord voor de hand, aangezien ik nooit iemand zou doden. Dat ligt niet in mijn aard. Ik zou het niet kunnen, maar jij bent anders. En voor het geval dat je het wilt weten, moet ik je ook zeggen dat ik deze versie van Colin veel meer respecteer dan de oude.'

'Je hebt me altijd gerespecteerd.'

'Ik heb je altijd gemogen, maar ik ben ook altijd een beetje bang voor je geweest,' zei Evan. 'Dat is iets anders.' Hij wees naar de accu, omdat hij het onderwerp wilde laten vallen. 'Ben je er klaar voor om het te proberen?'

Colin liep om de auto heen en ging achter het stuur zitten. Hij wist niet zeker wat hij moest verwachten en was verbaasd toen de Camaro startte de eerste keer dat hij het sleuteltje omdraaide. Op dat moment merkte hij dat zijn ogen naar de bungalow werden getrokken, en zag hij dat de tuin voor de helft was afgezet met politielint, net als de veranda.

'Zo, dat was dat,' zei Evan. 'Je weet vast wel dat hij er waarschijnlijk weer mee ophoudt op weg naar Maria's huis, hè? Gewoon om jou te pesten. En probeer uit de problemen te blijven, oké? Die lijken je de laatste tijd te achtervolgen.'

Colin antwoordde niet; in plaats daarvan bleef hij naar de bungalow staren, en het kostte hem een paar seconden om te beseffen dat er iets was veranderd sinds hij was vertrokken. Of beter gezegd: er ontbrak iets. Het was mogelijk, dacht hij, dat de politie hem had meegenomen omdat het bewijs was. Misschien zaten er bloedspatten op, of misschien was hij geraakt door een van de schoten en had de politie de kogel nodig voor het ballistisch onderzoek...

'Luister je wel naar me?' vroeg Evan.

'Nee.'

'Waar zit je naar te kijken?'

'Weet je nog wat voor vragen Serena stelde?' vroeg Colin om de vraag uit de weg te gaan. 'Of Atkinson erbij betrokken is?'

'Dat herinner ik me nog. Hoezo?'

'Ik denk dat er grote kans is dat dat zo is.'

'Omdat zijn auto bij het park stond? En Lester haar banden niet kon hebben lek gesneden?'

'Niet alleen om die redenen. Ik zit te denken aan de auto die ik eerder zag, de auto op de oprit van de bungalow.'

Evan draaide zich om, zette toen een stap naar achteren en zorgde ervoor dat hij een betere gezichtshoek had. 'Welke auto?' vroeg hij ten slotte.

'Precies,' zei Colin, die erover na bleef denken. 'Hij is weg.'

Colin keerde even voor middernacht terug naar het huis van de familie Sanchez. Maria zat met haar ouders in de woonkamer en stond op. Ze zei iets in het Spaans tegen haar moeder – waarschijnlijk dat ze snel terug zou zijn – en liep met Colin mee naar buiten naar de auto.

'Waar is Serena?'

'Die is al naar bed.'

'Blijft ze hier ook slapen?'

'Alleen vanavond. Mijn ouders hebben me gezegd dat ik tegen jou moest zeggen dat jij ook welkom bent om te overnachten. Omdat je dan op de bank zou moeten slapen, heb ik ze uiteraard verteld dat je waarschijnlijk liever naar huis gaat.'

'Je zou met me mee kunnen komen.'

'Het is aanlokkelijk. Maar...'

'Het geeft niet,' zei hij. Toen ze zijn auto bereikten, hield hij het portier voor haar open.

'Wat was er trouwens mis met je auto?' vroeg ze terwijl ze naar binnen gleed.

'De accu.'

'Dus ik had gelijk, hè? Dat betekent dus waarschijnlijk dat je vaker naar me moet luisteren.'

'Oké.'

Terwijl ze naar haar appartement reden vertelde Colin haar over de verdwenen auto.

'Misschien heeft de politie hem meegenomen.'

'Misschien.'

'Denk je dat Atkinson hem heeft opgehaald?'

'Dat weet ik niet. Ik denk dat ik morgen rechercheur Wright ga bellen. Misschien willen ze het me niet zeggen, maar gezien het feit dat ik Margolis in leven heb gehouden tot de ambulance kwam, hoop ik dat ze dat wel zullen doen. Hoe dan ook: zij zouden het moeten weten.'

Ze draaide zich om naar het raampje terwijl ze over de grotendeels lege wegen reden. 'Ik kan nog steeds nauwelijks geloven dat Lester hem heeft neergeschoten.'

'Als je erbij was geweest had je het geloofd. Hij was volledig de weg kwijt. Alsof er iets bij hem was geknapt.'

'Denk je dat ze nog antwoorden uit hem zullen krijgen?'

Daar dacht Colin even over na. 'Ja. Zodra hij weer helder is. Maar ik heb geen idee hoe lang dat zal duren.'

'Ik weet dat hij niet bij me in de buurt kan komen, maar...' Maria sprak nog net niet Atkinsons naam uit.

Colin nam geen risico. Met een omtrekkende beweging reed hij naar Maria's appartement, alert op verdachte auto's. Maria wist wat hij deed en maakte geen bezwaar.

Het was net na middernacht toen ze de auto neerzetten op een plek die gereserveerd was voor bezoekers bij haar appartementencomplex. Colin bleef alert op elke beweging, maar alles was stil terwijl ze de trap naar haar deur beklommen.

Daar verstijfden Colin en Maria echter.

Ze zagen allebei op hetzelfde moment dat de deurknop was afgebroken, en dat de deur gedeeltelijk openstond.

Haar appartement was overhoopgehaald.

Terwijl Colin Maria in een waas zag rondlopen, huilend de schade opnemend, werd hij zelf steeds kwader.

Banken, stoelen en kussens waren opengesneden. De eetkamertafel was omgegooid. Eetkamerstoelen stonden op hun kant op gebroken poten. Lampen waren stukgegooid. Foto's verscheurd. De inhoud van de koelkast door de keuken gesmeten en uitgesmeerd. Haar spullen. Haar huis. Onteerd. Aan stukken gescheurd. Vernield.

In de slaapkamer was haar matras opengescheurd, het bureau omvergehaald en de laden gebroken, en nog een lamp kapotgegooid. Lege bussen rode spuitverf lagen verspreid over de vloer en vrijwel elk kledingstuk in haar kast was gemarkeerd door de verf.

Zo zag woede eruit, dacht Colin. Wie dit had gedaan was net zo de kluts kwijt als Lester, misschien nog wel erger, en de woede die Colin voelde was moeilijk in bedwang te houden. Hij wilde de man pijn doen, hem vermoorden...

Naast hem hapte Maria naar adem en haar gesnik werd nog hysterischer, en Colin sloeg zijn armen om haar heen toen hij de woorden ontdekte die op de muur van de slaapkamer waren geschilderd.

Je zult weten hoe het voelt.

Colin belde 911 en daarna rechercheur Wright. Hij had niet verwacht dat hij zou opnemen, maar Wright reageerde bij de tweede keer overgaan. Nadat Colin hem had verteld wat er was gebeurd zei Wright dat hij meteen zou komen, dat hij zelf de schade wilde zien.

Op verzoek van Maria belde Colin ook haar ouders, en hoewel ze erop stonden om erheen te komen, bleef Maria haar hoofd schudden. Colin begreep het wel. Op dit moment kon Maria hun angsten en zorgen niet aan, niet nog eens boven op al het andere. Ze vond het al moeilijk genoeg om zelf het hoofd erbij te houden. Hij zei tegen haar ouders dat ze met de politie moest praten, en liet hun weten dat hij ervoor zou zorgen dat ze veilig was.

Binnen een paar minuten waren er twee agenten om Maria's verklaring op te nemen, wat niet veel was. Maar ze hadden meer geluk met een van de buren die naar buiten kwam om te kijken wat er aan de hand was. Colin luisterde terwijl de man die naast haar woonde, zei dat hij slechts een paar uur daarvoor thuis was gekomen, en er zeker van was dat de deur niet op een kier stond. Dan zou hij licht hebben gezien. Nee, zei hij, hij had niets gehoord, behalve muziek, waarvan het hem was opgevallen dat die erg hard stond. Hij had overwogen langs te gaan om te vragen of het zachter kon, maar het was snel daarna weer opgehouden.

Toen Maria een schijn van zelfbeheersing had herwonnen nam Wright haar verklaring en die van de buurman door met de agenten; daarna sprak hij met Maria en Colin. Maria vond het moeilijk om haar gedachten op een rijtje te houden. Colin herhaalde grotendeels wat hij Wright eerder in Shallotte had verteld, vechtend tegen de aandrang om iets te slaan.

Colin wilde Atkinson vinden, zelfs nog liever dan hij Lester had willen vinden.

En hij wilde hem vermoorden.

Het was bijna twee uur 's nachts toen Wright zei dat ze mochten gaan, en hij liep met hen mee naar Colins auto. Maria was niet in staat om te rijden, wist Colin, en ze protesteerde niet.

Toen ze de auto bereikten stak Wright zijn hand op. Hij staarde naar Colin op bijna dezelfde manier als Margolis had gedaan. 'Wacht even. Ik weet niet waarom ik het niet eerder heb beseft, maar ik ben er eindelijk achter wie je bent.'

'Wie dan?'

'Jij bent die vent van wie Pete vindt dat hij in de gevangenis zou moeten zitten. De vent die in al die vechtpartijen belandt. Die mensen verrot slaat.'

'Niet meer.'

'Daar zou Lester Manning wel eens anders over kunnen denken. Niet dat ik een moer geef om wat Lester Manning vindt.'

'Weet je wanneer de politie daarbinnen klaar is?' vroeg Maria. 'En wanneer mag ik weer naar binnen?'

'Afgezien van het vandalisme is het verder geen plaats van misdrijf,' antwoordde Wright. 'Maar de mannen van het forensische team hebben wat tijd nodig. Ik denk dat je pas in de loop van morgenochtend op zijn vroegst hier weer terug kunt komen. Ik zal je laten weten wanneer je zeker weer kunt terugkomen, oké?'

Maria knikte. Colin wenste dat er meer was dat hij voor haar kon doen, maar evengoed...

'Weet je of ze de auto in beslag hebben genomen die bij de bungalow stond?' vroeg hij. 'De bungalow waar Margolis werd neergeschoten?'

Wright fronste. 'Ik heb geen idee. Hoezo?'

Colin vertelde het hem.

Wright haalde zijn schouders op. 'Het lijkt me waarschijnlijk dat ze hem in beslag zouden nemen. Maar ik zal even kijken wat ik kan doen.' Hij draaide zich om naar Maria, en daarna weer naar Colin. 'Ik weet dat jullie allebei uitgeput zijn en ik weet dat jullie hier graag weg willen, maar weten jullie misschien de naam van de rechercheur in Charlotte met wie Pete samenwerkte?'

'Nee,' zei Colin. 'Hij heeft zijn naam niet genoemd.'

'Het is niet erg. Ik zal wat graafwerk verrichten. Het zal niet moeilijk zijn om het antwoord te vinden. Eén laatste vraag: waar zijn jullie van plan vanavond heen te gaan?'

'Naar mijn ouders,' antwoordde Maria. 'Hoezo?'

'Dat dacht ik al,' zei Wright. 'Daarom vroeg ik het. Nadat er iets als dit gebeurt, gaan mensen meestal naar het huis van vrienden of naar hun familie. Ik weet eerlijk gezegd niet of dat wel een goed idee is.'

'Waarom niet?'

'Omdat ik op dit moment niet weet waar die kerel Atkinson toe in staat is, en daar word ik zenuwachtig van. Hij heeft het duidelijk op jou voorzien, en van wat ik hierbinnen heb gezien is hij niet alleen gevaarlijk, maar ook kwaad en losgeslagen. Misschien moet je overwegen vanavond ergens anders heen te gaan.'

'Zoals waar?'

'Wat dacht je van iets als het Hilton? Ik ken daar wat mensen en ik weet zeker dat ik een kamer voor je kan regelen, met politiebescherming erbij. Ook al is het maar voor één nacht. Het is me nogal een dag geweest en jullie moeten allebei proberen wat rust te krijgen. Ik zeg niet dat er iets zal gebeuren, maar je kunt maar beter voorzichtig zijn, weet je wel?'

Maria's stem was kalm. 'Margolis zei dat ze geen politiebescherming konden geven.'

'Ik had het over mezelf. Ik zal vannacht jullie kamer bewaken. Ik ben vanavond vrij, dus dat geeft niet.'

'Waarom zou je dat doen?' vroeg Colin.

Wright richtte zich tot Colin en zei eenvoudig: 'Omdat je het leven van mijn vriend hebt gered.'

30

Maria

In de auto belde Maria haar ouders met het nieuws en keek toen afwezig naar de sedan van de rechercheur die voor hen uit reed om de weg te wijzen naar het hotel, dat maar een paar straten van haar appartement was.

Wright moest de kamer hebben geregeld in de korte tijd dat ze onderweg waren, want de sleutel lag te wachten bij de receptie. Hij ging met hen mee in de lift en liep mee naar het einde van de gang, waar al een klapstoel klaarstond net naast de deur. Hij gaf hun de sleutel van de kamer.

'Ik blijf hier net zo lang als jullie, dus jullie hoeven je nergens zorgen over te maken.'

Pas toen ze zich naast Colin in bed liet glijden, besefte Maria dat ze doodmoe was. Een paar uur daarvoor had ze het idee gehad om te vrijen, maar daarvoor was ze te uitgeput en Colin leek er precies zo over te denken. In plaats daarvan legde ze haar arm op zijn schouder, nestelde zich tegen hem aan en voelde zijn warmte, tot alles zomaar ineens zwart werd.

Toen haar ogen eindelijk opengingen, stroomde het zonlicht al door de spleet in de jaloezieën. Ze draaide zich om en merkte dat Colin niet naast haar lag, en ze zag hem zijn tanden poetsen in de badkamer. Toen ze op de klok keek, was ze verrast dat het al bijna elf uur was. Ze kwam met een ruk overeind, bedenkend dat haar ouders waarschijnlijk gek werden van ongerustheid.

Ze pakte haar telefoon en zag een sms'je van Serena.

Colin belde en zei dat je sliep, en hij heeft verteld wat er is gebeurd. Kom naar huis als je wakker bent. Papa heeft overal voor gezorgd!

Maria fronste haar voorhoofd. 'Colin?' riep ze.

'Momentje,' mompelde hij, zijn hoofd door de deuropening stekend, en ze zag een mond vol tandpasta, plus nog iets op zijn vinger. Hij spoelde zijn mond, stapte het hoofdgedeelte van de kamer in en liep naar het bed.

'Heb je je vinger gebruikt om je tanden te poetsen?'

Hij ging naast haar zitten. 'Ik heb geen tandenborstel meegenomen.'

'Je had die van mij kunnen gebruiken.'

'Bacteriën,' zei hij met een knipoog. 'Je hebt uitgeslapen. Ik heb je ouders al gebeld.'

'Ik weet het. Serena heeft me ge-sms't. Wat is er aan de hand?'

'Dat is een verrassing.'

'Ik weet niet of ik wel in ben voor nog meer verrassingen.'

'Deze zul je wel leuk vinden.'

'Hoe lang ben je al wakker?'

'Een paar uur. Maar ik ben pas twintig minuten geleden opgestaan.'

'Wat was je aan het doen?'

'Nadenken.'

Het had geen zin om te vragen waarover. Ze wist het antwoord al, en nadat ze samen hadden gedoucht kleedden ze zich aan en pakten ze hun spullen. Toen ze de deur uit stapten, zagen ze Wright op de klapstoel zitten.

'Vinden jullie het goed om even een kop koffie te gaan drinken?' vroeg hij.

'Om te beginnen,' begon Wright, 'is je appartement vrijgegeven om er weer naar binnen te gaan. De technische recherche is eerder vanochtend vertrokken en ze zijn klaar. Ik dacht dat je het wel zou willen weten, voor het geval je iets wil pakken. Kleren of toiletspullen of zo.'

Als er al iets is wat ik nog wil, dacht Maria. 'Hebben ze iets gevonden?'

'Er zijn geen duidelijke bewijsmaterialen achtergelaten, behalve de spuitbussen, en daar zaten geen vingerafdrukken op. Wat haarmonsters betreft: dat gaat wat langer duren, maar er zijn geen garanties. Haarmonsteranalyse is altijd lastig, tenzij er DNA van de wortel aanwezig is.'

Maria knikte en probeerde de beelden van de vorige nacht van zich af te zetten.

'Ik heb nog een paar telefoontjes gepleegd vanochtend,' zei Wright terwijl hij suiker en room in zijn koffie roerde. Maria merkte de wallen onder zijn bloeddoorlopen ogen op. 'Tot nu toe is het niemand nog gelukt om met Lester te praten. Hij was nog geen tien minuten op het bureau toen zijn advocaat al op kwam dagen, en even later verscheen ook zijn vader en die begon dezelfde eisen te stellen als zijn advocaat. Niet dat zij wel met hem konden praten. Tegen die tijd lag Lester Manning vastgesnoerd op een brancard in de ziekenafdeling, waar hij gedwongen opgenomen is. En hij krijgt nog steeds kalmerende middelen. De algemene opvatting is dat hij zo gek is als een deur. Volgens de agenten ging hij zodra hij de cel zag helemaal door het lint.'

'Hoe bedoel je?'

'Gillen. Vechten met de agenten. Proberen de agenten te bijten. En toen ze hem daar eenmaal binnen hadden weten te krijgen begon hij tegen de deuren te schoppen en met zijn hoofd tegen de muur te bonken. Volkomen geschift. Hij maakte zelfs de andere gevangenen bang, dus moest hij daar weer weg. Er werd een dokter bij gehaald, die hem iets gaf om rustiger van te worden. Er waren vijf agenten voor nodig om hem in bedwang te houden, en net op dat moment kwam de advocaat opdagen. Hij claimt allerlei schendingen van burgerrechten, maar alles is vastgelegd op camera, dus niemand maakt zich zorgen dat Lester iets hard kan maken waardoor hij vrij kan komen. Dat wilde ik je meteen al laten weten. Dat gaat niet gebeuren, wat zijn advocaat misschien ook zegt. Hij heeft een politieman neergeschoten. In elk geval, waar het om gaat is: niemand heeft nog met hem kunnen praten.'

Maria knikte. Ze voelde zich verdoofd. 'Hoe gaat het met...?'

'Pete?' vroeg Wright. 'Hij heeft de nacht overleefd. Hij is nog in kritieke toestand, maar op dit moment is hij stabiel en zijn waarden zien er beter uit. Zijn vrouw heeft goede hoop dat hij ergens vandaag bij bewustzijn zal komen – de chirurg zei dat het mogelijk was – maar dat is allemaal nog afwachten. Rachel heeft wat tijd met hem kunnen doorbrengen vanochtend. Hun jongens ook. Het was natuurlijk wel eng voor ze. Ze zijn pas negen en elf, en hij is hun held, weet je? Na de koffie ga ik erheen, kijken of ik even bij hem kan zitten, of op zijn minst bij Rachel.' Toen Maria niet antwoordde, draaide Wright zijn koffiekopje rond. 'Ik ben ook nagegaan hoe het met de auto zit die bij de bungalow stond. Ik kan me ook herinneren dat ik hem heb gezien, en om de vraag van gisteravond te beantwoorden: de politie van Shallotte heeft het voertuig níét in beslag genomen. En de mensen van de sheriff ook niet. Wat betekent dat Atkinson is komen opdagen om hem op te halen nadat de politie weg was.'

'Misschien,' zei Colin.

'Misschien?' vroeg Wright.

'Misschien was hij er de hele tijd al. Misschien is hij de achterdeur uit gevlucht terwijl Evan en ik Margolis probeerden te redden. Heeft hij zich een tijdje verstopt en is hij toen teruggekomen. Dat zou ook kunnen verklaren hoe Margolis sowieso neergeschoten kon worden. Hij ging naar binnen in de verwachting dat er één persoon zou zijn, en werd toen verrast door twee personen.'

Wright bekeek Colin aandachtig. 'Toen Pete over jou sprak kreeg ik niet de indruk dat hij je erg mocht.'

'Ik mag hem ook niet.'

Wright trok een wenkbrauw op. 'Waarom heb je hem dan gered?'

'Hij verdiende het niet om te sterven.'

Wright draaide zich om naar Maria. 'Is hij altijd zo?'

'Ja,' antwoordde ze met een wrang glimlachje, waarna ze van onderwerp veranderde. 'Ik zie nog steeds niet in hoe of waarom Lester en Atkinson samenwerken om mij te grazen te nemen...'

'Er is nog meer,' zei hij, zijn hand opstekend om haar tegen te houden. 'Dat is het andere waar ik het met jullie over wilde hebben. Ik heb met de rechercheur in Charlotte gepraat met wie Pete samenwerkte. Hij heet Tony Roberts, trouwens, en toen ik hem op de hoogte bracht van wat er met Pete was gebeurd, vertelde hij me dat Pete hem gisteren had gebeld, maar dat hij nog geen tijd had gehad om Atkinsons gangen na te gaan. Uiteraard heeft het verzoek nu veel meer urgentie gekregen, en hij heeft Atkinsons moeder gebeld, heeft haar opgehaald en is naar Atkinsons appartement gegaan. Ze wist de beheerder ervan te overtuigen om hem binnen te laten. Er is nog steeds een aangifte van een vermist persoon van kracht, ook al heeft niemand haar tot nog toe geloofd, en zij is de naaste verwante. Waar het om gaat, is dat ze Roberts maar al te graag wilde helpen om haar zoon te zoeken, en in zekere zin kun je zeggen dat toen Roberts daar aankwam, hij een flinke klapper maakte. Het was alleen niet de klapper waarop de moeder had gehoopt. Het blijkt dat Atkinsons laptop er nog steeds was, en Roberts wist er toegang toe te krijgen.'

'En?'

Hij keek Maria aan. 'Hij had dossiers over je. Massa's informatie. Achtergrondinformatie, schooldossiers, informatie over je familie, waar je woont en werkt, je werkrooster. Hij had er zelfs informatie over Colin op staan. En ook foto's.'

'Had hij foto's?'

'Honderden. Dat je ergens loopt, dat je in de winkel bent, dat je aan het suppen bent. Zelfs van dat je op je werk bent. Het lijkt erop dat hij je al een flinke tijd in de gaten houdt en volgt. Bespioneert. Roberts heeft de laptop meegenomen als bewijsmateriaal, ondanks mevrouw Atkinsons plotselinge hevige protesten. Zodra ze zag wat erop stond, probeerde ze haar toestemming om het huis te betreden in te trekken, maar toen was het al te laat en had Roberts hem al in handen. De advocaten van de verdediging zullen wel een hoop ophef maken, maar er was aangifte van een vermist persoon, ze had haar toestemming gegeven en het bewijsmateriaal lag voor het grijpen. Maar Roberts was nog slimmer; hij heeft me verteld dat hij zelfs een opname heeft waarop ze zegt dat ze wilde dat hij zich toegang verschafte tot de computer. Maar goed, als we Lester eenmaal aan het praten hebben, is het waarschijnlijk toch een irrelevant punt. Wat die advocaat ook zegt of doet, uiteindelijk gaat hij toch praten. Gekken vertellen uiteindelijk meestal alles, vooral als ze eenmaal bij zinnen komen, omdat hun schuldgevoel dan begint op te spelen.'

Maria wist nog zo net niet of dat wel zo was, maar... 'Waarom wil Atkinson me pijn doen?'

'Dat gedeelte kan ik niet met zekerheid beantwoorden. Ik kan je wel vertellen dat er ook informatie over Cassie Manning op de laptop stond, maar dat verband ken je al.'

'Hebben jullie enig idee waar Atkinson nu is?'

'Nee. We hebben een opsporingsbevel voor hem uitgevaardigd, maar aangezien niemand schijnt te weten waar hij geweest is, weet ik niet zo goed hoeveel nut dat heeft. Nogmaals, ik hoop dat Lester ons meer zal kunnen vertellen, maar wanneer dat zal zijn is op dit moment nog onzeker. Het kan een dag duren, het kan een paar dagen duren, het kan een week duren, en dan hebben we nog te maken met de advocaat en zijn vader, die hem allebei zullen zeggen dat hij op geen enkele vraag antwoord moet geven. En dat werpt de vraag op waar je de komende dagen wilt zijn. Als ik jou was, weet ik niet of ik wel in Wilmington zou blijven.'

'Ik zou vandaag naar mijn ouders gaan,' zei ze. 'Ik denk dat ik me wel red.'

Wright keek twijfelachtig. 'Je moet het zelf weten. Maar wees wel voorzichtig. Uit wat Roberts heeft verteld maak ik op dat Atkinson niet alleen gevaarlijk is, hij is waarschijnlijk net zo gek als Lester. Dus laat me je mijn telefoonnummer geven. Ik wil dat je me belt zodra je iets ongewoons opmerkt of als je iets anders te binnen schiet, oké?'

Als het Wrights bedoeling was geweest om haar bang te maken, dan had het gewerkt. Maar na gisternacht zou Maria toch wel bang blijven, totdat Atkinson eindelijk werd gepakt.

Ze stapten in de auto en terwijl Colin op weg ging naar het huis van haar ouders, pakte hij zijn telefoon.

'Wie ga je bellen?'

'Evan,' zei hij. 'Ik wil kijken of hij vandaag iets te doen heeft.'

'Waarom?'

'Omdat ik nadat ik je bij je ouders heb afgezet, terug wil gaan naar jouw huis. Nu de politie het heeft vrijgegeven, wil ik er gaan opruimen. Misschien wat schilderwerk doen.'

'Dat hoef je niet te doen.'

'Weet ik. Maar ik wil het. Als je weer naar huis gaat heb je er geen behoefte aan om er op die manier weer aan herinnerd te worden. En ik zou waarschijnlijk toch gierend gek worden als ik maar een beetje op mijn krent zat.'

'Maar dat kost je de hele dag...'

'Welnee. Een paar uur misschien. Zo groot is je huis niet.'

'Misschien moet ik met je meegaan. Het is niet jouw verantwoordelijkheid.'

'Jij hebt op dit moment geen behoefte aan dat soort stress. En trouwens, je moet bij je familie zijn.'

Hij had een punt en het was erg aardig van hem om het aan te bieden, maar ze stond op het punt nee te zeggen toen hij zich naar haar toe draaide.

'Alsjeblieft,' zei hij. 'Ik wil dit doen.'

Het kwam door de toon van zijn stem dat ze er schoorvoetend mee akkoord kon gaan, en Colin pleegde het telefoontje, waarbij hij hem op de luidspreker zette. Ze had waarschijnlijk niet verbaasd moeten zijn dat Lily Evans telefoon opnam.

Colin vertelde haar wat er de avond daarvoor was gebeurd en vroeg of Evan hem zou kunnen helpen om het zwaardere meubilair naar buiten te dragen. Nog voor hij uitgesproken was, was Lily hem al in de rede gevallen.

'We komen allebei. Waag het niet om er zelfs maar aan te dénken ons te vragen niet te komen. We hadden deze middag trouwens toch niets in onze agenda staan. We willen dolgraag helpen.'

Op de achtergrond hoorde Maria Evans stem. 'Helpen waarmee?'

'We gaan Maria's appartement opruimen. En ik heb een heel leuke korte broek die ik al heel lang aan wil! Hij is een beetje kort en best wel strak, maar dit lijkt me de perfecte gelegenheid.'

Op de achtergrond was Evan even stil. 'Hoe laat gaan we weg?'

Toen ze ophingen, keek Maria naar Colin. 'Ik vind je vrienden leuk.'

'Ze zijn inderdaad wel tamelijk geweldig,' beaamde hij.

Twee straten voor ze de wijk van haar ouders hadden bereikt werd de betekenis van Serena's bericht duidelijk.

Haar oom Tito was in het park aan het voetballen met haar oom Jose en een paar neefjes en nichtjes van haar, en toen allebei haar ooms zwaaiden, wist ze dat ze eigenlijk de wacht aan het houden waren.

Haar neven Pedro, Juan en Angelo lagen in tuinstoelen op het gazon aan de voorkant, en een paar van haar jongere neefjes waren op straat aan het kickballen. Auto's die ze herkende, stonden aan beide kanten van de straat, helemaal tot aan de hoek.

Mijn god, dacht ze, mijn hele familie is hier. En hoewel ze de afgelopen dagen door een hel was gegaan, kon ze niet anders dan glimlachen.

Ondanks Colins tegenzin sleurde ze hem het huis binnen. Dertig of veertig mensen krioelden binnen door elkaar; in de achtertuin waren er nog twintig. Mannen en vrouwen, jongens en meisjes...

Serena kwam naar voren gevlogen. 'Waanzinnig, hè? Papa heeft het restaurant zelfs gesloten vandaag! Vind je dat niet ongelooflijk?'

'Volgens mij was het niet nodig dat iedereen kwam...'

'Hij heeft ze niet gevraagd,' zei ze. 'Iedereen kwam gewoon toen ze hoorden dat je misschien in de problemen zat. Ik weet zeker dat de buren zich hebben afgevraagd wat er in hemelsnaam aan de hand was, maar papa is bij iedereen langsgegaan en heeft uitgelegd dat we een familiereünie hielden. Vanaf vandaag zal er altijd een wachtpatrouille van familie in de wijk zijn tot Atkinson achter de tralies zit, maar ze zullen het wat subtieler aanpakken. Ze hebben besloten de diensten volgens een rooster te regelen.'

'Voor mij?'

Serena glimlachte. 'Zo doen wij dat.'

Het kostte Colin bijna een half uur om zich los te maken; iedereen wilde hem ontmoeten, zelfs al waren veel begroetingen in het Spaans. Terwijl Maria met hem meeliep naar zijn auto, bedacht ze dat ze ondanks alles gezegend was.

'Ik vind nog steeds dat ik met je mee moet gaan,' zei ze.

'Ik betwijfel of je ouders je zouden laten gaan.'

'Waarschijnlijk niet,' gaf ze toe. 'Ik weet zeker dat mijn vader zelfs op dit moment uit het raam toekijkt. Voor het geval dat.'

'Dan zal ik je wel niet mogen kussen.'

'Dat is je geraden. En vergeet niet Evan en Lily mee te nemen voor het avondeten, oké? Ik wil dat de rest van de familie ze ook ontmoet.'

Colin kwam pas om half zes weer terug. Sommige familieleden waren vertrokken, maar de meesten waren gebleven. Lily was helemaal op haar gemak vanaf het moment dat ze uit de auto stapte, al leken Colin en Evan een beetje onzeker.

'Wat een fantastische blijk van solidariteit en liefde,' verklaarde Lily met een omhelzing zodra Maria aan kwam lopen. 'Ik kan gewoon niet wachten om elk lid van je geweldige familie tot de laatste man te ontmoeten!'

Lily's Spaans met het zuidelijke tintje verrukte iedereen die ze ontmoette, net zoals het Maria had gecharmeerd, en terwijl de familieleden zich om haar en Evan verdrongen, trok Maria Colin mee en stapte de veranda aan de achterzijde op.

'Hoe ging het?' vroeg ze.

'Ik moet nog een laatste laag verf op de muur doen, maar de primer dekte de spuitverf goed af. We hebben alles wat kapot was weggegooid, en alles wat misschien nog schoongemaakt kan worden opzijgezet. Ik weet alleen niet of je kleren nog te redden zijn.' Toen ze knikte ging hij verder: 'Heb je nog nieuws over Margolis? Of heb je iets gehoord van Atkinson?'

'Nee,' antwoordde ze. 'Ik heb mijn telefoon de hele dag gecheckt of er berichten waren.'

Hij keek om zich heen. 'Waar is Serena?'

'Ze is een paar minuten voor je aankwam weggegaan. Ze heeft

vanavond dat interview, en daar moest ze zich op voorbereiden.' Maria pakte zijn hand. 'Je ziet er moe uit.'

'Het gaat wel.'

'Het was meer werk dan je had verwacht, hè?'

'Nee. Maar ik vond het moeilijk om mijn woede in toom te houden.'

'Ja,' zei ze. 'Ik ook.'

Nadat ze kennis hadden gemaakt met de hele familie, kwamen Lily en Evan bij Colin en Maria aan de tafel op de veranda zitten.

'Dank jullie wel dat jullie mijn huis hebben opgeruimd,' zei Maria.

'Het was helemaal geen probleem,' zei Lily. 'En ik moet zeggen dat het absoluut een prachtige locatie is. Evan en ik hebben er ook over gedacht om naar de binnenstad te verhuizen, maar Evan bleef volhouden dat hij er niet aan moest denken dat hij geen gazon zou hebben om te maaien.'

'Dat doe ik nu niet eens,' zei Evan. 'Colin doet het. Ik haat grasmaaien.'

'Stil nou. Ik zat je te plagen. Maar je moet wel weten dat lichamelijke inspanning best aantrekkelijk kan zijn bij een man.'

'Wat dacht je dat ik vandaag had gedaan?'

'Dat bedoel ik juist,' zei ze. 'Je zag er heel aantrekkelijk uit toen je met meubilair aan het slepen was, weet je dat?'

De deur naar de veranda ging open en Carmen kwam naar buiten met borden en bestek voor hen allemaal, gevolgd door verschillende borden eten die meer dan de helft van de tafel in beslag namen. Niet alleen was de keuken de hele dag in bedrijf geweest, maar de meeste familieleden hadden ook nog eten meegenomen.

'Ik hoop dat jullie honger hebben,' zei Carmen in het Engels.

Het was te veel eten. Zoals altijd. Terwijl Colin het leek te hebben verwacht, leken Evan en Lily overweldigd.

'Dit is geweldig, mam,' zei Maria, plotseling dankbaar voor haar moeders woordeloze blijk van liefde. 'Ik hou van je.'

31

Colin

Na het eten liep Colin naar de voortuin, omdat hij even alleen wilde zijn. Een paar ooms zaten op tuinstoelen die op de straat uitkeken, en knikten bij Colins beleefde groet. In gedachten verzonken beleefde hij opnieuw de ravage die hij in Maria's huis had gezien, en probeerde te bedenken hoe die verband hield met Atkinson en Lester.

Lester en Atkinson hadden ooit bij hetzelfde bedrijf gewerkt, en Lester had Atkinson aan zijn zus voorgesteld. En hoewel Maria ervan overtuigd was dat Lester haar briefjes had gestuurd, suggereerde dokter Manning dat Atkinson daarvoor verantwoordelijk was.

Het was een griezelige timing dat Atkinson verdwenen was vlak voordat Maria gestalkt begon te worden. Vermoedelijk had Atkinson Maria's banden stukgesneden, maar wie van de twee had Copo vermoord? Lester had Margolis neergeschoten; Atkinson had de auto opgehaald bij de bungalow en later Maria's woning overhoopgehaald. Gezien de schat aan informatie die op Atkinsons computer werd aangetroffen, leek het duidelijk dat hij betrokken was bij het stalken van Maria, maar bepaalde details bleven Colin dwarszitten.

Dokter Manning had verteld dat Lester en Atkinson ruzie hadden gehad en dat ze met elkaar overhooplagen, maar wanneer hadden ze elkaars vertrouwen dan herwonnen? Wie had er de leiding?

Waarom had dokter Manning volgehouden dat Atkinson probeerde Lester ervoor op te laten draaien als het er duidelijk op leek dat ze samenwerkten? En als ze samenwerkten, waarom zouden ze dan met twee auto's naar het huis van de familie Sanchez zijn gekomen op de avond dat Lester Maria had aangevallen?

En toch... terwijl Colin Maria's appartement had schoongemaakt had hij teruggedacht aan het eerdere gesprek met rechercheur Wright en beseft dat er nog geen overtuigend bewijs was dat Atkinson in verband bracht met het overhoophalen van het appartement. En er was ook geen sluitend bewijs voor het idee dat hij Maria's banden had lekgestoken. Ondanks de inhoud die op zijn computer was gevonden had Maria nooit met hem te maken gehad en had ze hem ook nooit gezien. Ze had al die tijd al gezegd dat de betrokkenheid van Atkinson nooit aannemelijk voor haar voelde, en dat betekende...

Wat?

Stel dat Atkinson echt was vertrokken om een vrouw te ontmoeten. En als Lester nu eens wist dat Atkinson de stad uit zou zijn? Lester had de informatie op Atkinsons computer kunnen zetten en Atkinsons auto kunnen pakken terwijl hij weg was. Lester had – waar Maria de vorige avond al op had gewezen – gemakkelijk iemand hebben kunnen betalen om Maria's banden lek te steken. Misschien zelfs om haar appartement overhoop te halen. Het zou de perfecte enscenering zijn... zolang je geloofde dat Lester in staat was tot zulke ingewikkelde plannen. Gebaseerd op het gedrag dat Colin bij de bungalow had gezien en de manier waarop Wright Lesters gedrag op het bureau had omschreven voelde dat onwaarschijnlijk. En aangezien Atkinson klaarblijkelijk Lester naar Shallotte had teruggereden nadat hij bij het huis van de familie Sanchez was verschenen, moest Atkinson in de buurt zijn geweest. Ze moesten wel samenwerken, en Colin nam aan dat Lester was opgeschrikt door de sirenes. Atkinson moest ze ook hebben gehoord, waardoor ook hij in paniek was geraakt, en hij had Lester opgepikt, waarna de twee de wijk uit waren gereden. Ze zouden hard hebben gereden en mogelijk net zo roekeloos als Colin, maar dan in de tegenovergestelde richting...

Zoals de auto die ik bijna had geraakt, een paar straten bij het huis van de familie Sanchez vandaan?

Colin voelde iets wat leek op een sleutel die in een slot werd omgedraaid, en probeerde zich uit alle macht te herinneren wat hij precies had gezien. De auto die op hem af kwam razen, op het laatste moment plotseling uitwijkend, zodat de voertuigen rakelings langs elkaar heen reden, met slechts enkele centimeters ertussen. Twee mannen voorin. Wat voor soort auto?

Een Toyota Camry.

Een blauwe.

Hij pakte zijn telefoon en belde rechercheur Wright, die bij de tweede keer overgaan opnam.

'Heb je nog iets over Margolis gehoord?' vroeg Colin.

'Gaat beter. Dat zeggen ze tenminste. Hij ligt nog steeds op de intensive care en is nog steeds buiten bewustzijn. Hoe gaat het daar?'

'Het gaat goed hier. Maria is veilig.'

'En vanavond?'

'Blijft ze hier. Ze wordt goed beschermd.'

'Als jij het zegt. Wat kan ik voor je doen?'

'Ik heb het idee dat Atkinson misschien in een blauwe Toyota Camry rijdt. Relatief nieuw.'

'Waarom denk je dat?'

Colin legde zijn redenering voor.

'Je hebt niet toevallig het kenteken opgeschreven, zeker?'

'Nee.'

'Oké. Het is niet veel, maar ik zal rondvragen. Iedereen wil deze vent vinden, hoe eerder hoe beter.'

Colin verbrak het gesprek, er op de een of andere manier van overtuigd dat Lester die avond in de blauwe Camry had gezeten. Hij was er zeker van, ook al kon hij niet uitleggen waarom, behalve dan dat hij aannam dat zijn onderbewuste op de een of andere manier verder was dan zijn bewuste geest in het besef dat de antwoorden er al lagen, maar dat hij ze nog moest zien te vinden.

'Wat doe je hier?' vroeg Evan, terwijl hij zich bij Colin in de voortuin voegde.

'Nadenken,' antwoordde Colin. Het was half zeven en de schemering had plaatsgemaakt voor duisternis, de herfstlucht duidend op zelfs nog koelere temperaturen naarmate de avond verstreek.

'Dat dacht ik al. Ik zag de rook uit je oren komen.'

Colin glimlachte. 'Ik heb net met rechercheur Wright gebeld,' legde hij uit, terwijl hij het gesprek kort samenvatte. 'Wat doe jij hier?'

'Ik vind Carmen heel lief, maar haar eten is best pittig. Lily vroeg me om wat kauwgom uit het handschoenenkastje te halen om haar mond te helpen afkoelen. Als je het mij vraagt, wil Lily gewoon dat haar adem zo fris ruikt als pepermunt, omdat het niet damesachtig is als je adem niet zo fris als pepermunt ruikt.' Hij haalde zijn schouders op. 'Wat vind je trouwens van dit alles? Van Maria's familie, bedoel ik?'

'Ik vind ze geweldig.'

'Het is best wel geweldig, niet? Dat haar hele familie komt opdagen om ervoor te zorgen dat ze veilig is?'

Colin knikte. 'Ik betwijfel of zelfs mijn naaste familie zou komen opdagen.'

Evan trok een wenkbrauw op. 'Maak jij jezelf niks wijs. Toen het slecht ging, sloot zelfs jouw familie de gelederen.'

'Mijn vrienden ook,' zei Colin. 'Dank je wel voor je hulp vandaag. Ik weet dat je de dag in bed met Lily had willen doorbrengen.'

'Graag gedaan.' Evan haalde zijn schouders op. 'Maar het zou sowieso toch niks zijn geworden. Ik kon maar niet ophouden met aan Margolis denken, wat best wel een domper op mijn stemming zette. Ik begrijp nog steeds niet hoe hij Lester hem de baas heeft laten zijn.'

Colin was even stil. 'Toen hij op de veranda stond, vond je dat hij er toen beduusd uitzag?'

'Hij zag er pissig uit,' zei Evan. 'Omdat we nog niet weg waren.'

'Hoe zag hij er daarvóór uit?'

'Ik heb geen idee, gozer,' zei Evan hoofdschuddend. 'Alles is zo warrig, ik weet niet zo goed wat er is gebeurd. Ik kan me herinneren dat ik schoten hoorde en dat ik jou je waanzinnige actie zag doen, maar daarna… zie ik alleen nog maar bloed. Mijn hersenen zijn zo de kluts kwijt dat ik me niet eens meer kan herinneren waarom ik hier eigenlijk naartoe ben gekomen.'

'Je bent hier gekomen om kauwgom voor Lily te halen,' bracht Colin hem in herinnering.

'O ja. Dat is ook zo. De frisheid van pepermunt.' Evan begon naar de auto te lopen en draaide zich toen om naar Colin. 'Wil je er ook een?'

'Nee.'

Maar dokter Manning zou waarschijnlijk wel willen…

Colin wist niet zeker waarom Margolis' beschrijving van Mannings compulsieve kauwgomkauwen hem opeens voor de geest kwam, maar nadat hij erover had nagedacht schudde hij zijn hoofd en besloot hij terug naar binnen te gaan met Evan en zich weer bij Maria's familie te voegen. Ze waren een wonder, dat moest hij toegeven. Over de gelederen sluiten gesproken. In tijden van crisis was familie soms alles wat je echt had. Godsamme, zelfs dokter Manning had het voor Lester opgenomen. Hij had met Margolis gesproken, hij was bij het bureau langsgekomen en hij had ook onmiddellijk een advocaat geregeld, aangezien Lester niet in zodanige toestand was dat hij dat zelf kon regelen.

Maar… hoe had dokter Manning eigenlijk geweten dat Lester gearresteerd was? Wright had gezegd dat de advocaat tien minuten nadat Lester op het bureau was aangekomen was komen opdagen. Colin wist uit ervaring dat het bijna onmogelijk was om zo snel een advocaat te regelen, helemaal op een vrijdagavond na kantooruren. Dat betekende dat dokter Manning al lang voordat Lester bij het bureau aankwam, had geweten dat Lester was gearresteerd. Het was bijna alsof hij erbij was…

En zijn auto op de oprit geparkeerd had?

Nee, dacht Colin. Margolis zou de auto hebben herkend. Hij had de auto van dokter Manning gisterochtend gezien, toen de dokter Margolis het wapen in de kofferbak had laten zien. En als het wél dokter Mannings auto was geweest bij de bungalow, zou Margolis zich waarschijnlijk…

Hebben gedragen alsof hij in de war was?

Colin bleef plotseling staan. Nee. Dat was niet mogelijk. Maar…
Families sluiten de gelederen… Zoon en vader… Lester en dokter Manning… Dokter Manning die zenuwachtig een heel pakje kauwgom wegkauwt terwijl hij met Margolis praat…

Colin zocht naar het antwoord, een vergeten detail… En?

Had hij niet een zooitje kauwgompapiertjes verspreid over het dak van het gebouw tegenover het kantoor van Maria zien liggen?

Colin kon nauwelijks ademhalen. Het was niet Atkinson en Lester. Het was vader en zoon die de gelederen sloten, en plotseling begonnen de antwoorden als een waterval door zijn hoofd te stromen, net zo snel als Colin de vragen kon vormen.

Waarom was Margolis niet voorzichtiger geweest bij de bungalow?

Omdat hij had gezien dat Avery Manning, de vader, er al was.

En Lesters wapen?

Dokter Manning had Margolis verteld dat het wapen waarschijnlijk niet echt was.

Waarom was Margolis naar binnen gegaan?

Omdat dokter Manning naar hem had geroepen en Margolis had verzekerd dat alles oké was.

Het paste; het paste allemaal in elkaar, dacht hij, en er ontstond eindelijk helderheid.

Maar Lester was gearresteerd.

Alleen omdat ik daar was om hem te overmeesteren. Anders zou Lester misschien zijn ontsnapt.

Maar Lester zou misschien praten.

De advocaat die dokter Manning heeft ingehuurd zorgt ervoor dat hij dat niet doet.

Maar dokter Manning had een bericht achtergelaten voor Margolis, om hem aan te sporen Maria te waarschuwen…

Nadat het al was gebeurd; te laat om er nog toe te doen.

En Atkinson?

De man die niet tussenbeide kwam toen Laws Cassie ontvoerde? Van wie dokter Manning misschien het idee heeft dat ook hij het verdient om gestraft te worden?

Maar Atkinsons laptop… de foto's, de bestanden…

Dat maakt Atkinson allemaal tot de perfecte zondebok.

Intussen was Colin zijn telefoon al aan het pakken. De waarheid lag zo voor de hand dat hij niet zo goed wist hoe hij die over het hoofd gezien kon hebben.

Wie had de kennis en de vaardigheid om Lester te manipuleren?

Dokter Manning, de psychiater.

Wie had als eerste Atkinsons naam genoemd?

Dokter Manning.

En het patroon van Laws die Cassie stalkte?

Dokter Manning kent elk detail.

Colin hoorde een stem aan de andere kant van de telefoon. Wright, die druk en gestrest klonk.

'Jij weer,' zei Wright. 'Wat is er?'

'Ga eens na of dokter Manning een blauwe Toyota Camry bezit.'

Wright aarzelde. 'Wacht even. Waarom?'

'Laat iemand het onderzoeken terwijl ik praat,' zei Colin. 'Doe het nou maar. Het is belangrijk.'

Nadat hij Wright het verzoek naar een andere agent had horen roepen, vertelde Colin hem alles. Toen hij klaar was, was Wright even stil.

'Dat klinkt een beetje vergezocht, vind je niet?' vroeg Wright. 'Maar als je gelijk hebt, zal Margolis dit allemaal kunnen ophelderen zodra hij bij bewustzijn komt. Bovendien...' Wright leek te worstelen met zijn eigen twijfels.

'Ja?'

'Het is niet bepaald zo dat dokter Manning zich probeert te verbergen. Integendeel – hij was gisteravond op het bureau en vandaag was hij in het ziekenhuis...'

'Was hij daar?' vroeg Colin, met een toenemend paniekgevoel.

'Hij heeft met Rachel gepraat. Hij wilde haar zijn excuses aanbieden voor wat zijn zoon had gedaan en vroeg of het mogelijk zou zijn om met Pete te spreken, zodat hij ook hem zijn excuses kon aanbieden.'

'Laat hem niet in de buurt van Margolis komen!' riep Colin.

'Stil een beetje,' zei Wright. 'Manning mocht niet bij hem. Zelfs ik mocht niet bij hem. Alleen familie wordt op de intensive care toegelaten...'

'Manning ging erheen om hem te vermoorden!' onderbrak Colin hem. 'Hij is arts... Hij zou wel weten hoe hij het op een natuurlijke dood moest laten lijken.'

'Denk je niet dat je een beetje te snel je conclusies trekt?'

'Lester heeft Margolis niet neergeschoten! Dat heeft dokter Manning gedaan! Lester had Margolis recht voor zijn neus, maar hij kon de trekker niet overhalen. Als je me niet gelooft, moet je Lesters handen maar eens onderzoeken op kruitresten.'

'Dat zal niets opleveren. Het is te laat. Die tests worden met het uur minder effectief...'

'Ik weet dat ik hier gelijk in heb!'

Wright was heel lang stil. 'Oké... maar Atkinsons computer dan?'

'Atkinson is dood,' zei Colin met plotselinge zekerheid. 'Dokter Manning heeft hem vermoord. Hij heeft het laten lijken alsof hij op reis ging, heeft zijn auto meegenomen, zette het bewijs op de computer, maakte hem tot de hoofdverdachte en heeft het allemaal beraamd.'

Wright zei niets. Het was even stil en daarna hoorde Colin het gedempte geluid van de rechercheur die met iemand anders praatte. Colin voelde zijn frustratie toenemen totdat Wright bij hem terugkwam aan de telefoon, en hij klonk een beetje verbluft.

'Dokter Manning,' zei Wright langzaam, 'bezit een blauwe Toyota Camry, en... Ik moet gaan... Ik wil verifiëren of de Toyota bij de bungalow was...'

Wright hing midden in de zin op.

Colin rende naar binnen om Maria op de hoogte te stellen, en trof haar nog steeds op de veranda achter het huis aan met Evan en Lily, haar ouders, en nog wat ooms en tantes. Toen Colin vertelde wat hij allemaal had ontdekt, luisterde Maria zwijgend. Aan het eind hield ze haar ogen dicht, en hoewel ze de onthullingen duidelijk angstaanjagend vond, voelde hij ook dat er een soort rust over haar kwam nu ze eindelijk de waarheid kende. Haar familieleden bleven ondertussen zwijgen, allemaal wachtend tot ze reageerde.

'Oké,' zei Maria uiteindelijk. 'En wat nu?'

'Ik vermoed dat Wright een opsporingsbevel zal uitvaardigen voor dokter Manning en daarna al het andere gaat doen dat politieagenten doen als ze op zoek gaan naar een verdachte en een zaak opbouwen.'

Daar dacht Maria over na. 'Maar het patroon dan?' zei ze ten slotte voorzichtig. 'Ik bedoel: als dokter Manning wilde dat ik alles meemaakte wat Laws Cassie had aangedaan, waarom zou hij gisteravond dan mijn woning hebben vernield? Hij had moeten weten dat dat het nog moeilijker zou maken om me te pakken te krijgen. En waarom heeft Lester me niet gepakt toen hij de kans had om me te...'

Slaan, misschien levend te verbranden en zich daarna van het leven te beroven, voegde ze er niet aan toe. Colin herinnerde zich wat Laws had gedaan, maar wist dat dokter Manning nooit van plan was geweest zich van het leven te beroven. Hij had gewild dat Atkinsons lichaam in de as zou worden gevonden, waardoor de zaak voorgoed werd gesloten, en dokter Manning een vrij man bleef. Het enige wat Colin kon doen was zijn hoofd schudden.

'Dat weet ik niet,' gaf hij toe.

Het was nu zeven uur, en de avond werd zelfs nog donkerder, met alleen een sikkeltje van een maan boven de horizon.

Terwijl de familie, aangevoerd door Felix, verdere plannen begon te maken om Maria veilig te houden wandelde Colin naar de keuken en haalde een glas uit de kast. Hij had dorst, maar hij wilde ook alleen zijn terwijl hij nadacht over Maria's vragen.

Hij ging naar de koelkast en zette het glas onder het kraantje. Hij vulde het glas met water, sloeg het in één lange slok achterover en begon het nog een keer te vullen, terwijl zijn ogen afwezig over de koelkastdeur dwaalden. Er waren foto's van Maria en Serena van de afgelopen jaren, gedichten, Maria's sacrament van het vormsel en een tekening van een regenboog in potlood met Serena's naam zorgvuldig in de hoek gezet. Van sommige van de items begonnen de randen al te vergelen, en de enige recente toevoeging leek de brief te zijn die Serena had ontvangen van de Charles Alexander

Stichting. Hij hing in de bovenste hoek en verborg gedeeltelijk een ansichtkaart waarop de Kathedraal van Mexico-Stad stond. Terwijl Colin naar het briefhoofd keek, werd hij opnieuw gekweld door de gedachte dat de naam hem merkwaardig bekend voorkwam.

Maar goed...

Maria's vragen hadden hem een onbestemd gevoel gegeven. Waarom hád dokter Manning haar appartement eigenlijk overhoopgehaald? Als dokter Manning wilde dat Maria alles ervoer wat Cassie had gedaan, waarom zou hij nu dan van het patroon afwijken? En waarom zou hij de woorden 'Je zult weten hoe het voelt' in haar slaapkamer aanbrengen als ze daardoor alleen nog maar onbereikbaarder werd? Het was mogelijk, veronderstelde hij, dat dokter Manning in paniek was geraakt of zijn zelfbeheersing had verloren nadat Lester was gearresteerd. Colin wilde het wel geloven en probeerde zichzelf daartoe te dwingen, maar het lukte hem niet helemaal om dat sprongetje maken. In plaats daarvan had hij het gevoel dat hij iets over het hoofd zag. Óf hij miste een stukje van de puzzel, óf het kon dokter Manning helemaal niet meer schelen of hij Maria wel of niet te pakken kon krijgen...

Maar waarom zou het hem niet kunnen schelen?

Hij draaide zich van de koelkast af, nam nog een glas water en troostte zich met het idee dat zelfs als hij er geen antwoord op had, Maria niet alleen veilig was, maar ook veilig zou blijven totdat dokter Manning werd gearresteerd. Colin en haar familie zouden daar wel voor zorgen. Hemel, ze waren nu allemaal hier, om de wacht te houden...

Maar op dat moment besefte hij dat dat niet waar was. Ze waren niet allemaal hier. Een van hen ontbrak... en dokter Manning kon het niet meer schelen of hij wel of niet bij Maria kon komen...

Omdat Maria al vanaf het begin geen deel had uitgemaakt van dokter Mannings eindspel?

In Colins gedachten begonnen de antwoorden snel over elkaar heen te buitelen en ontstond er helderheid... de naam op het briefhoofd en waarom hij hem zo bekend voorkwam... waarom Maria's woning overhoop was gehaald... hoe Lester had geweten van

Carmens verjaardag... de werkelijke betekenis achter de woorden die in de slaapkamer waren aangebracht...

Je zult weten hoe het voelt...

Colin liet het glas vallen en stoof de keuken uit, door de woonkamer en langs het gangetje naar Maria's slaapkamer. Daar zag hij haar tassen en haar laptop in haar boodschappentas. Hij greep hem en sloeg de klep open, de hele tijd denkend: nee, nee, nee... alstublieft, God, laat me het verkeerd hebben...

Hij opende het zoekprogramma en typte de naam van de stichting in die Serena een beurs had toegekend... wilde het zien... bad dat hij zou verschijnen...

Er kwam geen website op het scherm; alleen een mededeling waarin stond dat de site uit de lucht was gehaald en dat de domeinnaam beschikbaar was.

Nee, nee, nee...

Hij tikte Avery Mannings naam in en herkende dezelfde links die hij had bekeken nadat hij en Maria voor het eerst met Margolis hadden afgesproken. Hij herinnerde zich de link waar Avery Mannings foto bij had gestaan en klikte erop terwijl hij naar de woonkamer terugrende. Opkijkend zag hij Carmen, maar niet Felix.

'Carmen!' schreeuwde hij, in de hoop dat ze zou begrijpen wat hij op het punt stond te zeggen.

Familieleden keerden zich geschrokken naar hem toe. Colin negeerde hen. Hij negeerde Carmens plotselinge bange uitdrukking. Vanuit zijn ooghoek zag hij de schuifpui aan de achterkant opengaan, en Maria die op het punt stond binnen te komen.

Tegen die tijd had hij Carmen bereikt. Hij hield de computer omhoog en wees naar de foto.

'Herken je hem?' vroeg Colin, luid en snel pratend. Angst begon nu paniek te worden. 'Is dit de man die naar het huis kwam om hier te eten? Is dit de directeur van de stichting?'

Carmen begon haar hoofd te schudden. '*No sé... No entiendo... Habla más despacio, por favor.*'

'Wat is er aan de hand?' riep Maria. 'Wat doe je, Colin? Je maakt haar bang!'

'Dit is hem!' riep Colin.

'Wie?' riep Maria. Zijn angst had haar ook besmet. 'Wat gebeurt er?' Inmiddels was ook Felix door de schuifpui komen rennen, gevolgd door Evan en Lily, en nog meer familieleden...

'Kijk naar hem!' zei Colin tegen Carmen, terwijl hij naar de foto wees en zachter begon te praten, proberend kalmer te klinken, maar zonder succes. 'Kijk eens naar de foto! De directeur! Is dit hem? Is hij degene die bij jullie kwam eten?'

'*¡Mira la foto, mamá!*' vertaalde Maria, die naast haar ging staan. '*¿Es este el director de la fundación? ¿El que vino a nuestra casa para la cena?*'

Carmens ogen schoten angstig heen en weer tussen Colin en Maria voordat ze naar voren leunde om de foto op het scherm te bestuderen. Even later begon ze snel te knikken.

'*¡Sí!*' zei Carmen, zo te zien op het punt in tranen uit te barsten. 'Charles Alexander! *¡Es el director! ¡Él estaba aquí en casa!*'

'Colin!' riep Maria, terwijl ze zijn arm greep. Hij draaide zich om en keek haar in paniek aan.

'Waar is Serena?' vroeg hij op dringende toon. 'Waar is ze?'

'Bij het interview, dat weet je... Wat is er aan de hand?'

'Waar is het interview? Waar wordt het gehouden?'

'Dat weet ik niet. Ik denk bij het kantoor van de stichting...'

'Waar is het kantoor?' riep Colin.

'In het centrum... bij de rivier,' stamelde Maria. 'Het oude handelscentrum, niet het historische centrum. Zeg me wat er aan de hand is!'

Verlaten gebouwen, dacht Colin. Gebouwen waar beslag op is gelegd. Brand... De gedachten kwamen zo snel op als speelkaarten die uitgedeeld werden... Het kon dokter Manning niet meer schelen of hij Maria kon bereiken... Maria moest *weten hoe het voelde*... omdat het er niet alleen om ging dat Maria Cassies doodsangst ervoer, maar ook dat ze werd gestraft, dat ze hetzelfde voelde als dokter Manning en Lester hadden gevoeld nadat iemand van wie ze hielden was vermoord.

O, god...

'Bel de politie!' riep Colin. 'Bel 911!'

'Colin!' gilde Maria. 'Praat tegen me!'

'Avery Manning deed alsof hij Charles Alexander was!' riep Colin, met een gevoel alsof de klok aan het tikken was en hij wist dat er geen tijd was om alles uit te leggen. 'Dokter Manning had een kind dat Alexander Charles heette. De stichting bestaat niet. En de beurs ook niet. Dokter Manning heeft het verzonnen,' siste hij. 'Niet jij was het doelwit; Serena is het doelwit. Ze is nu bij hem en ik moet precies weten waar ze is voordat...'

In een mum van tijd begreep Maria alles, en ze keek verslagen terwijl Colin haar hand greep en haar met zich meetrok, naar de deur rennend die naar de garage leidde. Hij hoorde vaag Maria over haar schouder schreeuwen: '*¡Llama a la policía! ¡Es una emergencia! ¡Llama al nueve-uno-uno!*', terwijl ze uit de garage stormden, naar zijn auto rennend.

Maria dook erin en Colin liep om de auto heen terwijl hij Evan hoorde roepen dat zij ook kwamen.

Colin sprong achter het stuur en blafte instructies naar Maria om rechercheur Wright te bellen. Hij draaide met een ruk het sleuteltje om, gaf gas en reed met gillende banden weg van het huis. In de binnenspiegel zag hij vaag dat er koplampen aangingen, en dat Evan en Lily en nog verschillende familieleden in zijn kielzog volgden.

'Wanneer zei Serena dat ze het interview had?' vroeg Colin, terwijl ze aan het wachten was tot Wright haar telefoontje beantwoordde.

'Ik kan het me niet herinneren... om zeven uur misschien?'

'Wat is het adres?'

'Ik heb haar een keer bij het kantoor opgehaald, maar ik weet het niet...'

Colin trapte het gaspedaal in tot op de vloer en de motor brulde, en de auto sidderde toen hij de eerste bocht om ging... Colin verzette zich tegen de gedachte dat hij misschien al te laat was... zichzelf vervloekend dat hij het niet eerder had bedacht. De koplampen in de binnenspiegel werden kleiner terwijl de snelheidsmeter naar de honderdtien begon te wijzen, daarna honderddertig.

Hij trapte op de rem en reed slippend de hoofdweg op terwijl de banden van een tegemoetkomende auto gierden. Niet in het minst afgeschrikt versnelde hij weer, zich er slechts vaag van bewust dat Maria in de telefoon tegen rechercheur Wright aan het gillen was.

Colin reed steeds sneller, tot bijna honderdzestig kilometer per uur, en hij had een déjà vu toen hij plotseling uitweek naar de fietsstrook en afremde maar niet stopte bij rood licht. Hij leunde op zijn claxon, flitste met zijn lichten en reed over parkeerterreinen terwijl kostbare seconden wegtikten.

Maria had het gesprek met rechercheur Wright beëindigd en was nu als een bezetene een nummer aan het intoetsen en nog eens aan het intoetsen, en haar handelingen werden nog paniekeriger dan ze al waren.

'Serena neemt haar telefoon niet op!'

'Zoek uit wanneer ze haar studentenhuis heeft verlaten!' riep Colin.

'Maar... hoe?'

'Dat weet ik niet!'

Colin veranderde van rijbaan, reed weer door rood en keek in de binnenspiegel. Evans koplampen waren te ver achtergeraakt om ze nog te kunnen zien, en Colin kneep hard in het stuur, woedend op zichzelf dat hij zo stom was geweest, dat hij niet had gezien wat zo voor de hand lag. Hij dacht aan Serena en zei tegen zichzelf dat hij op tijd zou komen om haar te redden.

Hij zou het halen. Hij moest het halen.

Charles Alexander. Alexander Charles. Hij had de naam op de computer gezien, en het verband was daar voor zijn neus op de koelkast, in dat stomme briefhoofd! En Serena had de naam zelfs bij het eten genoemd! Het was overduidelijk, en Colin begreep niet waarom hij er zo lang voor nodig had gehad om het met elkaar in verband te brengen. Als er iets met Serena gebeurde omdat hij zo verdomd stom was geweest...

Colin hoorde Maria vaag de naam Steve in de telefoon schreeuwen... hoorde haar met klem vragen hoe laat Serena was vertrokken... hoorde haar zeggen dat Serena een beetje te laat was geweest en om tien over half zeven was vertrokken...

'Hoe laat is het?' vroeg Colin op dwingende toon, zo hard rijdend dat hij zijn ogen geen moment van de weg kon houden. 'Kijk op je telefoon!'

'Twaalf over zeven...'

Misschien is Serena nog niet aangekomen...

Of misschien is ze er al...

Colin klemde zijn tanden op elkaar, zijn kaakspieren klopten, en hij dacht dat als er ook maar iets met haar was gebeurd...

Dan zou hij dokter Manning tot in alle uithoeken van de aarde achternajagen. De man verdiende het te sterven, en op dat moment begon Colins blikveld zich te vernauwen terwijl hij een levendige, bijna tastbare aandrang voelde opkomen om hem te vermoorden.

In zijn steeds groter wordende woede gaf de snelheidsmeter honderdnegentig kilometer per uur aan en het enige wat Colin kon denken, was: gaan, gaan, gaan...!

32

Maria

Colin reed zo hard dat de beelden achter de ramen wazig waren. Ondanks de autogordel werd Maria van de ene naar de andere kant gesmeten elke keer dat hij een bocht nam of remde of optrok. En toch kon ze aan niets anders denken dan aan Serena en aan het feit dat zij al die tijd al het doelwit was geweest. En dat hij met haar had gespeeld...

De nepbeurs. De gesprekken. Langzaam haar vertrouwen winnend...

Maar al die tijd was hij plannen aan het maken geweest. Had hij Serena gevolgd. Gestalkt. Niet alleen in levenden lijve, maar ook op Serena's sociale media. Hij was komen eten bij haar ouders omdat hij had geweten dat Maria er niet zou zijn... Serena had de wereld verteld dat Maria een afspraakje had. Hij had geweten dat Maria haar moeders verjaardag zou vieren omdat Serena daar ook een post over had geplaatst. Toen de realiteit van wat er gebeurde tot haar doordrong, voelde Maria een gevoel van paniek opkomen dat een eigen leven begon te leiden. Het werd steeds moeilijker om adem te halen toen de spieren in haar borst zich begonnen aan te spannen. Ze probeerde de gewaarwordingen van zich af te zetten en ze wist uit ervaring dat ze een paniekaanval had, maar ze bleef denken aan Serena. Stel nou dat ze al te laat waren? Stel nou dat dokter Manning Serena al had ontvoerd en hetzelfde met haar zou doen als wat er met Cassie was gedaan?

Maria's gedachten flitsten naar de foto's van de plaats delict van Laws en haar longen trokken zich plotseling nog meer samen, waardoor ademhalen bijna onmogelijk werd. Ze zei weer tegen zichzelf dat het gewoon een paniekaanval was, maar toen ze adem probeerde te halen en dat niet lukte, wist ze dat ze het mis had. Dit was geen paniekaanval. Het was niet net zoals de vorige keer. Zomaar ineens voelde ze een verzengende pijn in haar borst die omlaagtrok langs haar linkerarm.

O mijn god, dacht ze. Ik krijg een hartaanval…

Colin trapte op de rem en de impuls smeet Maria hard tegen het schoudergedeelte van de gordel. Even later werd ze weer opzij gesmeten toen hij een andere bocht maakte, en haar hoofd bonkte tegen het raam. De pijn drong nauwelijks tot Maria door; het enige waar ze aan kon denken was de druk op haar borst en het feit dat ze geen adem kon halen. Ze probeerde te gillen maar er kwam geen geluid. Op dat moment was ze zich er alleen maar vaag van bewust dat haar telefoon plotseling een geluidje had gemaakt en had getrild doordat er een sms'je binnenkwam, maar de gedachte verdween onmiddellijk toen de wereld zwart begon te worden langs de randen.

'Maria? Wat is er?' riep Colin uit. 'Gaat het met je?'

Ik heb een hartaanval! probeerde Maria te zeggen terwijl haar ogen dicht begonnen te gaan. *Ik ga dood!* Maar nog steeds wilden de woorden niet komen. Ze kreeg geen adem meer, haar hart was het aan het opgeven, en hoewel ze Colin haar naam hoorde roepen, klonk het alsof het tegelijkertijd onder water en veraf was, en ze begreep niet waarom Colin niets deed, waarom hij haar niet hielp. Hij moest een ambulance bellen en haar zo snel mogelijk naar het ziekenhuis brengen…

Haar gedachten werden onderbroken toen ze plotseling overeind werd geduwd op haar stoel en druk op haar schouder voelde; een ogenblik later werd haar lichaam heen en weer geschud.

'Probeer dit onder controle te krijgen, Maria!' beval Colin. 'Je hebt een paniekaanval!'

Het is geen paniekaanval! schreeuwde haar geest terwijl ze vocht voor elke ademteug en ze zich verwoed afvroeg waarom hij haar niet hielp. *Deze keer is het echt, zie je dat dan niet?*

'Maria! Luister naar me! Maria!' schreeuwde Colin. 'Ik moet weten waar Serena naartoe ging! Manning is nu bij haar! Ik heb je hulp nodig! Serena heeft je hulp nodig!'

Serena…

Instinctief deed Maria haar ogen open toen de naam van haar zus werd genoemd en ze klemde zich vast aan het geluid, focuste al haar aandacht erop, maar het was te laat…

'Maria!'

Deze keer was het het geluid van haar eigen naam dat haar deed opschrikken. Ze dacht: Colin praat tegen me. Ze dacht: Serena. Ze dacht: dokter Manning. Op de een of andere manier lukte het haar haar ogen open te houden, hoewel ze nog steeds niet kon ademhalen en duizelig was. Maar… Serena… o, god, Serena moet…

Hulp hebben.

Elke cel in haar lichaam bleef zijn doodsaankondiging inhameren bij Maria en de realiteit van de situatie overstemmen. Ze worstelde om weer helder in haar hoofd te worden; ze dwong zichzelf om na te denken over Serena en ze wist dat ze op weg waren naar de rivier om haar zus te redden, en dat haar telefoon had getrild met een sms'je.

Het lukte haar nauwelijks om het scherm omhoog te draaien en te focussen, maar op de een of andere manier wist ze de woorden te ontcijferen…

Sorry. Belsignaal uit. Loop nu naar interview. Wens me succes!

Serena. Haar zus leefde nog, en ze snelden erheen om haar te redden. Maria dwong zichzelf om diep en gelijkmatige adem te halen, en toen nog een keer. Een paniekaanval, dat is alles, dacht ze. Ik kom hieroverheen…

Maar haar lichaam bleef zich verzetten, ook al begonnen haar gedachten al helderder te worden. Haar handen beefden en haar vingers deden niet wat ze moesten doen. Ze was in staat om op de terugbelknop te drukken, maar de oproep ging naar de voicemail. Intussen bleef Colin tegen haar schreeuwen vanuit de bestuurdersstoel, terwijl hij slippend door nog een bocht reed…

'Maria! Gaat het? Zeg me dat het goed komt met je!'

Het kostte haar een paar tellen, maar toen realiseerde ze zich dat ze South Front Street hadden bereikt en in de juiste richting reden.

'Het gaat wel,' mompelde ze, nog steeds op adem komend, stomverbaasd dat ze überhaupt kon praten, en ze merkte dat ademhalen niet meer onmogelijk was. 'Ik heb alleen even wat tijd nodig.'

Colin keek even snel naar haar voordat hij weer voor zich uit keek en het gaspedaal intrapte. 'Hoe ver nog?' vroeg hij. 'Ik moet weten waar ze is.'

'Ik weet het niet,' antwoordde Maria. Haar stem was nog steeds zwak en haar lichaam deed zijn best om zich te herstellen. 'Nog een paar straten,' pufte ze, met een duizelig gevoel.

'Weet je het zeker?'

Wist ze het zeker? Ze keek de straat door omdat ze het zeker wilde weten. 'Ja.'

'Aan de linkerkant of aan de rechterkant?'

'Linker,' antwoordde Maria. Met moeite dwong ze zichzelf rechter te gaan zitten op haar stoel. Haar lichaam beefde nog steeds.

Colin racete de volgende kruising over. Uit het raam starend merkte Maria vaag een aantal keten en boothuizen dichter bij de rivier op die er donker en overschaduwd uitzagen. Het licht van de straatlantaarns wist nauwelijks door de duisternis heen te dringen. De auto verloor snelheid toen Colin zijn voet van het gaspedaal haalde, en ze rolden uit voorbij het volgende huizenblok en over een volgende kruising. Hier veranderde de architectuur onmiddellijk; de gebouwen met platte daken stonden nu tegen elkaar aan gebouwd als rijtjeshuizen, en sommige gebouwen verkeerden in betere staat dan andere. Uit een aantal verdiepingen scheen kantoorlicht maar de meeste waren verduisterd, en de ruimte tussen de auto's op straat werd groter. In beide richtingen was er geen verkeer. Terwijl ze langs een volgend huizenblok reden, begon de omgeving haar plotseling bekend voor te komen, en Maria wist dat ze in de buurt waren. Tegelijkertijd worstelde ze met een plotselinge vlaag van woede en schuldgevoel vanwege het feit dat ze een paniekaanval had gehad op het slechtst denkbare moment, toen Serena haar het hardst nodig had.

Ze herinnerde zichzelf eraan dat ze hier al eerder was geweest, en ondanks de blijvende weerstand van haar lichaam dwong ze zichzelf diep adem te halen terwijl ze de gebouwen afspeurde. Het was moeilijk om met zekerheid te zeggen welke ze moesten hebben, want zo veel aandacht had ze er nou ook weer niet aan besteed toen ze hier voor het eerst was. Ze herinnerde zich vaag dat Serena op een kruising had gestaan en dat er een paar bouwvakkers aan de overkant van de straat hadden staan kijken... Ze kneep haar ogen tot spleetjes, zag een steiger tegen een gebouw op de hoek en toen, aan de andere kant van de straat, Serena's auto...

'Daar!' zei ze, wijzend. 'Dat bakstenen gebouw met drie verdiepingen op de hoek!'

Colin stopte onmiddellijk, hard remmend. Hij sprong uit de auto en ging er rennend vandoor, niet wachtend op Maria, die moeite had om haar portier open te krijgen. Ze was woedend dat haar lichaam in opstand was gekomen en weer bij moest komen. Daar had ze geen tijd voor. Zeker nu niet. Toen ze eindelijk het portier openduwde, dwong ze zichzelf om op te staan en in beweging te komen.

Tegen die tijd had Colin de deur van de hal al bereikt. Ze zag hem zijn best doen om hem open te krijgen toen bleek dat hij op slot zat, en vervolgens op iets naast de deurknop drukken. Toen Maria omhoogkeek, waren er zeven of acht kantoren nog verlicht op verschillende verdiepingen, en ze zag Colin op het glas beuken. Ze zag aan zijn lichaamstaal dat hij overwoog of hij het glas in zou slaan, maar Maria wist instinctief dat Serena niet in het kantoorgebouw was. En dokter Manning ook niet. Hij was tot op dit moment te zorgvuldig geweest om nu die fout te maken; hij was veel te nauwgezet geweest, en er waren te veel mensen in het gebouw, te veel potentiële getuigen, te veel dingen die mis konden gaan. Ze vermoedde dat dokter Manning Serena had staan opwachten op de stoep voor het gebouw en waarschijnlijk een verhaaltje klaar had gehad over een afvoer die gebarsten was of wat dan ook, zodat het interview ergens anders gehouden zou worden. Ze wist dat hij een afgelegen plek wilde, waar hij wist dat ze niet betrapt zouden worden, een plek die zou branden.

'Colin!' probeerde ze te roepen. Het geluid kwam er zwak uit. Ze probeerde met haar armen te zwaaien, maar de duizeligheid kwam weer terug en ze wankelde. 'Colin!' riep ze weer, en deze keer hoorde hij haar en rende hij naar haar toe.

'De deur heeft zo'n slot met een cijfercode! De naam van de stichting staat er niet bij, dus heb ik gewoon op alle knoppen gedrukt, maar niemand drukt op de zoemer.'

'Serena is daar niet,' zei Maria met moeite. 'Manning heeft haar ergens anders mee naartoe genomen. Er zijn te veel mensen daarbinnen, te veel mensen nog aan het werk.'

'Als ze in zijn auto is gestapt...'

'Ze sms'te dat ze naar het interview aan het lopen was.'

'Waar staat zijn auto dan? Ik zie hem niet.'

'Kijk eens om de hoek,' zei Maria piepend en hijgend, nog steeds vechtend tegen golven van duizeligheid. 'Hij heeft waarschijnlijk daar geparkeerd. Als hij op zoek is naar een plek die verlaten is, heeft hij haar meegenomen naar een van de keten of boothuizen bij de rivier. Snel!' Ze had het gevoel alsof ze elk moment kon omvallen. 'Ga nou maar. Ik zal mijn telefoon pakken en de politie bellen...' En mijn ouders, mijn familie, Lily, iedereen die in zijn auto is gesprongen om ons te volgen, dacht ze.

Intussen liep Colin al terug naar de kruising, twijfelend. Hij wilde haar wel geloven, maar...

'Hoe weet je dat ze daar zullen zijn?'

'Omdat,' zei ze, zich afvragend wanneer de politie zou komen, zich de blokhut aan het meer herinnerend waar Cassie vermoord was, denkend aan de keten en boothuizen die veel voorkwamen langs dit deel van de Cape Fear-rivier, 'Laws daarnaartoe zou zijn gegaan.'

33

Colin

Maria's intuïtie was juist geweest. Hij zag de blauwe Toyota Camry geparkeerd staan in de zijstraat die naast het gebouw liep. Hij sprintte er voorbij. Recht vooruit was een overgroeid weiland dat helemaal tot aan de modderige oevers van de Cape Fear-rivier liep, een zwarte leegte vóór hem, zonder enige weerspiegeling op deze bijna maanloze avond.

De straat ging over in een grindweg die zich splitste naar links en rechts, richting de oever van de rivier. Eén kant leidde naar een verlopen jachthaventje met een roestende metalen structuur dat de thuishaven was van een ratjetoe aan boten, beschermd door een lage omheining; in de andere richting stonden twee bouwvallige, op schuren lijkende structuren bij de oever van de rivier, ongeveer vijftig meter uit elkaar. Die gebouwen zagen er verlaten uit, met gebroken planken en afbladderende, verbleekte verf, omgeven door woekerend onkruid en kudzu. Colin ging langzamer lopen en probeerde wanhopig te raden waar Manning Serena mee naartoe had genomen. Op dat moment zag hij tussen de planken van het verlaten gebouw door aan de linkerkant zo nu en dan een straaltje licht schijnen, dat verdween en dan weer verscheen.

De straal van een zaklantaarn?

Hij verliet het grind, liep door het gras en het onkruid dat op sommige plekken tot aan zijn schenen reikte en dwong zichzelf nog sneller te bewegen, hopend dat hij niet te laat was, nog steeds onzeker over wat hij zou gaan doen of wat hij zou aantreffen.

Toen hij het gebouw bereikte waar hij het licht had gezien drukte hij zich plat tegen de zijkant van de muur. Van dichtbij besefte hij dat het bouwsel ooit een ijspakhuis was geweest, waarschijnlijk door vissers gebruikt om blokken ijs in hun boten te laden om hun vangst vers te houden.

Er was geen deur aan deze kant van het gebouw, maar uit een dichtgetimmerd raam scheen een zwak flikkerend licht. Hij begon heel voorzichtig te bewegen naar de kant die het verst van de rivier was, in de hoop de deur te vinden, toen hij vanbinnen een gil hoorde...

Serena...

Het geluid spoorde hem tot actie aan. Hij rende de hoek om, maar de deur aan die kant was dichtgetimmerd. Hij versnelde toen hij erlangs rende, naar de derde zijde, en daar zag hij nog een dichtgetimmerd raam. Nog één optie over. Hij gluurde om de hoek en zag onmiddellijk de deur waar hij naar op zoek was geweest. Hij stak zijn hand uit naar de deurknop en merkte dat hij op slot zat. Op dat moment hoorde hij Serena weer gillen.

Hij zette een stap naar achteren en trapte met zijn hiel tegen de deur naast de deurknop. Het was een perfecte trap, hard en snel, en het kozijn versplinterde toen de deur openbrak. Hij trapte opnieuw en de deur zwaaide helemaal open. In die fractie van een seconde zag hij Serena midden in een vaag verlichte ruimte aan een stoel vastgebonden zitten, dokter Manning naast haar met een zaklantaarn in zijn hand. In de hoek was de omtrek van een lichaam te zien, omgeven door roestende verfblikken. Serena's gezicht was gekneusd en bebloed. Zowel Serena als dokter Manning gaf een kreet van verbazing toen Colin de ruimte binnenstormde. Plotseling scheen er een lichtstraal recht in Colins ogen.

Verblind en gedesoriënteerd stormde Colin naar voren, zijn armen uitgestrekt in de richting waar hij dokter Manning voor het laatst had gezien. Hij spreidde zijn armen, maar Manning was in het voordeel en ontweek hem. Colin voelde de zware, metalen zaklantaarn tegen de rug van zijn hand knallen en hoorde de botten breken. De combinatie van schrik en een verzengende pijn verhinderde hem om snel genoeg te reageren. Terwijl Serena weer gilde, draaide Colin zich om en probeerde met zijn schouders naar dokter Manning te gaan staan, maar hij was te laat. De zaklantaarn knalde tegen zijn slaap en door de plotselinge impact werd alles zwart voor zijn ogen. Zijn lichaam werd slap en zijn benen begaven het onder hem; hij viel op de vloer terwijl zijn hersenen nog aan het proberen waren te verwerken wat er was gebeurd. Instinct en ervaring spoorden hem aan om snel op te staan, en na jaren van training hadden de bewegingen automatisch moeten zijn, maar zijn lichaam wilde niet reageren. Hij voelde nog een harde klap tegen zijn schedel, die uitstralende uitbarstingen door zijn hele systeem deed schieten. Hij kon nog maar nauwelijks logisch nadenken; hij registreerde niets anders dan pijn en verwarring.

De tijd leek in stukken uiteen te vallen. Boven het gestage gezoem in zijn oren uit kon hij vaag het geluid horen van iemand die huilde en gilde... smeekte... een vrouwenstem... en een mannenstem...

De duisternis daalde neer en de pijn sloeg over hem heen als een golf.

Het geluid van gejammer drong vaag door zijn verdoofde toestand heen; toen hij zijn naam herkende, kon hij eindelijk op de een of andere manier één oog opendoen. De wereld leek wazig, niet meer dan een met mist gevulde droom, maar toen hij dacht dat hij Maria vastgebonden aan een stoel zag zitten, was dat genoeg om hem uiteindelijk te laten beseffen wat er was gebeurd en waar hij was.

Nee, niet Maria. Serena.

Maar hij kon zich nog steeds niet bewegen. Nog steeds niet in staat om goed te focussen, zag hij in de verte dokter Manning die langs de muur aan de andere kant bewoog. Hij hield iets roods en vierkants vast. Colin hoorde Serena voortdurend schreeuwen en zijn neusgaten waren plotseling vervuld van de geur van benzine. Het duurde even voordat hij alles met elkaar in verband had gebracht. Verdwaasd zag hij Manning het benzineblik opzijgooien. Colin zag een lichtflits, een lucifer, die met een boog op de grond viel. Hij hoorde het *woef*-geluid van de ontbranding, als aanstekervloeistof op houtskool. Vlammen begonnen naar de muren te springen, waarvan de oude planken kurkdroog waren. De hitte begon op te stijgen. De rook werd dichter.

Hij probeerde zijn handen te bewegen, probeerde zijn benen te bewegen, maar voelde alleen een doffe verlamdheid. Hij had een metalige, koperachtige smaak in zijn mond en hij zag een veeg van beweging toen Manning langs hem rende, naar de deur die Colin had ingetrapt.

De vlammen reikten naar het plafond en Serena's kreten zonden pure doodsangst uit. Hij hoorde haar hoesten en daarna nog een keer. Colin probeerde uit alle macht te bewegen en vroeg zich af waarom zijn lichaam het niet deed. Uiteindelijk begon zijn linkerarm heel langzaam naar voren te gaan. Daarna zijn rechter. Hij liet beide armen onder zich glijden en probeerde overeind te komen, maar de botten van zijn gebroken hand verschoven. Colin gilde het uit en hij kwam met zijn borst op de vloer neer, terwijl de pijn zijn boosheid tot razernij omvormde, die zijn behoefte aan geweld en wraak aanwakkerde.

Hij ging op handen en voeten zitten en het lukte hem om langzaam op te staan. Hij voelde zich duizelig, zijn evenwicht nog steeds verstoord. Hij zette een stap en struikelde, zijn ogen prikkend in de bijtende rook, en de tranen sprongen erin. Serena's kreten waren in onbeheerst hoesten veranderd; Colin had het gevoel alsof hij helemaal niet kon ademhalen. De vlammen hadden zich naar de andere muren verspreid en omgaven hen. De hitte was intens, en de rook werd zwart en brandde in zijn longen. Colin zette struikelend de paar stappen die ervoor nodig waren om Serena te bereiken en keek naar de rommelige macraméwarboel van touw waarmee ze aan de stoel vastzat. Hij wist dat hij met geen mogelijkheid met één hand het touw op tijd kon losmaken, en hij keek om zich heen, in de hoop een mes te zien. Een bijl. Alles wat maar scherp was…

Colin hoorde een luid gekraak, gevolgd door geraas toen het dak van het ijspakhuis opeens in elkaar zakte, waardoor de vonken alle kanten op schoten. Een plafondbalk plofte slechts een paar tientallen centimeters van hen vandaan neer, en toen viel er een nog dichterbij. Langs drie muren leken de vlammen zich te vermenigvuldigen, de hitte zo intens dat Colin het idee had dat zijn kleren in brand stonden. Hij begon in paniek te raken en greep de stoel met Serena er nog op. Hij rukte eraan, waarbij hij een uitbarsting van pijn in zijn gebroken hand voelde. Hij zag witte flitsen in zijn hoofd, en dat vuurde de haat binnen in hem nog verder aan. Pijn kon hij wel aan; hij wist hoe hij zich ertegen moest wapenen en probeerde er kracht uit te putten, maar zijn hand wilde niets meer vastpakken.

Hij kon Serena niet dragen en dus had hij geen andere keuze. Het was vijf, misschien zes stappen naar de deur, en hij greep de rugleuning van haar stoel met zijn goede hand, draaide hem om en begon hem naar de deuropening te slepen. Die moest hij zien te bereiken voordat de vlammen hem bereikten. Hij sjorde en sleepte, en elke ruk stuurde pijn door zijn hand en zijn hoofd.

Hij barstte door de open deuropening. Rook en hitte volgden hen naar buiten en hij wist dat hij Serena op veilige afstand van de rook moest zien te krijgen. Hij kon haar niet door het weiland of door de modder slepen, en toen hij grind zag aan de rechterkant ging hij die kant op, richting het andere gebouw. Achter hen werd het ijspakhuis bijna door de vlammen verzwolgen; het geluid werd steeds harder en versterkte het voortdurende gezoem in zijn oren. Hij bleef in beweging en rustte pas toen de hitte van het vuur minder begon te worden.

Serena was blijven hoesten, en in het donker zag haar huid er bijna blauw uit. Hij wist dat ze een ziekenwagen nodig had. Ze had zuurstof nodig, en hij moest haar nog steeds van de stoel zien te krijgen. Hij zag niets wat hij kon gebruiken om het touw door te snijden; hij vroeg zich af of er misschien iets in het andere gebouw lag. Net toen hij erheen begon te lopen zag hij een figuur uit de hoek stappen en naar een positie bewegen vanwaar hij kon schieten. De loop van een geweer weerspiegelde het vuur...

Het geweer dat Margolis had genoemd, het ding waarvan Manning had gezegd dat het misschien niet eens werkte...

Colin gooide Serena en de stoel omver en dook om haar af te

schermen, op hetzelfde moment dat hij de explosie hoorde. Het geweer was afgevuurd vanaf vijfendertig meter, tegen de maximumreikwijdte ervan, en Manning had te hoog gemikt. Het tweede schot was iets preciezer. Colin voelde de hagel zijn schouder en bovenrug doorboren, en hij begon te bloeden. Hij werd weer duizelig en vocht om bij bewustzijn te blijven terwijl hij door een waas naar Manning keek die naar zijn auto begon te rennen.

Het was uitgesloten dat Colin hem te pakken zou krijgen. Mannings gestalte werd steeds kleiner en Colin kon er niets aan doen. Hij vroeg zich af waarom het zo lang duurde voordat de politie kwam en hoopte dat ze hem zouden pakken.

Zijn gedachten werden onderbroken door een gebrul toen er plotseling een paddenstoel van vuur door het dak van het ijspakhuis barstte, met een oorverdovend, huilend geluid. Een deel van de muur ontplofte en schoot brandende stukken hout en vonken in hun richting. Hij kon Serena nauwelijks horen huilen door haar gehoest heen, en hij besefte dat ze nog steeds in gevaar waren, te dicht bij het vuur. Hij kon haar met geen mogelijkheid verder weg slepen, maar hij kon wel hulp inroepen, en hij dwong zichzelf om op te staan. Hij moest naar een plek zien te komen waar iemand hem zou zien. Hij strompelde een stuk of tien stappen naar voren, bloed verliezend. Zijn linkerarm en -hand kon hij niet meer gebruiken, en zijn zenuwuiteinden straalden folterende pijn uit.

Intussen had Manning zijn auto bereikt, en Colin zag de koplampen aanflitsen. De Toyota scheurde weg van de stoeprand en reed recht op hem af.

En op Serena af.

Colin wist dat hij niet sneller kon rennen dan de auto; het was uitgesloten dat hij hem zelfs maar zou kunnen ontwijken. Maar Serena was zelfs nog hulpelozer, en Manning wist precies waar ze was.

Colin klemde zijn tanden op elkaar en strompelde zo snel als hij kon naar voren, op die manier afstand creërend tussen hem en Serena. Hopend dat Manning hem zou volgen. Hopend dat Manning zou vluchten. Maar de koplampen bleven gericht op Serena. Omdat hij niet wist wat hij anders moest doen bleef Colin stilstaan en begon hij met zijn rechterarm te zwaaien, om te proberen Mannings aandacht te trekken.

Hij stak zijn middelvinger op naar Manning.

De Toyota zwenkte onmiddellijk weg van Serena en naar Colin toe, versnellend en de afstand snel kleiner makend. Het ijspakhuis bleef een griezelig hoog gegil voortbrengen terwijl het door het vuur werd verteerd. Colin strompelde zo snel als hij kon weg van Serena, wetende dat hij nog maar een paar seconden had, wetende dat hij op het punt stond dood te gaan. De auto had hem bijna bereikt toen plotseling de grond voor hem baadde in het licht van nog een stel koplampen dat van ergens achter hem kwam aanracen.

Hij zag het waas van Evans Prius nauwelijks terwijl hij met oorverdovende kracht op de Toyota Camry knalde, waardoor beide auto's in de richting van het vuur werden geduwd. De Camry knalde tegen de hoek van het ijspakhuis aan, terwijl de Prius hem als een bulldozer naar voren schoof. Het dak van het gebouw begon in te storten terwijl de vlammen verder opstegen, naar de hemel.

Colin probeerde naar voren te rennen, maar zijn benen begaven het. Er bleef bloed uit zijn wonden stromen, en terwijl hij op de grond lag, voelde hij zich weer duizelig worden. Nu kon hij sirenes horen, wedijverend met het geluid van het vuur. Hij vermoedde dat ze te laat kwamen, dat hij het niet zou overleven, maar dat maakte hem niet uit. Hij kon zijn ogen niet van de Prius afhouden, en hij keek of het portier openging of het raampje omlaag. Evan en Lily konden aan de brand ontkomen als ze snel waren, maar de kans dat dat zou gebeuren was klein.

Hij moest hen bereiken, en probeerde weer overeind te komen. Toen hij zijn hoofd optilde, kreeg hij bijna een black-out. Hij dacht dat hij ronddraaiende rode en blauwe lichten in de zijstraten zag en felle koplampen die dichterbij kwamen. Hij hoorde paniekerige stemmen die naar Serena en naar hem riepen en hij wilde naar hen roepen dat ze moesten opschieten, dat Evan en Lily hulp nodig hadden, maar er kwam alleen maar een raspend gefluister uit.

Toen hoorde hij Maria, hoorde haar terwijl ze zijn naam gilde en bij hem aankwam.

‘Hier ben ik!’ riep ze. ‘Hou vol! De ambulance komt eraan!’

Zelfs toen kon Colin geen antwoord geven. Alles was begonnen te tollen en beelden werden onsamenhangend, niets klopte er nog. Op het ene moment werd de Prius helemaal verzwolgen door de vlammen; toen hij weer knipperde, was nog maar de helft van de auto verdwenen. Hij dacht dat hij het passagiersportier knarsend open zag gaan, maar er was te veel rook en er waren geen andere tekenen van beweging, en hij was er niet zeker van. De duisternis viel als een deken over hem heen en hij voelde dat hij weggleed. In zijn laatste moment van bewustzijn bad hij dat de twee beste vrienden die hij ooit had gekend er op de een of andere manier levend van af zouden komen.

Epiloog

April verbaasde Maria altijd weer. Hoewel ze was opgegroeid in het zuiden en wist wat ze kon verwachten, waren er altijd een paar schitterende dagen, perfecte dagen, waarop het leek alsof alles mogelijk was. Wolkeloze blauwe luchten begroetten groene gazons die de hele winter bruin waren geweest, en alles barstte plotseling uit in kleur. Kornoeljes, kersenbomen en azalea's kwamen in de hele stad plotseling tot leven, terwijl tulpen tevoorschijn kwamen in zorgvuldig bijgehouden tuinen. De ochtenden waren koel, maar de dagen werden warmer wanneer de zon stralend langs de hemel omhoogklom.

Vandaag was een van die kortstondige lentedagen, en terwijl Maria op het zorgvuldig bijgehouden gazon stond, zag ze Serena staan kletsen met een groep mensen die Maria niet herkende. De glimlach op haar gezicht was breed en vol plezier. Als je haar zo zag, was het moeilijk te geloven dat Serena tot voor kort moeite had gehad om überhaupt te glimlachen; ze had maandenlang nachtmerries gehad over haar beproeving, en wanneer ze in de spiegel keek, had ze de blauwe plekken en sneeën gezien die Manning haar had toegebracht terwijl ze vastgebonden was op de stoel. Twee sneeën hadden littekens achtergelaten – een bij haar oog en de andere op haar kaaklijn – maar die begonnen al te vervagen. Maria betwijfelde of ze over nog een jaar überhaupt nog te zien zouden zijn, tenzij mensen precies wisten waar ze moesten kijken. Maar dat zou ook betekenen dat ze zich die afschuwelijke avond moesten herinneren, en bij die herinneringen kwam altijd ook pijn kijken.

Het had twee weken geduurd voordat rechercheur Wright, samen met een nog herstellende Pete Margolis, met Maria had afgesproken en had toegegeven dat Colin het over alles bij het rechte eind had gehad. Het stoffelijk overschot van Atkinson werd gevonden in wat er over was van het uitgebrande ijspakhuis. Ballistisch onderzoek bracht uiteindelijk de kogel in Atkinsons hoofd in verband met het vuurwapen dat in het bezit was geweest van Lester. Door de brand was het onmogelijk geworden om precies vast te stellen wanneer hij was vermoord, maar de onderzoekers vermoedden dat het rond de tijd was geweest dat hij was verdwenen. Ze hadden kunnen vaststellen dat zijn lichaam in een grote, voor de rest lege vrieskist in dokter Mannings garage in Charlotte was bewaard, dankzij een paar losse haren van Atkinson die aan de zijkanten waren vastgevroren. Onderzoek naar de bankrekeningen van Manning had verscheidene opnamen van contant geld aan het licht gebracht, waarvan de bedragen overeenkwamen met de bedragen die op Atkinsons rekeningen waren gestort om zijn rekeningen te betalen, en bevestigde ook dat de bungalow in Shallotte ervan was gehuurd.

Lesters vingerafdrukken waren in Atkinsons auto gevonden, en de rechercheurs hadden gehoopt dat Lester nog meer antwoorden zou leveren. Dat mocht niet zo zijn. Na drie dagen onder voortdurend toezicht op de verpleegafdeling te hebben doorgebracht, werd hij door een psychiater beoordeeld en geschikt bevonden om teruggeplaatst te worden in een cel, waarbij hij aan frequent toezicht onderworpen zou worden. Later die middag had Lester een gesprek met zijn advocaat, die te kennen gaf dat Lester, hoewel hij zwaar onder de medicijnen zat en geschokt was door het verlies van zijn vader, tamelijk helder leek te zijn. Lester ging ermee akkoord om de volgende dag door rechercheurs verhoord te worden, zolang zijn advocaat erbij aanwezig zou zijn. Hij werd teruggebracht naar zijn cel en at het eten op dat hem op een dienblad was gebracht. Video-opnamen wezen uit dat bewakers om de vijftien tot twintig minuten bij hem kwamen kijken, maar niettemin lukte het Lester zich op te hangen, gebruikmakend van stroken van het laken die hij aan elkaar had geknoopt. Tegen de tijd dat de bewakers hem vonden, was het te laat.

Maria vroeg zich soms af of Lester echt medeplichtige was geweest of gewoon nog een slachtoffer van dokter Manning. Of misschien zelfs wel allebei. Pete Margolis gaf nadat hij was bijgekomen uit zijn coma toe dat hij niet zeker wist wie hem had neergeschoten. Dokter Manning had hem geroepen en gezegd dat hij binnen moest komen, maar Margolis had maar heel even een geweerloop door de kier van een kastdeur zien steken voordat hij werd geraakt. Het enige wat Maria zeker wist, was dat Lester en dokter Manning allebei dood waren, en dat ze geen van beiden ooit nog achter haar aan zouden komen. Maar ondanks wat ze haar en Serena hadden aangedaan, voelde ze soms steken van verdriet en medelijden voor de familie Manning. Een jonge zoon die omgekomen was bij een ongeluk, een oudere zus die was vermoord, een moeder die lang met depressie had geworsteld en die zelfmoord had gepleegd... Ze vroeg zich af wie zij zou zijn geworden als die dingen haar waren overkomen, of als Serena die avond in het ijspakhuis was omgekomen.

Met een blik over haar schouder keek ze naar de menigte die zich op het gazon had verzameld en was ze ervan doordrongen hoeveel geluk ze had. Haar vader en moeder slaagden erin hun beschermende instincten in toom te houden, haar baan bij Jill was ontzettend bevredigend en ze had een deel van haar ontslagvergoeding gebruikt om haar appartement opnieuw in te richten en een nieuwe garderobe te kopen, en nog wat overgehouden om op de bank te zetten. Afgelopen weekend was ze zelfs een fotowinkel binnengelopen en verliefd geworden op een buitensporig dure UV-lens. Het water begon ook warmer te worden, en haar supboard riep haar...

De bruiloft was spectaculair geweest, al had Maria ook niet anders verwacht met Lily die het regisseerde en ensceneerde. Hoewel

Wilmington altijd haar thuis zou zijn, zag Maria wel dat Charleston zijn eigen charmes had. Lily had er hemels uitgezien in haar bruidsjurk, een stijlvol kledingstuk van golvend satijn, minuscule zaadparels en breekbaar kant. Evan had een dromerige blik in zijn ogen gehad toen hij naar haar staarde tijdens hun trouwgeloftes in St. Michael's Church. Dat gebouw, het oudste religieuze gebouw in Charleston, was de populairste trouwlocatie voor de meer aristocratische families in Charleston, maar toen Lily met haar zuidelijke accent zei: 'Wel verdraaid, ik kan me gewoon niet voorstellen waarom iemand ergens anders zou willen trouwen,' lukte het haar op een of andere manier om het logisch en oprecht te laten klinken in plaats van snobistisch.

Op die vreselijke avond was Lily als door een wonder ongedeerd ontkomen. Evan had echter minder geluk gehad. Hij was eruit gekomen met tweedegraads brandwonden op zijn rug en een aantal gebroken botten in zijn been. Hij had bijna twee maanden in het gips gezeten en liep pas sinds kort niet mank meer, wat deels te danken was aan zijn nieuwe lichaamsbewegingsregime. Zijn workouts voldeden nog niet aan Colins standaards, maar hij had Maria in vertrouwen medegedeeld dat hij extra aandacht aan zijn armen had besteed en hoopte dat Lily het zou opmerken tijdens hun huwelijksreis naar de Bahama's.

Ze hadden allebei een engeltje op hun schouder gehad. Daar was Maria van overtuigd geweest toen ze Lily en Evan uit de Prius had zien komen, en hoewel sommige mensen misschien lachten om het idee, kon haar dat niets schelen.

Ze wist het.

Achter haar was de huwelijksreceptie in volle gang, en maakte plechtigheid eindelijk plaats voor feestelijkheid. Lily wilde de receptie houden in het ruime tweede huis van haar ouders op de oevers van de rivier de Ashley, en voor zover Maria kon nagaan waren kosten noch moeite gespaard. Een paleisachtige witte tent baadde in het licht van kunstig opgehangen lampen, en de gasten dansten op een parketvloer voor een tienkoppige band. Het eten was verzorgd door een van de beste restaurants in de stad, en de arrangementen van lentebloemen waren ware kunststukken. Maria wist dat ze nooit zo'n soort bruiloft zou hebben; het was haar stijl niet. Zolang ze haar vrienden en haar familie had – en misschien een paar piñata's voor de jongere gasten – zou ze gelukkig zijn.

Niet dat ze eraan dacht om in de nabije toekomst te trouwen. Het onderwerp was nog niet ter sprake gekomen en Maria was niet van plan Colin er rechtstreeks naar te vragen. In de meeste opzichten was Colin helemaal niet veranderd. Hij zou haar de waarheid vertellen, en ze wist niet zeker of ze er klaar voor was om het antwoord te horen. Misschien zou ze een hint geven als de gelegenheid zich voordeed, maar zelfs de gedachte daaraan maakte haar soms al zenuwachtig.

Het was Colin pas onlangs weer gelukt om zijn work-outregime weer op te pakken, maar soms raakte hij gefrustreerd dat hij niet meer de dingen kon doen die hij vroeger deed, waaronder de training voor de MMA-gevechten. Hij had nog zeker zes maanden nodig, verzekerden de dokters. Het schot van het geweer was door een deel van zijn schouderspier gegaan en had ernstige littekens achtergelaten, plus een zwakheid die misschien permanent zou zijn. Hij had al één operatie aan zijn hand ondergaan, en over een paar maanden stond er een tweede gepland. De verwonding waar de dokters zich echter het meest zorgen over maakten, was de schedelfractuur geweest, en hij had vier dagen op de intensivecareafdeling doorgebracht, vlak bij Pete Margolis.

Margolis was de eerste geweest die met Colin sprak nadat hij bij bewustzijn was gekomen.

'Ze zeggen dat je mijn leven hebt gered,' had Margolis tegen hem gezegd. 'Maar je moet niet denken dat dat iets verandert aan je deal. Ik ga je nog steeds in het oog houden.'

'Oké,' had Colin krassend uit weten te brengen.

'Ze zeggen ook dat dokter Manning je helemaal lens heeft geslagen, en dat Evan uiteindelijk degene was die hem uitschakelde. Ik vind dat erg moeilijk te geloven.'

'Oké,' zei Colin weer.

'Mijn vrouw zei dat je bij me was komen kijken. Zei ook dat je beleefd was. En dat mijn vriend Larry je nogal slim schijnt te vinden.'

Omdat hij een droge keel had, gromde Colin deze keer alleen maar.

Margolis schudde zijn hoofd en zuchtte. 'Doe me een plezier en blijf ver weg van problemen. En nog één dingetje.' Eindelijk glimlachte hij. 'Dank je.'

Sindsdien was Margolis niet één keer langsgekomen bij Colin om hem in de gaten te houden.

Maria voelde Colin dichterbij komen en hij sloeg zijn arm om haar heen. Ze leunde tegen hem aan.

'Daar ben je,' zei hij. 'Ik zocht je.'

'Het is zo mooi aan het water.' Ze draaide zich om en liet haar armen om hem heen glijden.

'Maria?' fluisterde hij in haar haar. 'Wil je iets voor me doen?' Toen ze achteruitweek en hem vragend aankeek, ging hij verder. 'Ik wil je aan mijn ouders voorstellen.'

Haar ogen werden groot. 'Zijn ze hier? Waarom heb je me dat niet eerder verteld?'

'Ik wilde eerst met ze praten. Kijken hoe de dingen ervoor staan.'

'En?'

'Het zijn vriendelijke mensen. Ik heb ze over je verteld. Ze vroegen of ze je mochten ontmoeten, maar ik zei dat ik het eerst met jou moest overleggen.'

'Natuurlijk wil ik je ouders ontmoeten. Waarom zou je dat met mij moeten overleggen?'

'Ik wist niet goed wat ik anders moest zeggen. Ik heb ze nog nooit eerder aan een meisje voorgesteld.'

'Nog nooit? Wauw. Daardoor ga ik me wel heel bijzonder voelen.'

'Dat is geheel terecht, want dat ben je ook.'

'Laten we dan naar je ouders toe gaan. Aangezien ik zo bijzonder ben en jij gek op me bent en je er waarschijnlijk niet aan moet denken om zonder me te leven. Sterker nog, misschien denk je zelfs wel dat ik de ware ben, of niet?'

Hij glimlachte, en zijn ogen verlieten die van haar geen moment. 'Oké.'

Dankwoord

Elke roman brengt zijn eigen unieke reeks uitdagingen met zich mee, en deze roman was daarin niet anders. Zoals altijd zijn er degenen van wie de hulp en de steun van onschatbare waarde voor me zijn geweest terwijl ik me door al die uitdagingen heen worstelde.

Ik wil bedanken:

Cathy, die een fantastische vriendin blijft. Ze zal me altijd dierbaar zijn.

Onze kinderen – Miles, Ryan, Landon, Lexie en Savannah – voor de vreugde die ze voortdurend aan mijn leven toevoegen.

Theresa Park, mijn fantastische literair agent, manager en productiepartner, die altijd klaarstaat om naar me te luisteren en constructief advies te geven wanneer ik dat het meest nodig heb. Ik zou niet weten waar ik zou zijn zonder haar.

Jamie Raab, mijn geweldige redacteur, die wonderen verricht met mijn manuscripten. We hebben samen aan elk boek gewerkt, en ik beschouw mezelf als gezegend, niet alleen vanwege haar expertise, maar ook vanwege haar trouwe vriendschap.

Howie Sanders en Keya Khayatian, mijn filmagenten bij UTA, die niet alleen uitzonderlijk goed zijn in wat ze doen, maar ook nog creatief, intelligent en heel aangenaam gezelschap zijn.

Scott Schwimer, mijn entertainmentadvocaat, is een van de

beste vrienden die ik heb, en mijn leven is verrijkt door zijn aanwezigheid.

Stacey Levin, die mijn televisieproductiebedrijf leidt, is een geweldig getalenteerd persoon, met een geweldige intuïtie en passie voor haar werk. Bedankt ook aan Erika McGrath en Corey Hanley voor hun talenten op hetzelfde gebied. Larry Salz bij UTA, mijn televisieagent, houdt het complexe schip zo soepel mogelijk drijvende. Ik waardeer alles wat je doet.

Denise DiNovi, de producer van *Message in a Bottle*, *A Walk to Remember*, *Nights in Rodanthe*, *The Lucky One* en *The Best of Me*, met wie ik het geluk heb gehad te mogen samenwerken, heeft feilloze instincten. In de samenwerking met haar ben ik altijd de geluksvogel geweest. En ook veel dank aan Alison Greenspan, voor alles wat je met deze gedenkwaardige projecten hebt gedaan.

Marty Bowen, de producer van *The Longest Ride*, *Safe Haven* en *Dear John*, voor zijn uitstekende werk, zijn creativiteit, zijn humor en zijn vriendschap. Onze tijd samen is altijd prettig. Bedankt ook aan Wyck Godfrey, die met Marty samenwerkt bij alles wat ze doen.

Michael Nyman, Catherine Olim, Jill Fritzo en Michael Geiser van PMK-BNC, mijn publiciteitsagenten, die eersteklas werk doen en ook goede vrienden zijn geworden.

LaQuishe Wright – oftewel Q – die alle socialemediazaken afhandelt in mijn wereld, doet niet alleen ongelooflijk goed werk, maar is iemand met wie ik gewoon heel graag omga. Mollie Smith verzorgt mijn website, en zonder jullie beiden zou het onmogelijk zijn om mensen op de hoogte te houden van alles wat er in mijn wereld gebeurt.

Michael Pietsch, van de Hachette Book Group, verdient mijn dankbaarheid voor alles wat hij doet om van mijn romans een succes te maken. Ik voel me vereerd dat ik met je mag werken.

Peter Safran, de producer van *The Choice*, voor zijn enthousiasme en zijn kennis, en voor het verwelkomen van mijn team in je spannende wereld.

Elizabeth Gabler, die een ongelooflijke passie heeft voor wat ze doet, en het talent en de drijfveer om het te laten werken. *The*

Longest Ride was een opmerkelijke, prachtige film. Ook gaat mijn dank uit naar Erin Siminoff voor haar buitengewone inzet om van dat project een succes te maken. Ik vond het heerlijk om met jullie allebei te werken.

Tucker Tooley, die ik als een vriend beschouw. Ik ben vereerd door je eindeloze steun voor mijn werk.

Ryan Kavanaugh en Robbie Brenner van Relativity Media, voor de talloze geweldige films die ze hebben geholpen van mijn werk te maken. Het is geweldig geweest om met jullie allebei samen te werken.

Courtenay Valenti, van Warner Bros., omdat je me hebt geholpen de Hollywoodkant van mijn carrière te lanceren. Het is altijd een plezier om met je bij te praten als ik in de stad ben met een nieuw project.

Emily Sweet, van de Park Literary Group, is altijd beschikbaar om een helpende hand te bieden in welke hoedanigheid die ook maar nodig is. Dank je heel erg dat je tijdelijk de leiding hebt overgenomen van mijn stichting, en dat je, telkens als ik je bel, naar me luistert.

Abby Koons, van de Park Literary Group, omdat je zo behendig mijn rechten in het buitenland regelt. Ik ben me altijd bewust van het geweldige werk dat je doet. Je bent de beste en ik ben daar ten volle van doordrongen.

Andrea Mai, van de Park Literary Group, voor alles was ze doet met onze detailhandelspartnerschappen. Het is een bijzondere werkrelatie geweest, en ik moet zeggen dat ik onder de indruk ben van je enthousiasme en je doorzettingsvermogen. En veel dank ook aan Alexandra Greene, die niet alleen elk contract nauwgezet doorneemt, maar ook ongelooflijk creatieve instincten heeft. Ik zou niet zijn waar ik nu ben zonder jullie beiden.

Mijn dankbaarheid gaat ook uit naar Brian McLendon, Amanda Pritzker en Maddie Caldwell van Grand Central Publishing: jullie enthousiasme en toewijding betekenen ontzettend veel voor me.

Pam Pope en Oscara Stevick, mijn accountants, zijn in zo veel opzichten een zegen geweest, niet alleen om hun werk, maar om hun vriendschap. Jullie zijn allebei geweldig geweest.

Tia Scott, mijn assistente, is niet alleen een vriendin, maar ze houdt mijn dagelijks leven op de rails. Ik waardeer alles wat je doet.

Andrew Sommers is altijd een essentieel klankbord geweest en doet belangrijk werk achter de schermen in mijn wereld. Mijn leven is er beter op geworden. Dank ook aan Hannah Mensch voor alles wat je het afgelopen jaar hebt gedaan.

Michael Armentrout en Kyle Haddad-Fonda, die geweldig werk doen bij de Nicholas Sparks Foundation. Dank jullie zeer.

Tracey Lorentzen, die altijd bereid is me te helpen, op de manier waar ik het meest behoefte aan heb, op het moment dat ik het het meest nodig heb. Ik weet niet wat ik zonder jou had moeten beginnen.

Sara Fernstrom, voorheen van UTA, en David Herrin, mijn orakel bij UTA, hebben unieke talenten en vermogens, en ik heb heel veel voordeel gehad van hun expertise.

Dwight Carlblom en David Wang, die de Epiphany School of Global Studies leiden, zijn geweldige leraren. Ik waardeer jullie heel erg.

Michael "Stick" Smith is een vriend die altijd klaarstaat om te luisteren en steun te bieden. De komende jaren zullen leuk en interessant worden, denk je ook niet?

Jeff Van Wie, die al een vriend van me is sinds we op de universiteit een kamer deelden. Dank je wel dat je er altijd voor me bent geweest.

Micah Sparks, mijn broer, is de beste broer die een man zich kan wensen. We gaan echt proberen samen meer te reizen dit jaar, goed?

David Buchalter, die helpt bij het schrijven van mijn toespraken, is altijd voortreffelijk. Dank je wel voor alles.

Eric Collins, die me heeft geholpen op manieren die ik niet eens onder woorden kan brengen. Hetzelfde geldt voor Jill Compton. Dank je wel.

Pete Knapp en Danny Hertz, die altijd al het mogelijke deden om te helpen. Dank jullie wel, mannen!

Andere vrienden, van wie ik het altijd heerlijk vind om hen weer te spreken, het soort vrienden die het leven de moeite waard maken: Todd en Kari Wagner, David Geffen, Anjanette Schmeltzer, Chelsea Kane, Slade Smiley, Jim Tyler, Pat Armentrout, Drew en Brittany Brees, Scott Eastwood en Britt Robertson.

LEES MEER VAN

Nicholas Sparks

Hope Anderson staat op een kruispunt in haar leven: haar relatie is op een dood spoor terechtgekomen en haar vader blijkt te lijden aan de vernietigende ziekte ALS. Om tot rust te komen en alles op een rijtje te kunnen zetten, trekt ze zich voor een tijdje terug in het familiehuis in Sunset Beach.

Daar ontmoet ze Tru Walls, een man die sinds de traumatische dood van zijn moeder in het reine probeert te komen met zijn familieverleden en moet zien te achterhalen wie en waar zijn vader is. Hope en Tru voelen zich onmiddellijk tot elkaar aangetrokken, maar staan al snel voor een onmogelijke, hartverscheurende keuze: die tussen hun familie en hun persoonlijke geluk.